2026

가천대
논술고사

기출문제 + 실전모의고사

자연계열

가천대 논술고사
기출문제 + 실전모의고사
[자연계열]

인쇄일 2025년 8월 1일 2판 1쇄 인쇄
발행일 2025년 8월 5일 2판 1쇄 발행
등 록 제17-269호
판 권 시스컴 2025

발행처 시스컴 출판사
발행인 송인식
지은이 타임논술연구소

ISBN 979-11-6941-684-9 13800
정 가 24,000원

주소 서울시 금천구 가산디지털1로 225, 514호(가산포휴) | **홈페이지** www.siscom.co.kr
E-mail siscombooks@naver.com | **전화** 02)866-9311 | Fax 02)866-9312

　그동안 내신 모의고사 3등급 이하의 학생들이 대학에 입학하기 위한 도구로써 활용했던 대입적성검사가 폐지되고 가칭 약술형 논술고사가 새로운 대안으로 떠올랐다. 약술형 논술고사는 400~1,000자의 서술을 요구하는 상위권 대학의 작문형 논술고사가 아니라, 한두 어절이나 30~40자 이내의 한 문장 또는 빈칸 채우기 등의 단답형 논술고사이다.

　약술형 논술고사는 학생들의 시험 준비부담을 덜기 위해 고교 교과과정 내에서 또는 EBS 수능연계 교재를 중심으로 출제되므로, 학생들은 별도의 사교육 부담 없이 학교 수업과 정기고사의 단답형 주관식 시험을 충실하게 준비하고, 아울러 EBS 연계 교재를 꼼꼼히 학습한다면 좋은 성과를 얻을 수 있다.

　본 도서는 약술형 논술고사를 통해 대학 입학의 관문을 두드리는 학생들에게 각 대학에서 시행하는 약술형 논술고사의 출제경향과 문제흐름을 익힐 수 있도록 다음과 같은 특징들을 갖고 출간되었다.

실제 시험 유형을 대비한 4개년 기출문제

각 대학에서 시행한 최신 4개년 기출문제를 수록하여 학생들이 각 대학들의 논술시험 특징을 파악하고 엉뚱한 시험 범위와 잘못된 공부 방법으로 시간을 낭비하지 않도록 유도하였다.

기출유형과 100% 똑 닮은 실전모의고사

각 대학별 약술형 논술 유형을 철저히 분석하여 실제 시험과 문제 스타일이나 출제방식이 똑 닮은 싱크로율 100%의 실전문제 총 5회분을 수록하였다.

직관적인 문항 정보 파악을 위한 정답 및 해설

모범답안, 바른해설, 채점기준에서부터 예상 소요 시간과 배점에 이르기까지 수록된 문제에 대한 직관적인 문항 정보를 파악할 수 있도록 하였다.

　부디 이 책이 학생들의 대학 진학에 조금이나마 도움이 되길 바라며, 아울러 수험생들의 충실한 길잡이가 되기를 기원한다.

●● 2026학년도 **약술형 논술대학**

※ 전형일정 및 입시요강 등은 학교 측의 입장에 따라 변경 가능하므로, 추후 공지되는 변경사항을 각 대학교 홈페이지에서 반드시 확인하시기 바랍니다.

[전형기초]

대학	모집인원	시험과목	시간	문항수	전형방법	수능 최저
가천대	1,009명 (의예6명)	국어+수학	80분	인문: 국어9+수학6 자연: 국어6+수학9	논술100	○
강남대 [신설]	359명	국어+수학	60분	인문: 국어8+수학2 공학: 국어3+수학7 자유전공: 국어5+수학5	학생20+논술80	X
고려대 (세종)	203명	인문: 국어+사탐 자연: 수학(미적분)	120분	인문: 통합국어2 자연: 수학6	논술100	○
국민대 [신설]	226명	국어+수학 (자연: 미적분)	90분	인문: 국어8+수학2 자연: 국어2+수학8	논술100	○
삼육대	148명	국어+수학	80분	인문: 국어9+수학6 자연: 국어6+수학9	논술100	○
상명대	101명	국어+수학	60분	인문: 국어8+수학2 자연: 국어2+수학8	학생10+논술90	X
서경대	173명	국어+수학	60분	공통: 국어4+수학4	학생10+논술90	X
수원대	441명	국어+수학	80분	인문: 국어10+수학5 자연: 국어5+수학10	학생40+논술60	X
신한대	107명	국어+수학	80분	인문: 국어9+수학6 자연: 국어6+수학9	학생10+논술90	X
을지대	251명	국어+수학	70분	공통: 국어7+수학7	학생20+논술80	X
한국공학대	280명	수학1+수학2	80분	수학9	학생20+논술80	X
한국 기술교대	150명	수학1+수학2	80분	수학10	논술100	X
한국외대 (글로벌)	69명	수학1+수학2	90분	자연: 수학7	논술100	○
한신대	237명	국어+수학	80분	인문: 국어10+수학5 자연: 국어5+수학10	학생40+논술60	X
홍익대 (세종)	122명	수학1+수학2	70분	수학7	학생10+논술90	○

2026학년도 가천대 논술전형

[전형일정]

구분		일시	비고
원서접수		2025. 9. 8(월) ~ 12(금) 18:00	본 대학 입학처 홈페이지
서류제출마감		2025. 09. 13(토) 13:00까지	원서접수 사이트에서 제출
고사장 확인		2025. 11. 11(화)	• 본 대학 입학처 홈페이지에서 논술 일정을 반드시 확인 • 고사일은 원서접수 마감 후 지원자 수에 의해 변경 가능 • 세부 일정은 개별통지를 하지 않으므로 지원자가 반드시 확인 • 논술 시 본인임을 확인할 수 있는 신분증(주민등록증, 운전면허증, 여권 등) 및 수험표 지참
시험일	의예과	2025. 11. 23(일)	
	인문계열, 간호학과, 클라우드공학과, 바이오로직스학과	2025. 11. 24(월)	
	자연계열	2025. 11. 25(화)	
합격자 발표		2025. 12. 12(금)	

[지원자격]

고교졸업(예정)자 또는 법령에 따라 이와 같은 수준 이상의 학력이 있다고 인정되는 사람

[선발원칙]

논술고사 성적의 총점 순으로 선발합니다(수능최저학력기준을 충족한 자).

[수능최저학력기준]

모집단위	반영영역	최저학력기준
인문계열, 자연계열	국어, 수학, 영어, 사회/과학탐구(1과목)	1개 영역 3등급 이내
바이오로직스학과	국어, 수학, 영어, 사회/과학탐구(1과목)	2개 영역 등급 합 5 이내
클라우드공학과	국어, 수학(기하, 미적분), 영어, 과학탐구(2과목)	2개 영역 등급 합 4 이내 (과학탐구 적용 시 2과목 평균, 소수점 절사)
의예과	국어, 수학(기하, 미적분), 영어, 과학탐구(2과목)	2개 영역 등급 합 4 이내 (과학탐구 적용 시 2과목 평균, 소수점 절사)

[원서접수 방법]

인터넷 원서접수 시 사진 업로드를 위하여 본인의 증명사진 파일(jpg, gif 파일형식)을 준비하시기 바랍니다.
[최근 3개월 내 사진으로 인물 위 배경이 있는 사진 또는 스냅사진은 사용이 불가함]

1. 원서접수 사이트 접속 가천대학교 입학처 홈페이지 접속 → 입학원서 접수 대행기관
▼
2. 회원가입 및 로그인 본인 명의로 회원가입
▼
3. 유의사항 확인 유의사항을 반드시 확인하여야 하며, 미확인으로 인한 책임은 지원자에게 있음
▼
4. 원서작성 ① 모집요강을 참고하여 전형유형, 지원학과/전공 등을 선택하여 입력 ② 모든 사항을 빠짐없이 정확하게 입력 및 확인(학생부 온라인 제공 동의)
▼
5. 전형료 결제 전형료 결제 후에는 입학원서 기재 사항을 수정하거나 원서접수를 취소할 수 없으며, 전형료는 반환하지 않음
▼
6. 수험표 확인 접수가 완료된 것을 원서와 수험표를 통해 직접 확인
▼
7. 서류 제출(해당자만) 온라인 원서접수 사이트를 통해 제출 각각의 제출 서류를 저용량 PDF로 합본하여 한 개의 문서로 제출해야 합니다.

1. 원서 및 서류제출은 온라인으로 접수합니다.
2. 본 대학에 원서를 접수하면 해당 전형과 관련된 학교생활기록부 및 수능성적 자료 온라인 제공에 동의하는
   것으로 간주합니다.
3. 장애인복지법 제32조에 의하여 장애인등록을 필하고, 각종 장애 또는 지체로 인하여 입학전형 진행과정에서
   지원이 필요한 경우 사전 요청바랍니다.
4. 장애학생의 지원 및 선발에 대한 차별은 없으며, 입학 시 본교의 장애학생지원에 관한 규정을 적용합니다.
※ 본 대학교는 원서접수 대행기관을 통해 원서접수를 위탁 처리하고, 수집한 개인정보(성명, 주민등록번호, 이
   메일 주소, 계좌번호, 평가자료 등)를 입학전형 목적 이외의 용도로 사용하지 않습니다. (단, 최종합격자의 개
   인정보는 본 대학교의 학적부 생성, 학생증 발급 등을 위한 자료로 활용하므로 원서접수 시 개인정보의 수집,
   이용에 대한 지원자의 동의가 필요합니다.)

[시험개요]

특징	가천대학교 논술고사는 본교에 지원한 수험생들이 고등학교 교육과정을 통하여, 대학교육에 필요한 수학능력을 갖추었는지 평가합니다. 그러므로 평소 학교 교육과 대학수학능력시험을 성실하게 공부한 학생이라면 별도의 준비가 없어도 가천대학교 논술 전형에 대비할 수 있습니다.
출제방향	학생들의 수험준비 부담 완화를 위하여 EBS 수능연계 교재를 중심으로 고등학교 정기고사 서술·논술형 문항의 난이도로 출제할 예정입니다.
준비방법	사교육의 도움을 받기보다는 학교 수업과 정기고사의 서술·논술형을 충실하게 준비하는 것이 좋으며, EBS연계 교재를 꼼꼼하게 공부한다면 좋은 성과를 얻을 수 있을 것입니다.

[평가방법]

[인문계열/자연계열]

계열	문항수		배점	총점	고사시간	답안지 형식
	국어	수학				
인문	9	6	각 문항 10점	150점 + 850점(기본점수)	80분	노트 형식의 답안지 작성
자연	6	9				

[의예과]

모집단위	과목	문항수	배점	총점	고사시간	답안지 형식
의예과	수학	8	문항별 배점 상이	150점 + 850점(기본점수)	80분	노트 형식의 답안지 작성

※ 논술고사는 대학수학능력시험 이후에 실시합니다.

[출제범위 및 평가기준]

[인문계열/자연계열]

구분	출제범위	비고
국어	1학년 국어 문학, 독서, 화법, 작문, 문법 영역	• 문항에서 요구하는 조건에 충실한 답안 • 제시문의 핵심 내용을 정확하게 표현한 답안
수학	수학 수학II	• 문제에 필요한 개념과 원리에 대한 정확한 서술 • 정확한 용어, 기호를 사용한 표현

[의예과]

구분	출제범위	비고
수학	수학 수학II 미적분	• 문제에 필요한 개념과 원리에 대한 정확한 서술 • 정확한 용어, 기호를 사용한 표현 • 수학적 사고력을 고려하여 평가

[모집단위 및 모집인원]

계열	모집단위		모집인원	계열	모집단위		모집인원
인문	경영학과		45	자연	신소재공학과		14
	회계세무학과		16		바이오나노학과		14
	관광경영학과		13		식품생명공학과		14
	의료산업경영학과		13		식품영양학과		12
자연	금융·빅데이터학부		26		생명과학과		15
인문	미디어커뮤니케이션학과		8		반도체물리학과		13
	경제학과		15		화학과		14
	응용통계학과		13		전자공학과	반도체 대학	73
	사회복지학과		12		반도체공학과		
	유아교육학과		15		시스템반도체학과		16
	심리학과		10		클라우드공학과		7
	패션산업학과		12		인공지능학과		45
	한국어문학과	AI인문 대학	71		컴퓨터공학과		41
	영미어문학과				스마트보안학과		18
	중국어문학과				전기공학과		20
	일본어문학과				스마트시티학과		16
	유럽어문학과				의공학과		14
	법학과	법과 대학	45		간호학과		77
	경찰행정학과				치위생학과		9
	행정학과				응급구조학과		6
자연	도시계획·조경학부		21		물리치료학과		8
	건축학부		15		방사선학과		8
	건축공학과		15		운동재활학과		13
	화공생명베터리공학부		57		의예과		6
	기계공학부		56		바이오로직스학과		28
	스마트팩토리학과		16	합계			1,009
	건설환경공학과		14				

[합격자 발표]

합격자 발표	수능일 이전 : 2025. 11. 08(토)
	수능일 이후 : 2025. 12. 12(금)
충원합격자 발표	2025. 12. 18(목) ~ 23(화)

[학생부 등급별 배점]

1. 합격자 및 충원합격자 발표는 본 대학 입학처 홈페이지를 통해 확인하실 수 있습니다.
2. 유의사항
   - 합격자 및 충원합격자는 반드시 지정된 기간 내에 등록하여야 합니다(미등록 시 불합격 처리함).
   - 합격자 및 충원합격자 중 본 대학에 등록 후 입학을 포기하고자 하는 자는 본 대학 입학처 홈페이지에서 등록 포기를 신청해야 합니다.
   - 합격자 명단 미확인으로 인한 모든 불이익은 지원자에게 있으므로 반드시 본인이 직접 확인하여야 합니다.
   - 충원합격자 통지기간 [2025. 12. 18.(목) ~ 23.(화) 18:00] 중 연락 두절로 합격 통지가 불가능할 경우 충원 대상에서 제외됩니다. 또한 어떠한 사유로도 이의를 제기할 수 없으며, 본 대학교는 이에 대한 책임을 지지 않습니다.

[합격자 등록]

1. 등록기간(문서등록)
   - 최초합격자 : 2025. 12. 15.(월) ~ 17.(수) 16:00까지
   - 충원합격자 : 2025. 12. 18.(목) ~ 24.(수) 16:00까지
2. 문서등록 방법
   - 본대학 홈페이지에서 정해진 절차에 따라 인터넷을 통해 등록(문서등록)해야 합니다(등록예치금 납부 없음).
3. 최종등록금 납부
   - 2026. 02. 02.(월) ~ 04.(수) 16:00까지
4. 유의사항
   - 수시모집 합격자는 대학, 교육대학, 산업대학, 전문대학에서 시행하는 정시모집, 추가모집에 지원할 수 없습니다.
   - 수시모집 합격자 중 환불하여 입학을 포기하여도 위의 사항과 같이 정시모집, 추가모집에 지원할 수 없습니다.
   - 위의 사항을 위반하여 정시모집, 추가모집 대학에 지원해 입학하여도 추후 입학이 취소되며, 또한 정시모집, 추가모집에 불합격하여도 지원한 사실로 인하여 수시모집 입학이 취소될 수 있습니다.
   - 동일 모집단위 중복합격자는 먼저 합격된 전형에 합격한 것으로 처리합니다(별도 통보 없음).

2026학년도 약술형 논술고사

[제출서류]

구분	제출서류
국내 고교 졸업(예정)자	제출서류 없음 (단, 학생부 온라인 제공 비동의자는 학교생활기록부 제출)
검정고시 합격자	제출서류 없음 (단, 온라인 제공 비동의자는 검정고시 합격증명서 및 성적증명서 제출)
외국 고교 졸업자	외국 고등학교 졸업증명서 및 성적증명서 제출 (아포스티유 확인 또는 고등학교 소재국의 한국 영사관에서 영사확인을 받은 후 제출)

가. 제출방법

    1. 인터넷 원서접수 사이트에서 제출

    2. 각각의 제출서류를 저용량 PDF문서로 합본하여 하나의 문서로 제출

    ※ 업로드 방법 예시(파일명은 자유롭게 작성 가능)

      • 원본 서류를 사진으로 찍은 후 PDF로 만들어 업로드

      • 원본 서류를 스캔하여 PDF로 만들어 업로드

      • 원본 서류를 PDF로 받아 업로드(암호화된 경우 암호 해제 후 업로드)

[동점자 처리기준]

가. 인문계열 / 자연계열

    1. 논술 성적 우수자

      ① 인문: 국어 성적 우수자 / 자연: 수학 성적 우수자

      ② 논술 문항별 만점이 많은 자

      ③ 논술 문항별 0점이 적은 자

    2. 수능 영역별 등급 합 우수자

    3. 교과 성적 우수자(학생부우수자 전형 기준)

나. 의예과

    1. 논술 성적 우수자

      ① 논술 문항별 만점이 많은 자

      ② 논술 문항별 0점이 적은 자

    2. 수능 영역별 등급 합 우수자

    3. 교과 성적 우수자(학생부우수자 전형 기준)

● ● Study plan

[자연계열]

영 역			날 짜	시 간
PART 1 기출문제	2025학년도	기출문제		
		모의고사		
	2024학년도	기출문제		
		모의고사		
	2023학년도	기출문제		
		모의고사		
	2022학년도	기출문제		
		모의고사		
PART 2 실전모의고사	제 1 회	국어		
		수학		
	제 2 회	국어		
		수학		
	제 3 회	국어		
		수학		
	제 4 회	국어		
		수학		
	제 5 회	국어		
		수학		

●● 구성과 특징

기출문제
실제 시험 유형을 대비한 4개년 기출문제

각 대학에서 시행한 모의 또는 기출문제를 수록하여 학생들이 각 대학들의 논술시험 특징을 파악하고 엉뚱한 시험범위와 잘못된 공부 방법으로 시간을 낭비하지 않도록 유도하였다.

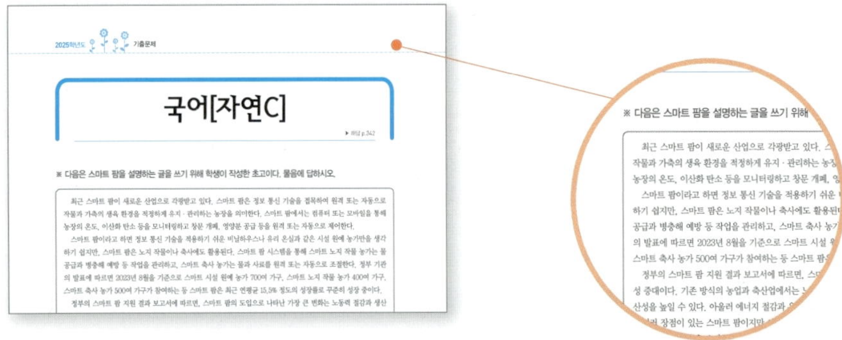

실전모의고사
기출유형과 100% 똑 닮은 실전문제

각 대학별 약술형 논술 유형을 철저히 분석하여 실제 시험과 문제 스타일이나 출제방식이 똑 닮은 싱크로율 100%의 실전문제 총5회분을 수록하였다.

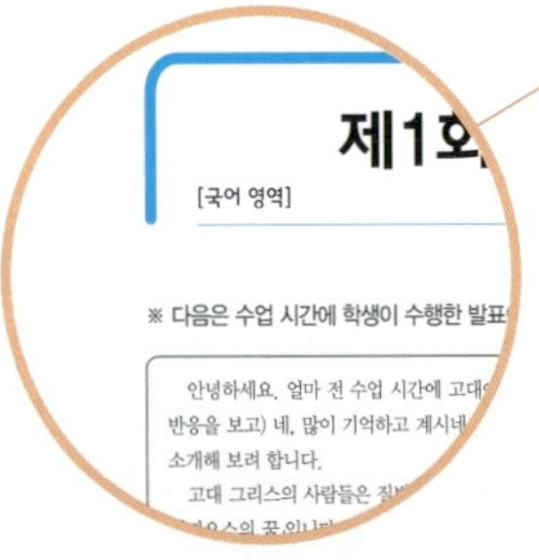

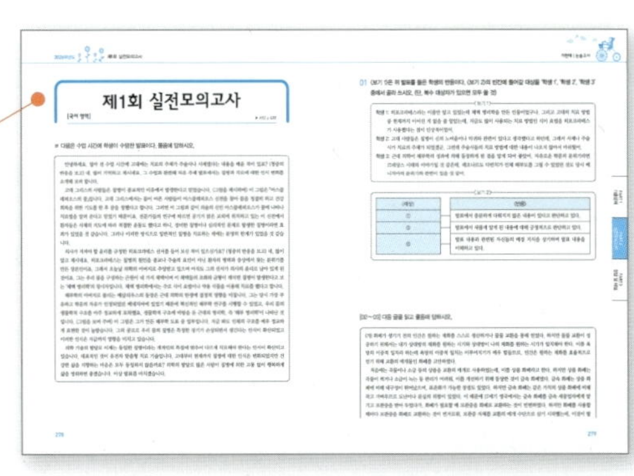

직관적인 문항 정보 파악을 위한 정답 및 해설

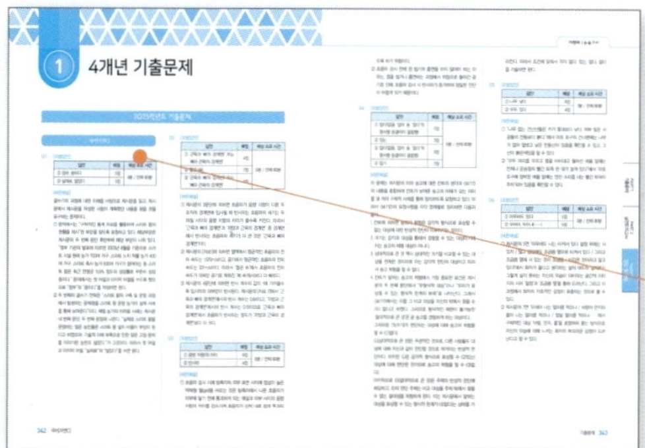

모범답안, 바른해설, 채점기준에서부터 예상 소요 시간과 배점에 이르기까지 수록된 문제에 대한 직관적인 문항 정보를 파악할 수 있도록 하였다.

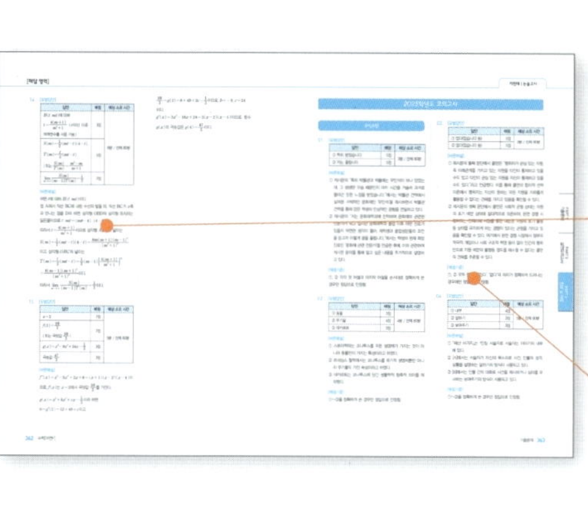

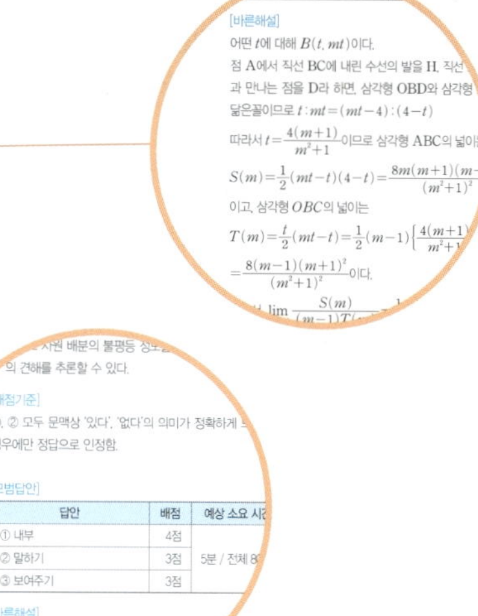

[4개년 기출문제]

PART 1 기출문제			문제	해설
	2025학년도	기출문제	20	342
		모의고사	76	363
	2024학년도	기출문제	92	367
		모의고사	158	388
	2023학년도	기출문제	174	393
		모의고사	226	405
	2022학년도	기출문제	242	410
		모의고사	268	419

CONTENTS

시스컴은
여러분을
응원합니다

PART 

기출문제

2025학년도
가천대
논술 기출문제

자연C   자연D   자연E   자연F

국어[자연C]

▶ 해답 p.342

※ 다음은 스마트 팜을 설명하는 글을 쓰기 위해 학생이 작성한 초고이다. 물음에 답하시오.

최근 스마트 팜이 새로운 산업으로 각광받고 있다. 스마트 팜은 정보 통신 기술을 접목하여 원격 또는 자동으로 작물과 가축의 생육 환경을 적정하게 유지 · 관리하는 농장을 의미한다. 스마트 팜에서는 컴퓨터 또는 모바일을 통해 농장의 온도, 이산화 탄소 등을 모니터링하고 창문 개폐, 영양분 공급 등을 원격 또는 자동으로 제어한다.

스마트 팜이라고 하면 정보 통신 기술을 적용하기 쉬운 비닐하우스나 유리 온실과 같은 시설 원예 농가만을 생각하기 쉽지만, 스마트 팜은 노지 작물이나 축사에도 활용된다. 스마트 팜 시스템을 통해 스마트 노지 작물 농가는 물 공급과 병충해 예방 등 작업을 관리하고, 스마트 축사 농가는 물과 사료를 원격 또는 자동으로 조절한다. 정부 기관의 발표에 따르면 2023년 8월을 기준으로 스마트 시설 원예 농가 700여 가구, 스마트 노지 작물 농가 400여 가구, 스마트 축사 농가 500여 가구가 참여하는 등 스마트 팜은 최근 연평균 15.5% 정도의 성장률로 꾸준히 성장 중이다.

정부의 스마트 팜 지원 결과 보고서에 따르면, 스마트 팜의 도입으로 나타난 가장 큰 변화는 노동력 절감과 생산성 증대이다. 기존 방식의 농업과 축산업에서는 노동력 부족이 큰 문제인데, 스마트 팜에서는 적은 노동력으로도 생산성을 높일 수 있다. 아울러 에너지 절감과 온실가스의 배출 감소처럼 환경 측면의 긍정적 효과도 있다.

여러 장점이 있는 스마트 팜이지만 아직 구축과 운영 과정에서 겪는 문제도 남아 있다. 실제로 스마트 팜을 운영하는 많은 농민들은 스마트 팜 설치 비용이 부담이 된다고 하였으며, 기술적 이해 부족으로 인한 잦은 고장 문제를 이야기한 농민도 많았다. 따라서 미래의 노동력 부족 현상이나 환경적 측면에서 여러 효과가 있는 스마트 팜을 확대 적용하기 위해서는 스마트 팜 관련 시설의 설치 및 비용을 낮추는 방안을 찾는 일과 장비 운용에 대한 이해도를 높이는 일 등이 시급하다고 할 수 있다.

01 〈보기〉는 제시문을 작성하기 전에 학생이 수립한 글쓰기 계획의 일부이다. 〈보기〉의 ①, ②가 반영된 문장을 제시문에서 찾아 각각의 첫 어절과 마지막 어절을 순서대로 쓰시오.

〈보기〉

① 구체적인 통계 자료를 활용하여 스마트 팜의 현황을 제시한다.

② 스마트 팜의 구축 및 운영 과정에서 발생하는 문제점을 스마트 팜 운영 농가의 실제 사례를 통해 보여준다.

① 첫 어절: ________________________, 마지막 어절: ________________________

② 첫 어절: ________________________, 마지막 어절: ________________________

[02~03] 다음 글을 읽고 물음에 답하시오.

초음파는 사람이 들을 수 있는 주파수보다 높은 주파수를 가지는 음파이다. 이를 이용한 초음파 진단기는 신체에 탐촉자*를 대고 초음파를 발생시킨 뒤, 인체 조직을 통과하는 초음파 빔 중에서 되돌아오는 신호를 탐촉자가 수신하여 영상으로 변환해 화면에 나타내는 기기이다.

소리의 파동인 초음파는 전파되기 위해 매개체, 즉 매질이 필요하다. 매질의 특성에 따라 초음파의 전파 속도에 차이가 나며, 동일한 매질 내에서는 동일한 전파 속도를 가진다. [자료 1]은 매질별 초음파의 전파 속도와 음향 저항을 나타낸 표이다. 인체는 대략 65%가 수분으로 구성되어 있어 평균적인 전파 속도가 1,540m/s와 유사한 값을 갖는다. 뼈조직에서의 전파 속도는 4,080m/s로 가장 빠르고, 대부분이 공기로 채워진 폐에서의 전파 속도는 가장 느리다. 전파 속도는 통과하는 매질의 체적 탄성률*에 비례하고 매질의 밀도에 반비례한다.

매질	초음파의 전파 속도(m/s)	음향 저항 (g/cm² · s)
공기	331	0.0004
지방	1,450	1.38
물	1,540	1.54
혈액	1,570	1.61
근육	1,585	1.70
뼈	4,080	7.80

[자료 1]

탐촉자에서 송신한 초음파 빔은 인체 조직을 통과하면서 조직의 경계면에서 반사되거나 조직 내에서 산란되어 되돌아오는데, 초음파 진단기는 이러한 반사파나 산란파를 이용한다. 음향 저항이 서로 다른 두 조직의 경계면에 초음파가 입사*되면, 일부는 반사되고 나머지는 투과된다. 음향 저항은 음파에 대한 매질의 저항을 의미하는 것으로, 매질의 밀도(g/cm³)와 매질 내 전파 속도(m/s)를 곱한 값으로 결정된다. 이때, 두 매질 사이에 음향 저항의 차이가 클수록 반사되는 초음파의 세기가 증가한다. 초음파는 같은 매질 내에서는 같은 전파 속도를 가지므로, 음향 저항의 차이를 유발하는 것은 두 매질 간의 밀도 차이이다. 근육, 힘줄, 인대 등과 같은 연부 조직의 평균 음향 저항은 1.70g/cm² · s로 지방보다 공기와의 음향 저항의 차이가 더 크므로, 지방과 근육의 경계면보다 공기와 근육의 경계면에서 반사파의 세기가 더 크다. ㉠초음파 검사 시에 탐촉자와 피부 표면 사이에 점성이 높은 액체형 젤(gel)을 바르는 것도 탐촉자와 피부 사이의 공기로 인해 발생하는 반사파의 세기를 고려한 것이다.

또한 음파의 반사는 입사각의 영향을 크게 받는다. 입사각은 입사되는 초음파와 법선*이 이루는 각도를 말한다. 표면이 평평한 두 매질의 경계면에 초음파 빔이 입사할 경우, 법선을 기준으로 입사각과 반사각은 같다. 초음파 빔이 조직의 경계면에 수직으로 입사하면, 탐촉자로 돌아오는 반사파가 많아져서 초음파 영상이 명료하게 나타난다. 하지만 입사각이 커질수록, 즉 입사파와 경계면이 이루는 각도가 작아질수록 빔은 탐촉자의 반대 방향으로 반사되어 탐촉자로 돌아오는 빔이 적어져서 영상에 포함되지 않게 된다. [자료 2]는 초음파가 조직의 경계면에 수직으로 입사한 경우의 반사 계수를 나타낸 표이다. 반사 계수란 입사파 대비 반사파의 비율로, 이 값이 1에 가까울수록 입사파 대부분이 반사됨을 의미한다.

초음파 검사 시 주의 사항이 있다. 위장, 간, 담낭 등의 장기를 살펴볼 수 있는 상복부 초음파 검사를 할 경우, 물을 포함한 음식물의 섭취가 소화액과 장내 가스를 발생시켜 반사파가 증가한다. 즉 위장에서 분비하는 소화액과 장내 가스는 위장의 깊숙한 부위 혹은 팽창된 위장에 가려지는 췌장이나 간 등의 장기에 초음파가 도달하는 것을 방해할 수 있다. 따라서 상복부 초음파 검사 전에는 8~12시간 이상 물을 마시지 말고 금식해야 한다. 또한 껌을 씹거나 흡연하는 과정에서 삼킨 많은 공기가 위장으로 들어갈 수 있으므로 ㉡검사 전에 껌 씹기와 흡연을 하지 않아야 한다.

경계면	반사 계수
지방–근육	0.10
혈액–근육	0.03
근육–뼈	0.64
신장–간	0.01
연부 조직–물	0.05
연부 조직–공기	0.99

[자료 2]

*탐촉자: 초음파를 발생시켜 송신하고 되돌아오는 음파를 수신하는 장비.

*체적 탄성률: 물체의 모든 방향에서 균일한 압축력이 가해졌을 때, 압축되지 않으려고 저항하는 정도를 나타내는 값.

*입사: 소리나 빛의 파동이 매질 속을 지나 다른 매질의 경계면에 이르는 일.

*법선: 어떤 면에 수직으로 세운 가상의 선.

02 〈보기〉는 제시문을 읽고 실시한 탐구 활동이다. 〈보기〉의 ①~③에 들어갈 적절한 말을 쓰시오.

〈보기〉

- '근육과 뼈의 경계면'과 '지방과 근육의 경계면' 중 경계면에서 반사되는 초음파의 세기가 더 큰 것은 '(　①　)의 경계면'이다.
- 매질의 특성만 고려하면, '혈관 속'과 '폐 속' 중 초음파의 전파 속도는 '(　②　) 속'에서 더 빠르다.
- 초음파가 조직의 경계면에 수직으로 입사한 경우를 기준으로 했을 때, '근육과 뼈의 경계면'과 '지방과 근육의 경계면' 중 '(　③　)의 경계면'에서 반사되는 정도가 더 크다.

※ 〈보기〉에서 언급한 조건 외에, 다른 조건들은 모두 동일함.

①　___________________________________

②　___________________________________

③　___________________________________

03 〈보기〉는 제시문을 바탕으로 제시문의 ㉠과 ㉡의 이유를 추론한 것이다. 〈보기〉의 ①, ②에 들어갈 적절한 말을 제시문에서 찾아 쓰시오.

〈보기〉

- ㉠은 탐촉자에서 나온 초음파가 피부에 닿기 전에 통과하게 되는 매질과 피부 사이의 (　①　)을/를 감소시켜 초음파가 신체 내로 쉽게 투과되도록 하기 위함이다.
- ㉡은 껌을 씹거나 흡연하는 과정에서 위장으로 들어간 공기로 인해, 초음파 검사 시 (　②　)이/가 증가하여 정밀한 진단이 어렵게 되기 때문이다.

①　___________________________________

②　___________________________________

※ 다음 글을 읽고 물음에 답하시오.

우리는 산행 중 만난 작은 들꽃을 눈여겨보며 '아름답다'고 느낀다. 드높이 솟은 산봉우리를 바라보며 그 광경이 '장엄하다'거나 '숭고하다'고 느끼기도 한다. 칸트는 이러한 미(美)와 숭고(崇高)의 판단이 우리에게 즐거움, 즉 쾌를 준다는 점에서 공통적이라고 보았다. 나아가 둘은 개념을 통해 대상을 인식하는 논리적 판단이나 외부 세계의 정보를 알게 하는 감각적 판단이 아니라고 보았다. 논리적 판단과 감각적 판단이 모두 객관과 관계된 것이라면, 미와 숭고는 오직 주체가 느낀 감정, 즉 주관과 관계된다는 것이다. 그런데 칸트에 따르면 미와 숭고의 판단은 모두 특수한 대상에 대한 주관적 판단이지만 우리는 다른 모든 사람도 그 대상에 대해 자신과 같이 판단할 것이라고 생각한다. 즉 사람은 자신에게 아름답거나 숭고한 대상은 남에게도 그럴 것이라고 여긴다. 이러한 점에서 칸트는 미와 숭고의 판단이 모두 반성적 판단, 즉 특수한 것으로부터 보편적인 것을 발견하려는 판단이라고 보았다.

하지만 칸트는 다음과 같은 점에서 미와 숭고가 서로 구분된다고 보았다. 첫째, 미는 형식을 가진 대상에서 경험되는 반면, 숭고는 무형식적 대상에서 경험된다. 예를 들어 멀리서 산을 바라볼 때 그 대상은 산이라는 감각적 형식으로 드러나며 이러한 형식에서 우리는 아름다움을 경험한다. 그러나 안개에 가려진 봉우리 밑에 서서 거대한 산의 일부만을 바라볼 때에는 대상의 전체 형식이 쉽게 상상되지 않는다. 그리고 그 모습을 전부 드러내지 못할 만큼 거대한 산의 모습에서 우리는 숭고를 경험한다. 이처럼 숭고는 우리가 재현해 내려는 형식에 한계가 없기 때문에 발생한다. 즉 칸트에 따르면 숭고에서 경험되는 무형식성은 감각적 형식의 부재가 아닌 우리가 표상할 수 있는 형식적 한계의 부재를 의미한다.

둘째, 미와 숭고는 그것이 불러일으키는 감정이 다르다. 칸트는 미가 직접적으로 즐거움을 준다면, 숭고는 '불쾌의 쾌'라는 감정을 유발한다고 보았다. 우리는 어떤 거대한 대상과 대면했을 때 그것의 전체 모습을 재현해 내기 위해 애쓰는 과정에서 자신의 지각 능력의 한계에 도달하는 불쾌한 경험을 하게 된다. 그리고 이러한 불쾌의 감정을 거쳐 결국 숭고라는 쾌의 감정을 만나게 된다. 즉 하나로 파악해 낼 수 없는 거대한 대상에 대한 압도의 경험은 일차적으로 그 대상에 대한 반발을 유발하지만, 이러한 반발을 매개로 오히려 대상에 대한 이끌림을 경험한다. 이러한 점에서 칸트는 숭고에서는 미에서 발생하는 고요한 관조라는 마음의 상태와는 다른 마음의 운동, 즉 감동이 발생한다고 보았다.

셋째, 칸트는 합목적성이 미와 숭고 사이의 가장 중요한 차이라고 말한다. 합목적성이란 대상과 판단력 사이의 적합성을, 반목적성이란 대상과 판단력 사이의 부적합성을 의미한다. 미로 인한 쾌의 감정은 그 대상이 형식적 합목적성을 지닐 때 느끼는 즐거움이다. 우리가 어떤 대상을 아름답다고 느낄 때 그 대상의 형식은 우리의 판단력에 적합한 것으로 느껴진다. 그런데 숭고의 대상은 무형식적 이어서 우리는 대상을 하나의 표상으로 파악하는 데 어려움을 겪게 되고, 대상을 파악하려는 인식의 노력은 좌절된다. 따라서 숭고의 대상은 우리의 판단력에 부적합한 것으로 여겨지는 형식적 반목적성을 갖는다.

04 〈보기2〉는 제시문을 바탕으로 〈보기1〉의 ㉠~㉢을 이해한 내용이다. 〈보기2〉의 ①~④에 들어갈 적절한 말을 〈조건〉에 맞게 쓰시오.

〈보기 1〉

　칸트는 '크다는 것'과 '크기'를 구별한다. ㉠'크기'는 다른 척도 없이도 대상 그 자체로부터 객관적으로 규정되지만 '크다는 것'은 그렇지 않다. 예를 들어 '저 사물의 크기가 1m이다.'라는 판단은 다른 대상과의 비교 없이 규정되나, '저 사물은 크다.'라는 판단은 그 사물보다 크기가 작은 사물들을 전제해야 한다. 칸트에 따르면 이는 비교 대상을 요구하는 상대적인 판단으로, 그 대상의 '크기'에 대한 인식이 아닌 주관적인 느낌을 표현한 것인 동시에 다른 사람도 '저 사물은 크다.'라고 판단할 것으로 여기는 판단이다. 칸트는 '저 사물은 크다'라는 판단에서 '크다는 것'을 다시 ㉡'상대적으로 큰 것'과 ㉢'절대적으로 큰 것'으로 구분한다. 이때 '상대적으로 큰 것'은 다른 것과의 비교를 전제한 것이지만, '절대적으로 큰 것'에 대한 판단 주체는 그 비교 대상을 자신 밖에서 찾을 수 없는 절대성을 체험한다.

〈보기 2〉

　칸트는 주체의 어떤 대상에 대한 숭고의 체험은 감각적 형식으로 표상할 수 없는 대상에 대한 반성적 판단을 통해 유발되는 것으로 보았다. 이를 고려하면 칸트의 입장에서 ㉠에 대한 판단은 반성적 판단이 아니기 때문에 주체는 ㉠이 판단되는 대상에 대해 숭고의 체험을 할 수 (　①　). 다음으로 ㉡은 주관적인 것으로, 다른 사람들도 대상에 대해 자신과 같이 판단할 것으로 여겨지는 반성적 판단이다. 하지만 ㉡은 감각적 형식으로 표상할 수 (　②　) 대상에 대해 판단한 것이므로 칸트의 입장에서 주체는 ㉡으로 판단되는 대상에 대해서 숭고의 체험을 할 수 (　③　). 마지막으로 ㉢은 주체의 반성적 판단에 해당하고, ㉢의 판단 주체는 비교 대상을 주체 밖에서 찾을 수 없는 절대성을 체험하게 된다. 이때 ㉢의 판단에는 대상을 표상할 수 있는 형식적 한계가 (　④　) 때문에 주체는 숭고를 경험하게 된다.

〈조건〉

· ①~④ 모두 문맥에 맞게 '있다' 또는 '없다'의 적절한 활용형으로 작성할 것.
· ①~④ 모두 2자로 작성할 것(단, 띄어쓰기와 문장부호는 글자 수에서 제외함).

①　_____________　②　_____________　③　_____________　④　_____________

※ 다음 글을 읽고 물음에 답하시오.

　사장(沙場)은 물새가 없이 너무 너르고 그 건너 포플러의 행렬은 이 개포*의 돛대들보다 더 위엄이 있다. 오래 머물지 못하는 돛대들이 쫓겨 달아나듯이 하구(河口)를 미끄러져 도망해 버린다. 나무 없는 건넌산들은 키가 돛대보다 낮다. 피부 빛은 사공들의 잔등보다 붉다. 물속에 들어간 닻이 얼마나 오래 있나 보자고 산들은 물 위를 바라보고들 있는 듯하다.
　개포에는 낮닭이 운다. 기슭 핥는 물결 소리가 닭의 소리보다 낮게 들린다. 저 아래 철교 아래 사는 모터보트가 돈

많은 집 서방님같이 은회색 양복을 잡숫고* 호기 뻗친 노라리* 걸음으로 내려오곤 한다. 빈 매생이*가 발길에 차이고 못나게 출렁거리며 운다.

커다란 금 휘장의 모자를 쓴 운전수들이 빈손 들고 내려서는 동둑을 넘어서 무엇을 찾는 듯이 구차한 거리로 들어간다. 구멍 나간 고의를 입은 사공들을 돌아다보지 않는 것이 그들의 예의이다. 모두 머리를 모으고 몸을 비비대고 들어선 배들 앞에는 언제나 운송점의 빨간 트럭 한 대가 놓여 있다. 때때로 풍풍풍풍……거리는 것은 아마 시골 손들에게 서울의 연설을 하는지 모른다.

여의도에 비행기가 뜨는 날 먼 시골 고장의 배가 들어서는 때가 있다. 돛대 꼭두마리의 팔랑개비를 바라보던 버릇으로 뱃사람들은 비행기를 쳐다본다. 그리고 돛대의 흰 깃발이 말하듯이 그렇게 하늘이 무서운 것이 아니라고 생각한다. 이럴 때에 영등포를 떠나오는 기차가 한강 철교를 건넌다. 시골 운송점과 정미소에서 내는 신년 괘력(掛曆)*의 그림이 정말이 되는 때다.

"마포는 참 좋은 곳이여!" 뱃사람의 하나는 반드시 이렇게 감탄한다.

흰 수염 난 늙은이가 매생이에서 낚대를 드리우지 않는 날을 누가 보았나? 요단강의 영지(靈智)*가 물 위에 차 있을 듯한 곳이다. 강상(江上)에 흐늑이는* 나룻배를 보면 「비파행」*의 애끊는 노래가 들리지 않나 할 곳이다.

뗏목이 먼저 강을 내려와서 강을 올라오는 배를 맞는 일이 많다. 배가 떠난 뒤에도 얼마를 지나서야 뗏목이 풀린다. 뗏목이 낯익은 배들을 보내고 나는 때에 개포의 작은 계집아이들이 빨래를 가지고 나와서 그 잔등에 올라앉는다. 기름 바른 머리 분칠한 얼굴이 예가 어덴가 하고 묻고 싶어 할 것이 뗏목의 마음인지 모른다.

뱃지붕을 타고 먼산바라기를 하는 사람들은 저 산 그 너머 산 그 뒤로 보이는 하이얀 산만 넘으면 고향이 보인다고들 생각한다. 서울 가면 아무 데 산이 보인다고 마을에서 말하고 떠나온 그들이 서울의 개포에 있는 탓이다.

배들은 낯선 개포에서 본(本)과 성명을 말하기를 싫어한다. 그들은 머리에다 커다랗게 붉은 글자로 백천(百川), 해주(海州), 아산(牙山)…… 이렇게 뻐젓한 본을 달고 금파환(金波丸), 대양환(大洋丸), 순풍환(順風丸), 이렇게 아름답고 길상(吉祥)한 이름을 써 붙였다. 그들은 이 개포의 맑은 하늘 아래 뿔사납게 서서 흰 구름과 눈빨기*를 하는 전기 공장의 시꺼먼 굴뚝이 미워서 이 강에 정을 못 들이겠다고 말없이 가 버린다.

– 백석, 「마포」

*개포: 마포의 포구.

*잡숫고: 입고.

*노라리: 건달처럼 빈둥거리는 짓.

*매생이: 돛이 없는 작은 배.

*괘력: 벽이나 기둥에 걸어 놓고 보는 일력(日曆)이나 달력.

*영지: 신령스럽고 기묘한 지혜.

*흐늑이는: 느리고 부드럽게 흔들리는.

*비파행: 중국 당나라 시인 백거이가 지은 칠언 고시.

*눈빨기: '눈 흘기기'의 평북 방언.

05 〈보기〉는 제시문을 읽고, 수업 시간에 교사와 학생들이 나눈 대화의 일부이다. 〈보기〉의 ㉠, ㉡에 해당하는 문장을 제시문에서 찾아 각각의 첫 어절과 마지막 어절을 순서대로 쓰시오.

> ─〈보기〉─
>
> 교사: 지금까지 백석의 「마포」를 함께 감상해 봤어요. 이 작품의 공간적 배경은 마포인데, 마포의 풍경과 그에 투영된 글쓴이의 단상이 체계적인 의미 단위를 이루며 전개되고 있어요. 그만큼 공간적 배경은 이 작품의 감상에 중요한 부분이라고 할 수 있습니다. 그럼 이제부터는 생성AI를 활용해 작품 속 배경을 이미지로 한번 구현해 보기로 해요. 생성AI에 입력할 프롬프트를 준비해야 하니까, 먼저 작품 속에 나타나는 공간적 배경의 모습을 정리해서 말해 볼까요?
>
> 민수: ㉠마포 포구의 건너편에는 헐벗고 낮은 민둥산들이 있어요.
>
> 교사: 그 민둥산들의 색깔은 어떻게 묘사되고 있어요?
>
> 민수: 붉은색으로 묘사되고 있어요.
>
> 혜은: ㉡마포 포구에 정박한 배들 앞에는 엔진 소리를 내는 빨간 트럭이 주차되어 있고, 예쁘게 단장한 계집아이들이 마포 포구에 정박한 배 위로 올라가 빨래를 하고 있어요.
>
> 교사: 음, 그런데 여자아이들이 빨래를 하고 있는 곳이 배 위가 맞나요?
>
> 혜은: 아, 배 위가 아니라 뗏목 위이네요.
>
> 교사: 네, 좋아요. 작품 속에 나타나는 공간적 배경의 다른 모습들도 계속 찾아봅시다.

① ㉠에 해당하는 문장

     첫 어절: ＿＿＿＿＿＿＿＿＿＿＿＿＿＿＿＿, 마지막 어절: ＿＿＿＿＿＿＿＿＿＿＿＿＿＿＿＿

② ㉡에 해당하는 문장

     첫 어절: ＿＿＿＿＿＿＿＿＿＿＿＿＿＿＿＿, 마지막 어절: ＿＿＿＿＿＿＿＿＿＿＿＿＿＿＿＿

※ 다음 글을 읽고 물음에 답하시오.

왜 나는 조그마한 일에만 분개하는가
저 왕궁 대신에 왕궁의 음탕 대신에
50원짜리 갈비가 기름 덩어리만 나왔다고 분개하고
옹졸하게 분개하고 설렁탕집 돼지 같은 주인년한테 욕을 하고
옹졸하게 욕을 하고

한번 정정당당하게
붙잡혀 간 소설가를 위해서
언론의 자유를 요구하고 월남 파병에 반대하는
자유를 이행하지 못하고
20원을 받으러 세 번씩 네 번씩

찾아오는 야경꾼*들만 증오하고 있는가

옹졸한 나의 전통은 유구하고 이제 내 앞에 정서(情緖)로
가로놓여 있다
이를테면 이런 일이 있었다
부산에 포로수용소의 제14야전병원에 있을 때
정보원이 너스들과 스펀지를 만들고 거즈를
개키고 있는 나를 보고 포로경찰이 되지 않는다고
남자가 뭐 이런 일을 하고 있느냐고 놀린 일이 있었다
너스들 옆에서

지금도 내가 반항하고 있는 것은 이 스펀지 만들기와
거즈 접고 있는 일과 조금도 다름없다
개의 울음소리를 듣고 그 비명에 지고
머리에 피도 안 마른 애놈의 투정에 진다
떨어지는 은행나무 잎도 내가 밟고 가는 가시밭

아무래도 나는 비켜서 있다 절정 위에는 서 있지
않고 암만해도 조금쯤 옆으로 비켜서 있다
그리고 조금쯤 옆에 서 있는 것이 조금쯤
비겁한 것이라고 알고 있다!

그러니까 이렇게 옹졸하게 반항한다
이발쟁이에게
땅주인에게는 못 하고 이발쟁이에게
구청 직원에게는 못 하고 동회 직원에게도 못 하고
야경꾼에게 20원 때문에 10원 때문에 1원 때문에
우습지 않으냐 1원 때문에

모래야 나는 얼마큼 적으냐
바람아 먼지야 풀아 나는 얼마큼 적으냐
정말 얼마큼 적으냐……

– 김수영, 「어느 날 고궁을 나오면서」

*야경꾼: 밤사이에 화재나 범죄가 없도록 살피고 지키는 사람.

06 〈보기〉는 제시문에 대한 해설의 일부이다. 〈보기〉의 ㉠, ㉡에 해당하는 연을 찾아 각각의 첫 어절과 마지막 어절을 순서대로 쓰시오.

─〈보기〉─

시에는 다양한 갈등의 상황이 존재하고, 이러한 갈등의 상황에 대처하는 시적 화자의 다양한 모습이 드러난다. 갈등의 상황에서 문제를 해결하고자 하는 화자의 의지와 태도가 적극적으로 드러나기도 하고, 갈등의 해소보다는 갈등으로 인해 발생한 화자의 감정을 표출하는 모습이 나타나기도 한다. 김수영의 「어느 날 고궁을 나오면서」에도 갈등을 겪는 화자의 감정이 다양한 방식으로 표출되는 것을 확인할 수 있다. 그중 이 시에는 ㉠화자가 옳다고 생각하는 삶의 태도와 실제로는 그렇게 살지 못하는 자신의 모습 각각이, 대비되는 공간적 이미지의 시어를 통해 표현되면서 화자의 자조적인 감정이 표출되기도 한다. 그리고 ㉡화자는 이와 같은 자신의 모습에 대해 느끼는 부끄러움을 구체적인 대상을 호명하며 묻는 방식으로 표출하기도 한다.

① ㉠에 해당하는 연

첫 어절: _________________________, 마지막 어절: _________________________

② ㉡에 해당하는 연

첫 어절: _________________________, 마지막 어절: _________________________

수학[자연C]

▶ 해답 p.344

07 $0 \leq \theta < 2\pi$에 대하여 $\cos\left(\dfrac{\pi}{2}+\theta\right)=\dfrac{1}{\sqrt{6}}$이고 $\cos\theta < 0$일 때,

$$\tan^2(\pi+\theta)+\sqrt{5}\tan\theta+3\sin^2\left(\dfrac{3}{2}\pi+\theta\right)$$

의 값을 구하는 과정을 서술하시오.

08 함수

$$f(x)=\begin{cases} \dfrac{1}{3}x^{-4} & (0<x\leq 2) \\ \log_3 x & (x>2) \end{cases}$$

에 대하여 $\displaystyle\sum_{n=1}^{3} f(f(f(n)))$의 값을 구하는 과정을 서술하시오.

09 다항함수 $f(x)$가 모든 실수 x에 대하여

$$\int_0^x tf(t)\,dt = f(x) + ax^3 + x^2 + x - 2$$

를 만족시킬 때, $f(a)$의 값을 구하는 과정을 서술하시오. (단, a는 상수이다.)

10 자연수 k에 대하여 $\sqrt[n]{(2^k)^7}$의 값이 8의 배수가 되도록 하는 2 이상의 자연수 n의 개수를 $f(k)$라 하자. 〈보기〉에서 옳은 것만을 있는 대로 고르는 과정을 서술하시오.

〈보기〉
ㄱ. $f(7) = 2$
ㄴ. $f(k) = 2$를 만족시키는 5 이하의 k의 개수는 2이다.
ㄷ. $f(k) = 5$를 만족시키는 10 이하의 모든 k의 값의 합은 24이다.

11 다항함수 $f(x)$가 다음 조건을 만족시킨다.

> (가) $\displaystyle\lim_{x \to \infty} \frac{f(x)}{9x^2-1} = \frac{1}{3}$
>
> (나) $\displaystyle\lim_{x \to \frac{1}{3}} \frac{9x^2-1}{f(x)} = \frac{1}{4}$

$$\lim_{x \to \frac{1}{3}} \frac{\left|x-\dfrac{1}{3}\right|(x^2+ax+5)}{f(x)} = b$$를 만족시키는 두 상수 a, b의 값을 구하는 과정을 서술하시오.

12 삼차함수 $f(x)$가 두 실수 α, $\beta \, (\alpha < \beta)$에 대하여 다음 조건을 만족시킨다.

> (가) $f'(\alpha) = f'(\beta) = 0$
>
> (나) $f(\alpha)f(\beta) < 0$
>
> (다) $|f(\beta)| = 2|f(\alpha)|$

집합 $A = \{x \mid |f(x)| - |f(t)| = 0\}$의 원소의 개수가 홀수가 되도록 하는 모든 실수 t의 개수가 m이고, 이러한 m개의 실수 t의 값을 작은 수부터 차례로 $t_1, t_2, t_3, \cdots, t_m$이라 하자.

$\dfrac{1}{|f(\alpha)|} \displaystyle\sum_{i=1}^{m} f(t_i)$의 가능한 모든 값을 구하는 과정을 서술하시오.

13 실수 전체의 집합에서 연속인 함수 $f(x)$가 다음 조건을 만족시킨다.

> (가) $0 \le x < 1$일 때, $f(x) = a\left(x - \dfrac{1}{4}\right)^2 - \dfrac{9}{16}$ 이다.
>
> (나) 모든 실수 x에 대하여
> $f(x+1) = f(x) + 1$을 만족시킨다.

자연수 n에 대하여 $p_n = \displaystyle\int_{n-1}^{n} f(x)dx$라 할 때, 함수 $g(x) = \displaystyle\sum_{n=1}^{100} (x - p_n)^2$은 $x = \alpha$에서 최솟값을 갖는다. α의 값을 구하는 과정을 서술하시오. (단, a, α는 상수이다.)

14 삼차함수 $f(x)$가 다음 조건을 만족시킨다.

> (가) $\displaystyle\lim_{x \to 2} \dfrac{f(x) - f(-2)}{x - 2} = 1$
>
> (나) $\displaystyle\lim_{x \to 0} \dfrac{f(x+2)}{f(x-2)} = 3$

① $f(2) \ne 0$일 때, 위 조건을 만족시키는 함수가 존재하는지 서술하시오.

② $\displaystyle\int_{0}^{3} f(x)dx$의 값을 구하는 과정을 서술하시오.

15 다음 조건을 만족시키는 모든 자연수 n의 값의 합을 m이라 하자.

> 함수 $f(x)=\sin\dfrac{\pi}{n}x$가 모든 실수 x에 대하여 $f(x+30)=f(x)$를 만족시킨다.

그림과 같이 중심이 O이고 반지름의 길이가 4인 원에 내접하는 예각삼각형 ABC에 대하여 점 O에서 세 선분 AB, BC, CA에 내린 수선의 발을 각각 D, E, F라 하자. $5\sin^2 A$ $=4\sin^2 C$이고 $\overline{OD}:\overline{OE}:\overline{OF}=12:m:6$ $(3\sqrt{5}-1)$일 때, 선분 OE의 길이와 $\sin^2 B$ 의 값을 구하는 과정을 서술하시오.

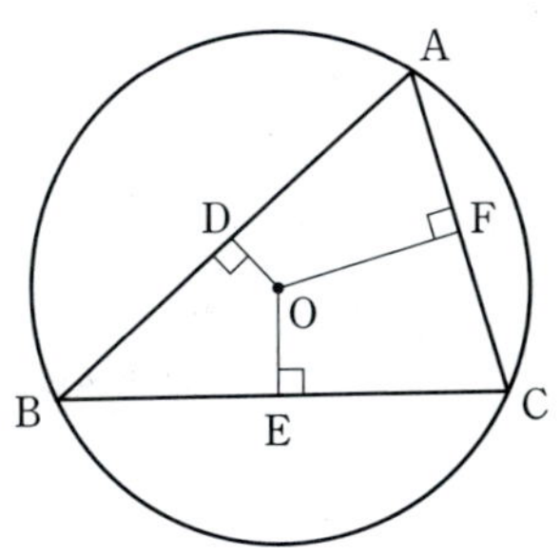

국어[자연D]

▶ 해답 p.347

※ 다음은 학생들이 나눈 대화이다. 물음에 답하시오.

> 학생1: 체육 대회를 준비하기 위해 정할 것이 있어서 모이자고 했어. 먼저 체육 대회 종목에 대해 얘기할까? 작년엔 줄다리기, 피구, 계주, 이인삼각 달리기를 했어. 올해는 체육 대회에 더 많은 학생이 안전하게 참여할 수 있도록 하자.
>
> 학생3: 그럼 이인삼각 달리기를 뺄까?
>
> 학생2: 왜?
>
> 학생3: 작년에 이인삼각 달리기를 하다가 한 학생이 넘어져서 다치는 일이 있었어.
>
> 학생2: 그랬었지. 또 아쉬운 점은 이인삼각 달리기는 한 반에서 절반 정도만 선수로 참여할 수 있다는 점이야.
>
> 학생1: 이인삼각 달리기는 빼는 게 좋겠다. 대체할 다른 종목이 있을까?
>
> 학생2: 꼬리잡기는 어때?
>
> 학생3: 보통 꼬리잡기는 10명 미만을 한 단위로 진행하는 종목이잖아? 이인삼각 달리기랑 비교했을 때 더 많은 학생이 참여할 수 있는 종목이 아닌 것 같아.
>
> 학생2: 내가 최근에 알게 된 종목이 하나 있어. '여럿이 한마음'이라는 이름의 달리기 종목인데 네댓 명이 한 단위를 이루는 게임이야. 서로 팔뚝을 붙이면서 나란히 선 다음 스펀지 막대를 다 함께 쥐고 반환점을 도는 방식이었어.
>
> 학생1: 재밌겠는데? 다섯 조가 이어 달리면 학급 전체 학생이 참여할 수 있겠는걸?
>
> 학생3: 그리고 이인삼각 달리기를 할 때는 하체를 서로 강하게 엮어야만 했는데, 여럿이 한마음은 학생들끼리 서로 상체가 느슨하게 엮이게 되는 운동이라서 부상의 위험도 훨씬 적겠어.
>
> 학생1: 좋아. 그럼 이인삼각 달리기 대신 여럿이 한마음 달리기를 넣는 걸로 하자

01 〈보기〉는 제시문에 나타난 학생들의 발화를 설명한 것이다. 〈보기〉의 ①~④에 들어갈 적절한 대화 참여자를 쓰시오.

〈보기〉

- '학생1'은 대화의 화제와 논의의 기준을 제시하면서 대화를 시작하고 있다.
- '(　①　)'은/는 앞선 자신의 제안에 대한 이유를 묻는 '학생2'의 질문에 예전의 사례를 근거로 제시하며 답하고 있다.
- '(　②　)'은/는 '학생2'가 제시한 대안에 대해, 앞에서 '학생2'가 작년 종목의 단점으로 언급한 문제를 마찬가지로 가지고 있음을 지적한다.
- '학생2'가 마지막으로 제시한 대안에 대해, '(　③　)'은/는 참여 가능 학생 수 측면을 고려하여 이를 긍정적으로 평가하고, '(　④　)'은/는 부상 가능성 감소를 근거로 새로운 대안의 타당성을 높이고 있다.

①: ＿＿＿＿＿＿＿＿　②: ＿＿＿＿＿＿＿＿　③: ＿＿＿＿＿＿＿＿　④: ＿＿＿＿＿＿＿＿

[02~03] 다음 글을 읽고 물음에 답하시오.

교과서에 포함된 글은 기능에 따라 '메타 텍스트', '서술 텍스트', '자료 텍스트'로 나뉜다. 메타 텍스트는 교과서 전체나 단원이 어떻게 구성되어 있는지 안내하는 부분이라 학습 내용 자체를 서술하고 있지는 않다. 서술 텍스트는 학습해야 하는 내용을 직접 서술한 글이다. 가령 요약하며 읽기 단원이라면 요약하기의 전략과 유의점에 대해 구체적으로 서술되어 있는 부분이 서술 텍스트에 해당한다. 자료 텍스트는 제재(題材)라고도 하며, 서술 텍스트에서 배운 내용을 적용해 볼 수 있고 학습을 위한 활동의 대상이 되는 글이다. 이러한 제재는 독자의 학년을 고려하여 선정이 된다.

제재를 학년에 맞게 선정하기 위해서는 읽기 쉬운 정도, 즉 수준을 측정해야 하는데 ㉠측정 방법으로는 양적 평가와 질적 평가를 함께 사용하는 것이 권장된다. 양적 평가에서는 글의 표면적 특성인 문장의 길이, 쉬운 단어의 비율만을 특정한 공식에 대입하여 나온 점수로 수준을 평가한다. 하지만 이 두 가지 요소만으로는 글의 수준을 완벽하게 평가하기 어렵다. 단어와 단어가 만나면 개별 단어의 의미를 넘어서는 이면적인 의미가 만들어지기도 하기 때문이다. 한편 질적 평가에서는 전문가가 주관에 기초하여 글의 수준을 종합적으로 평가한다. 관습적인 글의 구조가 사용되었는지, 문장의 의미는 명료한지, 독자가 글을 읽는 목적은 무엇이며, 글을 이해하는 데 필요한 배경지식은 어느 정도인지를 종합하는 것이다. 하지만 이 방식은 전문가마다 측정한 결과의 편차가 클 수도 있다는 한계가 있다.

국어 교과서의 제재를 선정할 때는 수준뿐만 아니라 '대자성', '균형성', '계열성'도 함께 고려한다. 다양하게 해석할 수 있는 글은 대자성이 있다고 하며, 조립 설명서는 의미가 고정된 글이어서 대자성이 없다. 대자성이 있는 글은 의견을 주고받는 수업에 활용할 수 있으므로 교과서에 일정 비율 수록된다. 균형성이란 다양한 유형의 제재가 수록되어야 한다는 것으로, 이를 갖추기 위해서는 설명문, 논설문, 문학이 모두 수록되어야 한다. 계열성이란 학습 순서의 선후 배치와 관련된 것인데, 이를 갖추기 위해서는 학년이 올라갈수록 배우는 내용이 심화되거나 현재 배우는 것과 과거에 배운 것이 서로 관련되어야 한다.

02 〈보기〉는 제시문을 읽은 후 ㉠에 대해 두 학생이 나눈 대화이다. ①~④에 들어갈 적절한 말을 제시문에서 찾아 쓰시오.

〈보기〉

혜은: (①)은/는 전문가가 글의 수준을 주관적으로 판단하는 방법이야. 독자가 글을 읽는 목적이나 글 이해에 필요한 배경지식 등을 종합해서 평가하지.

민수: (②)은/는 문장의 길이와 쉬운 단어의 비율을 기준으로 글의 수준을 수치화하여 평가하는 방법이야. 그래서 객관적인 기준으로 글을 평가할 수 있어.

혜은: 그런데 거기에는 한계가 있어. 쉬운 단어의 비율이 높아도 단어들이 조합되면서 (③)인 의미가 생겨 오히려 이해하기 어려운 글이 될 수도 있거든.

민수: (①)도 한계가 있지. 같은 글이라도 평가자마다 기준이 달라서 평가자에 따라 평가 결과에 (④)이/가 크게 생길 수도 있어.

①: _______________ ②: _______________ ③: _______________ ④: _______________

03 〈보기1〉은 한 학생이 고등학교 입학 첫날에 쓴 일기이고, 〈보기2〉는 제시문을 바탕으로 〈보기1〉을 이해한 내용이다. 〈보기2〉의 ①~④에 들어갈 적절한 말을 〈조건〉에 맞게 쓰시오.

─〈 보기 1 〉─

오늘 고등학교 국어 교과서를 배부받았다. 먼저 차례를 보니 이 교과서에는 설명문, 논설문, 문학이 모두 수록되어 있었고, 마지막 장에는 저자의 약력도 소개되어 있었다. 시 「진달래꽃」은 중학교 국어 교과서에서 배웠는데, 오늘 받은 교과서에도 있었다. 중학교 때는 '화자의 정서와 태도'를 설명한 교과서의 글을 읽은 후 「진달래꽃」의 화자의 정서와 태도를 정리해 보고, 중의적인 마지막 구절로 토론을 했던 기억이 났다. 고등학교에서는 「속미인곡」을 읽은 후 정서와 태도가 비슷한 「진달래꽃」과 비교하며 이별의 정한이라는 주제가 계승되는 양상을 배우는 것 같다.

─〈 보기 2 〉─

- 교과서에 포함되는 글을 기능에 따라 분류할 때, 〈보기1〉의 학생이 중학교 때 읽은 '화자의 정서와 태도'를 설명하는 글은 (①)에 해당한다.
- 국어 교과서의 제재를 선정할 때 글의 수준 이외에, 제재가 갖추어야 할 것으로 고려되는 요소가 있는지를 기준으로 살펴보면, 중학교 교과서에 실린 「진달래꽃」은 마지막 구절이 중의적이라는 점에서 (②). 그리고 고등학교 교과서에 실린 「속미인곡」은 중학교 때 배운 「진달래꽃」과 관련이 있으며, 이별의 정한이라는 주제가 계승되는 것을 보여준다는 점에서 (③). 또한 고등학교 교과서는 설명문, 논설문, 문학이 모두 수록되어 있다는 점에서 (④).

─〈 조건 〉─

- ①은 제시문에서 적절한 말을 찾아 그대로 쓸 것.
- ②~④는 제시문의 어휘를 활용하여 작성할 것.
- ①~④ 모두 6자 이내로 작성할 것(단, 띄어쓰기와 문장부호는 글자 수에서 제외함).

① ________________________________

② ________________________________

③ ________________________________

④ ________________________________

※ 다음 글을 읽고 물음에 답하시오.

우리는 흔히 사회 과학 내에서 합리적 행위의 영역은 경제학이, 비합리적 행위의 영역은 사회학이 담당하는 것으로 여긴다. 그러나 사회학 이론가인 ㉠제임스 콜먼은 이러한 통념이 사실이 아니라는 것을 입증하고자 하였다. 또한 그는 사회학에서 인간의 행위를 수학적으로나 경제학적으로 접근하여 설명하지 않는다는 점, 경제학에서 경제적 행위나 현상을 분석할 때에 사회 구조의 영향을 간과한다는 점 등에 대해 날카로운 비판을 던졌다. 콜먼이 경제학과의 긴밀한 연관 속에서 사회학을 연구하고자 하였음을 가장 잘 보여주는 것은 그의 합리적 선택 이론이다.

합리적 선택 이론에서는 인간의 행위를 모형화하기 위한 틀을 제시한다. 콜먼에 의하면 인간 행위는 행위자 개인의 효용을 증대한다는 단일한 목적으로 이루어진다. 합리적 선택 이론에서 각 행위자는 목적 지향적이어서 자신이 보유한 초기 자원, 그것에 대한 통제 정도를 이용하여 자신의 효용을 최대화하는 존재로 가정된다. 여기서 자원에는 시간, 돈, 노력, 물리적 장비, 인력뿐만 아니라 정보, 지식, 기술 등이 포함된다. 그런데 행위자가 관심 있는 자원을 타인이 통제하고 있을 수도 있고 타인이 관심 있는 자원을 자신이 통제하고 있을 수도 있다. 콜먼은 자원에 대한 통제 상황에서 행위에 대한 효용을 함수를 통해 표현하였는데, 이 함수에서 행위에 대한 효용은 행위자가 가진 자원과 그것에 대한 통제 정도를 지수로 하여 계산한 값이다.

콜먼은 이러한 경제학적 접근에 그치지 않고 인간의 행위나 현상을 사회 구조와 관련지어 설명하였다. 콜먼은 행위자들 사이에 더 이상의 행위가 일어나지 않는다면 그것은 사회적 균형 상태에 도달한 것인데, 우리가 목도하는 빈부의 격차와 같은 사회적 상황도 사회적 균형 상태의 하나라고 하였다. 그러면서 그는 사회적 균형 상태에서 나타나는 행위자의 권리 배분과 권리 이양, 그리고 이것으로부터 파생하는 신뢰 및 권위 관계 등에 주목하고, 사회적 균형 상태는 자원의 초기 배분 상태에 절대적으로 의존한다는 점을 강조하였다. 주어진 자원의 상태가 행위자의 행위가 이루어진 이후의 균형적 결과에 결정적으로 영향을 미친다는 것이다. 이를 시장에서의 배분과 관련지어 말하자면, 완전 경쟁 시장이라는 전제하에 시장을 통한 배분은 자원의 초기 불평등 상태를 유지하게 하는 경향이 있다는 말로 설명할 수 있다.

04 〈보기〉는 제시문을 읽고 ㉠의 견해를 정리한 것이다. 〈보기〉의 ①, ②에 들어갈 적절한 말을 제시문에서 찾아 쓰시오.

〈보기〉

㉠에 따르면 행위자는 자신의 (①)을/를 최대화하고자 하는 존재이다. 이때 행위에 대한 (①)은/는 행위자가 가지고 있는 자원과 그것에 대한 (②)에 의해 좌우된다. 이를 바탕으로 ㉠은 자원의 초기 배분 상태가 행위자의 행위가 이루어진 이후의 균형적 결과에 결정적인 영향을 미친다는 것을 강조했다.

① ______________________________

② ______________________________

※ 다음 글을 읽고 물음에 답하시오.

[앞부분 줄거리] 백제 위덕왕의 아들인 장은 왕권을 탈취하려는 세력의 음모를 피해 신라의 '하늘재학사'라는 공방에서 자신의 정체를 숨기고 살아간다. 그러던 중 장은 우연히 신라 진평왕의 딸 선화 공주를 만나 사랑에 빠지게 된다. 한편, 신라 화랑 김도함은 선화 공주와의 결혼을 조건으로 '사택기루'라는 이름으로 '하늘재 학사'에 잠입한다. 그는 장과 선화 공주가 서로 사랑하는 사이라는 것을 알고 충격을 받게 되고, 자신의 집안이 몰락하게 된 것이 장 때문이라고 생각하며 장과 치열하게 대립한다.

S#7. 사당 안(밤)

두 사람의 힘겨루기가 있고, 어느 순간 칼이 바닥에 나뒹군다. 두 사람 모두 칼을 향해 돌진하는데…… 장이 먼저 칼을 집으려는데 뒤의 기루가 장을 때려눕힌다.

둘의 육박전이 이어지다가 다시 칼을 잡는 기루, 장의 목에 또다시 칼을 들이대고…….

기루: 너만 아니었으면 신라의 충신으로 살 수 있었어! 너만 아니었으면 선화 공주와 신라가 내 것이었어! 너만 아니었으면 존경하지 않는 부여선을 주군으로 받들지도 않았어!

장: …….

기루: 니가 내 자릴 뺏어 간 순간, 내게 남은 건 배신자의 길밖에 없었어. 그게 벗어날 수 없는 내 운명이 되었어! (하며 절규하는데)

장: (가련한 듯 보고)

기루: 그러니 같이 가자! 나를 나락으로 빠뜨린 너를 데리고 가야 해!

장: (자신의 지난날을 돌이켜 보듯) 벗어날 수 없는 게 운명이 아니라, 피할 수 있는데도 그 길로 가는 게 운명이야!

기루: ……!

장: 벗어날 수 없었다고? 넌 언제나 벗어날 수 있었어! 다만 처음부터 가고자 하는 네 길! 네 길이 틀렸을 뿐이야.

기루: …….

장: 소중한 것을 위해서, 꼭 지켜야 할 것을 위해서, 죽을지도 모르면서 악행에 맞서는 길이어야 하고, 죽기보다 힘들 줄 알면서 지키는 연모여야 해!

기루: ……!

장: 네 자신의 영달을 위해 배신을, 악행을, 권력을 선택했으면서, 이제 와서, 벗어날 수 없었다? 그렇게 쉬운 변명이 어딨어?

기루: (바로 받아) 사람은 누구나 자신의 영달을 원해.

장: 너처럼? 누구나 너처럼?

(중략)

S#9. 사당 안(밤)

기루와 장, 서로 뚫어지듯 보고 있는데…….

장: 넌 신라도, 공주님도, 하늘재 사람들도, 격물도, 니 인생도 진심으로 사랑하지 않았어.

기루: ……!

장: 필요에 따라 연모를 선택하고, 필요에 따라 나라를 선택하고, 필요에 따라 존경하지도 않는 주군을 따랐지! 니가 말하는 영달을 위해. 니가 가지고 싶은 자리를 위해. 마치 자리가 너인 것처럼……. 하지만 자리는 자리일 뿐 네가 아냐. 넌 자리만 흠모했지, 너를 진심으로 사랑한 적이 없어. 스스로를 존경하고 사랑했다면, 자리 따위를 위해 너를 그렇게 망가뜨리지 않아.

기루: ……!

장, 이제는 칼을 의식하지 않는 듯 담담해지고, 기루, 고통스러운데…….

장: 내가 공주님을 만나기 위해 연지를 만들고 「서동요」를 만들던 시각에 넌 뭘 했어?
기루: (어린 기루가 진평왕에게 거래하는 장면이 회상으로 깔리면) …….
장: 넌 신라 황제에게 공주님을 놓고 거래를 했어. 설레고 가슴 뛰며 사랑을 해야 할 시각에 넌 계산을 하고 있었다구!
기루: …….
장: 그러고도 벗어날 수 없었다고? 벗어날 수 없었던 게 아니라 피할 수 있는데도 언제나 피할 수 있는데도 넌 니 운명의 길을 걸어왔어. 악행의 길인 줄 뻔히 알면서도 그런 운명의 길을 니가 선택해 여기까지 왔다고!

기루, 장을 노려보는데…….

장, 이제는 죽음도 각오한 듯 담담하게 앞을 본다.

장: 그러니 이제 마지막 선택을 해.
기루: …….
장: 죽이든지! 죽든지!

기루, 장을 내려칠 듯 손을 떨기 시작한다. 장은 그런 기루를 보고…….
기루는 떨고…… 장은 보고…… 기루는 떨고 장은 보고……
갑자기 칼을 힘없이 놓아 버리는 기루.
장, 그런 기루를 보는데…….
기루, 장을 보더니…… 천천히 문을 향해 걸어가기 시작한다.
순간, 극단적 선택을 할 것임을 아는 장. 정신이 드는 듯 기루를 부른다.

장: 기루야! 기루야!

– 김영현, 「서동요」

05 〈보기〉는 제시문을 대본으로 하여 제작하는 드라마의 촬영 전 회의에서, '장'과 '기루' 역을 맡은 배우가 각 대사에 대한 감독의 요구 사항을 정리한 메모의 일부이다. 〈보기〉의 ①, ②에 들어갈 적절한 대사를 제시문에서 찾아 각각의 첫 어절과 마지막 어절을 순서대로 쓰시오.

----〈보기〉----

○ '기루' 역 배우의 메모
• 대사 "그러니 같이 가자! 나를 나락으로 빠뜨린 너를 데리고 가야 해!"에서 '기루'는 지난날 자신의 노력이 '장'으로 인해 좌절되었다고 생각하고 있으니 분노가 고조되어 '장'을 몰아붙이는 듯한 어조로 연기해야 한다.

○ '장' 역 배우의 메모
• 대사 "(①)"은/는 스스로를 변명하는 '기루'의 말에 바로 뒤이어, '기루'의 말 중 일부분을 인용하여 '기루'를 다그치며 되묻는 대사이니까, 점점 격앙되는 어조로 연기해야 한다.
• 대사 "(②)"에서는 파국으로 치닫는 '기루'의 다음 행동을 예상하고 놀란 '장'의 마음이 잘드러나도록 다급한 목소리로 연기해야 한다.

① 첫 어절: ________________________, 마지막 어절: ________________________

② 첫 어절: ________________________, 마지막 어절: ________________________

※ 다음 글을 읽고 물음에 답하시오.

가야 할 때가 언제인가를
분명히 알고 가는 이의
뒷모습은 얼마나 아름다운가.

봄 한철
격정을 인내한
나의 사랑은 지고 있다.

분분한 낙화……
결별이 이룩하는 축복에 싸여
지금은 가야 할 때,

무성한 녹음(綠陰)과 그리고
머지 않아 열매 맺는
가을을 향하여

나의 청춘은 꽃답게 죽는다.

헤어지자
섬세한 손길을 흔들며
하롱하롱 꽃잎이 지는 어느 날

나의 사랑, 나의 결별,
샘터에 물 고이듯 성숙하는
내 영혼의 슬픈 눈.

– 이형기, 「낙화」

06 〈보기〉는 제시문에 대한 해설의 일부이다. 〈보기〉의 ①~③에 들어갈 적절한 말을 〈조건〉에 맞게 쓰시오.

〈보기〉

　　이형기의 「낙화」는 사랑하는 이와 헤어진 후 이별의 아픔을 이겨 내고 이루게 되는 성숙을 인간사와 자연사의 중첩을 통해 노래하고 있는 작품이다. 이는 인간사에서 일어나는 일과 자연사에서 일어나는 일이 유사하다는 유추적 상상력을 기반으로 이루어지는데, '사랑 – 이별 – 성숙'으로 이어지는 인간사의 과정에 대응되는 자연사의 모습이 시 속에서 '꽃 –(　①　) – 열매'의 이미지로 형상화되고 있다. 시의 화자는 이별 또한 영혼의 성숙을 가져다주는 것이라는 깨달음을 얻은 후에 이별의 상황을 의지적으로 받아들이고자 한다. 시의 (　②　)연에는 화자의 이러한 태도가 이별 상황에서의 구체적인 말과 행동을 통해 드러나고 있다. 의지적인 태도로 이별을 받아들인 화자는 인고를 통한 내면적 성장을 이루게 되는데, '(　③　)'은/는 이러한 인고와 내면적 성장을 신체 이미지로 형상화한 시어이다.

〈조건〉

• ①, ③은 제시문에서 적절한 시어를 찾아 쓸 것.
• ②는 적절한 숫자를 쓸 것.
• ①~③ 모두 3자 이내로 작성할 것(단, 띄어쓰기와 문장부호는 글자 수에서 제외함.).

① ________________________________

② ________________________________

③ ________________________________

수학[자연D]

▶ 해답 p.349

07 1이 아닌 두 양수 $a, b\,(a \neq b)$가

$$\log_a \frac{1}{b} = \left(\log_{\frac{1}{b}} a\right) \times \left(\log_a \frac{b^3}{a^2}\right)$$을 만족시

킬 때,

$\log_b a + \log_{\frac{1}{a}} b$의 값을 구하는 과정을 서술

하시오.

08 함수 $f(x) = x^2 + ax + b$가 다음 조건을 만족시킬 때, $f(a) + f(b)$의 값을 구하는 과정을 서술하시오(단, a, b는 상수이다).

> (가) $\displaystyle\int_0^1 f(x)\,dx = \frac{1}{3}$
>
> (나) $\displaystyle\lim_{x \to 0}\left\{\frac{x^2 + x + 1}{x}\int_1^{x+1} f(t)\,dt\right\} = 3$

09 삼각형 ABC가 다음 조건을 만족시킨다.

> (가) $\overline{BC} \times \overline{CA} = 42$
>
> (나) $\cos C = \dfrac{27}{28}$
>
> (다) $\sin A + \sin B = \dfrac{13\sqrt{55}}{56}$

삼각형 ABC의 외접원의 넓이를 S라 할 때,

$\sqrt{\dfrac{495S}{\pi}}$ 의 값을 구하는 과정을 서술하시오.

10 자연수 n에 대하여 좌표평면에서 $A_n(-n, 0)$, $B_n(n, 0)$, $C_n(0, n)$을 꼭짓점으로 하는 삼각형 $A_nB_nC_n$의 넓이를 S_n, 둘레의 길이를 l_n이라 하자. $\displaystyle\sum_{n=1}^{10} S_n$과 $\displaystyle\sum_{n=1}^{10} l_n$의 값을 구하는 과정을 서술하시오.

11 삼차함수 $f(x)$가 다음 조건을 만족시킨다.

> (가) $\displaystyle\lim_{x\to\infty}\frac{f(x)}{x^3}=\frac{1}{3}$
>
> (나) $\displaystyle\lim_{x\to 0}\frac{f(x)}{x}=4$
>
> (다) 두 양수 x_1, $x_2(x_1<x_2)$에 대하여
> $f(x_1)-f(x_2)+x_1^2-x_2^2<0$이다.

방정식 $f(x)=0$의 세 근의 합의 최댓값을 구하는 과정을 서술하시오.

12 함수 $f(x)=-\dfrac{1}{3}x^3+x+7$과 실수 t에 대하여 집합

$A=\{x\,|\,(f(x)f'(t)-f'(t))(x-t)+f(x)(f(t)-1)-f(t)+1=0\}$일 때,

집합 A의 원소의 개수가 1이 되도록 하는 모든 t의 값을 구하는 과정을 서술하시오.

13 다항함수 $f(x)$와 $g(x)$가 다음 조건을 만족시킨다.

> (가) $f(0)=1$이고, $f(x)$의 한 부정적분 $F(x)$가 모든 실수 x에 대하여 $F(x)=\dfrac{1}{2}\{f(x)\}^2$이다.
>
> (나) 모든 실수 x에 대하여
> $$\int_0^x \{t+g(t)\}\,dt = x+g(x)+\dfrac{x^3}{3}+a$$
> 이다.

$$\int_0^{\frac{1}{2}} \frac{x^2}{1+x}\,dx + \int_0^{\frac{1}{2}} \frac{f(x)}{1-x}\,dx + \int_0^{\frac{1}{2}} \frac{g(x)}{x^2-1}\,dx$$

의 값을 구하는 과정을 서술하시오(단, a는 상수이다).

14 그림과 같이 선분 AB를 지름으로 하는 원 위에 $\overline{\mathrm{CA}}=\sqrt[4]{5}$, $\overline{\mathrm{CB}}=\sqrt[4]{20}$, $\overline{\mathrm{DB}}=\sqrt[4]{1.25}$인 점 C와 점 D를 잡는다.

점 C에서 선분 AB에 내린 수선의 발을 P, 점 D에서 선분 AB에 내린 수선의 발을 Q라 할 때, $\overline{\mathrm{PB}}$, $\overline{\mathrm{QB}}$, $\dfrac{\overline{\mathrm{AB}}}{\overline{\mathrm{PQ}}}$의 값을 구하는 과정을 서술하시오.

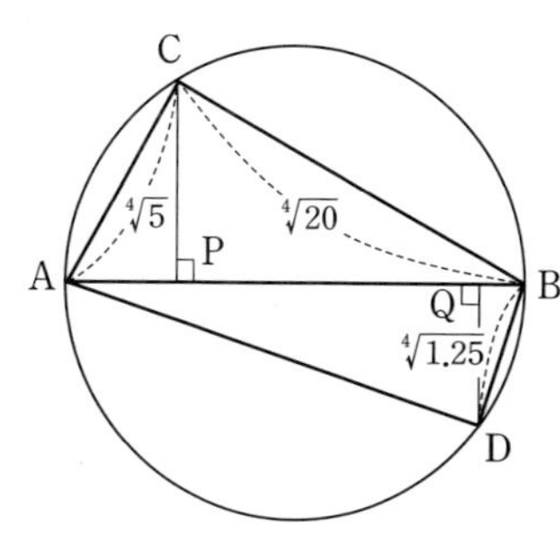

15 모든 항이 양수인 등비수열 $\{a_n\}$이 모든 자연수 n에 대하여

$a_n a_{n+1} a_{n+2} = 3^n$을 만족시킨다.

수열 $\{a_n\}$의 첫째항부터 제 n항까지의 합을 S_n이라 할 때, $\dfrac{1}{S_{12}}$의 값을 구하는 과정을 서술하시오.

국어[자연T]

▶ 해답 p.352

※ 다음은 학생이 대학 학과 게시판에 올린 글이다. 물음에 답하시오.

안녕하세요. 저는 ○○ 대학교 문화재학과 진학을 희망하는 □□ 고등학교 2학년 △△△입니다. 진로와 관련하여 궁금한 점이 있어 학과 게시판에 글을 남깁니다. 저는 얼마 전까지만 해도 진로에 대한 구체적인 계획이 없어 고민이 많았습니다. 그러던 중 얼마 전 부모님께서 초등학생인 동생과 민속 박물관 견학을 계획하셨고, 저에게 동행을 권유하셨습니다. 사실 이번 나들이 전까지 문화재에 별 관심이 없었고, 문화재는 그저 옛것 또는 낡은 것이라는 생각을 하고 있었기 때문에, 민속 박물관 견학에 별 기대가 없었습니다. 하지만 민속 박물관 견학을 계기로 우리 문화재에 대한 생각이 긍정적으로 바뀌게 되었습니다. 특히 박물관 뒤뜰에는 무인석이 하나 있었는데, 그 생생한 모습 때문인지 마치 시간을 거슬러 과거로 돌아간 듯한 느낌을 받았습니다. 다만 박물관이 설립된 지 꽤 오래되었고 개인 소장품을 전시한 곳이다 보니 소중한 문화재의 관리가 제대로 이루어지고 있지 않은 것 같았는데, 문화재 관리가 체계적으로 이루어질 필요가 있다는 생각을 해 보았습니다. 박물관 견학을 계기로 문화재에 관심을 갖게 되었으며, 담임 선생님과 부모님의 조언을 듣고 문화재학과에 진학하기로 결심했습니다. 저는 문화재학과에 진학하여 문화재와 관련된 전문가가 되고 싶지만 문화재학과 졸업 이후 어떤 진로가 있을지 막연한 생각이 들어, 재학생과 졸업생 분들의 조언을 듣고자 이렇게 글을 올립니다. 끝까지 읽어 주셔서 감사합니다.

01 〈보기〉는 제시문을 작성하기 전에 학생이 수립한 글쓰기 계획의 일부이다. 〈보기〉의 ①, ②가 반영된 문장을 제시문에서 찾아 각각의 첫 어절과 마지막 어절을 순서대로 쓰시오.

〈보기〉

① 문화재에 관심을 가지기 전에 문화재에 대해 가졌던 편견을 제시하여, 박물관 견학 후 바뀐 생각과 대조를 이룰 수 있도록 한다.

② 박물관 견학에서 개인적으로 아쉬웠던 점과 이때 하게 된 생각을 제시하여, 이것이 문화재에 관심을 가지게 된 계기에 대한 언급과 이어지도록 한다.

① 첫 어절: ______________________, 마지막 어절: ______________________

② 첫 어절: ______________________, 마지막 어절: ______________________

[02~03] 다음 글을 읽고 물음에 답하시오.

아리스토텔레스는 무한을 현실적 무한과 잠재적 무한으로 구별했다. 현실적 무한은 실체가 존재한다는 무한이고 잠재적 무한은 가능성으로만 생각할 수 있는 무한을 의미한다. 예를 들어 자연수가 1부터 시작하여 1씩 계속 커진다면 이를 계속 세는 것은 가능하다. 하지만 가장 큰 자연수가 무엇인지는 알 수 없다. 따라서 자연수의 집합은 하나의 완결된 형태로 존재하지 않으며 가능성으로만 존재하는 잠재적 무한에 해당한다고 볼 수 있다. 무한에 대한 아리스토텔레스의 견해는 중세까지 이어지며 대부분의 학자들은 잠재적 무한을 지지했다.

현실적 무한에 대한 연구는 19세기 말의 수학자 칸토어에 의해 이뤄졌다. 칸토어는 집합을 바탕으로 무한에 대해 생각했고 무한의 크기를 비교하는 방법으로 집합의 원소 수인 기수를 제시했다. 칸토어는 두 집합 A, B가 일대일대응이 되면 집합 A, B는 같은 기수를 가지며 두 집합의 크기는 같다고 했다. 가령, 자연수 집합과 짝수 집합이 있을 때 짝수 집합은 자연수의 부분 집합이므로 자연수 집합은 짝수 집합보다 두 배 많은 수를 가진다고 생각할 수 있다. 하지만 각각의 자연수를 그 자연수에 2를 곱한 수와 짝지으면 두 집합의 모든 원소는 일대일대응이 된다. 1은 2와, 2는 4와, 3은 6과 짝지어지는 식이다. 이러한 대응이 무한히 이어지고 결과적으로 두 집합은 일대일대응이 된다. 따라서 두 집합의 기수는 같다고 할 수 있다.

칸토어는 자연수 집합과 유리수 집합도 기수가 같다는 것을 증명했다. 임의의 두 유리수 사이에는 수많은 유리수가 존재한다. 이러한 성질을 조밀성이라고 한다. 자연수는 조밀성이 없고, 유리수 집합은 자연수 집합을 부분 집합으로 포함하고 있다. 따라서 유리수 집합은 자연수 집합보다 기수가 크다고 생각할 수 있지만 칸토어는 ㉠'대각화 증명'을 통해 두 집합의 기수가 같다는 것을 증명했다. 〈그림 1〉에서 첫 번째 행은 1을 분모로 하는 분수로 자연수를 의미한다. 이러한 규칙에 따라 n번째 행에는 n을 분모로 하는 분수가 나열된다. 이후 화살표의 방향에 따라 하나씩 세면서 1/1, 2/2, 3/3 등 동일한 수를 제거하면 모든 양의 유리수를 셀 수 있게 되고, 유리수의 배열에 자연수를 1부터 하나씩 대응시킬 수 있다. 따라서 유리수 집합은 자연수 집합과 기수가 같다.

$$\begin{array}{cccccccc}
\frac{1}{1} & \frac{2}{1} & \frac{3}{1} & \frac{4}{1} & \frac{5}{1} & \frac{6}{1} & \frac{7}{1} & \frac{8}{1} \cdots \\
\frac{1}{2} & \frac{2}{2} & \frac{3}{2} & \frac{4}{2} & \frac{5}{2} & \frac{6}{2} & \frac{7}{2} & \frac{8}{2} \cdots \\
\frac{1}{3} & \frac{2}{3} & \frac{3}{3} & \frac{4}{3} & \frac{5}{3} & \frac{6}{3} & \frac{7}{3} & \frac{8}{3} \cdots \\
\frac{1}{4} & \frac{2}{4} & \frac{3}{4} & \frac{4}{4} & \frac{5}{4} & \frac{6}{4} & \frac{7}{4} & \frac{8}{4} \cdots \\
\frac{1}{5} & \frac{2}{5} & \frac{3}{5} & \frac{4}{5} & \frac{5}{5} & \frac{6}{5} & \frac{7}{5} & \frac{8}{5} \cdots
\end{array}$$

〈그림 1〉

칸토어는 ㉡'대각선 논법'을 통해 실수의 집합은 자연수의 집합보다 기수가 크다는 것을 증명했다. 0과 1 사이의 모든 실수를 무한소수로 나타내고 이를 〈그림 2〉와 같이 일일이 나열하여 r_1, r_2, r_3…와 같이 번호를 붙인다고 가정해보자. 그런데 〈그림 2〉의 첫 번째 무한소수 r_1의 소수 첫째 자리 a_{11}을 다른 숫자로 바꾸어 새로운 소수의 첫째 자리에 두고, 두 번째 무한소수 r_2의 소수 둘째 자리 a_{22}를 다른 숫자로 바꾸어 새로운 소수의 둘째 자리에 두는 식으로 새로운 무한소수를 만들면 원래의 목록에는 존재하지 않는 무한소수를 찾을 수 있다. 이와 같은 방법을 반복하면 계속해서 다른 무한소수를 만들어낼 수 있고, 0과 1 사이의 모든 무한소수를 나열했다는 가정은 잘못되었다는 것을 알 수 있다. 즉 실수 집합의 기수는 자연수 집합의 기수보다 크다.

$$\begin{aligned}
r_1 &= 0.a_{11}\ a_{12}\ a_{13}\ a_{14}\ a_{15} \cdots \\
r_2 &= 0.a_{21}\ a_{22}\ a_{23}\ a_{24}\ a_{25} \cdots \\
r_3 &= 0.a_{31}\ a_{32}\ a_{33}\ a_{34}\ a_{35} \cdots \\
r_4 &= 0.a_{41}\ a_{42}\ a_{43}\ a_{44}\ a_{45} \cdots \\
r_5 &= 0.a_{51}\ a_{52}\ a_{53}\ a_{54}\ a_{55} \cdots
\end{aligned}$$

〈그림 2〉

02 〈보기2〉는 제시문을 바탕으로 〈보기1〉을 이해한 것이다. 〈보기2〉의 ①, ②에 들어갈 적절한 말을 제시문에서 찾아 쓰시오.

〈보기1〉

　　A 호텔에는 무한 개의 객실이 있고 모든 객실에는 1부터 시작하는 자연수로 객실 호수가 매겨져 있다. A 호텔의 모든 객실에는 손님이 투숙하고 있는 상태이다. 어느 날 무한 명의 새로운 손님이 찾아와서 투숙할 객실을 찾았다. 지배인의 요청에 따라 모든 객실의 손님들은 현재 투숙하고 있는 객실의 호수에 2를 곱한 숫자의 호수로 객실을 옮겼다. 남은 객실에는 새 손님들이 모두 투숙할 수 있게 되었다.

〈보기2〉

- 아리스토텔레스의 관점에서 A 호텔의 객실 수는 두 종류의 무한 중, (　①　)에 해당한다.
- 새로운 손님이 오기 전까지 A 호텔에 투숙한 손님의 집합을 X라고 하고, 새로운 손님이 온 후에 A 호텔에 투숙한 손님의 집합을 Y라고 하자. 칸토어의 관점에서 집합 X와 Y의 (　②　)은/는 같다.

---

① _______________________________

② _______________________________

03 〈보기〉는 제시문을 읽고 ㉠, ㉡에 대해 실시한 탐구활동이다. 〈보기〉의 ①, ②에 들어갈 적절한 '수집합의 명칭'을 제시문에서 찾아 쓰시오.

〈보기〉

- ㉠, ㉡은 모두 '어떤 수의 집합'과 '(　①　)의 집합' 간의 일대일 대응 여부를 증명하기 위한 방법이다.
- ㉡에서는 실수의 집합은 자연수의 집합보다 기수가 크다는 것을 증명했는데, 이 과정에는 제시문의 〈그림 2〉와 같이 나열된 실수의 배열로부터 원래의 실수 목록에 없던 새로운 (　②　)을/를 만들어 내는 방법이 활용되었다.

---

① _______________________________

② _______________________________

※ 다음 글을 읽고 물음에 답하시오.

단백질은 세포 내에서 가장 다양하고 중요한 기능을 가지는 고분자 화합물로서, 생체 반응을 중계하며 생명체의 질서를 유지하는 역할을 한다. 아미노산은 이러한 단백질을 구성하는 기본 단위로, 아미노산이 결합되어 있는 구조를 폴리펩타이드라고 한다. 단백질은 이러한 폴리펩타이드 사슬로 구성되어 있으며 대개 100개 이상의 아미노산으로 구성된다. 아미노산의 서열은 단백질의 구조뿐만 아니라 단백질의 고유한 기능도 결정한다.

단백질은 어떤 구조를 이루는지에 따라 여러 단계로 나눌 수 있다. 1차 구조는 단백질을 구성하는 아미노산의 서열을 뜻한다. 단백질을 구성하는 아미노산의 서열은 생물의 유전 정보에 의해서 결정되는데, 아미노산 중 하나라도 다른 아미노산으로 대체된다면 단백질의 모양, 기능에 영향을 미칠 수 있다. 아미노산 간의 수소 결합에 의해 형성되는 2차 구조는 폴리펩타이드 사슬의 일부가 꼬이거나 접히면서 나타나는 특정한 패턴을 의미한다. 이러한 패턴의 모양에 따라 2차 구조는 α 나선 구조, β 병풍 구조 등으로 구분된다. 단백질이 제대로 기능하기 위해서는 이러한 특정 패턴을 지닌 긴 폴리펩타이드 사슬이 복잡한 3차원의 형태로 바뀌어야 한다. 2차 구조를 가진 단백질은 다시 3차원적으로 접혀 입체 구조를 가지게 된다. 이 구조를 3차 구조라고 하는데, 이때 폴리펩타이드 사슬이 접히는 과정을 '단백질 접힘'이라고 한다. 4차 구조는 3차 구조가 여러 개 결합하여 이루어진 것을 가리킨다. 1차, 2차 구조는 생체 내에서 단독으로 존재할 수 없다. 하지만 3차 구조부터는 안정화되어 단독으로 존재할 수 있다.

단백질 접힘이 일어나는 원리 중 하나로 아미노산 사이의 상호 작용이 있다. 아미노산에는 물과 강한 친화력을 가진 친수성 아미노산과 물을 싫어하는 성질을 가진 소수성 아미노산이 있는데, 폴리펩타이드 사슬에는 친수성 아미노산이 촘촘하게 존재하는 부분과 소수성 아미노산이 모여 있는 부분이 혼재되어 있다. 세포의 내부는 거의 수분으로 가득 차 있으므로 소수성 아미노산들끼리는 물에 닿는 부분을 최소화하기 위해 서로 뭉쳐 단백질 안쪽으로 접혀 들어간다. 이러한 과정과 수소 결합 등의 여러 가지 힘이 상호 작용하여 폴리펩타이드 사슬이 완전히 접혀 3차 구조를 이루게 되면 각 단백질 고유의 구조를 형성하게 된다. 이때 열 충격 단백질이라고도 알려진 샤페론이 폴리펩타이드 사슬과 상호 작용하며 단백질 접힘에 관여하기도 한다. 샤페론은 폴리펩타이드 사슬이 미리 접히지 않도록 안정화시켜 단백질이 제대로 접히도록 도와주거나, 잘못 접힌 단백질이 다른 단백질과 응집되어 만들어진 응집체의 분해를 돕는 등의 역할을 한다.

이러한 단백질의 접힘은 복잡한 과정이므로 때로는 부적절하게 접힌 분자들이 만들어지기도 한다. 잘못 접힌 단백질은 보통 세포 내에서 분해되지만, 노화 등의 이유로 세포 내부나 외부에 쌓이기도 한다. 이처럼 잘못 접힌 단백질이 쌓이게 되면 병을 유발할 수 있다. 예를 들어 알츠하이머 병은 정상 단백질이 비정상적 과정을 거쳐 잘못 접힌 독특한 입체 형태가 누적되면, 이것이 신경 독성을 나타내거나 정상 단백질의 작용을 막아 발생하는 것으로 알려져 있다.

한편 단백질의 접힘이 풀리거나 해체되면 단백질의 변성이 일어난다. 열, 강산 또는 강염기는 변성을 일으키는 대표적인 요인에 해당한다. 예를 들어 세포 내에서 기능하는 단백질 중 효소는 보통 중성 pH에서 3차 구조를 유지할 수 있으며 강산 또는 강염기, 혹은 높은 온도에서는 수소 결합이 대부분 파괴된다. 변성이 일어나면 단백질의 아미노산의 서열에는 변함이 없지만 2차 및 3차 구조에 손상이 가해져 단백질은 제대로 기능을 하지 못하게 된다. 변성은 특별한 경우에는 가역적이기 때문에 변성의 요인이 제거되면 원래 고유의 구조로 다시 접힐 수 있다. 그러나 대부분의 단백질에는 일단 변성이 일어나면 영구적으로 변형된 채로 남는 비가역적인 변화가 일어난다.

04 〈보기2〉는 제시문을 바탕으로 〈보기1〉에 대해 실시한 탐구활동이다. 〈보기2〉의 ①∼④에 들어갈 적절한 말을 〈조건〉에 맞게 쓰시오.

―〈보기1〉―

　　달걀 프라이를 만들 때 투명했던 흰자가 새하얗게 변하는 것은 그 부위에 함유된 단백질의 구조가 열에 의해 파괴되어서 서로 응집되며 생기는 현상이다.

―〈보기2〉―

- 흰자에 열을 가해 흰자가 새하얗게 변하면, 흰자의 단백질은 본래의 기능을 유지할 수 (　①　) 된다.
- 흰자에 열을 가해 새하얗게 변한 상황에서, 흰자에 열을 가하는 것을 멈추면 흰자의 단백질의 구조는 원래의 고유한 구조로 다시 접힐 수 (　②　).
- 흰자에 열을 가해 흰자가 새하얗게 변하기 전과 변한 후를 비교하면, 흰자의 단백질의 1차 구조에는 차이가 (　③　), 흰자의 단백질을 구성하는 폴리펩타이드 사슬의 일부가 꼬이거나 접힌 형태에는 차이가 (　④　).

① ＿＿＿＿＿＿　　② ＿＿＿＿＿＿　　③ ＿＿＿＿＿＿　　④ ＿＿＿＿＿＿

―〈조건〉―

- ①∼④ 모두 문맥에 맞게 '있다' 또는 '없다'의 적절한 활용형으로 작성할 것.
- ①∼④ 모두 3자 이내로 작성할 것(단, 띄어쓰기와 문장부호는 글자 수에서 제외함).

① ＿＿＿＿＿＿　　② ＿＿＿＿＿＿　　③ ＿＿＿＿＿＿　　④ ＿＿＿＿＿＿

PART 1 기출문제 / PART 2 실전모의고사 / PART 3 정답 및 해설

※ 다음 글을 읽고 물음에 답하시오.

　　사또 크게 성을 내어,
　　"만일 춘향을 늦게 데려오면 호장 이하 각 부서 두목들을 모두 내쫓을 것이니 빨리 대령하지 못할까?"
　　육방이 소동하고, 각 부서 두목이 넋을 잃어,
　　"김 번수야 이 번수야. 이런 별일이 또 있느냐. 불쌍하다 춘향 정절, 가련케 되기 쉽다. 사또 분부 지엄하니 어서 가자 바삐 가자."
　　사령과 관노가 뒤섞여서 춘향 집 앞에 당도하니, 이때 춘향이는 사령이 오는지 관노가 오는지 모르고 주야로 도련님만 생각하여 우는데, 망측한 환을 당해 놓았으니 소리가 화평할 수 있으리오.

(중략)

　　사또 매우 기뻐 춘향더러 분부하되,

"오늘부터 몸단장 바르게 하고 수청을 거행하라."

"사또 분부 황송하나 일부종사(一夫從事) 바라오니 분부 시행 못 하겠소."

사또 웃으며 말한다.

"아름답도다. 계집이로다. 네가 진정 열녀로다. 네 정절 굳은 마음 어찌 그리 어여쁘냐. 당연한 말이로다. 그러나 이수재(李秀才)*는 서울 사대부의 자제로서 명문 귀족의 사위가 되었으니, 한순간 사랑으로 잠깐 기생질하던 너를 조금이라도 생각하겠느냐? 너는 원래 정절 있어 정절을 지키다가 고운 얼굴 늙어 가고 백발이 난무하여 강물 같은 무정한 세월을 한탄할 때 불쌍코 가련한 게 너 아니면 누구랴? 네 아무리 수절한들 열녀 칭찬 누가 하랴? 그것은 다 버려두고 네 고을 사또에게 매임이 옳으냐 어린놈에게 매인 게 옳으냐? 네가 말을 좀 하여라."

춘향이 여쭈오되,

"충신불사이군(忠臣不事二君)이요 열녀불경이부(烈女不更二夫)*라. 절개를 본받고자 하옵는데 계속 이렇게 분부하시니, 사는 것이 죽는 것만 못하옵고 열녀불경이부오니 처분대로 하옵소서."

이때 회계 나리가 썩 나서 하는 말이,

"네 여봐라. 어 그년 요망한 년이로고. 사또 일생 소원이 천하의 일색이라. 네 여러 번 사양할 게 무엇이냐? 사또 께옵서 너를 추켜세워 하시는 말씀이지 너 같은 기생 무리에게 수절이 무엇이며 정절이 무엇인가? 구관은 전송하고 신관 사또 영접함이 법도에 당연하고 사리에도 당연커든 괴이한 말 하지 말라. 너희 같은 천한 기생 무리에게 '충렬(忠烈)' 두 자가 웬말이냐?"

이때 춘향이 기가 막혀 천연히 앉아 여쭈오되,

"충효 열녀(忠孝烈女)도 상하 있소? 자세히 들으시오. 기생으로 말합시다. 충효 열녀 없다 하니 낱낱이 아뢰리라. 해서 기생 농선이는 동선령에 죽어 있고, 선천 기생은 아이로되 칠거지악(七去之惡) 능히 알고, 진주 기생 논개는 우리나라 충렬로서 충렬문(忠烈門)에 모셔 놓고 길이길이 받들고, 청주 기생 화월이는 삼층각(三層閣)에 올라 있고, 평양 기생 월선이도 충렬문에 들어 있고, 안동 기생 일지홍은 살았을 때 열녀문 지은 후에 정경부인 명성이 있사오니 기생 모함 마옵소서."

춘향이 다시 사또에게 여쭈오되,

"당초에 이수재 만날 때에 산과 바다를 두고 맹세한 굳은 마음, 소첩의 한결같은 정절을 맹분(孟賁) 같은 용맹이라도 빼어 내지 못할 터요, 소진(蘇秦)과 장의(張儀)*의 입담인들 첩의 마음 옮겨 가지 못할 터요, 공명 선생의 높은 재주로 동남풍은 빌었으되*, 일편단심 소녀의 마음은 굴복지 못하리라. 기산의 허유(許由)는 요임금의 천거를 거절했고, 서산(西山)의 백이숙제 두 사람은 주나라 곡식을 먹지 않고 굶어 죽었으니, 만일 허유가 없었으면 속세 떠난 선비 누가 되며, 백이숙제 없었으면 간신 도적 많으리라. 첩의 몸이 비록 천한 계집이나 이들을 모르리까. 사람의 첩이 되어 남편을 배반하는 것은 벼슬하는 관장님네 나라를 배반하는 것과 같사오니 처분대로 하옵소서."

사또 크게 화를 내어,

"이년 들어라. 모반과 대역하는 죄는 능지처참하고, 관장을 조롱하는 죄는 율법에 적혀 있고, 관장을 거역하는 죄는 엄한 형벌과 함께 귀양을 보내느니라. 죽는다고 설워 마라."

- 작자미상, 「춘향전」

*이수재: 이몽룡을 가리킴. '수재'는 미혼 남자를 뜻하는 말.

*충신불사이군이요 열녀불경이부: 충신은 두 임금을 섬기지 않고, 열녀는 두 지아비를 섬기지 않음.

*소진과 장의: 중국의 전국 시대에 활약한 유세가들로 언변이 매우 뛰어났음.

*공명선생의 높은 재주로 동남풍은 빌었으되: 「삼국지연의」에서 제갈공명이 동남풍을 불게 하여 적벽 대전을 승리로 이끈 일을 말함.

05 〈보기〉는 제시문에 대한 해설의 일부이다. 〈보기〉의 ㉠에 해당하는 '등장인물의 대화 전체'와 ㉡을 포함하고 있는 '문장'을 제시문에서 찾아 각각의 첫 어절과 마지막 어절을 순서대로 쓰시오.

〈보기〉

소설에서 사건의 전개, 인물의 성격, 배경 등은 말하기 또는 보여주기의 방식으로 독자에게 전달된다. 「춘향전」에서도 다양한 말하기와 보여주기의 방법이 사용되고 있다. 가령 제시문에서는 '사또'의 간사하고 권위적인 성격이 보여주기를 통해 드러난다. '사또'는 '춘향'을 '열녀'라고 치켜세우며 회유하는 말을 먼저 건네는데, 여기서 자신의 목적을 이루기 위해 상대를 거짓으로 높이는 간사한 모습이 드러난다. 하지만 '사또'는 '춘향'이 자신의 요구를 거절하자 ㉠크게 화를 내며 폭력적인 말을 한다. 여기에서 그의 권위적이며 폭압적인 성격이 드러난다. 한편 「춘향전」에는 고전소설만의 특이한 서술 방법도 쓰이고 있다. 고전소설에서는 전지적인 서술자가 작품에 직접 개입하여 사건, 인물 등에 대한 직접적인 평가를 하기도 하는데, 이를 편집자적 논평이라고 한다. 제시문에서는 ㉡춘향의 처지에 대한 서술자의 논평을 찾아볼 수 있다.

① ㉠에 해당하는 '등장인물의 대화 전체':

　　첫 어절: ＿＿＿＿＿＿＿＿＿＿＿＿, 마지막 어절: ＿＿＿＿＿＿＿＿＿＿＿＿

② ㉡을 포함하고 있는 '문장':

　　첫 어절: ＿＿＿＿＿＿＿＿＿＿＿＿, 마지막 어절: ＿＿＿＿＿＿＿＿＿＿＿＿

PART 1 기출문제　PART 2 실전모의고사　PART 3 정답 및 해설

※ 다음 글을 읽고 물음에 답하시오.

(가)

　시에서 이미지란 주로 감각을 통해 재생되는 심상을 의미하지만, 이미지는 감각적인 것만으로 한정되지 않는데 이러한 대표적인 이미지들의 예시로는 감각 이미지와 비유 이미지가 있다. 감각 이미지는 감각 기관 중심의 시각·청각·후각·미각·촉각 이미지와, 한 감각이 다른 감각으로 전이되는 공감각 이미지 등으로 나눌 수 있다. 예를 들어 '좁은 들길에 들장미 열매 붉어'나 '발목이 시리도록 밟아도 보고, 좋은 땀조차 흘리고 싶다.'와 같은 시의 구절에서는 색채를 바탕으로 한 시각 이미지나 촉각을 활용한 이미지를 찾을 수 있다. 1930년대 이미지즘 운동에서도 알 수 있듯이 회화적 요소가 극대화된 시각 중심의 감각 이미지는 현대 이미지의 핵심이며, 감각뿐 아니라 대상에 대한 주관적 인식 혹은 정서적 반응을 동반하게 되었다. 더불어 시각 이미지는 그림을 그리듯 공간적 장면을 하나의 화면처럼 보이도록 표현하기도 하고, 이러한 화면들이 모여 청각, 촉각 등의 다양한 감각 이미지들과 연결되어 운동성 있는 장면으로 형상화되기도 하였다.

　비유 이미지는 시에서 시인이 원관념에 해당하는 정서나 관념 등을 직접 토로하는 것이 아니라 보조 관념을 통해 간접적으로 구체화하는 과정에서 생성되는 이미지이다. 예를 들어 「봄은 고양이로다」라는 시에서는 원관념인 '봄'을 '고양이'의 털, 눈, 입술, 수염과 연결 지어 봄의 분위기를 형성한다. '금방울과 같이 호동그란 고양이의 눈에 / 미

친 봄의 불길이 흐르도다.'에서는 봄의 생동감을, '고양이의 수염에 / 푸른 봄의 생기가 뛰놀아라.'에서는 생기 넘치는 봄의 분위기를 형상화한다. 이처럼 시어 자체가 비유의 언어이기에 비유 이미지는 보조 관념으로 시 전편에서 정서나 심리적인 의미를 환기하게 된다. 그런데 맥락과 상황에 따라 비유 이미지가 될 수도 있고 안 될 수도 있다. 예를 들어 '가시를 가졌다.'라는 표현은 앞에 '장미'가 붙는다면 사실 진술이지만, '아름다운'과 같은 것이 앞에 붙어 원관념으로 연결되면 사실과는 다른 상황에서 형성되는 비유 이미지가 되어 '아름다움 속에 숨어 있는 위험'과 같은 심리적인 의미를 환기하게 된다.

　이미지를 개념상 감각 이미지와 비유 이미지로 구분하지만 사실상 두 이미지가 중첩되어 사용되는 경우도 많다. 신체 감각에 의해 지각된 감각 이미지가 시인이 드러내고자 한 정서나 관념 등을 비유적으로 표현하여 함축적 의미를 담고 있는 경우에 이미지가 중첩되었다고 보는데, '황금의 꽃같이 굳고 빛나던 옛 맹세'처럼 감각 이미지와 비유 이미지가 연결되면, 시각적으로 보이는 황금과 꽃이 귀중하고 아름답다는 심리적 의미를 드러낸다는 점에서 중첩 이미지로 사용된 사례라고 할 수 있다.

(나)
푸른 하늘에 닿을 듯이
세월에 불타고 우뚝 남아 서서
차라리 봄도 꽃피진 말아라.

낡은 거미집 휘두르고
끝없는 꿈길에 혼자 설레이는
마음은 아예 뉘우침 아니라.

검은 그림자 쓸쓸하면
마침내 호수 속 깊이 거꾸러져
차마 바람도 흔들진 못해라.

— 이육사, 「교목」

06 〈보기〉는 제시문 (가)를 읽은 두 학생이 제시문 (나)에 대해 나눈 대화의 일부이다. 〈보기〉의 ①∼③에 들어갈 적절한 말을 제시문 (가)에서 찾아 쓰시오.

〈보기〉

민수: 3연의 '검은 그림자'에서 '검은'은 감각 기관 중에서도 시각을 통해 파악되는 것이니까 '검은 그림자'는 감각 이미지로 볼 수 있어.

혜은: 그렇지. 비슷하게 1연의 '푸른 하늘'에서 '푸른'도 시각이 활용되니까 '푸른 하늘'도 감각 이미지로 볼 수 있어. 동시에 '푸른 하늘'은 '교목'이 가 닿고자 하는 이상향이라는 심리적 의미도 환기해. 이런 점들을 종합적으로 고려하면, '푸른 하늘'은 (　①　) 이미지의 사례로 볼 수 있어.

민수: 응, 정말 그런 거 같아. 1연의 '세월에 불타고'는 어떻게 이해할 수 있을까?

혜은: 음, '세월에 불타고'에서 '불타고'도 시각을 통해 파악될 수 있다는 점에서 일단은 (　②　) 이미지로 볼 수 있어. 그런데 '세월에 불타고'는 문맥상 '세월에 고통 받고'의 심리적 의미를 환기시키기도 하니까, '세월에

불타고'도 (①) 이미지로 이해할 수 있어.

민수: 그런데 이 시에서 '세월에 고통 받고'라는 의미가 '세월에 불타고'로 표현되는 과정이 참 인상적인 것 같아. 일반적으로는 '불타다'가 '건물이 불타다, 나무가 불타다'처럼 쓰일 때는 사실적 진술로 쓰인 것이지만, 이 시에서는 '불타다'가 '세월'과 결합하면서 (③) 이미지를 획득하게 된 것 같아.

① ____________________________________

② ____________________________________

③ ____________________________________

수학[자연티]

▶ 해답 p.354

07 공비 r가 음수인 등비수열 $\{a_n\}$의 첫째항부터 제 n항까지의 합을 S_n이라 하자.

$\dfrac{S_4-S_1}{S_{10}-S_4}=\dfrac{64}{9}$일 때,

r의 값을 구하는 과정을 서술하시오. (단, $a_1\neq 0,\, r\neq -1$)

08 다항함수 $f(x)$에 대하여

$\displaystyle\lim_{x\to\infty}\dfrac{\sqrt{x^4-5}-f(x)}{6x^2+1}=\dfrac{1}{3}$일 때,

함수 $g(x)$를

$$g(x)=\begin{cases}f(1-x)-f(x) & (x<1)\\ f(x) & (x\geq 1)\end{cases}$$이라

하자.

함수 $g(x)$가 $x=1$에서 미분가능할 때, $f(3)$의 값을 구하는 과정을 서술하시오.

09 자연수 k에 대하여 함수
$f(x)=5^{3x+3}-5^{2x+\log_2 k}$의 그래프가 x축과
만나는 점의 x좌표를 a라 하자. $1\leq a\leq 3$을
만족시키는 모든 k의 값의 합을 구하는 과정을
서술하시오.

10 최고차항의 계수가 1인 이차함수 $f(x)$와 두
실수 a, b가 다음 조건을 만족시킬 때,
$a+b+f(3)$의 값을 구하는 과정을 서술하
시오.

> (가) 함수 $g(x)=\dfrac{x}{f(x^2+9)}$는 $x=a$에서만
> 불연속이다.
> (나) $\displaystyle\lim_{x\to-3}\dfrac{f(x-2)}{f(x^2)}=b$

11 그림과 같이 중심이 O이고 길이가 6인 선분 AB를 지름으로 하는 반원이 있다. 호 AB 위의 점 P에 대하여 $\overline{PB}=\overline{PC}$가 되도록 호 PA 위의 점 C를 잡는다. 선분 OP가 선분 BC와 만나는 점을 D라 하자. 사각형 ACPD가 평행사변형일 때, 선분 AP의 길이와 $\sin(\angle PBC)$의 값을 구하는 과정을 서술하시오.

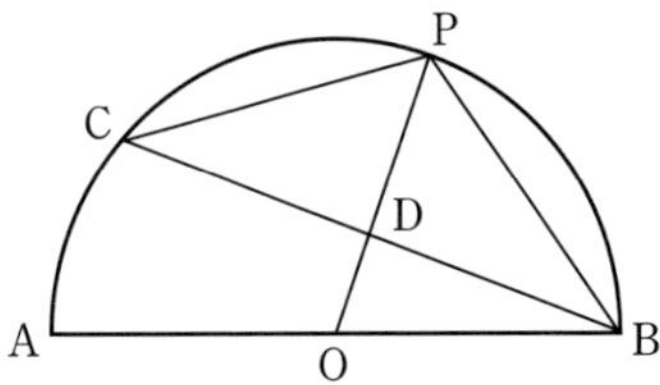

12 다항함수 $f(x)$가 다음 조건을 만족시킨다.

> (가) 모든 실수 x에 대하여
> $$f(x)=x^3-3x^2+2x\int_0^2 f(t)\,dt+\left\{\int_0^2 \frac{f(x)}{\sqrt{2}}\,dt\right\}^2$$
> (나) 임의의 두 실수 $x_1,\,x_2\,(x_1<x_2)$에 대하여
> $$f(x_2)-3x_1^2>f(x_1)-3x_2^2$$

실수 전체의 집합에서 연속인 함수 $g(x)$가 $0\le x<1$일 때 $g(x)=f(x)+ax^2$이고, 모든 실수 x에 대하여 $g(x+1)=g(x)+b$를 만족시킨다.

$\int_2^3 g(x)\,dx=\dfrac{79}{12}$일 때, a와 b의 값을 구하는 과정을 서술하시오(단, a, b는 상수이다).

13 실수 전체의 집합에서 미분가능한 함수 $f(x)$ 의 도함수가

$$f'(x)=\begin{cases} -2 & (x>b) \\ -4x^3-12x^2-9x-2 & (x\le b) \end{cases}$$

이다.

함수 $g(x)$는 $g(x)=|f(x)|$이고 세 집합 A, B, C를

$$A=\left\{x\,\Big|\,\lim_{h\to0-}\frac{g(x+h)-g(x)}{h}+\lim_{h\to0+}\frac{g(x+h)-g(x)}{h}=0\right\},$$

$$B=\left\{x\,\Big|\,\lim_{h\to0-}\frac{g(x+h)-g(x)}{h}=\lim_{h\to0+}\frac{g(x+h)-g(x)}{h}=0\right\}$$

$$C=\{g(x)\,|\,x\in A\}$$

라 할 때, $n(A)=3$, $n(B)=2$, $n(C)=2$ 이다. 집합 C의 모든 원소를 구하는 과정을 서술하시오.

14 시각 $t=0$일 때 동시에 원점을 출발하여 수직선 위를 움직이는 두 점 P, Q가 있다. 시각 $t(t\ge0)$에서의 점 P의 속도 $v_1(t)$와 점 Q의 가속도 $a_2(t)$는

$$v_1(t)=-\frac{1}{2}t^2+\frac{5}{2}t,\quad a_2(t)=2t-\frac{1}{2}$$이다.

시각 $t=k$일 때, 두 점 P, Q의 속도가 같고 점 Q의 가속도가 점 P의 가속도의 7배이다. $t=0$에서 $t=k$까지 두 점 P, Q가 움직인 거리의 차를 구하는 과정을 서술하시오(단, k는 상수이다).

15 상수 a와 $\dfrac{\pi}{2}<\theta<\pi$에 대하여, 이차방정식 $3x^2-\sqrt{5}x+a=0$의 해가 $\sin\theta$, $\cos\theta$이다. $\sin\theta-\cos\theta$의 값을 b라 할 때, ab의 값을 구하는 과정을 서술하시오.

국어[자연F]

▶ 해답 p.358

※ 다음은 수업 중 학생들이 실시한 토론의 일부이다. 물음에 답하시오.

> 사회자: 이번 시간에는 죄를 지은 사람이 본인의 죄를 인정하고 수사에 협조하면 형량을 감경해 주는 제도인 플리바게닝에 대해 토론하도록 하겠습니다.
>
> 찬성1: 저희는 플리바게닝을 도입해야 한다고 생각합니다. 플리바게닝이 도입된다면 형량을 감경받기 위해 자신이 지은 죄를 인정하는 경우가 늘어날 것이므로 범죄자가 아무런 처벌도 없이 풀려날 가능성이 줄어들어 사회 질서 유지에 도움이 될 것입니다. 또한 범죄자가 자신이 지은 죄를 은폐하려고 노력하는 대신 스스로 죄를 인정하게 되어 범죄자에게 반성할 기회를 제공한다는 점도 긍정적입니다.
>
> 반대2: 플리바게닝을 도입하는 것이 사회 질서 유지에 도움이 된다고 하셨나요?
>
> 찬성1: 네, 맞습니다.
>
> 반대2: 만약 범죄자가 법적인 처벌을 받는 대신에 수사 협조라는 수단을 통해 형량을 흥정하게 된다면 법에 근거해야 하는 사회적 질서가 흔들리게 되지 않을까요?
>
> 찬성1: 아닙니다. 수사 협조에 따른 형량 감경 정도를 법률적으로 규정해 두기 때문에 플리바게닝으로 인해 사회 질서가 흔들릴 염려는 없습니다.
>
> 사회자: 이번에는 반대 측에서 입론해 주시길 바랍니다.
>
> 반대1: 플리바게닝을 도입해서는 안 된다고 생각합니다. 먼저, 수사의 편의를 위해 적법한 범죄 입증 과정 없이 범죄에 대한 처벌을 결정하는 것은 사회적 질서를 훼손할 수 있습니다. 또한 플리바게닝에서 범죄자가 자신의 죄를 인정하는 것은 잘못을 반성하는 것이 아니라 형량 감경을 위한 계산된 행동으로 볼 수 있습니다.

01 〈보기1〉은 교사가 토론 전에 소개한 토론의 쟁점이고, 〈보기2〉는 청중들이 〈보기1〉을 바탕으로 토론 과정을 이해한 내용의 일부이다. 〈보기2〉의 밑줄 친 ⓒ과 ⓔ이 ㉠과 같은 형식이 되도록 ①~④에 들어갈 적절한 말을 쓰시오.

〈보기1〉

> [쟁점1] 플리바게닝은 사회적 질서 유지에 도움이 되는가?
> [쟁점2] 플리바게닝은 범죄자가 자신의 죄를 반성할 기회를 제공하는가?

<보기 2>

- ㉠'찬성1'은 '쟁점1'과 관련하여, 범죄자가 아무런 처벌 없이 풀려날 가능성이 줄어 사회적 질서유지에 도움이 된다고 주장하는군.
- ㉡'(①)'은/는 '(②)'와/과 관련하여, 범죄자가 잘못을 스스로 인정하도록 하기 때문에 반성의 기회를 제공한다고 주장하는군.
- ㉢'(③)'은/는 '(④)'와/과 관련하여, 적법한 범죄 입증 절차 없이 범죄자에 대한 처벌이 결정되므로 사회적 질서 유지에 도움이 되지 않는다고 주장하는군.

① _______________ ② _______________ ③ _______________ ④ _______________

※ 다음 글을 읽고 물음에 답하시오.

　환경 문제를 둘러싸고 다양한 행위자들이 전 지구 차원에서 전개하는 복잡한 상호 작용을 가리켜 '지구 환경 정치'라고 하는데, 이를 이해하기 위해서는 국제 정치에 대한 이론적 논의를 함께 살펴보아야 한다. 국제 정치에 대한 이론적 논의는 크게 현실주의, 자유주의, 구성주의 관점에서 이루어져 왔다.

　현실주의는 주권 국가를 주요 분석 단위이자 행위 주체로 보며 국가와 국가 간의 관계를 분석해 국제 관계를 이해하고자 한다. 이 이론에 따르면 국제 관계는 합리적인 단일 행위자인 국가 간의 힘의 정치로, 국제 사회에서 이해관계가 충돌하는 경우 각 국가는 자국의 이익을 배타적으로 추구하므로 국가 간의 갈등 및 경쟁 관계는 불가피하다. 현실주의는 지구 환경 정치 역시 국가 간의 갈등 영역으로 보고 협력을 통한 환경 문제의 해결이 힘들 것이라는 전망을 제시한다. 현실주의적 관점에서는 환경 문제가 안보나 군사 문제처럼 국가들의 존폐에 직접적으로 영향을 미치지 않으며, 경제 영역에서 국가 간의 경쟁이 날로 치열해져 가는 상황에서 국가들이 환경 보호를 정책의 우선순위에 두고 전 지구적 환경 문제 해결에 나서는 데에 소극적일 것이라고 본다. 또한 개별 국가들이 다른 국가들에 대한 신뢰가 낮고 그들의 무임승차를 우려하기 때문에 적극적으로 친환경적인 정책을 채택하기를 꺼릴 것이라고 본다.

　자유주의는 국제 정치에서 협력의 가능성을 긍정하며 이의 진작을 위해 노력해야 한다고 본다. 현실주의가 국제 정치의 주요 행위 주체로 주권 국가들에 초점을 맞춘다면 자유주의의 분석 단위는 국가뿐만 아니라 국제 연합(UN)과 같은 범지구적 국제기구, 유럽 연합(EU)과 같은 지역 수준의 초국가적인 기구 및 협력 단체, 비정부 기구 등 좀 더 다양한 행위자들을 포함한다. 자유주의의 틀에서 국제 정치에 대한 이론화 작업을 한 신자유 제도주의에 따르면, 국제 관계에서 국가는 합리적이고 이성적인 행위자들이기에 자국의 이익을 추구하기 위해 다른 국가들과 교류 · 협력하는 선택을 한다고 본다. 그리고 국제 정치 · 경제가 다원화되고 복잡해지면서 이렇게 얽힌 상호 작용이 서로에 대한 의존성을 강화하여 국제 체제 전체의 안정을 가져올 수 있다고 보았다. 이러한 관점에서 환경 문제에서도 국가를 넘어선 다양한 행위 주체들이 교류와 협력 관계를 선택해 다양한 규칙과 제도들을 지역적, 국제적 수준에서 만들어 나감으로써 지구 환경 문제를 개선하려고 노력해 왔다고 본다. 그리고 그러한 노력이 앞으로 더욱 제도화될 것으로 전망한다. 또한 지구 환경 문제들의 성격이 복잡하고 해결 방안의 도출을 위해서 전문적이고 과학적 지식을 요구하는 특징 때문에 국가 단위에서뿐만 아니라 비정부 기구, 전문가 집단, 다국적 기업 등의 다양한 행위자들도 점차

중요한 역할을 할 것이라고 본다.

　구성주의는 국제 관계에서 행위의 결과나 그 행위가 가지는 의미는 국제 사회를 구성하는 다양한 행위 주체 간의 상호 작용에 의해 사회적으로 구성되며 결정된다고 본다. 국가들이 추구하는 바가 국가 간의 상호 작용의 방식에 따라 경쟁적 관계에 놓이거나 협력적 관계에 놓인다는 것이다. 구성주의적 시각에서 볼 때 국가들은 환경 문제에 대한 고정된 이해관계나 시각을 가진다기보다는 국제 사회 속에서 다른 국가를 비롯해 비정부 기구, 전문가 집단, 기업 등 다른 행위 주체들과의 상호 작용을 통해 새로운 가치, 시각이나 이해관계를 발달시킬 수 있다. 한편 구성주의는 지구 환경 정치에서 가장 중요한 행위 주체인 국가들의 이해관계와 관념이 현재와 같이 주권 국가의 영토와 국경에 기반해 있는 한 주권의 경계를 넘어선 다양한 지역적이고 전 지구적인 환경 문제의 해결에 장애가 되므로 민족, 국가, 영토에 대한 재개념화와 이기적이며 배타적인 국가 중심적 사고로부터의 탈피가 필요하다고 주장한다.

02 〈보기2〉는 제시문을 바탕으로 〈보기1〉을 이해한 내용이다. 〈보기2〉의 ①～③에 들어갈 적절한 말을 제시문에서 찾아 쓰시오.

〈보기1〉

　1992년 브라질 리우에서 178개 국가와 167개국 민간단체 대표 등이 참석한 유엔 지구 정상 회담이 열렸다. 회담에 참석한 모든 국가가 지구 환경의 회복과 보존이란 대의에 공감하고 과제에 대해 논의하였다. 특히 회담에서는 생물종 다양성 상실이 주요 안건으로 논의되었다. 제1세계에서는 생물종 유전자 다양성의 경제적 가치가 중요하게 대두된 반면, 제3세계는 제1세계의 다국적 기업이 자국에서 펼치는 유전자 탐사에 대해 경제적 보상이 이루어져야 한다고 보았다. 생물종 다양성이 자연의 문제가 아닌 경제 문제로 바뀌었고, 특히 제1세계와 제3세계를 아우르는 사안이 된 것이다. 생물종 다양성 상실이 회담의 관심사로 주목받은 데에는 저명한 자연 과학자들이 생물종 다양성 쟁점에 대해 공론장에서 많이 언급하여 대중의 관심을 끈 것도 영향을 미쳤다. 이와 관련해 보전 생물학이 생물종 다양성 쟁점의 과학적 근거를 제공했다.

〈보기2〉

　〈보기1〉의 회담 과정에서 환경 문제와 관련한 행위 주체에는 현실주의의 관점에서는 (　①　)만 포함된다. 반면 자유주의의 관점에서는 행위 주체에 (　①　) 이외에 민간단체 대표, 유엔, 다국적 기업 등도 포함될 수 있다. 한편 (　②　)의 관점에서 보면, 〈보기1〉의 회담 과정에서 생물종 다양성 상실 문제가 자연의 문제가 아닌 경제 문제로 바뀌어 인식된 것은 환경 문제에 대한 행위 주체의 이해관계와 시각이 고정되지 않음을 보여주는 사례이다. 그리고 〈보기1〉에서 저명한 자연과학자들이 공론장에서 생물종 다양성 쟁점을 언급하고 과학적 근거를 제공해 생물종 다양성 상실이 회담에서 주목받는 데 큰 영향을 미쳤는데, 이는 환경 문제 해결에 행위 주체 중 (　③　)의 역할이 중요하다는 것을 보여주는 사례이다.

① _______________________________

② _______________________________

③ _______________________________

※ 다음 글을 읽고 물음에 답하시오.

　　경제 성장은 한 국가의 전체 소득을 총인구 수로 나눈 1인당 실질 국민 소득*이 증가하는 것을 말한다. 맬서스는 인구 증가의 관점에서 경제 성장 모형을 제시했다. ㉠맬서스 모형에서 경제의 유일한 생산 요소는 노동이고 인구는 노동에 투입할 수 있는 양을 의미한다. 맬서스 모형은 노동 투입량과 실질 국민 소득 간의 관계를 나타내는데 노동을 통한 생산물은 식량뿐이라고 가정한다. 따라서 실질 국민 소득은 곧 그 사회의 식량 생산 수준을 나타낸다. 〈그림〉은 맬서스 모형을 설명하는 그림으로, 노동 투입량에 따른 실질 국민 소득을 보여 주는 총생산 곡선(AP)과 특정한 숫자의 사람을 먹여 살리기 위한 최소한의 식량의 양을 나타내는 생존 곡선(SB) 간의 관계를 보여 주고 있다.

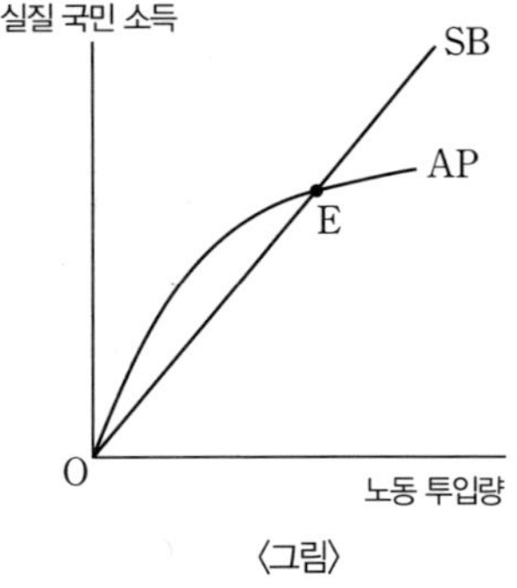

　　맬서스 모형은 생산 요소의 투입량이 증가함에 따라 한계 생산량*이 줄어드는 현상인 한계 생산물 체감의 법칙을 따르기 때문에 AP 곡선에서 인구 증가에 따른 식량 생산량 증가는 점점 줄어드는 형태를 보인다. SB 곡선보다 AP 곡선이 위에 있는 경우 인구는 점차 증가하게 된다. 하지만 〈그림〉에서도 볼 수 있듯이 인구가 어느 수준 이상으로 늘어나면 추가된 인구가 생산한 식량이 늘어난 인구를 먹여 살리기에 충분하지 못하다. 따라서 인구는 감소하게 되고 인구와 실질 국민 소득은 두 곡선이 만나는 지점인 점 E로 수렴하여 경제는 장기적으로 균형의 상태를 이루게 된다. 점 E를 맬서스 균형점이라고 하며 이 지점에 도달하면 더 이상 인구나 생산량의 변화는 일어나지 않게 된다. 이를 정체 상태라고 하며 이 상태에서는 더 이상의 경제 성장을 기대하기 어렵다.

　　하지만 맬서스 모형에서 가정한 것과 달리 현대 경제에서는 노동 이외에도 자본, 기술 등의 다른 생산 요소가 매우 중요하게 작용하며 실질 국민 소득은 식량 외의 다양한 생산물을 포함한다. 이러한 상황을 고려하여 솔로는 노동과 더불어 자본이라는 생산 요소를 추가하여 맬서스 모형보다 현실적인 경제 성장 모형을 제시하였다. ㉡솔로 모형에서는 노동 투입량이 일정한 수준에 정체되어 있을 때 자본량을 늘리면 더 많은 생산이 가능하다. 솔로 모형의 AP 곡선은 맬서스 모형의 AP 곡선과 동일한 형태이지만 자본량이 늘어나면 동일한 노동 투입량에서의 실질 국민 소득은 더 늘어나게 된다. 즉 자본이 1인당 국민 소득에 영향을 미친다는 것이다.

　　솔로 모형에서 자본량은 생산량을 결정하는 주요 요소이며 자본량의 변화는 경제 성장으로 이어질 수 있다. 하지만 솔로 모형에서도 어느 수준까지의 경제 성장은 가능하지만 끝없이 성장하는 것은 불가능하다. 자본도 한계 생산물 체감의 법칙이 작용하기 때문에 자본의 증가량에 따른 1인당 실질 국민 소득의 증가량은 점점 줄어들기 때문이다.

*실질 국민 소득: 물가 변동이 없는 상태로 산출한 국민 소득. 명목 국민 소득을 물가 지수나 생계비 지수로 나누어 산출한다.

*한계 생산량: 생산 요소가 한 단위 증가할 때 더 늘어나는 생산물의 양.

03 〈보기〉는 제시문을 읽고 ㉠, ㉡을 정리한 것이다. 〈보기〉의 ①~③에 들어갈 적절한 말을 제시문에서 찾아 쓰시오.

〈보기〉

　　사회의 실질 국민 소득에 영향을 미치는 경제의 생산 요소로 ㉠에서는 (　①　)만을 고려하지만, ㉡에서는 (　①　) 이외에 자본 등 다른 생산 요소도 고려한다. 따라서 ㉡에서는 ㉠과 달리 노동 투입량이 (　②　)되어 있는 상황에서도 실질 국민 소득이 증가할 수 있다. 하지만 ㉡ 역시 ㉠과 마찬가지로 (　③　)의 적용을 받는다. 왜냐하면 ㉡에서도 투입되는 자본의 증가량에 따른 실질 국민 소득의 증가량이 점점 감소하기 때문이다.

---

①　______________________________

②　______________________________

③　______________________________

※ 다음 글을 읽고 물음에 답하시오.

　　조류는 강이나, 바다, 호수, 연못과 같은 물속에 사는 작은 생물을 일컫는 말이며, 엽록소를 가지고 있어 햇빛과 이산화 탄소를 이용해 산소와 유기물을 만들어 내는 광합성 작용을 한다. 조류는 생태계 먹이 그물에서 1차 소비자의 먹이가 되는 생산자로서, 수생태계에 에너지를 공급하는 중요한 역할을 한다. 조류 중 남조류는 생물학적 특성이 다른 조류와는 차이점이 있어 남세균으로 주로 불린다.

　　녹조 현상은 강이나 호수에 남세균이 과도하게 발생하여 물의 색깔이 짙은 녹색으로 변하는 현상이다. 담수 조류 중 옅은 녹색을 띠는 녹조류와 구별하기 위해 녹조 현상이라고 일컫는다. 남세균의 발생에 영향을 미치는 요인에는 영양물질과 수온 및 일사량, 물의 흐름이 있다.

　　도심에서 나오는 하수, 각종 농축산 시설 등에서 배출하는 폐수, 비가 올 때 빗물과 함께 흘러내리는 비료 등에는 질소나 인과 같은 여러 영양물질이 들어 있다. 이런 영양물질은 남세균의 증식에 필수적이며, 남세균이 영양물질을 이용하여 대량으로 증식하게 되면 녹조 현상이 발생한다.

　　수온은 남세균의 성장을 좌우하는 요인이며, 햇빛은 남세균의 광합성을 위해 필수적 요소이다. 녹조 현상의 원인이 되는 남세균은 20~30℃의 수온에서 가장 왕성하게 성장하며, 햇빛을 많이 받을수록 잘 자란다. 우리나라에서는 일반적으로 수온이 높아지고 일사량이 증가하는 여름철에 남세균이 성장하기 좋은 환경이 만들어진다.

　　또한 물의 흐름이 약하거나 정체되어 있으면 남세균이 더 많이 증식할 수 있다. 유속이 빠르면 물 표면에 떠다니는 남세균이 하류로 쓸려 내려가기 때문에 한곳에서 대량으로 증식하기 어렵다. 수심이 깊고 흐름이 정체된 강이나 호수에서는 여름철에 성층 현상이 나타난다. 성층 현상이란 따뜻하고 밀도가 낮은 물이 위에 놓이고 차갑고 밀도가 높은 물이 아래에 놓여 밀도 차에 의해 수층이 분리되어 물이 수직으로 잘 이동하지 않는 현상을 말한다. 성층 현상이 일어나 물이 잘 섞이지 않으면 수면의 온도가 더욱 올라가게 되어 남세균이 성장하기 더 좋은 여건이 만들어진다.

04 〈보기2〉는 제시문을 읽고 〈보기1〉에 대해 탐구한 것이다. 〈보기2〉의 ①, ②에 들어갈 적절한 말을 〈조건〉에 맞게 쓰시오.

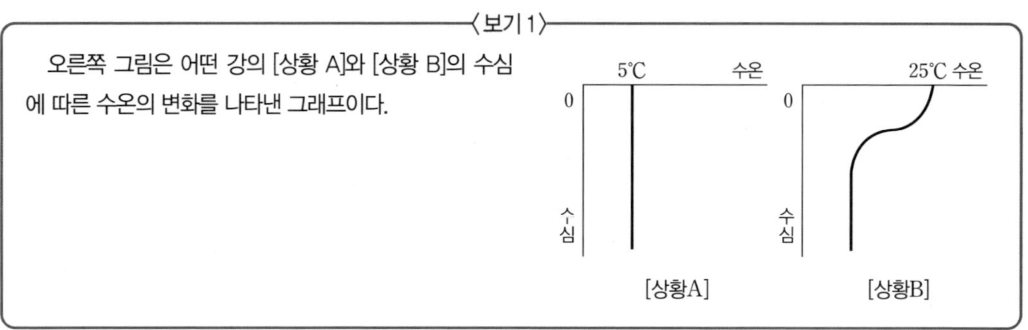

〈보기1〉

오른쪽 그림은 어떤 강의 [상황 A]와 [상황 B]의 수심에 따른 수온의 변화를 나타낸 그래프이다.

〈보기2〉

어떤 강에서 다른 조건은 모두 동일하게 유지되고 수심에 따른 수온의 변화만 [상황 A]에서 [상황 B]로 변하면, 수심에 따른 물의 밀도 차에 의해 물이 잘 섞이지 않게 된다. 이에 따라 강물 수면의 온도가 (①) 그 강에는 녹조 현상이 발생할 가능성이 커진다. 녹조 현상이 발생한 강에서 다른 조건은 변하지 않고 강물의 유속이 (②) 녹조 현상이 다시 줄어들 수 있다.

〈조건〉

· ①은 '–기 때문에'의 형식으로, ②는 '–(으)면'의 형식으로 작성할 것.
· ①은 7자 이내로, ②는 4자 이내로 작성할 것(단, 띄어쓰기와 문장부호는 글자 수에서 제외함).

① ________________________________

② ________________________________

※ 다음 글을 읽고 물음에 답하시오.

갈매나무는 두현의 기억이 미칠 수 있는 어린 시절부터 내면에 자리 잡아 온 움직일 수 없는 한 풍경이었다. 어릴 적 한때 할머니의 손에서 자란 두현이도 그 갈매나무와 더불어 컸다. 할머니 집 안 마당에 어른 키의 갑절만큼 자라 있던 그 늙은 나무는 노년 들어 홀로 대청마루에 나앉는 일이 잦았던 할머니에게는 무언의 친구이기도 했을 터였다.

가지 끝에 뾰족뾰족한 가시를 달고 있는 그 갈매나무는 두현에겐 지옥이자 천당이었다. 갈매나무 아래서 윤정이와 사진을 찍고 난 다음 그녀와 가진 첫 입맞춤이 천당에 대한 기억에 해당한다면 아내가 됐던 윤정이와 이 년이 채 안 돼 헤어지기로 동의한 다음 이혼 서류에 마지막으로 도장을 찍고 내려가 찾아뵌 할머니 집 앞의 갈매나무는 바로 캄캄한 지옥이었다.

현아 니 맴이 많이 아프제…….

두현은 두렵고 송구스런 마음 때문에 엎드려 드린 큰절을 차마 일으키지 못하고 등짝을 들썩거리며 흐느꼈다. 그 격정의 잔등을 삭정이처럼 야윈 할머니의 손길이 잔잔히 더듬고 지나갔다.

할머니…… 이 매욱한* 손자가 세상에 다시없는 불효를 저지르고 이렇게 찾아뵈었으니 이 일을 어쩌면 좋습니까? 호되게 꾸짖어 주세요, 부디!

꾸짖긴 눌로? 어림도 없지러. 니가 아프면 낼로(나를) 찾아와야지 그럼 눌로(누구를) 찾아…… 옹냐 잘 왔네라. 에 구 불쌍한 내 새끼야. 니 맴 할미가 알제 하모 하모…….

부엌 문짝에 옆 이마를 기대어 집게손가락으로 눈가를 꼭꼭 찍어 누르고 섰던 작은숙모한테 더운밥을 지어 내오도 록 한 할머니는 그가 물에 만 밥그릇을 앞에 두고 천근만근으로 무거워진 깔깔한 밥술을 놀리는 걸 지켜보다가 숙모 의 부축을 받아 갈매나무 아래 평상에 나앉으셨다. 그러고는 등을 돌린 채 눈물을 지으셨다. 두현은 밥이 아니라 눈 물을 떠 넣고 씹었다.

지집한테 찔리운 까시는 오래가는 벱인디…….

할머니가 갈매나무 우듬지게를 망연자실한 눈길로 쳐다보시며 중얼거렸다. 그러자 그도 어릴 적 겁도 없이 갈매 나무에 오르려다 가시에 찔려 떨어졌던 기억이 났던 것이다. 아마 할머니도 그 때 기억 때문에 더 북받치시는 것일지 도 모를 일이었다. 눈물이 그렁그렁한 어린 손자의 손바닥에 깊숙이 박힌 가시를 입김을 몇 번이고 호호 불어 가면서 빼 주실 때 해 주던 할머니의 말씀이 새삼 엊그제 일인 양 생생할 뿐이었다.

까시 아프제? 앞으로두 세상의 숱해 많은 까시가 널 괴롭힐지도 모르제. 그래도 사내니깐 울지는 말그래이. 그럴 수록 더 독한 까시를 가슴속에 품어야 하니라. 알긋제?

야아…… 할무이.

세상의 독한 가시를 이기라는 그 말씀은 삼 년 전 늦깎이 시인으로 등단한 그가 여태껏 시의 화두로 삼아 온 것이 었다.

[중략 부분 줄거리] 두현이 찾아간 '아름다운 지옥'은 이제 찻집이 아닌 오리탕 전문점으로 바뀌어 있었고, 두현은 그 식당의 여주인과 이야기를 나눈다.

아내가 가고 없는 그 신혼방에서 두현은 한사코 자신에게서 달아나려는 어떤 아이에 대한 꿈을 서너 번 꾸었다. 힐끗 뒤를 돌아다보는 꿈속의 작은 아이는 그를 닮아 보일 때도 있었고 얼굴이 하얗게 지워져서 나타날 때도 있었다. 아주 무서운 꿈이었다. 꿈자리에서 깨어날 때마다 그는 눈물이 핑돌아 낯선 곳에서 잠이 설깬 아이처럼 훌쩍거리곤 했다.

그래서요?

그래서 그렇다는 말이죠.

에이, 시시해. 그럼 전 부인은 진짜 유학을 갔어요?

아직까지 한 번도 못 만났으니 그럴 가능성도 있을 겝니다.

그럼 요즘도 아이 꿈을 꾸세요?

아뇨, 요즘은 한 나무에 대한 꿈을 꾸는 편이죠.

나무요?

나뭅니다. 아주 헌걸차고 씩씩한 녀석이죠. 바로 수갈매나무입니다. 갈매나무가 암수딴그루 나무인건 아시죠?

암수딴그루라뇨?

왜, 은행나무처럼 암수가 따로 있다 이겁니다. 제가 여태껏 보아 온 건 모두 암그루였죠. 아직 수그루를 한 번도 보지 못했죠. 아마 어느 깊은 계곡 어디에선가 뿌리를 박고 홀로 눈보라와 찬비와 거친 바람을 맞으며 추운 계절을 꿋꿋이 견디며 힘차게 수액을 높은 우듬지 위로 뽑아 올리는 자태를 간직한 수그루를 알아보게 될 겁니다. 그런 날이 꼭 올 겁니다. 제 꿈이 그렇거든요. 그놈을 봤어요. 한 번도 아니고, 두 번도 아니고…… 몹시 앓을 땐 내가 직접 그 수칼매나무가 되는 꿈을 꿔요. 아주 편안한 나무가 되는 꿈을 꿔요.

– 김소진, 「갈매나무를 찾아서」

*매욱한: 하는 짓이나 됨됨이가 어리석고 둔한.

05 〈보기〉는 제시문에 대한 해설의 일부이다. 〈보기〉의 ①, ②에 해당하는 말을 〈조건〉에 맞게 쓰시오.

〈보기〉

　　김소진의 소설 「갈매나무를 찾아서」는 주인공 두현이 심리적 아픔으로 고통받고 있는 상황에서 자신의 아픔을 극복해 나갈 것을 다짐하는 모습이 드러나는 작품이다. 이 작품의 핵심 소재인 갈매나무는 작품의 곳곳에서 다양한 방법으로 활용된다. 제시문에서 이를 살펴보면, 먼저 두현이 이혼 후 찾아간 할머니 집 안마당에는 갈매나무가 있다. 할머니가 '아내와의 이혼으로 인한 두현의 상처와 아픔'을 비유적으로 표현한 '(　①　)'에서 갈매나무는 두현의 어린 시절 상처와 현재의 아픔을 매개하는 역할을 한다. 제시문에서 갈매나무는 두현의 내면을 드러내는 소재로 활용되기도 한다. 두현이 식당 여주인과 대화를 나누는 장면에서 두현의 말에 등장하는 '(　②　)'은/는 심리적 아픔으로 고통받는 두현이 지향하는 모습과 가치를 상징하는 소재로 갈매나무의 이미지가 분화되어 쓰인 것이다.

〈조건〉

- ①, ② 모두 제시문에서 적절한 말을 찾아 쓸 것.
- ①은 세 어절로 쓰고, ②는 한 단어로 쓸 것.

① _______________________________

② _______________________________

※ 다음 글을 읽고 물음에 답하시오.

> 삼가 뜻하는 바를 아뢰오니 상제께서 처분하오소서
> 주천(酒泉)*이 주인 없어 오래도록 황폐하였으니 그 이유 살피신 후에 제가 바라는 일을 처결하여 허락함을 공증 문서로 발급하옵소서
> 상제께서 소장 안에 호소하는 바를 다 살펴보았거니와 유령* 이백*도 토지나 전결세를 나눠 받지 못했거든* 하물며 세상의 공적 물건이라 제 마음대로 못 할 일이라
>
> – 작자 미상
>
> *주천: 중국 감숙성의 지명으로 술맛 나는 물이 샘솟는 곳이라 하여 붙여진 이름. 풍류와 취락의 이상적 공간으로 널리 이름난 곳.
> *유령: 중국 진나라 때의 죽림칠현 중의 한 사람으로, 술을 몹시 즐기던 시인.
> *이백: 당나라 현종 때의 시인. 술을 친구로 삼은 시선(詩仙)으로 불림.
> *토지나 전결세를 나눠 받지 못했거든: 주천에 대한 소유의 권리를 받지 못했다는 의미.

06 〈보기〉는 제시문에 대한 해설의 일부이다. 〈보기〉의 ①~③에 들어갈 적절한 말을 제시문에서 찾아 쓰시오.

> ───〈보기〉───
>
> 소지형 시가는 조선 후기로 넘어오면서 소송의 사례가 증가하고 여기에 동원되는 '소지(所志)' 형식이 널리 보편화되면서, 고문서의 한 양식인 소지가 국문 시가와 갈래 교섭을 일으키며 문학사에 등장한 형태이다.
>
> 소지의 본래 성격은 청원(請願) 및 진정(陳情)에 있다. 따라서 소지를 활용한 소지형 시가의 경우, 본래 소지의 형식에 따라 청원의 수신인과 청원의 내용이 나타난다. 제시문에서 청원의 수신인은 '(①)'이라는 시어로 나타나고, '제가 바라는 일'이라는 시어로 나타나는 청원의 내용은 '(②)'을/를 자신에게 내려 달라고 하는 것이다.
>
> 한편 소지형 시가 작품은 개인이 지니고 있는 욕망을 무절제하게 표출하기만 하는 것이 아니라, 청원 및 진정을 처리해 주는 권한자의 처분을 제시하여 화자의 과도한 욕망을 경계하는 주제 의식을 보여 주기도 한다. 제시문에서도 화자의 욕망을 경계하는 권한자의 처분이 나타나고 있다. 제시문에서 권한자는 역사적 인물을 언급하면서, '(②)'이/가 '(③)'에 해당한다는 점을 들어 화자의 청원을 받아들이지 않는다.

① ___________________________________

② ___________________________________

③ ___________________________________

수학[자연F]

▶ 해답 p.359

07 $0 \leq \theta < 2\pi$에서

$\sin\left(\dfrac{3}{2}\pi + \theta\right) - \cos\left(\dfrac{3}{2}\pi + \theta\right) = -\dfrac{3}{4}$일

때,

$\tan\theta + \dfrac{1}{\tan\theta}$의 값을 구하는 과정을 서술하

시오.

08 $\displaystyle\sum_{n=1}^{12} \dfrac{3n^2 + 5n + 2}{18n^2 + 30n + 8}$의 값을 구하는 과정을

서술하시오.

09 모든 항이 양수인 수열 $\{a_n\}$, $\{b_n\}$, $\{c_n\}$이 모든 자연수 n에 대하여

$$a_n a_{n+1} = 2^{\sin\frac{n}{6}\pi}, \quad b_n b_{n+1} = 2^{\cos\frac{n}{3}\pi},$$

$$c_n c_{n+1} = 2^{\tan\frac{2n-1}{4}\pi}$$ 을 만족시킬 때,

$\displaystyle\sum_{n=1}^{100} \log_2(a_n b_n c_n)$ 의 값을 구하는 과정을 서술하시오.

10 그림과 같이 $1 < k < 16$인 자연수 k에 대하여 함수 $y = |(x-1)(x-k)|$의 그래프가 직선 $y = m(x-1)$과 서로 다른 세 점에서 만난다. 세 점의 x좌표를 작은 수부터 크기 순서대로 a_1, a_2, a_3이라 하자. 세 수 a_1, a_2, a_3이 이 순서대로 공비가 r인 등비수열을 이룰 때, 공비 r가 유리수가 되도록 하는 모든 자연수 k의 값의 합을 구하는 과정을 서술하시오(단, m은 양수이다).

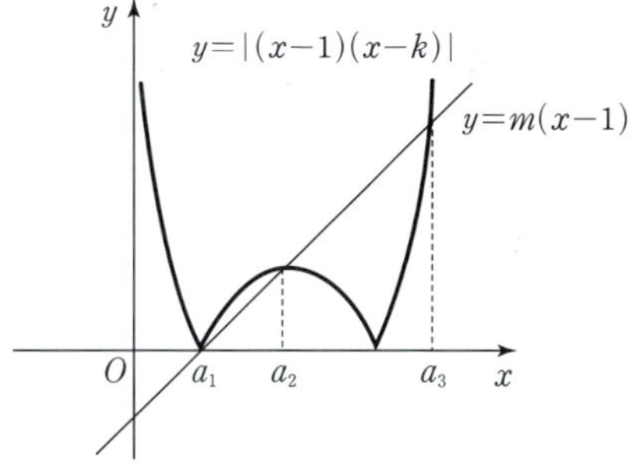

11 방정식 $\log_5(5^x+10)=\dfrac{x}{2}+\log_5\dfrac{10}{25}+2$

의 두 근을 α, β라 할 때,

$\dfrac{1}{5^\alpha}+\dfrac{1}{5^\beta}$의 값을 m이라 하자.

정의역이 $\left\{x \mid -\sqrt[5]{5}\le x\le -\dfrac{1}{125}\right\}$인 함수

$y=-\log_5(-x)+a$의 최댓값은 M이고

최솟값이 m일 때, a, M, m의 값을 구하는

과정을 서술하시오(단, a는 상수이다).

12 양수 k에 대하여 함수 $f(x)$는

$f(x)=(k-x)^3+6(k-x)^2$

$+3(k-x)-18$이라고 하자. 닫힌구간

$[0,\ k]$에서 정의된 함수 $g(x)=\displaystyle\int_0^x f(t)\,dt$

가 열린구간 $(0,\ k)$에서 극값을 갖도록 하는

k의 범위를 구하는 과정을 서술하시오.

13 최고차항의 계수가 1인 이차함수 $f(x)$가 다음 조건을 만족시킨다.

> (가) $f(x)$의 최솟값은 음수이다.
> (나) 함수 $y=f(x)$의 그래프와 직선 $y=f(2)$가 서로 다른 두 점 A, B에서 만나고 두 점 A, B의 x좌표의 합은 6이다.
> (다) $\displaystyle\lim_{x \to 5}\frac{1}{x-5}\left\{\int_a^x |f(t)|\,dt - 2\int_a^3 |f(t)|\,dt\right\} = 6$

$af(3)$의 값을 구하는 과정을 서술하시오(단, a는 상수이다).

14 좌표평면 위의 점 $A(4, 4)$와 실수 $m(m > 1)$에 대하여 점 A에서 직선 $y=mx$에 내린 수선의 발을 B라 하자. 점 B를 지나며 x축에 수직인 직선이 선분 OA와 만나는 점을 C라 하자. 삼각형 ABC의 넓이를 $S(m)$, 삼각형 OBC의 넓이를 $T(m)$이라 할 때,

$$\lim_{m \to 1+}\frac{s(m)}{(m-1)T(m)}$$

의 값을 구하는 과정을 서술하시오(단, O는 원점이고, 점 B의 x좌표는 0보다 크다).

PART 1 기출문제 · PART 2 실전모의고사 · PART 3 정답 및 해설

15 사차함수 $f(x)=\dfrac{1}{4}x^4-\dfrac{5}{3}x^3+x^2+8x+9$이고, 삼차함수 $g(x)$는 최고차항의 계수가 1이고 $g(0)=-\dfrac{1}{3}$이다. $f(x)$와 $g(x)$가 $x=a$에서 극댓값을 가질 때, 함수 $g(x)$의 극솟값을 구하는 과정을 서술하시오.

2025학년도
가천대
논술 모의고사

A형 B형

2025학년도 모의고사 국어[A형]

▶ 해답 p.363

※ 다음은 학생이 대학 학과 게시판에 올린 글이다. 물음에 답하시오.

제목: 문화재학과에 대해 궁금한 점이 있습니다.

안녕하세요. 저는 ○○ 대학교 문화재학과 진학을 희망하는 □□ 고등학교 2학년 △△△입니다. 진로와 관련하여 궁금한 점이 있어 학과 게시판에 글을 남깁니다. 저는 얼마 전까지만 해도 진로에 대한 구체적인 계획이 없어 고민이 많았습니다. 그러던 중 얼마 전 부모님께서 초등학생인 동생과 민속 박물관 견학을 계획하셨고, 저에게 동행을 권유하셨습니다. 사실 이번 나들이 전까지 문화재에 별 관심이 없었고, 문화재는 그저 옛것 또는 낡은 것이라는 생각을 하고 있었기 때문에, 민속 박물관 견학에 별 기대가 없었습니다. 하지만 민속 박물관 견학을 계기로 우리 문화재에 대한 생각이 긍정적으로 바뀌게 되었습니다. 특히 박물관과 뒤뜰에는 무인석이 하나 있었는데, 그 생생한 모습 때문인지 마치 시간을 거슬러 과거로 돌아간 듯한 느낌을 받았습니다. 다만 박물관이 설립된 지 꽤 오래되었고 개인 소장품을 전시한 곳이다 보니 소중한 문화재의 관리가 제대로 이루어지고 있지 않은 것 같아서 아쉬웠습니다. 박물관 견학을 계기로 문화재에 관심을 갖게 되었으며, 담임 선생님과 부모님의 조언을 듣고 문화재학과에 진학하기로 결심했습니다. 저는 문화재학과에 진학하여 문화재와 관련된 전문가가 되고 싶지만 문화재학과 졸업 이후 어떤 진로가 있을지 막연한 생각이 들어, 재학생과 졸업생 분들의 조언을 듣고자 이렇게 글을 올립니다. 끝까지 읽어 주셔서 감사합니다.

---

01 〈보기〉는 제시문을 작성하기 전에 학생이 수립한 글쓰기 계획의 일부이다. 〈보기〉의 ①, ②가 반영된 문장을 제시문에서 찾아 각각의 첫 어절과 마지막 어절을 순서대로 쓰시오.

〈보기〉

① 박물관 견학에서 살펴본 구체적인 문화재를 제시하면서 박물관 견학을 통해 얻은 인상적인 경험을 전달한다.

② 현재의 희망 진로를 언급한 후, 이와 관련하여 게시판 문의를 통해 알고 싶은 내용을 추가적으로 설명한다.

① 첫 어절: ________________, 마지막 어절: ________________

② 첫 어절: ________________, 마지막 어절: ________________

※ 다음 글을 읽고 물음에 답하시오.

> 서구 철학에서 ㉠코나투스는 수천 년에 걸쳐 정의되었다. 고대 그리스의 스토아학파는 코나투스를 생명체의 자기 보존의 욕망으로 보았으며, 살아있는 생명체는 스스로에 대한 애착과 보존 의지를 가지는 동시에 죽음으로부터 멀어지기를 원한다고 하였다. 하지만 스토아학파는 코나투스를 모든 생명체가 가지는 것이 아니라 동물만이 가지는 특성이라고 하였다. 이후 중세의 스콜라 철학에서는 동물뿐만 아니라 모든 자연적 사물이 코나투스를 가지고 있으며, 이에 따라 모든 유기적 생명체는 자신의 실존을 지속하려는 욕망을 갖는다고 보았다. 중세 이후 르네상스 철학자들은 코나투스가 자기 보존에 대한 욕망이라는 기존의 견해를 받아들이면서, 코나투스를 유기적 생명체뿐만 아니라 무기물도 가진 속성이라고 하였다.
>
> 근대 철학자들은 코나투스의 기존 의미를 받아들이면서도, 코나투스를 물체의 운동에 적용하여 자연을 이해하는 데 활용하였다. 무기물도 코나투스를 가지고 있다는 인식을 이어받아 이를 물체의 운동에 적용한 것이다. 데카르트는 어떤 물체가 현재의 상태를 유지하고자 하는 속성을 코나투스에 의한 것이라고 보았다. 데카르트는 이전 학자들과 달리 코나투스에 담긴 생물학적인 함축적 의미를 제외하고 어떤 물체의 상태를 기술하는 중립적인 표현으로만 코나투스를 사용하였다. 홉스도 물체의 운동을 이해하기 위한 방법으로 코나투스를 활용하였다. 홉스는 코나투스를 인간이 알기 어려운 단위에서 벌어지는 물체의 운동이라고 말하였고, 우리가 관찰하는 모든 운동은 코나투스의 집합이라고 하였다. 홉스는 걷기나 말하기 같은 인간의 움직임도 코나투스에 의한 것이라고 보았는데, 이러한 관점에 따르면 심장을 통한 혈액의 순환 등 인체의 자기 보존을 위한 생명 운동 역시 코나투스에 의한 것이 된다. 즉 홉스에 따르면 코나투스는 어떠한 방향으로 향하기 위한 노력이며 인간의 자기 보전 욕망도 생존이라는 방향성을 갖는 노력이라고 할 수 있다.

02 〈보기〉는 제시문을 읽고 ㉠을 정리한 것이다. 〈보기〉의 ①~③에 들어갈 적절한 말을 제시문에서 찾아 쓰시오.

〈보기〉

철학 사조		㉠에 대한 인식의 변화	
그리스 스토아학파	자기 보존의 욕망	생명체 중 (①)이/가 지니는 특성	
중세 스콜라 철학		모든 유기적 생명체가 지닌 특성	
르네상스 철학		유기적 생명체와 (②)이/가 지니는 특성	
근대 철학	(③)	물체의 운동에도 코나투스의 의미를 적용	코나투스에 담긴 생물학적 함축을 제외
	홉스		모든 물체의 운동을 코나투스의 집합으로 이해

① _______________   ② _______________   ③ _______________

※ 다음 글을 읽고 물음에 답하시오.

우리는 흔히 사회 과학 내에서 합리적 행위의 영역은 경제학이, 비합리적 행위의 영역은 사회학이 담당하는 것으로 여긴다. 그러나 사회학 이론가인 ⊙제임스 콜먼은 이러한 통념이 사실이 아니라는 것을 입증하고자 하였다. 또한 그는 사회학에서 인간의 행위를 수학적으로나 경제학적으로 접근하여 설명하지 않는다는 점, 경제학에서 경제적 행위나 현상을 분석할 때에 사회 구조의 영향을 간과한다는 점 등에 대해 날카로운 비판을 던졌다. 콜먼이 경제학과의 긴밀한 연관 속에서 사회학을 연구하고자 하였음을 가장 잘 보여주는 것은 그의 합리적 선택 이론이다.

합리적 선택 이론에서는 인간의 행위를 모형화하기 위한 틀을 제시한다. 콜먼에 의하면 인간 행위는 행위자 개인의 효용을 증대한다는 단일한 목적으로 이루어진다. 합리적 선택 이론에서 각 행위자는 목적 지향적이어서 자신이 보유한 초기 자원, 그것에 대한 통제 정도를 이용하여 자신의 효용을 최대화하는 존재로 가정된다. 여기서 자원에는 시간, 돈, 노력, 물리적 장비, 인력뿐만 아니라 정보, 지식, 기술 등이 포함된다. 그런데 행위자가 관심 있는 자원, 즉 이해관계를 가지고 있는 자원을 타인이 통제하고 있을 수도 있고 타인의 관심 있는 자원을 자신이 통제하고 있을 수도 있다. 콜먼은 자원에 대한 통제 상황에서 행위에 대한 효용을 함수를 통해 표현하였는데, 이 함수에서 행위에 대한 효용은 행위자가 가지고 있는 자원과 그것에 대한 통제 정도를 지수로 하여 계산한 값이다.

콜먼은 이러한 경제학적 접근에 그치지 않고 인간의 행위나 현상을 사회 구조와 관련지어 설명하였다. 콜먼은 행위자들 사이에 더 이상의 행위가 일어나지 않는다면 그것은 사회적 균형 상태에 도달한 것인데, 우리가 목도하는 빈부의 격차와 같은 사회적 상황도 사회적 균형 상태의 하나라고 하였다. 그러면서 그는 사회적 균형 상태에서 나타나는 행위자의 권리 배분과 권리 이양, 그리고 이것으로부터 파생하는 신뢰 및 권위 관계 등에 주목하고, 사회적 균형 상태는 자원의 초기 배분 상태에 절대적으로 의존한다는 점을 강조하였다. 주어진 자원의 상태가 행위자의 행위가 이루어진 이후의 균형적 결과에 결정적으로 영향을 미친다는 것이다. 이를 시장에서의 배분과 관련지어 말하자면, 완전 경쟁 시장이라는 전제하에 시장을 통한 배분은 자원의 초기 불평등 상태를 유지하게 하는 경향이 있다는 말로 설명할 수 있다.

03 〈보기〉는 제시문을 읽고 ⊙의 견해를 정리한 것이다. 〈보기〉의 ①, ②에 들어갈 적절한 말을 쓰시오.

〈보기〉

- 합리적 선택 이론에서 행위자는 자신이 원하는 모든 자원을 자유롭게 활용할 수 (　　①　　)
- 완전 경쟁 시장에서 정부의 적극적 개입이나 사회 구조적 혁명 등이 없이 인간의 행위만으로 자원 배분의 불평등 정도를 해소할 수 (　　②　　)

①　________________________　　　②　________________________

※ 다음 글을 읽고 물음에 답하시오.

[A]
그분의 망가진 부분이 육신보다는 정신이었다는 걸 알아차린 건 그 후였다. 우리는 그걸 서서히 알아차리게 됐다. 처음엔 아이들 이름을 헷갈려 부르는 정도였다. 노인들이 흔히 그러는 걸 봐 온지라 대수롭지 않게 알았다. 그러나 바로 가르쳐 드려도 믿지를 않고 한사코 자기가 옳다고 주장하는 건 묘하게 신경에 거슬렸다. 숫제 치지도외*하기로 했다. 어쩌면 나는 그럴 기화*로 그때까지도 그분이 한사코 움켜쥐고 있던 살림 권리를 빼앗을 수 있어서 은근히 기뻤는지도 모르겠다. 그러니까 그분의 노망을 근심하는 소리는 집 안에서보다 집 밖에서 먼저 났다. 오래간만에 고모님을 뵈러 온 당신 조카한테 당신 누구요? 하며 낯선 얼굴을 해서 조카를 당황하게 하더니 어찌어찌해서 그가 조카라는 걸 알아보고 나서 아이가 몇이냐고 물었다. 아들이 둘이라고 하자 아이구 대견해라 일찌거니 농사 잘 지었구나라고 정상적인 대답을 했다. 그러나 곧 똑같은 질문을 하고 똑같은 덕담을 했다. 똑같은 질문은 한없이 되풀이됐다. 그는 내가 애써 차려 준 점심을 뜨는 둥 마는 둥 진저리를 치며 달아나 버렸다. 그렇게 해서 그분의 노망났다는 소문은 그분의 친정 쪽으로부터 먼저 퍼졌다.

집에서도 같은 말의 되풀이가 점점 심해졌다. 그 대신 그분이 주된 관심사에서 제외된 어휘는 급속도로 잊혀지는 것 같았다. 쌀 씻어 놓았냐? 빨래 걷었냐? 장독 덮었냐? 빗장 걸었냐? 등 주로 의식주에 관한 기본적인 관심이 온종일 되풀이되는 대화 내용이었다. 하루 이틀도 아니고 허구한 날 같은 말에 같은 대꾸를 해야 된다는 것도 쉬운 일은 아니었다. 더구나 그 빈도가 하루하루 잦아지고 있었다. "쌀 씻어 놓았냐?" "네" "쌀 씻어 놓아라. 저녁때 다 됐다." "네, 씻어 놓았다니까요." "쌀 씻어 놓았냐?" "씻어 놓았대두요." "쌀 씻어 놓았냐?" "쌀 안 씻어 놓으면 밥 못할까 봐 그러세요. 진지 안 굶길 테니 제발 조용히 좀 계세요." 이렇게 짜증이 나게 마련이었다. 그렇다고 그 줄기찬 바보 같은 질문이 조금이라도 뜸해지거나 위축되는 것도 아니었다. 남들은 몇 년씩 똥오줌 싸는 노인도 있는데 그만하면 곱게 난 망령이라고 나를 위로했지만 나는 온종일 달달 볶이고 있는 것처럼 신경이 피로했다. 차라리 똥오줌 치는 게 온종일 같은 말 대꾸하는 것보다 덜 지겨울 것 같았다.

[중략 부분 줄거리] 시어머니의 치매는 갈수록 심해지고, 그에 따라 '나'의 피로와 시어머니에 대한 증오도 커진다. 견딜 수 없을 만큼이 되어 '나'는 시어머니를 시설에 맡기고자 하고, 남편과 함께 시설을 찾아 한 시골 마을을 찾아간다.

[B]
"라면이라도 하나 끓여 달랠까요?" / "당신 시장하오?"
"아뇨, 당신 술안주 하게요." / "안주는 무슨……."
나는 주인을 찾아 가게 터 뒤로 돌아갔다. 좀 떨어진 데 초가가 보였다. 초가 지붕 위엔 방금 떠오른 보름달처럼 풍만하고 잘생긴 박이 서너 덩이 의젓하게 자리 잡고 있었다.
"여보, 저 박 좀 봐요. 해산 바가지 했으면 좋겠네."
나는 생뚱한 목소리로 환성을 질렀다.
"해산 바가지?"
남편이 멍청하게 물었다.
"그래요. 해산 바가지요."

실로 오래간만에 기쁨과 평화와 삶에 대한 믿음이 샘물처럼 괴어 오는 걸 느꼈다.

내가 첫애를 뱄을 때 시어머님은 해산달을 짚어 보고 섣달이구나, 좋을 때다, 곧 해가 길어지면서 기저귀가 잘 마를 테니, 하시더니 그해 가을 일부러 사람을 시켜 시골에 가서 해산 바가지를 구해 오게 했다.

"잘생기고, 여물게 굳고, 정한 데서 자란 햇바가지여야 하네. 첫 손자 첫국밥 지을 미역 빨고 쌀 씻을 소중한 바가지니까."

이러면서 후한 값가지 미리 쳐주는 것이었다. 글 때의 그분은 너무 경건해 보여 나도 덩달아서 아기를 가졌다는데 대한 경건한 기쁨을 느꼈었다. 이윽고 정말 잘 굳고 잘생기고 정갈한 두 짝의 바가지가 당도했고, 시어머니는 그걸 신령한 물건인 양 선반 위에 고이 모셔 놓았다. 또 손수 장에 나가 보얀 젖빛 사발도 한 쌍을 사다가 선반에 얹어 두었다. 그건 해산 사발이라고 했다.

– 박완서, 「해산 바가지」

*치지도외(置之度外): 내버려두고 문제 삼지 않음.

*기화(奇貨): 뜻밖의 이익을 얻을 수 있는 물건, 또는 그런 기회.

04 〈보기 2〉는 〈보기 1〉을 바탕으로 제시문을 감상한 것이다. 〈보기 2〉의 ①~③에 들어갈 적절한 말을 〈보기 1〉에서 찾아 쓰시오.

〈보기1〉

소설에서 독자에게 주제를 효과적으로 전달하기 위해서는 '서술자'의 위치와 이야기 전달 방식을 고민해야 한다. 서술자의 위치는 서술자가 이야기의 내부에 위치하는 경우와 이야기의 외부에 위치하는 경우로 구별된다. 한편 서술자가 사건이나 인물을 제시하는 방식은 말하기와 보여주기로 나뉜다. 전자는 서술자가 자신의 목소리로 사건, 인물의 성격, 상황을 설명·해설·요약·논평하는 방식이고, 후자는 서술자가 인물의 말로 사건을 제시하거나 심리를 묘사하는 방식이다.

〈보기2〉

「해산 바가지」에서 서술자는 이야기의 (①   )에 위치하고 있다. 이 작품의 서술자가 독자에게 사건이나 인물을 제시하는 방식은 장면에 따라 보여주기가 사용되기도 하고 말하기가 사용되기도 한다. 예를 들어 [A]에서는 (②   )의 방식이 사용되고, [B]에서는 (③   )의 방식이 사용되고 있다.

① ________________________________

② ________________________________

③ ________________________________

2025학년도 모의고사

수학[A형]

▶ 해답 p.364

05 정의역이 $\{x \mid 2 \leq x \leq 3\}$인 함수 $y = a^{x-1} + 2 \, (a > 0,\ a \neq 1)$의 최솟값이 $\dfrac{19}{9}$이다. (단, a는 상수)

① $a > 1$일 때 위 조건을 만족시키는 함수가 존재하는지 서술하시오.

② $0 < a < 1$일 때 위 조건을 만족시키는 함수가 존재하는지 서술하시오.

06 $\sin\left(\dfrac{\pi}{2} + \theta\right) - \cos\left(\dfrac{\pi}{2} + \theta\right) = \dfrac{1}{5}$일 때, $\sin^3\theta + \cos^3\theta$의 값을 구하는 과정을 서술하시오.

07 다항함수 $f(x)$가 모든 실수 x에 대하여

$$\int_0^x f(t)dt = f(x) + ax^2 + x$$

를 만족시킬 때, $f(a)$의 값을 구하는 과정을 서술하시오. (단, a는 상수)

08 첫째항이 1이고 공차가 3인 등차수열 $\{a_n\}$에 대하여 첫째항부터 제 n항까지의 합이 S_n일 때, $S_n > \sum_{k=1}^{4}(a_k)^2$을 만족시키는 자연수 n의 최솟값을 구하는 과정을 서술하시오.

| 2025학년도 모의고사 | # 국어[B형] |

▶ 해답 p.365

※ 다음은 수업 중 학생들이 실시한 토론의 일부이다. 물음에 답하시오.

사회자: 이번 시간에는 죄를 지은 사람이 본인의 죄를 인정하고 수사에 협조하면 형량을 감경해 주는 제도인 플리바게닝에 대해 토론하도록 하겠습니다.

찬성1: 저희는 플리바게닝을 도입해야 한다고 생각합니다. 플리바게닝이 도입된다면 형량을 감경받기 위해 자신이 지은 죄를 인정하는 경우가 늘어날 것이므로 범죄자가 아무런 처벌도 없이 풀려날 가능성이 줄어들어 사회 질서 유지에 도움이 될 것입니다. 또한 범죄를 입증하기 위해 투입되는 인력과 시간을 줄일 수 있으므로 범죄 수사 및 형량 선고 과정에서 발생하는 경제적 비용을 절감할 수 있습니다.

반대2: 플리바게닝을 도입하는 것이 사회 질서 유지에 도움이 된다고 하셨나요?

찬성1: 네, 맞습니다.

반대2: 만약 범죄자가 법적인 처벌을 받는 대신에 수사 협조라는 수단을 통행 형량을 흥정하게 된다면 법에 근거해야 하는 사회적 질서가 흔들리게 되지 않을까요?

찬성1: 아닙니다. 수사 협조에 따른 형량 감경 정도를 법률적으로 규정해 두기 때문에 플리바게닝으로 인해 사회 질서가 흔들릴 염려는 없습니다.

사회자: 이번에는 반대 측에서 입론해 주시길 바랍니다.

반대1: 저희는 플리바게닝을 도입해서는 안 된다고 생각합니다. 먼저, 수사의 편의를 추구하고자 적법한 범죄 입증 과정 없이 범죄에 대한 처벌을 결정하는 것은 사회적 질서를 훼손할 수 있습니다. 또한 범죄자가 허위 진술을 하면 잘못된 수사로 이어지고, 잘못된 수사를 바로잡기 위한 비용이 추가로 발생하게 될 것입니다.

01 〈보기1〉은 교사가 토론 전에 소개한 토론의 쟁점이고, 〈보기2〉는 청중들이 〈보기1〉을 바탕으로 토론 과정을 이해한 내용의 일부이다. 〈보기2〉의 밑줄 친 ⓛ과 ⓒ이 ⑤과 같은 형식이 되도록 ①, ②, ③, ④에 들어갈 적절한 말을 쓰시오.

―――――――〈 보기1 〉―――――――

[쟁점1] 플리바게닝은 사회적 질서 유지에 도움이 되는가?
[쟁점2] 플리바게닝은 범죄 수사에 투입되는 경제적 비용을 절감할 수 있는가?

<보기 2>

- ⓐ'반대1'은 '쟁점1'과 관련하여, 적법한 범죄 입증 절차 없이 범죄자에 대한 처벌이 결정되므로 사회적 질서 유지에 도움이 되지 않는다고 주장하는군.
- ⓑ'(①)'은/는 '(②)'와/과 관련하여, 범죄 입증에 투입되는 시간과 인력을 줄임으로써 비용을 절감할 수 있다고 주장하는군.
- ⓒ'(③)'은/는 '(④)'와/과 관련하여, 범죄자가 풀려날 가능성이 줄어 사회적 질서 유지에 도움이 된다고 주장하는군.

① ________________ ② ________________ ③ ________________ ④ ________________

※ 다음 글을 읽고 물음에 답하시오.

중세 스콜라 철학을 집대성한 신학자인 토마스 아퀴나스는 ⓐ미(美)를 무언가를 바라볼 때 즐거움을 주는 어떤 것이라고 보았다. 그에 따르면, 예술 작품이 아름다운 것은 그것을 만든 인간 자신이 아름답기 때문이므로, 예술 작품의 미와 인간의 미는 위계가 다르다. 즉 예술 작품의 미는 인간의 미가 반영된 것에 불과하다. 하지만 그는 예술 작품의 미가 인간으로부터 비롯되었지만 인간 본성은 본래 신으로부터 유래한 것이기 때문에, 예술 작품의 미를 인간이 만든 것은 아니라고 보았다. 신학자인 토마스 아퀴나스에게 있어, 자연과 인간을 포함하여 존재하는 모든 것을 아름답게 하는 궁극적 원인, 즉 '미 자체'는 세계를 창조한 신이기 때문이다. 따라서 미는 인간의 주관적 정신 작용에 의존하지 않으며 신이 창조한 세계에 객관적으로 존재한다. 어떤 사물이 아름답다면 주관에 의해 미가 인식되기 이전에 미가 이미 그 자체로 실재한다는 것이다.

미의 실재성에 대한 토마스 아퀴나스의 입장은 아리스토텔레스의 질료 형상론에 기반한다. 질료 형상론에서 질료란 무언가로 만들어질 수 있는 가능태로, 어떤 사물이 다른 사물과 구별되도록 하는 사물의 본성, 즉 형상을 받아들여 세계 속에 존재하는 현실태가 된다. 가령 아폴론 조각상은 대리석이라는 질료에 아폴론이라는 형상이 결합되어 조각상이라는 현실태로 세계 속에 존재한다. 사물은 질료와 형상의 복합체로 존재하며, 형상에 대한 인식은 개별적인 사물에 대한 지각을 통해 가능하다. 토마스 아퀴나스에 따르면, 세계의 모든 사물은 신의 피조물로서 질료와 형상의 복합체이며, 신은 순수 형상이다. 따라서 신은 개별적 존재자인 사물을 통해 인식된다. 결국 토마스 아퀴나스의 미학에서 사물의 아름다움에 대한 인식은 사물의 세계 속에 드러난 모습을 통해 미 자체이자 순수 형상인 신을 인식하는 것이 된다.

미가 세계 속에 실제로 존재하는 것이라면 미가 즐거움을 주는 내적인 이유, 즉 미의 의미 내용은 무엇인가? 토마스 아퀴나스는 미의 의미 내용을 완전성, 비례성, 명료성으로 제시하였다. 어떤 사물이 아름답다면, 그 사물이 완전하고 비례에 맞으며 명료하다는 것이다. 그에 따르면, 첫째, 아름다운 것은 완전하다. 어떤 사물이 완전하다는 것은 사물이 자신의 본성에 따라 갖추어야 할 것을 다 갖추고 있다는 것을 의미한다. 그런데 ⓑ선(善)의 의미 내용은 즐거

움을 주는 것, 즉 욕구되는 것이다. 그리고 선이 욕구될 수 있는 까닭은 그것이 완전하기 때문이다. 결국 완전성의 의미 내용은 선의 의미 내용과 일치한다. 둘째, 아름다운 것은 비례를 갖는다. 비례성은 사물의 모습이 그것의 본성과 조화되는 것이다. 토마스 아퀴나스는 인간의 미와 동물의 미가 다르며, 육체의 미와 정신의 미가 다르다고 말한다. 사물들의 본성이 제각각 다르므로 미적인 비례 역시 사물에 따라 다르기 때문이다. 셋째, 아름다운 것은 명료하다. 명료성은 인간의 지성에 대해 사물이 자기의 본성을 뚜렷하게 드러내는 것이다. 즉 어떤 사물이 아름답게 인식되는 이유는 인간의 지성이 사물의 본성인 ⓒ진(眞)을 뚜렷이 포착하고 있기 때문이다.

　토마스 아퀴나스에게 있어 미란 욕구와 인식 모두와 관계된다. 미는 즐거움의 대상인 동시에 인식의 대상이다. 즉 미적 즐거움은 지성을 거치지 않은 감각적 쾌락이 아니라 사물의 본성에 대한 인식 작용을 통해 얻는 기쁨이다. 이처럼 토마스 아퀴나스는 '미'라는 경험 세계 속 실제적 존재자를 '선'과 '진'이라는 선험적 개념과 직결시키는 기초로 삼고 있다.

02 〈보기〉는 제시문을 읽고, ㉠~ⓒ을 정리한 것이다. 〈보기〉의 ①~③에 들어갈 적절한 말을 제시문에서 찾아 쓰시오.

─〈 보기 〉─

　토마스 아퀴나스는 질료에 형상이 결합한다는 아리스토텔레스의 생각에 기반하여 ㉠의 (　①　)을/를 주장한다. 이를 바탕으로 토마스 아퀴나스는 ㉠의 의미 내용을 제시하였는데, 그중 (　②　)은/는 어떤 사물이 자신의 본성에 따라 갖추어야 할 것을 다 갖추고 있음을 의미한다. 이런 점에서 ㉠은 ⓛ과 관련된다. 한편 토마스 아퀴나스가 제시한 ㉠의 의미 내용 중 (　③　)은/는 사물이 자기의 본성을 뚜렷하게 드러내는 것으로, 인간은 지성을 통해 사물의 본성인 ⓒ을 포착하게 된다.

① _______________________________

② _______________________________

③ _______________________________

※ 다음 글을 읽고 물음에 답하시오.

　　20세기 사회철학자 노직은 생명과 자유, 그리고 재산에 대한 권리 등 개인의 권리는 국가와 같은 권력 등이 위협해서는 안 되는 절대적인 것이라고 보았다. 하지만 그는 자연 상태에서는 개인이 다른 개인의 권리를 침해할 수 있으므로 개인의 권리를 보호할 수 있는 최소한의 권력을 지닌 국가가 필요하다고 보았다.

　　노직은 국가가 강제력의 독점과 모든 사람에 대한 보호 서비스 공급이라는 두 가지 요건을 갖추어야 한다고 보았다. 이때 강제력은 부당한 침해에 대해 처벌할 수 있는 권력을 뜻한다. 자연 상태에 놓인 개인들은 권리 침해와 이로 인한 분쟁을 방지하기 위해 자발적으로 '보호 협회'를 결성하고 협동을 통해 서로를 보호한다. 하지만 협회에 속한 모든 사람이 보호받기 위해서는 회원들이 항상 대기 상태에 있어야 하는 불편을 겪게 된다. 이러한 문제를 해결하기 위해 '상업적 보호 협회'가 탄생하게 되는데, 사람들은 협회에 대가를 지불하고 보호 서비스를 받게 된다. 이 협회는 회원과 사적으로 계약된 상태이므로 계약 당사자들만을 보호한다. 상업적 보호 협회들이 여러 개 생겨나면 이들끼리 경쟁을 하게 되고 그 결과 일정 지역 안에서 보호를 지배적으로 행사하는 '지배적 보호 협회'가 형성될 수 있다. 이 협회는 지배적인 위치에 있기는 하지만 다른 협회가 권력을 행사하는 것을 막을 수는 없기에 권력을 독점하고 있지는 않다. 따라서 이 협회는 노직이 생각하는 국가의 두 가지 요건을 모두 갖추지 못한 상태이다. 그런데 한 협회가 권력의 독점을 주장하며 사법 조직을 설립함으로써 한 지역 내에서 독점적인 보호를 행사하는 형태로 발전할 수 있는데, 노직은 이를 ㉠'극소 국가'라 하였다. 극소 국가는 권력의 독점이라는 요건은 충족하지만 극소 국가의 보호 비용을 부담하는 자는 보호하고 그렇지 않은 자는 보호에서 제외하므로 노직이 생각하는 국가의 수준에는 여전히 이르지 못한다.

　　노직은 극소 국가가 국가에 자발적으로 가담하지 않고 있는 지역 내 독립된 개인들을 흡수하여 일정 지역 내에 거주하는 모든 이에게 보호를 제공하는 ㉡'최소 국가'로 나아간다고 보았다. 최소 국가는 국가에 자발적으로 가담하지 않는 독립인들이 타인에게 해를 끼치는 행위를 하지 못하도록 금지하는 대신 보호라는 보상을 제공한다. 노직은 무정부 상태보다는 나은 국가, 그러나 최소의 보호 능력 이상으로 확장되지 않은 국가를 이상적인 국가로 본 것이다.

03 〈보기〉는 제시문을 읽고 '보호 서비스 공급 범위'의 측면에서 ㉠과 ㉡의 차이점을 정리한 것이다. 〈보기〉의 ①, ②에 들어갈 적절한 말을 〈조건〉에 따라 서술하시오.

──────〈보기〉──────
　　보호 서비스를 ㉠은 (　①　)에게 제공하는 데 반해, ㉡은 (　②　)에게 제공한다.

──────〈조건〉──────
• 제시문에 있는 어휘를 활용할 것.
• ①, ② 각각 15자 이내로 작성할 것. (띄어쓰기와 문장부호는 글자 수에서 제외)
• ①, ② 각각 "수식어(구 또는 절 포함) + 사람"의 형식으로 작성할 것.

①＿＿＿＿＿＿＿＿＿＿＿＿＿＿＿＿＿＿＿

②＿＿＿＿＿＿＿＿＿＿＿＿＿＿＿＿＿＿＿

※ 다음 글을 읽고 물음에 답하시오.

왜 나는 조그마한 일에만 분개하는가
저 왕궁 대신에 왕궁의 음탕 대신에
50원짜리 갈비가 기름 덩어리만 나왔다고 분개하고
옹졸하게 분개하고 설렁탕집 돼지 같은 주인년에게 욕을 하고
옹졸하게 욕을 하고

한번 정정당당하게
붙잡혀 간 소설가를 위해서
언론의 자유를 요구하고 월남 파병에 반대하는
자유를 이행하지 못하고
20원을 받으러 세 번씩 네 번씩
찾아오는 야경꾼*들만 증오하고 있는가

– 김수영, 「어느 날 고궁을 나오면서」 1~2연

*야경꾼: 밤사이에 화재나 범죄가 없도록 살피고 지키는 사람

04 〈보기〉는 제시문에 대한 감상의 일부이다. 〈보기〉의 ㉠에 해당하는 시어 2개를 제시문에서 찾아 쓰시오.

〈보기〉

시에는 다양한 갈등의 상황이 존재하고, 이러한 갈등의 상황에 대처하는 시적 화자의 다양한 모습이 드러난다. 갈등의 상황에서 문제적 상황을 해결하고자 하는 화자의 의지와 태도가 적극적으로 드러나기도 하고, 갈등의 해소보다는 갈등으로 인한 화자의 감정을 표출하는 모습이 나타나기도 한다. 후자의 경우에도 다양한 표현의 방식이 있는데, 그중 김수영의 「어느 날 고궁을 나오면서」에는 화자의 감정을 ㉠갈등의 원인이 되는 직접적인 대상이 아닌 다른 대상에 분출하는 방식이 나타나고 있다.

① ________________________________

② ________________________________

 # 수학[B형]

▶ 해답 p.366

05 1이 아닌 두 양수 a, $b(a \neq b)$가 $\log_a b : \log_b a = \log_a \dfrac{a^3}{b} : 2$를 만족시킬 때, $\log_a b + \log_b \dfrac{1}{a}$의 값을 구하는 과정을 서술하시오.

06 함수 $f(x) = \displaystyle\sum_{k=1}^{5} \dfrac{1}{(x+k)(x+k+1)}$에 대해 $g(x)$는 $\displaystyle\lim_{x \to \infty} f(x)g(x) = 10$을 만족시키는 이차함수이다. α, β가 방정식 $g(x) = 0$의 서로 다른 두 실근이고 $\alpha + \beta = -2$, $\alpha\beta = -1$을 만족할 때, $g(x)$의 최솟값을 구하는 과정을 서술하시오.

07 다항함수 $f(x)$에 대하여,

$$\lim_{x \to \infty} \frac{f(x)}{2x^2+3} = 2$$ 일 때, 함수 $g(x)$를

$$g(x) = \begin{cases} f(x-1)-f(x) & (x<1) \\ f(x-1) & (x \geq 1) \end{cases}$$ 이라

하자. 함수 $g(x)$가 $x=1$에서 미분가능할 때, $f(3)$의 값을 구하는 과정을 서술하시오.

08 네 점 $O(0, 0)$, $A(1, 0)$, $B(1, 1)$, $C(0, 1)$을 꼭짓점으로 하는 정사각형 $OABC$가 있다. $-1<t<1$인 실수 t에 대하여 직선 $y=x+t$ $(0 \leq x \leq 1)$ 위의 x좌표가 0, 1인 점을 각각 P, Q라 하고 점 Q에서 y축에 내린 수선의 발을 R이라 할 때, 직선 $y=x+t$ $(0 \leq x \leq 1)$과 두 선분 PR, QR로 둘러싸인 부분의 내부와 사각형 $OABC$의 내부의 공통부분의 넓이를 $S(t)$라 하자. 〈보기〉에서 옳은 것만을 있는 대로 고르는 과정을 서술하시오.

〈보기〉

ㄱ. $S(0)=\dfrac{1}{2}$

ㄴ. $-1<\alpha<0$인 모든 실수 α에 대하여
$S(\alpha)+S(1+\alpha)=\dfrac{2}{3}$이다.

2024학년도 가천대 논술 기출문제

자연C 자연D 자연E 자연F 자연G

국어[자연C]

▶ 해답 p.367

※ 다음은 MBTI 성격 검사 열풍을 비판하는 연설문의 초고이다. 물음에 답하시오.

최근 'MBTI 유형별 공부법', 'MBTI로 보는 연봉 순위', 'MBTI 소개팅 앱'이 등장할 정도로 우리 사회에는 지금 MBTI(Myers-Briggs Type Indicator) 열풍이 불고 있습니다. 문제는 단순한 성격 유형 검사인 MBTI에 과몰입하여 유형에 끼워 맞추어 자신과 다른 사람을 판단하고 이를 맹신한다는 것입니다. 여러분은 MBTI를 신뢰하시나요?

MBTI는 인간의 성격을 외향(E)-내향(I), 감각(S)-직관(N), 사고(T)-감정(F), 판단(J)-인식(P)의 8가지 지표로 나누어 각 대극에 놓인 두 성격 유형 중 더 가까운 쪽에 해당하는 알파벳 4개의 조합으로 결과를 보여주는 검사입니다. MBTI 검사에는 검사를 통해 개인이 자기 자신에게 관심을 가지고 스스로 생각해 보게 한다는 순기능도 분명히 있습니다. 그러나 자기 이해나 타인과의 소통이라는 목적을 넘어선 지나친 의존과 맹신은 경계해야 합니다.

MBTI의 16개 유형 중 하나로 사람의 성격을 규정할 수는 없습니다. 분석 심리학자 융은 인간의 성격을 씨앗으로 보고 성격은 생애 발달 주기, 환경 등과 상호 작용하며 변화해 가는 과정이지 처음부터 완전체가 아니라고 하였습니다. 인간의 성격 유형은 인간의 수만큼 다양하며 변화의 과정에 있음에도 불구하고 이분법적으로 단정 지은 검사 결과만으로 사람을 판단하는 것은 잘못입니다.

또한 MBTI는 검사의 방법에도 약점이 있습니다. 사람들이 많이 접하는 10분 내외의 인터넷 간이 검사는 정식 검사 문항과는 크게 달라 타당도가 낮습니다. 또 자신의 성향을 직접 평가하는 자기 보고식 검사로 피검사자의 솔직함에 기대어 검사가 진행될 수밖에 없어 신뢰하기 어렵습니다. 따라서 MBTI 검사 결과를 중요한 진단이나 결정을 내릴 때 활용하는 것은 바람직하지 않습니다.

MBTI를 자신을 이해하고 타인을 탐색하는 데에 활용하는 정도는 나쁘다고 말할 수 없지만 MBTI에 대한 지나친 의존과 맹신은 금물입니다. MBTI가 당신의 명함이 될 수 없다는 것을 명심하고 스스로 자신을 탐색하고 성장시켜 나가야 합니다.

01 〈보기〉는 제시문을 작성하기 전에 수립한 글쓰기 계획의 일부이다. 〈보기〉의 ①, ②가 반영된 문장을 제시문에서 찾아 각각의 첫 어절과 마지막 어절을 순서대로 쓰시오.

─〈보기〉─
① MBTI 검사가 활용되는 구체적인 사례들을 제시하며 청중의 관심을 유도한다.
② MBTI 검사 항목만으로 사람의 성격을 규정하기 어려움을 강조하기 위해 관련 분야 권위자의 견해를 인용한다.

① 첫 어절: _______________________, 마지막 어절: _______________________

② 첫 어절: _______________________, 마지막 어절: _______________________

[02~03] 다음 글을 읽고 물음에 답하시오.

현대 사회에서는 위험 상황과 관련한 정보가 주로 미디어를 중심으로 개인과 집단, 사회와 같은 다양한 위험 정보 수용 주체들에게 전달된다. 위험 정보를 수용하는 주체들은 위험 상황에 대한 정보에 반응하는 정보 처리 시스템 역할을 하는데, 이를 통해 위험 상황에 대한 정보가 사회적으로 확산된다. 위험 상황에 대한 정보가 사회적으로 퍼져나가는 '위험 정보 확산 과정'은 크게 '위험 상황에 대한 정보의 전달 단계'와 '전달된 정보에 대한 해석 및 반응 단계'로 구분할 수 있다.

위험 상황에 대한 정보의 전달 단계에서 전달되는 정보에는 미디어가 직접 생산해 전달하는 정보와 이를 사람들이 2차적으로 전달하는 정보가 있다. 전달되는 정보의 특성은 위험 상황에 대한 인식을 증폭할 수 있다. 이러한 정보의 특성에는 정보량, 논쟁의 정도, 선정적 표현의 정도 등이 포함된다. 즉 특정 위험에 대한 정보가 반복적이고 집중적으로 전달될수록, 지속적으로 전달될수록, 위험 상황에 대한 정보와 관련된 논쟁이 많을수록, 위험 상황에 대한 정보가 선정적으로 표현될수록 정보 수용 주체들의 위험 상황에 대한 인식은 커지게 된다.

한편 전달된 정보에 대한 해석 및 반응 단계에서는 위험 상황에 대한 정보를 수용하는 다양한 주체들이 위험 상황에 대한 정보를 수집하고 재가공하여 전달하게 된다. 위험 상황에 대한 정보를 수용하는 개인이나 집단의 구성원들은 자신이 속한 조직의 가치 및 사회 문화적 맥락 등의 영향을 받으면서 위험 상황에 대한 정보를 해석하고 재구성하게 된다. 이때 위험 상황과 관련된 정보에 대한 대중의 반응은 위험 상황에 대한 정보의 확산에 중요한 영향을 미치게 된다. 그런데 대중은 특정 정보를 특정한 방향으로 단순화해 인식함으로써 편향이나 왜곡된 반응을 보이는 특성이 있다. 사람들은 불확실한 정보에 직면했을 때, 이를 합리적으로 처리하기보다는 어림짐작에 의해 직관적으로 처리하는 경향이 있기 때문이다. 이 과정에서 정보의 해석적 오류나 편견이 발생한다. 즉 사람들은 이해하기 힘들거나 익숙하지 않거나, 불확실한 정보에 대해서는 즉흥적으로 받아들이거나 선입견을 갖고 잘못된 해석을 하는 등의 반응을 보인다. 결국 위험 상황에 대한 정보의 특성이 불확실할 때 대중이 체계적인 정보 처리 단계에 이르지 못함으로써 위험 상황에 대한 인식이 증폭되어 사회적으로 확산하게 된다.

미디어는 대중이 위기에 적절한 대응을 할 수 있도록 돕는 긍정적 역할을 한다. 가령 전염병이 전국적으로 유행하는 질병 재난이 발생한 상황에서 감염의 위험성을 경고하면서 감염 예방 수칙을 전달해 위험 상황을 극복하게 만드는 데 기여한다. 하지만 문제는 미디어가 이러한 사회적 기능을 수행하는 과정에서 사람들의 심리에 부정적 영향을 미치기도 한다는 점이다. 미디어는 사회적으로 위험하고 중요한 사안일수록 관련 정보를 과잉 생산하고 유포하는 속성이 있다. 위험에 대한 사람들의 태도나 행동은 일차적으로 위험 상황에 대한 인식과 관계가 있지만, 이 위험 상황에 대한 인식은 정보를 제공하는 미디어의 속성에 지대한 영향을 받는다. 따라서 위험 상황과 관련된 정보에 대한 미디어의 정보 구성과 표현 양상을 체계적으로 살펴보는 것은 위험 상황에 대한 정확한 인식과 대응을 가능하게 한다는 점에서 중요하다.

02 〈보기2〉는 제시문을 바탕으로 〈보기1〉의 사례를 이해한 것이다. 〈보기2〉의 ①~③에 들어갈 적절한 말을 제시문에서 찾아 쓰시오.

〈보기1〉

　　20△△년 ○월 주택가 도로의 아스팔트에서 기준치 이상의 방사선이 검출되었다는 사실이 뉴스를 통해 보도되었다. 이틀 뒤 한국 원자력 안전 위원회는 주택가 도로의 방사선량을 다시 측정하였고, 최초 사건의 보도 5일 후에 정부는 조사 결과를 바탕으로 주택가 도로의 방사선 검출량은 주민 안전에 이상이 없는 수준이라고 발표했다. ㉠하지만 이후 주택가 지역 주민들과 환경 운동 단체, 방사선 전문가 집단은 정부의 평가 결과에 이의를 제기하였고, 이를 둘러싼 논쟁이 지속적으로 전개되었다.

　　㉡사건이 최초 보도된 이후 사흘 동안 4,000여 건에 해당하는 보도가 집중되었으며, 안전에 이상이 없다는 정부의 발표 이후 이를 둘러싼 논쟁에 대해 5,000여 건의 추가 보도가 지속되었다. ㉢사건 및 정부 평가 결과에 대한 보도 내용에는 암이나 백혈병과 같은 중대 질병과 연관된 표현이 매우 많았다. 그리고 이러한 보도 내용은 사람들이 인터넷이나 소셜 미디어를 통해 다시 전달함으로써 더욱 확산되었다.

〈보기2〉

　　〈보기1〉의 사례는 위험 상황과 관련된 정보의 전달 과정을 보여준다. 제시문에 의하면 위험 상황에 대해 전달되는 정보의 특성에 따라 사람들의 위험 상황에 대한 인식이 증폭될 수 있다. 이를 〈보기1〉의 사례에 적용하면 전달되는 정보의 특성 중, ㉠은 (　①　)에 해당하고, ㉡은 (　②　)에 해당하고, ㉢은 (　③　)에 해당하므로 ㉠~㉢의 보도를 통해 위험 상황에 대한 사람들의 인식이 증폭될 수 있을 것이다.

① ＿＿＿＿＿＿＿＿＿＿＿＿＿＿＿＿＿＿＿＿＿

② ＿＿＿＿＿＿＿＿＿＿＿＿＿＿＿＿＿＿＿＿＿

③ ＿＿＿＿＿＿＿＿＿＿＿＿＿＿＿＿＿＿＿＿＿

03 〈보기〉는 제시문을 읽고 내용을 정리한 것이다. 〈보기〉의 ①, ②에 들어갈 적절한 말을 제시문에서 찾아 쓰시오.

〈보기〉

　　위험 상황과 관련한 정보가 확산되는 과정에서 개인, 집단, 사회와 같은 주체는 일차적으로 주로 미디어가 직접 생산한 정보를 받아들이는 '정보 (　①　) 주체'로서의 역할을 하고, 이차적으로 정보를 전달하는 '정보 전달 주체'로서의 역할을 하기도 한다. 개인, 집단, 사회와 같은 주체가 '정보 (　①　) 주체'로부터 '정보 전달 주체'가 되는 과정에는 위험 정보 확산 과정의 두 단계 중, (　②　) 단계가 개재(介在)한다. 이 단계에서 정보 주체는 정보를 수집하고 재가공하는데, 그때 해석적 오류나 편견이 발생할 수도 있다. 이는 대중은 이해하기 힘든 불확실한 정보에 대해서 합리적으로 처리하기보다는 단순화하여 직관적으로 처리하는 경향이 있기 때문이다.

① _______________________________

② _______________________________

※ 다음 글을 읽고 물음에 답하시오.

원자력 발전은 핵분열 연쇄 반응을 유도하여 에너지를 얻는다. 원자력 발전의 연료로는 주로 우라늄이 사용되는데 천연 우라늄을 구성하는 물질의 99% 이상은 핵분열이 일어나지 않는 우라늄-238이고 핵분열이 가능한 우라늄-235는 천연 우라늄 속에 0.7% 정도만 포함되어 있다. 이 상태로는 우라늄-235의 비율이 낮아 핵분열을 유도할 수 없기 때문에 우라늄-235의 비율을 3% 이상으로 높여야 하고, 이 과정을 우라늄 농축이라고 한다. 우라늄-235의 비율을 3~5%로 높여 원기둥 모양의 연료봉으로 만든 후 이를 다발로 묶어서 핵연료를 만든다. 이렇게 만들어진 핵연료를 원자로에 넣고 중성자를 충돌시켜 핵분열을 유도하는 것이다. 원자로에 넣은 핵연료의 우라늄-235의 비율이 낮아져서 반응력이 떨어지면 원자로에서 꺼내는데, 이를 사용 후 핵연료라고 한다. 사용 후 핵연료에는 핵분열이 일어나지 않은 우라늄-235가 남아 있고, 우라늄-238, 우라늄-238이 중성자와 반응하여 만들어진 물질인 플루토늄-239, 그리고 이 외에도 핵분열 과정에서 생성된 핵물질들이 포함되어 있다. 이 중 우라늄-235와 플루토늄-239는 핵분열을 일으킬 수 있는 물질이므로 사용 후 핵연료에서 추출한 후 원자력 발전의 연료로 재사용할 수 있는데, 이 분리 공정을 핵 재처리라고 한다.

현재 사용하고 있는 대표적인 핵 재처리 방식으로 사용 후 핵연료를 액체 상태로 만든 뒤에 우라늄-235와 플루토늄-239를 추출하는 ㉠퓨렉스 공법이 있다. 퓨렉스 공법은 먼저 사용 후 핵연료를 해체한 후 연료봉을 작게 절단한다. 다음으로는 절단한 연료봉을 90℃ 정도의 질산 용액에 담가 녹인다. 이후 질산에 녹인 핵연료를 유기 용매인 TBP 용액과 접촉시키면 우라늄-235와 플루토늄-239는 TBP 용액에 달라 붙고 나머지 핵물질들은 질산 용액에 남는다. 이후 산화 및 환원 반응을 통해 우라늄-235와 플루토늄-239를 상호 분리하게 된다. 퓨렉스 공법은 공정을 반복할 때마다 더 많은 양과 높은 순도의 우라늄-235와 플루토늄-239를 얻을 수 있다. 우라늄-235는 기존의 원자로에 넣어서 원자력 발전이 가능하지만 플루토늄-239는 고속 증식로*에서만 사용이 가능한데, 고속 증식로는 안정성이 부족하여 폭발의 위험성이 크기 때문에 아직 실용화되지 못하고 있다. 그리고 플루토늄-239는 핵무기의 원료로 사용되기 때문에 국제적으로도 민감한 문제가 될 수 있다.

이러한 문제를 해결하기 위해 개발 중인 핵 재처리 방식으로 ㉡파이로프로세싱이 있다. 파이로프로세싱은 핵분열 물질을 추출하기 위해 용액이 아닌 전기를 활용한다. 먼저 사용 후 핵연료를 해체하고 연료봉을 절단한 후, 절단한 연료봉을 600℃ 이상의 고온에서 산화 우라늄 형태의 분말로 만든다. 이를 전기 분해하여 산소를 없애면 금속 물질로 변환되는데, 여기에는 우라늄-235와 플루토늄-239, 기타 다양한 핵물질이 포함되어 있다. 이 금속 물질을 용융염에 넣고 온도를 500℃까지 올려 용해시킨다. 여기에 전극을 연결하고 일정 전압 이하의 전기를 흘려 주는데, 우라늄-235는 다른 물질에 비해 낮은 전압에서도 쉽게 음극으로 움직이므로 음극에는 우라늄-235만 달라붙는다. 여기에서 우라늄-235를 일부 회수할 수 있다. 이후 전압을 올리면 남아 있는 우라늄-235와 플루토늄-239, 다른 핵물질이 음극으로 와서 달라붙게 된다. 파이로프로세싱은 플루토늄-239가 다른 핵물질들과 섞인 채로 추출되기 때문에 퓨렉스 공법에서 발생할 수 있는 문제를 해결할 수 있다.

*고속 증식로: 고속 중성자에 의한 핵분열의 연쇄 반응을 이용하여, 소비한 연료 이상의 핵분열 물질과 에너지를 만드는 원자로.

04 〈보기〉는 제시문을 바탕으로 ㉠과 ㉡을 이해한 내용이다. 〈보기〉의 ①, ②에 들어갈 적절한 말을 제시문에서 찾아 쓰시오.

〈보기〉

㉠과 ㉡은 둘 다 사용 후 핵연료에서 우라늄-235와 플루토늄-239를 추출해 내는 (①) 공정이라는 점에서 공통적이지만 추출의 방식에서 차이를 보인다. ㉠은 추출 과정에서 용액을 활용하는 방식을 사용하고, ㉡은 전기를 활용하는 방식을 사용한다. 이러한 추출 방식의 차이로 인해 ㉠에서 추출된 플루토늄-239와 ㉡에서 추출된 플루토늄-239의 (②)이/가 달라진다. 특히 ㉡의 경우, 추출된 플루토늄-239의 (②)이/가 낮기 때문에 ㉠이 갖는 문제점을 해결할 수 있다.

①: _______________________________

②: _______________________________

※ 다음 글을 읽고 물음에 답하시오.

(가)

옛날 신라 시대 때, 세달사(世達寺)의 장원이 명주 날리군에 있었다. 본사(本寺)에서는 승려 조신(調信)을 보내 장원을 맡아 관리하게 했다.

조신은 장원에 이르러 태수 김흔(金昕)의 딸을 깊이 연모하게 되었다. 여러 번 낙산사의 관음보살 앞에 나아가 남몰래 인연을 맺게 해 달라고 빌었으나 몇 년 뒤 그 여자에게 배필이 생겼다. 조신은 다시 관음 앞에 나아가 관음보살이 자기의 뜻을 이루어 주지 않았다고 원망하며 날이 저물도록 슬피 울었다. 그렇게 그리워하다 지쳐 얼마 뒤 선잠이 들었다. 꿈에 갑자기 김 씨의 딸이 기쁜 모습으로 문으로 들어오더니, 활짝 웃으면서 말했다.

"저는 일찍이 스님의 얼굴을 본 뒤로 사모하게 되어 한순간도 잊은 적이 없었습니다. 부모의 명을 어기지 못해 억지로 다른 사람의 아내가 되었지만, 이제 같은 무덤에 묻힐 벗이 되고 싶어서 왔습니다."

조신은 기뻐서 어쩔 줄을 모르며 함께 고향으로 돌아가 사십여 년을 살면서 자식 다섯을 두었다. 그러나 집이라곤 네 벽뿐이요, 콩잎이나 명아줏국 같은 변변한 끼니도 댈 수 없어 마침내 실의에 찬 나머지 가족들을 이끌고 사방으로 다니면서 입에 풀칠을 하게 되었다. 이렇게 10년 동안 초야를 떠돌아다니다 보니 옷은 메추라기가 매달린 것처럼 너덜너덜해지고 백 번이나 기워 입어 몸도 가리지 못할 정도였다. 강릉 해현령(蟹縣嶺)을 지날 때 열다섯 살 된 큰아들이 굶주려 그만 죽고 말았다. 조신은 통곡하며 길가에다 묻고, 남은 네 자식을 데리고 우곡현(羽曲縣)—지금의 우현(羽縣)—에 도착하여 길가에 띠풀로 엮은 집을 짓고 살았다. 부부가 늙고 병들고 굶주려 일어날 수 없게 되자, 열 살 난 딸아이가 돌아다니며 구걸을 했다.

(중략)

"당신이나 나나 어째서 이 지경이 되었는지요. 여러 마리의 새가 함께 굶주리는 것 보다는 짝 잃은 난새가 거울을 보면서 짝을 그리워하는 것이 낫지 않겠습니까? 힘들면 버리고 편안하면 친해지는 것은 인정상 차마 할 수 없는 일입니다만 가고 멈추는 것 역시 사람의 마음대로 되는 것이 아니고, 헤어지고 만나는 데도 운명이 있는 것입니다. 이

말에 따라 이만 헤어지기로 합시다."

조신이 이 말을 듣고 기뻐하여 각기 아이를 둘씩 나누어 데리고 떠나려는데 아내가 말했다.

"저는 고향으로 향할 것이니 당신은 남쪽으로 가십시오."

그리하여 조신은 이별을 하고 길을 가다가 꿈에서 깨어났는데 희미한 등불이 어른거리고 밤이 깊어만 가고 있었다.

아침이 되자 수염과 머리카락이 모두 하얗게 세어 있었다. 조신은 망연자실하여 세상일에 전혀 뜻이 없어졌다. 고달프게 사는 것도 이미 싫어졌고 마치 백 년 동안의 괴로움을 맛본 것 같아 세속을 탐하는 마음도 얼음 녹듯 사라졌다. 그는 부끄러운 마음으로 부처님의 얼굴을 바라보며 깊이 참회하는 마음이 끝이 없었다. 돌아오는 길에 해현으로 가서 아이를 묻었던 곳을 파 보았더니 돌미륵이 나왔다. 물로 깨끗이 씻어서 가까운 절에 모시고 서울로 돌아와 장원을 관리하는 직책을 사임하고 개인 재산을 털어 정토사(淨土寺)를 짓고서 수행했다. 그 후에 아무도 조신의 종적을 알지 못했다.

– 작자 미상, 「조신의 꿈」

(나)

산비탈엔 들국화가 환―하고 누이동생의 무덤 옆엔 밤나무 하나가 오뚝 서서 바람이 올 때마다 아득―한 공중을 향하야 여윈 가지를 내어저었다. 갈길을 못 찾는 영혼 같애 절로 눈이 감긴다. 무덤 옆엔 작은 시내가 은실을 긋고 등 뒤에 서걱이는 떡갈나무 수풀 잎에 차단―한 비석이 하나 노을에 젖어 있었다. 흰나비처럼 여윈 모습 아울러 어느 무형(無形)한 공중에 그 체온이 꺼져 버린 후 밤낮으로 찾아 주는 건 비인 묘지의 물소리와 바람 소리뿐. 동생의 가슴 우엔 비가 내리고 눈이 쌓이고 적막한 황혼이면 별들은 이마 우에서 무엇을 속삭였는지. 한줌 흙을 헤치고 나즉―이 부르면 함박꽃처럼 눈 뜰 것만 같아 서러운 생각이 옷소매에 스몄다.

– 김광균, 「수철리(水鐵里)」

PART 1 기출문제 / PART 2 실전모의고사 / PART 3 정답 및 해설

05 〈보기〉는 (가)와 (나)에 대한 설명의 일부이다. 〈보기〉의 ①, ②에 들어갈 적절한 말을 제시문에서 찾아 쓰시오.

〈보기〉

문학 작품에서 사용되는 시간 또는 공간과 관련된 소재는 작품의 주제를 형상화하는 데 중요한 역할을 하는 구성 요소이다. (가)에서 '해현'은 주인공이 인생무상이라는 깨달음을 얻게 되는 공간이다. (가)에서 주인공은 '해현'에서 발견된 '(①)'을/를 통해 꿈과 현실이 연결되어 있음을 확인하고, 비현실적 공간에서의 경험을 현실적 공간으로 확장하게 된다. (나)에는 죽은 '누이동생'에 대한 그리움과 슬픔이 다양한 소재를 통해 형상화되고 있다. 이러한 소재에는 시간 및 공간과 관련된 것도 있는데, '묘지', '무덤' 등은 화자가 누이에 대한 그리움을 심화시키는 공간적 배경으로 기능한다. 뿐만 아니라 (나)에는 시간을 나타내는 시어도 등장하는데, 그중에서도 화자의 감정이 투영된 수식어와 결합한 시어 '(②)'은/는 화자의 그리움과 슬픔을 효과적으로 전달하는 기능을 한다.

---

①: ________________________________

②: ________________________________

※ 다음 글을 읽고 물음에 답하시오.

여승(女僧)은 합장(合掌)하고 절을 했다
가지취*의 내음새가 났다
쓸쓸한 낯이 옛날같이 늙었다
나는 불경(佛經)처럼 서러워졌다'

평안도의 어느 산 깊은 금점판*
나는 파리한 여인에게서 옥수수를 샀다
여인은 나어린 딸아이를 때리며 가을밤같이 차게 울었다

섶벌*같이 나아간 지아비 기다려 십 년이 갔다
지아비는 돌아오지 않고
어린 딸은 도라지꽃이 좋아 돌무덤으로 갔다

산(山)꿩도 섧게 울은 슬픈 날이 있었다
산(山)절의 마당귀에 여인의 머리오리*가 눈물방울과 같이 떨어진 날이 있었다

― 백석, 「여승」

*가지취: 산지의 밝은 숲속에서 자라는 참취나물.

*금점(金店)판: 예전에, 주로 수공업적 방식으로 작업하던 금광의 일터.

*섶벌: 나무 섶에 집을 틀고 항상 나가서 다니는 벌.

*머리오리: 낱낱의 머리털.

06 〈보기〉는 제시문에 대한 설명의 일부이다. 〈보기〉의 ㉠, ㉡에 들어갈 적절한 시행을 제시문에서 찾아 각각의 첫 어절과 마지막 어절을 순서대로 쓰시오.

〈보기〉

　백석 시 「여승」의 시행 '(　㉠　)'은/는 청각적 이미지를 촉각적 이미지로 전이한 표현을 통해 '여인'의 마음 속에 가득했을 서러움을 감각적으로 드러내고 있다. 그리고 시행 '(　㉡　)'은/는 출가(出家)의 과정에서 '여인'이 느꼈을 심리적 고통을 다른 대상에 이입하여 드러내고 있다. 이처럼 시적 대상의 다양한 형상화 방법을 이해하는 것은 시적 화자의 정서와 언어적 표현과의 관계를 파악하는 데 중요하다.

① ㉠에 들어갈 시행:

　　첫 어절: ______________________, 마지막 어절: ______________________

② ㉡에 들어갈 시행:

　　첫 어절: ______________________, 마지막 어절: ______________________

수학[자연C]

▶ 해답 p.368

07 $\sin\theta+\cos\theta=\dfrac{1}{2}$일 때, $|\sin\theta-\cos\theta|$의 값을 구하는 과정을 서술하시오.

08 함수 $f(x)$가 실수 전체의 집합에서 연속이고 모든 실수 x에 대하여 $(x-2)(x+1)f(x)=(x-2)(x^3+ax+b)$를 만족시킨다. $f(2)=1$일 때, $f(-1)$의 값을 구하는 다음의 풀이 과정을 완성하시오. (단, a, b는 상수이다.)

> $x\neq1$, $x\neq2$일 때, $f(x)=\dfrac{x^3+ax+b}{x+1}$이고 $f(x)$는 $x=2$에서 연속이므로 $\lim\limits_{x\to2}f(x)=f(2)$이다. 즉, $\lim\limits_{x\to2}\dfrac{x^3+ax+b}{x+1}=1$이므로 $\boxed{\quad①\quad}=0$. 또한, 함수 $f(x)$는 $x=-1$에서도 연속이므로 $\lim\limits_{x\to-1}f(x)=f(-1)$이다. 따라서 $\boxed{\quad②\quad}=0$. a와 b를 구하면 $(a,\ b)=\boxed{\quad③\quad}$이므로 $f(-1)=\boxed{\quad④\quad}$.

09 다항함수 $f(x)$에 대하여 $2(x+1)f(x)$의 한 부정적분을 $G(x)$라 할 때, 함수 $G(x)$는 모든 실수 x에 대하여 $G(x)=(x+1)^2 f(x)-x^4-4x^3-6x^2-4x$를 만족시킨다. $G(0)=-2$일 때, $f(1)$의 값을 구하는 과정을 서술하시오.

10 양수 k와 사차함수

$$f(x)=x^4+\frac{8}{3}kx^3-6k^2x^2+3$$

에 대하여 다음 조건을 만족시키는 실수 a의 범위와 실수 b의 값을 구하는 과정을 서술하시오.

> (가) 곡선 $y=f(x)$와 직선 $y=a$는 서로 다른 두 점에서 만난다.
> (나) 곡선 $y=f(x)$와 직선 $y=b$는 서로 다른 세 점에서 만난다.

11 실수 전체의 집합에서 연속인 함수

$$f(x)=\begin{cases} ax^3+8 & (-2\le x<0) \\ -4x+b & (0\le x<1) \\ \dfrac{b}{8}x^2-6x+9a & (1\le x<3) \end{cases}$$

이 모든 실수 x에 대하여

$$f\left(x-\frac{5}{2}\right)=f\left(x+\frac{5}{2}\right)$$를 만족시킨다.

$\displaystyle\int_{-2}^{5}f(x)dx$의 값을 구하는 다음의 풀이 과정을 완성하시오. (단, a, b는 상수이다.)

> 함수 $f(x)$가 실수 전체의 집합에서 연속이므로 a의 값은 ① 이고, b의 값은 ② 이다. 또한 $\displaystyle\int_{-2}^{3}f(x)dx$의 값이 ③ 이고, 함수 $f(x)$가 $f\left(x-\frac{5}{2}\right)=f\left(x+\frac{5}{2}\right)$를 만족하므로 $\displaystyle\int_{-2}^{5}f(x)dx$의 값은 ④ 이다.

12 $x\ge0$에서 정의된 함수

$$f(x)=|\,p\sin x-q\,|\quad(p>0)$$에 대하여

$$f(0)>f\left(\frac{3\pi}{2}\right)$$이다. 직선 $y=t$가

곡선 $y=f(x)$와 만나는 모든 점의 x좌표를 작은 수부터 크기순으로 나열한 수열이 등차수열이 되도록 하는 t의 값은 α, $\beta\,(\alpha<\beta)$ 뿐이다. $t=\alpha$, $t=\beta$일 때의 이 등차수열을 각각 $\{a_n\}$, $\{b_n\}$이라 하자. $\alpha+\beta=12$이고 $\dfrac{f(b_3)}{a_4}=\dfrac{3}{\pi}$일 때, $2p-q$의 값을 구하는 과정을 서술하시오.

13 양의 실수 전체의 집합에서 정의된 함수 $f(x)$가 모든 양의 실수 x에 대하여

$$\frac{9}{2x}-\frac{2}{x^2}\leq f(x)\leq\left(3-\frac{2}{x}\right)^2$$ 을 만족시킨다. $\lim\limits_{x\to a}x^2 f(x)=4$를 만족시키는 양수 a에 대해 $\lim\limits_{x\to\infty}\dfrac{ax-f(x)}{2f(x)+3x}$의 값을 구하는 과정을 서술하시오.

14 두 실수 x, y에 대하여 $\dfrac{1}{9x}+\dfrac{1}{2y}=\dfrac{1}{2}$이고 $512^x=144^y$일 때, $x=p\log_2 24$, $y=q\log_{12} 24$이다. p, q 그리고 $9x\log_{24}2+y\log_{24}12$의 값을 각각 구하는 과정을 서술하시오. (단, p, q는 유리수이다.)

15 좌표평면에 점 $A(2, 0)$과 원 $x^2+y^2=4$ 위의 점 P가 있다. 동경 OP가 나타내는 각의 크기를 θ라 할 때, 점 P와 θ가 다음 조건을 만족시킨다.

> (가) 선분 AP를 포함하는 부채꼴 AOP의 넓이는 $\dfrac{3}{2}\pi$이다.
>
> (나) $\dfrac{\cos\theta}{\tan\theta}<0$

$\sin2\theta$와 $\tan3\theta$의 값을 각각 구하는 과정을 서술하시오. (단, O는 원점이다.)

국어[자연D]

▶ 해답 p.371

※ 다음은 학생들의 대화이다. 물음에 답하시오.

유준: 국어 수업 조별 과제 '정보를 전달하는 글쓰기'를 위해 지난번에는 전통 음식 문화를 소재로 정했었는데, 오늘은 글의 주제를 정했으면 해.

현우: 반 친구들이 예상 독자이니 친구들의 선호도를 고려했으면 좋겠어. 친구들이 호기심을 가질 만한 특이한 음식들을 소개해 보자.

지민: 특이한 음식은 친구들의 호기심을 끌 수 있는 좋은 소재라고 생각하지만 호기심을 느끼는 구체적인 대상은 개인마다 달라서 음식을 선정하기가 어려울 것 같아. 대신 현재 즐겨 먹는 음식과 전통 음식의 관계를 주제로 정하면 어떨까?

유준: 현재 즐겨 먹는 음식과 전통 음식의 관계가 어떤 내용을 말하는 건지 조금 더 설명해 줄 수 있니?

지민: 현재에도 즐겨 먹는 전통 음식들의 기원과 발전 과정을 다뤄 보면 흥미로울 것 같아.

현우: 음식의 기원과 발전 과정을 알아보는 것은 찾아야 할 자료가 많아서 우리가 하기 어려울 것 같은데, 최근에는 K-푸드가 각광받고 있으니 그 내용은 어떠니?

유준: 외국인들에게 인기가 많은 음식은 이전에도 많이 다뤄진 거 아냐?

지민: 차라리 친구들이 잘못 알고 있을 법한 전통 음식 문화를 다뤄 보는 것도 좋을 것 같은데. 그런 내용은 우리가 찾아서 글로 쓰기도 편할 것 같아.

현우: 전통 음식에 대한 잘못된 통념은 많지만 그런 음식들은 친구들에게 친숙하지 않거나 관심을 가지기 어려운 음식일 수도 있어서 좋지 않다고 생각해.

유준: 만약 친숙한 음식인데 그 음식에 대한 잘못된 인식이 존재하는 거라면 어때?

현우: 좋은 생각이네. 혹시 생각해 본 주제가 있니?

지민: 예전에 읽은 책에서 우리가 아는 것과는 달리 조선 사람들은 신분을 막론하고 소고기를 많이 먹었다고 하던데.

유준: 그래. 소고기는 친구들도 잘 아는 음식이니까 좋을 것 같아.

01 〈보기〉는 제시문에 나타난 말하기 방식에 대한 설명의 일부이다. 〈보기〉의 ①, ②에 해당하는 학생의 발언을 제시문에서 찾아 첫 어절과 마지막 어절을 쓰시오.

〈 보기 〉

① 대화 참여자의 앞선 발언 중 추가 설명이 필요하다고 생각한 부분을 언급하고, 그 의미가 무엇인지 질문하고 있다.

② 대화 참여자 사이의 의견 차이가 있는 부분에 대해 둘의 의견을 모두 수렴한 새로운 대안을 제안하고 있다.

① 첫 어절: _________________________, 마지막 어절: _________________________

② 첫 어절: _________________________, 마지막 어절: _________________________

[02~03] 다음 글을 읽고 물음에 답하시오.

명목 화폐란 화폐의 겉면인 액면에 표시되어 있는 가격 단위로 거래되는 화폐를 말하며, 표시되어 있는 가격을 명목 가치라 한다. 조선은 명목 화폐를 발행했는데, 화폐의 액면 가격에 제조 비용을 뺀 만큼의 이익인 주조 차익을 남기면 재정 수입의 증가를 꾀할 수 있었기 때문이다.

세종 당시 민간에는 미포(米布), 즉 쌀과 베라는 물품 화폐가 두루 쓰이고 있었다. 세종은 주화* 제도가 안정적으로 정착된 중국을 보고 구리로 만든 주화를 도입했다. 주화는 위조가 어렵고 구리의 양에 따른 실질 가치도 있기 때문이었다. 사섬서의 관장 아래 1425년에 조선통보를 발행하면서 주화 1문*의 명목 가치는 쌀 1되* 또는 저화 1/2장으로 정했다. 그런데 화폐 정책의 잦은 변경으로 백성들은 주화를 신뢰하지 않았고 물품 화폐를 더 선호했다. 그 결과 주화의 실질 가치가 명목 가치보다 낮아져 주화로 표시한 물건 가격은 계속 상승했다. 발행 다섯 달 후 시장에서는 주화 3문이 쌀 1되로 거래되고 주화로 표시한 포 가격 역시 상승했다. 또한 주화가 제작되면서 구리의 수요가 늘어 구리의 가격도 상승했기 때문에 주화의 명목 가치와 재료의 실질 가치의 차이를 이용해 주화를 녹여 구리 상태로 팔아 차익을 얻으려는 이들도 있었다. 주화로 표시한 물건 가격을 낮추기 위해서는 주화의 실질 가치를 높여야 했으므로, 세종은 관청이 가지고 있는 쌀인 국고미를 시장에 팔아 주화를 환수했다. 하지만 물품 화폐가 더 선호되는 상황에서는 주화를 환수해도 실질 가치는 높아지지 않았다. 그리고 시중에 쌀이 늘어난 만큼 주화로 표시한 쌀 가격만 하락하고 포나 구리의 가격은 하락하지 않았다. 그 결과 쌀 대신 포를 화폐로 삼는 백성들만 늘었고 결국 주화를 정착시키는 데는 실패하였다.

17세기부터는 상업의 확대로 인해 백성들은 고액 거래나 가치의 저장이 쉬운 화폐가 필요했다. 또한 당시 조선은 재정의 어려움도 해결해야 했으므로 숙종은 1678년부터 ⊙상평통보를 발행했다. 이때의 상평통보를 '초주단자전'이라 하고 명목 가치는 은 1냥*당 주화 400문으로 정했다. 그리고 상평통보에 대한 신뢰를 높이기 위해 명목 가치에 따라 언제든지 관청에서 주화와 은을 교환할 수 있도록 하였다. 한편 구리는 국내 생산 및 일본으로부터 수입을 통해 공급받고 있었으나 늘어나는 주화의 수요에 비해 공급량은 부족했다. 그래서 초주단자전 발행 이듬해에 '대형전'을 발행했는데, 이는 초주단자전보다 구리의 양은 두 배 늘리고 은 1냥을 주화 100문과 교환할 수 있도록 정했다.

일부 부유한 상인들은 자산 축적의 목적으로 주화를 집 안에 쌓아 두기 시작했다. 하지만 구리의 공급량은 여전히 부족했기 때문에 화폐의 수요에 비하여 공급은 부족한 현상인 전황(錢荒)이 발생하여 주화의 실질 가치가 높아지게 되었다.

그래서 화폐량을 늘리기 위해 1752년 영조 때 초주단자전에 비해 구리의 양을 줄인 '중형전'이 발행됐다. 발행 당시 은 1냥당 주화 100문으로 정했으므로 중형전의 발행은 국가 재정에도 도움이 되었다. 이후 100년 넘게 더 이어진 상평통보의 사용으로 거래의 수단으로는 물품이 아닌 돈이 자리 잡게 되었다.

*주화: 쇠붙이를 녹여 화폐를 만듦. 또는 그 화폐.

*문: 조선 시대에 화폐를 세던 단위.

*되: 곡식의 부피를 재는 단위로, 한 되는 한 말의 1/10임.

*냥: 귀금속의 무게를 잴 때 쓰는 무게의 단위.

02 〈보기〉는 제시문을 읽고 제시문의 ㉠을 이해한 내용이다. 〈보기〉의 ①, ②에 들어갈 적절한 말을 제시문에서 찾아 쓰시오.

〈보기〉

• 1679년에 발행된 상평통보는 1678년에 발행된 상평통보에 비해 (①) 가치가 상승했다.

• 발행 당시 명목 가치는 중형전과 대형전이 다르지 않았지만 주화를 만드는 데 필요한 구리의 양은 중형전과 대형전 중 (②)이/가 더 많았다.

① _______________________________

② _______________________________

03 〈보기〉는 제시문을 바탕으로 '세종' 때 주화 정착이 실패한 현상을 구체적 상황을 가정하여 단계별로 설명한 것이다. 〈보기〉의 ①, ②에 들어갈 적절한 말을 쓰시오.

〈보기〉

미포와 주화가 화폐로 사용되며 주화 1문에 구리 1g이 들어 있다고 하자.

1. 점 A 상황에서 구리 1g 또는 쌀 1되는 주화 1문의 가격을 갖는다.

2. 이후 점 B 상황에서 주화 2문을 주어야 구리 1g 또는 쌀 1되를 살 수 있게 되었다. 이때 주화의 명목 가치는 주화에 들어 있는 구리의 실질 가치보다 작기 때문에 주화를 구리로 녹여서 팔려는 자들도 생겨났다.

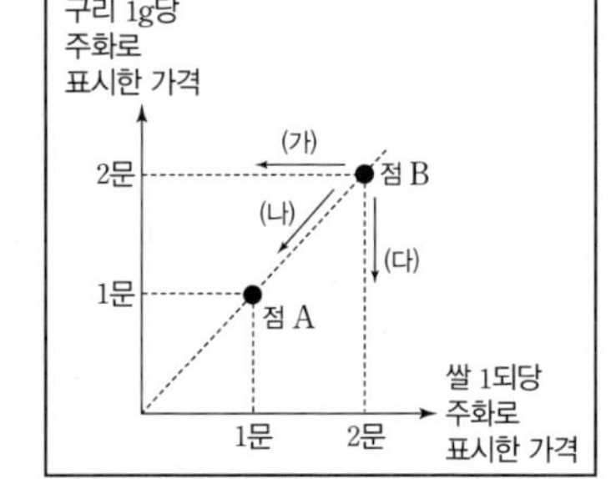

3. 이를 막기 위해 세종은 국고미를 팔아 주화를 환수해 주화의 실질 가치를 높이고자 했다. 이는 그래프의 점 B 상황을 (가)~(다) 방향 중 (①) 방향으로 이동시키고자 한 것이라 할 수 있다. 그런데 세종이 국고미를 팔아 주화를 환수했지만, 물품 화폐가 더 선호되는 상황에서 쌀의 가격만 하락하고 구리의 가격은 하락하지 않았다. 이는 그래프에서 점 B 상황이 (가)~(다) 중 (②) 방향으로 이동했다는 것을 의미한다. 그 결과 화폐로 쌀 대신 포를 사용하려는 사람들만 늘어나게 되었다.

4. 결국 세종이 의도한 주화의 정착은 실패하고 말았다.

① ____

② ____

※ 다음 글을 읽고 물음에 답하시오.

공공재란 공원이나 경찰 등과 같이 공동으로 이용할 수 있는 재화나 서비스를 의미한다. 공공재는 주로 국가에서 공급하는데, 해당 국가의 국민이 아니거나 국민의 의무를 다하지 않는 사람들도 혜택을 누릴 수 있는 문제점이 있다.

경제학적으로 공공재의 특성에 대해 잘 이해하려면 배제성과 경합성의 의미를 알아야 한다. 배제성이란 재화와 서비스의 이용 대가를 공급자에게 지불하지 않은 사람이 해당 재화나 서비스를 소비하지 못하도록 배제할 수 있는 성질을 의미한다. 일반적으로 우리가 사용하는 재화와 서비스는 대부분 대가를 지불하지 않고서는 이용할 수 없지만, 국가가 제공하는 치안 서비스 같은 경우는 대가를 지불하지 않은 사람도 이용할 수 있다. 한편 경합성이란 어떤 사람이 재화나 서비스를 이용하거나 소비할 때 다른 사람이 그 재화나 서비스를 소비할 수 있는 기회가 감소하는 성질을 의미한다. 예를 들어 빵을 사고 싶은 사람은 두 명인데 빵이 한 개라면 한 사람은 빵을 구매할 수 없으므로 빵은 경합성이 있는 재화이며, 공중파 방송은 누군가 시청하고 있어도 다른 사람이 시청할 수 있으므로 경합성이 없는 서비스이다.

재화나 서비스는 배제성과 경합성을 기준으로 사적 재화, 클럽재, 공유 자원, 공공재로 구분할 수 있다. 첫째로 사적 재화는 배제성과 경합성을 모두 가지고 있는 것으로 음식, 자동차 등 생활에 필요한 대부분의 재화나 서비스가 여기에 포함된다. 둘째로 클럽재는 배제성은 있으나 경합성이 없는 것으로 상수도 서비스가 예가 될 수 있다. 셋째로 공유 자원은 경합성은 있으나 배제성이 없는 것으로서 강에 사는 물고기와 같은 자연 자원이 예가 될 수 있다. 마지막으로 공공재는 배제성과 경합성이 모두 없는 것을 의미한다. 즉 대가를 지불하지 않은 사람도 이용할 수 있으며, 다른 사람과 동시에 이용할 수 있다.

동일한 재화나 서비스가 상황에 따라 배제성과 경합성의 존재 여부가 달라지는 경우가 있는데, 고속 도로와 일반 도로가 바로 그 예가 될 수 있다. 고속 도로는 통행 요금을 받지만 길이 막히지 않기 때문에 목적지까지 빠르게 갈 수 있는 수단이다. 그런데 가끔 특정한 이유로 고속 도로가 꽉 막히는 경우가 있는데, 그때는 어떤 사람의 고속 도로 이용에 의해 다른 사람이 제대로 고속 도로를 사용할 수 없게 되는 것이다. 그리고 일반 도로는 사용료를 내지 않아도 되지만 길이 좁고 출퇴근 시간에는 사용하는 사람이 많아 도로를 원활하게 이용하기가 어렵다. 그러나 심야에는 일반 도로도 이용자가 극히 적기 때문에 여러 사람이 도로를 함께 사용하는 데 아무런 지장이 없다. 이때 '한산한 고속 도로'는 [㉠]의 성격을 가지는 것으로 볼 수 있고, '꽉 막힌 고속도로'는 [㉡]의 성격을 가지는 것으로 볼 수 있다. 그리고 '출퇴근 시간의 일반 도로'는 [㉢]의 성격을 가지는 것으로 볼 수 있고, '심야의 일반 도로'는 [㉣]의 성격을 가지는 것으로 볼 수 있다.

공공재가 배제성과 경합성이 없다고 해서 공공재 생산에 비용이 발생하지 않는 것은 아니다. 누군가는 경제적인 이득이 없어도 비용을 들여 사회에 필요한 공공재를 생산해야 하는데, 그렇게 생산된 공공재는 대가를 지불하지 않아도 이용이 가능하다. 배제성이 없는 재화나 서비스에 대가를 지불하지 않고 이용하려는 현상을 무임승차 문제라고 한다. 공공재의 생산을 시장에 자율적으로 맡겨 놓을 경우, 무임승차 문제 때문에 사회가 필요로 하는 양만큼 공공재가 생산되지 않고 적게 생산될 가능성이 높다. 다시 말해 사회적으로 꼭 필요한 곳에 자원이 효율적으로 배분되고 있지 않는 것이며, 이런 의미에서 시장 실패가 나타난다고 할 수 있다. 이런 이유로 인해 공공재는 대부분 국가에서 생산 및 공급하게 된다.

04 문맥상 제시문의 ㉠~㉣에 들어갈 적절한 말을 〈보기〉에서 찾아 쓰시오.

〈보기〉

사적 재화, 클럽재, 공유 자원, 공공재

㉠ _______________________________________

㉡ _______________________________________

㉢ _______________________________________

㉣ _______________________________________

※ 다음 글을 읽고 물음에 답하시오.

[앞부분 줄거리] 갱구가 무너진 현장에서 광부 김창호가 국민들과 언론의 뜨거운 관심을 받으며 16일 만에 구출된다. 유명 인사가 된 김창호는 각종 방송 프로그램에 출연하면서 많은 돈을 벌게 된다. 이후 김창호는 가족을 등진 채 유흥에 빠져 지내다 돈을 모두 탕진하게 된다.

김창호: 동진 광업소 동 5 갱에 묻혀 있던 광부 김창호.

홍 기자: 아? 김창호 씨?

김창호: (반갑다) 역시 절 알아보시는군요. 그럴 줄 알았습니다. 모두 참 고마웠지요. 전 정말 잊지 않고 있습니다.

홍 기자: 그런데 뭐 볼일 있수? 나 지금 바쁜데…….

김창호: 절 좀 도와주십시오. 가족을 잃었습니다. 차비도 떨어지고…….

홍 기자: (돌아서서 5천 원짜리 주며) 이거 가지구 가시우, 그리고 아래층 광고부에 가면 거기서 사람 찾는 광고 취급합니다. 나 바빠서……. (김창호를 무시하고 다시 논문을 본다.)

김창호: 여보시오, 아무리 그래도 날 이렇게 대할 수 있소? 내가 한때는 그래도 영부인한테 초청을 받은 사람이오, 서울시장도 나한테…….

(김창호 멍하니 말을 잃는다. 홍 기자가 논문의 마지막 부분을 읽는 동안 천천히 퇴장한다.)

홍 기자: 결론, 따라서 매스컴이 없으면 하루도 살 수 없는 것이 현대인이다. 매스컴은 20세기적인 종교가 되었고 종래의 어떤 종교나 예술보다 긴요한 현실적 가치로 받아들여지고 있다. 그러나 우리는 그 무한한 기능으로 인해 인간 부재의 매스컴에 이르지 않는가를 부단히 경계하고 자각해야 할 것이다. 매스 커뮤니케이션! 매스컴! 이 얼마나 위대한 단어냐?

(중략)

(카메라가 가운데 설치되고 있다. 구경꾼들 호기심에 카메라 앞에 몰려 있고 경찰은 정리에 바쁘고, 홍 기자 마이크 잡고 방송 준비. 카메라에 라이트 비친다.)

홍 기자: 여기는 강원도 정선군 동민 광업소 사고 현장입니다. 메탄가스 폭발로 인한 사고로 채탄 작업 중이던 광부 34명이 매장됐습니다. 그러나 전원 사망한 것으로 추정된 광부 중 폭발한 갱구 아래 쪽 대피소에 있던 배관공 22세 이호준 씨가 아직 살아 있음이 지상과 연결된 배기 파이프를 통해 확인됐습니다. 지금 보시는 부분이 사고 난 갱구 입구입니다.

(이때 이불 보따리를 멘 김창호 일가 등장한다. 홍 기자, 김창호를 발견한다. 홍 기자 달려온다.)

홍 기자: 김창호 씨, 잠깐만!

(이불 보따리를 벗겨 카메라 앞에 세운다.)

홍 기자: 시청자 여러분! 여러분 기억에도 새로운 매몰 광부 김창호 씨가 이 자리에 나오셨습니다. 지난해 10월 갱구 매몰로 16일간 굴속에 갇혀 있다 무쇠 같은 의지와 강인한 육체로 살아남은 김창호 씨!

(구경꾼들 일제히 김창호 씨에게 시선 주며 박수친다. 김창호 처음에는 머뭇거린다. 웃으며 손을 들어 답례한다.)

홍 기자: 김창호 씨, 어떻게 생각하십니까? 지금 지하 1천 2백 미터 갱내 대피소에 인부들이 갇혀 있습니다. 그 사람이 구출될 때까지 갱내에서 주의할 점은 무엇입니까?

김창호: 예, 먼저 체온을 유지해야 합니다. (신이 났다.) 제 경험으로 봐서 배고픈 건 움직이지 않음 참을 수 있는데 추운 건 견디기 힘듭니다. 전구라도 있으면 안고 있어야 합니다. 배기펌프로 공기도 계속 넣어 줘야 되구요.

(그사이 기자 한 사람 뛰어나와서 홍 기자에게 귀엣말한다. 홍 기자 마이크 뺏어 자기 말을 한다.)

홍 기자: 방금 인부들이 구출되었다고 합니다. 포클레인으로 무너진 흙더미의 한 부분을 들어내어 매몰된 인부들이 모두 그 틈으로 기어 나왔다고 합니다. 이상 지금까지 사고 현장에서 홍성기 기자가 말씀드렸습니다. 참! 싱겁게 끝나는군. 이런 걸 특종이라구 취재하다니, 자, 갑시다.

– 윤대성, 「출세기」

05 〈보기〉는 제시문에 대한 설명의 일부이다. 〈보기〉의 ①에 들어갈 적절한 말, 그리고 ②에 들어갈 적절한 문장의 첫 어절과 마지막 어절을 제시문에서 찾아 쓰시오.

〈보기〉

「출세기」는 언론에 의해 작중 인물 '(①)'이/가 파멸되는 과정을 보여준다. 작중 인물 '(①)'에 대한 언론의 태도 변화는 언론의 습성을 잘 보여주는데, 이를 도식화하면 다음과 같다.

무너진 갱구에서 16일 만에 구출 →	기사 소재가 됨 →	관심, 인터뷰
금전적 도움 요청 →	기사 소재 안 됨 →	무관심
광부 매장 사건 발생 →	기사 소재가 됨 →	관심, 인터뷰
광부 구출 →	기사 소재 안 됨 →	무관심

이와 같은 언론의 태도 변화를 통해 작가는 오늘날 대중매체의 부정적 속성을 드러낸다. 이와 관련하여 작가는 대중매체를 비판적으로 수용해야 할 필요가 있다는 메시지를 작품 속 인물의 대사 '(②)'을/를 통해 독자에게 전달하고 있다.

※ 다음 글을 읽고 물음에 답하시오.

파란 녹이 낀 구리 거울 속에
내 얼굴이 남아 있는 것은
어느 왕조의 유물이기에
이다지도 욕될까.

나는 나의 참회의 글을 한 줄에 줄이자.
─만 이십사 년 일 개월을
무슨 기쁨을 바라 살아왔던가.

내일이나 모레나 그 어느 즐거운 날에
나는 또 한 줄의 참회록을 써야 한다.
─그때 그 젊은 나이에
왜 그런 부끄런 고백을 했던가.

밤이면 밤마다 나의 거울을

손바닥으로 발바닥으로 닦아 보자.

그러면 어느 운석(隕石) 밑으로 홀로 걸어가는
슬픈 사람의 뒷모양이
거울 속에 나타나 온다.

– 윤동주, 「참회록」

06 〈보기2〉는 〈보기1〉의 자료를 바탕으로 제시문을 이해한 것이다. 제시문에서 〈보기2〉의 ㉠, ㉡이 나타나는 연을 찾아 각 연의 첫 어절과 마지막 어절을 쓰시오.

〈보기1〉

성찰이란 타자화된 시선, 즉 타인이 자신을 바라보듯 스스로의 내면을 바라보는 것이다. 자기 내부로 침잠하여 현실적인 자아와 이상적인 자아를 교차시키면서 부끄러운 순간들을 마주하게 된다. 이러한 자기 대면을 통해 자기 변화를 도모하거나 부정적이고 부조리한 현실에 대응할 수 있는 의지를 마련할 수 있게 된다. 이러한 성찰들은 문학 작품을 통해 공동체 사회에 전달됨으로써 우리가 이어 가야 할 가치를 전승한다는 점에서 의의를 지닌다.

〈보기2〉

이 시의 화자는 거울 속에 비친 자기의 모습을 들여다보는 행위를 통해 자기 성찰의 순간을, 거울을 닦는 행위를 통해 성찰의 의지를 다지는 모습을 보여준다. 화자의 성찰은 이중적인 양상으로 제시되는데, 자아가 놓인 치욕스러운 현실과 과거에 대한 성찰이 하나라면 ㉠현재의 부끄러운 고백을 다시 부끄럽게 떠올릴 미래에 대한 성찰이 또 다른 하나이다. 이 두 성찰을 제시한 후 화자는 끊임없이 거울을 닦으며 성찰에의 의지를 다진다. 하지만 화자에게 현실은 여전히 극복하기 어려운 냉혹하고 고통스러운 것이다. 그럼에도 불구하고 ㉡화자는 고통스러운 현실을 회피하지 않고 담담하게 고독과 비애를 끌어 안고 걸어나가겠다는 삶의 태도를 드러낸다.

① ㉠이 나타난 연:

첫 어절: ________________________, 마지막 어절: ________________________

② ㉡이 나타난 연:

첫 어절: ________________________, 마지막 어절: ________________________

수학[자연D]

▶ 해답 p.372

07 $\pi<\theta<\dfrac{3}{2}\pi$인 θ에 대하여

$\tan\theta-\dfrac{\sqrt{3}}{\tan\theta}=\sqrt{3}-1$일 때,

$2\cos\theta-4\sin\theta$의 값을 구하는 과정을 서술하시오.

08 다항함수 $f(x)$에 대하여 곡선 $y=x^2f(x)-3x$ 위의 점 $(2, 6)$에서의 접선의 기울기가 1일 때, $y=f(x)$ 위의 점 $(2, f(2))$에서의 접선의 y절편을 구하는 과정을 서술하시오.

09 첫째항이 1인 수열 $\{a_n\}$이 모든 자연수 n에 대하여 $a_{n+1}=a_n+n\sin\left(\dfrac{n\pi}{2}+\pi\right)$를 만족시킬 때, $\displaystyle\sum_{k=1}^{42}a_k$의 값을 구하는 다음의 풀이 과정을 완성하시오.

> 수열 $\{a_n\}$에 대하여 $a_{4k-3}=2k-1$, $a_{4k-2}=a_{4k-1}=\boxed{\quad①\quad}$, $a_{4k}=\boxed{\quad②\quad}$이다. 따라서 $a_{4k-3}+a_{4k-2}+a_{4k-1}+a_{4k}=\boxed{\quad③\quad}$이 므로 $\displaystyle\sum_{k=1}^{42}a_k=\boxed{\quad④\quad}$이다.

10 함수 $f(x)=\dfrac{ax+2}{x-b}$와 양의 실수 t에 대하여 x에 대한 방정식 $|f(x)|=t$의 서로 다른 실근의 개수를 $g(t)$라 하고, x에 대한 방정식 $|f(x)|=-tx$의 서로 다른 실근의 개수를 $h(t)$라 할 때, 두 함수 $g(t)$, $h(t)$가 다음 조건을 만족시킨다.

> (가) 함수 $g(t)$는 $t=b$에서만 불연속이다.
> (나) 함수 $h(t)$는 양의 실수 전체의 집합에서 연속이다.

$f(3)+h(3)=\dfrac{2}{3}$일 때, $f(a)$의 값을 구하는 과정을 서술하시오. (단, a, b는 상수이고 $ab+2\neq0$이다.)

11 최고차항의 계수가 -1인 사차함수 $f(x)$가 다음 조건을 만족시킨다.

> (가) 함수 $f(x)$는 $x=4$에서 극솟값 0을 갖는다.
> (나) 방정식 $f(x)=0$의 세 실근을 작은 것부터 차례로 나열하면 등차수열을 이룬다.

함수 $f(x)$의 극댓값이 9일 때, $f(1)$의 값을 구하는 과정을 서술하시오.

12 $a>\dfrac{3}{2}$일 때, 실수 전체의 집합에서 증가하고 연속인 함수 $f(x)$가 모든 실수 x에 대하여 $f(-x)=-f(x),\ f(x)=f(x-2)+4a$를 만족시킨다. 곡선 $y=f(x)$와 x축 및 직선 $x=1$로 둘러싸인 부분의 넓이가 3이고 $\displaystyle\int_1^4 f(x)dx=45$일 때, a의 값을 구하는 다음의 풀이 과정을 완성하시오.

> $f(1)$의 값을 a로 표현하면 ① 이다. 곡선 $y=f(x-2)+4a$는 곡선 $y=f(x)$를 x축의 방향으로 2만큼, y축의 방향으로 $4a$만큼 평행이동한 곡선과 일치한다. 따라서 $f(4)$의 값을 a로 표현하면 ② 이다. 또한, 곡선 $y=f(x)$와 y축 및 직선 $y=-2a$로 둘러싸인 부분의 넓이를 a로 표현하면 ③ 이다. $\displaystyle\int_1^4 f(x)dx=45$이므로 a의 값은 ④ 이다.

13 정의역이 $\{x \mid x \geq 0\}$인 함수 $f(x)$가 모든 자연수 n에 대하여 다음을 만족시킨다.

$$2n-2 \leq x < 2n \text{일 때, } f(x) = \cos(n\pi x)$$

$0 \leq x < 4$에서 방정식 $2f(x) - 1 = 0$의 서로 다른 실근 중 가장 작은 값과 가장 큰 값을 구하는 과정을 서술하시오.

14 첫째항이 같은 두 수열 $\{a_n\}$, $\{b_n\}$이 모든 자연수 n에 대하여 $a_n + b_n = 2$를 만족시키고,

$$\sum_{k=1}^{10} \{ka_{k+1} - (k+1)a_k\} = 50,$$

$$\sum_{k=1}^{9} \{(a_{k+1})^2 - (b_{k+1})^2\} = 20$$일 때,

$\displaystyle\sum_{k=1}^{11} a_k$의 값을 구하는 과정을 서술하시오.

15 두 이차함수 $y=f(x)$, $y=g(x)$의 그래프가 그림과 같을 때, 부등식

$$\log_3 f\left(\frac{x}{3}\right) \leq \log_3 g\left(\frac{x}{3}\right)$$를 만족시키는 정수 x의 개수를 구하는 과정을 서술하시오.

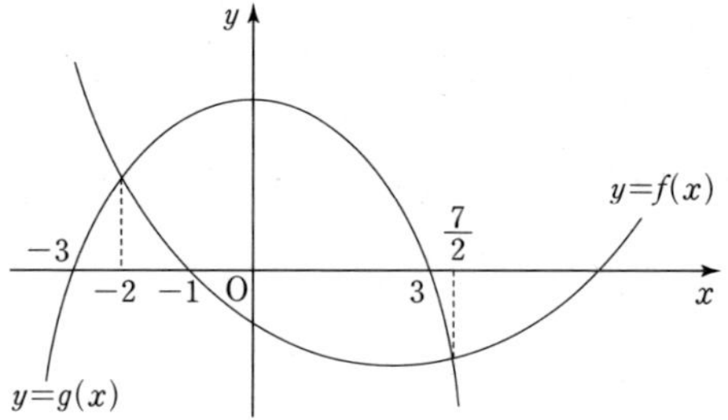

국어[자연Ⅰ]

▶ 해설 p.375

※ 다음 글을 읽고 물음에 답하시오.

[학생의 작문 계획]
- 글을 쓰게 된 동기: 한국은 혁신 기술 연구 개발에 세계 최고 수준의 투자를 하고 있지만, 정부 출연 기관들의 성과는 기대 이하라는 보도를 접함. 이에 혁신 기술의 실태를 알아보고 관련 문제의 해결 방안에 대해 글을 쓰기로 함.
- 예상 독자: 우리 학교 학생들
- 작문 목적: 혁신 기술과 관련된 정보를 공유하고, 문제 해결 방안을 모색.
- 글의 개요

처음	1. '혁신 기술'이라는 화제 제시 2. 혁신 기술의 개념과 특성

중간	1. 혁신 기술 개발과 관련된 투자 현황 및 실태
	  (1) 우리나라의 혁신 기술 개발에 대한 투자 현황
	  (2) 우리나라가 개발한 혁신 기술의 활용 실태
	    ㉮ 정부 출연 기관이 개발한 특허 기술의 활용률이 저조함.
	    ㉯ 매년 혁신 기술 수출액이 혁신 기술 도입액보다 적음.
	2. 혁신 기술의 육성 방안
	  (1) 정부 출연 기관의 특허 활용과 관련된 장애 해소
	  (2) 혁신 기술의 무역 수지 개선을 위한 정책 마련

끝	우리나라 혁신 기술의 발전을 위해서는 관련 규제 개혁 및 관련 기업 지원 정책 마련 등 혁신 기술 육성을 위한 노력이 필요함.

01 〈보기〉의 ㉠~㉢은 제시문의 개요에 따라 글을 쓰기 위해 자료를 수집한 후 작성한 자료 활용 계획의 일부이다. 〈보기〉의 ①, ②에 들어갈 적절한 내용을 ㉠의 밑줄 친 부분과 같은 형식으로 쓰시오.

〈보기〉

㉠ 최근 정부 출연 기관이 개발한 특허 기술이 활용되는 비율이 이전보다 낮음을 보여주는 자료는 '중간-1-(2)-㉮'에서 정부 출연 기관이 개발한 혁신 기술의 활용도가 낮음을 강조하기 위한 자료로 활용한다.

㉡ 한국의 GDP 대비 혁신 기술 연구 개발 투자 비율이 세계 1, 2위를 다투는 수준임을 보여주는 자료는 '(①)'에서 한국이 혁신 기술 개발을 위해 큰 힘을 쏟고 있음을 강조하기 위한 자료로 활용한다.

㉢ 연도별 한국의 혁신 기술 수입액과 수출액을 보여주는 자료는 '(②)'에서 매년 혁신 기술 수출액이 혁신 기술 도입액보다 적음을 뒷받침하는 자료로 활용한다.

① _______________________________

② _______________________________

[02~03] 다음 글을 읽고 물음에 답하시오.

과학 지식은 다른 문화나 지식과 달리 사회적 맥락에 구속되지 않는 예외적 지식으로 간주되어 왔다. 그러나 모든 지식은 어떤 방식으로든 그것이 생산된 사회적 여건에 영향을 받으며, 따라서 과학 지식도 단순히 자연이라는 실재의 객관적 반영이 아니라 다양한 사회적 요인에 영향을 받는 사람들이 구성하는 유동적 결과물이라는 주장이 최근 힘을 얻고 있다. 라투르가 제시한 행위자–연결망 이론은 과학 지식의 형성 과정에 대해 구성주의의 입장을 취하면서도 모든 지식의 가치가 동등하다고 보는 극단적 상대주의에 빠지지 않기 위한 노력의 일환이라 할 수 있다.

행위자–연결망 이론에서는 지식이나 조직, 사물이나 현상, 기술 등 우리가 경험하는 모든 대상을, 행위자들 사이에 형성되는 다양하고 복잡한 연합체로서의 연결망이라고 본다. 여기서 행위자란 '어떤 행위를 실행할 수 있는 행위 능력을 지닌 실체'로서, 인간뿐 아니라 물질과 기계, 미생물과 세균, 가설 및 기술과 같은 비인간을 포함한다. 어떤 대상을 행위자들 간의 연결망으로 파악한다는 것은 그 고정된 본질을 상정하고 이를 탐색하는 대신, 이를 둘러싼 연결망이 구성되는 과정에 주목한다는 것을 의미한다. 연결망은 늘 이동하고 움직이며, 생성과 소멸 및 강약의 단계를 오가는 역동적 성격을 지닌다. 연결망을 구성한 행위자의 수가 많고 그 성격이 이질적일수록 그 연결망은 강화된다.

라투르는 이질적인 행위자들을 연결하여 연결망을 구축하는 과정을 번역이라고 칭하여 이를 행위자–연결망 이론의 핵심에 두었다. 번역이란 서로 다른 이해관계를 가진 이질적인 행위자들이 서로의 목표를 조율함으로써 공동의 목표를 지닌 하나의 '연결망'으로 포섭되는 과정이다. 번역의 주체가 되는 행위자는 반드시 인간으로만 한정되지 않는다. 그는 번역의 주체와 연결망의 새로운 인식을 통해 주체와 객체, 인간과 사물을 분리하여 각각의 본질을 가정하는 기존의 시각, 입장과는 다른 분명한 차이를 보여주고 있다. 다시 말해 연결망을 통해 '만들어지고 있는 과학'을 추적하는 것이라고도 볼 수 있는 것이다.

이러한 입장에서 본다면 과학 지식은 과학자, 실험 장비, 교과서, 논문과 저서, 기술, 실험실 등과 같은 다양한 행위자로 이루어진 연결망을 기반으로 형성된다. 특정 현상에 대한 과학자 개인의 주장은 그 자체로서는 설득력이 빈약하지만, 이 주장이 하나의 행위자로서 다양한 행위자와 이어져 연결망을 이루면서 견고한 보편적 진리로 인정할 가능성을 시험하게 된다. 라투르는 보편적 진리로 인정될 수 있는 이 과정이 주장 자체의 내재적 장단점이나 한계와는 무관하게 일어난다고 보았다. 그리고 보편적 진리성은 이를 도출해 낸 특정 연결망 속에서 보장되며, 그 연결망의 맥락을 벗어난 진공 속에서도 보편적 진리로 보장되는 것은 아니라고도 하였다.

행위자–연결망 이론에서는 과학 지식의 성격을 규명하기 위해 기성의 과학이 아닌, '만들어지고 있는 과학'을 추적한다. 이 과정에서 과학 지식의 구성에 참여하는 능동적 행위자를 인간으로 한정한 기존의 구성주의적 입장과는 달리, 행위자–연결망 이론은 이들 행위자에 인간 및 비인간 실체를 모두 포함시켰다는 점에서 이질적 구성주의라 불린다. 이러한 행위자–연결망 이론의 입장은 인간 대 비인간, 자연 대 사회의 이분법에 기반한 근대주의에 반대하는 것이자 그 대안으로서 인간과 비인간 모두에 대등한 가치를 부여하는 비근대주의를 표방하는 것이기도 하다.

02 〈보기〉는 제시문을 읽고 실시한 탐구 활동이다. 〈보기〉의 ①∼③에 들어갈 적절한 말을 제시문 또는 〈보기〉에서 찾아 쓰시오.

> ─〈 보기 〉─
>
> 과학 지식에 대한 구성주의의 입장은 인간 대 비인간이라는 근대주의의 이분법적 사고에 근거한다. 라투르의 관점에서 구성주의는 과학 지식의 형성 과정에 참여하는 번역의 주체를 (　①　)(으)로 한정한 것이다. 반면 이질적 구성주의는 근대주의를 벗어나 행위자에 인간 및 비인간 실체를 모두 포함시키고 있다. 이런 점에서 라투르의 관점은 이질적 구성주의와 일맥상통하는 바가 있다. 유명한 파스퇴르의 사례를 통해 생각해 보기로 하자. 파스퇴르는 발효를 촉진하는 미생물 발효균을 발견하여 '젖산 발효 효모'라 명명하고 발효의 과정을 과학적으로 규명한 바 있다. 이 과정에서 파스퇴르는 미생물 발효균이 그 기질과 존재를 드러내는 것을 돕고, 발효균은 파스퇴르가 명성을 획득하는 것을 도운 셈으로 볼 수 있다. 따라서 라투르의 관점에서 파스퇴르의 사례를 살펴보면, 이 사례에서 번역의 주체에 해당하는 것은 (　②　)와/과 (　③　)이다.

① ____

② ____

③ ____

03 〈보기2〉는 제시문을 바탕으로 〈보기1〉의 사례를 이해한 내용이다. 〈보기2〉의 ①, ②에 들어갈 적절한 말을 제시문에서 찾아 쓰시오.

> ─〈 보기1 〉─
>
> 미국에서는 총기 사고가 날 때마다 총이 원인임을 강조하는 기술 결정론과 총을 든 범인이 사고의 원인이라는 사회 문화 결정론이 대립하여왔다. 전자는 총이 사고의 주범이므로 총기를 규제하여야 한다는 주장으로 연결된다. 그리고 후자는 범인이 주범이므로 범인을 처벌해야지 총기를 규제할 필요는 없다는 주장으로 연결된다.

> ─〈 보기2 〉─
>
> 행위자−연결망 이론에서 〈보기1〉의 '총'과 '범인'은 모두 행위 능력을 지닌 행위자로서 이들은 (　①　)의 과정을 통해 '총기 사고'라는 하나의 (　②　)(으)로 포섭된다. (　①　)의 과정은 행위자가 서로의 목표를 조율함으로써, 즉 상대방에 맞추어 자신을 변화시킴으로써 이루어지는 것이다. '총기 사고'에 대한 기술 결정론의 입장과 사회 문화 결정론의 입장 모두 행위자−연결망 이론의 입장에서는 범인과 총이 서로에게 변화를 일으킨다는 점을 간과하고 있다는 문제가 있다.

① ____

② ____

※ 다음 글을 읽고 물음에 답하시오.

현행 민사 소송법에는 소송 절차가 공정하며 신속하고 경제적으로 진행되도록 노력하여야 한다고 되어 있다. 이는 민사 소송이 재판 과정에서 공정성과 함께 신속성과 경제성이라는 이상을 추구함을 의미한다. 재판이 공정해야 함은 말할 것도 없지만, 공정함만 추구하다 보면 재판의 진행이 더디게 되어 재판을 통해 이루고자 한 소송의 목적을 충분히 달성할 수 없는 경우가 발생할 수 있다. 그래서 재판이 신속하고 경제적으로 진행되는 것도 중요하다. 소송 당사자 중 한쪽이 출석하지 않았을 때, 신속한 재판 진행을 위해 그 사람이 제출한 소장, 답변서, 준비 서면 등을 진술 내용으로 갈음한다. 소송 당사자가 변론 기일에 출석하지 않고 진술을 대체할 서류도 제출하지 않은 경우에는 변론할 의사가 없는 것으로 간주하고 재판을 진행한다. 그리고 시효라는 제도를 두어서 소송 사건에 대해 소를 제기할 수 있는 제소 기간을 정해 두고 있다. 시효는 일정한 사실 상태가 오래 계속된 경우에 그 상태가 진실한 권리관계*와 합치하느냐 여부를 묻지 않고 사실 상태를 그대로 존중하여 그 권리관계로 인정하는 제도이다. 사건 발생 이후 해당 제소 기간이 지나면 옳고 그름을 불문하고 누구도 해당 사건에 대해 더 이상 소를 제기할 수 없도록 한 것이다. 이는 분쟁이 발생한 이후 소송을 제기할 수 있는 기간에 제한을 두지 않을 경우 소송 진행의 효율성이 떨어지고 소송 당사자들의 권리관계가 장기간 불안정해지는 문제가 있기 때문이다.

조선 시대에도 ㉠취송 기한, ㉡정소 기한이라는 제도가 있었다. '취송 기한(就訟期限)'은 소를 제기한 후 소송의 당사자가 불출석한 경우, 일정 기간 동안 출석하지 않는 당사자는 패소시키고 성실히 출석해 대기한 당사자에게 사리의 옳고 그름을 더 이상 따지지 않고 승소하게 해 주는 제도이다. 취송 기한은 '친착 결절법(親着決折法)'이라고도 불렀다. 이는 소송 진행 과정에서 의도적으로 소송을 지연시키는 폐단을 방지하기 위하여 마련된 장치로, 조선의 건국 초기에는 송정*으로부터 소송 당사자의 거주지까지 거리에 따라 취송 기한을 정했고 이후 소송 당사자가 송정에 출석해 서명하는 것까지 규정하게 되었다. 소송의 양 당사자 중 누구라도 출석하였을 때는 자기 성명을 직접 쓰도록 했는데 이를 '친착'이라고 불렀고, 판결하는 것을 '결절'이라고 했다. 친착 결절법은 여러 차례의 변화를 거쳐 1746년에 편찬된 『속대전(續大典)』 「형전(刑典)」 청리조(聽理條)에 따르면, 소송이 개시되어 50일이 되도록 이유 없이 만 30일이 넘게 불출석하면 송정에 나와 서명한 자에게 승소 판결을 내리도록 했다. 이 50일의 기간은 관청이 개정한 날만 헤아렸다. 이때 계속 출석한 자의 출석일수는 고려하지 않는다.

'정소 기한(呈訴期限)'은 사적인 권리를 침해당하였을 때 소장(訴狀)을 제출할 수 있는 법정 기한을 말한다. 『경국대전(經國大典)』 「호전(戶典)」 전택조(田宅條)에 따르면, 소송 대상 중 가장 분쟁이 빈번했던 재산인 토지, 주택, 노비 등에 관한 소송은 분쟁 발생 시기부터 5년 내에 소를 제기해야만 하며 5년을 넘길 시에는 재판의 기초가 되는 사실관계 등을 심사하는 사건 심리는 물론 소장 접수조차 불가능했다.

*권리관계: 권리와 의무 사이의 법률관계.

*송정: 예전에, 송사(訟事)를 처리하던 곳.

04 〈보기〉는 제시문을 읽고 ㉠, ㉡에 대한 탐구 활동을 실시한 것이다. 〈보기〉의 ①~③에 들어갈 적절한 말을 제시문에서 찾아 쓰시오.

---〈보기〉---

　㉠과 ㉡은 과거 조선 시대에도 현행 민사 소송이 추구하는 이상 중 (　①　)와/과 (　②　)을/를 실현하고자 했음을 보여 준다. 그리고 ㉡은 오늘날의 민사 소송법 중 (　③　) 제도와 유사한 성격을 가지는 것으로 볼 수 있다.

---

　①　_______________________________

　②　_______________________________

　③　_______________________________

※ 다음 글을 읽고 물음에 답하시오.

[앞부분 줄거리] 성균관 진사이자 풍류랑인 김생은 어느 날 왕자 화산군의 궁녀인 영영을 목격한 뒤 그녀를 깊이 연모하게 된다. 하인 막동의 도움을 받아 영영이 종종 출입하는 이모네 집에서 만나 연정을 고백한 뒤 후일 화산군 댁에서 다시 만나 깊은 인연을 맺는다. 하지만 사랑이 금지된 궁녀의 신분으로서 출입이 자유롭지 못해 김생과 영영은 헤어지게 된다. 이후 김생은 몇 년간 공부를 하여 마침내 과거에 장원으로 급제한다.

　3일 동안의 유가(遊街)에서 김생은 머리에 계수나무꽃을 꽂고 손에는 상아로 된 홀을 잡았다. 앞에서는 두 개의 일산(日傘)이 인도하고 뒤에서는 동자들이 옹위하였으며, 좌우에서는 비단옷을 입은 광대들이 재주를 부리고 악공들은 온갖 소리를 함께 연주하니, 길거리를 가득 메운 구경꾼들이 김생을 마치 천상의 신선인 양 바라보았다.

　김생은 얼큰하게 취한지라 의기가 호탕해져 채찍을 잡고 말 위에 걸터앉아 수많은 집들을 한번 둘러보았다. 갑자기 길가의 한 집이 눈에 띄었는데 높고 긴 담장이 백 걸음 정도 빙빙 둘러 있었으며, 푸른 기와와 붉은 난간이 사면에서 빛났다. 섬돌과 뜰은 온갖 꽃과 초목들로 향기로운 숲을 이루고 나비는 희롱하듯 벌들은 미친 듯 그 사이를 어지러이 날아다녔다. 김생이 누구의 집이냐고 물으니, 곧 화산군 댁이라고 하였다. 김생은 문득 옛날 일이 생각나 마음속으로 은근히 기뻐하며 짐짓 취한 듯 말에서 떨어져 땅에 눕고는 일어나지 않았다. 궁인들이 무슨 일인가 하고 몰려나오자 구경꾼들이 저자처럼 모여들었다.

　이때 화산군은 죽은 지 이미 3년이나 되었으며, 궁인들은 이제 막 상복을 벗은 상태였다. 그동안 부인은 마음 붙일 곳 없이 홀로 적적하게 살아온 터라 광대들의 재주가 보고 싶었다. 그래서 시녀들에게 명하여 김생을 부축해서 서쪽 가옥으로 모시고, 비단으로 짠 자리에 죽부인을 베개로 삼아 누이게 하였다. 김생은 여전히 눈이 어질어질하여 깨어나지 못한 듯이 누워 있었다.

　이윽고 광대와 악공들이 뜰 가운데 나열하여 일제히 풍악을 울리며 온갖 놀이를 다 펼쳐 보였다. 궁녀들은 고운 얼굴에 분을 바르고 푸른 귀밑털에 구름 같은 머리채를 한 채 주렴을 걷고 지켜보았는데, 가히 수십 명이나 되었다. 그러나 영영이라는 이는 그 가운데 없었다. 김생은 이상하다는 생각이 들었으나 그 생사조차 알 수가 없었다. 그런데 자세히 살펴보니 한 낭자가 나오다가 김생을 보고는 다시 들어가서 눈물을 훔치고 안팎을 들락거리며 어찌할 줄을 모르고 있었다. 이는 바로 영영이 김생을 보고서 흐르는 눈물을 참지 못하고 차마 남이 알아챌까 봐 두려워한 것이었다.

　이러한 영영을 바라보고 있는 김생의 마음은 처량하기 그지없었다. 그러나 날은 이미 어두워지려고 하였다. 김생은 이곳에 더 이상 오래 머물러 있을 수 없다는 것을 알고 기지개를 켜면서 일어나 주위를 돌아보고는 놀라는 척 말했다.

　"이곳이 어디입니까?" / 궁중의 늙은 노비인 장획이라는 자가 달려와 아뢰었다.

　"화산군 댁입니다." / 김생은 더욱 놀라는 척하며 말했다.

　"내가 어떻게 해서 이곳에 왔습니까?"

　장획이 사실대로 대답하자, 김생은 곧 자리에서 일어나서 나가려고 하였다. 이때 부인이 술로 인한 김생의 갈증을 염려하여 영영에게 차를 가져오라고 명하였다. 이로 인해 두 사람은 서로 가까이하게 되었으나, 말 한마디도 못 하고 단지 눈길만 주고받을 뿐이었다. 영영은 차를 다 올리고 일어나 안으로 들어가면서 품속에서 편지 한 통을 떨어뜨렸다. 이에 김생은 얼른 편지를 주워서 소매 속에 숨기고 나왔다.

– 작자 미상, 「상사동기(相思洞記)」

05 〈보기〉는 제시문 속 '김생'의 성격에 대한 설명이다. 〈보기〉의 ㉠이 나타나는 문장 한 개와 ㉡이 나타나는 문장 두 개를 제시문에서 찾아 각각의 첫 어절과 마지막 어절을 쓰시오.

〈 보기 〉

　김생은 자신의 목적인 사랑을 이루기 위해서 상황을 설정하고 상황에 맞추어 연기를 하듯이 말과 행동을 하는 인물이다. 예를 들어 ㉠김생은 옛 연인이 있을 것으로 추측되는 집으로 들어가기 위해 의도적으로 꾸며낸 행동을 하여 상황을 조성하기도 하고, ㉡계획된 상황 속에서 일부러 시치미를 떼고 질문을 하기도 한다. 이러한 장면을 통해 김생은 주도면밀한 성격의 인물로 묘사된다. 이처럼 소설에서 인물의 말과 행동에는 그 인물이 가진 인간관이나 처세관 등이 담겨 있으며 그러한 인물의 성격 제시를 통해서 소설의 주제는 더욱 날카롭게 부각된다. 이 소설은 조선 후기의 애정 소설로서 당시의 시대 상황으로서는 이루어지기 힘든 신분의 차이를 극복한 남녀 간의 사랑을 보여주는데, 그 과정에 김생의 이와 같은 성격화가 중요한 역할을 한다.

① ㉠에 나타난 문장:

　첫 어절: ______________________, 마지막 어절: ______________________

② ㉡에 나타난 문장:

　첫 어절: ______________________, 마지막 어절: ______________________

③ ㉡에 나타난 문장:

　첫 어절: ______________________, 마지막 어절: ______________________

※ 다음 글을 읽고 물음에 답하시오.

> 인쇄한 박수근 화백 그림을 하나 사다가 걸어놓고는 물끄러미 그걸 치어다보면서 나는 그 그림의 제목을 여러 가지로 바꾸어보곤 하는데 원래 제목인 '강변'도 좋지마는 '할머니'라든가 '손주'라는 제목을 붙여보아도 가슴이 알알한 것이 여간 좋은 게 아닙니다. 그러다가는 나도 모르게 한 가지 장면이 떠오릅니다. 그가 술을 드시러 저녁 무렵 외출할 때에는 마당에 널린 빨래를 걷어다 개어놓곤 했다는 것입니다. 그 빨래를 개는 손이 참 커다랬다는 이야기는 참으로 장엄하기까지 한 것이어서 성자의 그것처럼 느껴지기도 합니다. 그는 멋쟁이이긴 멋쟁이였던 모양입니다.
>
> 그러나 또한 참으로 궁금한 것은 그 커다란 손등 위에서 같이 꼼지락거렸을 햇빛 들이며는 그가 죽은 후에 그를 쫓아갔는가 아니면 이승에 아직 남아서 어느 그러한, 장엄한 손길 위에 다시 떠 있는가 하는 것입니다. 그가 마른 빨래를 개며 들었을지 모르는 뻐꾹새 소리 같은 것들은 다 어떻게 되었을까. 내가 궁금한 일들은 그러한 궁금한 일들입니다. 그가 가지고 갔을 가난이며 그리움 같은 것은 다 무엇이 되어 오는지…… 저녁이 되어 오는지…… 가을이 되어 오는지…… 궁금한 일들은 다 슬픈 일들입니다.
>
> – 장석남, 「궁금한 일–박수근의 그림에서」

PART 1 기출문제
PART 2 실전모의고사
PART 3 정답 및 해설

06 〈보기〉는 제시문에 대한 해설의 일부이다. 〈보기〉의 ①, ②에 들어갈 적절한 말을 제시문에서 찾아 쓰시오.

〈보기〉

> 이 작품은 박수근 화백의 그림을 감상하다가 떠오르는 상념들을 차분하게 들려주는 형식의 시이다. 시의 전반부에서는 화가 박수근의 작품과 함께 그의 삶의 에피소드를 환기하면서 소박하면서도 진실한 그의 삶과 예술 세계를 예찬하고, 후반부에서는 삶과 예술에 대해 화자가 가지는 근원적인 애상감을 질문의 형식으로 풀어나간다. 외출하기 전에 빨래를 개어놓고 나갔다는 에피소드를 통해 화가로서 박수근의 삶은 생활인의 모습과 겹쳐지는데, 이를 (　①　)(이)라는 신체 이미지를 나타내는 시어로 압축한다. 화자는 가난한 삶을 살면서도 꿋꿋이 예술 활동을 이어나간 화백을 '성자', '멋쟁이' 등의 말로 예찬하기도 한다. 두 번째 행부터는 시상이 전환되는데, 화자는 박수근의 작품과 삶의 에피소드로부터 한발 물러나서 화가의 죽음과 함께 사라진 것들을 헤아려 본다. 화가가 그림의 주제로 삼았던 '그리움'이나 '가난'과 함께 그의 삶 속에 존재했을 '햇빛'이나 '뻐꾹새 소리' 등이 다 어떻게 되었고 무엇이 되어 오는지 궁금해한다. 그런데 이러한 질문들은 화자에게 화가의 죽음과 사라짐을 떠올리게 하여 애상감을 갖게 한다. 죽음과 관련한 존재의 유한성은 비단 박수근만의 것은 아니기에 화자는 인간과 예술에 대한 근원적인 문제들을 질문의 형식으로 풀어나간다. 그리고 이 과정에서 느낀 존재의 유한성에 대한 애상감을 (　②　)(이)라는 시어를 통해 드러내고 있다.

①

②

수학[자연E]

▶ 해답 p.377

07 부등식 $\log_2 \dfrac{x}{8} \times \log_2 \dfrac{x}{64} < 40$을 만족시키는 자연수 x의 최댓값을 구하는 과정을 서술하시오.

08 모든 항이 실수인 등비수열 $\{a_n\}$에 대하여 $a_2 a_3 = \dfrac{3}{2}$, $a_7 a_8 = 54$일 때, $a_5{}^2$의 값을 구하는 다음의 풀이 과정을 완성하시오.

> 등비수열 $\{a_n\}$에 대하여 세 수 a_2, $\boxed{\quad ① \quad}$, a_8이 이 순서대로 등비수열을 이루고, 또한 세 수 a_3, $\boxed{\quad ② \quad}$, a_7이 이 순서대로 등비수열을 이루므로 $a_5{}^4 = \boxed{\quad ③ \quad}$ 이다. 따라서 $a_5{}^2$의 값은 $\boxed{\quad ④ \quad}$ 이다.

09 $\pi \leq x < 2\pi$에서 x에 대한 방정식 $|6\sin x + 1| = k$가 서로 다른 세 실근 α, β, γ $(\alpha < \beta < \gamma)$를 가질 때, $k\left(\dfrac{\beta+\gamma}{\alpha}\right)$의 값을 구하는 과정을 서술하시오. (단, k는 상수이다.)

10 곡선 $C : y = x^4 - 5x^3 - 9x^2 + 2x - 3$ 위의 x좌표가 양수인 점에서 접하는 직선 중 기울기가 최소인 접선의 방정식을 구하는 다음의 풀이 과정을 완성하시오.

> 곡선 C에 접하는 접선의 접점의 x좌표를 t, 접선의 기울기를 $f(t)$라 하면,
> $t = \boxed{\quad ① \quad}$ 일 때 $f(t)$는 최솟값 $\boxed{\quad ② \quad}$ 을 갖는다. 즉, 기울기가 최소인 접선의 접점은 점 $\left(\boxed{\quad ③ \quad}\right)$ 이고 접선의 방정식은 $y = \boxed{\quad ④ \quad}$ 이다.

PART 1 기출문제

PART 2 실전모의고사

PART 3 정답 및 해설

11 두 집합

$$A=\left\{x\left|\left(\frac{1}{4}\right)^{-x^2+5x+3}<4^{x-6},\ x는\ 정수\right.\right\},$$

$$B=\left\{x\left|\ x=3^{-a^2}\times\left(\frac{1}{3}\right)^{-2a-k},\ a\in A\right.\right\}$$

에 대하여 집합 B의 모든 원소의 곱이 1일 때, 상수 k의 값을 구하는 과정을 서술하시오.

12 다음 조건을 만족시키는 최고차항의 계수가 1인 모든 사차함수 $f(x)$에 대하여 $f(2)$의 최댓값과 최솟값을 구하는 과정을 서술하시오.

(가) $\displaystyle\lim_{x\to 1}\frac{f(x)}{x-1}=4$

(나) 모든 실수 x에 대하여 $|f(x)|\le|xg(x)|$, $g(0)=-4$인 연속함수 $g(x)$가 존재한다.

13 최고차항의 계수가 1이고 모든 항의 계수가 정수인 삼차함수 $f(x)$에 대하여 함수 $g(x)$를 $g(x)=f(x)+2f'(x)$라 하자. $f(0)=g(0)=0$이고, $x\geq k$인 모든 실수 x에 대하여 $g(x)\geq0$을 만족시키는 실수 k의 최솟값이 0일 때, $f(2)$의 최솟값을 구하는 과정을 서술하시오.

14 최고차항의 계수가 1인 이차함수 $f(x)$에 대하여 함수 $g(x)$를

$$g(x)=\int_0^x f'(t)dt+(x^2+x+1)f(x)+1$$

이라 할 때, 함수 $g(x)$가 $x=0$에서 극소값 -1을 갖는다. $g(1)$의 값을 구하는 과정을 서술하시오.

15 다음 조건을 만족시키는 두 실수 a, b의 순서

쌍 (a, b)를 모두 구하는 과정을 서술하시오.

(가) $f(x)$는 모든 실수 x에 대하여 $f(-x) = f(x)$를 만족시키는 다항함수이다.

(나) $\displaystyle\lim_{x \to \infty} \frac{f(x) - x^2}{x - a} = b$

(다) $\displaystyle\lim_{x \to a} \left| \frac{f(x)}{(x-a)^k} \right| = 1$인 자연수 k가 존재한다.

국어[자연F]

▶ 해설 p.380

※ 다음은 장애인 고용 의무 제도에 대한 글이다. 물음에 답하시오.

장애인 고용 의무 제도는, 직업 생활을 통한 생존권 보장이라는 헌법의 기본 이념을 구현하기 위해 장애인에게 다른 사회 구성원과 동등한 노동권을 부여하기 위한 제도이다. 1991년에 처음 시행되었으며 현재는 국가·지방 자치 단체 및 50명 이상 공공 기관과 민간 기업을 대상으로, 근로자 총수의 5/100 범위 안에서 대통령령으로 정하는 비율 이상의 장애인 근로자를 의무적으로 고용할 것을 규정하고 있다. 그리고 장애인 채용을 장려하기 위해서 의무 고용률 이상 고용한 사업주에 대해서는 규모와 상관없이 초과 인원에 대해 장려금을 지급하고 있다. 이는 장애인으로 하여금 주체적인 삶을 살아가게 하기 위한 경제적 자립의 기반을 마련해 주기 위한 것이다.

하지만 한국 장애인 고용 공단의 조사 결과를 보면, 2022년 국가 및 지방 자치 단체, 공공 기관의 장애인 고용률은 3.6%, 민간 기업의 장애인 고용률은 3.1% 수준인 것으로 나타났는데, 이는 법에서 정한 장애인 의무 고용률을 겨우 충족한 수준이다. 이처럼 장애인 고용 의무 제도의 대상이 되는 기관들이 장애인 채용에 적극적으로 나서지 않는 것은 문제가 아닐 수 없다.

기업은 장애인의 고용에 소극적인 태도를 가져서는 안 될 것이다. 그리고 장애인이 일하기 불편하지 않은 직무 환경을 조성하고 장애가 걸림돌이 되지 않는 직무를 개발하여 장애인이 자신의 능력을 발휘할 수 있도록 해야 한다. 또한 정부는 기업들이 장애인 고용에 소극적인 이유를 찾아 그것을 보완할 수 있는 정책을 제시하고, 현행 장애인 고용 의무 제도의 문제를 개선해야 한다. 아울러 고용주를 비롯한 비장애인들이 장애인에 대해 갖고 있는 부정적인 인식을 개선하도록 노력해야 하며, 장애인 직업 교육을 확대하여 장애인의 직무능력을 높이도록 해야 할 것이다.

01 〈보기〉는 제시문을 작성하기 전에 수립한 글쓰기 계획의 일부이다. 〈보기〉의 ①, ②가 반영된 문장을 제시문에서 찾아 각각의 첫 어절과 마지막 어절을 순서대로 쓰시오.

〈보기〉

① 장애인 고용 의무 제도의 도입 시기와 장애인 의무 고용의 내용을 제시하여 제도에 대한 독자의 이해를 돕는다.

② 현재의 장애인 고용 현황을 구체적인 수치로 제시하여 독자가 현재의 장애인 고용에 대한 문제의식을 가질 수 있도록 유도한다.

① 첫 어절: ____________________ , 마지막 어절: ____________________

② 첫 어절: ____________________ , 마지막 어절: ____________________

[02~03] 다음 글을 읽고 물음에 답하시오.

사용자가 컴퓨터로 음악을 듣는 프로그램의 실행 버튼을 누른다고 해서 그 프로그램이 곧바로 실행되는 것은 아니다. 운영 체제는 대기 목록인 '대기열'에 실행된 순서대로 프로그램을 등록했다가, 이 중 하나를 골라 중앙 처리 장치인 CPU를 할당하고 동시에 대기열에서는 삭제한다. 즉 프로그램이 실행 중이라는 것은 프로그램에 CPU를 할당한 상태를 의미한다. 만약 10초 길이의 음악이 재생 후 종료되었다면 음악 재생 프로그램에 CPU를 할당한 10초를 음악 재생 프로그램의 '실행 시간'이라 한다. 한 개의 CPU에는 한 번에 한 개의 프로그램만 할당할 수 있어서 대기열에 등록된 것 중 어느 것을 할당할지는 운영 체제의 일부인 CPU 스케줄링이 결정한다.

스케줄링의 성능은 '시스템 입장'과 '사용자 입장'으로 구분하여 평가한다. 시스템 입장에서는 CPU가 쉬지 않고 최대한 많이 일을 할수록 고성능으로 본다. 그래서 단위 시간당 CPU가 일을 한 시간의 비율인 CPU 이용률이 높거나, 단위 시간당 프로그램을 처리한 개수인 작업 처리량이 많을수록 고성능이다. 사용자 입장에서는 사용자가 실행한 프로그램이 가급적 빨리 CPU를 할당받아야 고성능으로 본다. 그래서 같은 개수의 프로그램을 처리할 때, 프로그램 각각의 대기 시간의 합인 '총 대기 시간'이 적을수록 고성능이다. 대기열에 등록된 프로그램 P1, P2, P3를 순서대로 처리하는 스케줄링의 경우 각각의 대기 시간을 구하는 방식은, P1은 즉시 실행되므로 대기 시간은 0이 되며, P2의 대기 시간은 P1의 실행 시간과 같으며, P3의 대기 시간은 P1과 P2의 실행 시간의 합과 같다.

2000년대 이전의 대다수의 개인용 컴퓨터는 CPU가 한 개뿐이었다. 이 컴퓨터에 실행 시간이 서로 다른 다수의 프로그램들이 대기열에 등록되어 있다고 하자. 우리는 이들을 하나씩 처리해 나가거나, 조금씩 번갈아 가며 처리하는 것을 생각해 볼 수 있으므로 다음과 같은 스케줄링이 고안되었다.

FCFS(First-Come First-Served) 방식은 대기열에 등록된 프로그램 순서대로 CPU를 할당하며, 할당된 프로그램이 작업을 완료하면 다음 프로그램에 CPU를 할당한다. 한편 ㉠RR(Round-Robin) 방식은 등록된 순서대로 CPU를 할당하지만 프로그램마다 균일하게 '최대 할당 시간'을 부여한다. 그래서 실행 중인 프로그램에 최대 할당 시간만큼만 CPU를 할당하고 시간 내에 작업을 완료하면 프로그램은 종료된다. 반면에 그 시간 내에 작업을 완료하지 못하면 해당 프로그램은 종료되지 않은 상태로 대기열의 마지막 순서에 재등록되며, 동시에 대기열의 다음 순서인 프로그램에 CPU를 할당한다. 또한 SJF(Shortest Job First) 방식이 있는데, 이는 대기열에 있는 프로그램 각각의 실행 시간을 계산해 이 값이 가장 짧은 프로그램에 CPU를 우선 할당한다. 그리고 할당된 프로그램이 작업을 완료해야 다음 프로그램이 실행된다.

2000년대 이후에는 두 개 이상의 CPU를 사용한 개인용 컴퓨터가 대중화되었다. 이때부터는 일부 CPU만 일하고 다른 CPU는 쉬는 상태를 방지하는 기술인 '이주'가 스케줄링에 추가되었다. 가령 두 개의 CPU(CPU1과 CPU2)가 가진 각각의 대기열에 프로그램이 두 개씩 등록되었다고 가정하자. 얼마 후 CPU1 측에는 모든 프로그램이 종료되었고 CPU2 측에는 종료된 것이 없다면, 운영 체제는 CPU2의 대기열에 있는 프로그램을 CPU1의 대기열로 옮겨 주는데 이를 이주라고 한다.

02 〈보기1〉은 제시문을 읽고 조사한 자료이고, 〈보기2〉는 제시문과 〈보기1〉을 바탕으로 제시문의 ㉠에 대한 탐구 활동을 실시한 것이다. 〈보기2〉의 ①~③에 들어갈 적절한 말을 쓰시오.

〈보기 1〉

스케줄링은 선점 방식과 비선점 방식으로 나누어진다. 현재 CPU에 할당된 프로그램을 잠시 멈추고 다른 프로그램으로 바꿀 수 있다면 선점 방식이라고 하고, 그렇지 않다면 비선점 방식으로 분류된다.

– 컴퓨터 개론, ○○출판사

〈보기 2〉

㉠은 선점 방식과 비선점 방식 중, (①) 방식의 스케줄링에 해당한다. 최대 할당 시간이 5초이며 ㉠의 스케줄링 방식을 사용하는 CPU가 한 개뿐인 컴퓨터가 있고, 이 컴퓨터의 대기열에는 실행 시간이 각각 10초, 5초, 8초인 프로그램 X, Y, Z가 순서대로 등록되어 있다고 가정해 보자. 이 컴퓨터에서 처음 X가 실행된 후 CPU의 작동 시간에 따른 CPU의 작업 내용은 아래와 같이 정리할 수 있다.

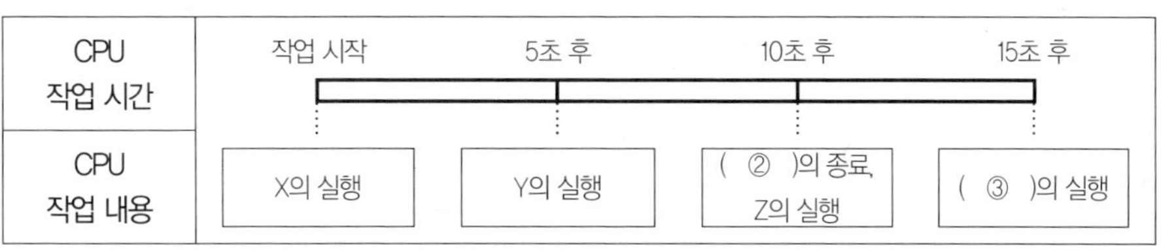

CPU 작업 시간	작업 시작 ── 5초 후 ── 10초 후 ── 15초 후			
CPU 작업 내용	X의 실행	Y의 실행	(②)의 종료, Z의 실행	(③)의 실행

① ______________________________

② ______________________________

③ ______________________________

03 〈보기2〉는 제시문을 바탕으로 〈보기1〉의 상황에 대한 탐구 활동을 실시한 것이다. 〈보기2〉의 ①~③에 들어갈 적절한 숫자를 쓰시오.

〈보기 1〉

프로그램 A, B, C, D의 실행 시간은 각각 10초, 15초, 30초, 40초이다.
[상황1]: CPU가 한 개뿐인 컴퓨터의 대기열에 D, C, B, A의 순서로 프로그램이 등록되어 있다.
[상황2]: 이주 기술이 사용되는 운영 체제에서 두 개의 CPU(CPU1과 CPU2)를 사용하는 컴퓨터가 있는데, 두 개의 CPU는 각각의 대기열을 가진다. CPU1에는 A, B의 순서로, CPU2에는 C, D의 순서로 프로그램이 등록되어 있다.

〈보기 2〉

• [상황1]에서 FCFS 방식을 이용할 경우 B의 대기 시간은 (①)초가 되고, SJF 방식을 이용할 경우 B의 대기 시간은 (②)초가 된다.
• [상황2]에서 CPU1과 CPU2에 모두 SJF 방식을 이용할 경우, 프로그램 실행 시작 (③)초 후에 CPU2의 대기열에 있던 D가 CPU1의 대기열로 옮겨지는 이주가 일어난다.

① ___________________________________

② ___________________________________

③ ___________________________________

※ 다음 글을 읽고 물음에 답하시오.

지금껏 알려져 있는 지식과 관념에 의해서는 설명되지 않는 특이한 현상이 관찰되면, 사람들은 납득할 만한 원인을 제시할 수 있는 타당한 설명을 모색하게 된다. 가추법(假推法)은 관찰된 사실이 왜 일어나는가를 설명하기 위해 현재 상황과는 다른 상황에서 이미 통용되는 전제를 출발점으로 하여 그 전제 속에는 포함되어 있지 않은 결론을 도출하는 개연적 추론이다. 가추법을 정립한 철학자 퍼스는 다음의 논증을 사례로 들어 가추법의 원리를 설명하였다. 책상 위에 한 움큼의 하얀 콩이 놓여있다고 가정해 보자. 이를 특이하다고 생각하여 그 이유를 찾고자 하는 사람이 그 콩 옆에 놓인 자루를 보고 '이 콩들은 이 자루에서 나왔다.'라는 결론을 도출하는 과정은 다음과 같다.

(결과)	이 콩들은 하얗다.
(규칙)	이 자루에 들어 있는 콩은 모두 하얗다.
(사례)	이 콩들은 이 자루에서 나왔다.

위 추론의 출발점인 '결과'는 관찰된 사실로서, 일반적 규칙에 해당하는 가설이 제시되고 이것이 참임이 전제될 때 수긍할 수 있는 사실이다. 관찰된 사실은 참임이 전제된 규칙과 결합됨으로써 규칙의 한 사례로 귀결된다. 책상 위에 놓인 콩을 보고 이상하게 여긴 사람이 그 이유를 찾는 과정에서 콩 옆의 자루를 보고 자루 안의 콩이 모두 하얀 것이라는 가설을 세우게 되며, 이것이 참임이 전제될 때 책상 위의 하얀 콩은 이 자루에 든 콩의 일부임을 알게 된다는 것이다.

퍼스는 연역법 및 귀납법과의 비교를 통해 가추법의 특징을 구체화했다. 연역법은 규칙을 특정한 사례에 적용하여 결과를 도출하는 분석 추리이자 추론의 결과가 규칙의 해설이 되는 해설적 추론으로, 이는 새로운 지식의 형성으로 이어지지는 않는다. 귀납법은 특정한 사례와 결과로부터 규칙을 도출하는 종합 추리이자 부분에서 전체, 특수 사례에서 일반으로 향하는 확장적 추론으로, 연역법과 달리 결과의 오류 가능성을 포함한다. 퍼스에 의하면 가추법은 한 유형의 사실들로부터 도약하여 전혀 새로운 유형의 사실들을 도출하는 추론 방식이라는 점에서 귀납법과 마찬가지로 확장적 추론에 해당하지만, 귀납법은 주어진 사실들의 집합으로부터 유사한 사실들의 집합을 추론해 낼 뿐임에 반해 가추법이야말로 오류 가능성에도 불구하고 지식의 진정한 확장에 기여하는 추론이라고 하였다.

가추법에서 가설의 형태로 제시되는 규칙은 추론의 과정에서 설정되는 것으로, 보편적이고 일반적 진리로서 주어지는 연역법의 규칙과는 성격을 달리한다. 퍼스는 '자연법칙', '일반적인 진리'와 함께 '경험' 등을 규칙의 자리에 둘 수 있다고 하여 가추법의 '규칙' 범주에는 경험적 근거, 직관, 특수한 상황에서만 인정될 수 있는 진리 등이 포함될 수 있음을 시사하였다. 그는 또한 관찰된 사실과 설정된 가설의 결합은 이 둘에서 다루는 대상들의 동일성이나 유사성에 기인하며 이는 논증이 다루는 대상들이 또 다른 측면에서도 강도 높은 유사성을 가지고 있을 것이라 추리하게

하는 근거가 된다고 하였다. 이로 인해 연역법이나 귀납법과 달리 가추법은 전제로부터 필연적으로 귀결되는 결과 이상의 것을 제안할 수 있으며, '실제로 그러함을 기술할 수 있는지'가 아니라 '어째서 그러한지를 설명할 수 있는지'에 의해 추론의 목적 달성 여부가 판단된다는 것이다.

이상의 비교를 바탕으로 퍼스는 탐구를 '의심의 자극에 의해 야기된 것이자 믿음의 상태를 획득하려는 투쟁 과정'으로 규정하고 가추법은 이 과정을 관통하는 논리라고 하였다. 가추법은 위대한 과학적 발견으로부터 탐정의 추리에 까지 널리 활용되는 추론 방식으로, 이는 그간 직관이나 심리적 판단에 의존하는 것으로 간주되어 왔던 추측의 과정에 논리성을 부여하였다는 평가를 받는다.

04 〈보기1〉은 제시문에 언급된 추론 방식들을 도식화한 것이고, 〈보기2〉는 제시문을 바탕으로 〈보기1〉을 설명한 것이다. 〈보기2〉의 ①~③에 들어갈 적절한 알파벳 기호를 쓰시오.

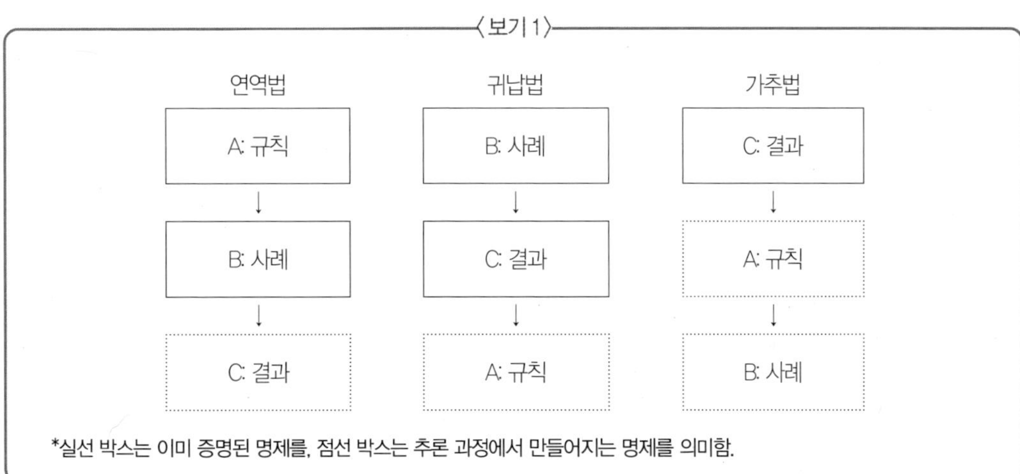

〈보기2〉

연역법의 C는 A에서 추론되지만 C는 이미 A 안에 포함되어 있다는 점에서 연역법은 지식을 확장하지 못하는 추론의 방식이다. 연역법과는 달리, 가추법에서 도출되는 (　①　)은/는 C 안에 포함되지 않은 새로운 사실들이라는 점에서 가추법은 지식을 확장하는 추론 방식이다. 귀납법도 확장적인 추론 방식이긴 하지만 귀납법의 A는 B, C와 유사한 사실들의 집합일 뿐이라는 점에서 진정한 의미의 지식의 확장은 아니다. 반면에 가추법의 (　②　)은/는 가설로 설정된 (　③　)을/를 매개로 추론된 것이기 때문에 가추법에서는 지식의 진정한 확장이 일어난다.

①　________________________________

②　________________________________

③　________________________________

※ 다음 글을 읽고 물음에 답하시오.

(가)
어느 집에나 문이 있다
우리 집의 문 또한 그렇지만
어느 집의 문이나
문이 크다고 해서 반드시
잘 열리고 닫힌다는 보장이 없듯

문은 열려 있다고 해서
언제나 열려 있지 않고
닫혀 있다고 해서
언제나 닫혀 있지 않다

어느 집에나 문이 있다
어느 집의 문이나 그러나
문이라고 해서 모두 닫히고 열리리라는
확증이 없듯
문이라고 해서 반드시
열리기도 하고 또 닫히기도 하지 않고
또 두드린다고 해서 열리지 않는다

어느 집에나 문이 있다
어느 집이나 문은
담이나 벽을 뚫고 들어가
담이나 벽과는 다른 모양으로
자리 잡는다

담이나 벽을 뚫고 들어가
담이나 벽과 다른 모양으로
자리 잡기는 잡았지만
담이나 벽이 되지 말라는 법이나
담이나 벽보다 더 든든한
문이 되지 말라는 법은 없다

— 오규원, 「문」

(나)
　　시에 담긴 의미를 이해하기 위해서는 표현 기법의 특징을 이해하는 것이 중요하다. 시에서 사용되는 다양한 표현 기법 중 아이러니는 알레고리와 함께 입체적인 의미를 담아내는 기법으로 주로 사용된다. 아이러니는 시인이 표현하

고자 하는 현실을 이해하는 준거의 틀로 작동한다. 흔히 아이러니를 말하는 내용과 반대되는 의미를 전달하고자 할 때 사용하는 표현 정도로 이해하고 있는 경우가 많다. 하지만 아이러니는 문학 작품의 내적 또는 외적 요소에서 드러나는 대립과 긴장을 통해 상투적인 세계에 대한 작가의 새로운 인식을 담아내는 방법으로 사용된다. 아이러니는 대립과 긴장이 발생하는 지점에 따라 '상황 기반 아이러니'와 '모순 형용 아이러니'로 나누어 생각해 볼 수 있다. 상황 기반 아이러니는 작품에 나타난 진술이 그 진술의 배경이 되는 상황과의 관계에서 대립과 긴장이 발생하는 것을 말한다. 그리고 '모순 형용 아이러니'는 작품에 나타나는 진술 자체에서 대립과 긴장이 발생하는 것을 말한다. 가령 삶과 죽음처럼 서로 대조되는 속성을 가진 두 항목이 작품에서 의미적으로 결합하는 과정을 통해 두 항목 간의 의미적 모순성이 드러나게 되는 것을 말한다. 작가는 현실 세계에 존재하는 대립과 긴장, 즉 현실 세계의 모순을 아이러니를 통해 통합시킴으로써 현실에 대한 새로운 시각을 보여 주는 것이다.

05 〈보기〉는 (나)를 바탕으로 (가)를 이해한 내용이다. 〈보기〉의 ①, ②에 들어갈 적절한 말을 (나)에서 찾아 쓰시오.

〈보기〉

(가)는 일상에서 수없이 접하는 '문'에 대한 인식을 새로운 시각으로 제시하고 있다. (가)에서는 '문'에 대한 새로운 인식을 전하는 표현 기법으로 (나)에서 설명하고 있는 두 종류의 아이러니가 활용됨을 확인할 수 있다. 먼저 (가)의 4연과 5연에서 '문'과 '담, 벽'이 의미적으로 연결될 때, 열림과 닫힘 또는 연결과 단절이라는 이항 대립에 의해 발생하는 (①) 아이러니를 확인할 수 있다. 그리고 2연에서는 '문'이 '열려 있다고 해서 / 언제나 열려 있지 않'에서는 '문'이 지닌 일반적인 속성과 어긋나는 상황을 제시한 것에서 (②) 아이러니가 나타나는 것으로 볼 수 있다. (가)에서는 이와 같은 두 종류의 아이러니를 통해 '문'에 대한 새로운 시각을 보여 준다.

① _______________________________________

② _______________________________________

※ 다음 글을 읽고 물음에 답하시오.

[앞부분 줄거리] '나'는 창신동의 빈민가에 살다가 양옥집으로 하숙집을 옮긴다. 집주인 할아버지는 규칙을 강조하고 양옥집의 일상을 통제한다.

가풍. 내게는 낯설기 짝이 없는 단어였지만 며칠 동안에 나는 그 말의 개념이 아니라 바로 그의 실체를 온몸에 느끼게 되었다. '규칙적인 생활 제일주의'가 맨 먼저 나를 휘감은 이 집의 가풍이었다.

아침 여섯시에 기상. (그러나 나의 경우는 자발적인 기상이 아니라 할아버지가 차를 끓여 가지고 손수 들고 와서 나를 깨우고 그 차를 마시게 하고 내가 무안함에 가슴을 두근거리며 황급히 옷을 주워 입으면 아침 산보를 시키는 것

PART 1 기출문제 / PART 2 실전모의고사 / PART 3 정답 및 해설

이었다. 그래서 나는 수면 부족으로 좀 자유로운 낮에 늘 낮잠이었다. 그러나 그 집 식구들은 심지어 세 살 난 어린애마저도 그 규칙을 지키고 있는 모양이었다.) 아침 식사. 출근 혹은 등교. 할아버지도 어느 회사에 중역으로 나가고 있었으므로 집에 남는 건 할머니와 며느리, 어린애와 식모, 그리고 노곤한 몸을 주체하지 못하는 나뿐이었다. 그 동안 나는 오전 열시경에 며느리와 할머니가 놀리는 미싱 소리를 쭉 듣게 되고, 열두 시경에 라디오에서 나오는 음악을 듣고, 오후 네 시엔 「엘리제를 위하여」를 듣게 된다. 오후 여섯 시 반까지는 모든 식구가 집에 와 있어야 하고 저녁 식사. 식사가 끝나면 십여 분 동안 잡담. 그게 끝나면 모두 자기 방으로 가서 공부 그리고 식모가 보리차가 든 주전자와 컵을 준비해서 대청마루 가운데 있는 탁자 위에 놓는 달그락 소리가 나면 그때 시간은 열 시 오륙 분 전. 그 소리가 그치면 여러 방의 문이 열리고 식구들이 모두 나와서 물 한 컵씩을 마시고 '안녕히 주무십시오.'를 한 차례 돌리고 잠자리로 들어간다. 세상에 이런 생활도 있었나 하고 나는 놀라지 않을 수 없었다. 식구 중 누구 한 사람 얼굴에 그늘이 있는 사람은 없었다. 나로서는 상상도 하지 못하던 세계에 온 것이었다. 동대문이 가까운 창신동 그 빈민가의 내가 들어 있었던 집의 식구들을 생각하지 않을 수 없는 이 정식(正式)의 생활.

(중략)

이윽고 서 씨의 몸은 성벽의 저 너머로 사라져 버렸다. 그리고 잠시 후에 나는 더욱 놀라운 광경을 보게 되었다. 서 씨가 성벽 위에 몸을 나타내고 그리고 성벽을 이루고 있는 커다란 금고만 한 돌덩이를 그의 한 손에 하나씩 집어서 번쩍 자기의 머리 위로 치켜올린 것이었다. 지렛대나 도르래를 사용하지 않고서는 혹은 여러 사람이 달라붙지 않고서는 들어 올릴 수 없는 무게를 가진 돌을 그는 맨손으로 들어 올린 것이었다. 그는 나에게 보라는 듯이 자기가 들고 서 있는 돌을 여러 차례 흔들어 보이고 나서 방금 그 돌들이 있던 자리를 서로 바꾸어서 그 돌들을 곱게 내려놓았다.

나는 꿈속에 있는 기분이었다. 고담(古談) 같은 데서 등장하는 역사(力士)만은 나도 인정하고 있는 셈이지만 이 한밤중에 바로 내 앞에서 푸르게 빛나는 조명을 온몸에 받으며 성벽을 디디고 우뚝 솟아 있는 저 사내를 나는 무엇이라고 이름 붙여야 할지 몰랐다.

역사, 서 씨는 역사다, 하고 내가 별수 없이 인정하며 감탄이라기보다는 차라리 그 귀기(鬼氣)에 찬 광경을 본 무서움에 떨고 있는 동안에 그는 어느새 돌아왔는지 유령처럼 내 앞에서 자랑스러운 웃음을 소리 없이 웃고 있었다.

서 씨는 역사였다. 그날 밤 나는 집으로 돌아와서 이제까지 아무에게도 들려주지 않았다는 서 씨의 얘기를 들었다.

그는 중국인의 남자와 한국인의 여자 사이에서 난 혼혈아였다. 그의 선조들은 대대로 중국에서 이름있는 역사들이었다. 족보를 보면 헤아릴 수 없이 많은 장수(將帥)가 있다고 했다. 그네들이 가졌던 힘, 그것이 그들의 존재 이유였고 유일한 유물이었던 모양이었다. 그 무형의 재산은 가보(家寶)로서 후손에게 전해졌다. 그것으로써 그들은 세상을 평안하게 할 수 있었고 자신들의 영광도 차지할 수 있었다. 그러나 이 서 씨에 와서도 그 힘이 재산이 될 수는 없었다. 이제 와서 그 힘은 서 씨로 하여금 공사장에서 남보다 약간 더 많은 보수를 받게 하는 기능밖에 가질 수가 없게 된 것이다. 결국 서 씨는 그 약간 더 많은 보수를 거절하기로 했다. 남만큼만 벽돌을 날랐고 남만큼만 땅을 팠다. 선조의 영광은 그렇게 하여 보존될 수밖에 없었다. 그리고 서 씨는 아무도 나다니지 않는 한밤중을 택하고 동대문의 성벽에서 그 힘이 유지되고 있음을 명부(冥府)의 선조들에게 알리고 있다는 것이었다.

— 김승옥, 「역사」

06 〈보기〉는 제시문에 대한 해설의 일부이다. 제시문에서 〈보기〉의 ㉠과 ㉡이 나타나는 문단을 찾아 각각의 첫 어절과 마지막 어절을 순서대로 쓰시오.

〈보기〉

「역사」에는 '서 씨'와 '주인 할아버지' 두 인물을 중심으로 현실을 살아가는 다른 삶의 방식이 나타난다. 먼저 '주인 할아버지'는 자신이 정한 규칙으로 타인의 자유를 억압한다. ㉠'나'는 자유를 박탈 당한 식구들의 모습을 바라보며 '주인 할아버지' 가족들의 생활에 대한 비판적인 시각을 드러낸다. 그리고 '서 씨'에게 과거는 복원되어야 할 가치를 지닌 시간으로 인식되는데, '서 씨'는 현대적 삶에 맞서 쇠락해 가는 가치를 자기 나름의 방식으로 보존하며 살아간다. ㉡'서 씨'는 '서 씨'의 행동에 전율을 느끼는 '나' 앞에서 자기 삶의 방식에 대한 자긍심을 드러낸다.

① ㉠이 나타난 문단:

첫 어절: __________________________, 마지막 어절: __________________________

② ㉡이 나타난 문단:

첫 어절: __________________________, 마지막 어절: __________________________

수학[자연F]

▶ 해설 p.381

07 다음 로그함수 $y=\log_a(x-1)$ $(a>0,\ a\neq1)$의 성질에 관한 내용을 완성하시오.

> 1) $a>1$일 때, x의 값이 증가하면 y의 값은 증가한다.
> $0<a<1$일 때, x의 값이 증가하면 y의 값은 　①　 한다.
> 2) a의 값에 관계없이 그래프는 점(　②　)을 지난다.
> 3) 함수 $y=\log_a(x-1)$의 그래프와 함수 $y=$ 　③　 의 그래프는 x축에 대하여 대칭이다.
> 4) 함수 $y=$ 　④　 의 그래프는 함수 $y=\log_a(x-1)$의 그래프를 x축의 방향으로 3만큼, y축의 방향으로 2만큼 평행이동한 것이다.

08 다항함수 $f(x)$가 다음 조건을 만족시킨다.

> (가) $\displaystyle\lim_{x\to\infty}\left(\frac{1}{x}\right)=-3$
> (나) 모든 실수 x에 대하여 $f(x)=3x^2-4x+2x\displaystyle\int_0^2 f(t)\,dt+a$

$f'(a)$의 값을 구하는 과정을 서술하시오. (단, a는 상수이다.)

09 다항함수 $f(x)$가 모든 실수 x에 대하여 $\displaystyle\int_a^x f(t)dt = x^3 - x^2 - 6x$를 만족시킬 때, $f(a)$의 값을 구하는 과정을 서술하시오. (단, a는 양수이다.)

10 $x > 0$에서 정의된 함수 $f(x) = \dfrac{x^{\frac{1}{2}}}{\sqrt[7]{x^2}}$에 대하여 $\{f(f(n))\}^{49}$의 값이 1000보다 큰 자연수가 되도록 하는 자연수 n의 최솟값을 구하는 과정을 서술하시오.

11 첫째항이 a_1이고 제 n항까지의 합이 $S_n = \dfrac{3}{2}a_1 n^2 - \dfrac{1}{2}a_1 n$인 등차수열 $\{a_n\}$에 대하여 $\displaystyle\sum_{k=1}^{4} \dfrac{7}{a_{2k}a_{2k+2}} = 1$일 때, a_5의 값을 구하는 과정을 서술하시오. (단, $a_1 > 0$)

12 양의 실수 전체의 집합에서 정의된 함수 $f(x)$가 다음 조건을 만족시킨다.

> (가) $f(x) = \begin{cases} 2x^2 - 8x & (0 < x < 4) \\ 2x^2 - 20x + 48 & (4 \leq x \leq 6) \end{cases}$
>
> (나) 모든 양의 실수 x에 대하여 $f(x+6) = f(x)$이다.

양의 실수 m에 대하여 함수 $g(x) = f(x) - mx$라 할 때, 함수 $g(x)$가 $x = \alpha$에서 극대 또는 극소인 모든 실수 α를 작은 수부터 차례대로 나열한 것을 $\alpha_1, \alpha_2, \alpha_3, \cdots, \alpha_n, \cdots$이라 하자. $\alpha_4 < 10 \leq \alpha_5$이고 $\alpha_1 + \alpha_2 + \alpha_3 + \alpha_4 = 23$일 때, m의 값을 구하는 과정을 서술하시오.

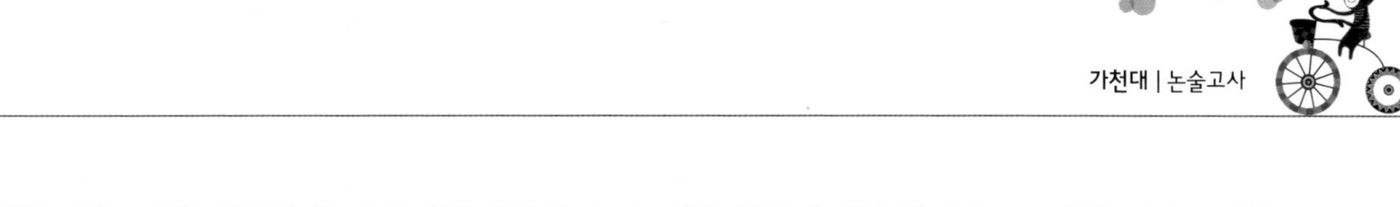

13 다음 조건을 만족시키는 모든 일차 이상의 다항함수 $f(x)$에 대하여 $\displaystyle\int_0^6 f(x)dx$의 최솟값을 구하는 다음의 풀이 과정을 완성하시오.

> (가) 모든 실수 x에 대하여
> $$\int_{-\frac{3}{2}}^{x} tf'(t)dt=\left(\frac{2}{3}x+1\right)\{f(x)+k\}$$
> 이다. (단, k는 실수이다.)
> (나) x에 대한 방정식 $f(x)=m$이 실근을 갖도록 하는 실수 m의 최솟값은 -9이다.
> (다) $f(0)\geq 0$

> 다항함수 $f(x)$의 최고차항을 ax^n(n은 자연수, a는 0이 아닌 상수)이라 하자. 조건 (가)에서 $\displaystyle\int_{-\frac{3}{2}}^{x} tf'(t)dt=\left(\frac{2}{3}x+1\right)\{f(x)+k\}$의 양변을 x에 대해 미분하고 최고차항을 비교하면 n의 값은 ① 이다. 한편, 조건 (나)로부터 k의 값은 ② 이다. 조건 (다)에서 $f(0)\geq 0$이므로 $\displaystyle\int_0^6 f(x)dx$의 값은 a의 값이 ③ 일 때 최소이다. 따라서 $\displaystyle\int_0^6 f(x)dx$의 최솟값은 ④ 이다.

14 원점 O에서 점 $A(0, 13)$을 지나고 기울기가 음인 직선 l에 내린 수선의 발을 H라 할 때, $\overline{OH}=5$이다. 직선 l이 x축의 양의 방향과 이루는 각의 크기를 θ라 할 때, $2\sin\theta-3\cos\theta$의 값을 구하는 과정을 서술하시오. $\left(\text{단, } \dfrac{\pi}{2}<\theta<\pi\right)$

15 실수 전체의 집합에서 연속인 함수 $f(x)$가 모든 실수 x에 대하여
$$\{f(x)\}^4 - 4x^2\{f(x)\}^2 - 4\{f(x)\}^2 + 16x^2 = 0$$
을 만족시킨다.

함수 $f(x)$의 최댓값이 0이고 최솟값이 -2일 때, 함수 $g(x) = \dfrac{f(x)}{x}$ 의 $x=0$에서의 좌극한과 우극한을 구하는 과정을 서술하시오.

국어[자연G]

▶ 해설 p.384

※ 다음은 수업 시간에 이루어진 토론의 일부이다. 물음에 답하시오.

사회자: 이번 시간에는 '국가는 공소 시효가 적용되지 않는 범위를 현재보다 확대해야 한다.'라는 논제로 토론을 진행하겠습니다. 찬성 측이 먼저 입론해 주십시오.

찬 성: 저희는 공소 시효가 적용되지 않는 범위를 현재보다 확대해야 한다고 주장합니다. 우리나라는 살인죄, 중대한 성폭력 범죄, 헌정 질서 파괴 범죄 등 일부 범죄를 제외한 대다수의 범죄에 대해서는 공소 시효를 두고 있습니다. 이로 인해 중대한 범죄를 저지른 범죄자가 공소 시효가 지났다는 이유만으로 법적 처벌을 받지 않게 될 수 있습니다. 이는 범죄 피해자의 고통을 가중하는 처사이고, 국민 대다수의 의식에도 위배되는 일입니다. 더욱이 공소 시효만 지나면 처벌을 피할 수 있다는 점을 악용한 자들의 범죄를 양산할 수 있습니다.

사회자: 이번에는 반대 측에서 입론해 주십시오.

반 대: 저희는 국가가 공소 시효가 적용되지 않는 범위를 현재보다 확대할 필요가 없다고 주장합니다. 공소 시효가 적용되지 않는다고 하더라도 증거가 끝내 발견되지 않을 경우에는 범죄자가 처벌을 피할 수 있다는 문제가 여전히 있습니다. 더욱이 공소 시효가 적용되지 않아 계속 수사를 해야 하는 사건이 늘어나면 새로운 사건에 투입될 인력이 줄어드는 만큼 사회적 비용이 증대되는 부작용이 더 클 것입니다.

찬 성: 물론 공소 시효가 적용되지 않는 범위를 확대하면 사회적 이득보다 부작용이 더 클 수 있습니다. 그러나 범죄의 공소 시효가 없어질 경우 해당 범죄의 발생을 억제할 수 있다는 사회적 이득의 크기는 충분히 고려하신 건가요?

반 대: 저희는 공소 시효를 적용하지 않는 것이 해당 범죄의 발생을 억제할 수 있다는 주장을 뒷받침하는 과학적 근거가 있는지를 찾아보았으나 끝내 관련 자료를 확인하지 못했습니다. 따라서 그러한 주장은 자의적 판단에 의해 이루어진 것이라고 생각합니다.

01 〈보기〉는 제시문의 '반대' 측 주장의 내용을 정리한 것의 일부이다. 〈보기〉의 ①, ②에 해당하는 문장을 제시문에서 찾아 각각의 첫 어절과 마지막 어절을 쓰시오.

〈보기〉
① 찬성 측이 제시한 해결 방안을 채택해도 문제를 해결할 수 없는 경우가 있다.
② 찬성 측이 제시한 질문에 내포된 전제가 객관적 근거에 의해 뒷받침되지 않으므로 타당하지 않다.

① 첫 어절: _______________________, 마지막 어절: _______________________

② 첫 어절: _______________________, 마지막 어절: _______________________

※ 다음 글을 읽고 물음에 답하시오.

　같은 원소로 이루어져 있지만 물리 및 화학적 성질이 다른 물질을 동소체라고 한다. 물질을 구성하는 원자의 종류는 같지만 동소체의 특성이 각각 다른 이유는 원자의 결합 방식이나 배열된 형태가 다르기 때문이다. 원자의 결합 방식 중 두 개 이상의 원자가 서로 전자를 공유하여 전자쌍으로 형성되는 화학 결합을 공유 결합이라고 한다. 공유 결합은 공유하는 전자쌍의 수에 따라 단일 결합, 이중 결합, 삼중 결합 등으로 분류할 수 있다.

　단일 결합은 한 쌍의 전자를 공유하는 형식의 결합이다. 전자의 정확한 위치를 측정할 수 없고, 원자핵 주위에서 전자가 발견될 확률을 나타내는 공간 영역, 즉 전자가 어떤 공간을 차지하고 있는지를 나타내는 확률 궤도 함수인 오비탈로 규정되는 영역 내에 존재한다. 단일 결합은 일반적으로 시그마 결합이며, 이는 결합에 참여하는 두 원자의 오비탈 영역의 일부분이 두 원자를 연결하는 일직선 축에서 서로 겹쳐지며 형성된 결합으로 가장 단단한 결합이다. 단일 결합에 참여한 전자들은 결합 궤도의 영역에 존재하게 되며 두 원자는 그 전자들을 공유한다.

　이중 결합은 두 개의 원자가 두 쌍의 전자, 즉 전자 4개를 공유하여 형성된 결합이다. 이중 결합은 시그마 결합과 파이 결합, 두 가지 종류의 결합으로 이루어진다. 파이 결합은 시그마 결합과 달리 두 원자의 오비탈 영역이 90도 각도로 측면으로 겹치며 전자를 공유하는 형식의 결합이기에 결합력이 약하다. 또한 파이 결합에 참여하는 전자는 자유 전자처럼 이동이 가능하므로 여러 개의 파이 결합을 가진 분자는 전기 전도성을 갖게 된다. 이중 결합에 참여한 전자쌍도 단일 결합과 마찬가지로 결합 궤도 함수로 표시되는 영역 내에 존재하며, 이때 결합 궤도 함수의 종류는 2개가 된다. 이렇게 동일한 원자라도 결합 형식의 종류가 다를 수 있고, 그것에 따라 형성된 분자 혹은 물질의 성질이 다르게 나타난다.

　가장 흔하게 볼 수 있는 동소체로는 탄소(C) 동소체가 있다. 탄소 동소체인 ㉠다이아몬드와 ㉡흑연은 결합 방식의 차이로 특징이 달라진다. 다이아몬드는 하나의 탄소 원자에 있는 4개 전자가 이웃에 위치한 탄소 원자 4개의 전자를 공유하여 결합을 형성하고 있어서 그 모양은 마치 정사면체와 같다. 이때 형성된 4개의 공유 결합은 모두 단일 결합이며, 모든 탄소 원자들이 시그마 결합으로 결합되어 있기 때문에 다이아몬드는 강도가 높다. 이와 달리 흑연에서 각 탄소들은 이웃에 위치한 탄소 3개와 시그마 결합으로 연결되어 있고, 그중 한 개의 결합은 파이 결합을 동시에 포함한다. 시그마 결합과 파이 결합이 교대로 이어져 있는 흑연은 그런 이유로 전기 전도성을 갖는다. 결국 흑연과 다이아몬드의 특성 차이는 결합 형식에서 비롯된다.

　흑연은 탄소 원자들이 6각형의 모양을 이루고 있는데 이것이 연속되어 있으므로 마치 벌집의 형태와 유사하다. 흑연은 벌집 모양의 평면이 여러 겹으로 쌓여 수많은 층을 이루고 있는 형태이다. 하나의 층에서 탄소 원자들은 공유 결합을 하고 있어서 결합력이 매우 강하다. 그러나 층과 층 사이는 공유 결합이 아닌 분자 간의 인력이기 때문에 그것의 결합력은 매우 약하다. 따라서 다이아몬드와 달리 각 층이 분리되는 것이 어렵지 않다. 이때 한 개로 분리된 층은 층이 여러 개 쌓여 있을 때와는 다른 특성을 가진다. 흑연에서 분리된 한 층을 그래핀이라고 하며, 그래핀이 원통 형태로 둥글게 말려 있는 모양의 물질을 탄소 나노 튜브라고 한다. 그래핀과 탄소 나노 튜브는 흑연처럼 전기 전도성을 가지면서도 높은 열전도율이나 강한 강도를 가지는 등 흑연과는 다른 특성을 보이며 신소재로 각광받고 있다.

02 〈보기〉는 제시문을 읽고 ㉠과 ㉡을 이해한 것이다. 〈보기〉의 ①, ②에 들어갈 적절한 말을 제시문에서 찾아 쓰시오.

<보기>

　㉠과 ㉡은 모두 탄소 원자 간의 공유 결합에 의해 형성된다는 점에서 공통적이다. 하지만 ㉡은 ㉠에 비해 강도가 낮은데, 그 이유 중 하나는 ㉠과 ㉡이 가지고 있는 공유 결합 방식이 다르기 때문이다. ㉠은 공유하는 전자쌍의 수에 따른 공유 결합의 종류 중, (　①　) 결합만으로 이루어져 있는 것에 반해, ㉡은 (　①　) 결합뿐만 아니라 (　②　) 결합도 포함하고 있기 때문이다.

① _______________________________________

② _______________________________________

※ 다음 글을 읽고 물음에 답하시오.

　공간은 사물이 존재하는 장소라는 의미만 있는 것으로, 그 자체로는 무력하고 텅 빈 곳으로 인식되었다. 그러나 회화와 조각, 소설과 연극, 철학과 심리학 이론들이 공간이 지닌 구성적인 기능에 주목하면서 지금까지는 무의미하게 여겨졌던 공간이 충만하고 능동적이며 창조성을 지닌 유의미한 공간으로 재인식되었다. 기존 견해를 따르는 미술 비평가들은 공간과 관련하여 회화의 제재를 긍정적 공간, 배경을 부정적 공간이라 불렀다. 그런데 재인식된 공간은 배경 그 자체가 다른 요소들과 마찬가지의 중요성을 지닌 것으로 긍정적이고 적극적인 기능이 있음을 의미한다는 점에서 '긍정적 부정 공간'이라고 부를 수 있다.

　회화에서 공간은 입체파에 이르러 하나의 구성적 요소로서 완전히 자리 잡았다. ㉠브라크는 공간에 대상과 동일한 색, 질감, 실질성을 부여하고, 공간과 대상을 거의 구별할 수 없게 뒤섞어 버렸다. 브라크는 입체파의 매력에 대해 자신이 감각한 새로운 공간을 구현하는 것이라고 언급하였다. 자연 안에서 '감촉할 수 있는 공간'을 발견한 그는 대상 주변에서 느껴지는 움직임, 지형에 대한 느낌, 사물들 사이의 거리를 표현하고자 했다.

　회화에서 대상과 공간의 관계는 음악에서 소리와 침묵의 관계로 치환해 볼 수 있다. 음악에서 침묵은 소리와 리듬을 인식하기 위한 요소이다. 음악사 전반에 걸쳐서 침묵이 중요한 의미를 지녀 온 것은 사실이지만, 기존의 음악에서 침묵은 일반적으로 악장의 끝부분에 놓여 다만 악장과 악장을 구별 지었을 뿐이다. 그런데 침묵의 기능을 강조한 새로운 음악에서는 악절 중간에 갑자기 휴지가 등장함으로써 침묵이 음악 구성에서 더욱 강력한 역할을 수행하게 만들었다.

　현대 음악의 작곡가들은 사상 유례가 없을 정도로 의식적으로, 그리고 두드러지게 침묵을 사용하기 시작했다. 로저 셰틱은 스트라빈스키의 1910년 작품 〈불새〉의 피날레에는 음악 작품에서 찾아보기 힘든 몇 번의 침묵이 들어 있다고 지적했다. 침묵은 긍정적인 부정적 시간이다. 안톤 폰 베베른은 이러한 침묵의 창조성을 적극적으로 활용한 음악가이다. 그의 작품들은 매우 간결해서 어느 악장도 1분을 넘지 않았다. 그토록 간결한 악장의 연주들이 침묵의 시간과 서로 어울리면서 침묵들로 자주, 그리고 아름답게 장식된다. 어떤 음악 평론가는 베베른의 음악에서 휴지는 정지가 아니라, 리듬을 구성하는 중요한 요소임을 언급하기도 했다.

　공간과 시간에 대한 이러한 재평가는 공간·시간 경험을 주요한 것과 부차적인 것으로 양분하는 뚜렷한 구분 선을 지웠다. 이는 물리학 분야에서는 충만한 물체와 텅 빈 공간 사이에, 회화에서는 제재와 배경 사이에, 음악에서는 소리와 침묵 사이에, 지각에서는 형상과 배경 사이에 그어졌던 절대적 구분 선의 붕괴로 간주될 수 있다. 이처럼 텅 빈 것으로 간주되어 온 것들이 구성 요소의 하나로 기능한다는 인식에는 19세기 후반부터 20세기 초 서구에서 이루어진 정치적 민주주의의 진전, 귀족적 특권의 붕괴, 생활의 세속화 등과 '위계의 평준화'라는 점에서 공통되는 특징이 있었다.

03 〈보기〉는 제시문을 읽고 탐구 활동으로 제시문의 ㉠의 작품을 찾아 감상한 것이다. 〈보기〉의 ①, ②에 들어갈 적절한 말을 제시문에서 찾아 쓰시오.

〈보기〉

이 그림은 ㉠의 〈바이올린과 물병이 있는 정물〉이다. 이 그림의 주요 제재는 바이올린이고 석고, 유리, 나무, 종이, 공간 등은 바이올린의 주변을 둘러 싼 배경을 이루고 있다. 그런데 이 그림에서 특징적인 것은 바이올린의 목 부분은 나름대로 윤곽이 남아 있지만 몸통은 여러 부분들로 조각나 대상만큼이나 강조되고 있는 공간과 섞여 있다는 점이다. 이 그림에서 석고, 유리, 나무 종이, 공간은 모두 유사한 형태의 흐름 속에 표현되어 있기 때문에 대상인 바이올린과 공간을 확실히 구별하기가 어렵다. 브라크는 "파편화시킴으로써 저는 공간과 공간 안의 움직임을 확실히 표현할 수 있었으며 공간을 창조해 내고서야 비로소 대상들도 화폭 안으로 끌어들여 표현해 낼 수 있었습니다."라고 이야기했는데, 브라크는 바이올린의 일부, 석고, 유리, 나무 등을 파편화시킴으로써 새로운 공간을 창조해 낸 것이라 할 수 있다. 음악에 대한 전통적 관점에서 이 그림의 바이올린은 음악의 (①   )(으)로, 석고, 유리, 나무, 종이, 공간 등은 음악의 (②   )(으)로 치환되어 이해될 수 있다. ㉠이 이 그림에서 새로운 공간을 창조해 낸 것처럼, 현대 음악에서는 안톤 폰 베베른의 사례에서 볼 수 있는 것과 같이 (②   )을/를 창조적으로 사용하여 새로운 아름다움을 표현해 내기도 한다.

①　________________________________

②　________________________________

※ 다음 글을 읽고 물음에 답하시오.

조세 제도를 활용하여 소득 격차를 줄이는 다른 방법으로 ㉠부(負)의 소득세 제도가 있다. 부의 소득세 제도는 소득이 일정 수준 이하인 경우 정부가 세금을 거두는 것이 아니라 오히려 보조금을 지급하는 제도로, 누진세 제도의 논리적 연장이라고 볼 수 있다. 누진세는 소득이 높아질수록 세율이 더 높아지는데, 이를 반대로 생각해 보면 소득이 낮아질 때는 세율도 함께 낮아지므로 나중에는 음(−)의 값을 가질 수도 있다는 말이 된다. 이는 정부가 소득이 낮은 사람들에게 세금을 걷는 것이 아니라 오히려 돈을 건네주어야 한다는 것을 뜻한다. 예를 들어 정부가 가난한 사람에게 보장하는 최소한의 한 달 소득이 30만 원이면 한 달 소득이 0원인 사람에게는 한 달에 30만원의 보조금이 지급된다. 그리고 소득이 늘어 갈수록 보조금은 일정한 비율로 줄어든다. 소득이 1만 원 증가할 때마다 보조금을 5천 원씩 줄여 간다고 하면 소득이 10만 원인 사람은 정부로부터 25만 원의 보조금을 받게 되는 것이다. 따라서 이 사람이 소비할 수 있는 총금액인 처분 가능 소득은 한 달에 35만 원이 된다. 이런 추세가 계속 이어져서 이 사람의 한 달 소득이 60만 원에 이르면 정부는 더 이상 보조금을 지급하지 않는다. 즉 스스로 번 소득이 한 달에 60만 원 이하인 경우에만 정부의 보조금을 받을 수 있는 것이다. 부의 소득세 제도는 정부의 보조금을 받는 사람이 떳떳하게 이를 받을 수 있다는 장점이 있다. 누진세 제도에서 소득이 높을수록 더 많은 세금을 내는 것처럼, 부의 소득세 제도에서는 소득이 낮을수록 더 많은 보조금을 받을 권리가 생긴다고 말할 수 있기 때문이다. 하지만 부의 소득세 제도를 시행하기 위해서는 높은 사회적 비용이 들고, 빈곤의 원인을 근본적으로 치유하는 것이 아니라 단지 빈곤의 증상을 완화해 주는 데 그친다는 한계도 있다.

04 〈보기1〉은 제시문의 ㉠의 한 사례를 그래프로 나타낸 것이고, 〈보기2〉는 제시문을 바탕으로 〈보기1〉에 대한 탐구 활동을 실시한 것이다. 〈보기2〉의 ①~③에 들어갈 적절한 숫자를 쓰시오.

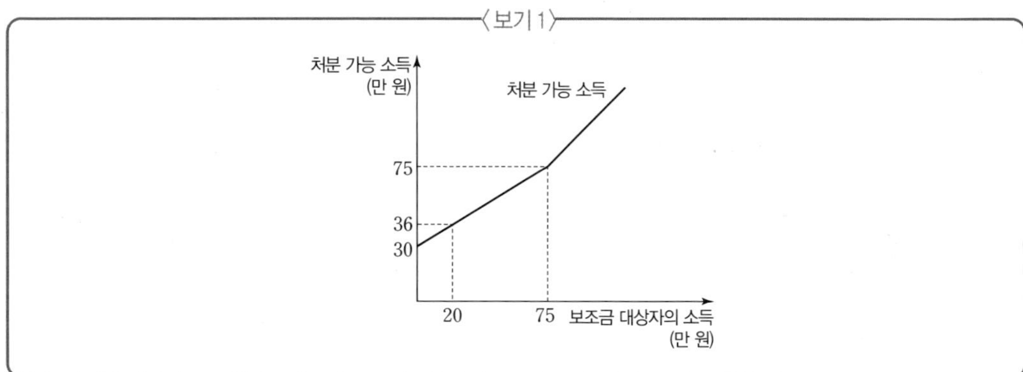

〈보기2〉

　〈보기1〉 상황에서 소득이 0원인 보조금 대상자 A의 처분 가능 소득은 (①)만 원이다. 만약 A의 소득이 20만 원이 되면 처분 가능 소득은 36만 원이 되므로, 이때 A가 받는 보조금은 (②)만 원임을 알 수 있다. A의 소득이 0원에서 20만 원으로 올라갈 때, A가 지급 받는 보조금은 (③)만 원이 줄어들게 된다.

① ________________________________

② ________________________________

② ________________________________

※ 다음 글을 읽고 물음에 답하시오.

세월은 또 한 고비 넘고
잠이 오지 않는다
꿈결에도 식은땀이 등을 적신다
몸부림치다 와 닿는
둘째 놈 애린 손끝이 천 근으로 아프다
세상 그만 내리고만 싶은 나를 애비라 믿어
이렇게 잠이 평화로운가
바로 뉘고 이불을 다독여 준다
이 나이토록 배운 것이라곤 원고지 메꿔 밥 비는 재주
쫓기듯 붙잡는 원고지 칸이
마침내 못 건널 운명의 강처럼 넓기만 한데
달아오른 불덩어리
초라한 몸 가릴 방 한 칸이
망망천지에 없단 말이냐
웅크리고 잠든 아내의 등에 얼굴을 대본다
밖에는 바람 소리 사정없고
며칠 후면 남이 누울 방바닥
잠이 오지 않는다

― 김사인, 「지상의 방 한 칸―박영한 님의 제(題)를 빌려」

05 〈보기〉는 제시문에 대한 해설의 일부이다. 〈보기〉의 ㉠이 시적 화자의 구체적인 행동으로 나타난 시행 두 개를 제시문에서 찾아 각각의 첫 어절과 마지막 어절을 쓰시오.

〈보기〉

　　이 시는 글 쓰는 일만으로 가족의 생계를 부담해야 하는 가난한 가장인 화자의 비애감을 읊은 작품이다. 화자는 며칠 후면 비워 줘야 하는 방에서 깊은 시름으로 잠을 이루지 못한다. 화자의 이러한 비애감은 비유와 설의적 표현 등을 통해 드러나고 있다. 이 시에는 화자가 느끼는 비애감뿐만 아니라, ㉠잠든 가족을 바라보며 화자가 느끼는 가족에 대한 연민과 애정도 표현되어 있다. 이러한 가족에 대한 연민과 애정의 감정은 '가난으로 인한 고통으로 잠 못 드는 가장의 비애'라는 이 시의 주제를 더욱 부각시키는 효과를 가져온다.

① 첫 어절: _______________________, 마지막 어절: _______________________

② 첫 어절: _______________________, 마지막 어절: _______________________

※ 다음 글을 읽고 물음에 답하시오.

[앞부분 줄거리] 유백로는 소상 죽림에서 조은하를 만나 인연을 맺는다. 유백로가 장성하자 병부 상서가 유백로를 사위로 맞으려 하지만 거절당하고, 최국양도 조은하를 며느리로 삼으려 하지만 거절당한다. 조은하를 찾는 데 실패한 유백로는 병이 들어 벼슬에서 물러났다가, 오랑캐 가달이 쳐들어오자 원수가 되어 출전한다. 전장에 나간 유백로는 최국양의 모함으로 가달에게 붙잡히는데, 이때 조은하가 가달을 물리치고 유백로를 구출하기 위해 대원수로 출전한다.

대원수가 말에서 내려 하늘에 절하고 주문을 외워 백학선을 사면으로 부치니 천지 아득하고 뇌성벽력이 진동하며, 무수한 신장(神將)이 내려와 돕는지라. 저 가달이 아무리 용맹한들 어찌 당하리오? 두려워하여 일시에 말에서 내려 항복하니 대원수가 가달과 마대영을 당하(堂下)에 꿇리고 크게 꾸짖어,

"네가 유 원수를 지금 모셔 와야 목숨을 용서하려니와, 그렇지 않은즉 군법을 시행하리라."

하니, 가달이 급히 마대영에게 명하여 유 원수를 모셔 오라 하거늘 마대영이 급히 달려 유 원수의 곳에 나아가 고하기를,

"원수는 소장(小將)이 구함이 아니런들 벌써 위태하셨을 터이오니, 소장의 공을 어찌 모르소서."

하고 수레에 싣고 몰아가거늘, 유 원수가 아무것도 모르고 당하에 다다르니, 일위 소년 대장이 맞아 이르기를,

"장군이 대대 명가 자손으로 이렇듯 곤함이 모두 운명이라, 안심하여 개의치 마소서."

하거늘 유 원수가 눈을 들어 본즉 이는 평생에 전혀 알지 못하는 사람이라. 손을 들어 칭찬하며 이르기를,

"뉘신지는 모르거니와 뜻밖에 죽어 가는 사람을 살려, 본국의 귀신이 되게 하시니 백골난망(白骨難忘)이오나, 이제 전쟁에서 패배한 장수가 되어 군부(軍府)를 욕되게 하오니, 무슨 면목으로 군부를 뵈오리오. 차라리 이곳에서 죽어 죄를 갚을까 하나이다."

대원수가 재삼 위로하기를,

"장수 되어 일승일패(一勝一敗)는 병가상사(兵家常事)이오니, 과히 번뇌치 마소서."

유 원수가 예를 갖추어 인사하더라.

가달과 마대영을 수레에 싣고 회군(回軍)할새, 먼저 승전한 첩서(捷書)를 올리고 승전고(勝戰鼓)를 울리며 행할새, 유 원수가 부끄러워하는 기색이 가득한 것을 보고 대원수가 묻기를

"장군이 이제 사지(死地)를 벗어나 고국으로 돌아오시니, 만행(萬幸)이거늘 어찌 이렇듯 수척하시뇨?"

유 원수가 차탄(嗟歎)하여 이르기를,

"소장이 불충불효한 죄를 짓고 돌아오니 무엇이 즐거우리이까? 원수가 이렇듯 유념하시니 황공(惶恐) 불안하여이다."

대원수가 짐짓 묻기를,

"들자온즉 원수가 일개 여자를 위하여 자원 출전하셨다 하오니, 이 말이 옳으니잇가?"

유 원수가 부끄러워하며 대답이 없거늘, 대원수가 또 가로되,

"장군이 이미 노중에서 일개 여자를 만나, 백학선에 글을 써 주었던 그 여자가 장성하매 백년을 기약하나, 임자를 만나지 못하매, 사면으로 찾아 서주에 이르러 장군의 비문을 보고 기절하여 죽었다 하니, 어찌 애석하지 않으리오?"

유 원수가 듣고 비참하여 탄식하기를,

"소장이 군부에게 욕을 끼치고, 또 여자에게 원한을 쌓게 하였으니, 차라리 죽어 모르고자 하나이다."

대원수가 미소하고 백학선을 내어 부치거늘, 유 원수가 이윽히 보다가 묻기를,

"원수가 그 부채를 어디서 얻었나이까?"

대원수가 가로되

"소장의 조부께서 상강 현령으로 계실 때에 용왕을 현몽(現夢)하고 얻으신 것이니이다."

유 원수가 다시 묻지 아니하고 내심 헤아리기를 '세상에 같은 부채도 있도다.'하고 재삼 보거늘 대원수가 이를 보고 참지 못하여,

"장군이 정신이 가물거려 친히 쓴 글씨를 몰라보시는도다."

– 작자 미상, 「백학선전」

06 〈보기〉는 제시문에 대한 해설의 일부이다. 제시문에서 〈보기〉의 ㉠에 해당하는 적절한 단어를 찾아 쓰고, ㉡에 해당하는 적절한 문장을 찾아 첫 어절과 마지막 어절을 쓰시오.

〈보기〉

　　고전 소설에서는 남녀 간의 결연의 증거로 ㉠'징표(徵標)'를 주고받는 경우가 많다. 징표는 다양한 서사적 기능을 하는데, 하늘의 권위나 사대부 가문의 위상을 상징함으로써 징표를 주고받는 사람들이 그것을 소중하게 간직하도록 하는 경우가 많다. 이러한 징표는 인물들의 만남이 일회성에 그치지 않고 지속적인 인연이 되는 것을 매개하는 경우가 있는데, 서로가 떨어져 있는 상황에서도 절개를 지키며 서로 간의 약속을 잊지 않게 하거나 서로의 정체를 확인하게 하는 기능을 한다. 한편 ㉡징표가 신이한 능력을 지니고 있어 관련 인물이 위기에 처했을 때 시련을 극복할 수 있게 도움을 주는 경우도 있다.

① ㉠에 해당하는 단어: ___________________________

② ㉡에 해당하는 문장:

　　첫 어절: ___________________________, 마지막 어절: ___________________________

수학[자연G]

▶ 해답 p.385

07 $\log_{(-x)}(-2x^2-7x+15)$가 정의되기 위한 모든 정수 x의 값의 합을 구하는 과정을 서술하시오

08 함수 $f(x)=2\sin\left(\dfrac{3\pi}{2}+x\right)\cos(x+\pi)+\sin(\pi-x)+1$의 최댓값을 M, 최소값을 m이라 할 때, $M+m$의 값을 구하는 과정을 서술하시오.

09 모든 항이 자연수이고 첫째항이 4인 수열 $\{a_n\}$이 모든 자연수 n에 대하여

$$a_{n+2}=\begin{cases} a_{n+1}+a_n & (a_{n+1}\text{이 3의 배수가 아} \\ & \text{닌 경우}) \\[2mm] \dfrac{a_{n+1}}{3} & (a_{n+1}\text{이 3의 배수인 경우}) \end{cases}$$

를 만족시킨다. $a_6=9$, $a_5=5$일 때, $a_k>a_2$를 만족시키는 30 이하의 자연수 k의 개수를 구하는 다음의 풀이 과정을 완성하시오.

> 수열 $\{a_n\}$의 $a_7=\boxed{①}$ 이다. a_4, a_3, a_2는 각각 $\boxed{②}$ 이고,
>
> $a_n=a_{n+5}(n\geq2)$이다. a_3, a_4, a_5, a_6, a_7의 값 중에서 a_2보다 큰 값은 $\boxed{③}$ 이므로,
>
> 30 이하의 자연수 k의 개수는 $\boxed{④}$ 이다.

10 다항함수 $f(x)=x^3-2ax^2+x+3$이 일대일 함수일 때, 실수 a의 최댓값을 구하는 과정을 서술하시오.

11 자연수 n에 대하여 $6\log_8\!\left(\dfrac{7}{3n+17}\right)$의 값

이 정수가 되도록 하는 100 이하의 모든 n의

값을 구하는 다음의 풀이 과정을 완성하시오.

> $6\log_8\!\left(\dfrac{7}{3n+17}\right)$이 정수가 되려면
>
> $\left(\dfrac{7}{3n+17}\right)^{2}=2^{m}\,(m\text{은 정수})\ \cdots\cdots\ \text{㉠}$이어야
>
> 한다. 이때 $3n+17$은 7의 배수가 되어야 하
>
> 므로 $n=7k-1$ (k는 $1\le k\le\boxed{\ \ ①\ \ }$인
>
> 자연수)이어야 한다. $n=7k-1$을 ㉠에 대입
>
> 하면 $\left(\dfrac{1}{3k+2}\right)^{2}=2^{m}$이며, 이 식을 성립시키
>
> 기 위해서는 $3k+2$는 2의 거듭제곱이어야 한
>
> 다.
>
> 위의 조건을 만족시키는 자연수 k의 값을 구
>
> 하면 $k=\boxed{\ \ ②\ \ }$ 또는 $k=\boxed{\ \ ③\ \ }$이다.
>
> 따라서 모든 n의 값의 합은 $\boxed{\ \ ④\ \ }$이다.

12 곡선 $y=ax^{3}-2x\,(a>0)$과 원 $x^{2}+y^{2}=$

$\dfrac{1}{18}$의 서로 다른 교점의 개수가 4가 되도록

하는 모든 a의 값을 구하는 과정을 서술하시

오.

13 수직선 위를 움직이는 점 P의 시각 $t\,(t\geq0)$ 에서의 속도 $v(t)$가 $v(t)=3t^2-18t+k$ 이다. 시각 $t=0$에서의 점 P의 위치는 1이고 시각 $t=1$에서의 점 P의 위치는 17이다. 점 P가 시각 $t=0$에서 $t=3$까지 움직인 거리를 구하는 과정을 서술하시오. (단, k는 상수이다.)

14 첫째항이 정수이고 모든 항이 서로 다른 등비수열 $\{a_n\}$에 대하여 두 집합 A, B는 다음과 같다.

> (가) $A=\{a_k^2\,|\,a_k$는 수열 $\{a_n\}$의 항, k는 $1\leq k\leq10$인 자연수$\}$
>
> (나) $B=\{(-1)^{k+1}a_k\,|\,a_k$는 수열 $\{a_n\}$의 항, k는 $1\leq k\leq10$인 자연수$\}$

집합 A의 원소를 큰 수부터 차례로 $\alpha_1, \alpha_2, \alpha_3, \cdots, \alpha_{10}$이라 하고, 집합 B의 원소를 큰 수부터 차례로 $\beta_1, \beta_2, \beta_3, \cdots, \beta_{10}$이라 하자. $\dfrac{\alpha_1}{\alpha_2}=\left(\dfrac{\beta_1}{\beta_2}\right)^2$, $\beta_2=2$, $\dfrac{\alpha_1-\alpha_2}{\beta_1-\beta_2}=5$일 때, $\alpha_2\times\beta_3$의 값을 구하는 과정을 서술하시오.

15 양의 실수 t에 대하여 직선 $y=-t$가 두 함수 $y=\dfrac{5}{x-3}$, $y=-\dfrac{2}{x-3}$의 그래프와 만나는 점을 각각 A, B라 하고, 직선 $y=t$가 두 함수 $y=\dfrac{1}{x}-2$, $y=-\dfrac{3}{x}-2$의 그래프와 만나는 점을 각각 C, D라 하자. 사각형 ABCD의 넓이를 $f(t)$라 할 때, $\lim\limits_{t\to\infty}f(t)$의 값을 구하는 과정을 서술하시오.

2024학년도
가천대
논술 모의고사

A형   B형

국어[A형]

2024학년도 모의고사

▶ 해답 p.388

※ 다음은 상담 전문가의 강연이다. 물음에 답하시오.

안녕하세요. 저는 상담 전문가 ○○○입니다. 오늘은 갈등을 증폭시키지 않고 갈등을 해결할 수 있는 '나–전달법'에 대해 이야기해 볼까 합니다.

'나–전달법'이란 '나'를 주어로 하여 자신의 생각과 감정을 솔직하게 표현하는 방식입니다. 상대방의 행동에 초점을 맞추어 의사소통하는 방식을 '너–전달법'이라고 하는데, 너–전달법은 '너'를 주어로 하기 때문에 상대방의 행동에 대해 비난하고 평가하게 되어 갈등 해결에 도움이 되지 못하는 경우가 많습니다. 반면 나–전달법은 상대방의 기분을 상하지 않게 하면서 자신의 의사를 분명하게 전달할 수 있어 갈등 상황에서 서로를 이해하고 문제를 해결하는 데 도움이 됩니다.

나–전달법은 자신의 감정과 경험을 표현하는 방법으로 '사건, 감정, 기대'로 메시지를 구성해 전달합니다. 자신이 문제로 인식한 상대방의 행동이나 상황을 사건이라고 하는데, 감정에서는 이런 사건만을 대상으로 삼아 이에 대한 자신의 감정을 솔직하게 이야기하는 것입니다. 그리고 기대에서는 그러한 감정을 반복적으로 경험하지 않기 위해 자신이 바라는 상대방의 행동이나 상황을 이야기하는 것입니다.

[A] 나–전달법을 사용할 때 주의해야 할 점이 있습니다. 먼저 사건을 언급할 때에는 문장의 주어를 '나'로 해야 합니다. 그래야 상대방이 부정적인 문장의 주어가 되지 않아 상대방의 반발심을 줄일 수 있기 때문입니다. 그리고 감정을 솔직하게 표현하지 못하거나, 분노의 감정을 표출하거나, 명령을 하는 경우에는 너–전달법처럼 갈등 해결에 도움이 안 됩니다. 끝으로 기대를 표현할 때는 상대방이 들어줄 수 있는 수준에서 구체적으로 이야기해야 자신이 원하는 바를 얻을 수 있습니다.

01 〈보기〉는 위 강연을 들은 청자의 반응이다. ㉠에 들어갈 적절한 말을 제시문에서 찾아 쓰고, ㉡의 표현 효과를 [A]에서 찾아 첫 어절과 마지막 어절을 순서대로 쓰시오.

〈보기〉

어제 민수가 도서관에서 떠들었을 때, "민수야, 너는 왜 도서관에서 공부하지 않고 떠들기만 하니? 공부를 하지 못해 내일 시험을 망치면 나는 너를 원망하게 될 거야. 그러니 민수야, 친구와 할 얘기가 있으면 도서관에 오지 마."라고 했어.

앞으로는 [㉠]–전달법'에 따라 "㉡내가 공부하고 있는데 떠드는 소리에 공부에 집중이 되지 않아. 내가 공부를 하지 못해 내일 시험을 망칠까 봐 걱정이 돼. 그러니 민수야, 친구와 할 얘기가 있으면 휴게실에 가서 했으면 좋겠어."라고 말을 해야겠어.

① ㉠: _______________________________

② 첫 어절: _______________________, 마지막 어절: _______________________

※ 다음 글을 읽고 물음에 답하시오.

　민사 소송법은 재판이 정당하게 이루어져야 한다는 공정성과 함께 소송 절차가 신속하고 효율적으로 진행되어야 한다는 경제성이라는 이상을 추구한다. 재판이 공정해야 함은 말할 것도 없지만, 공정함만 추구하다 보면 재판의 진행이 더디게 되어 재판을 통해 달성하고자 한 소송 목적을 충분히 달성할 수 없는 경우가 발생할 수 있다. 그래서 재판이 신속하고 경제적으로 진행되는 것도 중요하다. 소송 당사자 중 한쪽이 출석하지 않았을 때, 신속한 재판 진행을 위해 그 사람이 제출한 소장, 답변서, 준비 서면 등을 진술 내용으로 갈음한다. 소송 당사자가 변론 기일에 출석하지 않고 진술을 대체할 서류도 제출하지 않은 경우에는 변론할 의사가 없는 것으로 간주하고 재판을 진행한다. 그리고 ㉠시효라는 제도를 두어서 소송 사건에 대해 소를 제기할 수 있는 제소 기간을 정해 두고 있다. 시효는 일정한 사실 상태가 오래 계속된 경우에 그 상태가 진실한 권리관계*와 합치하느냐 여부를 묻지 않고 사실 상태를 그대로 존중하여 그 권리관계로 인정하는 제도이다. 사건 발생 이후 해당 제소 기간이 지나면 옳고 그름을 불문하고 누구도 해당 사건에 대해 더 이상 소를 제기할 수 없도록 한 것이다. 이는 분쟁이 발생한 이후 소송을 제기할 수 있는 기간에 제한을 두지 않을 경우 소송 진행의 효율성이 떨어지고 소송 당사자들의 권리관계가 장기간 불안정해지는 문제가 있기 때문이다.

　조선 시대에도 이와 유사한 취송 기한, 정소 기한이 있었다. '취송 기한(就訟期限)'은 소를 제기한 후 소송의 당사자가 불출석한 경우, 일정 기간 동안 출석하지 않는 당사자는 패소시키고 성실히 출석해 대기한 당사자에게 사리의 옳고 그름을 더 이상 따지지 않고 승소하게 해 주는 제도이며, '친착 결절법(親着決折法)'이라고도 불렀다. '정소 기한(呈訴期限)'은 사적인 권리를 침해당하였을 때 소장을 제출할 수 있는 법정 기한을 말한다. 『경국대전(經國大典)』「호전(戶典)」 전택조(田宅條)에서 이 규정을 확인할 수 있다. 소송 대상 중 가장 분쟁이 빈번했던 재산인 토지, 주택, 노비 등에 관한 소송은 분쟁 발생 시기부터 5년 내에 소를 제기해야만 하며 5년을 넘길 시에는 재판의 기초가 되는 사실 관계 등을 심사하는 사건 심리는 물론 소장 접수조차 불가능했다. 또한 소장을 제출, 접수했더라도 그로부터 5년 동안 소송에 임하지 않을 때에도 심리하지 않고 기각했다.

*권리관계: 권리와 의무 사이의 법률관계.

02 〈보기〉는 제시문을 읽고 ㉠을 정리한 것이다. 〈보기〉의 ①, ②에 들어갈 적절한 말을 제시문에서 찾아 쓰시오.

> ───────〈보기〉───────
>
> ㉠은 민사 소송이 추구하는 이상 중 (①   )을/를 실현하기 위한 장치로서 조선 시대에는 ㉠과 유사한 제도로 (②   )이/가 있었다.

①: ________________________   ②: ________________________

※ 다음 글을 읽고 물음에 답하시오.

　같은 원소로 이루어져 있지만 물리 및 화학적 성질이 다른 물질을 동소체라고 한다. 동소체의 특성이 각각 다른 이유는 원자의 결합 방식이나 배열된 형태가 다르기 때문이다. 원자의 결합 방식 중 두 개 이상의 원자가 서로 전자를 공유하여 전자쌍으로 형성되는 화학 결합을 공유 결합이라고 한다. 공유 결합은 공유하는 전자쌍의 수에 따라 단일 결합, 이중 결합, 삼중 결합 등으로 분류할 수 있다.

　단일 결합은 한 쌍의 전자를 공유하는 형식의 결합이다. 전자의 정확한 위치를 측정할 수 없고, 원자핵 주위에서 전자가 발견될 확률을 나타내는 공간 영역, 즉 전자가 어떤 공간을 차지하고 있는지를 나타내는 확률 궤도 함수인 오비탈로 규정되는 영역 내에 존재한다. 단일 결합은 일반적으로 시그마 결합이며, 이는 결합에 참여하는 두 원자의 오비탈 영역의 일부분이 두 원자를 연결하는 일직선 축에서 서로 겹쳐지며 형성된 결합으로 가장 단단한 결합이다. 단일 결합에 참여한 전자들은 결합 궤도의 영역에 존재하게 되며 두 원자는 그 전자들을 공유한다.

　이중 결합은 두 개의 원자가 두 쌍의 전자, 즉 전자 4개를 공유하여 형성된 결합이다. 이중 결합은 시그마 결합과 파이 결합, 두 가지 종류의 결합으로 이루어진다. 파이 결합은 시그마 결합과 달리 두 원자의 오비탈 영역이 90도 각도로 측면으로 겹치며 전자를 공유하는 형식의 결합이기에 결합력이 약하다. 또한 파이 결합에 참여하는 전자는 자유 전자처럼 이동이 가능하므로 여러 개의 파이 결합을 가진 분자는 전기 전도성을 갖게 된다.

　가장 흔하게 볼 수 있는 동소체로는 탄소(C) 동소체가 있다. 탄소 동소체인 ㉠다이아몬드와 ㉡흑연은 결합 방식의 차이로 특징이 달라진다. 다이아몬드는 하나의 탄소 원자에 있는 4개 전자가 이웃에 위치한 탄소 원자 4개의 전자를 공유하여 결합을 형성하고 있어서 그 모양은 마치 정사면체와 같다. 이때 형성된 4개의 공유 결합은 모두 단일 결합이며, 모든 탄소 원자들이 시그마 결합으로 결합되어 있기 때문에 다이아몬드는 강도가 높다. 이와 달리 흑연에서 각 탄소들은 이웃에 위치한 탄소 3개와 시그마 결합으로 연결되어 있고, 그중 한 개의 결합은 파이 결합을 동시에 포함한다. 시그마 결합과 파이 결합이 교대로 이어져 있는 흑연은 그런 이유로 전기 전도성을 갖는다. 결국 흑연과 다이아몬드의 특성 차이는 결합 형식에서 비롯된다.

03 〈보기〉는 제시문의 내용을 정리한 것이다. 〈보기〉의 ①과 ②에 들어갈 적절한 말을 제시문에서 찾아 쓰시오.

〈보기〉

㉠과 ㉡은 모두 탄소 원자 간의 공유 결합이 나타난다는 점에서는 공통적이다. 하지만 (①   )의 차이로 인해 강도, 전기 전도성 등에서 ㉠과 ㉡은 다른 특성을 보인다. ㉡은 ㉠과 달리 (②   ) 결합이 나타나기 때문에 전자가 자유롭게 이동하는 것이 가능하다.

---

①: ________________________________   ②: ________________________________

※ 다음 글을 읽고 물음에 답하시오.

여승(女僧)은 합장(合掌)하고 절을 했다
가지취*의 내음새가 났다
쓸쓸한 낯이 옛날같이 늙었다
나는 불경(佛經)처럼 서러워졌다

평안도의 어느 산 깊은 금점판*
나는 파리한 여인에게서 옥수수를 샀다
여인은 나어린 딸아이를 때리며 가을밤같이 차게 울었다

섶벌*같이 나아간 지아비 기다려 십 년이 갔다
지아비는 돌아오지 않고
어린 딸은 도라지꽃이 좋아 돌무덤으로 갔다

산(山)꿩도 섧게 울은 슬픈 날이 있었다
산(山)절의 마당귀에 여인의 머리오리*가 눈물방울과 같이 떨어진 날이 있었다

– 백석, 「여승」

*가지취: 산지의 밝은 숲속에서 자라는 참취나물.

*금점(金店)판: 예전에, 주로 수공업적 방식으로 작업하던 금광의 일터.

*섶벌: 나무 섶에 집을 틀고 항상 나가서 다니는 벌.

*머리오리: 낱낱의 머리털.

04 〈보기〉는 제시문에 대한 설명의 일부이다. 〈보기〉의 ㉠, ㉡에 들어갈 적절한 시행을 제시문에서 찾아 쓰시오.

〈보기〉

백석 시 「여승」의 시행 (　㉠　)에는 여인의 처지를 상기시키는 소재를 통해 시적 화자의 감정이 드러나고 있다. 반면 시행 (　㉡　)에서는 현실적인 죽음을 시적 대상으로 형상화하여 감정을 절제하고 비극적 상황을 심화하고 있다. 이처럼 이 시에서 시적 대상과 형상화의 의미를 이해하는 것은 시적 화자의 정서와 언어적 표현과의 관계를 파악하는 데 있어서 중요하다.

---

① ㉠: _______________________________　　　② ㉡: _______________________________

2024학년도 모의고사

수학[A형]

▶ 해답 p.389

05 다항함수 $f(x) = x^3 + 3ax^2 + x$가 일대일 함수일 때 실수 a의 최댓값을 구하는 과정을 서술하시오.

06 $\displaystyle\lim_{x \to -1} \frac{x^2 + ax + b}{x^2 - 1} = \frac{1}{2}$일 때, 상수 a와 b의 값을 구하는 과정을 서술하시오.

07 $\sin(\pi+\theta)=\dfrac{3}{4}$이고 $\sin\left(\dfrac{\pi}{2}+\theta\right)<0$일 때, $\tan\theta$의 값을 구하는 과정을 서술하시오.

08 공차가 0이 아닌 등차수열 $\{a_n\}$에 대하여 $b_n=a_n+a_7$이라 하고, 수열 $\{b_n\}$의 첫째항부터 제 n항까지의 합을 S_n이라고 하자. S_n이 다음 조건을 만족시킬 때, a_5의 값을 구하는 과정을 서술하시오.

> (가) $1\leq n\leq 12$인 모든 자연수 n에 대하여 $S_n=S_{13-n}$이다.
> (나) $S_{15}=60$

2024학년도 모의고사

국어[B형]

▶ 해답 p.390

※ 다음은 장애인 고용 의무 제도에 대한 글이다. 물음에 답하시오.

　장애인 고용 의무 제도는, 직업 생활을 통한 생존권 보장이라는 헌법의 기본 이념을 구현하는 취지에서 장애인에게 다른 사회 구성원과 동등한 노동권을 부여하기 위한 제도이다. 1991년에 처음 시행되었으며 현재는 국가 · 지방 자치 단체 및 50명 이상 공공 기관과 민간 기업을 대상으로, 근로자 총수의 5/100 범위 안에서 대통령령으로 정하는 비율 이상에 해당하는 장애인 근로자를 의무적으로 고용할 것을 규정하고 있다. 그리고 장애인 채용을 장려하기 위해서 의무 고용률 이상 고용한 사업주에 대해서는 규모와 상관없이 초과 인원에 대해 장려금을 지급하고 있다. 이는 장애인으로 하여금 주체적인 삶을 살아가게 하기 위한 경제적 자립의 기반을 마련해 주기 위한 것이다.

　하지만 한국 장애인 고용 공단의 조사 결과를 보면, 2022년 국가 및 지방 자치 단체, 공공 기관의 장애인 고용률은 3.6%, 민간 기업의 장애인 고용률은 3.1% 수준인 것으로 나타났는데, 이는 법에서 정한 장애인 의무 고용률을 겨우 충족한 수준이다. 이처럼 장애인 고용 의무 제도의 대상이 되는 기관들이 장애인 채용에 적극적으로 나서지 않는 것은 문제가 아닐 수 없다.

　기업은 장애인의 고용에 소극적인 태도를 가져서는 안 될 것이다. 그리고 장애인이 일하기 불편하지 않은 직무 환경을 조성하고 장애가 걸림돌이 되지 않는 직무를 개발하여 장애인이 자신의 능력을 발휘할 수 있도록 해야 한다. 또한 정부는 기업들이 장애인 고용에 소극적인 이유를 찾아 그것을 보완할 수 있는 정책을 제시하고, 현행 장애인 고용 의무 제도의 문제를 개선해야 한다. 아울러 고용주를 비롯한 비장애인들이 장애인에 대해 갖고 있는 부정적인 인식을 개선하도록 노력해야 하며, 장애인 직업 교육을 확대하여 장애인의 직무능력을 높이도록 해야 할 것이다.

---

01 〈보기〉는 제시문을 작성하기 전에 수립한 글쓰기 계획의 일부이다. 〈보기〉의 ㉠이 반영된 문장을 제시문에서 찾아 첫 어절과 마지막 어절을 순서대로 쓰시오.

〈보기〉

- 장애인 고용 의무 제도가 도입된 목적과 배경을 밝혀 제도의 취지를 설명한다.
- ㉠장애인 고용 상태를 드러내는 현황을 제시하고 분석하여 독자의 문제의식을 유도한다.
- 장애인에게 직업이 필요한 이유를 밝혀 장애인 고용 의무 제도의 필요성을 부각한다.

① 첫 어절: _________________, ② 마지막 어절: _________________

※ 다음 글을 읽고 물음에 답하시오.

　　선거 방송 보도는 불특정한 대중에게 정치적 메시지를 대량으로 전달할 수 있는 매체라는 점에서 선거 운동의 중요한 도구이다. 선거 방송 보도가 선거 운동에서 중요한 위치를 차지하게 된 이유는 대중에게 쉽게 선거 운동에 대한 정보를 제공할 수 있으며, 대중의 정치의식 수준이 높거나 낮은 것에 영향을 덜 받으면서 강한 영향력을 행사할 수 있기 때문이다. 선거 방송 보도는 선거에 많은 영향을 미친다. 가령 후보자나 정당이 선거 운동의 의제를 만드는 것이 아니라 선거 방송 보도에 따라 의제가 만들어지는 것이 있다. 이는 미디어에 의해 선거 운동 의제가 통제되어 선거에 영향을 미치는 것이다. 선거 방송 보도에는 선거 운동 중에 특정 정치인에 대해 보도하는 것, 부정식 뉴스 보도의 증가, 본질적 이슈 보도 대신에 선거 운동에 대한 보도 증가와 같은 현상들이 나타나며, 이러한 현상과 관련된 선거 방송 보도로는 ㉠개인화 보도, 부정식 보도, 경마식 보도가 있다.

　　개인화 보도는 정치인의 공적 영역뿐 아니라 사적 영역에 대해서도 보도하는 것을 말하는데, 이 보도에서는 정치인 개인에 대한 것은 강조하는 반면에 정당, 조직, 제도에 대한 초점은 감소한다. 개인화 보도에서는 지도적인 위치에 있는 정치인이나 정당 지도자들에 대해 초점을 두는 보도를 지도자화 보도라고 한다.

　　부정식 보도는 특정 정치인이나 정당, 정부 등을 부정적으로 보도하는 것이다. 이러한 보도에서는 불법 부정 선거, 흑색선전, 후보자나 정당의 비리 등을 보도하거나 폭로·비방·갈등 관계와 같은 부정적인 측면을 보도한다. 부정식 보도는 해석적 저널리즘과 결합한 형태로 나타나기도 한다. 해석적 저널리즘은 특정 사안에 대한 사실을 예시로 활용하면서 언론이 그 사안에 대해 분석하고 해석하는 것이다.

　　방송사의 이익을 위한 보도로 경마식 보도가 있다. 경마식 보도란 정치적 쟁점이나 후보자의 자질·능력·도덕성 등 선거에서 중요한 본질적 내용보다는 득표율 예측, 후보자들의 지지율 변화, 선거 운동 전략, 유권자들의 반응, 후보자 간의 연대·통합·갈등 등 흥미적인 요소를 집중적으로 보도하는 방식이다. 경마식 보도는 부정식 보도와 마찬가지로 해석적 저널리즘과 결합한 형태로 잘 나타난다.

02 〈보기〉는 제시문의 내용을 바탕으로 선거 방송 보도의 예시를 정리한 것이다. 〈보기〉의 ①～③에 들어갈 적절한 말을 제시문의 ㉠에서 찾아 쓰시오.

〈보기〉

보도 유형	선거 방송 보도 예시
（　①　）	특정 후보의 비리에 대해 경쟁 후보자 또는 상대측 정당의 입장을 보도하면서 비리 내용을 해석·분석하는 내용을 더한다.
（　②　）	후보들의 지지율 양상, 후보자 간의 토론에 대한 보도 안에 이 보도 주제를 다룬 언론인 또는 뉴스 패널들의 해석을 포함한다.
（　③　）	정치적 이슈의 내용이나 배경 등에 초점을 맞추지 않고, 그 이슈를 놓고 정치 싸움을 벌이는 정치인에게 집중한다.

①: ________________________________　　②: ________________________________

③: ________________________________

※ 다음 글을 읽고 물음에 답하시오.

우리가 일상생활에서 흔히 사용하는 저울은 어떠한 원리로 작동하여 물건의 무게를 측정하는 것일까? 양팔저울과 대저울은 지레의 원리를 응용한다. 양팔저울은 지렛대의 중앙을 받침점으로 하고, 양쪽의 똑같은 위치에 접시를 매달거나 올려놓은 것이다. 한쪽 접시에는 측정하고자 하는 물체를, 다른 한쪽에는 추를 올려놓아 지렛대가 수평을 이루었을 때의 추의 무게가 바로 물체의 무게가 되는 것이다. 그러나 양팔저울은 지나치게 무겁거나 부피가 큰 물체의 무게를 측정하기에는 한계가 있었다. 이런 점을 보완한 저울이 바로 대저울이다. 대저울은 받침점에 가까운 곳에 측정하고자 하는 물체를 걸고 반대쪽에는 작은 추를 걸어 움직여서 지렛대가 평형을 이루는 지점을 찾는 방법으로 물체의 무게를 측정한다. '물체의 무게×받침점과 물체 사이의 거리=추의 무게×받침점과 추 사이의 거리'이므로 받침점으로부터 평형을 이루는 지점을 알면 지레의 원리를 이용하여 물체의 무게를 간단히 계산할 수 있다.

전자저울은 스트레인을 감지하는 장치인 스트레인 게이지가 부착된 무게 측정 소자를 작동 원리로 한다. 무게 측정 소자는 금속 탄성체로 되어 있는데, 전자저울에 물체를 올려놓으면 이 금속 탄성체에는 스트레스에 따라 스트레인이 발생한다. 여기서 스트레스란 단위 면적에 작용하는 힘을 가리키는 것으로 압력과 동일하며, 스트레인이란 스트레스에 의한 길이의 변화량을 가리키는 것으로 길이의 변화량을 변화가 일어나기 전의 길이로 나눈 값이다. 스트레스에 따라 금속 탄성체는 인장 변형이 일어나고 스트레인 게이지에서는 스트레인에 따른 저항 변화가 일어난다. 스트레인은 스트레스의 크기에 비례하고 전기 저항은 그 스트레인에 비례하기 때문이다. 전자저울에서 금속 탄성체는 가해진 스트레스에 대해 일정한 스트레인을 발생시켜야 하는 매우 중요한 부품으로, 시간에 따라 특성이 변하지 않아야 하고 탄성의 한계점이 높아야 한다.

03 〈보기〉는 제시문을 읽고 〈보기1〉의 사례를 분석한 것이다. 〈보기2〉의 ①, ②에 들어갈 적절한 숫자를 쓰시오.

〈보기 1〉

• 대저울의 받침점에서 왼쪽으로 30cm 떨어진 위치에 1kg의 추를 걸어 두고, 받침점에서 오른쪽으로 20cm 떨어진 위치에 물체 ㉮를 걸었을 때, 대저울의 지렛대가 평형을 이루었다.

• 아무런 물체도 올려놓지 않은 전자저울의 금속 탄성체의 길이는 10cm이다. 이 저울에 10kg의 상자 ㉯를 올렸을 때, 금속 탄성체의 길이가 12cm가 되었다. 그리고 상자 ㉯ 위에 물체 ㉰를 올렸을 때, 금속 탄성체의 길이는 13cm가 되었다.

〈보기 2〉

〈보기1〉에서 물체 ㉮의 무게는 (①)kg이고, 물체 ㉰의 무게는 (②)kg이다.

① ________________________________

② ________________________________

※ 다음 글을 읽고 물음에 답하시오.

[앞부분 줄거리] 갱구가 무너진 현장에서 광부 김창호가 국민들과 언론의 뜨거운 관심을 받으며 16일 만에 구출된다. 유명 인사가 된 김창호는 각종 방송 프로그램에 출연하면서 많은 돈을 벌게 된다. 이후 김창호는 가족을 등진 채 유흥에 빠져 지내다 돈을 모두 탕진하게 된다.

김창호: 동진 광업소 동 5 갱에 묻혀 있던 광부 김창호.

홍 기자: 아? 김창호 씨?

김창호: (반갑다) 역시 절 알아보시는군요. 그럴 줄 알았습니다. 모두 참 고마웠지요. 전 정말 잊지 않고 있습니다.

홍 기자: 그런데 뭐 볼일 있수? 나 지금 바쁜데…….

김창호: 절 좀 도와주십시오. 가족을 잃었습니다. 차비도 떨어지고…….

홍 기자: (돌아서서 5천 원짜리 주며) 이거 가지구 가시우, 그리고 아래층 광고부에 가면 거기서 사람 찾는 광고 취급 합니다. 나 바빠서……. (김창호를 무시하고 다시 논문을 본다.)

김창호: 여보시오, 아무리 그래도 날 이렇게 대할 수 있소? 내가 한때는 그래도 영부인한테 초청을 받은 사람이오, 서울시장도 나한테…….

(김창호 멍하니 말을 잃는다. 홍 기자가 논문의 마지막 부분을 읽는 동안 천천히 퇴장한다.)

홍 기자: 결론, 따라서 매스컴이 없으면 하루도 살 수 없는 것이 현대인이다. 매스컴은 20세기적인 종교가 되었고 종래의 어떤 종교나 예술보다 긴요한 현실적 가치로 받아들여지고 있다. 그러나 우리는 그 무한한 기능으로 인해 인간 부재의 매스컴에 이르지 않는가를 부단히 경계하고 자각해야 할 것이다. 매스 커뮤니케이션! 매스컴! 이 얼마나 위대한 단어냐?

(중략)

(카메라가 가운데 설치되고 있다. 구경꾼들 호기심에 카메라 앞에 몰려 있고 경찰은 정리에 바쁘고, 홍 기자 마이크 잡고 방송 준비. 카메라에 라이트 비친다.)

홍 기자: 여기는 강원도 정선군 동민 광업소 사고 현장입니다. 메탄가스 폭발로 인한 사고로 채탄 작업 중이던 광부 34명이 매장됐습니다. 그러나 전원 사망한 것으로 추정된 광부 중 폭발한 갱구 아래 쪽 대피소에 있던 배관공 22세 이호준 씨가 아직 살아 있음이 지상과 연결된 배기 파이프를 통해 확인됐습니다. 지금 보시는 부분이 사고 난 갱구 입구입니다.

(이때 이불 보따리를 멘 김창호 일가 등장한다. 홍 기자, 김창호를 발견한다. 홍 기자 달려온다.)

홍 기자: 김창호 씨, 잠깐만!

(이불 보따리를 벗겨 카메라 앞에 세운다.)

홍 기자: 시청자 여러분! 여러분 기억에도 새로운 매몰 광부 김창호 씨가 이 자리에 나오셨습니다. 지난해 10월 갱구 매몰로 16일간 굴속에 갇혀 있다 무쇠 같은 의지와 강인한 육체로 살아남은 김창호 씨!

(구경꾼들 일제히 김창호 씨에게 시선 주며 박수친다. 김창호 처음에는 머뭇거린다. 웃으며 손을 들어 답례한다.)

홍 기자: 김창호 씨, 어떻게 생각하십니까? 지금 지하 1천 2백 미터 갱내 대피소에 인부들이 갇혀 있습니다. 그 사람이 구출될 때까지 갱내에서 주의할 점은 무엇입니까?

김창호: 예, 먼저 체온을 유지해야 합니다. (신이 났다.) 제 경험으로 봐서 배고픈 건 움직이지 않음 참을 수 있는데 추운 건 견디기 힘듭니다. 전구라도 있으면 안고 있어야 합니다. 배기펌프로 공기도 계속 넣어 줘야 되구요.

(그사이 기자 한 사람 뛰어나와서 홍 기자에게 귀엣말한다. 홍 기자 마이크 뺏어 자기 말을 한다.)

홍 기자: 방금 인부들이 구출되었다고 합니다. 포클레인으로 무너진 흙더미의 한 부분을 들어내어 매몰된 인부들이 모두 그 틈으로 기어 나왔다고 합니다. 이상 지금까지 사고 현장에서 홍성기 기자가 말씀드렸습니다. 참! 싱겁게 끝나는군. 이런 걸 특종이라구 취재하다니, 자, 갑시다.

– 윤대성, 「출세기」

---

04 〈보기〉는 제시문에 대한 설명의 일부이다. 〈보기〉의 ①~③에 들어갈 적절한 말을 제시문에서 찾아 쓰시오.

〈보기〉

「출세기」는 언론이 한 인간을 어떻게 파멸시키는가를 고발하고 있다. 작중 인물 (①   )에 대한 (②   )의 태도 변화는 이러한 언론의 습성을 잘 보여주는데, 이를 도식화하면 다음과 같다.

무너진 갱구에서 16일 만에 구출	→ 기사 소재가 됨 →	관심, 인터뷰
금전적 도움 요청	→ 기사 소재 안 됨 →	무관심
광부 매장 사건 발생	→ 기사 소재가 됨 →	관심, 인터뷰
광부 구출	→ 기사 소재 안 됨 →	무관심

이러한 태도 변화를 통해 작가는 오늘날 대중매체가 갖는 특성을 비판하는데, 이와 같은 현대 사회 대중매체의 특성은 작품 속의 (③   )(이)라는 표현에서 잘 나타나고 있다.

①　________________________________

②　________________________________

③　________________________________

 # 수학[B형]

▶ 해답 p.391

05 x에 대한 부등식

$x^2 - x\log_3(\sqrt{3}n) + \log_3\sqrt{n} \leq 0$을 만족시키는 정수 x의 개수가 1이 되도록 하는 자연수 n의 개수를 구하는 과정을 서술하시오.

06 함수 $f(x)$가 실수 전체의 집합에서 연속이고 모든 실수 x에 대하여 $(x-1)(x-2)$ $f(x) = (x-2)(x^3 + ax + b)$를 만족시킨다. $f(2) = 1$일 때, $f(1)$의 값을 구하는 과정을 서술하시오. (단, a, b는 상수이다.)

07 모든 항이 실수인 등비수열 $\{a_n\}$에 대하여 $a_3 a_4 = \dfrac{5}{4}$, $a_{12} a_{13} = 20$일 때, $a_8{}^2$의 값을 구하는 다음의 풀이 과정을 완성하시오.

> 등비수열 $\{a_n\}$에 대하여 세 수 a_3, ①, a_{13}이 순서대로 등비수열을 이루고, 또한 세 수 a_4, a_8, ② 이 순서대로 등비수열을 이루므로 $a_8{}^4 =$ ③ 이다. 따라서 $a_8{}^2$의 값은 ④ 이다.

08 다항함수 $f(x)$가 모든 실수 x에 대하여
$$\int_1^x f(t)\,dt = x^3 + ax + b$$를 만족시킨다. $f(-1) = 1$일 때, $\displaystyle\int_a^b f(x)\,dx$의 값을 구하는 과정을 서술하시오. (단, a, b는 상수이다.)

2023학년도
가천대
논술 기출문제

자연C   자연D   자연E   자연F

국어[자연C]

▶ 해답 p.393

※ 다음은 학생들의 대화이다. 물음에 답하시오.

학생: 사회 시간에 조별 발표할 보고서를 네가 써 오기로 했잖아. 가지고 왔니?

광기: (보고서를 보여 주며) 각종 통계, 논문, 전문 잡지 등을 활용해서 주제에 대한 근거를 확실하고도 풍부하게 제시했어.

범수: 그런데 각종 자료를 사용하면서 인용 표시를 하거나 원문의 출처를 밝히지 않았네. 네가 한 행위는 저작권 위반에 해당 돼.

광기: 난 별생각 없이 자료를 가져온 건데. 저작권을 위반하는 사례가 많다는 말은 들어 봤지만 정작 내가 한 행동이 저작권을 위반하는 것인지는 생각지 못했네.

희경: 참, 다음번 과제가 민주 시민으로서 준법정신을 고취하기 위한 영상물을 만드는 것이잖아. 우리 저작권을 소재로 영상물을 만들면 어떨까?

광기: 그래. 나처럼 저작권에 대해 잘 인식하지 못하는 사람들도 많을 거야. 영상물로 홍보하면 많은 사람이 저작권에 대해 좀 더 확실히 인식하게 될 수 있을 거야.

범수: 저작권의 개념, 종류, 보호 기간, 위반 사례 등 전반적인 것을 담자.

희경: 저작권에 관한 것을 다 전달하면 정보의 과잉으로 수용자들이 힘들어할 수도 있어. 수용자들이 관심을 가질 만한 것을 중심으로 영상물을 제작하면 어떨까?

범수: 좋아. 그리고 영상물을 볼 사람들이 저작권에 대해 어느 정도 알고 있는지 설문 조사를 해 보자.

희경: 그러려면 먼저 어떤 사람에게 이 영상물을 보여 줄 것인지 정해야 해. 그래야 우리가 거기에 맞춰 영상물을 만들 수 있을 거야.

광기: 영상물을 볼 사람은 우리 학교 학생으로 정하자.

희경: 찬성이야. 그렇게 하면 영상물의 내용을 좀 더 구체적으로 할 수 있을 거야.

범수: 그래. 이것을 시발점으로 저작권에 대한 관심을 불러일으키다 보면 저작권 문제를 해결할 수 있는 실마리를 마련할 수도 있을 거라고 생각해.

01 〈보기〉는 위 대화를 분석한 내용이다. 〈 〉의 ①, ②를 확인할 수 있는 문장을 제시문에서 찾아 각각의 첫 어절과 마지막 어절을 순서대로 쓰시오.

〈보기〉

학생들은 ①저작권 침해에 해당하는 구체적 행위에 대한 문제 제기를 통해 이와 관련한 영상물을 제작하려 한다. 이를 통해 저작권에 대한 사회적 관심을 불러일으켜 저작권 침해라는 사회적 문제를 해결하는 데 도움을 주고자 한다. 그 과정에서 학생들은 ②영상물 예상 수용자를 설정하고, 영상물 수용자의 관심 분야, 영상물 제작의 기대 효과 등을 고려하고 있다.

① 첫 어절: _______________________, 마지막 어절: _______________________

② 첫 어절: _______________________, 마지막 어절: _______________________

※ 다음 글을 읽고 물음에 답하시오.

자유주의는 사적 자율성을 중시하는 경제적 자유주의와 공적 자율성을 추구하는 정치적 자유주의 사이의 긴장을 내포한다. 이는 근대 사회가 산업 혁명과 시민 혁명이라는 이중 혁명을 거치면서 형성되었다는 사실에 기인한다. 생산과 분배의 효율성 및 소유권을 중시하는 시장은 산업 혁명에 의해 발전되어 경제적 자유주의의 기초로 확립되었다. 또한 시민 혁명은 보편적 이상으로서 자유 · 평등 · 박애의 실현을 추구하는 정치적 자유주의를 출현시켰다.

침해되거나 간섭받지 않을 개인의 권리로서 자유를 파악하는 경제적 자유주의의 관점은, 제2차 세계 대전 이후 서구에서 강조되었던 재분배적 평등주의에 대한 비판적 입장으로 이어졌다. 개인의 소득과 재산을 자유롭게 처분할 권리를 국가가 복지라는 목적으로 침해하는 것이 정당화될 수 없다는 것이다. 특히 밀턴 프리드먼의 경우, 경제적 자유는 그 자체가 궁극적인 목적이며 정치적 자유를 성취하기 위한 필수 불가결한 수단이라고 보았다. 그는 경제적 자유가 보장되면 정치권력이 개인을 부당하게 간섭하는 것이 차단되어 권력이 분산된다고 보았으며, 정치적 자유의 실현은 경제적 자유의 토대 위에서만 가능하다고 생각했다. 경제적 자유에 대한 훼손이 정치적 자유의 제한으로 이어진다고 본 것이다. 또한 그는 경제적 자유의 보장이 개인들 간의 상호 자발적인 거래와 이를 통한 상호 이득을 가능하게 한다고 주장했다.

1970년대 이후 신자유주의를 사상적 배경으로 등장한 영국의 대처 내각과 미국의 레이건 행정부는 노동 시장에서의 각종 규제를 제거하고, 고용 여부와 고용 시간을 자유롭게 결정하는 노동 시장의 유연화를 유도했다. 이러한 신자유주의의 정책은 경제적 자유주의와 상통한다.

반면 자유와 자치를 연결해 이해하는 정치적 자유주의의 관점은 경제적 자유의 확대가 정치적 부자유로 이어질 수 있다고 비판했다. 이러한 관점은 자유를 자발적으로 정치에 참여하여 자신에게 적용될 법과 제도를 스스로 결정하는 적극적인 과정으로 이해한다. 간섭의 부재가 아닌 타인에 의한 자의적 지배의 가능성에서 벗어난 상태를 자유가 실현된 상태로 본 것이다. 특히 마이클 샌델은 개인의 선택과 권리의 우선성을 주장하는 경제적 자유주의가 정치적 자유의 실현을 방해하고 나아가 사회의 공공선을 침식하는 방향으로 흐르는 것을 비판했다. 개인의 권리를 보호한다는 명분 아래 자본가와 노동자 사이의 불평등이 정당화될 수 있으며, 이러한 불평등이 시민들로 하여금 눈앞의 생계와 자기 이익에 집중하게 만듦으로써 스스로 자신의 삶을 지배하는 시민적 역량을 약화시킨다고 본 것이다. 그는 시장 거래가 무엇이든 자유롭게 사고팔 수 있다는 생각을 부추길 때 돈으로 사거나 팔아서는 안 되는 것을 고민함으로써 인간적 가치가 상실되는 것을 경계해야 한다고 주장했다. 이러한 관점에서는 신자유주의 정책이 추구한 노동 시장의 탈규제화와 유연화가 노동자의 권리를 보장하는 각종 규제들을 제거함으로써 노동자의 생계를 위협하고 이로 인해 그들의 정치적 자유와 시민적 역량이 훼손되었다고 볼 수 있다.

02 〈보기〉는 제시문을 읽고 내용을 정리한 것인데, 〈보기〉의 ⓐ, ⓑ는 제시문의 내용과 일치하지 않는다. ⓐ, ⓑ를 올바르게 수정하려고 할 때 적절한 단어를 제시문에서 찾아 쓰시오.

〈 보기 〉

경제적 자유주의는 자발적 교환 영역인 시장을 토대로 발전했다. 경제적 자유주의의 입장에서는 경제적 부자유가 정치적 ⓐ자유로 이어진다고 보았다. 한편 정치적 자유주의는 자유 · 평등 · 박애의 실현을 추구하는 ⓑ 산업 혁명에 의해 출현하였다. 정치적 자유주의의 입장에서는 경제적 자유가 정치적 자유를 위협할 수 있다고 보았다. 즉 이들은 경제적 자유와 정치적 자유의 관계에 대한 입장에서 차이를 보인다고 할 수 있다.

① ⓐ를 올바르게 수정한 것: ________________________________

② ⓑ를 올바르게 수정한 것: ________________________________

[03~04] 다음 글을 읽고 물음에 답하시오.

전류가 흐른다는 것은 전하가 이동한다는 것을 의미한다. 전하란 전기적 성질의 근원이 되는 물리량으로, 원자핵의 양성자는 양(+)의 전하를, 원자핵 주변의 전자는 음(−)의 전하를 갖고 있다. 고체의 경우 좁은 영역 안에 존재하는 수많은 원자들의 상호작용에 의해 전자가 가질 수 있는 에너지가 거의 연속적으로 분포하는 영역이 생기게 되는데, 이러한 에너지 영역을 에너지띠라고 한다. 에너지띠는 원자가띠와 전도띠로 구분할 수 있는데, 원자가띠에 있는 전자는 에너지를 흡수하면 에너지 상태가 더 높은 전도띠로 이동하여 자유 전자가 된다. 자유 전자는 특정한 원자핵에 붙들려 있지 않아 원자핵 사이를 자유롭게 돌아다닐 수 있다. 이때 원자가띠에서 전자들이 빠져나간 자리에 양전하를 띤 정공이라는 구멍이 생기게 된다. 정공 자체는 입자는 아니지만 주변 전자들의 위치가 바뀌면 정공도 이리저리 위치가 바뀐다. 따라서 정공 또한 자유 전자와 같이 전하를 운반하며 전류를 흐르게 할 수 있다.

금속 같은 도체는 원자가띠와 전도띠가 겹쳐 있어 약간의 에너지만 흡수해도 원자가띠의 전자들이 쉽게 전도띠로 올라가 자유전자가 될 수 있다. 따라서 도체에 전압을 걸어 주면 전자들이 한 방향으로 움직이면서 전류가 흐르게 된다. 부도체는 원자가띠와 전도띠의 간격, 즉 띠 간격이 비교적 커서 원자가띠의 전자들이 전도띠로 쉽게 올라갈 수 없으므로 전류가 거의 흐르지 않는다. 한편 띠 간격이 작은 반도체의 경우, 원자핵 주변의 전자들이 원자가띠를 가득 채우고 있어 전류가 흐르지 못하지만, 어떤 조작을 통하여 전도띠에 전자가 존재하도록 하거나 원자가띠의 전자를 일부 부족하게 하면 전류가 흐르게 할 수 있다.

순도가 높은 반도체인 진성 반도체에 소량의 불순물을 첨가한 반도체를 외인성 반도체라고 한다. 외인성 반도체는 첨가된 불순물의 종류에 따라 n형 반도체와 p형 반도체로 구분된다. n형 반도체의 경우 일부 전자가 전도띠에 존재하기 때문에 음전하를 띤 자유 전자가 전하를 옮길 수 있게 되는데, 이렇게 반도체에 전자를 추가 공급하는 불순물을 공

여체라고 한다. 반면 p형 반도체에 첨가되는 불순물을 수용체라고 한다. 진성 반도체에 수용체를 첨가하면 원자가띠의 전자가 일부 부족하게 된다. 그 결과 p형 반도체의 원자가띠에는 정공이 생기게 되어 양전하를 옮길 수 있게 된다.

트랜지스터는 3개의 반도체가 접합된 전자 부품으로 반도체의 접합 순서에 따라 n형–p형–n형 순서로 접합된 npn형 트랜지스터와 p형–n형–p형 순서로 접합된 pnp형 트랜지스터로 나뉜다. npn형 트랜지스터의 경우, 가운데 p형 반도체는 양쪽에 접합된 n형 반도체에 비해 폭이 좁다. 그리고 트랜지스터의 세 전극은 각각 2개의 n형과 1개의 p형 반도체에 접속되어 있다. 이때 가운데 p형 반도체를 베이스(B), 양쪽의 n형 반도체를 각각 이미터(E), 콜렉터(C)라고 한다.

〈그림〉은 npn형 트랜지스터를 나타낸 것이다. npn형 트랜지스터를 동작시키기 위해 먼저 B와 C 사이에 역방향의 전압, 즉 역전압을 걸어 준다. 역전압이란 전류가 거의 흐르지 않도록 가해진 전압을 말하는데, C에 양극, B에 음극을 연결하면 C의 전자들은 양극으로 몰리고, B의 정공들은 음극으로 몰려 B–C 사이에 전류가 거의 흐르지 않는다. 이 상황에서 B에 양극, E에 음극을 연결하여 B–E 사이에 작은 크기의 순방향 전압을 걸어 준다. 이렇게 순전압이 걸리면 E의 전자들은 B에 접속된 양극으로 움직이고, B의 정공들은 E에 접속된 음극으로 움직여서 전류가 흐른다. 그런데 B의 폭이 좁기 때문에 E에서 B로 움직이던 전자들은 손쉽게 B를 지나 C로 건너간다. B–C 사이에는 이미 역전압이 걸려 있기 때문이다. 따라서 E–C 사이에 전자가 이동하게 되어 전자의 이동 방향과 반대 방향인 C에서 E로 전류가 흐르게 된다. 또한 E와 B 사이에 적은 양의 전자가 이동하더라도 E의 많은 전자가 B를 건너 C로 지나가게 되고, 이로 인해 B–E 사이의 전류보다 더 많은 양의 전류가 C–E 사이에 흐르게 된다. 이 때 B–E 사이에 흐르는 약한 전류로 C–E 사이에 흐르는 전류의 양을 조절할 수 있는데, 이것이 ㉠트랜지스터 증폭 효과이다.

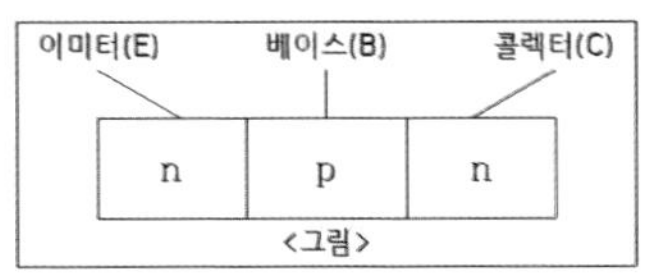

03 〈보기〉는 제시문을 읽고 내용을 정리한 것이다. 〈보기〉의 ①, ②에 들어갈 적절한 말을 제시문에서 찾아 쓰시오.

───〈보기〉───

- 외인성 반도체에 첨가되는 불순물 중 (①)의 양이 늘어나게 되면 반도체 내의 정공도 늘어나게 된다.
- 도체, 부도체, 반도체 중 원자가띠와 전도띠의 간격이 가장 큰 것은 (②)이다.

① : ________________________________

② : ________________________________

04 〈보기〉는 제시문을 읽고 ㉠을 정리한 것이다. 〈보기〉의 ①~③에 들어갈 적절한 말을 제시문에서 찾아 쓰시오.

> ─〈보기〉─
>
> (①)형 트랜지스터의 C에 양극, B에 음극을 연결하여 역전압을 걸어준 상태에서 B에 양극, E에 음극을 연결하여 순전압을 걸어주면, E에서 B로 움직이던 전자들이 쉽게 (②)(으)로 건너가게 된다. 이러한 일이 일어날 수 있는 이유는 (①)형 트랜지스터에서 p형 반도체의 (③)이/가 양쪽에 접합된 n형 반도체보다 좁기 때문이다.

① : ___________________________

② : ___________________________

※ 다음 글을 읽고 물음에 답하시오.

> 현기증 나는 활주로의
> 최후의 절정에서 흰나비는
> 돌진의 방향을 잊어버리고
> 피 묻은 육체의 파편들을 굽어본다
> 기계처럼 작열한 심장을 축일
> 한 모금 샘물도 없는 허망한 광장에서
> 어린 나비의 안막을 차단하는 건
> 투명한 광선의 바다뿐이었기에―
> 진공의 해안에서처럼 과묵한 묘지 사이사이
> 숨가쁜 제트기의 백선과 이동하는 계절 속―
> 불길처럼 일어나는 인광(燐光)의 조수에 밀려
> 흰나비는 말없이 이즈러진 날개를 파닥거린다
> 하얀 미래의 어느 지점에
> 아름다운 영토는 기다리고 있는 것인가
> 푸르른 활주로의 어느 지표에
> 화려한 희망은 피고 있는 것일까
> 신도 기적도 이미
> 승천하여버린 지 오랜 유역―
> 그 어느 마지막 종점을 향하여 흰나비는
> 또 한번 스스로의 신화와 더불어 대결하여본다
>
> ― 김규동, 「나비와 광장」

05 〈보기〉는 제시문에 대한 설명의 일부이다. 〈보기〉의 ㉠에 해당하는 시행을 제시문에서 찾아 첫 어절과 마지막 어절을 순서대로 쓰시오.

〈보기〉

　　김규동의 「나비와 광장」은 모더니즘시의 성격을 가지는 것으로 볼 수 있다. 모더니즘시는 과거의 전통적인 형식과 차별을 두며 새로움을 추구하는 예술적 경향에 영향을 받아 창작된 작품들이다. 모더니즘시는 현실을 객관화하는 경향성이 있는데, 객관화된 현실의 의미를 알기 위해서는 현실에 대한 태도와 현실을 형상화하는 방법, 그 안에 전제된 가치 인식에 주안점을 두어 감상할 필요가 있다. 모더니즘시는 의도적으로 현실과 거리를 두며 객관적인 시각으로 현실을 형상화하려는 태도를 보인다. 그리고 그 태도 안에는 대체로 현대 문명에 대한 비판이 전제되어 있기에, 이를 파악하면 시에 담긴 의미들을 탐색해 갈 수 있다. 예를 들어 모더니즘시에 드러나는 거리 두기와 같은 형상화 방법은 인간이 아닌 특정 대상을 활용하여 현실을 우회적으로 표현한다. 즉 시적 화자가 특정 대상이 처한 현실과 거리를 두고 그 대상을 관찰함으로써 특정 대상이 처한 상황을 객관적으로 전달하며, 시적 화자가 대상과 상황을 관찰하면서 전달하는 내용들을 통해 우리가 처한 현실을 우회적으로 드러낸다는 것이다. 그리고 이러한 현실들을 공간적 이미지를 담은 시어로 표현함으로써 공간이 주는 이미지와 그 공간에서 특정 대상들이 보이는 태도를 통해 현대 문명의 부정적인 면모를 드러냄과 동시에 현대 문명 속에서 살아가는 사람들의 정서, 그리고 벗어나고 싶은 현실과 대조되는 이상적 상황 등을 표현한다.

　　한편 거리 두기를 위해 제시된 특정 대상들은 ㉠현실을 극복하고자 하는 적극적인 태도를 통해 현실 극복 의지를 드러내기도 한다. 하지만, 오히려 소극적인 태도로 현실을 무기력하게 수용하기도 하는데, 이러한 소극적 태도는 반어적으로 현대 문명의 폭압성과 이에서 벗어나야 하는 당위성을 강조하는 효과를 가져오기도 한다.

① 첫 어절: ______________________________

② 마지막 어절: ______________________________

※ 다음 글을 읽고 물음에 답하시오.

　　저 제비의 거동을 보소. 양우광풍(揚羽狂風)*에 몸을 날려 백운을 비웃으며 주야로 날아 강남에 이르니, 제비 황제가 보고 묻기를,

　　"너는 어이 저느냐?"

　　제비 여쭙기를,

　　"소신의 부모가 조선에 나가 흥부의 집에다가 집을 짓고 소신 등 형제를 낳았삽더니, 뜻밖에 구렁이의 변을 만나 소신의 형제는 다 죽고, 소신이 홀로 죽지 않으려고 하여 바르작거리다가 뚝 떨어져 두 발목이 자끈 부러져, 피를 흘리고 발발 떠온즉, 흥부가 여차여차하여 다리 부러진 것이 의구하여 이제 돌아왔사오니, 그 은혜를 십분지일이라도 갚기를 바라나이다."

　　제비 황제가 하교(下敎)하기를,

　　"그런 은공을 몰라서는 행세치 못할 금수라. 네 박씨를 갖다주어 은혜를 갚으라."

　　하니, 제비가 사은(謝恩)하고 박씨를 물고, 삼월 삼일이 다다르니,

　　제비는 건공에 떠서 여러 날 만에 흥부 집에 이르러 넘놀 적에, 북해 흑룡이 여의주를 물고 채운 간에 넘노는 듯,

단산 채봉(丹山彩鳳)*이 죽실(竹實)을 물고 오동(梧桐)나무에 넘노는 듯, 춘풍에 꾀꼬리가 나비를 물고 시냇가에 넘노는 듯 이리 갸웃 저리 갸웃 넘노는 것 흥부 아내가 잠깐 보고 눈물 흘리며 하는 말이,

"여봅소, 지난해 갔던 제비가 무엇을 입에 물고 와서 넘노네요."

이렇게 말할 때, 제비가 박씨를 흥부 앞에 떨어뜨리니, 흥부가 집어 보니 한가운데 보은표(報恩瓢)라 금자로 새겼기에, 흥부가 하는 말이,

"수안(隋岸)의 뱀이 구슬을 물어다가 살린 은혜를 갚았으니, 저도 또한 생각하고 나를 갖다주니 이것이 또한 보배로다."

[중략 부분의 줄거리] 제비가 가져다준 박씨를 심어 수확한 박에서 금은보화가 나와 흥부는 부자가 된다. 이러한 소식을 들은 놀부는 흥부에게서 화초장을 빼앗고 자신도 제비로부터 박씨를 받기 위해 욕심을 부린다.

그달 저 달 다 지내고 삼월 삼일 다다르니, 강남서 나온 제비가 옛집을 찾으려 하고 오락가락 넘놀 때에, 놀부가 사면에 제비집을 지어 놓고 제비를 들이모니, 그중 팔자 사나운 제비 하나가 놀부 집에 흙을 물어 집을 짓고 알을 낳아 안으려 할 때, 놀부 놈이 주야로 제비 집 앞에 대령하여 가끔가끔 만져 보니, 알이 다 곯고 다만 하나가 깨었다. 날기 공부를 힘쓸 때, 구렁이가 오지 않으니, 놀부는 민망 답답하여 제 손으로 제비 새끼를 잡아내려 두 발목을 자끈 부러뜨리고, 제가 깜짝 놀라 이르는 말이,

"가련하다, 이 제비야."

하고 조기 껍질을 얻어 찬찬 동여 뱃놈의 닻줄 감듯 삼층 얼레 연줄 감듯 하여 제집에 얹어 두었더니, 십여 일 뒤에 그 제비가 구월 구일을 당하여 두 날개를 펼쳐 강남으로 들어가니, 강남 황제 각처 제비를 점고(點考)*할 때, 이 제비가 다리를 절고 들어와 엎드렸더니, 황제가 제신으로 하여금,

"그 연고를 사실하여 아뢰라."

하시니, 제비가 아뢰되,

"작년에 웬 박씨를 내어보내어 흥부가 부자 되었다 하여 그 형 놀부 놈이 나를 여차여차하여 절뚝발이가 되게 하였사오니, 이 원수를 어찌하여 갚고자 하나이다."

황제가 이 말을 들으시고 대경하여 말하기를,

"이놈 이제 전답 재물이 유여(有餘)하되 동기를 모르고 오륜에 벗어난 놈을 그저 두지 못할 것이요, 또한 네 원수를 갚아 주리라."

하고, 박씨 하나를 보수표(報讐瓢)라 금자로 새겨 주니, 제비가 받아 가지고 명년 삼 월을 기다려 청천을 무릅쓰고 백운을 박차 날개를 부쳐 높이 떠 높은 봉 낮은 뫼를 넘으며, 깊은 바다 너른 시내며, 작은 도랑 잔 돌바위를 훨훨 넘어 놀부 집을 바라보고 너훌너훌 넘놀거늘, 놀부 놈이 제비를 보고 반겨할 때, 제비가 물었던 박씨를 툭 떨어뜨리니, 놀부 놈이 집어보고 기뻐하며 뒤 담장 처마 밑에 거름 놓고 심었더니, 사오일 후에 순이 나서 넝쿨이 뻗어 마디마디 잎이요, 줄기줄기 꽃이 피어 박 십여 통이 열렸으니, 놀부 놈이 하는 말이,

"흥부는 세 통을 가지고 부자 되었으니, 나는 장자 되리로다. 석숭(石崇)*을 행랑에 살리고, 예황제를 부러워할 개아들 없다."

– 작자 미상, 「흥부전」

* 양우광풍: 깃털이 휘날릴 정도의 거센 바람.

* 단산 채봉: 단혈지산에 머문다는 봉황새.

* 점고: 명부에 일일이 점을 찍어 가며 사람의 수를 조사함.

* 석숭: 중국 서진(西晉)의 부자이자 문장가.

06 〈보기〉는 제시문에 대한 설명의 일부이다. 〈보기〉의 ⓐ에 해당하는 단어 두 개를 제시문에서 찾아 쓰시오.

〈보기〉

　「흥부전」에서 인간 세계에 존재하는 흥부와 놀부의 삶은 우화적 공간에 있는 존재들로부터 영향을 받는다. 우화적 공간에 있는 존재가 보낸 '박씨'는 인간 세계에 있는 존재들의 삶에 영향을 끼친다. 이 과정에서 인간 세계와 우화적 공간을 직접 오고가는 전달자도 등장하는데, 이러한 과정을 도식화하면 아래와 같다.

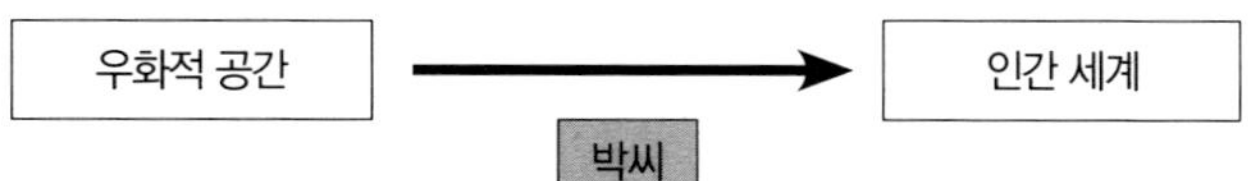

　설화의 모방담 구조를 갖고 있는「흥부전」에서 이 도식의 과정은 반복된다. 놀부는 흥부의 행동을 의도적으로 따라 하고 박씨를 받는다.「흥부전」에서는 ⓐ두 사람의 행동이 서로 다른 결과를 가져올 것이라는 사실이 박씨와 관련하여 암시되고 있다.

① : _______________________________

② : _______________________________

수학[자연C]

▶ 해답 p.394

07 다항함수 $f(x)$의 한 부정적분 $F(x)$가 모든 실수 x에 대하여
$F(x)=f(x)+2x^3-5x^2-5x$를 만족시킨다.
방정식 $f(x)=4x^2+3$의 두 근을 α, β라 할 때, $\alpha^2+\beta^2$의 값을 구하는 과정을 서술하시오.

08 함수 $f(x)=-x^3+3x^2+9x+k$는 $x=a$에서 극대이고, $x=b$에서 극소이다. $y=f(x)$의 그래프가 $x=b$에서 x축과 접한다고 할 때, 실수 a, b, k의 값을 구하는 과정을 서술하시오.

09 2 이상의 자연수 a에 대하여 원 $(x-1)^2+y^2=1$이 곡선 $y=\dfrac{3^x \times a^{\frac{1}{2}x}}{10^x}$과는 만나고, 곡선 $y=a^x \times \left(\dfrac{7}{3}\right)^{-x}$과는 만나지 않도록 하는 a의 개수를 구하는 과정을 서술하시오.

10 사차함수 $f(x)$에 대하여 함수 $g(x)$를

$$g(x) \begin{cases} \dfrac{f(x)}{x^2-1} & (|x| \neq 1) \\ x+p & (|x|=1) \end{cases}$$ 라 하자.

함수 $g(x)$가 실수 전체의 집합에서 연속이고, $\displaystyle\lim_{x \to 1}\dfrac{g(x)+1}{f(x)}=1$일 때, $g(p)$의 값을 구하는 다음의 풀이 과정을 완성하시오.

$g(x)$가 실수 전체의 집합에서 연속이므로 사차함수 $f(x)$를 $f(x)=(x^2-1)(ax^2+bx+c)$라 놓을 수 있다.

$\displaystyle\lim_{x \to 1}\dfrac{g(x)+1}{f(x)}$가 존재하므로 $p=$ ① 이다.

$g(x)$가 $x=1$과 $x=-1$에서 연속이므로 $b=$ ②

또한, $\displaystyle\lim_{x \to 1}\dfrac{g(x)+1}{f(x)}=1$이므로 $c=$ ③ ,

따라서 $g(p)=$ ④

11 $a>1$인 상수 a에 대하여

곡선 $y=4+\log_a(x+2)$와 직선 $y=5$가 점 A에서 만나고, 곡선 $y=a^{x+2}+4$와 직선 $x=-1$이 점 B에서 만난다.

두 직선의 교점이 점 P일 때, 삼각형 PAB의 넓이가 2가 되는 a의 값을 구하는 과정을 서술하시오.

12 모든 실수 x에 대하여 부등식

$\cos^2 x+4\sin x+k\le 0$이 항상 성립하도록 하는 실수 k의 최댓값을 구하는 과정을 서술하시오.

13 실수 전체의 집합에서 연속인 함수 $f(x)$가 모든 실수 x에 대하여

$$(x-2)f(x)=\frac{\sqrt{x^2+a}-5}{x^2+4}$$를 만족시킨다.

$\dfrac{a}{f(2)}$의 값을 구하는 과정을 서술하시오.

(단, a는 양수)

14 일차함수 $f(x)$에 대하여 함수 $g(x)$를

$$g(x)=x\int_0^x (tf(t)-11)dt$$
$$-\int_0^x t^2 f(t)dt$$라 할 때,

함수 $g(x)$는 $x=2$에서 극솟값 -20을 갖는다.

함수 $g(x)$가 $x=k$에서 또 다른 극솟값을 가질 때, k의 값을 구하는 과정을 서술하시오.
(단, $k\neq 2$)

PART 1 기출문제

PART 2 실전모의고사

PART 3 정답 및 해설

15 모든 자연수 n에 대하여 기울기가 $-\dfrac{2}{3}$이고

원 $x^2+y^2=\dfrac{1}{9^n}$과 제 1사분면에서 접하는 직선을 l_n이라 하고, 직선 l_n과 x축 및 y축으로 둘러싸인 삼각형의 넓이를 a_n이라 하자.

$\displaystyle\sum_{k=1}^{10} a_k$의 값을 구하는 다음의 풀이 과정을 완성하시오.

> 원 $x^2+y^2=\dfrac{1}{9^n}$의 반지름의 길이가 $\dfrac{1}{3^n}$이므로, 기울기가 $-\dfrac{2}{3}$이고 이 원에 접하는 직선 l_n의 방정식은 $\boxed{\quad①\quad}$이다.
>
> 직선 l_n이 x축 및 y축에 둘러싸인 부분의 넓이 $a_n=\boxed{\quad②\quad}$이므로, 수열 $\{a_n\}$의 첫째항 $a_1=\boxed{\quad③\quad}$이다.
>
> 따라서 $\displaystyle\sum_{k=1}^{10} a_k=\boxed{\quad④\quad}$이다.

국어[자연D]

▶ 해답 p.396

※ 다음은 친구 간의 대화이다. 물음에 답하시오.

시진: 윤지야, 오늘 얼굴빛이 안 좋아 보이네. 무슨 일이 있었니?

윤지: 음, 그게 말이야. (더 이상 말을 잇지 못한다.)

시진: 기다려 줄 테니 천천히 말하고 싶을 때 해도 괜찮아.

윤지: (용기를 내어) 오늘 친구한테 심한 말을 들었는데, 그게 너무 속상해.

시진: 아, 속상한 일이 있었구나. 무슨 일인지 좀 더 자세히 얘기해 줄 수 있어?

윤지: 사실 오늘 발표가 있었어. 수행 평가로 하는 발표라 엄청 긴장됐어. 너도 알잖아. 내가 여러 사람 앞에서 말하는 걸 얼마나 두려워하는지. 그래도 점수를 잘 받고 싶어서 열심히 준비했거든.

시진: (고개를 끄덕이며) 그래, 맞아. 여러 사람 앞에서 말하는 건 어려워. 사실 나도 많이 긴장하는 편이라 네 마음이 잘 이해가 돼. 그런데?

윤지: 많이 떨리긴 했지만 그래도 열심히 발표를 했어. 다행히 발표는 잘 마무리됐는데, 발표가 끝난 후 민수가 다가와서 그게 발표냐며 놀리더라고.

시진: (안쓰러운 표정을 지으며) 네 마음이 많이 아팠겠네.

윤지: 응, 맞아. 그런데 말이야. (잠시 머뭇거리다가) 사실 나도 민수에게 잘못을 했어. 너무 속상해서 민수한테 너는 뭐 얼마나 잘하냐며 엄청 크게 화를 냈어. 그랬더니 민수가 나를 잠시 바라보다가 그냥 휙 돌아서서 가 버리더라고.

시진: 그랬구나. 네가 왜 그렇게 말했는지 충분히 공감이 돼. 나라도 그랬을 것 같아. 다만 네 말에 민수도 상처받았겠다.

윤지: 응. 사실 내 기분이 안 좋은 진짜 이유는 민수한테 나쁜 말을 한 게 마음에 걸려서야. 어떻게 하지? 내가 먼저 손을 내밀까?

시진: 지금 그 말은 민수한테 사과를 하고 싶다는 뜻이지?

윤지: 응. 그렇게 말한 것이 후회가 돼. 내가 먼저 사과하는 게 좋을 것 같아.

시진: 그래. 진심을 담아 상대방에게 미안함을 드러내는 것이 좋아.

윤지: 응, 알았어. 그럼 내일 봐.

01 〈보기〉는 '시진'의 듣기 태도를 이해한 내용이다. 〈보기〉의 ①, ②에 해당하는 문장을 제시문에서 찾아 각각의 첫 어절과 마지막 어절을 순서대로 쓰시오.

---〈보기〉---

① '시진'은 재촉하지 않고 '윤지'가 자신의 고민을 꺼낼 수 있도록 배려하고 있다.

② '시진'은 '윤지'의 발화 의도를 정확히 파악한 후 자신이 이해한 내용이 맞는지 '윤지'에게 물어 확인하고 있다.

① 첫 어절: ________________ , 마지막 어절: ________________

② 첫 어절: ________________ , 마지막 어절: ________________

※ 다음 글을 읽고 물음에 답하시오.

자신의 생각을 주장할 때 명확한 이유를 바탕으로 하고, 다른 사람의 주장을 받아들이거나 거부할 때 그럴 만한 충분한 이유가 있는지 신중하게 생각하는 것을 '논리적 사고'라고 할 수 있다. 이와 같은 논리적 사고에서는 주장과 이유가 가장 핵심적인 개념이다. 주장은 다른 말로 '결론', 이유는 다른 말로 '전제', '논거', '근거'라고도 부른다. 전제는 결론을 '지지한다' 또는 '뒷받침한다' 또는 '정당화한다'라고 말한다. 전제와 결론으로 구성되는 논증은 제시된 전제를 통해서 도출된 결론이 참이라고, 또는 받아들일 만한 것이라고 합리적으로 설득하는 것이다.

논증에서 전제가 먼저 나올 수도 있고, 결론이 먼저 나올 수도 있다. 그리고 전제와 결론이 한 문장에 다 들어 있을 수도 있고, 다른 문장으로 구분되어 있을 수도 있으며, 두 전제 사이에 결론이 끼어 있을 수도 있다. 따라서 문장의 위치로 전제와 결론을 판단할 수는 없다. 그리고 전제는 얼마든지 한 개 이상이 있을 수 있다. 물론 하나의 논증에 결론은 한 개이다. 결론이 두 개인 것처럼 보이는 논증은 실제로는 연쇄적이거나 독립적인 두 논증이 있는 것이다. 결론의 개수는 논증이 몇 개냐를 판단하기 위해 필요하므로 중요한 반면 전제의 개수는 별로 중요하지 않다.

누군가의 논증을 봤을 때 가장 먼저 할 일은 그 논증이 말하고자 하는 바를 이해하는 것이다. 논증을 펼친 이가 논증함으로써 무엇을 주장하였고, 그 주장의 이유로 어떤 내용들을 제시했는지 찾아내야 한다. 이 말은 곧 논증의 전제와 결론을 찾아야 한다는 뜻이다. 그런데 이 일은 생각만큼 쉽지 않다. 논증에서 전제와 결론을 찾는 기계적인 방법은 전제 또는 결론을 나타내 주는 담화 표지, 예를 들어 '왜냐하면 ~ 이기 때문에', '따라서, 그러므로' 등을 찾는 것뿐이다. 그러나 전제와 결론을 나타내는 담화 표지를 전혀 쓰지 않고도 우리는 얼마든지 논증을 할 수 있다. 따라서 담화 표지에 의존해서 전제와 결론을 찾아내기보다는 논증의 앞뒤 맥락을 살피거나, 겉으로 드러나지 않은 전제와 결론을 찾아내는 연습을 많이 해야 한다.

또한 전문 지식이나 추상적인 문제를 다루고 있는 복잡한 논증에서 담화 표지가 전혀 없다면 전제와 결론 찾기가 간단한 일이 아니다. 이때에는 배경지식이 필요하다. 실제로 아리스토텔레스는 수사학에서 '어떤 문제에 대한 것이든, 논증을 하기 위해서는 주제에 대해서 전부는 아니더라도 꽤 알아야 한다. 그렇지 않고서는 우리는 논증을 만들어 낼 아무런 재료도 갖고 있지 못한 셈이기 때문이다.'라고 말하고 있다. 이 말은 자신이 논증을 할 때뿐만 아니라 남의 논증을 이해할 때도 마찬가지로 적용된다.

일상의 논증에서는 전제 또는 결론을 생략하는 경우가 종종 있다. '이 영화는 미성년자 관람 불가야, 너는 볼 수 없어.'라는 문장은 논증의 형식을 갖추고 있다. 그런데 이 논증에는 '너는 미성년자이다.'라는 전제가 하나 생략되어 있다. 그 전제는 대화 상황에서 논증을 하는 사람이나 듣는 사람 모두가 알고 있는 뻔한 것이기 때문에 굳이 말하지 않아도 이 논증을 이해하는 데 전혀 방해가 되지 않는다. 이렇게 생략된 전제를 '숨은 전제'라고 부른다.

한편 군이 결론을 진술하지 않아도 누구나 짐작할 수 있는 경우라면 결론도 생략할 수 있다. '소림사 출신은 모두 무예를 잘한다는데, 지산 스님도 소림사 출신이래.'라는 논증이 '지산 스님은 무예를 잘한다.'라는 결론을 함축한다는 것은 누구나 쉽게 알 수 있다. 여기에서 '지산 스님은 무예를 잘한다.'를 '숨은 결론'이라고 한다.

02 〈보기〉는 제시문을 바탕으로 실시한 학습활동의 일부이다. 〈보기〉의 ①, ②에 들어갈 적절한 말을 서술하시오.

―――――――――――〈보기〉―――――――――――

※ 조건 1. ①은 띄어쓰기 제외 10자 이내로 서술할 것.
　조건 2. ②는 제시문에서 적절한 말을 찾아서 쓸 것.

논증 중에는 전제의 일부와 결론이 생략되는 경우도 있는 것 같아.
• 와칸다 팀이 결승에 진출하면 내가 네 동생이다.
이 논증에서 '(　①　)'은/는 숨은 전제로 볼 수 있고, '와칸다 팀은 결승에 진출하지 못한다.'는 (　②　)(으)로 볼 수 있어.

① : _______________________________

② : _______________________________

[03~04] 다음 글을 읽고 물음에 답하시오.

　회사가 성장하면서 규모가 커질수록 오히려 생산성이 떨어지는 현상이 나타나기도 한다. 이 경우 회사의 영업을 둘 이상으로 쪼개는 것인 회사 분할은, 이러한 문제를 해결하는 한 가지 방안이 될 수 있다. 반대로 회사 합병은 규모가 더 커지는 것이 이익이 될 때 이용하는 경영 방식이다.

[A]
　상장 회사인 '(주)초롱'이 제과와 제빵을 영업으로 구성된다고 가정하고, 이를 통해 분할을 살펴보기로 하자. 만약 제빵을 떼어내 '(주)초롱빵집'을 만든다면 이를 신설 회사라 하고, '(주)초롱'은 존속 회사라 한다. 상장 회사가 분할을 하려면, 주주 총회를 개최하여 출석한 주주의 의결권의 2/3 이상의 찬성 수와 발행 주식 총수의 1/3 이상의 찬성 수가 모두 충족되어야 결의가 가능하다. '(주)초롱'의 발행 주식 총수가 '120만 주'이고 주주 총회에 출석한 주주의 보유 주식 수가 '60만 주'라고 가정하자. 출석한 주주의 의결권인 '60만 주'의 2/3인 '40만 주' 이상이 찬성을 했다면, 이 수는 발행 주식 총수인 '120만 주'의 1/3인 '40만 주' 이상의 찬성 수에도 충족되므로 분할을 결의할 수 있다.
　분할을 할 때, 자산에서 부채를 **뺀** 값인 순자산은 분할 비율에 따라 존속 회사와 신설 회사가 나누어 갖는다. 분할 비율은 '신설 회사의 순자산'을 '분할 전 회사의 순자산'으로 나눈 값이다. 만약 이 값이 0.3이고, '(주)초롱'의 순자산이 100억 원이라면, 분할 후 순자산은 '(주)초롱'이 70억 원, '(주)초롱빵집'은 30억 원이 된다.

　이러한 방식으로 신설 회사가 만들어지면, 이 회사의 주주를 누구로 할 것인가에 따라 인적 분할과 물적 분할로 구분된다.

　인적 분할은 분할 전 회사의 주주들이 자신들의 지분율만큼 존속 회사의 지분도 갖게 되고, 신설 회사의 지분도 갖게 된다. 즉 분할 전 지분율 10%인 주주는 분할 후에도 존속 회사와 신설 회사에 대해 각각 10%의 지분율로 직접 지배하게 된다. 반면에 물적 분할은 신설 회사가 발행한 주식 전부를 존속 회사가 가지고 가는 형태이며, 신설 회사가 발행한 주식의 평가액은 신설 회사의 순자산과 같다. 그래서 존속 회사는 모(母)회사, 신설 회사는 자(子)회사라고 부르는 종속적인 관계를 갖는다. 물적 분할이 되면 분할 전 회사의 주주는 존속 회사에 대해서는 분할 전 지분율로 직접 지배하게 되지만, 신설 회사에 대해서는 지분이 없으므로 존속 회사를 통해 간접적으로 지배하게 된다.

　회사 합병은 여러 회사의 직원과 순자산을 하나의 회사로 합치는 것인데, 이 과정에서 사라지는 회사를 소멸 회사라 한다. 그리고 합병에 찬성하는 소멸 회사의 주주는 자기 지분의 가치만큼 관련 회사의 주식을 받게 되는데 이를 합병 대가라고 한다. 합병의 대부분은 흡수 합병이며, 이 방식은 기존의 한 개 회사가 존속 회사가 되어 소멸 회사를 인수하는 형태이다. 흡수 합병을 위해서는 존속 회사와 소멸 회사 모두 주주 총회의 결의가 필요하고, 결의 조건은 회사 분할 때와 같다. 만약 결의가 되었다면 합병 대가로 존속 회사의 주식을 받게 된다. 한편, 합병에 반대하는 존속 회사 또는 소멸 회사의 주주에게는, 주주가 회사를 상대로 자신이 보유하고 있는 주식을 되사 줄 것을 요구하는 권리인 주식 매수 청구권이 부여된다. 다만 이 권리는 회사 분할이 결의되었을 때 분할에 반대하던 주주에게는 부여되지 않는다.

03 〈보기1〉은 제시문에서 설명한 회사 분할의 두 형태를 그림으로 정리한 것이고, 〈보기2〉는 〈보기1〉에 대한 설명이다. 〈보기2〉의 ①~③에 들어갈 적절한 말을 제시문에서 찾아 쓰시오.

〈보기1〉

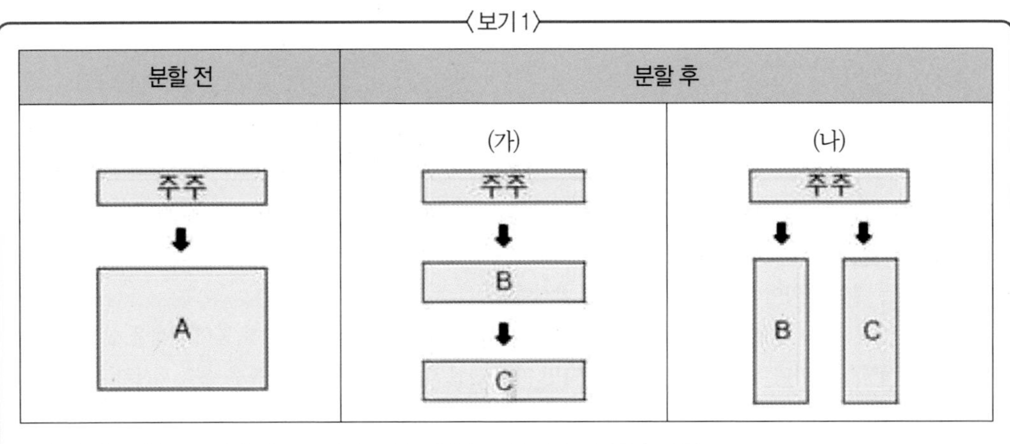

※ A: 분할 전 회사, B: 존속 회사, C: 신설 회사, 화살표는 지배하는 방향을 뜻함.

〈보기2〉

　(가)는 (①) 분할, (나)는 (②) 분할을 나타낸다. (가)의 경우, 분할 전 회사의 주주들은 (③) 회사에 대해서만 직접적인 지배권을 가질 수 있다.

①: _______________________________

②: _______________________________

③: _______________________________

04 제시문의 [A]를 바탕으로 〈보기〉의 ①, ②에 들어갈 적절한 수를 쓰시오.

〈보기〉

'(주)착한맛'은 피자와 치킨 영업을 함께 하는 상장 회사이고, 발행 주식 총수는 210만 주이다. 이 회사 경영인 '갑'은 '(주)착한맛'을 20%만큼 지배하는 주주이다. 갑은 이 회사의 치킨 영업부를 떼어 '(주)꼬꼬맛'으로 인적 분할을 하기 위해 주주 총회를 개최했다. 이날 주주 총회에 참석한 주주의 의결권은 발행 주식 총수의 60%이다.

이 경우 주주 총회에서 분할을 결의하기 위해서는 다음의 조건이 충족되어야 한다. 먼저 주주 총회에 출석한 주주의 일정 비율 이상의 찬성이 필요한데, 이를 위해서는 총 (①) 주 이상의 찬성이 필요하다. 이때의 (①) 주는 전체 발행 주식 총수의 일정 비율 이상인 (②) 주 이상에 해당하므로, '(주)착한맛'의 분할은 결의될 수 있다.

①: _______________________________

②: _______________________________

※ 다음 글을 읽고 물음에 답하시오.

엊그제 겨울 지나 새봄이 돌아오니
도화행화(桃花杏花)는 석양리(夕陽裏)에 피어 있고
녹양방초(綠楊芳草)는 세우 중(細雨中)에 푸르도다
칼로 말아 낸가 붓으로 그려 낸가
조화신공*이 물물마다 헌사롭다*
수풀에 우는 새는 춘기(春氣)를 못내 겨워
소리마다 교태(嬌態)로다
물아일체(物我一體)어니 흥(興)이 이에 다를쏘냐
시비(柴扉)에 걸어 보고 정자(亭子)에 앉아 보니
소요음영(逍遙吟詠)하야 산일(山日)이 적적(寂寂)한데
한중진미(閑中眞味)를 알 이 없이 혼자로다
이봐 이웃들아 산수(山水) 구경 가자스라
답청(踏靑)일랑 오늘 하고 욕기(浴沂)일랑 내일 하세
아침에 채산(採山)하고 저녁에 조수(釣水)하세
갓 괴어 익은 술을 갈건(葛巾)으로 걸러 놓고

꽃나무 가지 꺾어 수(數) 놓고 먹으리라

화풍(和風)이 건듯 불어 녹수(綠水)를 건너오니

청향(淸香)은 잔에 지고 낙홍(落紅)은 옷에 진다

준중(樽中)이 비었거든 날다려 아뢰어라

소동(小童) 아해더러 주가(酒家)에 술을 물어

어른은 막대 짚고 아해는 술을 메고

미음완보(微吟緩步)하야 시냇가에 혼자 앉아

명사(明沙) 맑은 물에 잔 씻어 부어 들고

청류(淸流)를 굽어보니 떠오나니 도화(桃花)로다

무릉(武陵)이 가깝도다 저 산이 거기인고

– 정극인, 「상춘곡」

* 조화신공(造化神功): 각기의 사물에 불어넣은 조물주의 신령스러운 공덕.

* 헌사롭다: 야단스럽다.

---

05 〈보기〉는 제시문에 대한 설명의 일부이다. 〈보기〉의 ①, ②에 들어갈 적절한 말을 제시문에서 찾아 각각 두 개씩 쓰시오.

〈보기〉

유사하거나 대등한 위상을 갖는 단어나 구절을 유사한 문장 구조로 엮어서 나란히 배열하는 병렬은 가사 작품에서 풍경이나 행위, 정서 등을 표현하면서 시상을 전개하는 방법 중 하나이다. 병렬은 시간이나 공간 등을 기준으로 하여 행동이나 사물 등을 순차적으로 배열하는 계기적(繼起的) 병렬과 특정한 기준에 따른 순서와 무관하게 배열하는 계열적(系列的) 병렬로 나눌 수 있다. 「상춘곡」에서는 대등한 위상을 가진 ①(   )와/과 (   ), 그리고 ②(   )와/과 (   )이/가 각각 한 시행 안에서 시간을 기준으로 한 계기적 병렬을 이뤄 분주하게 봄날을 즐기는 화자의 일상이 표현되고 있다.

① : _________________________________ 와/과 _________________________________

② : _________________________________ 와/과 _________________________________

※ 다음 글을 읽고 물음에 답하시오.

구보는 다시 밖으로 나오며, 자기는 어디 가 행복을 찾을까 생각한다. 발 가는 대로, 그는 어느 틈엔가 안전지대에 가 서서, 자기의 두 손을 내려다보았다. 한 손의 단장과 또 한 손의 공책과 ─물론 구보는 거기에서 행복을 찾을 수는 없다.

안전지대 위에, 사람들은 서서 전차를 기다린다. 그들에게, 행복은 알 수 없다. 그러나 그들은 분명히, 갈 곳만은 가지고 있었다.

　전차가 왔다. 사람들은 내리고 또 탔다. 구보는 잠깐 머엉하니 그곳에 서 있었다. 그러나 자기와 더불어 그곳에 있던 온갖 사람들이 모두 저 차에 오른다 보았을 때, 그는 저 혼자 그곳에 남아 있는 것에, 외로움과 애달픔을 맛본다. 구보는, 움직인 전차에 뛰어올랐다.

　전차 안에서

　구보는, 우선, 제 자리를 찾지 못한다. 하나 남았던 좌석은 그보다 바로 한 걸음 먼저 차에 오른 젊은 여인에게 점령당했다. 구보는, 차장대(車掌臺) 가까운 한구석에 가 서서, 자기는 대체, 이 동대문행 차를 어디까지 타고 가야 할 것인가를, 대체 어느 곳에 행복은 자기를 기다리고 있을 것인가를 생각해 본다.

　이제 이 차는 동대문을 돌아 경성운동장 앞으로 해서…… 구보는, 차장대, 운전대로 향한, 안으로 파아란 융을 받쳐 댄 창을 본다. 전차과(電車課)에서는 그곳에 뉴스를 게시한다. 그러나 사람들은, 요사이 축구도 야구도 하지 않는 모양이었다.

　장충단으로, 청량리로, 혹은 성북동으로…… 그러나 요사이 구보는 교외를 즐기지 않는다. 그곳에는, 하여튼 자연이 있었고, 한적이 있었다. 그리고 고독조차 그곳에는, 준비되어 있었다. 요사이, 구보는 고독을 두려워한다.

　일찍이 그는 고독을 사랑한 일이 있었다. 그러나 고독을 사랑한다는 것은 그의 심경의 바른 표현이 못 될 게다. 그는 결코 고독을 사랑하지 않았는지도 모른다. 아니 도리어 그는 그것을 그지없이 무서워하였는지도 모른다. 그러나 그는 고독과 힘을 겨루어, 결코 그것을 이겨 내지 못하였다. 그런 때, 구보는 차라리 고독에게 몸을 떠맡기어 버리고, 그리고, 스스로 자기는 고독을 사랑하고 있는 것이라고 꾸며 왔는지도 모를 일이다…….

(중략)

　구보는 고독을 느끼고, 사람들 있는 곳으로, 약동하는 무리들이 있는 곳으로, 가고 싶다 생각한다. 그는 눈앞의 경성역을 본다. 그곳에는 마땅히 인생이 있을 게다. 이 낡은 서울의 호흡과 또 감정이 있을 게다. 도회의 소설가는 모름지기 이 도회의 항구(港口)와 친하여야 한다. 그러나 물론 그러한 직업의식은 어떻든 좋았다. 다만 구보는 고독을 삼등 대합실 군중 속에 피할 수 있으면 그만이다.

　그러나 오히려 고독은 그곳에 있었다. 구보가 한옆에 끼어 앉을 수도 없게시리 사람들은 그곳에 빽빽하게 모여 있어도, 그들의 누구에게서도 인간 본래의 온정을 찾을 수는 없었다. 그네들은 거의 옆의 사람에게 한 마디 말을 건네는 일도 없이, 오직 자기네들 사무에 바빴고, 그리고 간혹 말을 건네도, 그것은 자기네가 타고 갈 열차의 시각이나 그러한 것에 지나지 않았다. 그네들의 동료가 아닌 사람에게 그네들은 변소에 다녀 올 동안의 그네들 짐을 부탁하는 일조차 없었다. 남을 결코 믿지 않는 그네들의 눈은 보기에 딱하고 또 가엾었다.

　구보는 한구석에 가 서서, 그의 앞에 앉아 있는 노파를 본다. 그는 뉘 집에 드난을 살다가 이제 늙고 또 쇠잔한 몸을 이끌어, 결코 넉넉하지 못한 어느 시골, 딸네 집이라도 찾아가는지 모른다.

　이미 굳어 버린 그의 안면 근육은 어떠한 다행한 일에도 펴질 턱 없고, 그리고 그의 몽롱한 두 눈은 비록 그의 딸의 그지없는 효양(孝養)을 가지고도 감동시킬 수 없을지 모른다. 노파 옆에 앉은 중년의 시골 신사는 그의 시골서 조그만 백화점을 경영하고 있을 게다. 그의 점포에는 마땅히 주단포목도 있고, 일용 잡화도 있고, 또 흔히 쓰이는 약품도 갖추어 있을 게다. 그는 이제 그의 옆에 놓인 물품을 들고 자랑스러이 차에 오를 게다. 구보는 그 시골 신사가 노파와 사이에 되도록 간격을 가지려고 노력하는 것을 발견하고, 그리고 그를 업신여겼다. 만약 그에게 얕은 지혜와 또 약간의 용기를 주면 그는 삼등 승차권을 주머니 속에 간수하고 일, 이등 대합실에 오만하게 자리 잡고 앉을 게다.

– 박태원, 「소설가 구보 씨의 일일」

06 〈보기〉는 제시문에 대한 해설의 일부이다. 제시문에서 〈보기〉의 ①에 해당하는 문장과 ②에 해당하는 문단을 찾아 각각의 첫 어절과 마지막 어절을 순서대로 쓰시오.

〈보기〉

　「소설가 구보 씨의 일일」에서 구보는 경성 거리를 배회하면서 우월감과 고독을 느끼며 행복의 가능성을 모색한다. 구보는 사람들로부터 소외되리라는 불안 의식을 해소하고자 ①사람들을 좇아 행동하는 모습을 보인다. 그리고 고독을 피하기 위해 사람들이 있는 곳을 찾아 가기도 한다. 이 과정에서 구보는 ②과거를 되돌아보며 자신을 성찰하고, 이전의 태도와 생각에 대해 새로운 인식을 하기도 한다.

① 첫 어절: _________________, 마지막 어절: _________________

② 첫 어절: _________________, 마지막 어절: _________________

수학[자연D]

▶ 해답 p.397

07 등차수열 $\{a_n\}$이 $a_5+a_6+a_7=30$, $a_9+a_{10}=6$을 만족시킨다. 수열 $\{a_n\}$의 첫째항부터 제 20항까지의 합을 구하는 과정을 서술하시오.

08 넓이가 6인 사각형 $ABCD$가 다음 조건을 만족시킨다.

> (가) 두 대각선 AC, BD에 대하여
> $$\overline{AC}+\overline{BD}=11$$
> (나) 두 대각선 AC, BD가 이루는 예각의 크기는 $30°$이다.

$\overline{AC}<\overline{BD}$일 때 $\dfrac{\overline{BD}}{\overline{AC}}$의 값을 구하는 과정을 서술하시오.

09 곡선 $y=-x^3+6tx^2+5tx$에 접하는 직선 중에서 기울기가 최대인 접선의 방정식을 구하는 다음의 풀이 과정을 완성하시오. (단, t는 실수)

> $y'=\boxed{\quad①\quad}$ 이므로 곡선
> $y=-x^3+6tx^2+5tx$에 접하는 직선의 기울기는 최댓값 $\boxed{\quad②\quad}$ 을 갖는다.
> 이때 접점의 좌표는 $\boxed{\quad③\quad}$ 이므로 접선의 방정식은 $\boxed{\quad④\quad}$ 이다.

10 1보다 큰 자연수 a, b, c에 대하여

$$\log_2 a+\log_3 b=3c,$$

$$(\log_3 a)(\log_2 b)=2c^2$$ 일 때,

$\dfrac{a}{b}=k^c$을 만족시키는 유리수 k의 값을 구하는 과정을 서술하시오. (단, $a<b$)

11 $k < -1$인 k에 대하여 $0 \le x \le 2\pi$에서 함수

$$y = \sin^2\left(\frac{\pi}{2} + x\right) - 2k\sin x + 3k - 1$$의

최댓값이 -3일 때, 이 함수의 최솟값을 구하는 다음의 풀이 과정을 완성하시오.

$\sin x = t$라 하고 주어진 함수를 t의 식으로 나타내면

$y = \boxed{\quad ① \quad}$ 이다. $k < -1$이므로 주어진 범위 $0 \le x \le 2\pi$에서 함수 y는 $x = \boxed{\quad ② \quad}$ 에서 최댓값을, $x = \boxed{\quad ③ \quad}$ 에서 최솟값을 갖는다. 따라서 주어진 최댓값으로부터 $k = \boxed{\quad ④ \quad}$ 이고 최솟값은 -11이다.

---

12 시각 $t = 0$일 때 동시에 원점을 출발하여 수직선 위를 움직이는 두 점 P, Q의 시각 $t\,(t \ge 0)$에서의 속도가 각각

$v_1(t) = 2t - 3a,\ v_2(t) = t + a$이다.

시각 $t = k$에서 두 점 P, Q 사이의 거리가 72가 되도록 하는 모든 양수 k의 개수가 2일 때, 상수 a의 값을 구하는 과정을 서술하시오.

(단, $a > 0$)

13 수열 $\{a_n\}$이 모든 자연수 n에 대하여 다음 조건을 만족시킨다.

> (가) $\displaystyle\sum_{k=1}^{10}(a_k+2)^2=192$
>
> (나) $\displaystyle\sum_{k=1}^{10}a_k(a_k+1)=\sum_{k=1}^{11}2a_k$
>
> (다) $\displaystyle\sum_{k=1}^{10}k(a_k-a_{k+1})=20$

이때 $\displaystyle\sum_{k=1}^{11}a_k$의 값을 구하는 과정을 서술하시오.

14 정의역이 양의 실수 전체의 집합인 함수 $f(x)$가 자연수 n에 대하여 다음 조건을 만족시킨다.

> (가) $0<x\le n$일 때, 어떤 정수 m에 대하여 $m\le\log_5(2x+21)<m+1$이면 $f(x)=m$이다.
>
> (나) 모든 양의 실수 x에 대하여 $f(x+n)=f(x)$이다.

열린구간 $(0,\ 2023)$에서 함수 $f(x)$가 23개의 불연속인 점을 갖도록 하는 자연수 n의 최댓값을 구하는 과정을 서술하시오.

15 곡선 $y=x^2+1$ 위의 점 $\mathrm{P}(t,\ t^2+1)$에서의 접선을 l이라 하자.

점 $\mathrm{Q}\left(m,\ \dfrac{9}{2}\right)$에 대하여 직선 PQ와 직선 l이 서로 수직인 점 P의 개수가 1이 되도록 하는 m의 범위를 구하는 과정을 서술하시오.

국어[자연티]

▶ 해답 p.399

※ 다음은 작문 상황에 따라 학생이 작성한 초고이다. 물음에 답하시오.

[작문 상황] 학교 누리집의 〈동아리 소개〉 게시판에 동아리를 소개하고 가입을 권유하는 글을 써서 올리고자 함

[학생의 초고]

손 글씨의 매력, 필사 동아리 '몽당연필'로 오세요.

'몽당연필'은 필사에 관심을 갖고 있는 학생들이 모여 만든 동아리입니다. 현재 17명의 부원이 활동하고 있으며 해마다 지원자가 늘고 있습니다.

'필사'라는 말이 좀 낯설죠? 독서 동아리에서 책을 함께 읽고 의견을 나누며 책과 친구가 되는 체험을 하는 것과 달리, 필사 동아리에서는 자신이 좋아하는 글을 가져와 베껴 쓰는 활동이 주로 이루어집니다. 연필을 필기구로 사용하기 때문에 동아리의 이름을 '몽당연필'이라고 하였습니다. 동아리의 이름에는 기다란 연필이 몽당연필이 되는 동안, 그만큼 내적으로 더 성장하기를 바라는 마음도 담겨 있습니다.

디지털 기기로 빠르게 의사소통하는 것이 일상화된 오늘날, 필사는 시대의 흐름을 거스르는 것처럼 보일 수 있습니다. '몽당연필'은 적어도 동아리 활동을 하는 동안에는 '편리함과 빠름'대신 '불편함과 느림'을 추구합니다. 동아리 활동 시간이 있을 때마다 부원들은 각자 자신에게 감동을 준 글, 아름다움을 느낀 문장이나 시 등을 준비해 옵니다. 그리고 각자 자리에 앉아 종이 위에 연필로 한 글자 한 글자 옮겨 적습니다. 글 전체를 다 옮겨 적지 않아도 되고, 옮겨 적다가 틀려도 수정하지 않아도 됩니다. 다 쓴 글은 다른 부원들과 돌려가며 감상합니다.

필사는 많은 것이 빠르게 변화하는 '속도의 시대'에 여유와 안정을 되찾도록 해줍니다. 좋은 글을 손 글씨로 옮겨 적는 동안 사색의 여유를 느낄 수 있고, 그 과정을 스스로 주도하는 데에서 마음의 안정을 찾을 수 있습니다. 바쁘게 돌아가는 일상 속에서 잠시 좋은 글과 손 글씨로 숨을 고르는 시간은 우리에게 잊고 있었던 자신을 발견하는 기쁨을 줄 것입니다. 연필이 선물하는 작은 여유와 성찰을 통해 많은 친구들이 필사를 하며 자신을 살피는 기회를 가졌으면 좋겠습니다. 가끔은 연필을 들어 아날로그적 감성과 여유를 즐길 수 있는 필사의 매력에 빠져 보는 것은 어떨까요?

01 〈보기〉는 제시문 작성을 위해 학생이 계획한 글쓰기 전략이다. 〈보기〉의 ①, ②가 반영된 문장을 제시문에서 찾아 각각의 첫 어절과 마지막 어절을 순서대로 쓰시오.

〈보기〉

① 다른 동아리와의 대비를 통해 우리 동아리의 성격 소개하기
② 내용을 인상적으로 제시하기 위해 의인법을 사용하면서 필사의 의의 전달하기

① 첫 어절: ______________________, 마지막 어절: ______________________

② 첫 어절: ______________________, 마지막 어절: ______________________

※ 다음 글을 읽고 물음에 답하시오.

일상생활에서 우리는 깊이 있는 생각 또는 실제 경험을 통해 무언가를 배우고 깨닫게 된다. 이러한 과정을 거쳐 신념이나 태도가 형성되고 기존의 태도나 행동이 변화하게 되는 것을 학습이라고 한다. 시장에서 소비자가 구매 행동을 하는 과정에서도 학습이 일어나는데, 이러한 소비자의 학습은 인지적 학습, 행동적 학습으로 구분하여 설명할 수 있다.

소비자는 구매를 위한 정보를 기억 속에 충분히 보유하지 못한 경우에 외적 탐색을 하게 된다. 이때 주변 사람들의 추천이나 대중 매체에서 획득한 정보 등을 인지적으로 처리하는 과정이 필연적으로 수반된다. 이러한 인지적 사고 과정을 통해 이루어지는 학습을 인지적 학습이라고 한다. 소비자의 인지적 학습에 대한 연구는 인지주의 심리학에 기반하고 있다. 인지주의 심리학은 스키마 이론을 근간으로 삼고 있어 소비자가 가지고 있는 스키마에 주목한다. 스키마란 체계적이고 조직적으로 저장되어 있는 지식의 구조를 일컫는다.

인지주의 심리학에서는 소비자가 새롭게 얻게 된 지식에 의해 기존의 지식 구조에 '첨가', '조율', '재구조화'가 일어난다고 본다. 첨가란, 소비자가 제품과 서비스에 대한 정보 처리를 통해 기존의 지식 구조에 새로운 지식이나 신념을 덧붙이는 것을 말한다. 첨가에는 연상적 학습이 포함된다. 연상적 학습이란 기업이 소비자에게 어떤 욕구가 일어날 때마다 특정 브랜드나 상품이 생각나도록 학습시키는 것을 말한다. 연상적 학습은 반복적으로 이루어질 때 학습의 효과가 우수하다. 첨가는 소비자의 지식 구조에 큰 변화를 야기하지는 않지만 지식 구조를 강화한다는 점에서 의미가 있다. 조율이란. 소비자가 제품에 대한 지식을 축적함에 따라 자신이 가진 지식 구조를 검토하여 이를 일반화시키는 것을 말한다. 조율의 과정에서 소비자의 지식 구조 중 일부가 서로 결합되어 보다 일반화될 수 있다. 재구조화란, 기존의 지식 구조와는 다른 새로운 의미 구조를 생성하거나 기존의 지식 구조를 새롭게 재편하는 것을 가리킨다. 재구조화는 첨가나 조율과 달리 지식 구조의 위계를 전반적으로 검토하는 광범위한 인지적 노력을 필요로 한다. 이는 기존의 지식 구조에 지식을 더하는 것이 아니라 새로운 지식 구조를 형성하는 것에 해당한다.

한편 소비자는 자신을 둘러싸고 있는 환경에서 발생하는 여러 가지 자극과 반응을 반복적으로 경험함으로써 학습을 하게 된다.

이러한 경험을 통해 이루어지는 학습을 생동적 학습이라고 한다. 광고에서 어떤 상품에 대한 정보와 멋진 배우의 모습이 짝지어져 반복적으로 노출될 때, 소비자가 배우에 대해 가진 호의적인 태도가 해당 상품으로 전이되어 상품에 대해서도 좋은 태도를 가지게 되는 것 역시 행동적 학습의 결과이다. 소비자의 행동적 학습에 관한 연구는 학습이 일어나는 인간적 과정보다 자극에 따른 결과에 관심을 두는 행동주의 심리학에 기반하고 있다. 행동주의 심리학에서는 '고전적 조건화'와 '작동적 조건화'를 중요하게 다룬다.

고전적 조건화의 이론적 토대는 파블로프의 조건 반사 실험에 있다. 파블로프는 개에게 먹이를 줄 때마다 종소리를 들려주는 실험을 반복한 결과, 나중에는 먹이가 없이 종소리만 들려도 개의 침샘에서 침이 나온다는 것을 발견하였다. 이때 먹이가 침의 분비를 유발하는 것은 매우 자연스러운 현상인데, 이처럼 자연스럽게 어떤 반응을 유발하는 자극을 '무조건 자극'이라고 하고 이때의 반응을 '무조건 반응'이라고 한다. 어떤 반응을 일으키지 않는 '중성 자극'이 먹이인 무조건 자극과 짝 지어져 반복적으로 제시되면, 이 중성 자극은 무조건 자극이 사라져도 반응을 유발할 수 있는 조건 자극이 된다. 이때 조건 자극에 의해 유발되는 반응을 '조건 반응'이라고 한다. 중성 자극을 무조건 자극과 결부해 반복적으로 노출시키면 조건 자극은 무조건 자극에 의해 야기되었던 반응과 매우 유사한 반응을 유발한다는 것이 고전적 조건화의 핵심이라고 할 수 있다.

　작동적 조건화는 상자에 가둔 흰쥐를 대상으로 한 스키너의 실험에 기반하고 있다. 작동적 조건화는 어떤 반응에 대해 선택적으로 보상함으로써 그 반응이 일어날 확률을 증가시키거나 감소시키는 것을 말하는데, 여기서 '선택적 보상'이란 '강화'와 '처벌'을 의미한다. 어떤 반응에 긍정적 자극을 제공하는 것을 '긍정적 강화', 어떤 반응에 부정적 자극을 제거하는 것을 '부정적 강화'라고 하고, 어떤 반응에 긍정적 자극을 제거하는 것을 '긍정적 처벌', 어떤 반응에 부정적 자극을 제공하는 것을 '부정적 처벌'이라고 한다.

02 〈보기〉는 제시문을 읽고 실시한 탐구 활동이다. 〈보기〉의 ①~④에 들어갈 적절한 말을 제시문에서 찾아 쓰시오.

〈보기〉

[가] 특정 회사의 여러 가지 서비스를 두고 다양한 특성이 모아지면 '이 회사의 서비스는 고품질이다.'와 같이 귀납화 할 수 있다.

[나] 어떤 상점에서 몇 차례 불친절을 경험한 소비자는 그 상점을 다시 찾지 않게 되어, 상점의 매출이 감소한다.

[가]는 (　①　) 심리학의 용어인 (　②　)을/를 보여주는 사례에 해당한다.
[나]는 (　③　) 심리학의 용어인 (　④　)을/를 보여주는 사례에 해당한다.

①: _______________________________

②: _______________________________

③: _______________________________

④: _______________________________

※ 다음 글을 읽고 물음에 답하시오.

놀이는 자아 표현의 한 수단으로 자발적이며 즐거운 현실적 가상 경험의 몰입 활동이다. 최근 현대 사회는 여가 생활의 다양함으로 인해 놀이 문화에 대한 관심과 이해의 폭이 넓어지면서 다양한 놀이들이 생겨나고 사라지고 있다. 이러한 놀이를 학문적 대상으로 끌어올린 사람은 하위징아이다. 그는 놀이가 특정한 목적을 이루기 위한 하나의 수단이라는 기존의 접근 방식에서 벗어나 놀이를 놀이 자체로 보고 그 특성을 연구하였다. 카유아 역시 놀이를 그 자체로 보고, 하위징아가 분석한 놀이의 특성을 확장시켜 놀이를 분석하고 분류했다. 그는 규칙 유무와 의지 유무를 축으로 놀이를 '아곤(agon)', '알레아(alea)', '미미크리(mimicry)', '일링크스(ilinx)'의 네 가지 범주로 분류함으로서 현대 놀이에 대한 이해의 바탕을 마련했다고 볼 수 있다.

첫 번째로 '아곤'은 경쟁을 의미하는 말로, 사전에 설정된 규칙을 지키는 가운데 자신의 의지를 반영하여 상대와 경쟁하는 형태의 놀이를 가리킨다. 카유아는 '아곤'이 승리에 명확한 가치를 두고, 이상적인 조건하에서 경쟁자들이 서로 싸우도록 기회의 평등이 인위적으로 설정된 투장이라고 말하였는데, 여기서 기회의 평등은 절대적인 평등을 의미하는 것은 아니다. 가령, 바둑에서는 먼저 시작하는 사람이 유리하기 때문에 먼저 시작한 사람이 얻은 집의 수에서 일정한 집의 수를 빼는 규칙을 마련하여 최대한 기회의 평등을 마련한다. 이러한 기회의 평등은 놀이 참가자에게 승리자가 패배자보다 뛰어나다는 인식을 갖게 할 수도 있다. 이와 같이 '아곤'은 기회의 평등이 있고, 승리를 얻기 위한 놀이이기 때문에, 놀이 참가자들에게는 규칙에 대한 이해, 놀이 참가하기 등 놀이에 대한 지속적인 관심, 적절하고 부지런한 연습 및 노력과 그에 대한 인내, 승리하고자 하는 의지가 필요하다.

두 번째로 '알레아'는 운, 우연을 의미하는 말로, 규칙이 있으나 놀이 참가자의 의지와 상관없는 운수나 요행, 운명에 결과를 맡기는 모든 놀이를 지칭한다. '알레아'에서는 상대방의 능력이나 노력보다는 운명이나 운과 같은 것이 문제이며, 놀이 참가자의 승리에 대한 의지나 그에 따른 능력 발휘는 놀이의 결과에 거의 영향을 미치지 않는다. 따라서 '알레아'에서의 놀이 참가자는 '아곤'의 놀이 참가자와는 정반대의 태도로 일관하게 된다. '알레아'의 참가자는 정해진 규칙 안에서 성공으로 이어지는 기대 심리에 바탕을 두고, 자신에게 다가올 수 있는 운에 기대어 놀이에 끊임없이 몰입하면서 막연한 쾌감을 느끼게 된다. 그렇다고 '알레아'와 '아곤' 사이에 공통점이 없는 것은 아니다. '알레아'에서도 기회의 평등은 중요한 원리로 작용한다.

'알레아'에서 기회의 평등은 위험에 비례하여 보상을 제공하는 것이다.

세 번째 '미미크리'란 흉내, 가장(假將), 모방 표현의 뜻으로 가상의 공간에서 일시적으로 가상 인물이 되어 자신의 의지에 따라 역할을 해내는 놀이다. 여기서 허구적 공간은 '아곤'과 '알레아'에서와 같은 강제적인 규칙이 존재하지 않는다. 놀이 참가자는 놀이를 하는 동안만큼은 허구적 세계를 현실처럼 받아들이고 현실 속의 자아에서 벗어난 자유를 향유하는 것이다. 이는 놀이를 통해 일상의 자아를 감추고 원래의 인격, 욕망을 해방시키는 것이다. 따라서 '미미크리'에서의 재미 원리는 놀이 참가자가 자신을 다른 인물로 가장하고 있다는 사실 자체와 그로 인해 일어나는 결과가 내면에 숨겨진 자아를 드러내면서 동시에 내재된 욕망을 충족시키는 즐거움을 일으킨다는 것에 있다.

네 번째로 현기증을 의미하는 '일링크스'는 일정한 규칙을 상정하지 않으며, 놀이 참가자의 의지가 개입되지 않는 놀이다. 의지 개입의 측면에서 '알레아'에서는 놀이의 결과에 놀이 참가자의 의지가 개입될 수 없는 것과 달리 '일링크스'는 놀이의 진행과정에 놀이 참가자의 의지가 개입될 수 없다. 번지 점프와 같은 놀이가 대표적인 것으로, 놀이 참가자는 자신의 의지로 통제할 수 없는 상태에서 일시적으로 흥분, 쾌감 등의 심리를 경험하게 된다. 이러한 감정은 평상시에 억제되어 있는 감각을 건드려 갑자기 사람을 사로잡는 황홀 상태로 이끄는데, 이것은 관람하는 사람들 역시 경험할 수 있기 때문에 '일링크스'는 당사자의 일링크스와 목격자의 일링크스로 분류하기도 한다.

03 〈보기2〉는 제시문을 바탕으로 〈보기1〉의 게임을 분석한 것이다. 〈보기2〉의 ①, ②에 들어갈 적절한 말을 제시문에서 찾아 쓰시오.

〈보기1〉

요즘 온라인 게임 ○○○이 큰 인기를 얻고 있다. 이 게임의 참가자는 자신만의 캐릭터를 만들 수 있으며, 참가자의 레벨에 따라 주어지는 무기 아이템, 방어 도구 아이템, 기타 아이템들을 선택하고 조합하여 사용한다. 참가자는 자신의 캐릭터가 속할 나라를 선택한 후에 특정한 임무인 퀘스트 수행, 다른 캐릭터와의 싸움 또는 다른 나라와의 전쟁을 한다. 퀘스트나 전쟁, 싸움에는 등급이 있어 참가자는 원하는 등급과 사용할 아이템을 선택해서 참여한다. 특히 싸움에서는 상대방의 레벨 수준에 따라 사용할 수 있는 아이템이 제한된다. 퀘스트의 성공, 싸움이나 전쟁에서의 승리가 있으면 성공 또는 승리의 결과에 따른 레벨 상승과 함께 보상 아이템을 받는다. 보상 아이템은 임의로 주어지지만 참가자의 레벨이 높을수록 전쟁과 싸움에서 좋은 역할을 한다.

〈보기2〉

○○○의 복합적 성격은 카유아의 놀이 분류 개념으로 설명할 수 있다. ○○○은 싸움에서 상대방의 레벨 수준에 따라 사용할 수 있는 아이템을 제한하여 최대한 어느 한쪽이 불리하지 않도록 한다는 점에서 (①)적 요소가 있다. 그리고 자신만의 캐릭터를 만들어 게임 세계에 참가하고, 자신이 갖고 있는 다양한 아이템을 선택하고 조합하여 게임 공간에서 활동한다는 점에서는 (②)적 요소가 있다.

① : ____________________________________

② : ____________________________________

※ 다음 글을 읽고 물음에 답하시오.

(가)

고전학파 경제학자인 애덤 스미스 이후, 급격히 성장하는 경제 규모에 따라 발생하는 잉여 자금을 통해 창출되는 이자가 경제 활동 참여자에게 이익이 될 수 있다는 가능성이 인식되기 시작했다. 이러한 인식을 바탕으로 미국의 경제학자인 클라크는 자본재를 이용한 '우회 생산'에서 이자 성립의 근거를 찾고 있다. 우회 생산은 어떤 상품을 직접 생산하는 것이 아니라 투자를 통해 공장, 설비 등의 자본재를 만들고 그것을 이용해 상품을 생산하는 방식을 뜻한다. 예컨대 맨손을 사용해 매일 3마리의 생선을 잡는 어부가 어선이나 어망을 구입해서 이를 이용하여 더 많은 생선을 어획하는 것이다. 이러한 우회 생산은 '직접 생산'의 방식보다 더 높은 생산성을 가져다준다. 즉 생산 활동에서 자본재를 도입한 경우의 수익과 자본재를 도입하지 않은 경우의 수익을 비교하면 자본재를 도입한 경우의 수익이 더 크다. 클라크는 이처럼 자본재의 투입에 따라 발생하는 수익의 차이가 이자 성립의 근거라고 생각했다. 또한 그는 '우회 생산도'가 클수록 생산량이 증가한다고 주장하며, 우회 생산도는 '자본재의 한계 생산량'을 통해 측정이 가능하다고 보았다. 그는 자본재의 양이 1단위 증가함에 따라 증가하는 생산량을 자본재의 한계 생산량이라고 정의하고, 투입된 자본재의 양에 따라 증가하는 자본재의 한계 생산량을 이자의 원천으로 제시했다.

(나)

뵘바베르크는 그의 저서인 「자본과 이자」에서 생간 과정에서 우회 생산도가 커지면 커질수록 생산성이 높아지므로, 우회 생산이 이자의 원천이 된다고 주장했다. 우회 생산은 자본재를 투입하여 상품을 생산하는 것으로, 그는 우회 생산도를 측정하기 위해서 '평균 생산 기간'이라는 척도를 제시했다. 이 척도는 생산에 걸리는 시간을 각 노동량이 투하된 양의 비율에 따라 가중치를 부여하여 계산한 평균값이다. 즉 자본재가 비록 본원적 투입 요소가 아니고 상품을 생산하기 위해 사용되는 '중간재 생산물의 집합'으로 계산된다고 하더라도, 시간이라는 요소를 합쳐서 가중치를 구해야 하므로 시간에 대한 대가로 이자가 포함되어야 한다고 보았다.

04 〈보기〉는 (가)의 '클라크'와 (나)의 '뵘바베르크'의 견해를 비교한 내용의 일부이다. 〈보기〉의 ①, ②에 들어갈 말을 제시문에서 찾아 쓰시오.

〈보기〉

		클라크	뵘바베르크
공통점	이자 성립의 근거	우회 생산	
차이점	우회 생산도 측정을 위한 척도	(①)	(②)

① : ________________________________

② : ________________________________

[05~06] 다음 글을 읽고 물음에 답하시오.

(가)
조금 전까지는 거기 있었는데
어디로 갔나,
밥상은 차려 놓고 어디로 갔나.
넙치지지미 맵싸한 냄새가
코를 맵싸하게 하는데
어디로 갔나,
이 사람이 갑자기 왜 말이 없나,
내 목소리는 메아리가 되어
되돌아온다.
내 목소리만 내 귀에 들린다.
이 사람이 어디 가서 잠시 누웠나,
옆구리 담괴가 다시 도졌나, 아니아니
이번에는 그게 아닌가 보다.

한 뼘 두 뼘 어둠을 적시며 비가 온다.
혹시나 하고 나는 밖을 기웃거린다.
나는 풀이 죽는다.
빗발은 한 치 앞을 못 보게 한다.
왠지 느닷없이 그렇게 퍼붓는다.
지금은 어쩔 수가 없다고,

– 김춘수, 「강우」

(나)

[앞부분의 줄거리] 고려시대 송도에서 국학에 다니며 공부하던 이생이 귀족 집의 아름다운 처녀 최 씨를 보고 반하게 된다. 이생이 최 씨를 사모하는 마음을 시로 써서 최 씨의 집 담 너머로 던진 것을 계기로 두 사람은 밀회하고 연인이 된다. 하지만 이생의 아버지가 반대하여 두 사람은 이별하게 되고 최 씨는 이생을 그리워한 나머지 상사병에 걸려 죽음의 위기에 이른다. 최 씨 부모의 간청에 의해 이생 아버지가 허락하여 두 사람은 결국 부부가 되고 이생은 과거에 급제한다. 갑자기 홍건적의 난이 일어나 이생은 피신하였지만 최 씨는 도적의 칼에 죽임을 당한다. 난이 끝나고 가족을 잃고 실의에 빠져 홀로 지내던 이생에게 어느 날 최 씨의 환신이 찾아와 두 사람은 못다 한 인연을 이어가게 된다.

두 사람은 그간의 정화를 다 나눈 후 나란히 잠자리에 들었다. 지극한 즐거움이 예전과 같았다.

다음 날 최 씨와 이생은 함께 재물이 묻혀 있다는 곳을 찾아왔다. 과연 금은 여러 덩이와 얼마간의 재물을 얻을 수 있었다. 그들은 양가 부모님의 유골을 수습한 후 금과 재물을 팔아 각각 오관산 기슭에 합장하였다. 묘소에 나무를 심고 제사를 드려 예를 극진히 갖추었다.

그 뒤 이생은 벼슬을 구하지 않고 최 씨와 함께 살았다. 목숨을 구하고자 달아났던 종들도 다시 스스로 돌아왔다. 이생은 이때부터 인간사에 게을러져서 비록 친척이나 손님들의 길흉사에 하례하고 조문해야 할 일이 있더라도 문을 걸어 잠그고 밖으로 나가지 않았다. 그는 항상 최 씨와 더불어 시를 지어 주고받으며 금실 좋게 행복한 시간을 보냈다. 그렇게 몇 년이 흘러갔다.

어느 날 저녁 최 씨가 이생에게 말했다.

"세 번이나 좋은 시절을 만났지만, 세상일은 뜻대로 되지 않고 어그러지기만 하네요. 즐거움이 다하기도 전에 갑자기 슬픈 이별이 닥쳐오니 말이에요."

그러고는 마침내 오열하기 시작하였다. 이생은 깜짝 놀라서 물었다.

"무슨 일로 그러시오?"

최 씨가 대답하였다.

"저승길의 운수는 피할 수가 없답니다. 하느님께서 저와 당신의 연분이 아직 끝나지 않았고, 또 저희가 아무런 죄악도 저지르지 않았음을 아시고 이 몸을 환생시켜 당신과 지내며 잠시 시름을 잊게 해 주신 것이었어요. 그러나 인간 세상에 오랫동안 머물면서 산 사람을 미혹시킬 수는 없답니다."

(중략)

이생도 슬픔을 걷잡지 못하여 말하였다.

"내 차라리 당신과 함께 저세상으로 갈지언정 어찌 무료히 홀로 살아남을 수 있겠소? 지난번 난리를 겪은 후 친척과 종들이 뿔뿔이 흩어지고, 돌아가신 부모님의 유해가 들판에 버려져 있을 때 당신이 아니었다면 누가 부모님을 묻어 드릴 수 있었겠소? 옛 성현이 말씀하시기를 '어버이 살아 계실 때는 예로써 섬기고, 돌아가신 후에는 예로써 장사 지내야 한다.'라고 했는데 당신의 천성이 효성스럽고 인정이 두터웠기 때문에 이런 일을 다 처리할 수 있었던 것이오. 당신의 정성에 너무도 감격하지만, 한편으로는 나 자신에 대한 부끄러움을 참을 길이 없었소. 부디 그대는 인간 세상에 더 오래 머물다가 백 년 후 나와 함께 흙으로 돌아가시구려."

최 씨가 대답하였다.

"당신의 목숨은 아직도 한참 더 남아 있지만 저는 이미 귀신의 명부에 이름이 실렸으니 이곳에 더 오래 머물 수가 없답니다.

만약 제가 굳이 인간 세상을 그리워하며 미련을 두어 운명의 법도를 어기게 된다면 단지 저에게만 죄과가 미치는 게 아니라 당신에게도 누를 끼치게 될 거예요. 다만 제 유해가 아무 곳에 흩어져 있으니 만약 은혜를 베풀어 주시려면 그것이나 거두어 비바람과 햇볕 아래 그냥 나뒹굴지 않게 해주세요."

두 사람은 서로 바라보며 눈물만 줄줄 흘렸다.

"서방님, 부디 몸 건강히 지내세요."

말을 마친 최 씨의 자취가 점차 희미해지더니 마침내 흔적도 없이 사라져 버렸다.

– 김시습, 「이생규장전」

05 〈보기〉는 (가)에 대한 설명이다. 〈보기〉의 ①과 ②에 해당하는 시구를 (가)에서 찾아 쓰시오.

〈보기〉

김춘수의 「강우」는 아내의 죽음을 쉽사리 받아들이지 못하는 화자를 내세워 아내에 대한 그리움을 절절하게 노래한 서정시이다. 화자는 아내와 함께 했던 일상 속에서 보이지 않는 아내를 애타게 찾다가 끝내 아내의 죽음을 받아들이게 된다. 이러한 장면에서 화자가 느끼는 슬픔이 ①감탄사의 반복으로 표현되었다. 그리고 아내의 죽음을 인식하면서도 내면적으로는 받아들이기 힘들어하는 화장의 슬픔과 체념을 쏟아지는 비와 연결 지어 표현할 때에는 ②부사어들을 연달아 사용하여 화자의 정서를 강조하고 있다.

① : ____

② : ____

06 〈보기〉는 (나)에 대한 설명이다. 〈보기〉의 ㉠이 드러나는 문장 두 개를 제시문의 대화에서 찾아 각각의 첫 어절과 마지막 어절을 순서대로 쓰시오.

〈보기〉

「이생규장전」에는 애정 전기 소설의 주요 특징들이 잘 나타난다. 먼저 '전기(傳奇)'는 '기이한 것을 전한다'는 뜻으로, 현실계와 초현실계의 접촉에 의한 사건을 다루기 때문에 '환상성'과 '현실성'의 상반된 두 속성을 포함한다. 또한 애정 전기 소설의 남녀 주인공은 고독감을 지닌 인물들로 그려지는 가운데 남주인공은 소극적인 모습으로, 여주인공은 능동적인 모습으로 애정을 추구한다. 그들은 서로에게 독점적 애정을 보여주지만 그 애정은 여러 가지 장애로 말미암아 지속되지 못한다. 이 과정에서 ㉠남녀 주인공은 만남과 헤어짐을 반복적으로 겪게 되는데, 이때 숭고한 사랑을 위해 희생을 아끼지 않는 청춘 남녀의 모습이 사실적으로 묘사된다.

① 첫 어절: ________________ , 마지막 어절: ________________

② 첫 어절: ________________ , 마지막 어절: ________________

수학[자연티]

▶ 해답 p.400

07 함수 $f(x)=-x^3+3x^2+9x+a$가 닫힌 구간 $[-1,\ 6]$에서 최솟값 -40을 갖는다. 곡선 $y=f(x)$와 직선 $y=k$가 만나는 점의 개수가 2가 되도록 하는 모든 상수 k의 값의 합을 구하는 과정을 서술하시오. (단, a는 상수)

08 $\sin\theta\tan\theta=-\dfrac{8}{3}$일 때, $\sin\left(\dfrac{3\pi}{2}-\theta\right)$의 값을 구하는 과정을 서술하시오.

09 첫째항이 a이고 공차가 $2a$인 등차수열 $\{a_n\}$ 에 대하여 $\sum\limits_{k=1}^{10} \dfrac{3}{a_k a_{k+1}} = \dfrac{5}{7}$일 때 a_3의 값을 구하는 과정을 서술하시오.

$$(\text{단},\ a > 0)$$

10 최고차항의 계수가 1인 삼차함수 $f(x)$의 그래프가 x축과 서로 다른 두 점에서 만나고, $x \leq a$인 모든 실수 x에 대하여 부등식 $f(x) \leq 0$이 성립하도록 하는 실수 a의 최댓값은 4이다. $f(0) = -16$일 때, $f(3)$의 최솟값을 구하는 과정을 서술하시오.

11 실수 a와 6 이하의 자연수 n에 대하여 다음 조건을 만족시키는 순서쌍 (a, n)의 개수를 구하는 과정을 서술하시오.

> (가) $2a^2 - 9a + 4 = 0$
> (나) $a^{3n^2 - 17n} < a^{n^2 - 30}$

12 0이 아닌 세 수 a, b, c에 대하여 x에 대한 이차방정식 $ax^2 - 2bx + c = 0$이 $x = 3$에서 중근을 갖는다. 한편, 세 수 a, 5, c가 순서대로 등차수열을 이룰 때 a, b, c의 값을 구하는 과정을 서술하시오.

13 양의 실수 a에 대하여 사차함수 $f(x)$가 다음 조건을 만족시킨다.

> (가) $f(1) = -\dfrac{24}{5}$
>
> (나) $\lim\limits_{x \to a}\left\{\dfrac{2}{f(x)} - \dfrac{5}{(x-a)^2}\right\} = 5$

$f(8)$의 값을 구하는 과정을 서술하시오.

14 원에 내접하는 사각형 ABCD에서 대각선 AC, BD가 만나는 점을 E라 하자. $\overline{BD} = 6$, $\angle BAD = 60°$이고 대각선 AC는 $\angle BAD$를 이등분하며 $\angle ABD = 45°$이다. 삼각형 ABE의 넓이를 S, 삼각형 CDE의 넓이를 T라 할 때, $S-T$의 값을 구하는 다음의 풀이 과정을 완성하시오.

> 삼각형 ABC와 삼각형 ABD가 동일한 원에 내접하므로 사인법칙을 사용하면 $\overline{BC}$의 값은 ① 이다.
>
> $\angle CBD = \angle CAD$이므로 $\angle ABC = 75°$이다. $x = \overline{AB} = \overline{AC}$라 하고 삼각형 ABC에서 코사인법칙을 사용하면 x^2의 값은 ② 이다. 따라서 삼각형 ABC의 넓이의 값은 ③ 이다.
>
> 한편 $\angle CBD = \angle CDB$이므로 $\overline{CD} = \overline{BC}$이다. 따라서 삼각형 BCD의 넓이는 $3\sqrt{3}$이다. 삼각형 ABC와 삼각형 BCD는 삼각형 BCE를 공통으로 포함하므로 $S-T$의 값은 ④ 이다.

15 상수 a에 대하여 함수

$$f(x)=\begin{cases} x^3-3ax^2+2ax+1 & (x\leq 1) \\ -4x+3 & (x>1) \end{cases}$$

이 실수 전체의 집합에서 연속일 때,

$\displaystyle\int_{-1}^{9}f(x)dx-\int_{2}^{9}f(x)dx$의 값을 구하는

과정을 서술하시오.

국어[자연F]

▶ 해답 p.402

※ 다음은 학생이 작성한 건의문의 초안이다. 물음에 답하시오.

교장 선생님께

안녕하세요. 저는 3학년 3반 학급회장 ○○○입니다. 저희의 안전하고 행복한 학교생활을 위해 늘 애써 주셔서 진심으로 감사합니다.

이렇게 교장 선생님께 글을 쓰게 된 것은 사물함 교체를 건의드리기 위해서입니다. ㉠우리 학교의 각 교실 뒤편에는 사물함이 설치되어 있습니다. 그런데 사물함의 크기가 작아 옷이나 신발 등을 수납하지 못해서 불편을 겪고 있습니다. 학생들이 옷과 신발 등을 교실 여기저기에 놓는 바람에 교실이 지저분해 보이고, 여름철에는 땀 냄새까지 나서 공부에 집중하기 어려울 때도 있습니다. 그래서 일부 학습에서는 별도로 돈을 걷어 옷걸이와 간이 신발장을 수입하여 활용하고 있기도 합니다. 하지만 학급마다 제각각이고 관리도 잘 이루어지지 않아 오히려 교실의 상태가 지저분해 보인다는 의견이 많습니다.

교실 사물함을 좀 더 큰 것으로 교체해 주시면 감사하겠습니다. 교실의 크기가 한정되어 있기에 공간을 확보하는 데에 어려움이 있다고 생각하실 수 있지만, ㉡현재 학생 수에 맞게 사물함 갯수를 줄이고, 활용도가 떨어지는 게시판을 치운다면 공간이 충분히 확보될 것이라고 생각합니다. 교장 선생님과의 간담회에 참석한 학생 자치회장의 말에 따르면 ㉢학급 환경 개선을 위한 예산이 책정되어 있다던데, 그 예산을 사물함 교체에 사용해 주셨으면 합니다. 사물함 교체는 저희 반 학생들뿐만 아니라 다른 반 학생들도 공통으로 바라는 것입니다. ㉣아무쪼록 저희의 바람이 꼭 이루어졌으면 좋겠습니다.

교장 선생님, 여러 가지로 바쁘신 중에도 제 글을 끝까지 읽어 주셔서 감사합니다.
㉤안녕히 계십시요.

2022년 △월 △일, 3학년 3반 ○○○ 올림.

01 〈보기〉는 고쳐쓰기 과정에서 고려해야 할 내용이다. 제시문의 ㉠~㉤ 중 〈보기〉의 ⓐ에 해당하는 단어를 두 개 찾아 쓰고, 이를 올바르게 수정하여 쓰시오.

〈보기〉

글의 고쳐 쓰기 과정에서는 의미가 불필요하게 중복된 표현, 문장과 문장의 연결이 어색한 부분, 문장 성분 간의 호응 관계가 잘못된 것, ⓐ한글 맞춤법에 어긋난 표현 등을 수정해야 한다.

① 한글 맞춤법에 어긋난 것: _______________________, 올바르게 수정한 것: _______________________

② 한글 맞춤법에 어긋난 것: _______________________, 올바르게 수정한 것: _______________________

※ 다음 글을 읽고 물음에 답하시오.

작품을 전시회에 출품하는 게 아니라 잡지에 기고하는 화가들이 있다. '개념 미술가'라 불리는 이들이 그들이다. '개념 미술'이라는 말을 처음 사용한 사람은 헨리 프린트인데, 그는 개념 미술이 언어와 아주 밀접한 관계가 있다는 점을 들어 개념 미술을 언어를 재료로 하는 미술 형식이라고 말하였다. 이와 같이 개념 미술에서는 작품이 지닌 물질성이 중요하지 않다.

예술의 물질성에 대해 견해를 밝힌 사람들 가운데 헤겔의 견해에 따르면, 예술은 필연적으로 물질성에서 정신성으로 이행한다. 고대 오리엔트의 예술을 대표한 것은 피라미드나 스핑크스와 같은 거대한 건축물이나 기념비였다. 이때 정신은 아직 육중한 물질에 눌려 있었다. 이어서 등장한 그리스 예술에서 주도적 역할을 맡은 장르는 조각이었다. 헤겔은 예술의 본질이 정신적 이념을 감각적 물질로 구현하는 데 있다고 주장했다. 이 때문에 그는 정신과 물질이 어느 쪽에도 치우치지 않고 적절히 조화를 이룬 그리스 조각에서 예술이 정점에 도달했다고 보았다.

이후 정신은 더 성장하여 서서히 물질을 압도하기 시작한다. 르네상스 예술을 주도한 장르는 회화였다. 회화는 개별 사물이나 표상에서 공통된 속성이나 관계를 보아내는 정신적 과정을 통해 현실의 한 차원을 접어 3차원의 공간을 2차원의 평면으로 환원시킨다는 점에서 조각보다 더 정신적이다. 또한 회화의 재료인 물감 역시 조각에 사용되는 육중한 돌에 비해 물질성이 한결 약하다. 17세기에는 음악이 예술을 주도하는 역할을 이어받게 된다. 음악의 재료인 소리에는 거의 물질성이 없다. 19세기 이후의 주도적 장르는 시였다. 이제 예술은 마침내 물질성을 완전히 벗고 학문과 똑같은 재료, 즉 개념을 사용하게 된다. 다 자란 정신에게 예술의 물질성은 그저 거추장스러운 옷일 뿐이다. 이 지점에서 헤겔은 예술의 종언을 선언한다. 절대 정신이 물질적 매체를 통해 표현되는 시대는 지났다는 것이다. 예술이 종언을 고했다는 그의 예언은 빗나갔을지 몰라도, 20세기 예술의 경향을 보건대, 적어도 예술이 물질을 벗고 정신으로 상승하리라는 그의 지적은 적중했다고 할 수 있다.

본격적인 의미에서 최초의 개념 미술가는 멜 보크너였다. 1966년 그는 동료 작가들의 드로잉과 작업 구상을 담은 종이를 여러 번 복사하여 네 권의 파일 노트에 끼워 조각의 받침대 위에 올려놓았다. 거기에는 솔 르윗과 댄 플래빈의 작업 스케치, 그들의 작품에 대한 자세한 설명을 담은 송장*, 존 케이지가 작곡한 악보가 포함되어 있었다. 파일의 첫 장은 화랑의 도면, 마지막 장은 복사기의 조립 도면이었다. 이 전시회를 찾은 관객들은 작품을 보는 게 아니라 파일을 넘겨 가며 읽어야 했다. 이렇게 작업 구상을 담은 종이, 작업 스케치, 작품에 대한 설명을 담은 송장 등이 예술이 될 때, 미술은 문학에 가까워진다.

솔 르윗에 따르면 개념 미술에서는 생각이나 관념이 작품의 가장 중요한 측면이 된다. 예술가가 예술에 개념적 형식을 사용한다는 것은 곧 모든 계획과 결정이 미리 만들어지고 실행은 요식 행위가 된다는 것을 의미한다. 실제로 솔 르윗은 그의 작품 '벽 드로잉'의 실행을 고용된 인부들에게 주었을 뿐이다. 이렇듯 개념 미술에서는 시각화되지 않은 생각이나 관념도 완성된 산물 못지 않은 작품이다.

한편 알렉산더 알베로는 개념 미술을 낳은 미술사적 계보학에 대해 언급했다. 그에 따르면 1960년대의 개념 미술은 네 가지 궤도가 하나로 수렴한 결과이다. 첫째, 전통적 예술 작품의 구조를 해체한 모더니즘 회화의 자기반성적 경향, 둘 때, 작품을 시각적 오브제*에서 개념적 텍스트로 되돌리려는 환원주의적 경향, 셋째, 뒤샹에게서 유래하는 반(反)미학 혹은 비(非)미학의 경향, 넷째는 예술 작품이 전시되고 소통되는 장소를 문제 삼는 경향이다.

　　이와 같은 특성을 지닌 개념 미술은, 예술이 구체적으로 실재하는 작품이라는 전통적인 인식에서 벗어나 언어를 비롯한 비물질성을 지닌 생각이나 관념도 예술이 될 수 있다는 예술에 대한 새로운 인식을 가능하게 하였다.

* 송장 : 상품을 멀리 떨어진 곳으로 발송할 때 짐을 받을 사람에게 보내는 상품의 명세서

* 오브제 : 예술에서 작품에 쓴 일상생활 용품이나 자연물

---

02 〈보기〉는 제시문을 읽고 내용을 정리한 것인데, 〈보기〉의 ⓐ, ⓑ는 제시문의 내용과 일치하지 않는다. ⓐ, ⓑ를 올바르게 수정하려고 할 때 적절한 말을 제시문에서 찾아 쓰시오.

〈보기〉

- 개념 미술가들은 헤겔이 말한 예술의 ⓐ물질성이 개념 예술 작품의 핵심 요소라고 생각했다.
- 헤겔은 ⓑ르네상스 예술의 회화를 정신과 물질의 균형적 지점에 위치하는 예술 작품이라고 생각했다.

① ⓐ를 올바르게 수정한 것: _______________________

② ⓑ를 올바르게 수정한 것: _______________________

[03~04] 다음 글을 읽고 물음에 답하시오.

　　통계에 기반하는 양적 연구를 실행하기 위해서는 추상적인 대상이나 변인들을 구체적인 숫자로 치환해야 하는데, 이 치환 과정을 측정이라고 한다. 측정이 없이는 숫자로 표현되는 데이터를 수집할 수 없기 때문에 양적 연구를 실행할 때는 측정과 척도에 대한 이해가 수반되어야 한다. 측정은 미터, 킬로그램, 명, 개, 번과 같은 척도를 통해 이루어지고 측정을 통해 얻고자 하는 것이 무엇인지에 따라 척도 수준을 달리하게 된다.

　　척도 수준에는 몇 가지 유형이 있다. 명목 수준은 대상들을 구분하는 것 이외에는 어떤 의미도 갖지 않는 것으로, 척도 수준 가운데 가장 낮은 위계에 있다. 성별이나 종교 등의 항목에 대해 측정한 데이터는 명목 수준의 데이터라고 할 수 있다. 명목 수준에서 각 선택지는 등가성을 가지며, 서로 중복되지 않아야 한다는 상호 배타성과 모든 대상을 포함해야 한다는 완전 포괄성이라는 기준을 동시에 만족시켜야 한다. 서열 수준은 명목 수준보다 상위 위계에 있다. 서열 수준이란 대상들 간의 순서를 측정하는 수준을 말하는데, 각 선택지에 대해 응답자가 부여한 서열은 산술적 가치를 갖고 있는 것이지만 이 값이 각 선택지에 대한 점수를 의미하는 것이 아니기 때문에 이를 가지고 사칙 연산을 하는 것은 불가능하다. 예를 들어 '국어와 수학 중에 좋아하는 과목의 순위를 표시해 주십시오.'라는 항목에는 응답자가 국어를 1, 수학을 2로 표시하였다고 할 때, 이 응답자가 국어를 수학보다 더 선호한다는 것만을 판단할 수 있을 뿐이다. 서열 수준보다 상위의 위계에 있는 척도 수준은 등간 수준인데, 등간 수준에서 각 선택지에 제시된 값은 '1-2-3-4-5', '1-3-5-7-9' 등과 같이 값의 간격이 동일하다. 등간 수준을 척도 수준으로 하는 항목에 대한 응답값은 산술적 가치를 갖고 있으며 이 응답값을 가지고 사칙 연산 중 덧셈과 뺄셈을 하는 것이 가능하다. 그러나 곱셈과 나눗셈을 하는 것은 불가능하다. 어떤 대상의 속성을 측정하기 위한 등간 수준의 항목에서, 응답값이 3인 경우와 비교하였을 때 응답값이 9인 경우가 해당 속성을 3배 가졌다고 말할 수는 없는 것이다. 연구자는 선택지를 '1-3-5-7-9'로 제시했을 수도 있고, '3-6-9-12-15'로 제시했을 수도 있다. 척도 수준 가운데 가장 높은 위계에 있는 것은 비율 수

준인데, 비율 수준에서는 응답값을 가지고 사칙 연산의 덧셈과 뺄셈, 곱셈과 나눗셈을 하는 것이 가능하다. 비율 수준은 일반적으로 직접 관찰할 수 있는 물리적 사건이나 현상을 측정하는 데 사용된다. 속도나 길이, 면적을 나타내는 척도는 비율 수준을 가지며, 절대 0점을 가지는 것이 특징이다.

의사 소통과 같은 사회 심리학적 현상을 연구하는 분야에서도 양식 연구가 이루어진다. 의사소통 분야에서 측정의 대상은 언어적 민감성, 대중 매체 친숙도, 의사소통 능력, 자아 효능감, 공격성 등과 같이 추상적인 개념인 경우가 많은데, 측정의 변인 역시 의사소통 주체들의 속성이나 인지, 태도, 행동 과정 등으로 추상적인 경우가 대부분이다. 사회 심리학 분야에서는 이렇게 추상적인 대상이나 변인들을 구체적인 숫자로 바꾸는 측정을 조작화 또는 경험적 현실화라고 부른다.

의사소통을 연구하는 사회 심리학적 분야에서 조작화를 할 때 가장 많이 사용되는 것은 리커트 척도이다. 이는 개발자 리커트의 이름을 딴 것으로, 선택지에는 '동의한다 – 동의하지 않는다.' '그렇다 – 그렇지 않다' 등이 배열된다. 연구자는 각 선택지에 점숫값을 부여하여 이를 통해 측정 결과를 도출한다. 리커트 척도에서는 5점이나 7점 척도가 주로 쓰이는데, 각 선택지의 점수 간 간격이 항상 동일하지는 않다.

03 〈보기〉는 제시문의 내용을 정리한 것이다. 〈보기〉의 ①~③에 들어갈 적절한 말을 제시문에서 찾아 쓰시오.

〈보기〉

척도 수준 가운데 (①) 수준은 대상의 구분만을 나타내기 때문에 응답자의 응답값이 산술적 가치를 갖지 않는 반면, (②) 수준은 응답값으로 사칙 연산 중 곱셈과 나눗셈이 가능하다. 한편, 리커트 척도는 연구자가 각 선택지에 점숫값을 부여하고 (③) 수준의 데이터를 수집할 때 많이 사용된다.

① : _______________________________________

② : _______________________________________

③ : _______________________________________

04 〈보기〉는 양적 연구를 위한 문항의 예이다. 〈보기〉의 ①~③에 해당하는 척도 수준의 유형을 제시문에서 찾아 쓰시오.

〈보기〉

① 귀하의 성별은 무엇입니까?
　 ⓐ 남자　　ⓑ 여자
② 귀하의 평균적인 오전 기상 시간은 언제이십니까?
　 ⓐ 5시 이전　　ⓑ 5~7시　　ⓒ 7~9시　　ⓓ 9~11시　　ⓔ 11시 이후
③ 다음 음식을 얼마나 선호하는지 표시해 주십시오. (해당 점수에 ○표)

	점수				
쌀밥	1	2	3	4	5
빵	1	2	3	4	5
국수	1	2	3	4	5

① : ______________________________

② : ______________________________

③ : ______________________________

[05~06] 다음 글을 읽고 물음에 답하시오.

(가)
후, 후, 후, 후! 하, 하, 하, 하!
후, 후, 후, 후! 하, 하, 하, 하!
후, 하! 후, 하! 후하! 후하! 후하! 후하!

땅바닥이 뛴다, 나무가 뛴다,
햇빛이 뛴다, 버스가 뛴다, 바람이 뛴다.
창문이 뛴다, 비둘기가 뛴다.
머리가 뛴다.

잎 진 나뭇가지 사이
하늘의 환한
맨몸이 뛴다.
허파가 뛴다.

후, 하! 후, 하! 후하! 후하! 후하! 후하!
뒤꿈치가 들린 것들아!
밤새 새로 반죽된
공기가 뛴다.
내 생(生)의 드문
아침이 뛴다.
독수리 한 마리를 삼킨 것 같다.

— 황인숙, 「조깅」

(나)

　'낯설게 하기'는 일반적으로 예술 분야에서 일상적인 맥락을 배경으로 하여 특정 대상을 두드러지게 만들어 주의를 환기하는 기법을 뜻한다. 시에서는 형식적인 측면에서 일상적인 언어의 형태나 규범을 파괴하는 방식으로 나타나곤 한다. 띄어쓰기를 적용하지 않거나, 문장이나 구성의 흐름이 어색해지도록 행을 구분하는 경우, 일정한 흐름으로 끊어 읽기가 진행되다가 갑자기 새로운 방식으로 끊어 읽기가 진행되는 경우, 연의 구성이나 행의 길이가 크게 바뀌는 경우, 구두점의 사용 양상에 변화를 주는 경우 등이 대표적인 예이다.

　그런데 예술 분야에서 '낯설게 하기'는 일종의 표현 기법으로만 작용하는 것이 아니다. 좋은 예술 작품들은 우리가 일상의 흐름 속에서 쉽게 발견하지 못해 놓치고 있는 것들을 제시하기도 하는데, 이를 위해서는 예술이 표현 기법을 펼쳐 내기 이전에 대상을 바라보는 낯선 시선을 갖추어야 하기 때문이다. 이런 맥락에서 볼 때 문학 작품은 기본적으로 '낯설게 하기'의 태도를 보여 주는 것이라고도 할 수 있다. 많은 문학 작품들이 당연하다고 생각하는 것들에 의문을 제기하거나 평소에는 주의 깊게 살피지 않았던 것에 주목하는 것도 이와 같은 낯선 관점을 바탕으로 할 때 더욱 효과적으로 이루어질 수 있는 것이다. 따라서 시를 읽을 때 새로운 표현을 만나게 된다면 표현 방식만을 확인하고 그럴 것이 아니라 그 표현을 통해 일상 속에서 어떤 진실을 새롭게 발견할 수 있는지를 고민할 필요가 있다.

(다)

　비유는 시에서 많이 쓰이는 표현 방법이다. 일상적인 언어생활 속에서도 비유 표현을 사용할 때가 많은데, 대부분은 이미 알고 있는 대상의 속성을 더 선명하게 표현하여 내용을 효과적으로 전달하기 위해 사용되곤 한다. 시에서도 대상의 속성을 더 선명하게 드러내고자 비유 표현을 사용하기도 하지만 때로는 새롭게 발견한 대상의 속성을 드러내기 위해 비유 표현을 사용하기도 한다. 이때 해당 비유 표현은 단순히 수식을 위한 표현이거나 독자에게 강한 인상을 남기기 위한 표현이라기보다 그 비유 표현이 아니면 드러낼 수 없는 진실 혹은 진리를 드러내기 위한 표현이라고 할 수 있다. 이런 비유 표현을 읽을 때에는 보조 관념과 관련하여 떠올릴 수 있는 다양한 의미, 속성 등을 적극적으로 활용하면서 그것이 작품 전체적인 의미를 읽는 데에 기여할 수 있는가를 따져 보는 것이 중요하다.

05 〈보기〉는 (나)와 (다)를 바탕으로 (가)를 설명한 것이다. 〈보기〉의 ①, ②에 들어갈 적절한 말을 쓰시오.

〈보기〉

　(가)에서는 달리는 사람의 시선에서 포착된 주변 사물들의 모습을, '땅바닥이 울린다'나 '햇빛이 쏟아진다', '버스가 지나간다'처럼 일상적인 언어 규범에 더 익숙한 방법으로 표현하기 보다는 뛰는 사람의 시선이 흔들리는 것을 반영하여 '뛴다'라고 표현함으로써 뛰는 사람뿐만 아니라 그를 둘러싸고 있는 상황과 사물이 다 뛰는 느낌을 불러일으키게 된다. 보이는 모든 사물을 '뛴다'라고 표현한 것도 낯설지만, 궁극적으로는 세계의 운동성이라는 숨은 진실을 표현하고 있다는 점에서 좋은 예술 작품이 가지는 낯설게 하기의 태도를 보여 준다. 표현 방법과 관련해서는 무생물이나 사물 주어에도 '뛴다'라는 서술어를 결합함으로써 비유법 중 활유법이나 (　①　)을/를 사용한 점이 눈에 띈다. 그리고 화자에게 '뛰는 존재'로 새롭게 인식된 세상의 대상들은 이 시에서 (　②　)(으)로 통칭된다.

　① : ________________________________

　② : ________________________________

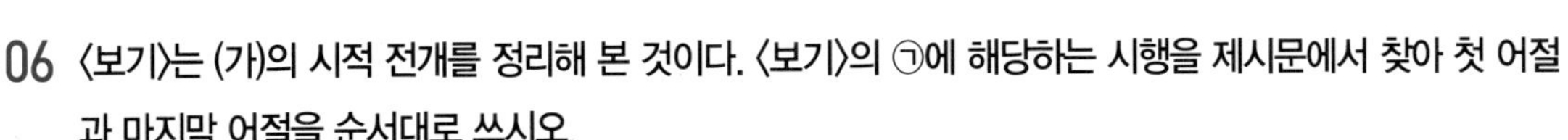

06 〈보기〉는 (가)의 시적 전개를 정리해 본 것이다. 〈보기〉의 ㉠에 해당하는 시행을 제시문에서 찾아 첫 어절과 마지막 어절을 순서대로 쓰시오.

〈보기〉

　　(가)는 조깅을 하는 동안 가빠지는 호흡을 숨소리 '후'와 '하'의 간격이 좁아지는 것으로 표현하면서 시작된다. 이어 조깅을 하는 사람이 바라본 대상이 '나무'나 '버스', '비둘기'같은 주변 사물에서 시작하여 점차로 '잎 진 나뭇가지 사이로 보이는 하늘'로 이동하는데, 전체적으로 시선이 높아지고 있는 것을 느낄 수 있다. 이러한 시선의 이동에 따라 전개되는 시상은 작품의 후반부에서 한결 가빠진 호흡과 함께 인생의 '드문 아침'을 체감하는 것으로 고양된다. (　㉠　)은/는 이렇게 신체적 상승감과 함께 얻게 된 정신적 고양감을 비유적으로 표현하고 있는 것으로 생각할 수 있다.

① 첫 어절: _______________________, 마지막 어절: _______________________

수학[자연F]

▶ 해답 p.403

07 실수 전체의 집합에서 정의된 함수

$$f(x)=x^3-mx^2+\left(m+\frac{4}{3}\right)x+5$$가 일

대일 대응이 되도록 하는 모든 정수 m의 값을 구하는 과정을 서술하시오.

08 0이 아닌 두 실수 a, b에 대하여

$$a^{-3}\times\sqrt{a^4b^{-2}}=3,\ a^{-1}-b^{-1}=-5$$일 때,

a^2+b^2의 값을 구하는 과정을 서술하시오.

09 $0<\theta<\pi$인 θ에 대하여

$$\tan\theta+\frac{1}{\tan\theta}=-2$$일 때,

$\dfrac{1}{\cos\theta}-\dfrac{1}{\sin\theta}$의 값을 구하는 과정을 서술하시오.

10 함수

$$f(x)=\begin{cases} 2x+a^2 & (x\leq-1) \\ -x+2a+1 & (x>-1) \end{cases}$$

에 대하여 함수 $f(x^2)f(2x-1)$이 $x=0$에서 연속이 되도록 하는 실수 a의 값의 합을 구하는 과정을 서술하시오.

221

11 $p>0$, $q<0$인 두 정수 p, q와 모든 자연수 n에 대하여 수열 $\{a_n\}$이 $a_1=30$, $a_{n+1}=a_n+3pn+q$를 만족시킨다.

두 부등식 $a_3>0$, $a_4<0$을 만족시키는 정수 p, q의 순서쌍 (p, q)를 모두 구하는 과정을 서술하시오.

12 $a>1$인 실수 a에 대해 곡선 $y=\log_a x$와 원 $C:\left(x-\dfrac{5}{3}\right)^2+y^2=\dfrac{17}{9}$의 두 교점을 P, Q 라 하자. 선분 PQ가 원 C의 지름일 때, a의 값을 구하는 다음의 풀이 과정을 완성하시오.

> 선분 PQ가 원 C의 지름이므로 선분 PQ는 원의 중심 $\left(\dfrac{5}{3},\,0\right)$을 지난다.
>
> 따라서 양수 b에 대해 점 P의 x좌표를 $\dfrac{5}{3}-b$ 라 할 때, 점 Q의 x좌표는 ⬚①
>
> 점 P와 Q의 y좌표의 부호가 서로 반대임을 이용하면, $b=$ ⬚②
>
> 따라서 점 Q의 y좌표는 ⬚③
>
> 점 Q는 곡선 $y=\log_a x$와 원 C의 교점이므로, $a=$ ⬚④

13 두 연속 함수 $f(x)$, $g(x)$가

$$\lim_{x \to 2} \frac{f(x)-4}{x-2} = 2, \quad \lim_{x \to 2} \frac{g(x)+2}{x-2} = -1$$

을 만족시킬 때, $\displaystyle\lim_{x \to 2} \frac{f(x)g(x)+8}{x^2-4}$의 값을 구하는 과정을 서술하시오.

14 최고차항의 계수가 3인 이차함수 $f(x)$는 $x=3$에서 극값을 갖고, 모든 실수 x에 대하여

$$g(x) = (1-x)f(x) + \int_1^x f(t)\,dt$$

를 만족시킨다. 곡선 $y=|g(x)|$와 직선 $y=kx$가 서로 다른 세 점에서 만나도록 실수 k의 값을 구하는 과정을 서술하시오.

15 곡선 $y=|x^2-5x|-5x+9$와 x축으로 둘러싸인 부분의 넓이의 값을 구하는 과정을 서술하시오.

2023학년도
가천대
논술 모의고사

A형　B형

국어[A형]

2023학년도 모의고사

▶ 해답 p.405

※ **다음은 학생들의 대화이다. 물음에 답하시오.**

희경: 사회 시간에 조별 발표할 보고서를 네가 써 오기로 했잖아. 가지고 왔니?

광기: (보고서를 보여 주며) 각종 통계, 논문, 전문 잡지 등을 활용해서 주제에 대한 근거를 확실하고도 풍부하게 제시했어.

범수: 그런데 각종 자료를 사용하면서 인용 표시를 하거나 원문의 출처를 밝히지 않았네. 네가 한 행위는 저작권 위반에 해당돼.

광기: 난 별생각 없이 자료를 가져온 건데. 저작권을 위반하는 사례가 많다는 말은 들어 봤지만 정작 내가 한 행동이 저작권을 위반하는 것인지는 생각지 못했네.

희경: 참, 다음번 과제가 민주 시민으로서 준법정신을 고취하기 위한 영상물을 만드는 것이잖아. 우리 저작권을 소재로 영상물을 만들면 어떨까?

광기: 그래. 나처럼 저작권에 대해 잘 인식하지 못하는 사람들도 많을 거야. 영상물로 홍보하면 많은 사람이 저작권에 대해 좀 더 확실히 인식하게 될 수 있을 거야.

범수: 저작권의 개념, 종류, 보호 기간, 위반사례 등 전반적인 것을 담자.

희경: 저작권에 관한 것을 다 전달하면 정보의 과잉으로 인해 수용자들이 힘들어할 수도 있어. 그리고 영상물의 분량에도 한계가 있으니 수용자들이 관심을 가질 만한 것을 중심으로 영상물을 제작하면 어떨까?

범수: 좋아. 그러면 영상물을 볼 사람들이 저작권의 어떤 점을 가장 궁금해하는지 설문 조사를 해 보자.

희경: 그러려면 먼저 어떤 사람에게 이 영상물을 보여 줄 것인지 정한 후, 그 사람들이 저작권에 대해 어느 정도 알고 있는지를 알아봐야 해.

광기: 영상물을 볼 사람은 우리 학교 학생으로 정하자.

희경: 찬성이야. 그렇게 하면 영상물의 내용을 좀 더 구체적으로 할 수 있을 거야.

범수: 그래. 이것을 시발점으로 저작권에 대한 관심을 불러일으키다 보면 저작권 문제를 해결할 수 있는 실마리를 마련할 수도 있을 거라고 생각해.

01 〈보기〉는 위 대화를 분석한 내용이다. 〈보기〉의 ①, ②를 확인할 수 있는 각 문장을 제시문에서 찾아 첫 어절과 마지막 어절을 순서대로 쓰시오.

〈보기〉

　　대화에 참여한 학생들은 영상물 제작을 통해, 저작권에 대한 사회적 관심을 불러 일으켜서 저작권 침해라는 사회적 문제를 해결하는 데 도움을 주고자 한다. 이를 위해 학생들은 ①영상물 제작 목적, 영상물 예상 수용자, 영상물 수용자의 관심 분야, ②영상물 제작의 기대 효과 등에 대해 대화하고 있다.

① 첫 어절: _________________ , 마지막 어절: _________________

② 첫 어절: _________________ , 마지막 어절: _________________

※ 다음 글을 읽고 물음에 답하시오.

　　호락논쟁(湖洛論爭)은 18세기부터 19세기 초반까지 조선 성리학계 내에서 벌어졌던 대규모 논쟁으로, 당시 학계의 주류를 점한 노론 학자들에 의해 주도되었다. 그들은 주로 충청도와 한양을 기반으로 하였는데, 호서 지방인 충청도를 기반으로 한 학파를 호학 또는 호론이라 하였고, 한양을 기반으로 한 학파를 낙학 또는 낙론이라 하였다. 18세기는 조선의 학문과 국제 정세가 크게 바뀌어 가는 시점이었다. 낙론 학자들은 이러한 시대적 변화에 좀 더 적극적으로 대처하고자 하였고, 호론 학자들은 상대적으로 보수적인 입장을 취하였다.

　　호락논쟁의 핵심은 인성(人性)과 물성(物性)이 동일한지의 여부, 즉 '인물성동이(人物性同異)'의 문제에 있었다. 인간과 동물의 성(性)이 같지 않다는 이론(異論)은 당연히 설득력이 있어 보인다. 동물에게 오상(五常)과 같은 윤리적 덕성이 있다고 가정해도, 인간과 동일한 수준에서 오상을 갖추고 있다고는 도저히 생각할 수 없기 때문이다. 하지만 성(性)에 대한 성리학의 원론적인 정의에 입각한다면 동론(同論), 즉 인간과 동물의 성(性)이 같다는 주장 역시 전적으로 거부하기 어렵다. 성리학에서는 성(性)을 우주와 만물이 존재할 수 있도록 해 주는 궁극적인 근거가 되는 원리인 이(理)에 해당하는 것으로 보기 때문이다. 따라서 이러한 절대적인 존재인 이(理)에 해당하는 성(性)은 사람이든 동물이든 모두 일치하지 않을 수 없다. 결국 이 논쟁은 어느 한쪽으로 귀결되지 못한 채 경서 해석과 관련된 관념적 논쟁으로 심화되고 말았다.

　　조선 후기 호론과 낙론 유학자들 사이에서 격렬하게 맞붙은 이 논쟁을 촉발한 주요한 원인으로 새로운 타자(他者)의 등장을 들 수 있다. 외부적으로는 단지 오랑캐 중 하나에 불과했던 청나라가 중국 본토를 차지하게 되었으며, 내부적으로는 양반 또는 남성이 아닌 존재들이 사회적으로 중요한 역할을 하기 시작하였다. 동아시아 문명권 전반의 화이(華夷) 질서, 그리고 안정적으로 유지되어 왔던 신분 질서를 뒤흔들기 시작한 새로운 타자의 등장 속에서 당시 유학자들은 이들을 본성의 측면에서 자신들과 동일한 존재로 인정할 것인지에 대해 고민할 수밖에 없었다. 이러한 상황 속에서 인성과 물성에 대해 이론(異論)을 주장한 이들은 타자를 자신들과는 다른 존재로 인식하였고, 동론(同論)을 주장한 이들은 타자를 자신들과 동일한 존재로 인정해야 한다고 보았다.

02 〈보기〉는 제시문을 바탕으로 호락논쟁(湖洛論爭)의 주요 내용을 정리한 것이다. 〈보기〉의 ①과 ②에 들어
갈 적절한 말을 제시문에서 찾아 쓰시오.

〈보기〉

학파	인물성동이(人物性同異)의 문제	타자에 대한 인식 태도
①	동론(同論)	같은 존재로 인식
②	이론(異論)	다른 존재로 인식

① ________________________________

② ________________________________

※ 다음 글을 읽고 물음에 답하시오.

개념 미술가는 작품을 전시회에 출품하지 않고 잡지에 기고하기도 한다. '개념 미술'이라는 말을 처음 사용한 사람
은 헨리 플린트인데, 그는 개념 미술이 언어와 아주 밀접한 관계가 있다는 점을 들어 개념 미술을 언어를 재료로 하
는 미술형식이라고 말했다. 이와 같이 개념 미술에서는 작품이 지닌 물질성이 중요하지 않다.

예술의 물질성에 대해 견해를 밝힌 사람들 중에 하나인 헤겔에 따르면, 예술은 필연적으로 물질성에서 정신성으
로 이행한다. 정신적 이념을 감각적 물질로 구현한 것이 예술의 본질이라는 것이다. 따라서 그는 그리스 예술이 정신
과 물질 어느 쪽에 치우치지 않고 적절히 조화를 이루었기 때문에 예술의 정점에 이르렀다고 인식했다.

본격적인 의미에서 최초의 개념 미술가는 멜 보크너였다. 1966년 그는 전시회에서 동료 작가들의 드로잉과 작업
구상을 담은 종이를 여러 번 복사하여 네 권의 파일 노트에 끼워 조각의 받침대 위에 올려놓았다. 이 전시회를 찾은
관객들은 작품을 보는 게 아니라 파일을 넘겨 가며 읽어야 했다. 이 때 미술은 문학에 가까워진다.

솔 르윗에 따르면 개념 미술에서는 생각이나 관념은 작품의 가장 중요한 측면이 된다. 예술가가 예술의 개념적 형
식을 사용한다는 것은 곧 모든 계획과 결정이 미리 만들어지며 실행은 요식행위가 된다는 것을 의미한다. 실제로 솔
르윗은 그의 작품 '벽 드로잉'의 실행을 고용된 인부들에게 위탁했다.

한편 알렉산더 알베로는 다양한 미술사적 계보학을 언급하면서 1960년대에 개념 미술은 모더니즘 회화의 자기
반성적 경향, 반(反)미학 혹은 비(非)미학의 경향, 예술 작품의 전시와 소통을 문제 삼는 경향 등이 수렴된 것이라고
했다.

이와 같은 특성을 지닌 개념 미술은, 예술이 구체적으로 실재하는 작품이라는 전통적인 인식에서 벗어나 언어를
비롯한 비물질성을 지닌 생각이나 관념도 예술이 될 수 있다는 예술에 대한 새로운 인식을 가능하게 하였다.

03 〈보기〉는 제시문의 요약문을 작성하기 위해 정리한 것이다. ㉠~㉮ 중 적절하지 <u>않은</u> 것 3개를 찾아 기호를 쓰시오.

〈보기〉

㉠ 개념 미술의 경우에는 전시회에 가지 않고서도 예술 작품을 감상할 수 있다.

㉡ 헤겔은 정신성이 물질성을 압도하는 순간 예술은 정점에 이른다고 보았다.

㉢ 멜 보크너는 관객들에게 작품을 읽게 함으로써 문학을 미술화 하였다.

㉣ 솔 르윗은 예술의 개념적 형식을 구현하는 방법으로, 작품의 실행을 고용한 인부들에게 위탁하였다.

㉤ 알렉산더 알베로는 미술사적 계보학을 통해 개념 미술이 몇 가지의 예술적 경향을 수렴한 것이라고 보았다.

㉥ 개념 미술은 비물질성을 실재하는 작품으로 실행하는 것이 중요한 예술적 가치임을 새롭게 인식하게 하였다.

---

① ______________________________

② ______________________________

② ______________________________

※ 다음 글을 읽고 물음에 답하시오.

(가)

생사 길은

예 있으매 머뭇거리고,

나는 간다는 말도

못다 이르고 어찌 갑니까.

어느 가을 이른 바람에

이에 저에 떨어질 잎처럼,

한 가지에 나고

가는 곳 모르온저.

아아, 미타찰에서 만날 나

도 닦아 기다리겠노라.

— 월명사, 「제망매가」

(나)

유리에 차고 슬픈 것이 어른거린다.

열없이 붙어 서서 입김을 흐리우니

길들은 양 언 날개를 파닥거린다.
지우고 보고 지우고 보아도
새까만 밤이 밀려 나가고 밀려와 부딪히고,
물먹은 별이, 반짝, 보석처럼 박힌다.
밤에 홀로 유리를 닦는 것은
외로운 황홀한 심사이어니,
고운 폐혈관이 찢어진 채로
아아, 너는 산새처럼 날아갔구나!

– 정지용, 「유리창1」

04 〈보기〉는 (가)와 (나)에 대한 해설의 일부이다. 〈보기〉의 ①, ②에 들어갈 적절한 말을 제시문에서 찾아 쓰시오.

〈보기〉

　　(가)와 (나)는 각각 누이의 요절, 어린 자식의 죽음을 다루고 있다. 상실의 대상이 (가)에서는 식물적 이미지인 '떨어질 잎'으로, (나)에서는 동물적 이미지인 (　①　)(으)로 비유된다. 두 작품 모두 가까운 이의 죽음으로 인한 상실감을 표현한다는 점에서는 공통적이지만, (나)와 달리 (가)에서는 내세에 대한 종교적 믿음을 바탕으로 슬픔을 승화하는 자세가 드러난다. 이러한 (가)의 인식은 (　②　)(이)라는 공간적 시어를 통해 확인할 수 있다.

① ____________________________

② ____________________________

수학[A형]

▶ 해답 p.406

05 $\dfrac{3}{2}\pi < \theta < 2\pi$인 θ에 대하여

$6\cos\theta - \dfrac{1}{\cos\theta} = -1$일 때, $\sin\theta\cos\theta$의

값을 구하는 과정을 서술하시오.

06 함수 $f(x) = -2x^3 + 3x^2 + 12x + a$가 닫힌 구간 $[-1, 5]$에서 최솟값 -105를 가질 때, 곡선 $y = f(x)$와 직선 $y = k$가 만나는 점의 개수가 2가 되도록 하는 모든 상수 k의 값의 합을 구하는 과정을 서술하시오. (단, a는 상수이다.)

07 다항함수 $f(x)$가 모든 실수 x에 대하여 $\int_a^x f(t)dt = x^3 + x^2 - 6x$을 만족시킬 때 $f(a)$의 값을 구하는 과정을 서술하시오. (단, a는 양수이다.)

08 모든 항이 음수이고 $a_1 = -3$인 수열 $\{a_n\}$의 첫째항부터 제 n항까지의 합을 S_n이라 할 때, 모든 자연수 n에 대하여

$$3(S_{n+1} + S_n) = -(S_{n+1} - S_n)^2 \cdots (*)$$

이 성립한다. a_n의 값을 구하는 다음의 풀이 과정을 완성하시오. (단, 아래 빈칸의 ①, ②, ③은 모두 숫자로 쓰시오.)

$S_1 = a_1 = -3$이고, $(*)$에 $n = \boxed{①}$을 대입하면

$3(S_2 + S_1) = -(S_2 - S_1)^2$이므로,

이를 정리하면

$S_2 = a_1 + a_2 = -3 + a_2$이다.

따라서, $a_2 = \boxed{②}$이다.

한편, $(*)$에 n대신 $n+1$을 대입하면

$3(S_{n+2} + S_{n+1}) = -(S_{n+2} - S_{n+1})^2 \cdots (\star)$

이고,

수식 $(\star) - (*)$을 정리하면

$a_{n+2} - a_{n+1} = \boxed{③}$이다.

따라서 $a_n = \boxed{④}$

2023학년도 모의고사

국어[B형]

▶ 해답 p.407

※ 다음은 작문 상황에 따라 학생이 작성한 초고이다. 물음에 답하시오.

[작문 상황]
　학교 누리집의 〈동아리 소개〉 게시판에 동아리를 소개하고 가입을 권유하는 글을 써서 올리고자 함.

[학생의 초고]

손 글씨의 매력, 필사 동아리 '몽당연필'로 오세요

　'몽당연필'은 필사에 관심을 갖고 있는 학생들이 모여 만든 동아리입니다. 현재 17명의 부원이 활동하고 있으며 해마다 지원자가 늘고 있습니다.

　'필사'라는 말이 좀 낯설죠? 독서 동아리가 책을 함께 읽고 의견을 나누는 활동을 주로 하는 것에 비해, 필사 동아리는 자신이 좋아하는 글을 가져와 베껴 쓰는 활동을 주로 합니다. 연필을 필기구로 사용하기 때문에 동아리의 이름을 '몽당연필'이라고 하였습니다. 동아리의 이름에는 기다란 연필이 몽당연필이 되는 동안, 그만큼 내적으로 더 성장하기를 바라는 마음도 담겨 있습니다.

　디지털 기기로 빠르게 의사소통하는 것이 일상화된 오늘날, 필사는 시대의 흐름을 거스르는 것처럼 보일 수 있습니다. '몽당연필'은 적어도 동아리 활동을 하는 동안에는 '편리함과 빠름' 대신 '불편함과 느림'을 추구합니다. 동아리 활동 시간이 있을 때마다 부원들은 각자 자신에게 감동을 준 글, 아름다움을 느낀 문장이나 시 등을 준비해 옵니다. 그리고 각자 자리에 앉아 종이 위에 연필로 한 글자 한 글자 옮겨 적습니다. 글 전체를 다 옮겨 적지 않아도 되고, 옮겨 적다가 틀려도 수정하지 않아도 됩니다. 다 쓴 글은 다른 부원들과 돌려 가며 감상합니다.

　필사는 많은 것이 빠르게 변화하는 '속도의 시대'에 여유와 안정을 되찾도록 해 줍니다. 좋은 글을 손 글씨로 옮겨 적는 동안 사색의 여유를 느낄 수 있고, 그 과정을 스스로 주도하는 데에서 마음의 안정을 찾을 수 있습니다.

　바쁘게 돌아가는 일상 속에서 잠시 좋은 글과 손 글씨로 숨을 고르는 시간은 우리에게 잊고 있었던 자신을 발견하는 기쁨을 줄 것입니다. 좀 더 많은 친구들이 필사를 통해서 자신을 살피는 여유를 가졌으면 좋겠습니다. 가끔은 연필로 들어 아날로그적 감성과 여유를 즐길 수 있는 필사의 매력에 빠져 보는 것은 어떨까요?

01 〈보기〉는 제시문의 초고를 작성하기 위해 학생이 계획한 글쓰기 전략이다. 제시문에서 〈보기〉가 반영된 부분을 찾아 첫 어절과 마지막 어절을 순서대로 쓰시오.

〈보기〉

　동아리에서 어떤 활동을 하는지 전체 과정을 처음부터 끝까지 순서대로 설명해야겠어.

※ 다음 글을 읽고 물음에 답하시오.

자신의 생각을 주장할 때 명확한 이유를 바탕으로 하고, 다른 사람의 주장을 받아들이거나 거부할 때 그럴 만한 충분한 이유가 있는지 신중하게 생각하는 것을 '논리적 사고'라고 할 수 있다. 이와 같은 논리적 사고에서는 주장과 이유가 가장 핵심적인 개념이다. 주장은 다른 말로 '결론', 이유는 다른 말로 '전제', '논거', '근거'라고도 부른다. 전제는 결론을 '지지한다' 또는 '뒷받침한다' 또는 '정당화한다'라고 말한다. 전제와 결론으로 구성되는 논증은 제시된 전제를 통해서 도출된 결론이 참이라고, 또는 받아들일 만한 것이라고 합리적으로 설득하는 것이다.

논증에서 전제가 먼저 나올 수도 있고, 결론이 먼저 나올 수도 있다. 그리고 전제와 결론이 한 문장에 다 들어 있을 수도 있고, 다른 문장으로 구분되어 있을 수도 있으며, 두 전제 사이에 결론이 끼어 있을 수도 있다. 따라서 문장의 위치로 전제와 결론을 판단할 수는 없다. 그리고 전제는 얼마든지 한 개 이상이 있을 수 있다. 물론 하나의 논증에 결론은 한 개다. 결론이 두 개인 것처럼 보이는 논증은 실제로는 연쇄적이거나 독립적인 두 논증이 있는 것이다. 결론의 개수는 논증이 몇 개냐를 판단하기 위해 필요하므로 중요한 반면 전제의 개수는 별로 중요하지 않다.

일상의 논증에서는 전제 또는 결론을 생략하는 경우가 종종 있다. '이 영화는 미성년자 관람 불가야, 너는 볼 수 없어.'라는 문장은 논증의 형식을 갖추고 있다. 그런데 이 논증에는 '너는 미성년자이다.'라는 전제가 하나 생략되어 있다. 그 전제는 대화 상황에서 논증을 하는 사람이나 듣는 사람 모두가 알고 있는 뻔한 것이기 때문에 굳이 말하지 않아도 이 논증을 이해하는 데 전혀 방해가 되지 않는다. 이렇게 생략된 전제를 '숨은 전제'라고 부른다.

한편 굳이 결론을 진술하지 않아도 누구나 짐작할 수 있는 경우라면 결론도 생략될 수 있다. '소림사 출신은 모두 무예를 잘한다는데, 지산 스님도 소림사 출신이래.'라는 논증이 '지산 스님은 무예를 잘한다.'라는 결론을 함축한다는 것은 누구나 쉽게 알 수 있다. 여기에서 '지산 스님은 무예를 잘한다.'는 '숨은 결론'이라 할 수 있다.

02 〈보기〉는 제시문을 바탕으로 실시한 학습활동의 일부이다. 〈보기〉의 ①, ②에 들어갈 적절한 말을 제시문에서 찾아 쓰시오.

〈보기〉

논증 중에는 전제의 일부와 결론이 생략되는 경우도 있는 것 같아.

• 드래곤스 팀이 우승하면 내가 네 아들이다.

이 논증에서 '나는 네 아들이 아니다.'는 (　　①　　)(으)로 볼 수 있고, '드래곤스 팀이 우승하지 못한다.'는 (　　②　　)(으)로 볼 수 있어.

① ______________________________

② ______________________________

※ 다음 글을 읽고 물음에 답하시오.

외부 병원체에 대한 우리 몸의 방어 체계를 면역 시스템이라고 한다. 병원체에 대한 우리 몸의 면역 시스템은 두 가지로 구분된다. 첫째는 특정 병원체를 기억하지 않고 즉각적으로 반응하는 선천성 면역이며, 둘째는 병원체의 특정 항원을 인식하는 세포를 활성화하여 병원체를 막아 내는 ㉠후천성 면역이다.

후천성 면역은 특정 항원에 특이성을 보이는 세포를 활성화하여 강력하고 지속적인 면역 반응을 유도한다. 항원의 특이성을 드러내는 돌출 부위를 에피토프라 하는데, 후천성 면역을 담당하는 B 세포와 T 세포에는 특정 에피토프에만 결합하는 항원 수용체가 있다. 그래서 우리 몸에 존재하지 않던 이질적 항원이 발견될 경우, B 세포와 T 세포는 자신의 항원 수용체와 항원의 에피토프를 맞춰 본 후 여러 종류의 B 세포와 T 세포 중 그 항원에만 결합하는 특정 B 세포와 T 세포를 증식하게 된다. 이러한 활성화 과정을 통해 증식된 B 세포는 형질 세포와 기억 B 세포를 형성하고, 이 중 형질 세포의 항원 수용체가 세포 밖으로 분비되는데 이를 항체라고 한다. 이렇게 형질 세포에서 대량으로 분비된 항체가 항원과 결합하여 항원과 관련된 병원체의 활동을 막아 내는데, 이를 체액성 면역이라고 부른다. 한편 증식된 T 세포는 도움 T 세포, 독성 T 세포, 기억 T 세포를 형성하며, 이 중 특정 항원에 특이성이 있는 세포 독성 T 세포가 병원체에 감염된 세포를 직접 사멸시킨다. 이는 항체를 만들지 않고 세포가 직접 작용하여 나타나는 면역 반응으로 세포성 면역이라 부른다.

특정 항원에 이미 노출된 후 다시 그 항원에 노출될 때에는 면역 반응의 속도, 강도 및 지속 기간 등에 큰 차이가 생긴다. 항원에 노출된 후 첫 번째로 일어나는 면역 반응을 1차 면역 반응이라고 하는데, 이 반응의 강도는 항원 노출 후 10~17일 이후에 최고치에 이르게 된다. 그 후 같은 항원에 다시 노출될 경우 최고치 면역 반응에 이르는 시간은 2~7일로 빨라지며, 면역 반응의 강도도 높아지고 그 지속 기간도 길어지는데, 이를 2차 면역 반응이라고 한다. 2차 면역 반응은 항원 접촉 후 초기에 만들어진 기억 B 세포와 기억 T 세포에 의해 매개되는데, 이들 기억 세포는 증식이 멈추어진 상태로 있다가 훗날 같은 항원과 다시 접촉하게 되면 빠르게 증식하여 향상된 면역 능력을 보이게 된다.

03 〈보기〉는 제시문의 내용을 바탕으로 ㉠을 설명한 것이다. 〈보기〉의 ①, ②에 들어갈 적절한 말을 제시문에서 찾아 쓰시오.

〈보기〉

후천성 면역을 담당하는 B 세포와 T 세포 모두 항원의 (①)을/를 인식함으로써 활성화된다는 공통점이 있다. 또한 둘 다 기억 세포를 형성하게 되는데, 이것이 후일 2차 면역반응을 매개한다. 하지만 T 세포는 감염된 세포를 직접 사멸시키는 반면 B 세포는 형질세포에서 분비된 (②)이/가 병원체를 막는다는 차이점이 있다.

① ________________________________

② ________________________________

※ 다음 글을 읽고 물음에 답하시오.

성북동(城北洞)으로 이사 나와서 한 대엿새 되었을까, 그날 밤 나는 보던 신물을 머리맡에 밀어 던지고 누워 새삼스럽게,

"여기도 정말 시골이로군!" / 하였다.

무어 바깥이 컴컴한 걸 처음 보고 시냇물 소리와 쏴— 하는 솔바람 소리를 처음 들어서가 아니라 황수건이라는 사람을 이날 저녁에 처음 보았기 때문이다.

그는 말 몇 마디 사귀지 않아서 곧 못난이란 것이 드러났다. 이 못난이는 성북동의 산들보다 물들보다, 조그만 지름길들보다 더 나에게 성북동이 시골이란 느낌을 풍겨 주었다.

서울이라고 못난이가 없을 리야 없겠지만 대처에서는 못난이들이 거리에 나와 행세를 하지 못하고, 시골에선 아무리 못난이라도 마음 놓고 나와 다니는 때문인지, 못난이는 시골에만 있는 것처럼 흔히 시골에서 잘 눈에 뜨인다. 그리고 또 흔히 그는 태고 때 사람처럼 그 우둔하면서도 천진스런 눈을 가지고, 자기 동리에 처음 들어서는 손에게 가장 순박한 시골의 정취를 돋워 주는 것이다.

그런데 그날 밤 황수건이는 열 시나 되어서 우리 집을 찾아왔다.

그는 어두운 마당에서 꽥 지르는 소리로,

"아, 이 댁이 문안서……."

하면서 들어섰다. 잡담 제하고 큰일이나 난 사람처럼 건넌방 문 앞으로 달려들더니,

"저, 저 문안 서대문 거리라나요, 어디선가 나오신 댁입쇼?" / 한다.

보니 합비*는 안 입었으되 신문을 들고 온 것이 신문 배달부다.

(중략)

그런데 요 며칠 전이었다. 밤인데 달포 만에 수건이가 우리 집을 찾아왔다. 웬 포도를 큰 것으로 대여섯 송이를 종이에 싸지도 않고 맨손에 들고 들어왔다. 그는 벙긋거리며,

'선생님 잡수라고 사왔습죠."

하는 때였다. 웬 사람 하나가 날쌔게 그의 뒤를 따라 들어오더니 다짜고짜로 수건이의 멱살을 움켜쥐고 끌고 나갔다. 수건이는 그 우둔한 얼굴이 새하얗게 질리며 꼼짝 못 하고 끌려 나갔다.

나는 수건이가 포도원에서 포도를 훔쳐 온 것을 직각하였다. 쫓아 나가 매를 말리고 포돗값을 물어 주었다. 포돗값을 물어 주고 보니 수건이는 어느 틈에 사라지고 보이지 않았다.

나는 그 다섯 송이의 포도를 탁자 위에 얹어 놓고 오래 바라보며 아껴 먹었다. 그의 은근한 순정의 열매를 먹듯 한 알을 가지고도 오래 입안에 굴려 보며 먹었다.

어제다. 문안에 들어갔다 늦어서 나오는데 불빛 없는 성북동 길 위에는 밝은 달빛이 깁*을 깐 듯하였다.

그런데 포도원께를 올라오노라니까 누가 맑지도 못한 목청으로,

"사…… 케…… 와 나…… 미다카 다메이…… 키…… 카……."*

를 부르며 큰길이 좁다는 듯이 휘적거리며 내려왔다. 보니까 수건이 같았다. 나는,

"수건인가?"

하고 아는 체하려다가 그가 나를 보면 무안해할 일이 있는 것을 생각하고 휙 길 아래로 내려서 나무 그늘에 몸을 감추었다.

그는 길은 보지도 않고 달만 쳐다보며, 노래는 그 이상은 외우지도 못하는 듯 첫 줄 한 줄만 되풀이하면서 전에는

본 적이 없었는데 담배를 다 퍽퍽 빨면서 지나갔다.

　달밤은 그에게도 유감한 듯하였다.

– 이태준, 「달밤」

* 합비: 일본말로 '등이나 깃에 상호가 찍힌 겉옷'을 이르는 말.

* 깁: 명주실로 바탕을 조금 거칠게 짠 비단.

* 사케와 나미다카 다메이키카: 일본 가요의 가사로, 우리말로는 '술은 눈물인가, 한숨인가'.

04 〈보기〉는 제시문에 대한 설명의 일부이다. 〈보기〉의 ㉠에 해당하는 문장을 제시문에서 찾아 첫 어절과 마지막 어절을 순서대로 쓰시오.

〈보기〉

　이태준의 「달밤」은 배경을 통해 작품의 분위기를 조성하고 작품의 주제를 구현하는 데 기여한다. 예를 들어 작품 속 문장 (　㉠　)은/는 작품의 공간적 배경이 전기 등 근대적 문물이 도입되지 않은 곳임을 보여주고, 시간적 배경과 비유법을 통해 서정적인 분위기를 조성한다. 이러한 배경 설정은 그곳에서 살아가는 순박한 인물의 거듭된 실패에 대한 '나'의 연민을 드러내고, 독자들에게 여운을 주는 데 기여한다.

2023학년도 모의고사

수학[B형]

▶ 해답 p.408

05 두 함수 $f(x)=\begin{cases}x^3+2x^2+3x & (x<1) \\ 2x-1 & (x\geq 1)\end{cases}$,

$g(x)=2x^2+ax$에 대하여

함수 $f(x)g(x)$가 $x=1$에서 연속이 되도록 하는 상수 a의 값을 구하는 과정을 서술하시오.

06 다항함수 $f(x)$의 한 부정적분 $F(x)$가 모든 실수 x에 대하여 $F(x)=f(x)+x^3-2x^2$을 만족시킬 때, 방정식 $f(x)=5x^2$의 모든 실근의 합을 구하는 과정을 서술하시오.

07 등차수열 $\{a_n\}$이 $a_8+a_9+a_{10}=30$, $a_{21}+a_{23}=72$를 만족시킬 때, a_{30}의 값을 구하는 과정을 서술하시오.

08 두 함수 $y=-3^{-x+2}+1$, $y=\log_{\frac{1}{2}}(x+a)$의 그래프가 제 4사분면에서 만나도록 하는 모든 실수 a 값의 범위를 구하는 과정을 서술하시오.

2022학년도
가천대
논술 기출문제

자연A   자연B

국어[자연A]

▶ 해답 p.410

※ 다음은 학생이 작성한 건의문의 초고이다. 물음에 답하시오.

교장 선생님께

안녕하세요? 저는 2학년 ○반 ○○○입니다. 교장 선생님께서 늘 학생들의 행복한 학교생활을 위해 애쓰고 계시는 것에 진심으로 감사드립니다. 오늘 제가 교장 선생님께 글을 쓰는 이유는 제 진로 준비와 관련하여 고민이 있기 때문입니다. 저는 '가수'가 꿈인 학생으로 실용 음악과 진학을 목표로 하고 있습니다. 그래서 평소 노래 연습을 열심히 하고 있는데, 아무래도 남들 앞에서 공연해 본 경험이 없어 노래 실력이 크게 늘지 않는 것 같습니다. 그래서 점심시간에 주차장 옆 공터에서 친구들을 대상으로 버스킹 공연을 하고 싶은데, 이를 허락해 주셨으면 합니다.

저는 이 글을 쓰기에 앞서 친구들의 의견을 미리 조사해 보았습니다. 전교생 700명 중 600명의 학생들을 대상으로 한 설문 조사에서 약 75%의 학생들로부터 찬성의 의견을 받았습니다. 이는 버스킹 공연이 단지 저 하나만의 의견이 아니라 많은 학생들의 바람이라는 뜻입니다. 그리고 저는 교장 선생님께서 공연 소음으로 인해 학생들의 휴식 및 학업이 방해받는 것을 걱정하실 것이라 생각하여, 공연 시간을 20분 이내로 한정하고 앰프 볼륨도 크게 높이지 않아야겠다는 방안까지 마련해 놓았습니다. 다만 교장 선생님께 조심스럽게 부탁드리는 것은 예산 지원에 대한 부분입니다. 아무래도 공연을 하려면 노래를 부를 무대와 악기에 전력을 공급할 전원 공급 장치가 필요한데, 학생 신분인 저로서는 해결할 방법이 마땅히 떠오르질 않습니다. 학교에 이러한 학생 활동을 지원할 수 있는 예산이 있다는 얘기를 친구에게 들었는데, 교장 선생님께서 저의 버스킹 공연을 위해 이 예산을 사용해 주셨으면 합니다. 제가 하려는 버스킹 공연은 학업 스트레스에 지쳐 있는 학생들에게 큰 위안이 될 것입니다. 제가 책에서 '음악 치료'에 대한 내용을 찾아보았는데, 음악은 불안감을 감소시키고 심리적으로 즐겁고 행복한 경험을 하게 해 준다고 합니다. 그래서 저도 그저 노래를 부르고 싶어서만이 아니라, 친구들의 불안감과 스트레스를 해소하고 친구들을 위로할 목적으로 공연을 하려고 합니다. 그렇게 된다면 저는 제 진로에 좀 더 가까이 다가갈 수 있고, 친구들도 따뜻하고 평안한 마음으로 보다 행복한 학교생활을 할 수 있게 되지 않을까요?

01 〈보기〉는 건의문의 글쓰기 전략에 대한 설명 중 일부이다. 제시문에서 ㉠에 해당되는 문장을 찾아 첫 어절과 마지막 어절을 순서대로 쓰시오.

〈보기〉

건의문은 특정한 개인이나 기관을 대상으로 공식적으로 문제 상황의 해결을 제안하거나 요구하는 글이다. 건의문을 쓸 때 ㉠건의 내용에 대해 예상 독자가 가질 수 있는 우려를 언급하고, 이에 대한 해결 방안을 제시하는 것이 효과적이다.

※ 다음 글을 읽고 물음에 답하시오.

대기는 지구의 인력을 받는다. 즉 지표면에 대기의 무게가 작용하는데, 이 무게 때문에 생기는 압력을 기압이라고 한다. 지상 기압은 1643년에 이탈리아의 토리첼리가 처음으로 측정했다. 토리첼리는 한쪽이 막힌 길이 약 1m의 유리관에 수은을 가득 채우고, 수은이 든 그릇에 그 관을 거꾸로 세우면 관 속의 수은이 흘러내리다가 약 76cm 높이에서 멎는 것을 확인하였다. 이를 통해 그는 단위 면적에 작용하는 수은 기둥의 무게가 지상에 작용하는 단위 면적당 공기의 무게와 같다는 것을 알아냈다.

기압은 공기의 무게로 인한 것이므로 높은 곳으로 갈수록 해당 고도의 상공에 존재하는 공기의 양이 적어져 기압이 낮아진다. 이를 처음 확인한 사람은 파스칼이다. 그는 페리에에게 부탁해 기압과 고도의 관계에 관한 실험을 수행하였다. 페리에는 1648년에 파스칼의 고향 근처에 있는 해발 1,465m의 산에서 고도에 따른 기압 차이를 확인해 보았다. 그 결과 파스칼이 예상한 대로 산의 정상으로 갈수록 기압이 점차 낮아졌다. 기압은 고도가 높아질수록 낮아지므로 지상의 각 장소에서 기압을 측정하여 그대로 등압선을 작성하면 지도에서 볼 수 있는 등고선과 거의 같은 모양이 만들어진다. 그런데 이렇게 되면 일기에 영향을 주는 고기압과 저기압의 분포를 알기 어렵기 때문에 일기 예보에 활용할 수 없다. 그래서 지상의 날씨에 영향을 주는 기압의 분포를 파악하기 위해서는 기압을 해수면 고도상에서 관측한 값으로 환산해야 한다. 오늘날 일기도 작성에 이용하는 지상 기압은 관측된 기압을 관측소가 위치하는 지상의 고도를 고려하여 전 지구 평균 해수면상에서 관측한 값으로 보정한다. 이를 해면 경정이라고 한다.

기압의 변화는 공기의 온도 변화와 관련이 있다. 모든 곳의 지상 기압이 같다고 가정할 경우 주위보다 온도가 높은 곳의 공기는 팽창하여 밀도가 작아져서 상승하여 상공에서 사방으로 빠져나간다. 그 결과 지상 기압은 감소하게 된다. 그렇지만 지상 공기가 상승하면 상층에는 더 많은 공기가 쌓이게 되므로 결국 온도가 높은 곳의 상공은 주변보다 기압이 높아진다. 공기는 고기압에서 저기압으로 이동하므로 지상에서 온도가 높았던 곳의 상공에 있던 공기가 주변의 저기압 지역으로 이동하면, 지상의 온도가 높은 곳에는 주변의 고기압 지역에서 공기가 들어오게 된다. 기압의 차가 생기면 공기는 그 차를 메우기 위해 기압이 높은 곳에서 낮은 곳으로 움직이는데 이것이 바람이다. 그런데 바람의 방향에는 기압 이외의 다른 요소도 영향을 미친다. 고도가 같은 경우에 기온은 고위도일수록 낮은 경향을 보인다. 모든 곳의 지상 기압이 같다고 가정하면, 온도가 낮은 고위도의 공기 밀도가 저위도보다 크므로 지상에서 상공으로 올라갈 때 고도에 따라 기압이 감소하는 폭도 고위도가 저위도보다 크다. 결국 상공에서 동일 고도의 기압은 고위도가 저기압, 저위도가 고기압이 된다. 그렇다면 상공에서 바람은 언제나 저위도에서 고위도 방향으로 불어야 한다. 하지만 지구 전체의 고도가 같지 않을 뿐만 아니라 바람에는 마찰력과 지구의 자전으로 인한 전향력* 등 여러 힘이 작용하기 때문에 그렇게 되지는 않는다.

기온이나 기압 등의 고도 분포를 실제 대기의 평균 상태와 비슷하도록 단순한 모양으로 나타낸 것을 표준 대기라고 하는데, 현재 널리 사용되는 것은 국제 민간 항공 기구에서 채택한 것이다. 이에 따르면 해발 고도 약 5.5km에서의 기압은 500hPa이다. 이러한 표준 대기의 상태를 보여주는 것 중 하나가 상층 일기도이다. 우리가 TV의 일기 예보에서 쉽게 볼 수 있는 일기도는 지상 일기도인데, 이것은 각 관측소에서 측정한 기압을 해면 경정을 거쳐 산출한 값을 중심으로 한다. 지상 일기도를 통해서도 해당 지역 날씨의 대략적인 경향을 알 수 있으나 날씨의 변화를 예측하기에는 부족하다. 그래서 예보관들은 반드시 상층 일기도를 활용하는데, 대기 운동의 평균적인 상태를 나타내는 500hPa의 일기도가 대표적이다.

한편 풍속도 기압의 영향을 받는데 단위 거리당 기압 차가 클수록 빠르다. 따라서 동일 고도에서 고·저위도 간에 기온 차이가 작아질수록 기압 차이가 작아져서 풍속도 느려진다. 지구 온난화로 인한 지구의 기온 상승은 고위도일수록 빠르게 나타나는 것으로 알려져 있다. ㉠최근 동아시아의 고농도 미세 먼지 현상이 나타난 원인 중 하나로 북극의 급격한 기온 상승이 지목되고 있다.

*전향력: 지구와 같은 회전체의 표면 위에서 운동하는 물체에 대하여 그 물체의 운동 속도의 크기에 비례하고 운동 속도의 방향
에 수직으로 작용하는 힘.

02 〈보기〉는 제시문의 내용을 바탕으로 ㉠을 설명한 것이다. ①, ②에 들어갈 적절한 말을 제시문에서 찾아
쓰시오.

〈보기〉

지구 온난화로 인한 기후 변화로 고위도와 저위도 간의 (①)이/가 줄어들고 이에 따라 (②)도 작아져서 풍
속이 느려졌고 그 결과로 동아시아 지역에서 발생한 많은 양의 미세 먼지가 동쪽 해상으로 수송되지 못한 채 정
체됨으로써 고농도 미세 먼지 현상이 나타났다고 할 수 있다. 따라서 지구 온난화가 진행될수록 고위도와 저위도
간의 (①)은/는 줄어들 것이고, 이에 따라 대기 정체 현상이 더욱 심각해질 것으로 예상되고 있다.

① ______________________________

② ______________________________

[03~04] 다음 글을 읽고 물음에 답하시오.

　　열을 이용하여 식품을 조리할 때는 식품의 표면을 가열하여 열전도를 통해 열이 그 내부까지 전해지도록 하는 것이
일반적이다. 그런데 식품은 대개 열전도율이 낮아 가열 온도를 높일 경우 겉과 속의 온도 차이가 커지게 된다. 그 결과
겉은 타고 속은 익지 않는 경우가 발생할 수 있으며, 열에 의해 영양소가 파괴될 수도 있다. 전자레인지는 전자기파의
한 종류인 마이크로파를 이용하여 식품을 조리하는 장치로 식품의 겉과 속을 동시에 고루 가열할 수 있다. 따라서 비
교적 짧은 시간에 식품을 데울 수 있고, 수용성 비타민과 같은 영양소의 파괴를 최소화할 수 있다는 장점이 있다.
　　전자레인지의 원리를 이해하기 위해서는 전자기파와 물의 특성을 알아볼 필요가 있다. 전자기파는 공간에서 전
기장과 자기장이 주기적으로 변화하면서 전달되는 파동으로, 파장과 진동수의 곱은 항상 광속과 같다. 전자기파는
파장 또는 진동수를 기준으로 그 종류가 구분되며, 전자기파의 에너지는 진동수와 비례한다. 마이크로파는 파장이
1mm~1m에 이르는 전자기파로 금속에 가해지면 반사되고 공기나 유리, 종이 등은 투과한다. 하지만 마이크로파가
물과 같은 물질을 만났을 때는 그 물질에 흡수되면서 에너지를 전달하게 된다.
　　물 분자는 수소 원자 두 개가 산소 원자 한 개에 $104.5°$의 각을 이루며 결합된 형태이다. 물은 그 분자 내에서 수소
원자 쪽이 양의 전하*를, 산소 원자 쪽이 음의 전하를 띠는 극성 물질이다. 얼음과 같은 고체상일 때의 물 분자들은
방향과 위치가 고정되어 있고, 액체상의 물로 존재할 때의 물 분자들은 그 방향과 위치가 유동적이다. 액체상의 물
분자에 마이크로파가 가해지면 물 분자는 그 극성으로 인해 마이크로파의 전기장*과 평행하게 되도록 회전 운동을

하게 된다. 마이크로파가 진행하면서 전기장의 방향은 주기적으로 계속 바뀐다. 그때마다 양의 전하를 띠는 수소 원자는 (−) 쪽으로, 음의 전하를 띠는 산소 원자는 (+) 쪽으로 끌리게 되면서 물 분자는 회전 운동을 하게 되는 것이다.

일반 ㉠가정용 전자레인지에서 발생되는 마이크로파의 진동수는 대략 2,500MHz이다. 이는 전기장의 방향이 1초에 대략 25억 번씩 반대 방향으로 바뀐다는 의미이다. 방향이 바뀌면서 물 분자끼리는 서로 충돌하게 되고, 회전 운동 에너지가 증가하게 되어 온도가 올라가게 된다. 이를 통해 전자레인지는 외부에서 열을 가하는 방식보다 훨씬 빨리 물을 끓는점까지 도달시킬 수 있다.

이와 같은 원리 때문에 전자레인지는 수분을 포함한 식품들을 데울 때 유용한데, ㉡유리컵은 전자레인지에서 잘 데워지지 않는다. 전자레인지의 마이크로파는 진동수가 크면 식품에 강하게 흡수되면서 더 많은 에너지가 전달되어 효율적 조리가 가능하지만, 깊이 침투하지는 못한다. 반면 진동수가 작으면 깊이 침투할 수는 있겠으나 투과되는 양이 많아 효율적으로 조리를 할 수 없게 된다. 가정용 전자레인지의 진동수를 2,500MHz 내외로 한 것은 진동수에 따른 침투 깊이와 조리 효율을 고려한 것이다. 마이크로파가 식품 내부로 침투할 수 있는 두께는 식품마다 다른데, 고구마의 경우 평균적으로 3cm, 최대 5~6cm이므로 이보다 더 두껍다면 적당히 잘라야 고루 익힐 수 있다.

음식물을 손쉽게 가열할 수 있는 전자레인지에 대한 우려도 있다. 전자레인지의 마이크로파가 인체에 해로운 영향을 줄 위험이 있다는 것이다. 전자기파가 자신의 파장보다 1/50 정도로 작은 구멍을 통과하는 것은 거의 불가능하다. 전자레인지에 쓰이는 마이크로파의 파장은 광속에서 진동수를 나눈 값으로 구할 수 있는데 대략 12cm이다. 그래서 전자레인지의 앞 유리에 12cm의 1/50보다 작은, 지름 약 0.2cm의 구멍이 촘촘히 뚫려 있는 금속 그물을 붙여 놓으면 전자레인지 내부의 작용은 바깥과 거의 차단된다고 할 수 있다. 마이크로파는 금속으로 덮여 있는 조리실 내부에서 반사가 되고, 앞 유리의 금속 그물을 통해서도 반사되어 대부분 새어 나오지 않고 다시 안으로 들어간다. 이처럼 전자레인지 앞 유리의 금속 그물은 전자레인지가 인체에 미칠 수 있는 영향을 상당히 줄여 주는 역할을 하는 것이다.

*전하(電荷): 물체가 띠고 있는 정전기의 양, 전기 현상의 근원이 되는 실체.

*전기장(電氣場): 전기를 띤 물체 주의의 공간을 표현하는 전기적 속성.

03 〈보기2〉는 제시문과 〈보기1〉을 참고하여 제시문의 ㉠과 〈보기1〉의 ⓐ를 비교한 것이다. 〈보기2〉의 ①~③에 들어갈 적절한 내용을 서술하시오.

─〈보기1〉─

전자레인지는 용도에 따라 다양한 진동수의 마이크로파를 사용하기도 한다. 예를 들어 가정용 전자레인지에서 이용하는 마이크로파와 달리 진동수가 915MHz인 마이크로파를 사용하는 ⓐ산업용 전자레인지도 있다.

─〈보기2〉─

침투 깊이는 ㉠이 ⓐ에 비해   ① .

조리 효율은 ㉠이 ⓐ에 비해   ② .

그물망의 구멍 크기는 ㉠이 ⓐ에 비해   ③ .

04 ⓒ의 이유를 제시문에서 찾아 한 문장으로 서술하시오.

※ 다음 글을 읽고 물음에 답하시오.

[앞부분의 줄거리] 잡지 편집장인 '나'는 우연한 기회에 소설가 박준이 가짜로 미치광이 행세를 하며 정신 병원에 입원해 있다는 사실을 알게 되고, 마침 박준이 투고한 작품을 차일피일 미루며 발표 기회를 주지 않는 이유를 문학 담당 편집자인 '안 형'에게 묻는다.

"그렇다면 이 소설을 내보냈을 때 생길지 모른다는 말썽이란 도대체 어떤 것입니까. 안 형의 얘기대로라면 말썽이고 뭐고 처음부터 그런 게 생길 리도 없지 않아요. 작품 자체가 어떤 발언을 완성된 목소리로 말하지 못하고 있는 형편이니까 말입니다."

할 수 없었다. 나는 말 줄기를 다시 처음으로 돌리는 수밖에 없었다. 그러나 안 형은 이제 더욱 자신을 얻어 가고 있었다.

"그렇지요. 작품 자체가 소재 해석에 실패하고 있었다는 말씀은 저도 물론 동감이에요. 하지만 말썽으로 말하면 미완의 작품을 내보냈을 때보다 더 무의미한 말썽이 있겠어요? 되지도 않은 작품을 곧잘 칭찬하고 나서는 자들이 또 틀림없이 준동을 시작할 테니 말입니다."

안 형은 진심을 이야기하고 있지 않은 듯했다. 특히 '말썽'이란 말을 할 때 그는 야릇한 미소까지 짓고 있었다.

"아무래도 안 형의 편집만 같군요. 그 사람들에게는 박준의 소설이 또 어떤 다른 방식으로 완성되어 있을 수도 있지 않을까요? 그런데 안 형은 끝끝내 다른 사람의 해석 방법은 용납하지 않으려 하거든요."

"편집이라도 할 수 없죠. 저로서는 이 시대의 요구라는 것을 일단 그런 식으로 받아들이고 있으니까요. 사실을 말씀드리자면 전 그 소설이 어떤 식으로 완성되어 있느냐 아니냐 하는 그런 것은 별로 관심을 두어 보지 않았어요. 제겐 소재 해석만이 문제였죠. 작가가 어떤 소재를 만나 그것을 해석하는 방법은 그 작가가 자기의 시대 양심에 얼마나 투철해 있느냐 하는 문제가 결정지어 주는 거라고 생각되기 때문이죠. 박준의 소설은 바로 그런 점에서 저의 기대를 외면해 버렸어요. 제가 박준의 소설이 충분히 완성되지 못했다는 것은 그런 저의 관심 속에서지요."

안 형의 이야기는 결국 박준의 소설이 무의미한 한 개인의 내면적 비밀 쪽으로 독자의 관심을 끌고 감으로써 자기 시대의 요구를 배반했고, 그리하여 소재 해석과 작품 완성에 다 같이 실패하고 말았다는 주장이었다. 박준이 이 시대의 작가인 이상, 그는 절대로 자기 시대 양심의 가장 우선적인 요구를 배반해서는 안 되며, 그것을 도외시한 모든 창작 행위는 가혹하게 매도당해 마땅하다는 투였다. 이를테면 안 형의 시대관이 그렇게 되어 있는 모양이었다.

"하지만 그 역시 안 형의 편집이 아닐까요? 가령 모든 작가들에게 자기 시대의 요구나 압력을 꼭 안 형과 같은 정도로 받아들여야 한다고 고집하는 것이나, 또는 그것을 똑같이 받아들이고 있는 경우라 해도 어떤 일정한 방법 속에서만 그 시대정신에 투철해질 수 있다는 식의 생각 말입니다. 박준의 소설이 그런 식으로 쓰여졌다고 해서 그 소설이 전혀 우리 시대를 외면해 버렸다고 장담할 수는 없지 않을까요?

나는 이제 웃을 수밖에 없었다.

[중략 부분의 줄거리] 박준의 일에 관심을 갖게 된 '나'는 우연히 박준의 인터뷰 기사를 구하게 된다. 그 인터뷰 기사에서 '나'는 박준이 유년 시절에 겪은 전짓불의 공포, 곧 6.25 당시 경찰대인지 공비인지 그 정체를 알 수 없는 사람이 전짓불을 얼굴에 내비치며 어느 편인가를 물었던 공포스러운 상황을 작가가 된 지금도 느끼고 있다는 내용을 보게 된다. 박준은 작가로서의 자기 진술을 억압하는 실체로서의 '전짓불'의 공포를 언급하며, 자신의 소설은 바로 그 전짓불의 공포를 형상화하고 있다고 밝혔다.

인터뷰는 그렇게 끝나고 있었다. 이번에는 정말로 모든 것이 명백해지고 있었다. 박준이 마지막으로 전짓불의 이야기를 썼던 것은 역시 우연이 아니었다. 박준은 작가란 괴로운 일이지만 그 정체가 보이지 않는 전짓불의 공포를 견디면서도 끝끝내 자기의 진술을 계속해 나갈 수밖에 다른 도리가 없는 운명을 짊어진 사람들이라고 했다. 그러나 지난 2년 동안 박준은 그만한 각오조차도 지켜 내질 못해 온 셈이었다. 그의 독자들이, 안 형과 내가, 그의 소설을 내보내 주지 않은 교활한(또는 지나치게 용기가 없거나 용기가 없는 체하거나, 그 용기와 관련하여 편집이 심한) 편집자들이, 그보다도 그의 전짓불 뒤에서 끝끝내 정체를 드러내지 않은 채 복수만을 음모하고 있는 모든 사람들이, 그들의 입에서 입으로 건너다니는 정체불명의 소문들이 그것을 지켜내지 못하게 한 것이다. 그래서 그는 자기의 내면에 용틀임치는 진술욕과 그것을 불가능하게 하고 있는 전짓불 사이에서 심한 갈등과 불안을 느끼기 시작했다. 그리고 그 정체불명의 소문과 갈등을 빨아먹으며 전짓불은 그의 의식 속에서 엄청나게 크게 확대되어 갔다. 그 전짓불은 바로 어렸을 때부터 그의 속에서 은밀히 발아를 기다리고 있던 그 갈등과 불안의 씨앗이었다. 이제 그 씨앗이 발아를 시작한 것이다. 그리고 그것은 박준의 마지막 소설 속에서 한 작가로 하여금 끝끝내 정직한 진술을 할 수 없게 만든 방해 요인의 상징으로 훌륭하게 완성되고 있었다. 그는 그의 소설 속에서 한 작가가 얼마나 가혹하게 자기 진술을 간섭받고 있으며 그 때문에 결국은 얼마나 무참한 파국을 겪게 되는가를 극명하게 증언해 준 것이다. 그가 그런 소설을 쓰게 된 것은 거의 필연적이었다.

박준은 그 모든 것을 2년 전에 벌써 다 예감한 모양이었다. 그리고 모든 것이 그 박준의 예감대로 진행되어 온 셈이었다. 박준이 그가 예언한 대로 정말 미친 사람으로 보일 만큼 전혀 자기 이야기를 하려 하지 않은 것도 사실은 누구보다도 많은 이야기를 하고 싶은 욕망을 숨기고 있기 때문일 터였다.

하지만 이제 내게 확실해진 것은 그런 박준의 사정만이 아니었다. 박준의 사정이 확실해진 만큼 또 하나 확실해진 것이 있었다. 잡지 일이 탁탁해진 이유였다. 원고들이 잘 걷히지 않고 있는 것이나 걷혀 들어온 원고들이라야 모두 그렇고 그런 이유가 비로소 분명해져 있었다. 전짓불 때문이었다. 박준을 괴롭히고 있는 전짓불은 비단 박준 그 한 사람만 지니고 있는 것이 아니었다. 진술이라는 것을 경험해 본 사람들은 그것이 비록 자발적이든 누구의 강요에 의해서든, 또는 일부러든 무의식중에든 조금씩은 그 전짓불 빛 비슷한 것을 눈앞에 받아 보지 않은 사람이 없을 터. 누구나 자신의 전짓불은 가지고 있게 마련이다. 그리고 그 전짓불은 이쪽에서 정직해지려고 하면 할수록, 그리고 진술이 무거우면 무거울수록 더욱더 두렵고 공포스럽게 빛을 쏘아 대게 마련이다. 원고들이 잘 걷혀 들 리 없었다. 쉽사리 거둬들일 수 있는 글이란 그 전짓불 빛을 견디려 하지 않을 것들뿐. 그런 글들이 신통할 리 없었다. 사정이 거기까지 확실해지고 나자 나는 혼자 실소를 머금지 않을 수 없었다.

– 이청준, 「소문의 벽」

05 제시문의 등장인물과 이들의 갈등 관계를 〈보기〉와 같이 정리했을 때 ①, ②에 들어갈 적절한 말을 서술하시오.

〈보기〉

ⓐ나(서술자)　　ⓑ박준　　ⓒ안 형

ⓓ박준의 소설 속 인물인 작가

　　ⓑ와 ⓓ는 모두 정직한 진술을 할 수 없게 억압을 받고 있는 존재이다. 특히 ⓑ는 ⓐ와 함께 소설의 갈등을 주도해나가는 (　①　)(이)며, 반동인물인 ⓒ의 편집에 대해 문제를 제기한다. ⓐ는 ⓓ를 통해 ⓑ의 개인적 고뇌를 이해하게 되고, ⓑ의 인터뷰에 나오는 (　②　)(이)라는 상징을 통해 창작 행위의 의미를 성찰한다.

① ______________________________

② ______________________________

※ 다음 글을 읽고 물음에 답하시오.

병원에 갈 채비를 하며
어머니께서
한 소식 던지신다

허리가 아프니까
세상이 다 의자로 보여야
꽃도 열매도, 그게 다
의자에 앉아 있는 것이여

주말엔
아버지 산소 좀 다녀와라
그래도 큰애 네가
아버지한테는 좋은 의자 아녔냐

이따가 침 맞고 와서는
참외밭에 지푸라기도 깔고
호박에 똬리도 받쳐야겠다
그것들도 식군데 의자를 내줘야지

싸우지 말고 살아라
결혼하고 애 낳고 사는 게 별거냐
그늘 좋고 풍경 좋은 데다가
㉠의자 몇 개 내놓는 거여

— 이정록, 「의자」

06 제시문에서 '어머니'는 삶의 경험을 통해서 터득한 지혜를 ㉠으로 표현했다. 어머니가 이러한 삶의 지혜를 얻게 된 계기가 드러난 시행을 제시문에서 찾아 쓰시오.

수학[자연A]

▶ 해설 p.411

07 함수 $g(x)$를 x와 1중에서 크지 않은 수로 정의하자. 구간 $(-1, \infty)$에서 정의된 함수 $f(x)=g(x)-\dfrac{x}{1+x}$에 대하여

$$\lim_{x \to 1-}\frac{f(x)-f(1)}{x-1} \quad 와 \quad \lim_{x \to 1+}\frac{f(x)-f(1)}{x-1}$$

의 값을 구하는 다음의 풀이 과정을 완성하시오.

$x<1$일 때 $f(x)=$ ① ,

$x>1$일 때 $f(x)=$ ②

$f(1)=\dfrac{1}{2}$이므로

$\lim\limits_{x \to 1-}\dfrac{f(x)-f(1)}{x-1}=$ ③ ,

$\lim\limits_{x \to 1+}\dfrac{f(x)-f(1)}{x-1}=$ ④ 이다.

---

08 곡선 $y=ax^2$ 위의 원점이 아닌 점 (k, ak^2)에서의 접선이 점 $\left(\dfrac{1}{2a}, 0\right)$을 지날 때, 이 접선의 기울기를 구하는 과정을 서술하시오. (단, a, k는 상수이고 $a \neq 0$)

09 실수 a에 대하여 함수 $f(x)$를
$f(x)=3^{|x|}+a$라 하자. x에 대한 방정식
$4^{f(x)}-5\times2^{f(x)+1}+24=0$이 오직 하나의
실근을 갖도록 하는 a의 값을 구하는 과정을
서술하시오.

10 좌표평면에서 시초선을 원점에서 x축의 양의
방향으로 잡을 때, 각 θ를 나타내는 동경과 원
점을 중심으로 하는 원이 만나는 점의 좌표가
(a, b)이다. $3\cos\theta+\cos\theta\tan\theta=3$일 때,
$\dfrac{a}{b}$의 값을 구하는 과정을 서술하시오.

(단, $b\neq0$)

11 수열 $\{a_n\}$의 첫째항부터 n항까지의 합 S_n이 $S_n = \dfrac{n^2(n+2)^2}{9}$일 때, $a_1 + a_{100}$의 값을 구하는 과정을 서술하시오.

12 다항함수 $f(x)$가 $\displaystyle\lim_{x \to \infty} \dfrac{f(x) - x^3}{x^2} = -9$와 $\displaystyle\lim_{x \to 0} \dfrac{f(x)}{x} = 14$를 만족할 때, $\displaystyle\lim_{x \to 2} \dfrac{f(x)}{x-2}$의 값을 구하는 과정을 서술하시오.

13 정의역이 $\left\{x \mid \dfrac{1}{9} \leq x \leq 16\right\}$인 함수 $f(x)=\log_{|a+1|} x$의 최댓값이 2가 되도록 하는 모든 실수 a의 값을 구하는 과정을 서술하시오. (단, $a \neq -1$)

14 원점을 동시에 출발하여 수직선 위를 움직이는 두 점 A, B의 시각 $t\,(t \geq 0)$에서의 속도를 각각 $v_1(t)$, $v_2(t)$라 할 때,

$$v_1(t)=2t^3-12t^2+24t,$$
$$v_2(t)=\frac{3}{2}t^2+9a\,(a \geq 0)$$

이다. 두 점 A, B가 출발 후 오직 두 번 만나기 위한 모든 실수 a의 값을 구하는 과정을 서술하시오.

PART 1 기출문제

PART 2 실전모의고사

PART 3 정답 및 해설

15 함수 $f(x)=-x^2+6x-9$에 대하여, 곡선 위의 점 $(a, f(a))$ $(0<a<3)$에서의 접선을 l이라 하자. $y=f(x)$의 그래프와 접선 l, x축 및 y축으로 둘러싸인 부분의 넓이의 최솟값을 구하는 과정을 서술하시오.

국어[자연B]

▶ 해답 p.414

※ 다음은 학교 신문에 실릴 기획 기사의 초고이다. 물음에 답하시오.

흔히 언론을 세상을 비추는 거울이라고 한다. 사람들은 언론이 실제로 벌어진 일을 있는 그대로 보도한다고 생각한다. 하지만 언론은 뉴스를 만들어 내고 전달하는 과정에서 세상을 다르게 보이게도 한다. 그렇기 때문에 언론에서 제공하는 정보를 있는 그대로 받아들여서는 안 된다.

신속성을 생명으로 하는 뉴스는 수집한 정보를 빨리 보도하기 위해 검증의 과정을 거치지 않기도 한다. 이 경우 오보가 될 수도 있는데, 오보는 특히 재난 사고에 자주 등장한다. 한 예로 강원도 횡성에서 진도 6.5의 지진이 발생했다는 ○○일보의 속보는 기상청 직원이 실수로 보낸 통지문을 검증하지 않아서 난 오보로 횡성이 아니라 에콰도르에서 발생한 것이었다. 인터넷으로 뉴스를 소비하는 시대에 먼저 속보를 내는 언론사는 수 십 만의 조회 수를 선점할 수 있기 때문에 철저한 검증을 간과하기도 한다.

언론은 비판이라는 이름으로 진실을 훼손하기도 한다. 비판이 언론의 고유한 역할이라고 반박할 수도 있겠지만 문제는 비판 자체가 아니라 비판에 일관성이 없다는 것이다. 이것은 여론을 잘못된 방향으로 이끌기도 하는데, 예를 들면 유사한 사건을 사건의 주체에 따라 다르게 다루는 경우가 이에 해당한다. 비판의 핵심은 헐뜯기가 아니고 사실에 대한 새로운 시각을 제시해 다르게 볼 수 있도록 하는 것에 있다. 그런데 언론은 비판이라는 미명 하에 일관성 없는 편파적 보도를 정당화하기도 한다. 그러므로 독자는 정보를 그대로 받아들이지 않고 진실을 보는 혜안을 지녀야 한다.

언론은 독자의 시선을 끌기 위해 선정적이고 비도덕적인 기사들을 과도하게 취재, 보도하는 경향이 있다. 이를 '옐로 저널리즘'이라 하는데, 살인 사건을 보도할 때 잔인한 표현이나 사진을 의도적으로 사용하거나 유명인의 사생활을 자극적으로 전달하는 경우를 말한다. 선정적 제목을 붙인 기사에 현혹되어 정보를 공유한 경험이 있다면, 여러분은 낚시성 기사를 비판 없이 소비하는 독자가 아닌지 생각해 봐야 한다.

이러한 언론의 속성을 고려할 때, 독자는 언론이 제공하는 정보를 있는 그대로 수용해서는 안 된다. 우리는 뉴스를 보는 눈과 판단력을 지니도록 노력해야 한다.

01 〈보기〉의 ㉠과 같은 설득 전략을 사용한 문장을 제시문에서 찾아 첫 어절과 마지막 어절을 순서대로 쓰시오.

〈보기〉

설득하는 글을 쓸 때 글의 설득력을 높일 수 있는 다양한 설득 전략을 활용할 수 있다. 그 가운데 ㉠예상되는 반론을 제시하면서 자신의 논거를 더 명확히 하는 방법이 있다.

※ 다음 글을 읽고 물음에 답하시오.

사전적 정의에 의하면 '매체(media)'란 어떤 작용을 다른 곳으로 전하는 역할을 하는 물체나 수단이다. 이에 따르면 젓가락이 부딪치는 소리를 우리 귀에 전달하는 공기, 또 음성의 정체를 분석하도록 뇌에 전달하는 귀도 일종의 매체이다. 곧 매체란 우리의 감각적 활동이나 사고를 가능하게 하는 매개체라 할 수 있다. 그런데 매체학자인 마셜 매클루언은 매체에 대한 이러한 기존 인식이 매체를 피상적으로 이해하는 것이라며 문제를 제기했다. 그는 매체가 우리의 감각적 활동이나 사고 작용을 유발하여 의사소통을 하는 데 활용되기는 하지만, 단순히 의사소통에 사용되는 매개 도구가 아니라 의사소통을 위해 반드시 필요한 조건이라고 보았다. 따라서 그는 연설이나 편지처럼 직접적으로 의미를 담고 있는 말과 글뿐만 아니라 간접적으로 의미를 전달하는 데 활용되는 옷과 집, 과학과 철학, 회화와 음악 등도 매체가 될 수 있다고 보았다. 그리고 이런 매체에 의해 인간의 사고가 결정되고, 인식 체계가 바뀌며, 인간관계와 사회 질서까지 변화될 수 있다고 주장하였다. '매체는 메시지*이다.'라는 그의 말에는 새로운 매체의 등장을 바라보는 관점이 잘 담겨 있다.

매클루언은 매체 자체를 아무런 내용도 갖지 않은 중립적 도구라고 보는 태도야말로 기존 매체론이 지닌 가장 근본적 오류라고 지적하였다. 기존 매체론에서는 콘텐츠(contents)를 매체에 의해 전달되는 정보와 지식 등으로 한정하였고, 그 콘텐츠를 담기에 적절한 매체가 무엇인지 파악하는 것을 중요하게 여겼다. 하지만 매클루언은 음식을 담고 있는 그릇, 즉 콘텐츠를 담고 있는 매체 자체가 지닌 의미에 주목하였다. 그는 콘텐츠가 우리에게 필요한 정보와 지식을 주지만 매체는 어떤 것이 콘텐츠가 될 수 있는지를 결정할 수 있으며, 심지어 매체에 의해 콘텐츠의 의미가 달라질 수 있다고 하였다. 예컨대 편지지에 인쇄되어 전달된 '사랑한다.'라는 글을 읽을 때와 감미로운 음악과 함께 휴대 전화로 전달된 '사랑해.'라는 문자 메시지를 읽을 때를 비교해 보자. 두 매체를 통해 전달하는 내용은 동일하지만, 매체에 따라 콘텐츠의 해석에 활용되는 감각의 종류와 정도가 다르고, 이로 인해 매체 사용자가 받게 될 감동이 달라진다. 매클루언은 바로 이런 이유로 매체가 달라지면 콘텐츠가 달라진다고 주장하였다.

매클루언은 매체를 크게 핫 미디어와 쿨 미디어로 구분하였다. 핫 미디어란 고밀도의 정보를 전달하는 매체로, 여기서 고밀도란 정보로 가득찬 상태를 말한다. 쿨 미디어란 핫 미디어와 반대로 주어진 정보의 양이 적은 매체를 말한다. 두 미디어는 수신자가 정보에 관여하는 방식과 태도에 의해서도 구분된다. 핫 미디어는 충분히 많은 정보를 제공하므로 핫 미디어의 수신자는 이미 주어진 정보를 수동적으로 받아들이게 된다. 반면에 쿨 미디어는 주어지는 정보가 부족하기 때문에 쿨 미디어의 수신자는 고도의 인지 능력과 집중력을 발휘해 부족한 정보를 채워 나간다. 이처럼 핫미디어는 수신자가 주어진 정보를 일방적으로 받아들이게 하지만, 쿨 미디어는 수신자가 능동적으로 미디어의 정보 전달 과정에 개입하게 하고, 심지어 정보를 생성하는 데 참여하게 한다. 한편 매클루언은 의사소통 구조를 '외파(外破)'적 구조와 '내파(內破)'적 구조로 구분했다. 외파는 폭발의 진원지가 있고, 그 폭발이 점차 동심원처럼 주변으로 확산되는 양상이다. 이를 의사소통 구조에 적용하면 어떤 정보의 진원지가 있고, 그것이 일방적으로 주변으로 전달되는 형태에 조응하는 구조라 할 수 있다. 반면에 내파는 특정한 폭발의 진원지가 없고 어느 곳이나 폭발의 진원지가 될 수 있다. 이를 의사소통 구조에 적용하면, 수신자가 다른 정보 생산자에게 직접 영향을 주거나 스스로 정보를 생산하는 등 정보의 생산에 직접 개입하며 정보의 중심이 될 수 있다는 것이다.

*메시지: 어떤 사실을 알리거나 주장하거나 경고하기 위하여 보내는 전언(傳言).

02 〈보기〉는 제시문을 읽고 실시한 학습 활동의 일부이다. 〈보기〉의 ①, ②에 들어갈 적절한 말을 쓰시오.

〈보기〉

선생님: 마셜 매클루언의 의견을 바탕으로 우리 주변에서 관찰할 수 있는 매체의 성격을 생각해 보기로 해요.

학 생: 마셜 매클루언이 말한 '매체'의 개념을 받아들이면 연설, 만화도 매체로 이해할 수 있어요. 연설은 고밀도의 정보를 전달한다는 측면에서 (　①　)의 성격을 가지고 있는 것 같아요. 한편 우리가 만화를 볼 때에는 장면들 사이를 연결하기 위한 추론의 과정이 필요한데, 이런 점에서 만화는 (　②　)의 성격을 가지고 있는 것 같아요.

① ________________________

② ________________________

[03~04] 다음 글을 읽고 물음에 답하시오.

(가)

　기술은 인간에 의해서 만들어진다. 인간은 의지를 가진 살아 있는 주체이고 기술은 자체 생명력이 없는 존재이다. 인간은 자신의 뜻에 따라서 기술을 바꾸고 목적을 위해 기술을 사용한다. 그렇지만 하이데거가 간파했듯이 어떤 기술은 인간을 옥죄고 지배한다. 미국의 기술 철학자인 랭던 위너는 이렇게 자체 생명력을 가진 기술을 '자율적 기술'이라고 명명했다.

　[A] ㉠기술 철학에서는 인간과 기술의 관계를 모두 지배와 통제의 관계로 설명해왔다. 즉 목적을 위한 수단이라는 '도구적' 관점이 그것이다. 인간이 세계를 지배하기 위해서 기술을 사용하든가, 기술이 인간을 도구화하든가 하는 양자택일하는 것이다. 인간과 기술의 관계가 지배·통제의 관점에서 해석된 이유 중 하나는 서양 철학의 오래된 주체·객체의 구분에서 찾을 수 있다. 인간이라는 주체는 특정 목적을 위해 기술을 만들고 이를 통해서 자연과 세상을 통제한다고 생각했었다. 이를 거꾸로 돌렸을 때, 기술이 인간을 통제하고 옥죈다는 생각이 나왔다.

　기술을 인간의 목적으로 혹은 인간을 기술의 목적으로 국한하는 관점을 처음으로 탈피한 철학자는 프랑스의 질베르 시몽동이다. 그는 기술이 실용적인 목적으로 환원되지 않음을 강조하면서, 기술의 특성이 '집합체'라는 점에 있다고 보았다. 기술이 집합체라는 말은 기술이 고립되어 존재하는 것이 아니라 관계로 존재한다는 의미이다. 예를 들어 어떤 기술은 항상 그것이 수행하는 일, 그것을 만든 이유와 함께 존재한다. 또 이러한 기술은 이동 가능성을 그 특징으로 하는데, 기술은 여기저기 옮겨 다니면서 확장되고, 인간과 사물, 사물과 사물, 인간과 인간의 새 관계를 만들어낸다. 간단히 말해서 기술의 본질은 인간을 소외시키는 것이 아니라 인간에게 새로운 관계를 맺게 하는 데 있다는 것이다. 이는 기술이 인간과 다른 대상, 즉 주체와 객체의 사이에 위치한다고 보는 관점으로 서구 철학의 이분법에 도

전하는 것이었다.

프랑스의 학자인 브루노 라투르는 이러한 관점을 더 발전시켰다. 그는 ⓒ기술이 사회적 필요에 따라서 구성된다는 '사회 구성주의적 입장'과 기술이 인간의 필요와 행동을 결정한다는 '기술 결정론적 입장'을 모두 비판하였다. 라투르는 이 두 입장의 중간을 취하지 않고 기술을 이해하는 훨씬 더 급진적 시각을 제공한다. 그것은 기술과 같은 비인간을 인간과 같은 행위자(actor)로 보는 것이다. 그는 인간 사회가 기술 없이는 구성될 수도 없고 유지될 수도 없으며, 사람은 사람들과의 관계 속에서만 살아가는 것이 아니라 물건, 기술, 무생물 등과 같은 비인간과도 관계를 맺으며 살아간다고 주장한다. 그의 주장에는 우리가 현대 기술을 더 잘 이해하기 위해서는 인간과 기술의 관계를 지배·통제라는 틀에서 인식하는 태도에서 벗어나야 한다는 메시지가 담겨 있는 것이다.

(나)

휴머니즘은 이원론적 구분을 바탕으로 인간과 인간이 아닌 존재들과의 대비를 통해 인간을 정의하였다. 휴머니즘에 의하면 인간은 이성적으로 행동하는 자율적 행위자이고, 만물의 척도이며 세계의 중심이다. 따라서 인간이 아닌 생명체와 자연은 인간의 필요와 욕구에 의해 마음대로 처분할 수 있는 수동적인 대상에 불과하다. 이렇게 주체적인 역할을 해야 하는 인간에게 가장 중요한 규범적 가치는 인간 스스로에 대한 자기의식을 바탕으로 개인의 선택에 대해 추구할 수 있는 자유이다. 근대 이후에 등장한 인간의 존엄성, 도덕성, 윤리 등의 규범적 개념에 대한 이해는 대부분 자기 결정권을 통해 독립적이고 이성적인 보편적 인간상을 추구하려는 견해로부터 발생했다고 볼 수 있다. 여기서 인간의 정신이나 이성, 혹은 생각하는 능력은 육체적인 영역과는 구별되어 인간의 본질을 구성하는 핵심 요소이며, 인간을 인간이 아닌 생명체나 존재와 구분 짓는 결정적인 기준이 된다.

[B] 반면에 ⓒ포스트휴머니즘은 휴머니즘이 이해하는 인간의 본질에 도전해 인간과 인간이 아닌 존재들의 경계를 탐색하고 둘 사이의 관계를 재설정함으로써 '인간', '기계', '생명'을 새롭게 이해하고자 한다. 이를 통해 인간 개념에 내재된 다양한 위계를 해체하고, 인간과 인간의 관계뿐만 아니라 인간과 인간이 아닌 존재 사이의 관계에서 조화로운 공생을 시도한다. 인간과 인간이 아닌 존재들은 상호 의존하며 살아가면서 함께 발전하고 진화하는 존재이고, 인간은 모든 형태의 생명체 및 과학 기술적 존재와 연결되어 교차하며 상호 작용이 가능한 네트워크를 형성하고 연결하는 역할을 하는 것이다.

현대 과학 기술의 변화와 발전은 산업이나 경제뿐만 아니라, 인간의 삶의 방식과 그 삶에 의미를 부여하는 방식에도 영향을 끼치고 있다. 인공 지능이나 사물 인터넷 등의 등장으로 인간은 타인이나 인간이 아닌 존재와 관계를 맺고 상호 작용하는 방식의 변화를 겪고 있으며, 인간이 인간을 인식하는 양상도 달라지면서 인간의 삶에 의미를 부여하는 관점에도 변화가 일어나고 있다. 과거와 동일한 관점에서 삶의 방식에 대해 생각할 수 없다는 것은 인간의 의미를 재정의할 필요가 있음을 시사한다. 이러한 필요에 의해 등장한 개념이 포스트휴먼이다. 포스트휴먼은 인간이 생물학적으로 존재한다는 개념과 대비되는 것으로, 인간의 신체에 기술 문명과 같은 영역을 더하여 포함한 개념으로 이해할 수 있다. 포스트휴머니즘은 포스트휴먼에 대한 담론으로, 기존 휴머니즘의 핵심 전제들을 비판적으로 검토함으로써 과학 기술이 발전한 미래 사회에 적합한 휴머니즘을 탐색하려는 입장을 취한다.

03 〈보기〉의 ⓐ와 ⓑ에 해당하는 '입장'을 제시문 (가)의 ⓒ에서 찾아 각각 서술하시오.

〈보기1〉

　　미국에서 ⓐ총기의 사용을 엄격하게 규제하자고 주장하는 사람들은 "총이 사람을 해친다."라고 외친다. 총이 없으면 일어나지 않을 총기 관련 사건·사고가 총이 있기 때문에 발생한다는 것이다. 반면에 ⓑ총기 사용 규제에 반대하는 사람들은 사람을 해치는 것은 총이 아니라 사람이라고 강조한다. 이들의 얘기는 "사람이 사람을 해친다."라는 것으로 요약된다. 총은 중립적인 도구이고 용도에 따라서 좋은 목적으로도 혹은 나쁜 목적으로도 사용될 수 있기 때문에, 문제는 총이 아니라 사람에게 있다는 것이다.

ⓐ : ______________________________

ⓑ : ______________________________

04 (가)의 [A]에는 ㉠의 주요 관점이 설명되어 있다. (나)의 [B]에 사용된 단어를 활용하여, ㉠의 한계를 ㉢의 관점에서 비판적으로 서술하시오.

※ 다음 글을 읽고 물음에 답하시오.

고향에 돌아온 날 밤에
내 백골이 따라와 한방에 누웠다.

어둔 방은 우주로 통하고
하늘에선가 소리처럼 바람이 불어온다.

어둠 속에 곱게 풍화작용하는
백골을 들여다보며
눈물짓는 것이 내가 우는 것이냐
백골이 우는 것이냐
아름다운 혼이 우는 것이냐

> 지조 높은 개는
> 밤을 새워 어둠을 짖는다.
>
> 어둠을 짖는 개는
> 나를 쫓는 것일 게다.
>
> 가자 가자
> 쫓기우는 사람처럼 가자
> 백골 몰래
> 아름다운 또 다른 고향에 가자.
>
> — 윤동주, 「또 다른 고향」

05 제시문에는 암울한 현실에 대한 인식과 함께 그로 인한 자아의 분열과 혼란이 드러나 있다. 제시문에서 ①자아의 분열을 드러내는 연과 ②분열된 자아를 표상하는 두 개의 시어를 찾아 쓰시오.

① ________________________________

② ________________________, ________________________

※ 다음 글을 읽고 물음에 답하시오.

> 수오재(守吾齋)라는 이름은 큰형님이 자신의 집에다 붙인 이름이다. 나는 처음에 이 이름을 듣고 이상하게 생각하였다. '나와 굳게 맺어져 있어 서로 떨어질 수 없는 가운데 나보다 더 절실한 것은 없다. 그러니 굳이 지키지 않더라도 어디로 가겠는가? 이상한 이름이다.'
>
> 내가 장기로 귀양 온 뒤에 혼자 지내면서 생각해 보다가, 하루는 갑자기 이 의문점에 대해 해답을 얻게 되었다. 나는 벌떡 일어나 이렇게 스스로 말하였다.
>
> "천하 만물 가운데 지킬 것은 하나도 없지만, 오직 나만은 지켜야 한다. 내 밭을 지고 달아날 자가 있는가. 밭은 지킬 필요가 없다. 내 집을 지고 달아날 자가 있는가. 집도 지킬 필요가 없다. 내 정원의 여러 가지 꽃나무와 과일나무들을 뽑아 갈 자가 있는가. 그 뿌리는 땅속 깊이 박혔다. 내 책을 훔쳐 없앨 자가 있는가. 성현의 경전이 세상에 퍼져 물이나 불처럼 흔한데, 누가 능히 없앨 수가 있겠는가. 내 옷이나 양식을 훔쳐서 나를 궁색하게 하겠는가. 천하에 있는 실이 모두 내가 입을 옷이며, 천하에 있는 곡식이 모두 내가 먹을 양식이다. 도둑이 비록 훔쳐 간대야 한두 개에 지나지 않을 테니, 천하에 모든 옷과 곡식을 없앨 수 있으랴. 그러니 천하 만물은 모두 지킬 필요가 없다.

그런데 오직 나라는 것만은 잘 달아나서, 드나드는 데 일정한 법칙이 없다. 아주 친밀하게 붙어 있어서 서로 배반하지 못할 것 같다가도, 잠시 살피지 않으면 어디든지 못 가는 곳이 없다. 이익으로 꾀면 떠나가고, 위험과 재앙이 겁을 주어도 떠나간다. 마음을 울리는 아름다운 음악 소리만 들어도 떠나가며, 눈썹이 새까맣고 이가 하얀 미인의 요염한 모습만 보아도 떠나간다. 한번 가면 돌아올 줄 몰라서, 붙잡아 만류할 수가 없다. 그러니 천하에 나보다 더 잃어버리기 쉬운 것은 없다. 어찌 실과 끈으로 매고 빗장과 자물쇠로 잠가서 나를 굳게 지켜야 하지 않으리오.”

나는 나를 잘못 간직했다가 잃어버렸던 자다. 어렸을 때에 과거(科擧)가 좋게 보여서, 십 년 동안이나 과거 공부에 빠져들었다. 그러다가 결국 처지가 바뀌어 조정에 나아가 검은 사모관대에 비단 도포를 입고, 십이 년 동안이나 미친 듯이 대낮에 커다란 길을 뛰어다녔다. 그러다가 또 처지가 바뀌어 한강을 건너고 새재를 넘게 되었다. 친척과 선영을 버리고 곧바로 아득한 바닷가의 대나무 숲에 달려와서야 멈추게 되었다. 이때에는 나도 땀이 흐르고 두려워서 숨도 쉬지 못하면서, 나의 발뒤꿈치를 따라 이곳까지 함께 오게 되었다. 내가 나에게 물었다.

“너는 무엇 때문에 여기까지 왔느냐? 여우나 도깨비에 홀려서 끌려왔느냐? 아니면 바다 귀신이 불러서 왔느냐. 네 가정과 고향이 모두 초천에 있는데, 왜 그 본바닥으로 돌아가지 않느냐?”

그러나 나는 끝내 멍하니 움직이지 않으며 돌아갈 줄을 몰랐다. 그 얼굴빛을 보니 마치 얽매인 곳에 있어서 돌아가고 싶어도 돌아가지 못하는 것 같았다. 그래서 결국 붙잡아 이곳에 함께 머물렀다. 이때 둘째 형님 좌랑공도 나를 잃고 나를 쫓아 남해지방으로 왔는데, 역시 나를 붙잡아서 그곳에 함께 머물렀다.

오직 나의 큰형님만이 나를 잃지 않고 편안히 단정하게 수오재에 앉아 계시니, 본디부터 지키는 것이 있어서 나를 잃지 않았기 때문이 아니겠는가. 이것이 바로 큰형님이 그 거실에 ‘수오재’라고 이름 붙인 까닭일 것이다. 큰형님은 언제나 “아버님께서 내게 태현(太玄)이라고 자를 지어 주셔서, 나는 오로지 나의 태현을 지키려고 했다네. 그래서 내 집에다가 그렇게 이름을 붙인 것이지.”라고 하지만, 이는 핑계 대는 말씀이다.

맹자가 “무엇을 지키는 것이 큰가? 몸을 지키는 것이 가장 크다.”라고 하였으니, 이 말씀이 진실하다. 내가 스스로 말한 내용을 써서 큰형님께 보이고, 수오재의 기(記)로 삼는다.

– 정약용, 「수오재기(守吾齋記)」

06

〈보기〉는 제시문에 대한 설명이다. 〈보기〉의 ㉠을 극복하기 위한 화자의 행동이 비유적으로 표현된 부분을 제시문에서 찾아 첫 어절과 마지막 어절을 순서대로 쓰시오.

〈보기〉

정약용의 「수오재기」에서는 ‘나(吾)’를 지키는(守) 것’의 어려움을 강조하기 위해서 ‘나’의 모습을 ㉠‘드나들고, 떠나가고, 빠져들고, 뛰어다니는 것’으로 표현하고 있다. 이와 같이 떠돌던 ‘나’는 귀양지에 와서야 마침내 멈추어 비로소 ‘나’에 대한 성찰의 시간을 갖는다. 그런데 ‘나’는 한편으로는 잃어버린 ‘나’이면서 동시에 원래의 ‘나’이기도 하기 때문에 「수오재기」에서는 ‘나’의 회복을 ‘본바닥’으로 돌아가는 것으로 묘사하였다.

수학[자연B]

▶ 해답 p.416

07 두 함수 $f(x)$와 $g(x)$가 $\lim\limits_{x \to a} f(x) = \infty$와 $\lim\limits_{x \to a}(3f(x) - g(x)) = 2022$를 만족한다. $\lim\limits_{x \to a} \dfrac{kf(x) - 2g(x)}{2f(x) - g(x)} = -9$를 만족시키는 상수 k의 값을 구하는 다음의 풀이 과정을 완성하시오.

> $\lim\limits_{x \to a} f(x) = \infty$이고
> $\lim\limits_{x \to a}(3f(x) - g(x)) = 2022$이므로
> $\lim\limits_{x \to a} g(x) = \boxed{①}$.
> 또한 $\lim\limits_{x \to a} \dfrac{(3f(x) - g(x))}{f(x)} = \boxed{②}$이므로 $\lim\limits_{x \to a} \dfrac{g(x)}{f(x)} = \boxed{③}$이다.
> 따라서 $\lim\limits_{x \to a} \dfrac{kf(x) - 2g(x)}{2f(x) - g(x)} = -9$이므로
> $k = \boxed{④}$이다.

08 두 함수 $f(x) = \dfrac{1}{2}x^2 - 2x + 1$, $g(x) = 5 - 2|x - 2|$의 그래프로 둘러싸인 부분의 넓이 S를 구하는 다음의 풀이 과정을 완성하시오.

> $x < 2$일 때, 두 그래프의 교점은 $f(x) = g(x)$에서 $x = \boxed{①}$이다.
> $x \geq 2$일 때, 두 그래프의 교점은 $f(x) = g(x)$에서 $x = \boxed{②}$이다.
> 따라서 넓이를 정적분의 식으로 나타내면 $S = \boxed{③}$이고,
> 이 정적분의 값을 구하면 $S = \boxed{①}$이다.

09 좌표평면에서
원 $(x-3)^2+(y-4)^2=25$
위의 점 P와 직선 $3x+4y+10=0$ 사이의
거리를 D_P라 하자. $\log_2 D_P$의 값이 자연수가
되도록 하는 점 P의 개수를 구하는 과정을 서
술하시오.

10 부등식 $\log_2(x^2-2x)>\log_2(6-x)$를 만
족시키는 x의 범위를 구하는 과정을 서술하
시오.

11 둘레의 길이가 80인 부채꼴의 넓이의 최댓값을 구하는 과정을 서술하시오.

12 함수 $f(x)=x^3-x+a$와 $g(x)=2x+b$에 대하여 곡선 $y=f(x)$가 직선 $y=g(x)$와 접할 때, $f(1)-g(1)$의 값을 구하는 과정을 서술하시오. (단, a, b는 상수이고, $a<b$이다.)

13 첫째항이 1이고 공비가 4인 등비수열 $\{a_n\}$에 대하여 $\displaystyle\sum_{k=1}^{n} \log a_k > 90$을 만족시키는 자연수 n의 최솟값을 구하는 과정을 서술하시오. (단, $\log 2 = 0.3$으로 계산한다.)

14 $f(x) = \begin{cases} x^2 - 1 & (x > 1) \\ x^2 + 2ax + 3 & (x \le 1) \end{cases}$,

$g(x) = \begin{cases} ax - a & (x > 1) \\ 2x + 1 & (x \le 1) \end{cases}$ 에 대해

함수 $\dfrac{g(x)}{f(x)}$가 실수 전체의 집합에서 연속일 때, 상수 a의 값을 구하는 과정을 서술하시오.

15 미분가능한 함수 $f(x)=\int_a^x |t|-2dt$에 대하여 방정식 $f(x)=0$이 서로 다른 두 실근을 갖기 위한 모든 실수 a의 값을 구하는 과정을 서술하시오.

2022학년도
가천대
논술 모의고사
국어 수학

국어

▶ 해답 p.419

※ 다음은 반대 신문식 토론의 일부이다. 물음에 답하시오.

> **사회자:** 지금부터 '게임 사용 장애를 질병으로 인정해야 한다'를 논제로 토론을 시작하겠습니다. 먼저 찬성 측 첫 번째 토론자의 입론이 있겠습니다.
>
> **찬성1:** 대한 신경 정신 의학회를 비롯한 5개 단체가 발표한 성명에 따르면, 흔히 '게임 중독'이라는 용어로 알려져 온 '게임 사용 장애'는, 뇌 도파민 회로의 기능 이상을 동반하며 비정상적인 행동을 초래합니다. 게임에 방해가 된다는 이유로 타인에게 폭력을 휘두르거나 게임 아이템을 구입하기 위해 절도 행각을 벌인 사건과 같이 우리가 그 동안 언론을 통해 심심찮게 접해 온 사례들은 게임 사용 장애가 비정상적인 행동을 통해 타인에게 큰 피해를 입힐 수 있다는 것을 잘 보여 줍니다. 이처럼 게임 사용 장애는 심각한 문제를 일으키므로 질병으로 인정해야 합니다.
>
> ┌ **사회자:** 다음은 반대 측 두 번째 토론자의 반대 신문이 있겠습니다.
> │
> │ **반대2:** 음악 감상에 방해가 된다고 해서 타인에게 폭력을 휘두르거나 유명 가수의 콘서트를 관람하기 위해 티켓 절도를 하면 법적으로 처벌을 받습니다. 그러면 이때 음악 감상이나 콘서트 관람이라는 행위 자체가 폭력이나 절도를 유발한 원인입니까?
> │
> │ **찬성1:** 그렇지 않다고 생각합니다.
> │
> **[가]** **반대2:** 그렇다면 제가 말씀드린 사례에서 폭력이나 절도의 원인은 무엇입니까?
> │
> │ **찬성1:** 원인을 하나로 확정하기는 어렵겠지만 분노 조절 장애나 탐욕 등 다양한 복합적 원인이 있을 것으로 보입니다.
> │
> │ **반대2:** 그러면 찬성 측에서 말씀하신 폭력이나 절도 사례의 경우도 게임에 대한 지나친 몰입이 유발한 것이라고 확정할 수는 없겠군요. 부적절한 사례를 언급하신 게 아닙니까?
> │
> └ **찬성1:** 전문 단체에서 게임 사용 장애가 심각한 일상 생활 기능의 장애를 초래한다고 한 만큼, 게임 사용 장애와 폭력이나 절도를 충분히 관련지을 수 있다고 생각합니다.
>
> —후략—

---

01 다음은 윗글을 분석한 내용이다. 빈 칸에 들어갈 말을 본문의 [가]에서 찾아 완성하시오.

> [가]에서 반대2는 찬성1에 대한 반대 신문 과정에서, 게임에 대한 지나친 몰입과 (   ) 사이의 확고한 인과 관계를 부정하는 전략을 사용하고 있다.

[02~03] 다음 글을 읽고 물음에 답하시오.

　　최근에는 동일한 기능과 용도를 가진 제품들이 시장에 많기 때문에 소비자들은 차별화된 디자인에 주목하여 상품을 고르는 경우가 많다. 그에 따라 상품의 디자인이 중요한 요소로 부각되고 있다. 이러한 상품의 디자인을 보호하고 관련 산업을 발전시키기 위해 우리나라에서는 디자인 보호법을 제정하여 디자인권을 보호하고 있다. 디자인권을 획득하기 위해서는 누구든지 디자인의 성립 요건과 등록 요건을 갖추어서 특허청에 디자인 등록을 출원하여* 심사를 받아야 한다. 디자인 보호법 제2조에서는 디자인을 '물품의 형상·모양·색채 또는 이들을 결합한 것으로서 시각을 통하여 미감(美感)을 일으키게 하는 것'으로 규정하고 있다. 이에 따라 법률상 디자인으로 성립하기 위해서는 물품성, 형태성, 시각성, 심미성의 요건을 갖추어야 한다.

　　디자인의 물품성은 유체성, 동산성, 정형성, 독립성의 네 가지 요건을 갖추어야 한다. 물품은 원칙적으로 유형적 존재를 갖는 유체물에 한정되고, 빛, 열, 전기, 기체, 액체 등과 같이 형태가 고정되어 있지 않은 것은 물품에 해당하지 않는다. 그리고 물품은 유체물 중에서도 동산(動産)에 한정되고 토지와 그 위의 정착물인 건축물이나 건조물 등의 부동산(不動産)은 원칙적으로 물품으로 인정되지 않는다. 다만 이동식 어린이 놀이방, 방갈로 등과 같이 부동산이라도 공업적으로 양산(量産) 가능하고 이동이 가능한 대상은 물품으로 인정된다. 또한 동산이라도 육안으로 식별이 가능하고 일정한 형태를 가져 디자인이 특정될 수 있는 정형성을 갖추어야만 물품으로 인정되기 때문에 가루나 알갱이 형태의 설탕, 시멘트와 같이 정형화되지 않은 동산은 물품으로 인정받을 수 없다. 그러나 만일 이들이 정형성을 갖게 된다면 예외적으로 물품으로 인정받기도 한다. 그 외에도 손수건을 접어서 만든 꽃 모양과 같이 물품 자체의 형태가 아닌 것 역시 물품으로 볼 수 없다. 마지막으로 물품은 경제적으로 독립하여 거래의 대상이 되는 것이어야 하므로 병의 주둥이와 같은 물품의 일부분도 물품에서 제외된다. 이와 함께 물품으로 구현되지 않은 아이디어 자체는 디자인 보호법상의 보호 대상이 되지 않는다.

　　디자인의 형태성은 물품의 형상에 모양이나 색채가 결합한 형태를 말한다. 여기서 형상은 물품이 공간을 점하고 있는 윤곽을 의미하고, 모양은 물품의 외관에 나타나는 선으로 그린 도형, 색 구분 등을 의미하여, 색채는 물품에 채색된 빛깔을 의미한다. 디자인이 형태성을 갖추기 위해서는 형상이 반드시 있어야 하므로 형상 없이 모양이나 색채만으로 된 것은 형태성을 인정받지 못한다. 형태성은 물품성을 불가분적 전제로 하며, 외부에서 보이는 것이어야 하므로 분해하거나 파괴해야만 볼 수 있는 것은 시각성의 조건을 만족하지 못해 디자인에서 제외된다. 다만 뚜껑을 여는 것과 같은 구조로 된 것은 그 내부도 디자인의 대상이 된다. 디자인의 심미성은 제품이 아름다움을 느낄 수 있도록 처리가 되어 있는 것으로 사람마다 느끼는 정도가 다르기 때문에 그 의미에 대해서는 다양한 입장이 존재한다.

　　이와 같은 디자인의 성립 요건을 갖추었다고 하더라도 디자인 등록을 위해서는 신규성, 창작성, 양산성 등의 요건을 충족해야 한다. 신규성은 디자인을 출원하기 전에 그 디자인이 국내외 웹사이트, 전시, 간행물, 카탈로그 등을 통해 일반 대중에게 공개되지 않아야 함을 의미한다. 다만 출원인의 권리를 보호하기 위해 일정한 경우에는 자신의 디자인이 일반 대중에게 공개된 날로부터 12개월 이내에 그 디자인을 출원하면 예외적으로 신규성을 인정받을 수 있다. 창작성은 그 디자인이 속하는 분야에서 통상적인 지식을 가진 사람이 기존 디자인을 쉽게 변형하여 만들 수 있는 것이 아니어야만, 즉 용이(容易) 창작이 아니어야만 인정받을 수 있다. 예를 들어 원 모양의 시계는 일반적인 형태이기 때문에 이는 용이 창작에 해당될 가능성이 높지만, 개미 모양의 시계는 그렇지 않기 때문에 창작성을 인정받을 가능성이 높다. 마지막으로 양산성은 동일한 제품을 반복적으로 계속 생산해야 하는 것으로, 수석이나 꽃꽂이와 같이 자연물을 사용한 물품으로 다량 생산할 수 없는 것과 미술 작품의 원본은 양산성이 없기 때문에 디자인으로 등록될 수 없다. 그런데 앞에 언급한 디자인 등록 요건을 갖추었다 하더라도 동일하거나 유사한 디자인을 제3자가 먼저 등록 출원하게 되면 디자인을 등록할 수 없다. 하지만 창작자가 아닌 제3자가 창작자의 권리를 침해하여 디자인을 먼저 등록 출원할 경우, 특허청은 창작자의 권리 보호를 위해 제3자의 디자인 등록을 거부할 수 있다.

*출원하여: 청원이나 원서를 내어.

02 '형광등 빛'과 '시멘트 가루'가 각각 어떠한 요인이 부족하여 물품으로 인정받지 못하는지 각각 서술하시오.

03 〈보기〉의 빈칸에 들어갈 적절한 내용을 윗글에서 찾아 서술하시오.

〈 보기 〉

디자인 등록을 위해서는 몇 가지 요건이 필요하다. 동일한 제품을 반복적으로 계속 생산할 수 있는 (①) 요건이 있어야 하고, 디자인 출원 전에 일반 대중에게 공개된 적이 없는 (②) 요건이 있어야 한다.

※ 다음 글을 읽고 물음에 답하시오.

오늘 저녁 이 좁다란 방의 흰 바람벽에
어쩐지 쓸쓸한 것만이 오고 간다
[가]
이 흰 바람벽에
희미한 십오 촉 전등이 지치운 불빛을 내어던지고
때글은 다 낡은 무명 샤쯔가 어두운 그림자를 쉬이고
그리고 또 달디단 따끈한 감주나 한잔 먹고 싶다고 생각하는 내 가지가지 외로운 생각이 헤매인다/ 그런데 이것은 또 어인 일인가
이 흰 바람벽에
내 가난한 늙은 어머니가 있다/ 내 가난한 늙은 어머니가
이렇게 시퍼러둥둥하니 추운 날인데 차디찬 물에 손은 담그고 무이며 배추를 씻고 있다.
또 내 사랑하는 사람이 있다/ 내 사랑하는 어여쁜 사람이
어늬 먼 앞대 조용한 개포가의 나즈막한 집에서
그의 지아비와 마조 앉어 대구국을 끓여놓고 저녁을 먹는다
벌써 어린것도 생겨서 옆에 끼고 저녁을 먹는다

그런데 또 이즈막하야 어느 사이엔가/ 이 흰 바람벽엔

내 쓸쓸한 얼굴을 쳐다보며/ 이러한 글자들이 지나간다

– 나는 이 세상에서 가난하고 외롭고 높고 쓸쓸하니 살어가도록 태어났다

그리고 이 세상을 살어가는데

내 가슴은 너무도 많이 뜨거운 것으로 호젓한 것으로 사랑으로 슬픔으로 가득찬다

그리고 이번에는 나를 위로하는 듯이 나를 울력하는 듯이

눈질을 하며 주먹질을 하며 이런 글자들이 지나간다

– 하눌이 이 세상을 내일 적에 그가 가장 귀해하고 사랑하는 것들은 모두

가난하고 외롭고 높고 쓸쓸하니 그리고 언제나 넘치는 사랑과 슬픔 속에 살도록 만드신 것이다

초생달과 바구지꽃과 짝새와 당나귀가 그러하듯이

그리고 또 '프랑시쓰 쨈'과 도연명과 '라이넬 마리아 릴케'가 그러하듯이

– 백석, 「흰 바람벽이 있어」

*울력하는: 힘으로 몰아붙이는.

04 시적 대상은 '흰 바람벽'과 같이 화자 자신이나 내면심리를 투영하는 것으로 시의 의미를 이어가는 중심 역할을 한다. '흰 바람벽'은 화자의 과거 기억과 심리 등을 비추는 시적 대상이다. 윗글의 [가]에서 화자의 고단한 피로감과 외롭고 쓸쓸한 내면을 반영하고 있는 시적 대상 두 가지가 무엇인지를 서술하시오.

수학

2022학년도 모의고사

▶ 해답 p.419

05 함수 $f(x)=2^{x-1}+k$의 역함수를 $g(x)$라 하자. 함수 $y=g(x)$의 그래프가 점 $(5, 2)$를 지날 때, $g(35)$의 값을 구하는 과정을 아래 과정을 참고하여 서술하시오.

> $f(x)$의 역함수 $g(x)=$ ________ 이다.
>
> $g(5)=2$이므로, $k=$ ________ 이다.
>
> 따라서, $g(35)=$ ________ 이다.

06 $0 \le \theta \le 2\pi$일 때, x에 대한 이차방정식 $x^2+(\sqrt{3}\sin\theta)x+\cos\theta-\dfrac{1}{4}=0$이 실근을 갖도록 하는 모든 θ의 값의 범위는 $\alpha \le \theta \le \beta$이다. $\tan\alpha-\tan\beta$의 값을 구하는 과정을 서술하시오.

07 자연수 n에 대하여 x에 대한 이차방정식 $x^2+25x-(2n-1)(2n+1)=0$의 두 근을 α_n, β_n이라 하자.

등식 $\displaystyle\sum_{n=1}^{m}\left(\dfrac{1}{\alpha_n}+\dfrac{1}{\beta_n}\right)=12$를 만족시키는 자연수 m의 값을 구하는 과정을 서술하시오.

08 다음 조건을 만족시키는 다항함수 $f(x)$를 구하는 과정을 서술하시오.

(가) $f'(x)=3x^2-2x+1$

(나) 곡선 $y=f(x)$ 위의 점 $(1, f(1))$에서의 접선의 x절편은 -1이다.

Nothing great in the world has been
accomplished without passion.

이 세상에 열정없이 이루어진 위대한 것은 없다.

– Georg Wilhelm 게오르크 빌헬름 –

실전모의고사

[자연계열] – 5회

[자연계열]

가천대
논술 실전모의고사

제1회 실전모의고사

[국어 영역]　　　　　　　　　　　　　　　　　　　　　　　　　▶ 해답 p.422

※ 다음은 수업 시간에 학생이 수행한 발표이다. 물음에 답하시오.

안녕하세요. 얼마 전 수업 시간에 고대에는 치료의 주제가 주술사나 사제였다는 내용을 배운 적이 있죠? (청중의 반응을 보고) 네, 많이 기억하고 계시네요. 그 수업과 관련해 자유 주제 발표에서는 질병과 치료에 대한 인식 변화를 소개해 보려 합니다.

고대 그리스의 사람들은 질병이 종교적인 이유에서 발생한다고 믿었습니다. (그림을 제시하며) 이 그림은 「아스클레피오스의 꿈」입니다. 고대 그리스에서는 몸이 아픈 사람들이 아스클레피오스 신전을 찾아 몸을 청결히 하고 건강 회복을 위한 기도를 한 후 잠을 청했다고 합니다. 그러면 이 그림과 같이 의술의 신인 아스클레피오스가 꿈에 나타나 치료법을 알려 준다고 믿었기 때문이죠. 전문가들의 연구에 따르면 공기가 맑은 교외에 위치하고 있는 이 신전에서 환자들은 사제의 지도에 따라 적절한 운동도 했다고 하니, 경미한 질병이나 심리적인 문제로 발생한 질병이라면 효과가 있었을 것 같습니다. 그러나 이러한 방식으로 일반적인 질병을 치료하는 데에는 분명히 한계가 있었을 것 같습니다.

의사가 지켜야 할 윤리를 규정한 히포크라테스 선서를 들어 보신 적이 있으신가요? (청중의 반응을 보고) 네, 많이 알고 계시네요. 히포크라테스는 질병의 원인을 종교나 주술적 요인이 아닌 환자의 병력과 증상에서 찾는 분위기를 만든 장본인이죠. 그래서 오늘날 의학의 아버지로 추앙받고 있으며 아직도 그의 선서가 의사의 윤리로 남아 있게 된 것이죠. 그는 우리 몸을 구성하는 근원이 네 가지 체액이며 이 체액들의 조화와 균형이 깨지면 질병이 발생한다고 보는 '체액 병리학'의 창시자입니다. 체액 병리학에서는 주로 식이 요법이나 약용 식물을 이용해 치료를 했다고 합니다.

해부학의 아버지로 불리는 베살리우스의 등장은 근대 의학의 탄생에 결정적 영향을 미칩니다. 그는 당시 가장 부유하고 학문의 자유가 인정되었던 베네치아에 있었기 때문에 혁신적인 해부학 연구를 시행할 수 있었고, 우리 몸의 생물학적 구조를 아주 정교하게 포착했죠. 생물학적 구조에 바탕을 둔 근대의 병리학, 즉 '해부 병리학'이 나타난 것입니다. (그림을 보여 주며) 이 그림은 그가 만든 해부학 도표 중 일부입니다. 지금 봐도 인체의 구조를 매우 정교하게 표현한 것이 놀랍습니다. 그의 공로로 우리 몸의 질병은 특정한 장기가 손상되면서 생긴다는 인식이 확산되었고 이러한 인식은 지금까지 영향을 미치고 있습니다.

의학 기술의 발달로 이제는 동일한 질병이라는 개개인의 특질에 맞추어 다르게 치료해야 한다는 인식이 확산되고 있습니다. 대표적인 것이 유전자 맞춤형 치료 기술입니다. 고대부터 현재까지 질병에 대한 인식은 변화되었지만 건강한 삶을 지향하는 마음은 모두 동일하지 않을까요? 의학의 발달로 많은 사람이 질병에 의한 고통 없이 행복하게 삶을 영위하면 좋겠습니다. 이상 발표를 마치겠습니다.

01 〈보기 1〉은 위 발표를 들은 학생의 반응이다. 〈보기 2〉의 빈칸에 들어갈 대상을 '학생 1', '학생 2', '학생 3' 중에서 골라 쓰시오. (단, 복수 대상자가 있으면 모두 쓸 것)

─〈보기 1〉─

학생 1: 히포크라테스라는 이름만 알고 있었는데 체액 병리학을 만든 인물이었구나. 그리고 고대의 치료 방법 중 현재까지 이어진 게 없을 줄 알았는데, 지금도 많이 사용되는 치료 방법인 식이 요법을 히포크라테스가 사용했다는 점이 인상적이었어.

학생 2: 고대 사람들은 질병이 신의 노여움이나 악귀와 관련이 있다고 생각했다고 하던데, 그래서 사제나 주술사가 치료의 주체가 되었겠군. 그런데 주술사들의 치료 방법에 대한 내용이 나오지 않아서 아쉬웠어.

학생 3: 근대 의학이 해부학의 성과에 의해 등장하게 된 점을 알게 되어 좋았어. 자유로운 학문의 분위기라면 르네상스 시대의 이야기일 것 같은데, 레오나르도 다빈치가 인체 해부도를 그릴 수 있었던 것도 당시 베니치아의 분위기와 관련이 있을 것 같아.

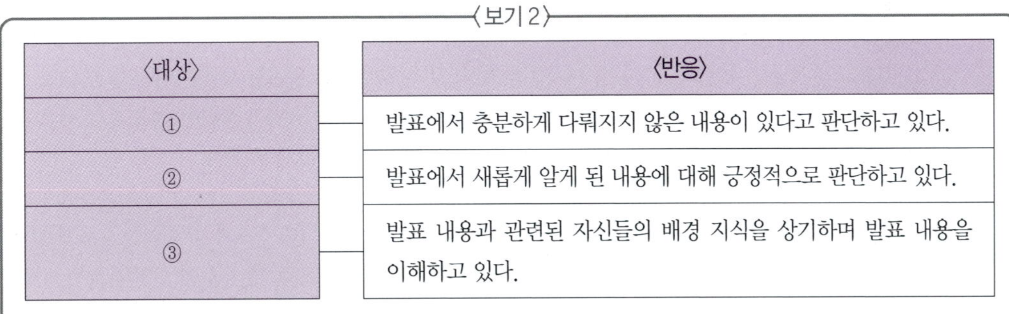

〈대상〉	〈반응〉
①	발표에서 충분하게 다뤄지지 않은 내용이 있다고 판단하고 있다.
②	발표에서 새롭게 알게 된 내용에 대해 긍정적으로 판단하고 있다.
③	발표 내용과 관련된 자신들의 배경 지식을 상기하며 발표 내용을 이해하고 있다.

[02~03] 다음 글을 읽고 물음에 답하시오.

(가) 화폐가 생기기 전의 인간은 원하는 재화를 스스로 생산하거나 물물 교환을 통해 얻었다. 하지만 물물 교환이 성공하기 위해서는 내가 상대방의 재화를 원하는 시기와 상대방이 나의 재화를 원하는 시기가 일치해야 한다. 이를 욕망의 이중적 일치라 하는데 욕망의 이중적 일치는 이루어지기가 매우 힘들므로, 인간은 원하는 재화를 효율적으로 얻기 위해 교환의 매개물인 화폐를 고안하였다.

처음에는 곡물이나 소금 등의 상품을 교환의 매개로 사용하였는데, 이를 상품 화폐라고 한다. 하지만 상품 화폐는 곡물이 썩거나 소금이 녹는 등 관리가 어려워, 이를 개선하기 위해 등장한 것이 금속 화폐였다. 금속 화폐는 상품 화폐에 비해 내구성이 뛰어났으며, 표준화가 가능한 장점도 있었다. 하지만 금속 화폐는 같은 가치의 상품 화폐에 비해 작고 가벼우므로 도난이나 분실의 위험이 있었다. 이 때문에 17세기 영국에서는 금속 화폐를 금속 세공업자에게 맡기고 보관증을 받아 두었다가, 화폐가 필요할 때 보관증을 화폐로 교환하는 것이 빈번하였다. 하지만 화폐를 사용할 때마다 보관증을 화폐로 교환하는 것이 번거로워, 보관증 자체를 교환의 매개 수단으로 삼기 시작했는데, 이것이 발전하여 현재 우리가 사용하는 지폐가 등장하게 되었다.

금화와 같은 금속 화폐와 달리 지폐는 재료 자체의 가치가 거의 없으므로, 지폐가 등장한 초기에는 지폐의 가치에 대한 신뢰를 높이기 위해, 지폐를 발행한 은행이나 정부가 지폐의 가치에 상응하는 금속을 지폐와 교환해 주었다. 이런 지폐를 태환 지폐라고 한다. 하지만 오늘날에는 지폐의 가치에 대한 신뢰가 높아져, 금속으로 교환을 보증하지 않는 불환 지폐를 일반적으로 사용한다.

역사적으로 등장한 이러한 다양한 화폐들은 사회적 약속에 의해 재화의 교환을 원활히 매개하는 수단이라는 공통점을 가지고 있다. 화폐는 이런 교환의 매개 수단이라는 역할 외에도 다른 역할들도 가지고 있다. 사회적으로 심각한 사태가 없는 한 너무 먼 미래가 아니라면 현재 화폐가 가진 구매력이 유지가 되어 화폐를 통해 현재의 구매력을 미래까지 저장할 수 있으므로, 화폐는 가치의 저장 수단이라는 역할을 하며, 재화의 경제적 가치를 공통된 기준인 화폐로 측정할 수 있으므로, 가치의 척도라는 역할도 한다.

(나) 블록체인과 같은 전자적 기술의 발달로 민간에서 전자적으로 발행한 가상 화폐가 늘어나고 있다. 가상 화폐가 현금과 같은 법정 화폐*를 대체할 수도 있다는 의견이 있지만, 가상 화폐는 법적 규제의 미비 등 다양한 문제점이 있으므로, 현재로서는 화폐의 기능을 수행하는 데에 한계가 있다. 가상 화폐의 단점을 보완하면서도 장점을 취할 수 있어, 새로운 화폐로 주목받는 것으로 중앙은행 디지털 화폐가 있다. 중앙은행 디지털 화폐는 기존 법정 화폐인 현금처럼 중앙은행이 발행하고 가치가 안정적이지만, 실물이 없는 전자 화폐이다. 국가가 보급한 전자 지갑 시스템을 통해 보관 및 사용할 수 있으며, 보관 시에는 민간 은행의 예금처럼 이자가 지급될 수도 있다.

중앙은행 디지털 화폐를 도입하면 다음과 같은 장점이 있다. 우선 화폐의 직접적인 교환 없이 지급 결제가 전자적으로 이루어지므로, 현금 사용보다 효율성이 있다. 또한 거래 시 일반적으로 거래 정보가 남지 않는 현금과 달리, 중앙은행 디지털 화폐는 거래 정보가 전자 시스템에 기록되도록 설정할 수 있으므로, 탈세 등의 범죄 감소에 도움이 된다. 또 다른 장점으로 중앙은행 디지털 화폐는 국가가 발행하고 관리하므로, 민간에서 관리하는 유사한 서비스에 비해 안정성이 높다. 예를 들어 중앙은행 디지털 화폐와 민간 은행이 관리하는 예금은 전자 시스템을 통해 보관 및 거래가 이루어진다는 공통점이 있다. 하지만 민간 은행이 파산할 시 해당 은행에서 관리하는 예금은 지급이 어려워 가치가 사라질 위험이 있으나, 중앙은행 디지털 화폐는 현금처럼 국가에서 관리하는 화폐이므로, 국가 부도와 같은 사회적으로 심각한 사태가 없다면 화폐로서의 가치가 사라질 위험이 적다.

그러나 중앙은행 디지털 화폐 도입 시 예상되는 문제점 또한 존재한다. 우선 중앙은행 디지털 화폐는 법정 화폐이므로 현금처럼 손쉽게 사용할 수 있도록 지원해야 하는데, 이를 위한 결제 단말기 보급 비용이나 시스템 관리 비용이 상당할 것이다. 또한 중앙은행 디지털 화폐는 전자 시스템을 통해 운용하므로 해킹 등 전자 시스템에 문제가 생긴다면 금융이 마비될 수 있고, 개인 정보 유출의 가능성도 있다. 그리고 중앙은행 디지털 화폐 사용 시의 혜택이나 전자 지갑 보관 시의 이자율에 따라 민간 은행에 예치된 예금이 중앙은행 디지털 화폐로 대규모 전환될 수 있는데, 그렇게 된다면 민간 은행이 개인이나 기업에 대출해 줄 수 있는 자금이 크게 감소하여 경제가 악화될 수 있다.

중앙은행 디지털 화폐는 다양한 장점을 지닌 새로운 화폐 시스템이지만, 새로운 시스템을 구현하기 위한 기술적 및 법적 보완이 필요하며, 기존의 금융 시스템에 미치는 영향을 충분히 고려해야 한다. 따라서 국가가 중앙은행 디지털 화폐를 도입한다면 이런 요소들을 종합적으로 분석하고 준비하는 것이 중요하다.

*법정 화폐: 일반적으로 중앙은행이 발행하며, 법률상 강제 통용력과 지불 능력이 주어진 화폐.

*지급 결제: 경제 주체들이 경제 활동에 따른 채권 채무 관계를 지급 수단을 이용하여 해소하는 행위.

02 다음은 (나)를 읽고 중앙은행 디지털 화폐 를 이해한 것이다. 빈칸에 들어갈 적절한 말을 주어진 단어에서 골라 쓰시오.

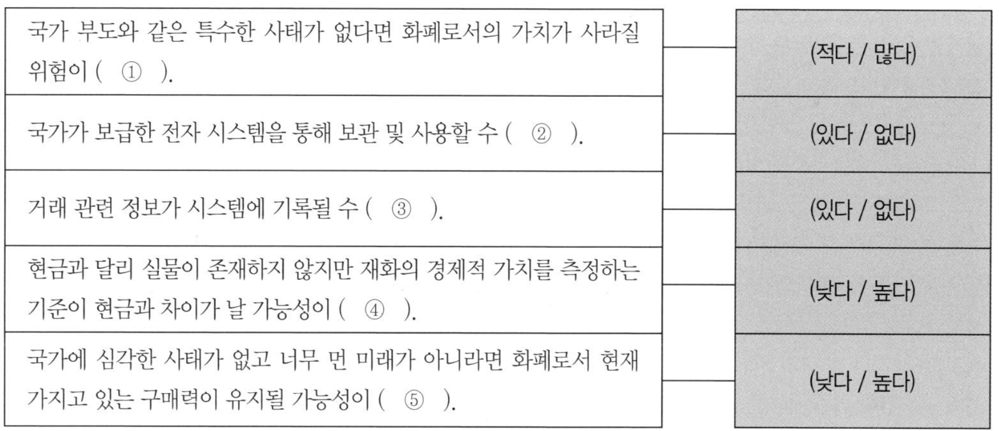

국가 부도와 같은 특수한 사태가 없다면 화폐로서의 가치가 사라질 위험이 (①).	(적다 / 많다)
국가가 보급한 전자 시스템을 통해 보관 및 사용할 수 (②).	(있다 / 없다)
거래 관련 정보가 시스템에 기록될 수 (③).	(있다 / 없다)
현금과 달리 실물이 존재하지 않지만 재화의 경제적 가치를 측정하는 기준이 현금과 차이가 날 가능성이 (④).	(낮다 / 높다)
국가에 심각한 사태가 없고 너무 먼 미래가 아니라면 화폐로서 현재 가지고 있는 구매력이 유지될 가능성이 (⑤).	(낮다 / 높다)

03 (가), (나)를 바탕으로 〈보기 1〉을 이해할 때, 〈보기 2〉의 빈칸에 들어갈 화폐의 역할을 (가)에서 찾아 차례대로 쓰시오.

〈보기 1〉

　가상 화폐인 A 코인(단위: a)이 유명해지고 가상 화폐 전자 거래소를 통해 손쉽게 A 코인을 사고파는 사람들이 늘어나자, 피자를 판매하는 P 식당은 A 코인으로 피자를 구매할 수 있게 하겠다고 홍보하였다. P 식당은 피자 한 판의 가격을 10a로 책정해 판매하였고, 실제로 몇몇 고객은 P 식당에서 A 코인으로 피자를 구매하였다. 얼마 뒤 정부에서는 판매자와 구매자가 원한다면 가상 화폐로 물건을 구매할 수는 있으나, 가상 화폐는 법정 화폐로 인정하지 않으므로 거래 시 분쟁이 발생할 때 법의 도움을 받기 힘들며, 가상 화폐 관련 규제를 강화하겠다는 입장을 발표하였다. 정부의 발표 이후 A 코인의 시세는 하루 만에 기존의 절반으로 떨어졌고, P 식당은 손해를 방지하기 위해 피자의 가격을 20a로 조정할 것을 고려하였으나, 고객의 불만과 혼란을 예상하여 A 코인으로 피자를 구매하는 서비스를 중단하게 되었다.

〈보기 2〉

• A 코인은 가격 변동성이 크기 때문에 재화의 경제적 가치를 화폐로 측정할 수 있는 (①)의 역할을 구현하기는 어렵다.
• A 코인으로 피자를 구매하였으므로 (②)으로 일부 기능하였으나, 현재의 구매력을 미래까지 저장할 수 있는 (③) 역할을 하기는 어렵다.

① ________________________　② ________________________　③ ________________________

※ 다음 글을 읽고 물음에 답하시오.

단백질은 세포 내에서 가장 다양하고 중요한 기능을 가지는 고분자 화합물로서, 생체 반응을 중계하며 생명체의 질서를 유지하는 역할을 한다. 아미노산은 이러한 단백질을 구성하는 기본 단위로, 아미노산이 결합되어 있는 구조를 폴리펩타이드라고 한다. 단백질은 이러한 폴리펩타이드 사슬로 구성되어 있으며 대개 100개 이상의 아미노산으로 구성된다. 아미노산의 서열은 단백질의 구조뿐만 아니라 단백질의 고유한 기능도 결정한다.

단백질은 어떤 구조를 이루는지에 따라 여러 단계로 나눌 수 있다. 1차 구조는 단백질을 구성하는 아미노산의 서열을 뜻한다. 단백질을 구성하는 아미노산의 서열은 생물의 유전 정보에 의해서 결정되는데, 아미노산 중 하나라도 다른 아미노산으로 대체된다면 단백질의 모양, 기능에 영향을 미칠 수 있다. 아미노산 간의 수소 결합에 의해 형성되는 2차 구조는 폴리펩타이드 사슬의 일부가 꼬이거나 접히면서 나타나는 특정한 패턴을 의미한다. 이러한 패턴의 모양에 따라 2차 구조는 α 나선 구조, β 병풍 구조 등으로 구분된다. 단백질이 제대로 기능하기 위해서는 이러한 특정 패턴을 지닌 긴 폴리펩타이드 사슬이 복잡한 3차원의 형태로 바뀌어야 한다. 2차 구조를 가진 단백질은 다시 3차원적으로 접혀 입체 구조를 가지게 된다. 이 구조를 3차 구조라고 하는데, 이때 폴리펩타이드 사슬이 접히는 과정을 '단백질 접힘'이라고 한다. 4차 구조는 3차 구조가 여러 개 결합하여 이루어진 것을 가리킨다. 1차, 2차 구조는 생체 내에서 단독으로 존재할 수 없지만, 3차 구조부터는 안정화되어 단독으로 존재할 수 있다.

단백질 접힘이 일어나는 원리 중 하나로 아미노산 사이의 상호 작용이 있다. 아미노산에는 물과 강한 친화력을 가진 친수성 아미노산과 물을 싫어하는 성질을 가진 소수성 아미노산이 있는데, 폴리펩타이드 사슬에는 친수성 아미노산이 촘촘하게 존재하는 부분과 소수성 아미노산이 모여 있는 부분이 혼재되어 있다. 세포의 내부는 거의 수분으로 가득 차 있으므로 소수성 아미노산들끼리는 물에 닿는 부분을 최소화하기 위해 서로 뭉쳐 단백질 안쪽으로 접혀 들어간다. 이러한 과정과 수소 결합 등의 여러 가지 힘이 상호 작용하여 폴리펩타이드 사슬이 완전히 접혀 3차 구조를 이루게 되면 각 단백질 고유의 구조를 형성하게 된다. 이때 열 충격 단백질이라고도 알려진 샤페론이 폴리펩타이드 사슬과 상호 작용하며 단백질 접힘에 관여하기도 한다. 샤페론은 폴리펩타이드 사슬이 미리 접히지 않도록 안정화시켜 단백질이 제대로 접히도록 도와주거나, 잘못 접힌 단백질이 다른 단백질과 응집되어 만들어진 응집체의 분해를 돕는 등의 역할을 한다.

이러한 단백질의 접힘은 복잡한 과정이므로 때로는 부적절하게 접힌 분자들이 만들어지기도 한다. 잘못 접힌 단백질은 보통 세포 내에서 분해되지만, 노화 등의 이유로 세포 내부나 외부에 쌓이기도 한다. 이처럼 잘못 접힌 단백질이 쌓이게 되면 병을 유발할 수 있다. 예를 들어 알츠하이머병은 정상 단백질이 비정상적 과정을 거쳐 잘못 접힌 독특한 입체 형태가 누적되면, 이것이 신경 독성을 나타내거나 정상 단백질의 작용을 막아 발생하는 것으로 알려져 있다.

한편 단백질의 접힘이 풀리거나 해체되면 단백질의 변성이 일어난다. 열, 강산 또는 강염기는 변성을 일으키는 대표적인 요인에 해당한다. 예를 들어 세포 내에서 기능하는 단백질 중 효소는 보통 중성 pH에서 3차 구조를 유지할 수 있으며 강산 또는 강염기, 혹은 높은 온도에서는 수소 결합이 대부분 파괴된다. 변성이 일어나면 단백질의 아미노산의 서열에는 변함이 없지만 2차 및 3차 구조에 손상이 가해져 단백질은 제대로 기능을 하지 못하게 된다. 변성은 특별한 경우에는 가역적이기 때문에 변성의 요인이 제거되면 원래 고유의 구조로 다시 접힐 수 있다. 그러나 대부분의 단백질에는 일단 변성이 일어나면 영구적으로 변형된 채로 남는 비가역적인 변화가 일어난다.

04 제시문과 관련된 〈현상〉에 대한 〈반응〉이 다음과 같을 때, 이 〈반응〉을 설명하기 위한 문장을 제시문에서 찾아 첫 어절과 마지막 어절을 차례대로 쓰시오.

〈현상〉

달걀 프라이를 만들 때 투명했던 흰자가 새하얗게 변하는 것은 그 부위에 함유된 단백질의 구조가 열에 의해 파괴되어서 서로 응집되며 생기는 현상이다.

⇒

〈반응〉

흰자에 열을 가해 흰자가 새하얗게 변하더라도 흰자의 아미노산의 서열은 변하지 않는다.

첫 어절: _______________________, 마지막 어절: _______________________

※ 다음 글을 읽고 물음에 답하시오.

태우가 경사(京師)*에 다다라 먼저 대궐에 가서 천자의 은혜에 정중하게 사례하였다. 상이 크게 반기시어 불러 보시고 공적을 표창하시어 예부상서 영릉후에 임명하셨다. 태우가 천자의 성은에 감사를 드리고 집안에 돌아와 부모를 뵈었다. 기한을 어긴 지 석 달이 지났기에 식구들이 기다리는 근심이 끝이 없더니 온 집안에 반김이 무궁하였다. 승상과 부인이 태우가 더디게 온 것을 꾸짖었다. 태우가 사죄하고 설생을 데리고 왔음을 고하자 모두들 놀라고 괴이하게 여겼다.

승상이 모든 자식들과 더불어 서헌에 나와 설생을 보았는데, 맑고 높은 기질이 표연히 선풍도골(仙風道骨)*이었으니, 수려하고 깨끗한 풍채가 눈을 놀라게 하였다. 승상 및 태우의 여러 형제들이 매우 놀라서 십분 공경하고 별채인 송죽헌에 거처하게 하면서 의식을 각별히 하여 후대하였다. 승상은 설생이 너무 청아하고 아름다움을 괴이하게 여기었고 이부상서 유세기는 한 번 설생을 보자 결단코 남자가 아닌 것을 알았지만 입을 열어 말하지 않고 아우들에게 당부하였다.

[A] "설생이 타향 사람으로 우리를 서먹하게 여길 것이다. 너희들은 번잡하게 가서 보지 말고 설생을 편히 있게 하여라."

이부상서 형제가 명을 받들어 구태여 설생을 찾지 않으나 유독 영릉후가 된 세창의 자취가 송죽헌을 떠나지 않았다. 이날 영릉후가 매화정에 나가 부인인 남 소저를 대하자 소저가 얼굴에 희색을 띠어 맞이하고 서너 명의 자녀가 겹겹이 반겼다. 영릉후가 다시금 애정이 새롭게 솟아오르면서 이별의 회포를 이르며 반가워하는 것이 끝이 없었다. 그러나 영릉후의 한 조각 마음에는 설생이 객수(客愁)*에 가득 차 있는 것을 잊지 못할 뿐만 아니라 남자인지 여자인지가 미심쩍어 마음이 갈리니 이 밤을 겨우 새워 아침 문안 인사를 끝낸 후 바로 송죽헌에 가 설생을 보았다. 영릉후가 설생과 종일토록 말하였는데, 말마다 의기투합하는 것을 신기하게 여겨 밥 먹고 잠자기를 다 잊을 정도였다.

[중략 부분 줄거리] 설생은 세창에게 혼인을 구하는 것이 순탄치 않고 마땅하지 못할 것이라 생각하였다. 이에 과거 시험에 급제하여 천자께 세창과 자신의 혼사를 성사시켜 줄 것을 청해 명분을 얻고자 한다. 과거 시험에 응시하여 문무 장원에 뽑혀 천자로부터 큰 칭찬을 듣는다.

초벽이 머리를 조아리고 죄를 청하였다.

　　"신이 일월을 속이고 음양(陰陽)을 바꾼 죄가 있으니 감히 조정에 아뢰지 못하겠으나, 신의 죄를 용서하시면 진정을 아뢰겠습니다."

차설(且說). 천자가 놀라시어 설초벽에게 마음속에 품은 것을 숨기지 말고 아뢰라 하시자, 초벽이 다시 머리를 조아리고 아뢰었다.

"신(臣)은 본래 설경화의 어린 딸입니다. 부모가 함께 돌아가시자 혈혈단신의 아녀자가 강포한 자로부터 욕을 볼까 두려워 남장(男裝)을 하고 무예를 배워 풍양의 진중에 들어갔다가 산으로 도망하여 은거하면서 천신만고를 겪었습니다. 그러다가 유세창을 만나게 되었습니다. 유세창이 비록 제가 여자인 줄을 알지 못하고 지기(知己)로 허락하였으나, 신이 여자의 몸으로 세창과 동행하여 먹고 자기를 한가지로 하였사오니 의리로 다른 사람을 좇지 못할 것이고 스스로 구하여 유세창에게 시집간다면 뽕나무밭과 달빛 아래에서 몰래 만나는 비루한 행실과 다를 것이 없습니다. 그렇기에 뜻을 결정하여 인륜을 폐하고 몸을 깨끗하게 마치는 것이 소원입니다.

그러나 돌아보건대 부모의 혈맥이 다만 신첩(臣妾)의 한 몸에 있기에 차마 사사로운 염치와 의리 때문에 죽어 종족을 멸망시키고 후사(後嗣)를 끊게 하는 죄인이 되지는 못할 것입니다. 온갖 계책을 생각해도 방법이 없으나 그윽이 생각하건대 폐하께서는 만민의 부모가 되시니 반드시 신첩의 사정을 불쌍히 여기시고 윤리를 완전케 해 주실 것 같았습니다. 그런 까닭에 일만 번 죽기를 무릅쓰고 감히 방목(榜目)*에 이름을 걸어 성총을 어지럽게 함으로써 저의 진정한 회포를 아룁니다."

상께서 매우 놀라고 기특하게 여기시어 영릉후인 유세창을 돌아보셨다. 영릉후 또한 매우 놀라 안색이 흙빛이었다. 상이 유승상에게 명령하여 말씀하셨다.

"설씨녀의 재주와 용모와 의협심이 옛사람보다 뛰어나고 사정이 불쌍하니 짐이 중매가 되어 세창과 혼인시킬 것이다. 경은 육례(六禮)를 갖추어 저 설씨녀를 맞이하고 평범한 며느리로 대접하지 마라. 저 사람이 타향에 떠도는 나그네가 되어 혼사를 말하기가 어려운 까닭에 과거에 급제하는 것을 계기로 뜻을 이루고자 하였으니 이 또한 묘책이다. 충성심이 세상을 덮을 만하고 문무 장원을 하였으니 삼백 칸 집과 가동(家僮)과 노비를 전례대로 사급하며 특별히 여학사(女學士) 여장군에 임명하여 영릉후 세창의 둘째 부인으로 정하나니 선생은 명심하라."

– 작자 미상, 「유씨삼대록」

*경사: 한 나라의 중앙 정부가 있는 곳.

*선풍도골: 신선의 풍채와 도인의 골격이라는 뜻으로, 남달리 뛰어나고 고아한 풍채를 이르는 말.

*객수: 객지에서 느끼는 쓸쓸함이나 시름.

*방목: 과거 급제자의 이름을 적은 책.

05 〈보기1〉은 [A]와 [B]의 내용을 이해하고 정리한 것이다. 제시된 〈보기2〉의 사전적 의미를 참조하여 〈보기1〉의 ⓐ와 ⓑ에 들어갈 2음절의 단어를 차례대로 쓰시오.

〈보기1〉

　　[A]는 대상의 처지를 고려하여 상대에게 (　ⓐ　)을/를 요구하고, [B]는 자신의 처지를 고백하여 상대의 (　ⓑ　)을/를 요청하고 있다.

〈보기 2〉

ⓐ 도와주거나 보살펴 주려고 마음을 씀.

ⓑ 남의 잘못 따위를 너그럽게 받아들이거나 용서함. 또는 그런 용서.

ⓐ: _______________________

ⓑ: _______________________

※ 다음 글을 읽고 물음에 답하시오.

(가)

밤의 식료품 가게
케케묵은 먼지 속에
죽어서 하루 더 손때 묻고
터무니없이 하루 더 기다리는
북어들,
북어들의 일 개 분대가
나란히 꼬챙이에 꿰어져 있었다.
나는 죽음이 꿰뚫은 대가리를 말한 셈이다.
한 쾌의 혀가
자갈처럼 죄다 딱딱했다.
나는 말의 변비증을 앓는 사람들과
무덤 속의 벙어리를 말한 셈이다.
말라붙고 짜부라진 눈,
북어들의 빳빳한 지느러미.
막대기 같은 생각
빛나지 않는 막대기 같은 사람들이
가슴에 싱싱한 지느러미를 달고
헤엄쳐 갈 데 없는 사람들이
불쌍하다고 생각하는 순간,
느닷없이
북어들이 커다랗게 입을 벌리고
거봐, 너도 북어지 너도 북어지 너도 북어지
귀가 먹먹하도록 부르짖고 있었다.

— 최승호, 「북어」

(나)

아프리카 탕가니카호(湖)에 산다는
폐어(肺魚)는 학명이 프로톱테루스 에티오피쿠스
그들은 폐를 몸에 지니고도
3억만 년 동안 양서류로 진화하지 않고
살고 있다 네 발 대신
가느다란 지느러미를 질질 끌며
물이 있으면 아가미로 숨 쉬고
물이 마르면 폐로 숨을 쉬며
고생대(古生代) 말기부터 오늘까지 살아
어느 날 우리나라의 수족관에
그 모습을 불쑥 드러냈다
뻘 속에서 4년쯤 너끈히 살아 견딘다는
프로톱테루스 에티오피쿠스여 뻘 속에서
수십 년 견디는 우리는
그렇다면 30억만 년쯤 진화하지 않겠구나
깨끗하게 썩지도 못하겠구나

– 오규원, 「물증」

06 다음의 〈보기〉를 바탕으로 (가), (나)를 감상할 때, 밑줄 친 ㉠이 시작되는 시행을 (가)와 (나)에서 각각 찾아 쓰시오.

〈보기〉

선생님: 「북어」와 「물증」의 화자는 모두 특정한 장소에서 각각 '북어'와 '폐어'를 관찰하며 시상을 떠올립니다. 그 곳에서 대상을 관찰하던 화자는 대상에 대한 인식을 통해 ㉠시상의 초점을 자신을 둘러싼 내부로 이동하는 모습을 보이죠. 이는 관찰한 대상의 특징에 착안하여 화자를 포함한 현대인들의 속성을 부각하고 있는 것인데, 그 바탕에는 그러한 속성과 관련된 부정적 현실이 암시되어 있기도 합니다.

(가) ____

(나) ____

제1회 실전모의고사

[수학 영역]

▶ 해답 p.423

07 중심이 원점 O이고 반지름의 길이가 1인 원 C 위의 점 중 제1사분면에 있는 점 P에서의 접선 l이 x축, y축과 만나는 점을 각각 Q, R이라 하고 $\angle RQO = \theta$라 하자. 삼각형 ROQ의 넓이가 $\dfrac{2\sqrt{3}}{3}$일 때, $\dfrac{1}{\sin\theta \times \cos\theta}$의 값을 구하는 과정을 서술하시오.

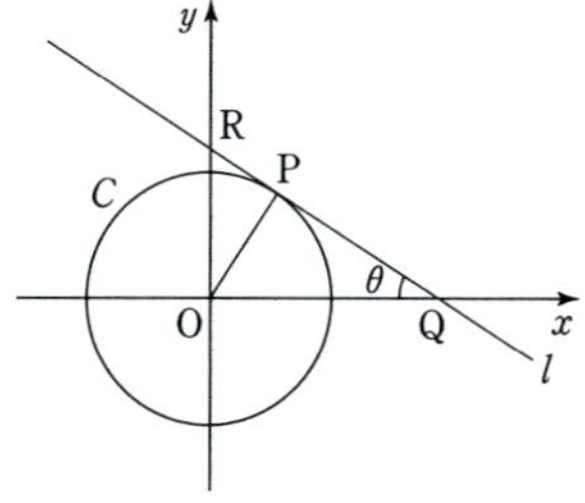

08 다항함수 $f(x)$가 $f'(x) = 3x^2 + a$, $f(3) - f(1) = 30$을 만족시킬 때, $f'(2)$의 값을 구하는 과정을 서술하시오. (단, a는 상수이다.)

09 자연수 k에 대하여 $\displaystyle\int_{-a}^{a}(x^2-k)\,dx=0$이 되도록 하는 양의 실수 a의 값을 $f(k)$라 할 때, $\dfrac{1}{3}\displaystyle\sum_{k=1}^{10}\{f(k)\}^2$의 값을 구하는 과정을 서술하시오.

10 좌표평면에서 다음 〈조건〉을 만족시키는 직선 l과 원점 사이의 거리를 구하는 〈보기〉의 풀이 과정을 완성하시오.

〈조건〉

(가) 직선 l은 제2사분면을 지나고, 직선 $x-y+1=0$과 평행하다.

(나) 직선 l이 곡선 $y=x^3-2x+2$와 만나는 서로 다른 점의 개수는 2이다.

〈보기〉

조건 (가)에 의해 직선 l의 기울이는 　①　 이고, 조건 (나)에 의해 $x=$ 　②　 이다. 또한 조건 (가)에서 직선 l이 제2사분면을 지나므로 직선 l의 방정식은 　③　 이고, 따라서 원점과 직선 l 사이의 거리는 　④　 이다.

11 함수 $f(x)=x^3-9x^2+24x+6$이 $x=a$ 에서 극대일 때, $f(a)-a$의 값을 구하는 과정을 서술하시오. (단, a는 상수이다.)

12 첫째항이 2인 두 수열 $\{a_n\}$, $\{b_n\}$이 모든 자연수 n에 대하여 다음 조건을 만족시킬 때, a_3+b_5의 값을 구하는 과정을 서술하시오.

$$\text{(가) } \frac{a_{n+1}}{a_n}=\frac{a_{n+2}}{a_{n+1}}$$

$$\text{(나) } \sum_{k=1}^{n}\frac{a_{k+1}b_k}{4^k}=2^n+n(n+1)$$

13 두 상수 a, b에 대하여

$$\lim_{x \to 1} \frac{x^3-1}{x^2+ax+b} = \frac{1}{2}$$ 일 때, $2a+b$의 값을 구하는 다음의 풀이 과정을 완성하시오.

> 주어진 식에서 $x \to 1$일 때 (분모) $\to 0$이어야 하므로, $\lim\limits_{x \to 1}(x^2+ax+b)=0$에서
>
> $b=$ ① 이고, ①을 주어진 식에 대입하면 $a=$ ② 이다. ②를 ①에 대입하면 $b=$ ③ 이고, 따라서 $2a+b=$ ④ 이다.

14 함수 $f(x)=\sin x \ (0 \le x \le 4\pi)$의 그래프와 직선 $y=k$가 서로 다른 네 점 A, B, C, D에서만 만나고 이 네 점의 x좌표를 각각 x_1, x_2, x_3, $x_4 \ (x_1 < x_2 < x_3 < x_4)$라 할 때, $x_1+x_2+x_3+x_4=6\pi$,

$$\sin(x_4-x_1)=\frac{\sqrt{3}}{2}$$ 을 만족시키는 모든 x_1의 값의 합을 구하는 과정을 서술하시오. (단, k는 상수이다.)

15 2 이상의 자연수 n에 대하여 $2^{n^2-5n-2}-16$의 n제곱근 중 실수인 것의 개수를 $f(n)$이라 하자. 2 이상의 자연수 k에 대하여 $f(k)f(k+1)f(k+2)=0$인 k의 최댓값을 M, $f(k)f(k+1)f(k+2)=4$인 k의 최솟값을 m이라 할 때, $2M-m$의 값을 구하는 과정을 서술하시오.

제2회 실전모의고사

[국어 영역]

▶ 해답 p.427

※ 다음 글을 읽고 물음에 답하시오.

안녕하세요? 우리나라의 옛 문화의 양상을 탐구하는 과제로 저희 조에서는 18세기 문인의 사랑채에 대해 조사해 보았습니다. 표준국어대사전에서 '사랑채'를 찾아보면 '사랑으로 쓰는 집채'라고 나와 있고, 다시 '사랑'을 찾아보면 '집의 안채와 떨어져 있는, 바깥주인이 거처하며 손님을 접대하는 곳'이라고 나와 있습니다. 그러면 문화적인 측면에서 볼 때, 18세기 조선의 문인에게 사랑채는 어떤 의미가 있었을까요?

첫째, 사랑채는 기본적으로 독서와 집필을 위한 서재였습니다. 여기서 우리가 눈여겨보아야 할 것은 단순히 사랑채에서 독서와 집필을 했다는 사실이 아니라, 독서와 집필을 효과적으로 하기 위해 공간을 어떻게 조성하는 것이 좋은지에 대한 고민이 이루어졌다는 점입니다. 예컨대 당시에 활동한 문인 서유구는 "서재는 밝고 정결해야 하지만 지나치게 활짝 개방되면 시력을 상하게 한다."라며 서재의 조건을 말하고, 책상, 벼루, 필통 등의 물건을 어떻게 배치해야 좋은지에 대해서까지 알려주었습니다.

둘째, 사랑채는 소중한 물건들이 진열된 박물관이었습니다. 당시 문인들은 지필묵과 같은 문구는 물론이고 책, 그림, 악기, 분재, 수석 등을 수집해서 사랑채에 진열했습니다. 단순히 물건을 모아 놓는 차원이 아니라 이것들을 귀하게 여기며 감상했다는 점에서 당시 문인들의 취미 생활을 엿볼 수 있습니다. (자료 제시) 이 그림은 김홍도의 〈포의풍류도〉입니다. 김홍도 자신으로 추정되는 인물이 혼자서 당비파를 연주하고 있는 공간에 책들과 문구류는 물론 그림을 말아 놓은 두루마리, 생황, 당시 쉽게 구할 수 없었던 파초 잎사귀, 호리병 등 값나가던 다양한 물건들이 놓여 있는 걸 볼 수 있습니다.

셋째, 사랑채는 친한 벗과 친교를 나누는 우정의 장소였습니다. 사랑채에 모인 벗들은 각자 자신의 애장품을 들고 와 자랑하기도 하고, 술과 풍류를 즐기며 즉석에서 시를 짓거나 그림을 그리고 품평하기도 했습니다. 이렇게 당시 문인들이 취미를 공유하거나 소소한 일상을 함께 즐기려고 마련한 작은 모임을 '아회'라고 했는데, 사랑채는 아회를 열기에 제격인 장소였습니다. (자료 제시) 이 그림은 이유신의 〈가헌관매〉입니다. 촛불이 은은히 켜진 겨울밤, 매화를 감상하려고 사람들이 사랑채에 모여 있습니다. 방안에는 수석과 꽃 화분, 책과 주안상이 있는 것을 볼 수 있습니다.

이렇게 18세기 문인들의 사랑채는 문화적 측면에서 서로 비슷한 특징이 있었습니다. 그러면서도 당시의 사랑채에 진열된 물품에는 다양한 개인의 취향과 정서가 반영되어 있습니다. (자료 제시) 이것은 강세황의 〈청공도〉인데, 앞서 살펴본 김홍도의 그림과 비교했을 때 비싸다고 볼 만한 물건도 없고, 화분과 지팡이를 제외하면 대부분 문구류이고 종류도 단순해서 훨씬 수수한 느낌이 듭니다. 이처럼 사랑채에는 당시 문인들의 공통된 문화와 방 주인의 개성이 함께 구현되어 있었다고 할 수 있습니다. 그럼 이상으로 발표를 마치겠습니다.

01 다음의 〈보기〉는 학생이 위 발표에서 제시한 자료들과 그 활용 목적을 연결한 것이다. 빈칸에 들어갈 자료들을 차례대로 쓰시오.

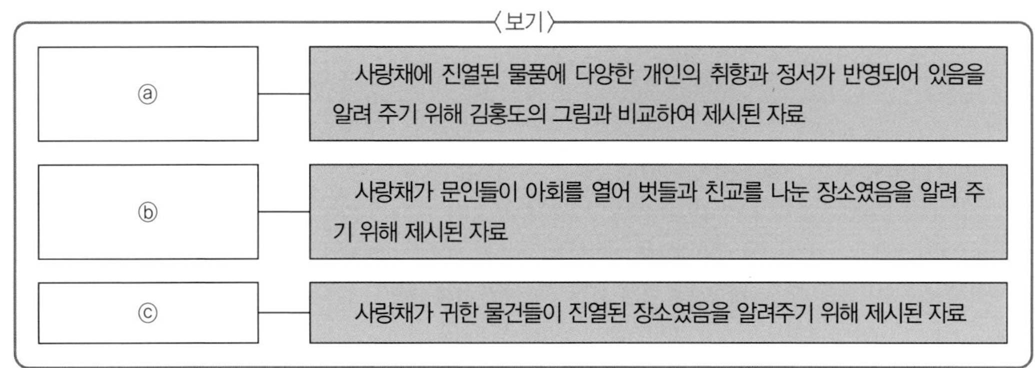

〈보기〉

ⓐ	사랑채에 진열된 물품에 다양한 개인의 취향과 정서가 반영되어 있음을 알려 주기 위해 김홍도의 그림과 비교하여 제시된 자료
ⓑ	사랑채가 문인들이 아회를 열어 벗들과 친교를 나눈 장소였음을 알려 주기 위해 제시된 자료
ⓒ	사랑채가 귀한 물건들이 진열된 장소였음을 알려주기 위해 제시된 자료

※ 다음 글을 읽고 물음에 답하시오.

케플러는 화성의 운동에 특별히 관심을 가졌습니다. 그는 브라헤가 16년 동안 관측하면서 축적해 놓은 화성 관측 자료를 기초로 하여 행성 궤도에 대해 연구했습니다. 브라헤가 사망한 해인 1601년 9월, 케플러는 행성의 궤도를 정확히 연구하려면 먼저 지구 궤도를 정확하게 알아야겠다고 판단했습니다. 화성과 같은 행성의 운동이 불규칙한 까닭이 지구의 운동에 있다고 생각했기 때문입니다. 1년 뒤, 케플러는 화성의 궤도가 원형이 아니라 계란 모양의 타원일 것이라는 생각을 하게 됩니다.

모든 행성이 균일한 원형 궤도를 돈다고 주장한 코페르니쿠스의 열렬한 지지자였던 케플러는 브라헤의 화성 관측 자료들을 이용해 행성의 궤도가 원형임을 맞추기 위해서 오랜 시간을 계산으로 소비했습니다. 자신의 계산이 브라헤의 관측 자료와 오차가 생겼을 때, 그는 자신의 생각에 오류가 있다는 것을 인정했고 마침내 타원형 궤도를 생각하게 되었습니다. 타원 궤도를 적용할 경우 단 몇 분의 오차도 없이 케플러의 계산값과 브라헤의 관측 자료가 일치했던 것입니다. 그리하여 1605년 2월, 케플러는 모든 행성의 궤도는 원형이 아니라 타원형이라는 위대한 발견을 했습니다. 태양은 모든 행성이 그리는 타원의 한 초점에 있으며, 행성의 궤도를 이루는 타원은 모두 한 초점을 공유한다는 것을 알게 되었습니다. 케플러는 당시의 학자나 시민들에게 영원한 진리로 인정받았던 아리스토텔레스의 천문학을 뒤엎은 위대한 반역자요 영웅으로서 큰 걸음을 내딛게 되었습니다.

1609년 케플러는 《신(新)천문학》이라는 책을 만들었는데, 부제를 〈화성의 운동에 대해〉라고 붙였습니다. 그러나 자금 사정이 좋지 않았고 브라헤 가족의 완강한 반대에 부딪혀 3년 동안 책을 출판하지 못했습니다. 이후 《신천문학》은 모두 2권으로 출판되었는데, 제1권에는 777개 항성의 위치 표와 태양과 달의 운동이 기술되어 있고, 제2권에는 1577년에 나타난 혜성과 태양의 관계가 기술되어 있습니다. 브라헤의 관측 자료와 케플러의 수학적 재능을 최대한 활용한 이 책은, 화성의 불규칙한 운동을 발견하고 설명하기 위해서 원 운동 대신 타원 운동을 행성 운동의 기본 형식으로 채택했습니다.

02 위의 제시문에서 케플러가 코페르니쿠스의 가설을 버리고 브라헤의 화성 관측 자료들을 이용해 입증한 것은 무엇인지 서술하시오. (띄어쓰기 제외, 20자 이내)

[03~04] 다음 글을 읽고 물음에 답하시오.

(가) 생태계에서 포식자란 잡아먹는 생물을, 피식자란 먹히는 생물을 의미한다. 이 둘의 관계를, 피식자 개체군의 밀도와 개체당 포식률의 관계로 설명하기 위해 '기능 반응 모형'이 등장했다. 피식자 개체군의 밀도는 단위 면적당 피식자의 수이고, 개체당 포식률은 단위 시간당 한 포식자에게 소비된 피식자의 수이다. 두 관계를 그래프로 표현하면 〈그림〉과 같이 유형화되며 각각 ⓐ유형 I, II, III 기능 반응이라 부른다.

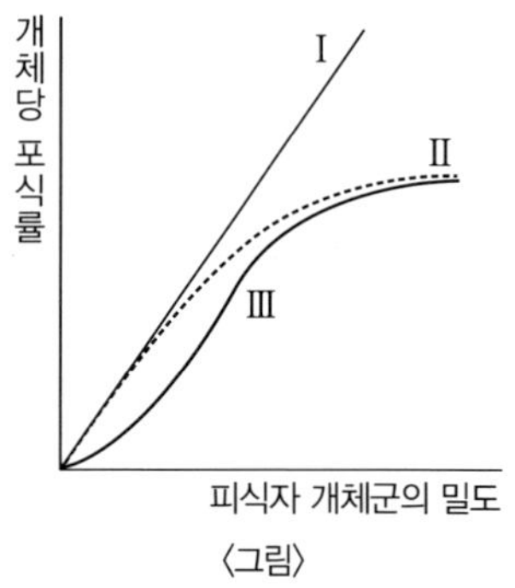

이 모형에서는 '총시간'과 '포식 효율'이라는 개념이 사용된다. 총시간은 포식자가 먹이 획득에 소비하는 시간으로 '탐색 시간'과 '처리 시간'의 합이다. 탐색 시간은 피식자를 찾는 데 걸리는 시간이고, 처리 시간은 발견한 피식자를 쫓아가 잡아먹고 소화시키는 데 걸리는 시간이다. 포식 효율은 개체당 포식률을 피식자 개체군의 밀도로 나눈 값으로, 유형에 따라 포식 효율의 특징은 서로 다르다.

플랑크톤을 먹는 고래처럼, 여과 기관으로 흘러 들어가는 일정량의 물에서 피식자를 추출해 섭취하는 포식자에게는 유형 I 기능 반응이 나타난다. 이 기능 반응에서는, 포식자가 자신이 발견한 피식자를 쫓아가서 잡아먹지 않으므로 처리 시간은 없고 탐색 시간만 있으며, 피식자를 통해 포만감을 느낄 수도 없다고 여긴다. 따라서 개체당 포식률이 피식자 개체군의 밀도에 비례하여 선형적으로 증가하는 그래프로 표현된다.

하지만 실제로 포식자는 포만감을 느껴 섭식을 중단하므로 생물 대부분은 유형 II 기능 반응을 따른다. 즉 피식자 개체군의 밀도가 증가할 때, 개체당 포식률은 초기에는 함께 증가하다가 어느 시점부터는 개체당 포식률의 증가율이 감소한다. 이는 포획되는 피식자 수가 증가하면서 탐색 시간은 0에 가까워지고 처리 시간에 대부분을 소비하기 때문이다.

유형 III 기능 반응에서는 피식자 개체군의 밀도가 증가할 때 개체당 포식률이 초기에는 낮고 어느 시점부터 급격히 증가하다가 일정한 값으로 수렴한다. 그 원인으로는 피식자에게 은신처가 있는 지역인 경우 피식자 개체군의 밀도가 낮을 때에는 은신처가 피식자를 보호하는 역할을 하겠지만 밀도가 높을 때는 그 역할에 한계가 있기 때문일 수 있다. 다른 원인으로는 포식자가 선호해 오던 피식자의 수가 줄어 선호도는 상대적으로 낮지만 수가 풍부한 다른 피식자로 주의를 돌리는 현상인 '전환' 때문일 수 있다. 또는 지금까지는 먹이로 삼지 않았던 피식자를 우연한 기회로 먹어 본 뒤에는 해당 개체를 피식자로 인식하게 되는 경우인 포식자의 '탐색상(探索像)'도 한 가지 원인이 될 수 있다.

(나) 생물은 먹이 획득에 소비되는 시간 외에 배우자 탐색, 새끼 보육 등에도 시간을 쓴다. 따라서 학자들은 포식자가 포식 활동에 관한 시간을 효율적으로 쓰려는 경향이 있다고 보고, 이를 설명하기 위해 '최적 먹이 획득 모형'을 생각해 냈다. 이 모형에서는 포식자가 섭취를 통해 단위 시간당 획득한 에너지를 수익성으로 정의하고, 포식자는 최대의 수익성 획득을 목표로 삼는다고 가정한다. 이 모형에서도 먹이 획득에 소비하는 총시간은 기능 반응 모형과 같이 탐색 시간(t_s)과 처리 시간(t_t)의 합으로 보며, 각 시간에 대한 정의도 기능 반응 모형과 동일하게 사용된다.

포식자가 피식자 P1과 P2를 동시에 만났으며, 두 피식자를 통해 각각 E1, E2의 에너지를 획득할 수 있고 처리 시간은 t_{h1}, t_{h2}라고 가정하자. 각 피식자의 수익성은 $E1/t_{h1}$, $E2/t_{h2}$인데 이 식은 피식자를 통해 획득할 수 있는 에너지를 처리 시간으로 나눈 것이며, 이미 찾은 피식자이므로 탐색 시간은 이 식에서 사용되지 않는다. 만약 P1의 수익성이 P2의 수익성보타 크면, 최적 먹이 획득 모형에서는 포식자가 P1을 먹을 것으로 예상한다.

그런데 포식자가 P1을 찾는 동한 P2를 먼저 발견했다고 하자. 이때 포식자가 P2를 먹을지, P1을 계속 찾을 것인지는 P1에 대한 탐색 시간(t_{s1})에 달려 있다. P2를 소비할 때 수익성은 $E2/t_{h2}$이다. 그리고 대안으로 P1을 계속 탐색해 포획 및 섭취할 때의 수익성은 $E1(t_{h1}+t_{s1})$인데, 이 식은 피식자를 통해 획득할 수 있는 에너지를 처리 시간과 탐색 시간의 합으로 나눈 것이다.

이 모형은 피식자 선택 양상을 수치로 나타냄으로써 서식지 선택이나 이주 형태를 연구하는 분야에 이론적 틀을 제공했다. 하지만 일부 학자들은 피식자의 선택에는 다양한 요인들이 관여하므로 포식자가 수익성이 낮은 먹이를 찾기도 한다고 주장한다. 예들 들어 포식자가 먹이를 찾는 동안 다른 천적에게 포식될 위험을 피하기 위한 요인이 있다.

03 〈보기〉의 질문에 적절한 '기능 반응 유형'을 (가)의 ⓐ에서 골라 차례대로 쓰시오. (단, 복수 유형이 있으면 모두 쓸 것)

〈보기〉

〈질문〉	〈기능 반응 유형〉
포식자의 처리 시간을 고려하지 않은 유형은?	①
피식자 개체군의 밀도가 높아지더라도 개체당 포식률의 증가율이 감소하는 때가 있는 유형은?	②
포식자의 처리 시간이 일정하다고 가정할 때, 피식자 개체군의 밀도가 줄어들면 포식자가 먹이 획득에 소비하는 총시간이 증가하는 유형은?	③

04 (나)의 '최적 먹이 획득 모형'을 바탕으로 다음의 '선생님'과 '학생'의 대화를 이해할 때, 빈칸에 들어갈 곤충을 차례대로 쓰시오.

선생님	아래에는 제비의 먹이에 대해 조사한 표와 두 가지 상황이 제시되어 있습니다. 세 종류의 먹이가 모두 서식하는 A 지역과 달리, B 지역에서는 잠자리는 서식하지 않는다고 할 때, 제비는 어떤 것을 먹을지 상황별로 예상해 봅시다.

[상황 1] A 지역에서 제비는 세 종류의 먹이를 동시에 만났다.

[상황 2] B 지역에서 제비는 매미를 찾는 동안 딱정벌레를 먼저 발견했다. 이때 제비가 매미를 찾기 위해서는 12초의 탐색 시간이 필요하다.

학 생	[상황 1]에서는 (　　　　)를, [상황 2]에서는 (　　　　)를 먹을 것으로 예상됩니다.

※ 다음 글을 읽고 물음에 답하시오.

데 가는 뎌 각시 본 듯도 흔뎌이고
텬샹(天上) 빅옥경(白玉京)을 엇디ᄒᆞ야 니별(離別)ᄒᆞ고
ᄒᆡ다 뎌 져믄 날의 눌을 보라 가시ᄂᆞᆫ고
어와 네여이고 이내 ᄉᆞ셜 드러 보오
내 얼굴 이 거동이 님 괴얌즉 ᄒᆞᆫ가마ᄂᆞᆫ
엇딘디 날 보시고 녜로다 녀기실ᄉᆡ
나도 님을 미더 군ᄠᅳ디 전혀 업서
이릭야 교틱야 어ᄌᆞ러이 ᄒᆞ돗썬디
반기시ᄂᆞᆫ 늦비치 녜와 엇디 다ᄅᆞ신고
누어 싱각ᄒᆞ고 니러 안자 혜여ᄒᆞ니
내 몸의 지은 죄 뫼ᄀᆞ티 빠혀시니
하ᄂᆞᆯ히라 원망ᄒᆞ며 사름이라 허믈ᄒᆞ랴
셜워 플텨 혜니 조믈(造物)의 타시로다
글란 싱각 마오 미친 일이 이셔이다
님을 뫼셔 이셔 님의 일을 내 알거니
믈 ᄀᆞ튼 얼굴이 편ᄒᆞ실 적 몃 날일고
츈한 고열(春寒苦熱)은 엇디ᄒᆞ야 디내시며
츄일 동텬(秋日冬天)은 뉘라셔 뫼셧ᄂᆞᆫ고
죽조반(粥早飯) 죠셕(朝夕) 뫼 녜와 ᄀᆞ티 셰시ᄂᆞᆫ가
기나긴 밤의 줌은 엇디 자시ᄂᆞᆫ고

(후략)

— 정철, 「속미인곡」

05 다음의 〈보기〉는 위 작품을 감상하기 전 참고해야 할 배경 지식이다. 〈보기〉의 ①, ②가 반영된 시행을 찾아 각각의 첫 어절과 마지막 어절을 순서대로 쓰시오.

〈보기〉

　「속미인곡」은 고위 관직에 있던 작가가 당쟁으로 인해 조정을 떠나 은거할 때 지은 작품으로, 여인들의 대화를 통해 내용을 전개하고 있다. 이 작품은 사대부의 권위를 강조하던 시기에 남성인 작가가 군신 관계를 남녀 관계로 치환하여 임금에 대한 충성과 그리움을 진솔하게 표현한 점과, ①작가의 분신으로 간주할 수 있는 여인의 하소연을 통해 작가의 내면 의식을 반영한 점이 돋보인다. 그리고 ②작가가 자신이 조정을 떠나게 된 이유 중에 운명적인 요소도 있다고 인식하는 점도 인상적이다.

① 첫 어절: ＿＿＿＿＿＿＿＿＿＿＿＿＿, 마지막 어절: ＿＿＿＿＿＿＿＿＿＿＿＿＿

② 첫 어절: ＿＿＿＿＿＿＿＿＿＿＿＿＿, 마지막 어절: ＿＿＿＿＿＿＿＿＿＿＿＿＿

※ 다음 글을 읽고 물음에 답하시오.

　용기를 내어 아파트 생활을 청산하고 산이 있고 시냇물이 있는 교외의 땅집으로 이사를 하고 나니 그렇게 좋을 수가 없었다. 복중에도 아침저녁으로 살갗에 와 닿는 바람이 심심산중의 샘물처럼 정신이 반짝 나게 차가웠고, 밤이면 소쩍새 울음소리 처량했고, 새벽이면 온갖 잡새들이 모습을 드러내지 않은 채 제각기의 목소리로 재잘댔고, 시냇물은 온종일 평화롭게 속삭였다. 내가 이런 사치를 누려도 되는 것일까. 너무도 과분하여 새집으로 이사하면서 가구 하나도 새로 장만하기가 싫었다. 그러나 웬걸, 그렇게 나직하고 명랑하게 속삭이던 시냇물이 폭우가 계속되면서 난폭한 탁류로 돌변해 밤새도록 무시무시한 굉음을 내기 시작했다. 여기저기서 하천이 범람하고 저지대가 침수되면서 엄청난 수의 수재민과 실종 사망자까지 생겨나고 있다는 긴급 뉴스가 정규 방송을 제쳐 놓고 온종일 계속됐다. 내가 맑고 예쁜 시냇가에 살게 된 것을 부러워하던 친지들이 예서 제서 별일 없느냐고 안부 전화를 해 왔다. 나는 그들을 안심시키느라 내가 사는데는 상류쪽이니까 아무 걱정도 없다고 대답하곤 했다.

　실상 우리집은 상류라기보다는 중류쯤에 위치해 있었지만 범람의 위험은 거의 없어 보이기에 안심시키느라 그렇게 말한 거였다. 그러나 우리 집은 상류니까 걱정 말란 소리를 반복하는 사이에 상류 사회니 상류 계급이니 하는 말도 강을 끼고 발달한 농경 사회에서 안전지대에 사는 주민들이 즈네들은 상습 피해 지역인 저지대에 사는 주민과는 다르다는 걸 나타내려는 데서 비롯된 말이 아닌가 싶은 생각이 들었다. 또 새로 집 장만할 때는 농민들까지도 어떻게든 아파트를 사고 싶어 하는 까닭도 알 것 같았다. 고층 아파트야말로 홍수를 비롯한 자연재해로부터 가장 안전한 상지상류(上之上流)의 주거지니까.

［A］ 　그러나 시류를 역행해서 자연을 보다 가까이 느낄 수 있는 하류로 이동한 걸 후회하는 마음은 없다. 오히려 이 작은 시냇가에서 이번 폭우를 겪으며 이런 조그만 지류를 통해서도 마구잡이 개발의 영향과 상류에 사는 건 혜택이 아니라 엄중한 책임이라는 걸 총체적으로 일목요연하게 볼 수 있었다는 걸 자연의 또 다른 혜택이라 여기고 감사하고 있다.

[B]　　자연은 우리에게 혜택을 주는 대신 대가를 요구하고 있다. 상류에서 지목을 변경해 논을 밭으로 만들거나 나무를 베고 택지를 조성해 놓은 데서는 어김없이 엄청난 양의 토사를 강으로 유입하면서 폭포수를 만들어 시냇물을 길길이 날뛰게 했고, 하류로 갈수록 중상류에서 마구 버린 생활용품 비닐 쪼가리들이 뿌리 뽑힌 나무들과 함께 남루하고 추악하게 교각에 걸려 흐름을 방해하면서 저지대에서 배수를 원활치 못하게 하고 있었다.

　　장마 전에 고향으로 휴가를 떠났다가 연일 폭우가 계속될 때 돌아온 친구 말이 생각났다. 그의 고향은 시뻘건 황토 땅인데 도로를 낸다, 개발을 한답시고 여기저기 산허리를 잘라 놓은 자리가 하도 선연하게 붉어서 마음이 짠하더니 폭우가 쏟아지면서 거기서 토해 내는 흙탕물 또한 어찌나 시뻘겋던지 영락없이 산천이 엄청난 출혈을 하고 있는 것처럼 끔찍해 비명을 지르고 싶더라고 했다. 피서고 뭐고 다 망쳤지만 고향 산천과 더불어 같이 아파하고 같이 신음한 것 같아서 다녀오길 참 잘한 것 같다는 소리도 덧붙였다. 이번 비는 하늘의 일이 아니라 상처받았으니 피 흘릴 수밖에 없는 땅의 일이 아니었을까.

– 박완서, 「시냇가에서」

06 글쓴이가 글 [B]에서 '자연이 요구하는 대가'에 대해 깨닫게 되는 원인을 글 [A]에서 찾아 한 단어로 쓰시오.

제2회 실전모의고사

[수학 영역]

▶ 해답 p.428

07 2 이상인 자연수 n에 대하여

$$\lim_{x \to n} \frac{2<x>}{[x]^2+x}=m$$ 을 만족할 때,

$n+m$의 값을 구하는 과정을 아래 과정을 참고하여 서술하시오. (단, $[x]$는 x보다 크지 않은 최대의 정수, $<x>$는 x보다 작지 않은 최소의 정수)

$$\lim_{x \to n} \frac{2<x>}{[x]^2+x}$$ 의 극한값이 존재하므로 좌극한값과 우극한값이 동일하다.

$$\lim_{x \to n+} \frac{2<x>}{[x]^2+x}= \boxed{①}$$

$$\lim_{x \to n-} \frac{2<x>}{[x]^2+x}= \boxed{②}$$

$n=1$

한편, $$\lim_{x \to n} \frac{2<x>}{[x]^2+x}=m= \boxed{③}$$

따라서 $m+n= \boxed{④}$

08 $\dfrac{3}{2}\pi<\theta<2\pi$일 때,

$$3\tan^2\theta+2\tan\theta+3=\frac{1}{\cos^2\theta}$$ 의 값이 성립한다. 이때, $\sin\theta\cos\theta$의 값을 구하는 과정을 서술하시오.

PART 1 기출문제

PART 2 실전모의고사

PART 3 정답 및 해설

09 함수

$$f(x)=\begin{cases}2x-3 & (x<a) \\ x^2-3x+a & (x\geq a)\end{cases}$$

가 실수 전체의 집합에서 연속이 되도록 하는 모든 실수 a의 값의 곱을 구하는 과정을 서술하시오.

10 함수 $f(x)=x^2-4x+4$ 그래프 위의 점 $(t, f(t))\,(0<t<2)$에서의 접선이 $y=0$, $x=0$과 만나는 점을 각각 P, Q라고 할 때, 삼각형 OPQ의 넓이의 최댓값을 구하는 과정을 서술하시오.

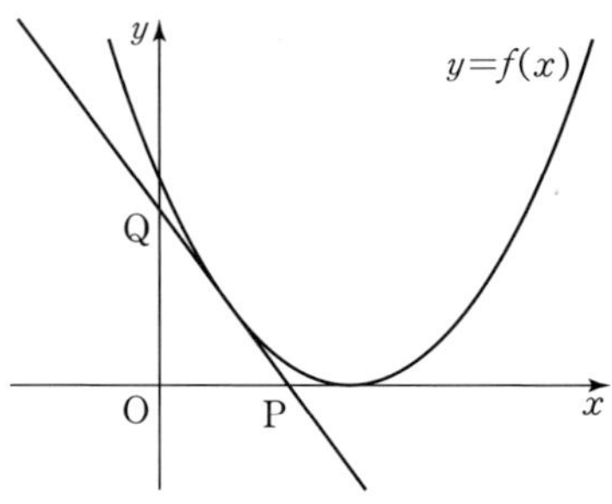

11 연속함수 $f(x)$가 모든 실수 x에 대하여 $f(x)=f(x+5)$를 만족한다.

구간 $[0, 5)$에서

$$f(x)=\begin{cases} 2x-8 & (0\le x<3) \\ x^2+ax+b & (3\le x<5) \end{cases}$$

일 때, $f(9)$의 값을 구하는 과정을 서술하시오.

12 첫째항과 공비가 모두 0이 아닌 등비수열 $\{a_n\}$의 첫째항부터 제n항까지의 합을 S_n이라 하자.

$\dfrac{S_2}{a_2}-\dfrac{S_4}{a_4}=4$, $a_5=\dfrac{5}{4}$일 때, a_1-a_2의 값을 구하는 과정을 서술하시오.

13 부등식 $\log_3(x+4) < 1 + \log_3(1-x)$를 만족시키는 모든 정수 x 값의 합을 구하는 과정을 서술하시오.

14 다음 조건을 만족시키는 모든 다항함수 $f(x)$에 대하여 $f(2)$의 최댓값을 M, 최솟값을 m이라 할 때, $M \times m$의 값을 구하는 과정을 서술하시오.

> (가) $f(0) = 0$
> (나) 모든 실수 x에 대하여 $|f(x)| \leq 3$이다.

15 함수 $f(x)=2\sin\dfrac{\pi x}{6}$에 대하여 부등식 $f(x+3)f(x-3)\geq-1$을 만족시키는 12 이하의 모든 자연수 x의 값의 최솟값과 최댓값의 합을 구하는 과정을 서술하시오.

제3회 실전모의고사

[국어 영역]

▶ 해답 p.432

※ 다음은 학생회 학생들의 대화이다. 물음에 답하시오.

학생 1: 오늘 모이자고 한 건 다음 주로 예정되어 있는 선택 과목 박람회 행사를 도서관에서 할 수 없게 되어서 계획을 수정해야 하기 때문이야. 내일부터 2주 동안 급하게 도서관 시설 보수를 하게 되었다고 해. 박람회 장소를 어디로 옮기면 좋을까?

학생 2: 큰일이네. 원래 계획대로라면 과목별로 도서관에 자리를 만들어서 선택 과목 안내 도우미들이 과목에 대해 설명도 해주고 질문도 받아 주기로 했었잖아. 다른 공간은 도서관만큼 넓지 않아서 장소를 변경하기가 어려워.

학생 3: 음, 강당은 어때? 공간은 넓으니까 도우미들이 위치할 만한 자리는 마련될 것 같은데.

학생 1: 강당이 무대를 바라보는 쪽으로 좌석이 배치되어 있는 형태라 실질적으로는 운영이 어렵지 않을까? 질문하려는 학생들이 이동하기도 불편할 것 같고, 게다가 학생들이 미리 볼 수 있도록 과목별 교과서를 전시해 두기로 했는데 그럴 만한 공간도 마땅치 않고 말이야.

학생 2: 일과 중에 쓸 수 있는 공간이 종합 강의실 정도일 텐데, 그 공간은 교실이랑 크기가 다르지 않잖아. 상황이 아주 난감해졌네.

학생 3: 나도 그렇게 생각해. 종합 강의실은 공간이 좁아서 원래 계획을 그대로 실행하기는 어려울 거야. 과목 선택 기간은 정해져 있으니 도서관 공사가 완료될 때까지 행사를 미루는 것도 어려울 것 같은데, 행사 방식을 바꿔야 하나?

학생 1: 아무래도 공간 확보가 어려워서 동시에 모든 선택 과목 도우미 학생들이 행사 장소에 모여 있기는 어렵겠다. 그럼 시간대를 나눠서 진행해 보면 어때? 설명을 듣기를 원하는 학생들이 시간에 맞춰 찾아오는 거지.

학생 2: 점심시간 동안 운영하는 건데 괜찮을까? 과목별로 학생들이 할애할 수 있는 시간도 짧아질 거고 중간에 교대하려면 혼란스러워서 진행이 어려울 것 같아.

학생 3: 그럴 수 있겠다. 그럼 이렇게 하면 어때? 도우미들이 상주하기는 어려운 상황이니까, 영상 제작을 부탁하는 거야. 종합 강의실에 교과서를 전시해 두고 그 영상을 재생하는 거지.

학생 2: 그럼 궁금한 점이 있는 학생이 있으면 어떡해?

학생 1: 학생회 누리집을 활용해 보면 어떨까? 궁금한 점이 있으면 거기에 질문을 올리고, 도우미들이 답변해 주는 거지.

학생 2: 그것은 괜찮은 방법이네. 그럼 그렇게 해 보자. 영상을 제작하려면 시간이 좀 필요할 테니 시작 날짜를 하루나 이틀 정도 늦추는 것도 좋을 것 같아.

학생 1: 과목 선택 기간을 고려해도 이틀 정도는 행사 기간을 미뤄도 괜찮을 듯해. 그럼 행사 기간은 변경하는 것으로 하자. 그런데 과목 설명을 영상으로 재생하게 되면 내가 원하는 과목 설명을 듣고 싶을 때 듣기가 어렵지 않을까?

학생 2: 그럼 정해진 시간에 영상을 상영하면 어때? 영화 상영 시간표처럼 어떤 과목에 대한 영상이 어느 시간에 상영되는지를 종합 강의실에 게시해 두고 학생들이 그 시간에 맞춰서 올 수 있게 하는 거지.

학생 3: 그거 좋은데! 그러면 학생들이 듣고 싶을 때 와서 듣기에 좋을 것 같아. 그리고 교과서를 전시할 때 과목별로 간단한 설명을 같이 제시하면 어때? 해당 과목에서 배우게 되는 내용이나 어떤 진로를 희망하는 학생들에게 도움이 되는지 같은 설명들 말이야. 영상을 볼 수 있는 시간에 맞춰서 방문하기 힘든 학생들한테는 도움이 될 거야.

학생 1: 그래, 그렇게 하자. 그럼 안내문 제목이랑 내용도 수정되어야겠네.

학생 3: 응. 변경된 장소랑 이유를 밝히고, 어떤 방식으로 바뀌었는지도 적어야겠다.

학생 1: 그럼 도우미 학생들한테 영상 제작에 대해서는 내가 안내할게.

01 다음은 제시문에 나타난 대화 참여자의 발화 내용이다. 빈칸에 들어갈 발화자를 '학생 1', '학생 2', '학생 3' 중에서 골라 쓰시오.

〈발화자〉	〈발화 내용〉
①	대화를 하게 된 이유를 제시하며 다른 학생들의 의견을 구하고 있다.
②	기존의 계획을 언급하며 공간 변경의 어려움에 대해 언급하고 있다.
③	공간의 특성을 근거로 들어 상대의 제안에 대해 부정적으로 평가하고 있다.
④	실현 가능성을 고려하여 진행 방식에 대한 대안을 제시하고 있다.

PART 1 기출문제

PART 2 실전모의고사

PART 3 정답 및 해설

※ 다음 글을 읽고 물음에 답하시오.

오늘날 적정 기술의 필요성은 개발 도상국과 선진국 모두에서 점점 강조되고 있다. 이는 현대 사회의 문제점과 관련된다. 현대 사회에는 강력한 위기들이 동시다발적으로 발생하고 있다. 기후 변화, 지진과 같은 자연재해, 성장 위주 경제 발전의 부작용, 석유와 같은 원자재 가격 변동 등은 이제 항시적인 위기가 되었다. 그리고 이러한 각종 위기는 최첨단 기술의 문제점을 부각하였다.

최첨단 기술이 위기 상황에서 취약한 것은 '⎡　　ⓐ　　⎤'에 취약하게 설계되었기 때문이다. 최첨단 기술은 중앙 집중적이고 거대한 시스템의 구축이 필요하다. 그리고 이런 시스템을 지속하려면 과도한 에너지 소비와 인위적인 관리가 필요하다. 전기가 하루 동안 끊길 때 평범했던 우리의 하루가 어떻게 되리라 생각하는가? 콸콸 쏟아지는 상수도가 중단되었을 때 식수를 어떻게 확보할 것인가? 이러한 중앙 집중적이고 기술 집약적인 최첨단 기술은 그것을 사용하는 사람들의 기술에 대한 의존도를 높인다.

　　반면에 적정 기술은 기본적으로 지속 가능한 시스템을 배경으로 하여 작동한다. 적정 기술은 노동력이 풍부한 곳에서는 노동력을 활용하는 방법을 모색하고, 재생 에너지가 풍부한 곳에서는 재생 에너지를 활용하는 방법을 찾는다. 이를 통해 중앙 집중식 기술에 대한 의존을 줄이고 소규모 단위의 자립적 생존을 도모한다. 이런 점에서 적정 기술은 위기 상황에서 취약한 최첨단 기술을 보완할 수 있는 기술로서 그 유용성이 주목받고 있으며, 현대 사회의 각종 위기에 대한 해결 방안으로 그 필요성이 강조되고 있는 것이다.

[A]

　　최근 우리나라에서도 적정 기술에 대한 관심이 커지고 있는데 이는 매우 고무적이라고 할 수 있다. 하지만 이미 40~50년의 적정 기술 역사를 지닌 서구 선진국과는 달리 우리나라의 적정 기술 관련 경험은 매우 부족하다. 또한 적정 기술이 기존의 방법이 해결하지 못한 모든 사회 문제를 단번에 해결해 줄 것이라고 기대하기도 하는데 이는 매우 위험한 생각이다. 적정 기술의 진정한 의미를 이해하고 선진국의 적정 기술 역사에서 교훈을 얻음으로써 인류의 행복 증진에 이바지할 수 있는 한국형 적정 기술이 마련되고 정착되기를 기대해 본다.

02 적정 기술의 특성에 대해 설명한 글 [A]의 내용을 바탕으로, 이와 대조되는 최첨단 기술이 갖는 취약성을 빈칸 ⓐ에 2어절로 쓰시오.

[03~04] 다음 글을 읽고 물음에 답하시오.

　　운동 상태가 변하지 않는 평형점에 정지해 있던 물체가 여러 가지 이유에 의해서 원래 위치에서 벗어나면 여러 가지 형태의 복원력이 작용하여 원래의 위치, 즉 평형점으로 되돌아간다. 그러나 평형점에 도달해서는 관성에 의해 다시 평형점에서 벗어나게 된다. 그러면 다시 복원력이 작용하면서 물체는 계속 운동하게 되는데, 이를 진동이라고 한다. 진동은 여러 요소의 상호 작용을 통해 일어나게 되는데, 이러한 요소들의 상호 작용 시스템을 진동계라고 한다. 일반적으로 진동계는 퍼텐셜 에너지*를 저장하기 위한 탄성 요소, 운동 에너지를 저장하기 위한 질량 요소, 에너지를 점차 소멸시키는 감쇠기 요소로 구성된다. 탄성 요소는 물체를 변형했을 때 원상태로 복원되려고 하는 성질에 대한 척도이며 변형에 저항하는 성질로 표현될 수 있다. 운동 에너지를 저장하는 질량 요소는 진동계의 관성 척도를 나타낸다. 즉 정지한 물체는 계속 정지하려고 하고 운동하는 물체는 운동을 계속 하려는 경향에 대한 척도를 나타낸다. 감쇠기 요소는 진동계의 에너지 손실을 대변하는 항으로 이것이 크고 작음에 따라 진동의 세기를 나타내는 진폭이 감소하는 비율이 달라진다. 진동계의 진동은 퍼텐셜 에너지에서 운동 에너지로 변환, 그리고 운동 에너지에서 퍼텐셜 에너지로의 변환을 나타낸다. 만일 진동계에 감쇠 요소가 있다면 진동의 매 주기 에너지가 얼마간씩 소모되며 정지하게 된다.

　　특정 지점에서 발생한 진동이 다른 곳으로 전파되는 현상을 파동이라고 한다. 파동은 물질의 이동 없이 진동을 통해 만들어진 에너지를 다른 곳으로 전달한다. 예컨대, 돌을 연못에 던지면 돌이 가지고 있는 운동 에너지에 의해 물 분자가 원래의 위치에서 밀려난 후, 다시 원위치로 돌아오며 진동하게 된다. 진동하는 물 분자는 이웃한 물 분자들이 원래의 위치에서 벗어나도록 밀어내고 이 물 분자들은 다시 원위치로 돌아오며 진동하게 된다. 이러한 물 분자의 진동이 연이어 일어나면서 던진 돌에 의해 발생한 에너지가 공간적으로 이동하게 된다. 이때 물 분자 자체의 이동은 없

다고 할 수 있다.

진동과 파동은 물질의 특성과 현상을 이해하는 데에도 중요한 바탕이 된다. 일반적으로 고체 내 원자는 결정 속에서 결정 전체의 자유 에너지를 최소로 하면서 평형 위치에 배열되어 있다고 본다. 하지만 여러 가지 원인으로 이 평형 위치에서 원자가 벗어나는 경우가 있다. 하나의 예는 외부에서 힘이 결정에 가해졌을 때 변형되는 현상이다. 다른 예로는 외력이 없어도 원자가 평형점 가까이에서 미세하게 흔들리는 것이다. 모든 분자와 원자들은 열에너지에 의해 제자리에서 끊임없이 흔들리고 있다. 어떤 경우든 원자가 평형점에서 벗어나면 그 원자를 평형점으로 끌어당기는 힘이 결정 내에 작용하기 때문에 원자는 평형점 가까이에서 흔들리게 되는 것이다. 원자를 평형점으로 끌어당기는 힘은 평형점에서 벗어남이 그리 크지 않을 때 그 벗어난 정도에 비례한다. 평형점을 벗어났다가 복귀하는 원자의 움직임이 주기성을 가지고 발생하는 것을 격자 진동이라고 한다. 한편 결정 내의 원자는 서로 힘을 미치고 있으므로 하나의 원자가 평형점에서 벗어나게 되는 움직임이 발생하면, 이로 인해 다른 원자에도 동일한 움직임이 발생하게 된다. 이러한 움직임이 연속적으로 다른 원자에 영향을 미치게 되고 결정 내 원자 변위의 연속적 이동에 따라 파동이 만들어지게 되는데 이를 격자파라 한다.

양자 역학에서는 양자화*된 격자의 진동을 포논이라고 한다. 즉 원자의 진동을 양자화하여 입자로 표현한 것이 포논이다. 포논은 결정이 가진 열에너지를 설명하는 데 중요한 역할을 한다. 진동수가 큰 격자 진동은 포논 하나하나의 열에너지가 큰 것에 대응되며, 격자 진동의 진폭이 커진다면 그것은 포논의 개수가 늘어난 것에 대응된다. 예를 들어 결정을 높은 온도로 가열하면 원자들은 열에너지를 받아서 온도가 올라감에 따라 진동의 폭이 커지게 되어 격자 진동이 격렬해질 것이다. 이는 온도가 올라가면 결정 내에서 포논이 많이 생성됨을 의미한다. 이 외에도 물질 1kg의 온도를 1℃ 변화시키는 데 필요한 에너지의 척도를 나타내는 비열도 포논으로 설명할 수 있다. 비열이 크다는 것은 물질 1kg의 온도를 올리는 데 필요한 열에너지가 많다는 것인데, 포논 하나하나가 열에너지를 저장할 수 있으므로 포논이 많을수록 저장할 수 있는 열에너지도 많아지기 때문에 비열도 커진다. 또한 포논은 고체의 전기 저항을 설명하는 데에도 유의미하다. 포논도 운동량과 에너지를 가지고 있는 입자이기 때문에 전자와 충돌할 수 있다. 금속의 온도가 올라감에 따라 전기 저항이 비례하여 커지는 것 또한 온도가 상승할수록 포논이 많아지기 때문이다.

*퍼텐셜 에너지: 물체가 어떤 특정한 위치에서 기준점으로 돌아갈 때까지 일을 할 수 있는 잠재적 에너지.

*양자화: 어떤 물리량이 연속적인 임의의 값이 아니라 불연속적인 값만을 가지는 것.

03 제시문을 읽고 다음의 [질문]에 대한 [답변]을 할 때, 빈칸에 들어갈 2음절의 단어들을 제시문에서 찾아 차례대로 쓰시오.

[질문]	진동계의 감쇠기 요소 값의 변화는 무엇에 영향을 미치는가?
[답변]	감쇠기의 크고 작음은 ① 이/가 감소하는 비율에 영향을 준다.

[질문]	평형점으로 되돌아온 물체가 다시 평형점에서 벗어나게 되는 원인은 무엇인가?
[답변]	평형점을 벗어난 물체가 복원력에 의해 평형점으로 되돌아오면 ② 에 의해 다시 평형점에서 벗어나게 된다.

[질문]	운동 에너지를 저장하기 위한 진동계의 요소는 무엇인가?
[답변]	운동 에너지를 저장하는 기능을 하는 진동계의 요소는 ③ 요소라고 한다.

[질문]	진동을 통해 만들어진 에너지가 물질의 이동이 없이도 전파될 수 있는 이유는 무엇인가?
[답변]	특정 지점에서 발생한 진동이 다른 곳으로 전파되는 현상인 ④ 에 의해 물질의 이동 없이도 진동을 통해 만들어진 에너지가 다른 곳으로 전파된다.

04 제시문의 내용을 바탕으로 다음의 〈보기 1〉을 이해할 때, 〈보기 2〉의 빈칸에 들어갈 쇠공을 ㉠~㉣에서 골라 차례대로 쓰시오.

〈보기 1〉

　〈그림〉과 같이 질량과 크기를 가진 쇠공들을 각각 두 개의 줄에 매달아 서로가 맞닿게 일렬로 나열하고, ㉠을 일정 높이까지 당겼다가 놓으면 ㉠은 ㉡과 충돌 후 멈춘다. 이때 쇠공의 충돌로 인한 에너지 손실이 없다고 전제할 때, ㉣은 ㉠을 처음 당긴 위치와 같은 높이만큼 튀어 오르고, ㉡, ㉢은 제자리에 멈춰 있게 된다. 그리고 ㉣은 다시 원래 자리로 돌아와 ㉢과 충돌하고, ㉡, ㉢은 제자리에 멈춰 있지만, ㉠은 처음 당긴 위치만큼 튀어 오른다. 이 과정에서 에너지 손실이 없다면 이러한 현상은 무한히 반복된다.

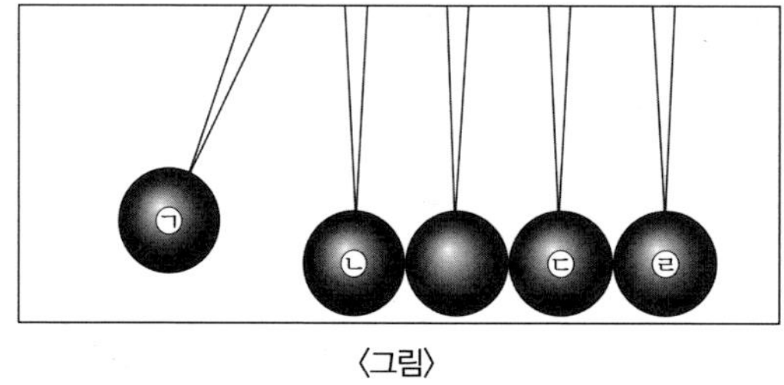

〈그림〉

〈보기 2〉

① ㉠과 ㉡이 충돌할 때, (　　)의 퍼텐셜 에너지가 운동 에너지로 전환되어 (　　)을/를 진동하게 한다.
② ㉠의 충돌로 인해 ㉡이 진동하여 만들어진 에너지는 (　　)의 충돌로 인해 (　　)이/가 진동하여 만들어진 에너지와 같다.
③ ㉣을 평형점에서 벗어나도록 하는 것은 (　　)의 퍼텐셜 에너지 때문이다.

※ 다음 글을 읽고 물음에 답하시오.

> 다음 날 아침 동순은 몇 번 사용해 보지도 않은 새 예초기를 들고 처갓집 선산으로 향했다. 주변의 충고에 따라 장화를 신고 마스크와 선글라스, 장갑, 모자로 중무장을 했으니 아침부터 더워서 죽을 지경이었다. 과수원과 연결된 선산 출입로는 어린 아카시아가 숲을 이루고 있었다. 웬만한 풀도 키 높이로 자라 있었다. 일반 예초기 날로는 베기가 어려울 듯해서 동순은 미리 준비해 온 체인 톱으로 날을 갈아 끼웠다. 어떻든 예초기는 윙윙거리는 소리를 내며 풀과 나무를 베기 시작했다.
>
> 처음에는 조심스러웠지만 일이 손에 익자 동순의 팔에는 힘이 붙었다. 그러나 선산은 너무 넓고 가팔랐다. 게다가 위로 올라갈수록 산소가 두 배씩은 커지는 듯해서 모두 합쳐서 수백 평은 될 묘역은 좀체 줄어들지 않았다. 뉴스에서 남 이야기인 양 들어 넘겼던, 벌초를 하다가 말벌에 쏘여 죽었다는 사람의 이야기가 자꾸 생각났다. 장화를 신고 있긴 해도 독사가 있지 않은지, 예초기의 날이 바윗돌에 부딪혀 부러져 날아와 오금에 박혔다는 이웃 농부들의 경험담도 신경이 쓰였다. 가장 큰 적은 땀과 더위였다.
>
> 점심때가 되어서 동순은 아래로 내려와 과수원 작업장에서 몸을 대충 씻고 도시락을 먹었다. 아무것도 묻지 않고 수긋하게 도시락을 싸 준 아내가 고마웠다. 경상도 머스마와 전라도 가시내로 만나 남들이 어떻게 보든 간에 그럭저럭 순탄하게 살아온 세월이 나쁘지는 않다는 생각이 들었다.
>
> 잠시 낮잠을 자고 난 뒤 동순은 다시 산소에 들러붙었다. 봉분에 들이박힌 나무가 그렇게 미울 수가 없었다. 산에서 넘어 들어온 덩굴들을 잘라 낼 때는 쾌감마저 들었다. 예초기 날을 갈아 끼우고 잔디를 깎기 시작하자 일은 더욱 더뎌졌다. 서툴렀기 때문이었다. 날에 풀이 끼어서 엔진 소리만 높아지고 곧 고장이라도 날 듯했다. 도와줄 사람은 아무도 없었고 땀에 젖은 선글라스로는 아무것도 보이지 않았다. 그럴수록 동순의 오기는 강해졌다. 미친 듯 산소 위를 헤매 다녔다. 마침내 해가 저물 무렵에야 일이 끝났다.
>
> "언 놈이 처삼촌 산소 벌초를 대충한다카노, 앞에 있으마 귀때기라도 한 대 올리붙이야 속이 시원할따."
>
> 동순은 성취감과 함께 힘들었던 하루에 대해 뿌듯함을 느끼며 이렇게 아내 앞에서 큰소리를 쳤다. 기다렸다는 듯 전화가 걸려 왔다. 손위 처남이었다.
>
> "아이고 동상. 아부지가 날 더운데 김 서방 고상한다고 다음에 가자고 하시는구먼. 머 한 보름쯤 있다가 가실랑가 모르겠네."
>
> 다음 날 아침 동순이 일어나 보니 코피가 쏟아졌다. 잇몸이 아파 음식을 씹을 수가 없어 치과에 갔더니 의사는 과로 탓이라면서 두 달 동안 치료를 해야 할 것이라고 말했다. 온다던 사람들은 보름 후에도, 두 달 후에도 오지 않았다. 다음 해 아카시아가 다시 자라 숲을 이룰 때까지도 오지 않았다.

– 성석제, 「처삼촌 묘 벌초하기」

05 위 작품의 동순과 〈보기〉의 루아젤 부인이 공통으로 느끼는 감정은 무엇인지 3음절로 쓰시오.

〈보기〉

　　루아젤 부인은 하급 공무원인 남편과 살면서 가난 때문에 허영심을 채우지 못해 불만스러워한다. 어느 날 남편이 장관 부부의 파티에 갈 수 있는 티켓을 가지고 오자, 루아젤 부인은 파티에 가기 위해 옷을 사고, 포레스티에 부인을 찾아가 다이아몬드 목걸이를 빌린다. 파티에 참석하여 행복을 만끽한 그녀는 집으로 돌아와서 목걸이를 잃어버린 것을 알게 된다. 그러나 목걸이를 찾지 못해 결국 큰돈을 빌려 비슷한 다이아몬드 목걸이를 사서 이를 포레스티에 부인에게 돌려준다. 이후 루아젤 부인은 10년 동안 빚을 갚기 위해 갖은 고생을 한다. 그러던 어느 날, 길거리에서 포레스티에 부인을 만난 루아젤 부인이 목걸이 때문에 고생한 이야기를 하는데, 포레스티에 부인은 그 목걸이가 가짜였다고 말한다.

※ 다음 글을 읽고 물음에 답하시오.

잠아 잠아 짙은 잠아 이내 눈에 쌓인 잠아
염치 불구 이내 잠아 검치 두덕* 이내 잠아
어제 간밤 오던 잠이 오늘 아침 다시 오네
잠아 잠아 무삼 잠고 가라 가라 멀리 가라
세상 사람 무수한데 구태 너는 간 데 없어
원치 않는 이내 눈에 이렇듯이 자심(滋甚)*하뇨
주야에 한가하여 월명 동창 혼자 앉아
삼사경 깊은 밤을 허도(虛度)이 보내면서
잠 못 들어 한하는데 그런 사람 있건마는
무상불청(無常不請)* 원망 소래 온 때마다 듣난고니
석반(夕飯)*을 거두치고 황혼이 대듯마듯
낮에 못 한 남은 일을 밤에 할랴 마음먹고
언하당(言下當)* 황혼이라 섬섬옥수(纖纖玉手) 바삐 들어
등잔 앞에 고개 숙여 실 한 바람 불어 내어
드문드문 이내 잠이 소리 없이 달려드네
눈썹 속에 숨었는가 눈알로 솟아 온가
이 눈 저 눈 왕래하며 무삼 요수 피우든고
맑고 맑은 이내 눈이 절로 절로 희미하다

— 작자 미상, 「잠노래」

*검치 두덕: 욕심 언덕

> *자심: 더욱 심함
>
> *무상불청: 청하지 않은
>
> *석반: 저녁밥
>
> *언하당: 말이 끝나자마자 바로, 여기서는 '그런 생각을 하자마자 바로'의 뜻임

06 위의 작품에서 상반된 처지에 있는 사람을 대비하여 자신의 처지를 한탄하고 있는 구절을 찾아 첫 어절과 마지막 어절을 쓰시오.

첫 어절: _______________________, 마지막 어절: _______________________

제3회 실전모의고사

[수학 영역]

▶ 해답 p.434

07 두 함수

$$f(x)=\begin{cases}x^2-4x+5 & (x\neq1)\\ k & (x=1)\end{cases},$$

$$g(x)=5x-k$$

에 대하여 함수 $f(x)g(x)$가 $x=1$에서 연속이 되도록 하는 모든 k값의 합을 구하는 과정을 아래 과정을 참고하여 서술하시오.

> $\displaystyle\lim_{x\to1}f(x)g(x)=$ ①
>
> $f(1)g(1)=$ ②
>
> 이때, 함수 $f(x)g(x)$가 $x=1$에서 연속이므로 $\displaystyle\lim_{x\to1}f(x)g(x)=f(1)g(1)$가 성립한다.
>
> $\therefore\ 2(5-k)=k(5-k)$
>
> 따라서 모든 실수 k값의 합은   ③

08 1이 아닌 세 양수 a, b, c에 대하여 $\log_c a=2\log_b a$, $\log_a b+\log_a c=2$일 때, $\log_a b-\dfrac{1}{2}\log_a c$의 값을 구하는 과정을 서술하시오.

09 함수 $f(x) = \log_2(x+1)$의 역함수를 $g(x)$라 할 때,

방정식 $\{g(x) - 2\} \times \{g(x) + 4\} = 7$을 만족시키는 x값은 k이다. 이때 $f(k+5)$의 값을 구하는 과정을 서술하시오.

10 어떤 실수 k에 대한 방정식 $\left| \cos \dfrac{\pi}{2} x \right| = k$

가 정수인 해를 가질 때, 이 방정식의 8 이하의 모든 자연수의 해의 개수를 구하는 과정을 서술하시오. (단, $k > 0$)

11 최고차항의 계수가 1인 삼차함수 $f(x)$가 다음 조건을 만족시킬 때, $f(1)-f(-1)$의 최댓값을 구하는 과정을 서술하시오.

> (가) 모든 실수 x에 대하여 $f'(x) \geq f'(-1)$이다.
>
> (나) 열린구간 $(-2, 2)$에서 함수 $f(x)$는 감소한다.

12 $\displaystyle\sum_{k=1}^{20} \frac{4k-4}{k^3+2k^2-k-2} = \frac{1}{11} \times m$이 성립하도록 하는 m의 값을 구하는 과정을 서술하시오.

13 방정식

$2\log_3(x+1)=\log_3(2x+7)-1$을 만족시키는 실수 x의 값을 α라 할 때, 30α의 값을 구하는 과정을 서술하시오.

14 함수 $f(x)=(x+3)(x-3)^2$의 그래프와 $y=a$가 서로 다른 두 점에서 만날 때, 함수 $y=f(x)$와 직선 $y=a$로 둘러싸인 부분의 넓이를 구하는 과정을 서술하시오.

(단, $a>0$)

15 $\lim\limits_{x \to \infty}(a\sqrt{2x^2+x+1}-bx)=1$을 만족시

키는 두 실수 a, b에 대하여 b^2-a^2의 값을

구하는 과정을 서술하시오.

제4회 실전모의고사

[국어 영역]

▶ 해답 p.437

※ 다음은 학생이 실시한 면담 내용이다. 물음에 답하시오.

학생: 안녕하세요. 면담을 요청한 김□□이라고 합니다. 바쁘신 와중에도 면담에 응해 주셔서 감사합니다.

전문가: 오히려 제 연구 분야에 관심을 가져 주셔서 감사합니다. 그런데 학생들에게는 책거리가 보통의 그림과 달라 낯설었을 것 같은데요, 어떻게 이 그림을 알게 됐나요?

학생: 박물관에서 책거리를 보게 되었는데 관심이 갔어요. ⓐ말씀대로 책거리는 일반적으로 생각했던 그림과는 매우 다르잖아요? 저뿐 아니라 다른 친구들도 흥미로워하더라고요. 그래서 교지에 책거리에 대한 글을 싣고 싶다는 생각을 하게 되었습니다.

전문가: 박물관에서 설명을 듣기도 했을 것 같은데요. 음, 책거리에 대해 어느 정도 알고 있는지 궁금하네요.

학생: 제가 일고 있는 내용을 말씀드리면 되는 건가요? 책과 여러 사물들을 함께 그린 그림이라는 점은 알고 있습니다.

전문가: 네, 잘 알고 있군요. 원래 책거리는 중국의 다보각경이라는 그림을 조선에 걸맞은 형태로 변형한 것으로 18세기 후반 정조의 구상에 의해 화원이 제작한 것이 시초라고 알려져 있습니다. 문치를 강조했던 정조이기에 책거리에 대한 관심이 지대했는데요. 책거리 그림을 그리지 않은 신하를 귀양 보내기까지 했을 정도였으니까요.

학생: 귀양까지요? 정말 각별하게 생각하셨나 봅니다. 그런데 말씀 중에 책거리가 중국의 그림을 변형한 것이라고 하셨는데 그 둘은 어떤 차이가 있나요?

전문가: 중국의 다보각경은 장식장에 도자기, 옥 등과 같이 귀중한 물건을 진열해 놓은 그림입니다만 정조 때 유행했던 그림은 지금의 서가라 할 수 있는 책가에 정연하게 정리되어 있는 책이 주요 대상이 됩니다. 그래서 책거리를 책가도라고 부르기도 해요. 박물관에서 책거리를 보면서 그림들 간의 차이점을 느낄 수 있었을 것 같아요. 혹시 책거리의 종류에 대해 알고 있는 점이 있나요?

학생: 책거리의 종류에 대해 따라 알아보지 않았습니다. 아, 그러고 보니 제가 봤던 책거리에는 칸막이에 책이 정연하게 정리된 것과 칸막이 없이 책과 사물들을 쌓아 놓은 것도 있었어요. 그 둘의 차이점은 무엇일까요?

전문가: 정말 잘 보셨네요. 처음 주로 궁중에서 향유될 때는 책가가 있는 것이 더 유행했을 것으로 추정되지만 19세기에 민화로 확산되면서 책가가 없는 책거리가 더 유행했어요.

학생: 그런데 책거리를 보니 책과 함께 다른 사물들도 같이 있던데요. 이 사물들은 왜 그린 걸까요?

전문가: 아무래도 그림 속의 사물들은 상징성을 가진 경우가 많아요. 그림의 향유자들은 자신들의 소망과 관련된 상징성을 가진 사물이 그려진 그림을 선호했습니다.

학생: 아, 그렇군요. 교수님 오늘 면담 정말 감사합니다.

01 위의 면담 내용 중 ⓐ에 표현된 학생의 말하기 방식을 3어절로 쓰시오.

※ 다음 글을 읽고 물음에 답하시오.

2016년 3월, 인공 지능 바둑 프로그램인 '알파고'와 이세돌 9단의 바둑 대결이 있었다. 이 대결은 인간과 인공 지능의 대결, 문화와 과학의 대결이라는 수식어로 화제를 불러일으키며, 바둑을 즐기는 한국·중국·일본에서 생중계된 것은 물론 전 세계인의 이목을 집중시켰다. 특히 이세돌 9단이 유일한 승리를 거두었던 네 번째 대결은 큰 관심을 모았다.

이전에도 인공 지능이 인간의 지적 능력을 넘어서는 경우는 여러 차례 있었다. 1997년에는 인공 지능 체스 프로그램인 '딥블루'가 기존 우승자를 꺾었으며, 2011년에는 미국의 유명한 퀴즈 프로그램에서 인공 지능 '왓슨'이 역대 최강의 출연자들을 꺾은 바 있다. 하지만 바둑은 게임의 속성상 경우의 수가 무한대여서 아무리 우수한 슈퍼컴퓨터일지라도 인간을 이길 수 없을 것이라고 생각했기 때문에 '알파고'의 승리는 더 큰 충격으로 다가왔다.

이처럼 '알파고'와 이세돌 9단의 대결은 인공 지능에 대한 관심을 더욱 높였다. 사람들은 적어도 10~20년 내로는 인공 지능이 바둑 고수에게 승리하지 못할 것으로 예상했지만, 이세돌 9단이 1승 4패로 패함으로써 인공 지능이 바둑 고수를 넘어섰음이 증명됐다.

구글이 소유한 인공 지능 기술 개발 업체인 딥마인드가 창조해 낸, '알파고'는 최첨단 정보 통신 기술이 총동원된 인공 지능 바둑 시스템이다. 바둑의 확률을 수학적으로 계산하는 것이 불가능하기 때문에, '알파고'는 무작위로 바둑돌을 대입해 보며 예상 확률을 알아낸 뒤, 가장 가능성이 높은 수를 선택하는 몬테카를로 트리 탐색(MCTS)을 바탕으로 한다. 몬테카를로 트리 탐색은 선택지 중 가장 유리한 선택을 하도록 돕는 방식이다. 예를 들어 '알파고'가 검은 돌로 대결을 벌인다면, 흰 돌이 어디에 놓이느냐에 따라 검은 돌을 둔다는 의미이다. 당연히 최적의 선택이 반복될수록 대국은 유리하게 풀린다.

일반적으로 말하는 인공 지능은 사실 딥 러닝으로 이루어지는 강화 학습을 말한다. 일반 컴퓨터는 정해진 규칙을 따라 연산을 수행하면서 '예' 또는 '아니오'의 결과를 내놓는다. 반면에 딥 러닝은 연산 과정에 여러 층을 두어 컴퓨터 스스로 정보를 잘게 조각내어 작은 판단을 내리고, 그것을 종합하여 결과를 내놓는다. 즉 딥 러닝은 다층 구조의 정보망을 기반으로 하는 기계 학습의 한 분야로, 다량의 데이터에서 높은 수준의 추상화를 가능하게 하는 방법이다.

기계 학습은 정확하게 입력되지 않은 내용을 기반으로 인공 지능이 자체적으로 학습하는 것이다. 이때 인공 지능은 방대한 양의 자료를 수집하고, 그 자료를 기반으로 다음 단계를 예측한다. 구글이 '알파고'에 도입한 딥 러닝도 이러한 기계 학습의 한 종류이다. '알파고'의 개발자인 데미스 하사비스 박사는 '알파고'를 개발하면서 프로 바둑 기사의 대국 기보 3,000만 건을 입력했다고 말했다. 이후 '알파고'는 입력된 기보를 바탕으로 쉬지 않고 바둑을 두며 학습했는데, 무려 1,000년에 해당하는 시간만큼 바둑을 학습한 수준이라고 한다. '알파고'는 경기를 진행하면서 경험을 쌓아 스스로 학습하고 전략을 짜기 때문에 ⓐ<u>딥마인드 개발자들도 '알파고'가 어느 단계까지 진화할 수 있을지는 의문이라고 했다</u>. '알파고'가 이세돌 9단을 상대로 연승할 수 있었던 것은 스스로 진화하는 학습 능력을 갖추었기 때문이다.

02 제시문의 내용을 바탕으로 ⓐ의 이유를 한 문장으로 서술하시오. (띄어쓰기 제외, 30자 내외)

[03~04] 다음 글을 읽고 물음에 답하시오.

우라늄과 같이 무거운 원자핵이 중성자를 흡수하면 원자핵이 쪼개지는데, 이를 핵분열이라고 한다. 우라늄 원자핵이 분열하면 많은 에너지와 함께 2~3개의 중성자가 나온다. 이 중성자가 다른 우라늄 원자핵과 부딪치면 또다시 핵분열이 일어난다. 이런 식으로 핵분열이 계속되는 것을 핵분열 연쇄 반응이라고 하며, 이 과정에서 발생하는 막대한 열로 증기를 만들어 그 힘으로 터빈을 돌려 전기를 발생하는 발전 방식을 원자력 발전이라고 한다. 핵분열 연쇄 반응으로 만들어진 에너지를 터빈에 전달하기 위해서는 원자로가 필요하다. 원자로에서는 핵분열로 인한 상당한 열이 발생하는데, 이 열로 인해 원자로의 구성 요소가 손상될 수 있다. 이를 막기 위해 냉각재를 사용하는데, 냉각재는 원자로를 구성하는 부품들 사이를 통과해 흐르면서 핵분열에 의해 발생하는 열에너지를 운반하는 물질이다. 현재 상용화된 원자로의 대부분은 경수(H_2O)*나 중수(D_2O)* 등의 물을 냉각재로 사용하고 있다. 이 외에도 원자로에는 제어봉이 필요하다. 제어봉은 핵분열 시 발생하는 중성자를 흡수하는 물질이다. 원자로 내에 중성자 수를 조절하지 않으면 핵분열 반응이 기하급수적으로 늘어나 핵연료의 소진을 가속화할 수 있으므로 제어봉을 통해 핵분열 반응 속도를 조절한다.

원자력 발전 시스템은 1950년 상업적 이용을 시작으로 시대 변화와 요구에 따라 기술적 진보를 거듭하며 진화해 왔다. 현재 냉각재로 물을 사용하는 ㉠제3 세대 원자로와 달리 다양한 물질을 냉각재로 사용하는 제4 세대 원자로에 대한 연구가 활발하다. 이 중 ㉡용융염 원자로는 냉각재와 핵연료를 일체화된 용융염 형태로 활용하기 때문에 소형화가 가능하여 많은 관심을 받고 있다.

제3 세대 원자로는 고체 핵연료를 사용하며 핵연료와 냉각재가 분리되어 있다. 이 때문에 제3 세대 원자로에서는 매우 낮은 확률이라 할지라도 냉각재 상실이나 유실 사고에 따른 노심 용융 사고가 발생할 가능성이 있다. 노심은 핵연료가 핵분열 반응을 일으키는 곳으로, 만약 노심이 녹아내리는 용융 사고가 발생하면 원자로가 파손되어 대량의 방사성 물질들이 외부로 유출될 수 있다. 하지만 제4 세대 원자로 중 하나인 용융염 원자로는 이러한 문제를 최소화할 수 있다. 소금과 같이, 알칼리 금속과 할로겐 원소가 화학적으로 결합한 것을 '염'이라 하는데 용융염 원자로는 고온에서 액체로 존재하는 용융 상태의 염을 냉각재로 사용한다. 용융염 원자로는 핵연료를 냉각재인 용융염에 녹여 활용하므로 냉각재와 핵연료가 분리되지 않는다. 따라서 냉각재의 상실이나 유실에 의한 사고가 일어날 수 없다. 또한 노심 속의 핵연료 용융염이 외부로 누설되더라도 용융염은 대기압에서 약 400~500℃의 녹는점을 가지기 때문에 상온에서 고체화되어 방사능의 외부 누출을 억제할 수 있다.

또한 액체 핵연료는 고체 핵연료에 비해 온도 증가에 대한 부피 팽창률이 훨씬 더 크기 때문에 용융염 원자로는 온도가 증가함에 따른 액체 핵연료의 부피 팽창률을 통해 노심의 출력을 자동으로 조절할 수 있다는 장점도 있다. 비정상 운전 및 사고 상황에서 액체 핵연료의 온도가 상승하면 액체 핵연료의 밀도가 감소하게 된다. 이는 중성자의 핵분열 반응 확률을 감소시켜, 결과적으로 원자로 내 출력을 떨어뜨린다. 결국 용융염 원자로의 출력 변화는 냉각재 온도를 통해서 조절이 가능하다. 이 때문에 용융염 원자로에는 핵분열 반응 속도를 제어하는 제어봉이 필요 없다.

용융염 원자로의 구조를 단순화하면 노심, 펌프, 열 교환기, 동결 밸브, 배출 저장 탱크로 나누어 볼 수 있다. 노심 속의 핵연료 용융염은 펌프를 통해 노심 내부를 순환하게 된다. 이때 노심 내부를 순환하는 용융염의 열은 열 교환기를 통해 노심 외부로 이동한다. 열 교환기는 원자로 양쪽에 설치된 관으로, 관 내부에는 핵연료 물질이 배제된 용융염이 흐르고 있다. 관 내부의 용융염이 노심 내부를 순환하는 용융염의 열을 전달받아 발전기로 이동시키게 된다. 열 교환기는 노심 속 용융염과 경계면이 맞닿을 수 있도록 설치하지만, 열 교환기 내부의 용융염과 노심의 용융염은 서로 섞이지 않도록 분리해야 한다. 이를 통해 방사능 물질의 외부 유출을 원천적으로 차단하면서 에너지만 전달할 수 있기 때문이다. 동결 밸브는 원자로 하부에 설치되어 이를 개방함으로써 핵연료 물질이 포함된 용융염을 노심에서 배출 저장 탱크로 방출할 수 있다. 동결 밸브는 전기가 공급되고 있을 때에는 폐쇄되어 있어 용융염의 배출을 방지하지만, 전기 공급이 끊기면 수 분 내에 개방되어 핵연료 용융염이 배출 저장 탱크로 쏟아지게 한다. 동결 밸브의 개방을 통해 용융염 원자로의 운전을 정지할 수 있다. 배출 저장 탱크에는 탱크 내의 열을 제거하기 위해 내부를 관통하는 수많은 관이 설치되며, 이 관은 공기 또는 물을 열 제거원으로 사용한다.

*경수: 수소와 산소로 이루어진 보통의 물.

*중수: 중수소와 산소의 결합으로 만들어진 물로, 보통의 물보다 분자량이 큰 물.

03 〈보기〉는 제시문을 읽고 알게 된 사실을 정리한 메모의 일부이다. 빈칸에 들어갈 3음절의 용어를 제시문에서 찾아 차례대로 쓰시오.

〈보기〉

- 우라늄 원자핵의 분열을 일으키려면 (①)이/가 있어야 하는 군.
- 핵분열 연쇄 반응의 속도가 빠를수록 핵연료의 소진 속도가 빨라지므로 (②)을/를 통해 핵분열 반응 속도를 조절하는군.
- 제4 세대 원자로의 등장은 (③)로 사용하는 물질에 대한 연구와 밀접한 연관이 있군.

① ______________________________

② ______________________________

③ ______________________________

04 다음은 제시문을 읽고 ㉠, ㉡에 대해 이해한 내용이다. 적절한 대상을 주어진 〈조건〉에서 골라 차례대로 쓰시오.

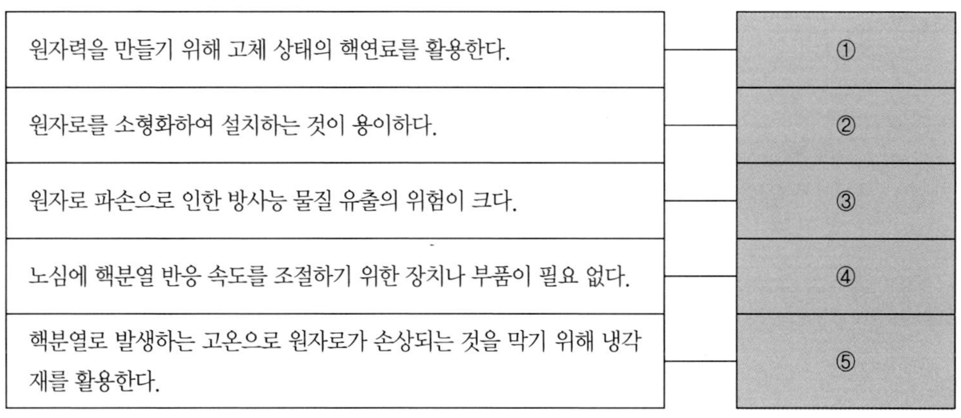

원자력을 만들기 위해 고체 상태의 핵연료를 활용한다.	①
원자로를 소형화하여 설치하는 것이 용이하다.	②
원자로 파손으로 인한 방사능 물질 유출의 위험이 크다.	③
노심에 핵분열 반응 속도를 조절하기 위한 장치나 부품이 필요 없다.	④
핵분열로 발생하는 고온으로 원자로가 손상되는 것을 막기 위해 냉각재를 활용한다.	⑤

〈조건〉

- ㉠과 ㉡ 중 ㉠에만 해당하는 경우 : ㉠ > ㉡
- ㉠과 ㉡ 중 ㉡에만 해당하는 경우 : ㉠ < ㉡
- ㉠과 ㉡ 모두에 해당하는 경우 : ㉠ = ㉡

※ 다음 글을 읽고 물음에 답하시오.

나오는 문 앞에서, 서기의 책상 위에 놓인 명부에 이름을 적고 천막을 나서자, 그는 마치 재채기를 참았던 사람처럼 몸을 벌떡 뒤로 젖히면서, 마음껏 웃음을 터뜨렸다. 눈물이 찔끔찔끔 번지고, 침이 걸려서 캑캑거리면서도 그의 웃음은 멎지 않았다.

준다고 바다를 마실 수는 없는 일. 사람이 마시기는 한 사발의 물. 준다는 것도 허황하고 가지거니 함도 철없는 일. 바다와 한 잔의 물. 그 사이에 놓인 골짜기와 눈물과 땀과 피. 그것을 셈할 줄 모르는 데 잘못이 있었다. 세상에서 뒤진 가난한 땅에 자란 지식 노동자의 슬픈 환상. 과학을 믿은 게 아니라 마술을 믿었던 게지. 바다를 한 잔의 영생수로 바꿔 준다는 마술사의 말을. 그들은 뻔히 알면서 권력이라는 약을 팔려고 말로 속인 꾀임을. 어리석게 신비한 술잔을 찾아 나섰다가, 낌새를 차리고 항구를 돌아보자, 그들은 항구를 차지하고 움직이지 않고 있었다. 참을 알고 돌아온 바다의 난파자들을 그들은 감옥에 가둘 것이다. 못된 균을 옮기지 않기 위해서. 역사는 소걸음으로 움직인다. 사람의 커다란 모순과 업(業)에 비기면, 아무 자국도 못 낸 것이나 마찬가지다. 당대까지 사람이 만들어 낸 물질 생산의 수확을 고르게 나누는 것만이 모든 시대에 두루 맞는 가능한 일이다. 마찬가지 아닌가. 벌써 아득한 옛날부터 사람 동네가 알아낸 슬기, 사람이라는 조건에서 비롯하는 슬픔과 기쁨을 고루 나누는 것. 그래 봐야, 사람의 조건이 아직도 풀어 나가야 할 어려움의 크기에 대면, 아무것도 아니다. 사람이 이루어 놓은 것에 눈을 돌리지 않고, 이루어야 할 것에만 눈을 돌리면, 그 자리에서 그는 삶의 힘을 잃는다. 사람이 풀어야 할 일을 한눈에 보여 주는 것 – 그것이 '죽음'이다. 은혜의 죽음을 당했을 때, 이명준 배에서는 마지막 돛대가 부러진 셈이다. 이제 이루어 놓은 것에 눈을 돌리면서 살 수 있는 힘이 남아 있지 않다. 팔자소관으로 빨리 늙는 사람도 있는 법이었다. 사람마다 다르게 마련된 몸의 길, 마음의 길, 무리의 길. 대일 언덕 없는 난파꾼은 항구를 잊어버리기로 하고 물결 따라 나선다. 환상의 술에 취해 보지 못한 섬에 닿기를 바라며. 그리고 그 섬에서 환상 없는 삶을 살기 위해서. 무서운 것을 너무 빨리 본 탓으로 지쳐 빠진 몸이, 자연의 수명을 다하기를 기다리면서 쉬기 위해서. 그렇게 해서 결정한, 중립국행이었다.

[뒷부분 줄거리] 명준은 석방된 포로 30명과 함께 중립국인 인도로 가게 된다. 인도행 선박인 타고르호(號)에 탄 그는 될 수 있는 대로 단순노동을 하며 살리라 마음먹고 새로운 삶을 꿈꾼다. 그러나 따라오던 갈매기 두 마리를 은혜와 자신의 딸이라 생각하다가 결국 마카오 근해에서 투신자살한다.

– 최인훈, 「광장」

05 위의 작품에서 이념의 갈등 속에 희생된 주인공을 의미하는 표현을 찾아 4어절로 쓰시오.

※ 다음 글을 읽고 물음에 답하시오.

(가)

– 긴 세월을 오랑캐와의 싸움에 살았다는 우리의 머언 조상들이 너를 불러 '오랑캐꽃'이라 했으니 어찌 보면 너의 뒷모양이 머리채를 드리인 오랑캐의 뒷머리와도 같은 까닭이라 전한다 –

아낙도 우두머리도 돌볼 새 없이 갔단다
도래샘도 띠집도 버리고 강 건너로 쫓겨 갔단다
고려 장군님 무지무지 쳐들어와
오랑캐는 가랑잎처럼 굴러갔단다

구름이 모여 골짝 골짝을 구름이 흘러
백 년이 몇백 년이 뒤를 이어 흘러갔나

너는 오랑캐의 피 한 방울 받지 않았건만
오랑캐꽃
너는 돌가마도 털메투리도 모르는 오랑캐꽃
두 팔로 햇빛을 막아 줄게
울어 보렴 목 놓아 울어나 보렴 오랑캐꽃

– 이용악, 「오랑캐꽃」

(나)

산수유나무가 노란 꽃을 터트리고 있다

산수유나무는 그늘도 노랗다

마음의 그늘이 옥말려든다고 불평하는 사람들은 보아라

나무는 그늘을 그냥 드리우는 게 아니다

그늘 또한 나무의 한 해 농사

산수유나무가 그늘 농사를 짓고 있다

꽃은 하늘에 피우지만 그늘은 땅에서 넓어진다

산수유나무가 농부처럼 농사를 짓고 있다

끌어모으면 벌써 노란 좁쌀 다섯 되 무게의 그늘이다

– 문태준, 「산수유나무의 농사」

06 작품 (가), (나)를 읽고 다음 〈보기〉의 질문에 맞는 답을 차례대로 쓰시오.

〈보기〉

① 오랑캐와는 아무 관련이 없지만 오랑캐로 불리우는 '오랑캐꽃'에 대한 화자의 정서가 드러난 연을 (가)에서 찾아 첫 어절과 마지막 어절을 순서대로 쓰시오.

② 나무가 주는 혜택을 인간의 행위에 빗대어 표현한 시어를 (나)에서 찾아 2어절로 쓰시오.

① 첫 어절: ______________________, 마지막 어절: ______________________

② 시어: ______________________

제4회 실전모의고사

[수학 영역]　　　　　　　　　　　　　　▶ 해답 p.439

07 첫째항이 $a_1=1$이고 공비가 3인 등비수열 $\{a_n\}$의 첫째항부터 제n항까지의 합을 S_n이라 할 때,

$$\sum_{k=1}^{15}\left\{\left(\frac{4S_k+2}{6^k}\right)+\left(\frac{1}{2}\right)^k\right\}=t\times\left\{1-\left(\frac{1}{2}\right)^{15}\right\}$$가 성립한다.

상수 t의 값을 구하는 과정을 아래 과정을 참고하여 서술하시오.

등비수열 $\{a_n\}$의 첫째항부터 제n항까지의 합은

$S_n=\dfrac{3^n-1}{3-1}$이므로

$\therefore 4S_n+2=\boxed{①}$

이때 $\dfrac{4S_k+2}{6^k}+\left(\dfrac{1}{2}\right)^k=\boxed{②}$ 이므로

따라서 $\displaystyle\sum_{k=1}^{15}\left\{\left(\frac{4S_k+2}{6^k}\right)+\left(\frac{1}{2}\right)^k\right\}$

$=\dfrac{3}{2}\times\dfrac{1-\left(\dfrac{1}{2}\right)^{15}}{1-\dfrac{1}{2}}=t\left\{1-\left(\dfrac{1}{2}\right)^{15}\right\}$

$\therefore t=\boxed{③}$

---

08 두 수열 $\{a_n\}$, $\{b_n\}$에 대하여

$$\sum_{k=1}^{10}(a_k+b_k+3)=55,$$

$$\sum_{k=1}^{5}b_{2k-1}=\sum_{k=1}^{5}b_{2k}=5$$일 때,

$\displaystyle\sum_{k=1}^{10}a_k$의 값을 구하는 과정을 서술하시오.

09 함수 $f(x)=x^2-8x+k$에 대하여 다음 조건을 만족시키는 모든 정수 k의 값의 합을 구하는 과정을 서술하시오.

> $1 \leq t \leq 10$인 실수 t에 대하여 $2^{f(t)}$의 세제곱근 중 실수인 값 전체의 집합을 A라 할 때, $8 \in A$이다.

10 $\triangle ABC$의 세 변의 길이가 a, b, c일 때, $(2a+b)^2=3a^2+c^2+(\sqrt{3}+4)ab$의 값이 성립한다고 한다. 이때 $\sin C$의 값을 구하는 과정을 서술하시오.

11 함수 $f(x)$에 대한 방정식 $\dfrac{1}{f(x)} - x = 0$의 실근이 열린구간 $(1, 3)$에 적어도 하나 존재할 때,

$$f(1) = -\frac{1}{k},\ f(3) = \frac{1}{6-k}$$ 을 만족시키는 정수 k의 개수를 구하는 과정을 서술하시오.(단, $f(x)$는 0이 아닌 연속함수)

12 최고차항의 계수가 1인 사차함수 $f(x)$가 다음 조건을 만족시킬 때, $f(3)$의 값을 구하는 과정을 서술하시오.

> (가) 모든 실수 t에 대하여
> $$\lim_{x \to t} \frac{f(x) - f(-x)}{x - t}$$의 값이 존재한다.
> (나) 곡선 $y = f(x)$ 위의 점 $(1, 7)$에서의 접선의 y절편이 -1이다.

13 함수 $y=3^{2(x-k)}+4$의 그래프를 x축의 방향으로 1만큼, y축의 방향으로 3만큼 평행이동한 그래프가 $(4,\ 8)$를 지난다. 이때, k의 값을 구하는 과정을 서술하시오.

14 부등식 $x\log_2 x-2\log_2 x-3x+6\leq0$을 만족시키는 모든 정수 x의 최댓값과 최솟값의 차를 구하는 과정을 서술하시오.

15 원점에서 출발하여 수직선 위를 움직이는 점 P의 속도가 $v(t)=2t^2-3t$이다. 점 P의 속도가 9일 때의 P의 좌표가 $P(a)$일때, $2a$를 구하는 과정을 서술하시오.(단, $t \geq 0$)

제5회 실전모의고사

[국어 영역]

▶ 해답 p.442

※ 다음은 작문 과제를 수행하기 위해 학생이 작성한 메모와, 이를 바탕으로 작성한 [초고]이다. 물음에 답하시오.

- **작문 과제**: 최근에 궁금한 점을 느낀 분야에 대해 글쓰기
- **과제 제출 기한**: 2022년 11월까지
- **글의 주제와 목적**: 최저 임금제에 관한 객관적인 정보 전달하기

[초고]

최저 임금제란 국가가 낮은 임금을 받는 근로자를 보호하기 위해 법으로 임금의 최저 수준을 정하고, 사용자에게 그 수준 이상의 임금을 지급하도록 법으로 강제하는 제도이다. 이 제도는 소득 불균형이 심화되고, 저임금 · 비정규직 근로자가 늘어나는 상황에서 근로자들의 최소한의 생존권을 보장하기 위해 도입되었다. 따라서 1인 이상의 근로자를 고용하는 사업장은 모두 최저 임금제가 적용된다.

우리나라는 1953년에 근로 기준법을 제정하면서 최저 임금제의 실시 근거를 마련하였으나, 이 규정을 운용하지는 않았다. 이후 지나친 저임금 문제를 해소하기 위해 최저 임금제 도입의 필요성이 꾸준히 제기되었고 결국 1988년에 최저 임금제가 도입되어 1989년 시간당 600원 이후 지속적으로 오르고 있다. 그러나 여전히 청소년이 할 수 있는 아르바이트의 수는 많지 않다.

최저 임금은 최저 임금 위원회의 협의를 통해 결정되고, 고용노동부 장관이 승인함으로써 법적 효력을 갖게 된다. 최저 임금 위원회는 사용자와 근로자를 각각 대표하는 위원과 정부가 추천하는 공익 위원 등으로 구성된다. 협의 과정에서 최저 임금을 사용자 측은 덜 올리려 하고, 근로자 측은 더 올리려 하면서 의견이 첨예하게 대립하기도 한다.

최저 임금이 오르면 저임금 해소로 임금 격차가 완화되어 소득 분배 개선에 기여한다. 하지만 사용자가 인건비 부담을 느껴 고용이 줄어드는 문제가 발생할 수 있다. 이에 최저 임금을 정할 때 지역별 · 업종별 · 연령별 차이를 두자는 의견이 제시되고 있다.

01 위의 [초고]에서 최저 임금제의 긍정적인 측면과 부정적인 측면을 찾아 각각 한 문장으로 서술하시오.

- 긍정적인 측면 _________________________ ⓐ _________________________

- 부정적인 측면 _________________________ ⓑ _________________________

※ 다음 글을 읽고 물음에 답하시오.

최근 5세대 통신 기술, 자율 주행 차 등의 신기술에 밀리미터파가 사용되면서 그에 대한 관심이 커지고 있다. 밀리미터파는 30~300기가헤르츠(GHz) 주파수 대역의 전파를 가리킨다. 주파수는 전파가 공간을 이동할 때 1초 동안에 진동하는 횟수인데, 1초 동안에 한 번 진동하면 1헤르츠(Hz), 1천 번 진동하면 1킬로헤르츠(KHz), 100만 번 진동하면 1메가헤르츠(MHz), 10억 번 진동하면 1기가헤르츠라고 한다. 즉 밀리미터파는 1초 동안에 300억 번 이상 진동하는 전파인 것이다. '밀리미터파'라는 이름은 파장의 길이가 1~10밀리미터(mm)에 불과한 까닭에 붙여졌으며 '극단적으로 높은 주파수'라고도 불린다. 밀리미터파는 적외선이나 가시광선에 비해 파장이 길지만 휴대 전화나 무선 통신 시스템에 사용되는 마이크로파보다 파장이 짧다.

처음 밀리미터파를 실험한 사람은 보스이다. 생물학자이면서 물리학자였던 그는 1895년에 가시광선과 자외선 등의 빛의 굴절과 회절, 편파에 관한 실험을 했다. 이 과정에서 그가 독자적으로 개발한, 일종의 밀리미터파 신호 발생 장치인 반도체 크리스털을 이용하여 밀리미터파를 약 1.61킬로미터 정도 떨어진 곳까지 보낼 수 있었다.

밀리미터파는 주파수가 매우 높다. 주파수가 높으면 진동 횟수가 많은 것인데, 그러면 전파의 파장이 짧다. 주파수와 파장은 반비례 관계인 것이다. 파장이 짧아질수록 전파의 직진성이 커지며, 전파의 직진성이 커지면 장애물에 부딪쳤을 때 반사되어 나가려는 성질이 강해진다.

02 제시문의 내용을 바탕으로 밀리미터파가 직진성이 강한 이유를 4어절의 한 문장으로 서술하시오.

[03~04] 다음 글을 읽고 물음에 답하시오.

(가) 조석 은 지구의 해수면이 높아졌다가 낮아지는 주기적인 운동이고, 조류는 조석으로 인한 해수의 수평 방향의 흐름이다. 조석을 설명할 때 해수면의 수위를 조위, 조위가 가장 낮은 때를 저조, 가장 높을 때를 고조, 연속된 저조와 고조 사이의 높이차를 조차, 연속되는 고조와 고조 또는 저조와 저조 사이의 시간 간격을 조석 주기라 한다. 조석을 일으키는 힘을 기조력이라고 하며, 이 힘은 지구상의 임의의 점에 작용하는 만유인력과 원심력의 합력이다. 달과 태양은 지구의 기조력에 영향을 주지만 달이 지구와 더 가까워서 달에 의한 기조력이 태양에 의한 것보다 약 두 배 강하다.

달에 의한 해수면의 변화를 살펴보면, 지구에는 달이 끌어당기는 힘인 만유인력이 작용하고, 지구의 한 지점에서의 만유인력은 달과의 거리가 가까울수록 커진다. 또한 달과 지구는 서로가 서로를 공전하므로, 지구의 모든 지점에는 일정한 크기의 원심력이 발생하며, 이 힘은 달과 반대되는 방향으로 작용한다. 지구 중심에서는 이 두 종류의 힘이 균형을 이루어 기조력이 발생하지 않지만, 달에 가까운 곳과 먼 곳에서는 이 균형이 달라져, 기조력의 방향으로 해수가 이동함으로써 해수면의 높이에 변화를 일으킨다. 따라서 달에 가까운 지점과 그 반대편 지점에서는 해수면이 상승하고, 그 사이의 지역에서는 해수면이 낮아지게 된다.

　　조석은 천체의 위치뿐만 아니라 지구의 자전, 위도 등에 의한 복합적인 영향으로 해역마다 일주조, 반일주조, 혼합조 중 하나로 관측된다. 일주조에서는 조석이 24시간 50분의 주기로 하루 한 번 나타난다. 이는 지구가 1회 자전을 하는 동안 달도 같은 방향으로 지구 주위를 13도 공전하므로, 다음 날 달이 같은 위치에 오려면 지구가 더 자전을 해야 하기 때문이다. 반일주조에서는 일주조의 절반 주기로 조석이 하루 두 번 나타나면서 두 조석의 조차가 비슷하다. 혼합조에서는 조석이 하루 두 번 나타나면서 일조부등, 즉 같은 날 조차가 같지 않고 조석 주기도 다른 현상이 관측된다. 이때 달이 지구의 적도 부근에 가까이 위치할수록 일조부등은 줄어든다. 혼합조의 고조 중에서 조위가 더 높은 것을 고고조, 낮은 것을 저고조라 하고, 저조 중에서 더 높은 것을 고저조, 낮은 것을 저저조라고 하며, 혼합조에서는 고고조, 저저조, 저고조, 고저조 순서로 조위 변화가 반복된다.

(나) 해수면의 변화와 관련된 정보는 실생활에서 사용되고 있다. 조석 관측의 결과는 측량의 보정 자료로 사용된다. 특정 지역을 기준으로 삼아 여러 번에 걸쳐 관측해서 얻은 조위의 평균값을 평균 해수면이라 한다. 이 값은 산의 높이를 정하는 기준이어서, 인천 앞바다가 기준인 한국에서는 백두산의 높이가 2,744m이지만 원산 앞바다를 기준으로 하는 북한에서는 백두산의 높이가 2,750m로 표기된다. 한편 선박의 운항을 위한 항해용 지도를 만들 때 바다의 깊이를 정하는 기준은 해수가 가장 많이 빠진 지점을, 해안선의 모습을 결정할 때는 해수로 인해 가장 높아진 지점을 기준으로 삼고 있다.

　　서해안의 경우 조차가 5미터 이상이면서 만(灣), 즉 바다가 육지 속으로 들어온 지형에는 조력 발전이 설치된 곳도 있다. 조력 발전은 만의 입구에 댐을 설치해 한 개의 저수지를 만든 후 저수지 안쪽 물인 내해와 밖의 물인 외해의 수위 차로 만든 낙차로 터빈을 회전시켜 전기를 생산하며, 낙차가 가지는 위치 에너지는 조차의 제곱에 비례한다. 해수는 댐의 수문을 통해 이동하는데, 터빈은 발전 수문이라 불리는 일부 수문에 설치된다. 전기를 생산할 때는 터빈을 지나는 유속을 높이기 위해 발전 수문만 개방하고 발전 이외의 목적으로 해수를 이동시킬 때는 모든 수문을 개방한다.

　　이러한 발전 방식 중에서 창조식 방식은 저조 때 수문을 개방하여 저조 수위에 내해를 맞춘 후 수문을 닫고 대기하다가, 고조 때에 발전을 하고 낙차가 줄어들면 수문을 닫고 저조를 기다리는 작동 주기를 가진다. 낙조식 방식은 고조 때 수문을 개방하여 고조 수위에 내해를 맞춘 후 수문을 닫고 기다렸다가, 저조 때에 발전을 하고 낙차가 줄어들면 수문을 닫고 고조를 기다리는 일련의 과정이 반복된다.

PART 1 기출문제 · PART 2 실전모의고사 · PART 3 정답 및 해설

03 다음은 (가)를 읽고 조석 을 이해한 것이다. 빈칸에 들어갈 적절한 말을 주어진 단어에서 골라 쓰시오.

혼합조에서 고고조와 저저조가 이루는 조위의 차는 저고조와 고저조가 이루는 조위의 차보다 (①).	(작다 / 크다)
반일주조가 관측되는 해역에서, 어제 두 번의 고조가 발생한 시각과 오늘 두 번의 고조가 발생한 시각은 (②).	(같다 / 다르다)
혼합조가 나타나는 해역에서는, 달이 고위도에 있을 때보다 적도 부근에 있을 때 하루 중 두 번의 조차의 차가 더 (③).	(작다 / 크다)

04 〈보기 1〉은 (나)를 바탕으로 하여 수문의 움직임을 기준으로 조력 발전의 작동 주기를 네 단계로 구분한 것이다. 작동 과정을 화살표로 나타낼 때, 〈보기 2〉의 빈칸에 들어갈 각 단계를 차례대로 쓰시오.

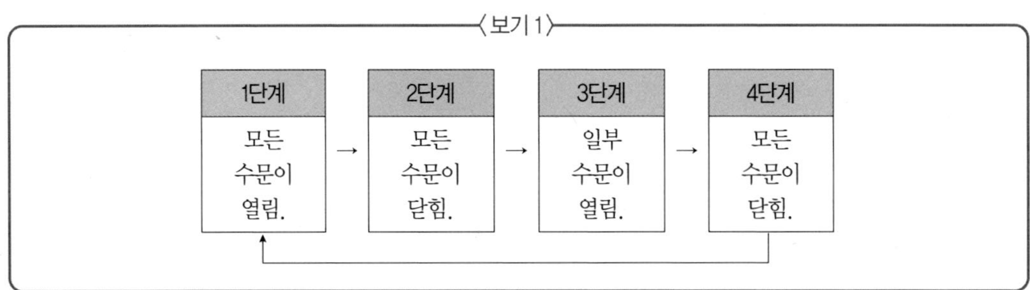

〈보기 2〉

① 창조식 방식은 [　]에서 [　] 사이일 때 외해의 수위가 점차 높아진다.

② 낙조식 방식의 경우 수문을 4단계에서 모두 닫았다가 1단계에서는 모두 여는 것은, [　]일 때 터빈을 지나는 유속을 높여 발전량을 증가시키기 위해서이다.

③ 낙조식 방식은 [　]에서 2단계 사이일 때 물이 외해에서 내해로 이동하지만, 3단계에서 [　] 사이일 때는 물이 내해에서 외해로 이동한다.

※ 다음 글을 읽고 물음에 답하시오.

세상(世上)의 브린 몸이 견무(畎畝)*의 늘거 가니
밧겻 일 내 모르고 흐는 일 무슨 일고
이 중(中)의 우국(憂國) 성심(誠心)은 연풍(年豐)을 원(願)호노라

〈제1수, 원풍(願豐)〉

농인(農人)이 와 이로디 봄 왓니 바틔 가새
압집의 쇼보* 잡고 뒷집의 짜보 내니
두어라 내 집 부디 흐랴 놈 흐니 더욱 됴타

〈제2수, 춘(春)〉

여름날 더운 적의 단 짜히* 부리로다
밧고랑 미쟈 흐니 쏨 흘너 짜희 듯네
어스와 닙립신고(粒粒辛苦)* 어늬 분이 알〇실고

〈제3수, 하(夏)〉

�ᄀ을희 곡셕 보니 됴흠도 됴흘셰고
내 힘의 닐운 거시 머거도 마시로다
이 밧긔 천사만종(千馹萬鐘)*을 부러 무슴 흐리오

〈제4수, 추(秋)〉

새배 빗* 나쟈나셔 백설(百舌)*이 소리한다
일거라 아히들아 밧 보러 가쟈스라
밤 스이 이슬 긔운에 언마나 기런는고 하노라

〈제6수, 신(晨)〉

서산(西山)애 히 지고 플 긋테 이슬 난다
호뮈를 둘너 메고 둘 듸여 가쟈스라
이 즁(中)의 즐거운 뜻을 닐너 무슴 하리오

〈제8수, 석(夕)〉
– 이휘일, 「저곡전가팔곡」

*견무: 시골

*쇼보: 쟁기

*짜보: 따비. 풀뿌리를 뽑거나 밭을 가는 데 쓰는 농기구

*단 짜히: 뜨거워진 땅이

*닙립신고: 낟알 하나하나마다 배어 있는 농부의 수고

*천사만종: 많은 말이 끄는 수레와 많은 봉록

*새배 빗: 새벽빛, 먼동

*백설: 지빠귀

05 위의 작품에서 설의법이 사용된 시구(詩句)를 모두 찾아 쓰시오. (한자 표기 제외)

※ 다음 글을 읽고 물음에 답하시오.

그날 밤 자정에야 나는 외국으로 파병 나갔다 귀국한 병사처럼 집에 도착했다. 아내는 나를 보자 왠지 겁먹은 표정으로 뒤로 한 발짝 물러섰다. 그래서 나는 내가 걷기에 성공할 것을 알았다. 아내가 더듬거리며 물었다.

[A]
    "무슨 일 있었어요?"
    "일? 그래, 오늘 사건이 하나 터지긴 했지." / "사건이라뇨?"
    "그때부터 나는 걷기 시작했어. 그리고 다섯 시간을 걸어 방금 집에 도착한 거야."
    아내는 손을 더듬거리며 스웨터의 단추를 채우고 나서 떨리는 소리로 다시 물었다.
    "왜 그 먼 길을 걸어서 온 거죠?"
    "나도 어쩔 수 없었어. 걷지 않고는 견딜 수 없었던 거야. 몸 안에. 입안까지 모래가 가득 차서 걷지 않고는 숨이 막혀 죽을 것 같았어. 그래서 모래를 가득 실은 트럭처럼 나는 무겁고 느리게 걸었어. 걷다 보니 신기하게도 조금씩 숨통이 트이고 몸이 가벼워지더군. 걷고 있는 동안 모래가 조금씩 똥구멍으로 빠져나갔나 봐."

333

아내는 늙은 식모 같은 얼굴로 식탁에 밥을 차려 놓은 뒤 더 이상 아무 말도 없이 방으로 들어가 버렸다. 그로부터 며칠 뒤, 나는 새벽 다섯 시에 깨어나 정오까지 무려 일곱 시간을 쉬지 않고 걸었다. 그 후 약 열흘 간격을 두고 걷는 일을 되풀이했다.

나는 우비를 둘러쓴 대학생들과 빗속을 걸어갔다. 장례 행렬처럼 모두가 무겁게 입을 다물고 있었다. 두 시간을 걸어갔을 때 그들은 길가에 앉아 쉬었고 나는 그들을 지나쳐 내처 걸어갔다. 먼저 가는 내게 그들이 일어서서 말없이 고개를 숙여 인사를 했다. 태어나서 그때 처음 눈물이란 걸 흘려 보았다. 길가엔 소귀나무가 사열하듯 끝도 없이 서 있었다. 그 틈새로 비 내리는 바다가 보였다. 어떤 사내가 아이를 등에 업고 걸어가고 있었다. 나는 그를 앞질러 바다 옆을 따라 걸어갔다. 멀리 흰 풍력 발전기들이 저마다 거대한 팔랑개비처럼 돌고 있는 것을 바라보며, 가다 보니 또 웬 시골 아낙 하나가 찢어진 우산을 쓴 채 걸어가고 있었다. 그 옆을 스쳐 갈 때 나는 그녀가 울고 있음을 눈치챘다. 나는 모른 척 앞서갔다. 걷고 있는 것은 나 자신이면서 동시에 내가 아니었고 한편 내가 아니면서도 분명 나 자신이었다. 그렇게 나 아닌 나와 나인 내가 서로 마주 보며 지치지 않고 걸었다. 그리하여 걷기가 끝나 마침내 출발한 지점으로 돌아오면 그 둘이 새로운 하나가 되어 있었다. 삶은 그렇게 거듭되는 것. 그때 밤바다엔 수십 척의 오징어, 한치 잡이 배들이 축하라도 해 주듯 집어등을 밝히고 일렬로 떠 있는 것이었다.

(중략)

"걷는 이유가 도대체 뭡니까? 아까 물어봤을 때 대답을 하지 않았잖아요."

나는 사내를 돌려보내기 위해 머리에 떠오르는 대로 두서없이 내뱉었다.

"이유요? 그런 건 생각해 보지 않았습니다. 그냥 걸을 뿐이죠. 다만 주기적으로 몸에 명령이 내려옵니다. 이제 또 걸으라고 하는 소리가 몸속에서 들려온다는 거죠. 어느 날 새벽 나는 그 소리를 듣고 깨어났습니다. 그리고 화장실에 들어가 거울을 보고 소스라치게 놀랐죠. 얼굴에 퍼런 이끼가 두툼하게 끼어 있더군요. 뿐만 아니라 온몸이 생선 비늘로 뒤덮여 있더군요."

"그, 그게 눈에 보이더란 말인가요?"

"보입니다." / "끔찍하군요."

그때마다 나는 걷지 않으면 안 되었다. 식당에서 밥을 먹다가, 고객과 커피숍에서 차를 마시다가, 때로는 아파트 지하 주차장에서 파킹을 하고 있다가도 나는 또 걸으라고 하는 소리가 몸속에서 들려오기만 하면 지체 없이 배낭을 꾸려 길로 나갔다. 걸어가면서 나는 나를 닮은 종족들이 이따금씩 내 옆을 스치고 지나가는 것을 느낌으로 알 수 있었다. 그러나 그들에게 말을 걸어 본 적은 없었다. 그들도 내게 아는 체를 하거나 길을 막고 서서 말을 붙이는 법이 결코 없었다. 하지만 그들과 나는 분명히 서로를 알아보았다.

– 윤대녕, 「낯선 이와 거리에서 서로 고함」

06 위 작품은 자신의 존재에 대한 상실감과 정체성의 혼란을 겪는 현대인들의 불안을 묘사하고 있다. 다음의 의미를 상징하거나 형상화한 2음절의 단어를 [A]에서 찾아 쓰시오.

① 일상에서 느끼는 현실의 무게 ⇒ [   ]

② 한계에 직면한 인물의 상태 ⇒ [   ]

제5회 실전모의고사

[수학 영역]
▶ 해답 p.443

07 $a_1=0$, $a_2=1$인 수열 $\{a_n\}$의 첫째항부터 제 n항까지의 합을 S_n이라고 할 때, 모든 자연수 n에 관하여 $S_{2n+1}=S_{2n}+2^n$, $S_{2n+2}=S_{2n+1}+n$가 성립한다. 이때 S_{10}을 구하는 과정을 아래 과정을 참고하여 서술하시오.

$$S_{2n+1}-S_{2n}=a_{2n+1}=\boxed{①}$$
$$S_{2n+2}-S_{2n+1}=a_{2n+2}=\boxed{②}$$
따라서
$$S_{10}=\sum_{k=1}^{4}(a_{2n+1})+\sum_{k=1}^{4}(a_{2n+2})+\boxed{③}$$
이므로
$$\therefore S_{10}=\boxed{④}$$

08 세 변이 각각 a, b, c로 이루어진 $\triangle ABC$에서 $a=4$, $c=5$이고, 그 사이에 끼인각 $\angle B$가 $60°$일 때, 삼각형에 외접하는 외접원의 반지름의 길이를 구하는 과정을 서술하시오.

09 $\pi < \theta < \dfrac{3}{2}\pi$인 θ에 대하여

$\cos\theta - \dfrac{1}{\cos\theta} = \dfrac{\tan\theta}{3}$일 때, $\cos(\pi-\theta)$

의 값을 구하는 과정을 서술하시오.

10 다항함수 $f(x)$가 모든 실수 x에 대하여

$\displaystyle\int_{-1}^{x} f(t)\,dt = 2x^3 + ax^3 + bx + 2$를 만족

시킨다. $f(1)=0$일 때, $a-b$의 값을 구하는

과정을 서술하시오. (단, a, b는 상수이다.)

11 수직선 위를 움직이는 두 점 P, Q의 시각 $t(t\geq0)$에서의 위치가 각각 $f(t)=\dfrac{1}{3}t^3-8t$, $g(t)=2t^2+4t$일 때, 두 점 P, Q의 속도가 같아지는 순간 두 점 P, Q의 가속도는 각각 m, n이다. 이때 $m+n$의 값을 구하는 과정을 서술하시오.

12 공비가 양수인 등비수열 $\{a_n\}$에 대하여 $a_2=\dfrac{1}{16}$, $a_3+a_4=\dfrac{3}{4}$일 때 a_5의 값을 구하는 과정을 서술하시오.

13 두 양수 a, b가 $\log_2 a - \log_4 b = \dfrac{1}{2}$, $a + b = 6\log_3 2 \times \log_2 9$를 만족시킬 때, $\dfrac{b-a}{2}$의 값을 구하는 과정을 서술하시오.

14 이차함수 $f(x)$에 대하여 함수 $g(x)$는 $g(x) = |x-1|f(x)$이고 실수 전체의 집합에서 미분가능하다. $\displaystyle\lim_{x \to 0}\dfrac{g(x)}{x} = 3$일 때, $g(-1)$의 값을 구하는 과정을 서술하시오.

15 시각 $t=0$일 때 동시에 원점을 출발하여 수직선 위를 움직이는 두 점 P, Q의 시각 $t\,(t\geq0)$에서의 속도가 각각 $v_1(t)=3t^2-2t$, $v_2(t)=2t$이다. 시각 $t=a$에서의 두 점 P, Q의 위치가 서로 같을 때, 점 P가 시각 $t=0$에서 $t=a$까지 움직인 거리를 구하는 과정을 서술하시오. (단, a는 양수이다.)

PART 1 기출문제

PART 2 실전모의고사

PART 3 정답 및 해설

Glass, china, and reputation are
easily cracked, and never well
mended.

유리, 도자기, 그리고 평판은 쉽게
깨지지만, 결코 잘 고쳐지지
않는다.

– 벤자민 플랭클린 –

PART **3**

해답

1. 4개년 기출문제

2. 실전모의고사 [자연계열]

4개년 기출문제

2025학년도 기출문제

국어[자연C]

01 [모범답안]

답안	배점	예상 소요 시간
① 정부, 중이다	5점	4분 / 전체 80분
② 실제로, 많았다	5점	

[바른해설]

글쓰기의 과정에 대한 이해를 바탕으로 제시문을 읽고, 제시문에서 제시문을 작성한 사람이 계획했던 내용을 찾을 것을 요구하는 문제이다.

① 문제에서는 "구체적인 통계 자료를 활용하여 스마트 팜의 현황을 제시"한 부분을 찾도록 요청하고 있다. 해당부분은 제시문의 두 번째 문단 후반부에 해당 부분이 나와 있다. "정부 기관의 발표에 따르면 2023년 8월을 기준으로 스마트 시설 원예 농가 700여 가구, 스마트 노지 작물 농가 400여 가구, 스마트 축사 농가 500여 가구가 참여하는 등 스마트 팜은 최근 연평균 15.5% 정도의 성장률로 꾸준히 성장 중이다." 문제에서는 첫 어절과 마지막 어절을 쓰도록 했으므로 "정부"와 "중이다"를 작성하면 된다.

② 두 번째의 글쓰기 전략은 "스마트 팜의 구축 및 운영 과정에서 발생하는 문제점을 스마트 팜 운영 농가의 실제 사례를 통해 보여준다"이다. 체험 농가의 어려움 사례는 제시문 네 번째 문단, 두 번째 문장에 나온다. "실제로 스마트 팜을 운영하는 많은 농민들은 스마트 팜 설치 비용이 부담이 된다고 하였으며, 기술적 이해 부족으로 인한 잦은 고장 문제를 이야기한 농민도 많았다."가 그것이다. 따라서 첫 어절과 마지막 어절 "실제로"와 "많았다"를 쓰면 된다.

02 [모범답안]

답안	배점	예상 소요 시간
① '근육과 뼈(의 경계면)' 또는 '뼈와 근육(의 경계면)'	4점	5분 / 전체 80분
② 혈관 (속)	2점	
③ '근육과 뼈(의 경계면)' 또는 '뼈와 근육(의 경계면)'	4점	

[바른해설]

① 제시문의 3문단에 의하면 초음파가 음향 저항이 다른 두 조직의 경계면에 입사될 때 반사되는 초음파의 세기는 두 매질 사이의 음향 저항의 차이가 클수록 커진다. 따라서 '근육과 뼈의 경계면'과 '지방과 근육의 경계면' 중 경계면에서 반사되는 초음파의 세기가 더 큰 것은 '근육과 뼈의 경계면'이다.

② 제시문의 [자료1]에 의하면 혈액에서 평균적인 초음파의 전파 속도는 1,570m/s이고, 공기에서 평균적인 초음파의 전파 속도는 331m/s이다. 따라서 '혈관 속'에서 초음파의 전파 속도가 대부분 공기로 채워진 '폐 속'에서보다 더 빠르다.

③ 제시문의 4문단에 의하면 반사 계수의 값이 1에 가까울수록 입사파의 대부분이 반사된다. 제시문의 [자료 2]에서 '근육과 뼈의 경계면'에서의 반사 계수는 0.640이고, '지방과 근육의 경계면'에서의 반사 계수는 0.100이므로 '근육과 뼈의 경계면'에서 초음파가 반사되는 정도가 '지방과 근육의 경계면'보다 더 크다.

03 [모범답안]

답안	배점	예상 소요 시간
① 음향 저항(의) 차이	6점	5분 / 전체 80분
② 반사파	4점	

[바른해설]

① 초음파 검사 시에 탐촉자와 피부 표면 사이에 점성이 높은 액체형 젤(gel)을 바르는 것은 탐촉자에서 나온 초음파가 피부에 닿기 전에 통과하게 되는 매질과 피부 사이의 음향 저항의 차이를 감소시켜 초음파가 신체 내로 쉽게 투과되

도록 하기 위함이다.

② 초음파 검사 전에 껌 씹기와 흡연을 하지 않아야 하는 이
유는, 껌을 씹거나 흡연하는 과정에서 위장으로 들어간 공
기로 인해, 초음파 검사 시 반사파가 증가하여 정밀한 진단
이 어렵게 되기 때문이다.

04 [모범답안]

답안	배점	예상 소요 시간
① 없다(없음, 없어 등 '없다'의 평서형 종결어미 결합형)	2점	
② 있는	3점	
③ 없다(없음, 없어 등 '없다'의 평서형 종결어미 결합형)	3점	6분 / 전체 80분
④ 없기	2점	

[바른해설]

이 문제는 제시문의 미와 숭고에 대한 칸트의 생각과 〈보기1〉
의 내용을 종합하여 칸트가 보여준 숭고의 이해가 갖는 의미
를 몇 개의 구체적 사례를 통해 정리하도록 요청하고 있다. 따
라서 〈보기2〉의 요청사항을 각각 명제별로 정리하면 다음과
같다.

1. 칸트에 의하면 숭고의 체험은 감각적 형식으로 표상할 수
없는 대상에 대한 반성적 판단이 이루어지는 것이다.

2. 크기는 감각과 대상을 통해서 경험할 수 있는 대상이기에
이는 숭고의 체험 대상이 아니다.

3. 상대적으로 큰 것 역시 상대적인 크기를 비교할 수 있는 대
상을 전제한 것이므로 이는 감각적 판단의 대상이고 따라
서 숭고 체험을 할 수 없다.

4. 칸트가 말하는 숭고의 체험에서 가장 중요한 요건은 제시
문의 두 번째 문단에서 "무형식적 대상"이나 "우리가 표
상할 수 있는 형식적 한계의 부재"로 나타난다. 그래서
〈보기1〉에서는 이를 그 비교 대상을 자신의 밖에서 찾을 수
(도) 없다고 하였다. 그러므로 형식적인 재현이 불가능한
'절대적으로 큰 것'은 곧 숭고를 경험하게 하는 대상이다.

그러므로 ㉠(크기)가 판단되는 대상에 대해 숭고의 체험을
할 수 (①없다).

㉡(상대적으로 큰 것)은 주관적인 것으로, 다른 사람들도 대
상에 대해 자신과 같이 판단할 것으로 여겨지는 반성적 판
단이다. 하지만 ㉡은 감각적 형식으로 표상할 수 (②있는)
대상에 대해 판단한 것이므로 숭고의 체험을 할 수 (③없
다).

마지막으로 ㉢(절대적으로 큰 것)은 주체의 반성적 판단에
해당하고, ㉢의 판단 주체는 비교 대상을 주체 밖에서 찾을
수 없는 절대성을 체험하게 된다. 이는 제시문에서 말하는
대상을 표상할 수 있는 형식적 한계가 (④없다)는 상태를 가

리킨다. 따라서 조건에 맞춰서 각각 없다, 있는, 없다, 없다
를 기술하면 된다.

05 [모범답안]

답안	배점	예상 소요 시간
① 나무, 낮다	6점	7분 / 전체 80분
② 모두, 있다	4점	

[바른해설]

① "나무 없는 건넌산들은 키가 돛대보다 낮다. 피부 빛은 사
공들의 잔등보다 붉다."에서 마포 포구의 건너편에는 나무
가 없어 헐벗고 낮은 민둥산이 있음을 확인할 수 있고, 그
산이 붉은색임을 알 수 있다.

② "모두 머리를 모으고 몸을 비비대고 들어선 배들 앞에는
언제나 운송점의 빨간 트럭 한 대가 놓여 있다"에서 '마포
포구에 정박한 배들 앞에는 엔진 소리를 내는 빨간 트럭이
주차'되어 있음을 확인할 수 있다.

06 [모범답안]

답안	배점	예상 소요 시간
① 아무래도, 있다	5점	5분 / 전체 80분
② 모래야, 적으냐(……)	5점	

[바른해설]

① 제시문의 5연 '아무래도 나는 비켜서 있다 절정 위에는 서
있지 / 않고 암만해도 조금쯤 옆으로 비켜서 있다 / 그리고
조금쯤 옆에 서 있는 것이 조금쯤 / 비겁한 것이라고 알고
있다.'에서 화자가 옳다고 생각하는 삶의 태도와 실제로는
그렇게 살지 못하는 자신의 모습이 대비되는 공간적 이미
지의 시어 '절정'과 '조금쯤 옆'을 통해 드러난다. 그리고 이
과정에서 화자의 자조적인 감정이 표출되는 것으로 볼 수
있다.

② 제시문의 7연 '모래야 나는 얼마큼 적으냐 / 바람아 먼지야
풀아 나는 얼마큼 적으냐 / 정말 얼마큼 적으냐……'에서
구체적인 대상 '바람, 먼지, 풀'을 호명하며 묻는 방식으로
자신의 모습에 대해 느끼는 화자의 부끄러운 감정이 드러
난다고 할 수 있다.

수학[자연C]

07 [모범답안]

답안	배점	예상 소요 시간
$\tan^2(\pi+\theta)+\sqrt{5}\tan\theta$ $+3\sin^2\left(\dfrac{3}{2}\pi+\theta\right)$ $=\tan^2\theta+\sqrt{5}\tan\theta+3\cos^2\theta$	2점	
$\cos\theta=-\dfrac{\sqrt{5}}{\sqrt{6}}$ $\left(\text{또는 }\tan\theta=\dfrac{1}{\sqrt{5}}\right)$	4점	4분 / 전체 80분
$\dfrac{37}{10}$	4점	

[바른해설]

θ는 제3사분면 위의 각이고,

$$\tan^2(\pi+\theta)+\sqrt{5}\tan\theta+3\sin^2\left(\dfrac{3}{2}\pi+\theta\right)$$
$$=\tan^2\theta+\sqrt{5}\tan\theta+3\cos^2\theta\text{이다.}$$

각 θ의 동경과 원점을 중심으로 하고 반지름이 $\sqrt{6}$인 원의 교점을 A라 하자.

$A(-\sqrt{5},\,-1)$이다. 삼각함수 정의에 의해

$\cos\theta=-\dfrac{\sqrt{5}}{\sqrt{6}}$이고, $\tan\theta=\dfrac{1}{\sqrt{5}}$이다.

$$\therefore\ \tan^2\theta+\sqrt{5}\tan\theta+3\cos^2\theta$$
$$=\left(\dfrac{1}{\sqrt{5}}\right)^2+\sqrt{5}\left(\dfrac{1}{\sqrt{5}}\right)+3\times\left(-\dfrac{\sqrt{5}}{\sqrt{6}}\right)^2$$
$$=\dfrac{1}{5}+1+\dfrac{5}{2}=\dfrac{37}{10}$$

$$\cos\left(\dfrac{\pi}{2}+\theta\right)=-\sin\theta=\dfrac{1}{\sqrt{6}},$$

$\sin\theta<0,\ \cos\theta<0$이므로 θ는 3사분면 위의 각이다.

$\sin\theta=-\dfrac{1}{\sqrt{6}},\ \cos\theta=-\dfrac{\sqrt{5}}{\sqrt{6}},\ \tan\theta=-\dfrac{1}{\sqrt{5}}$이다.

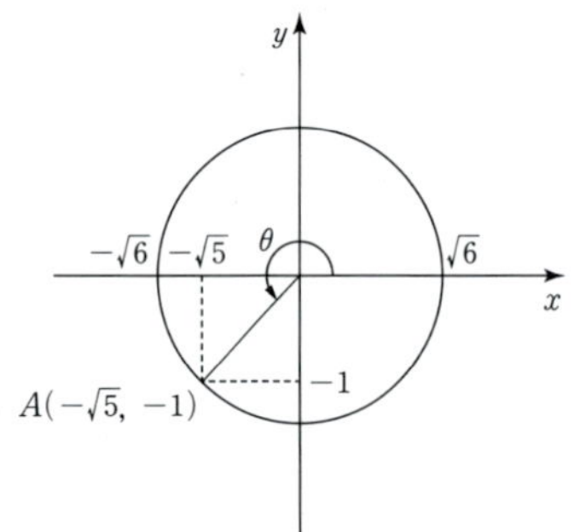

08 [모범답안]

답안	배점	예상 소요 시간
$f(f(f(1)))=3$	3점	
$f(f(f(2)))=3+16\log_3 2$	3점	5분 / 전체 80분
$f(f(f(3)))=27$	3점	
$\sum\limits_{n=1}^{3}f(f(fn)))=33+16\log_3 2$	1점	

[바른해설]

$f(1)=\dfrac{1}{3},\,f(f(1))=f\left(\dfrac{1}{3}\right)=\dfrac{1}{3}\times\left(\dfrac{1}{3}\right)^{-4}=27$

$f(f(f(1)))=f(27)=3$

$f(2)=\dfrac{1}{3}\times 2^{-4},\,f(f(2))=\dfrac{1}{3}\times\left(\dfrac{1}{3\times16}\right)^{-4}=3^3\times2^{16}$

$f(f(f(2)))=f(3^3\times2^{16})=3+16\log_3 2$

$f(3)=\log_3 3=1,\,f(f(3))=\dfrac{1}{3}\times(1)^{-4}=\dfrac{1}{3},$

$f(f(f(3)))=f\left(\dfrac{1}{3}\right)=\dfrac{1}{3}\times\left(\dfrac{1}{3}\right)^{-4}=27$

$\sum\limits_{n=1}^{3}f(f(fn)))=3+3+16\log_3 2+27=33+16\log_3 2$

09 [모범답안]

답안	배점	예상 소요 시간
$f(x)=bx+c$ (또는 $f(x)$는 1차 함수)	3점	
$f(0)=2$ (또는 $f(x)=bx+2$)	3점	6분 / 전체 80분
$b=-1,\,a=-\dfrac{1}{3}$	3점	
$f(a)=\dfrac{7}{3}$	1점	

[바른해설]

$f(x)$가 상수함수이면 성립하지 않는다.

$f(x)=bx^n+\cdots+c$로 놓았을 때 n의 값은 1

따라서 $f(x)=bx+c$

$\displaystyle\int_0^x tf(t)dt=f(x)+ax^3+x^2+x-2$에서 x에 0을 대입

하면

$0=f(0)-2=c-2$

따라서 $c=2$

$f(x)=bx+2$이므로

$\displaystyle\int_0^x tf(t)dt=f(x)+ax^3+x^2+x-2$에서

$\dfrac{1}{3}bx^3+x^2=bx+2+ax^3+x^2+x-2$

$\Leftrightarrow\dfrac{1}{3}bx^3+x^2=ax^3+x^2+(b+1)x$

$\Leftrightarrow a=\dfrac{1}{3}b,\ b+1=0$

$b=-1,\ a=-\dfrac{1}{3}$

$f(x)=-x+2$

$f(a)=f\left(-\dfrac{1}{3}\right)=\dfrac{1}{3}+2=\dfrac{7}{3}$

10 [모범답안]

답안	배점	예상 소요 시간
ㄱ. $f(7)=1$	2점	
ㄴ. $k=3, 5$ (또는 $f(3)=2, f(5)=2$)	3점	
ㄷ. $k=6, 8, 10$ (또는 $f(6)=5, f(8)=5,$ $f(10)=5$)	4점	6분 / 전체 80분
옳은 것은 ㄴ, ㄷ	1점	

[바른해설]

$\sqrt[n]{(2^k)^7}$의 값이 8의 배수가 되기 위해서는 $2^{\frac{7k}{n}}$에서 $\dfrac{7k}{n}=m$

이 3 이상의 자연수이어야 한다.

$k=1$일 때, $2^{\frac{7\times1}{n}}=2^m$을 만족하는 2 이상의 자연수 n은 없음. $f(k)=0$,

$k=2$일 때, $n=2$. $f(k)=1$,

$k=3$일 때, $n=3, 7$. $f(k)=2$,

$k=4$일 때, $n=2, 4, 7$. $f(k)=3$,

$k=5$일 때, $n=5, 7$. $f(k)=2$,

$k=6$일 때, $n=2, 3, 6, 7, 14$. $f(k)=5$,

$k=7$일 때, $n=7$. $f(k)=1$,

$k=8$일 때, $n=2, 4, 7, 8, 14$. $f(k)=5$,

$k=9$일 때, $n=3, 7, 9, 21$. $f(k)=4$,

$k=10$일 때, $n=2, 5, 7, 10, 14$. $f(k)=5$,

따라서 $k=6, 8, 10$, 모든 $k=6, 8, 10$의 합은 24

11 [모범답안]

답안	배점	예상 소요 시간
$f(x)=3\left(x-\dfrac{1}{3}\right)(x+k)$	2.5점	
$f(x)=3\left(x-\dfrac{1}{3}\right)\left(x+\dfrac{23}{3}\right)$	3.5점	6분 / 전체 80분
$a=\dfrac{46}{3}$	3점	
$b=0$	1점	

[바른해설]

조건 (가)에서 0이 아닌 극한값이 존재하고, 분모가 이차함수

이므로, 함수 $f(x)$도 이차함수이다.

따라서 $f(x)=\alpha x^2+\beta x+\gamma$로 놓을 수 있다.

$$\lim_{x\to\infty}\frac{f(x)}{9x^2-1}=\lim_{x\to\infty}\frac{\alpha x^2+\beta x+\gamma}{9x^2-1}$$

$$=\lim_{x\to\infty}\frac{\alpha+\dfrac{\beta}{x}+\dfrac{\gamma}{x^2}}{9-\dfrac{1}{x^2}}=\frac{\alpha}{9}$$

따라서 $\alpha=3$

조건 (나)에서 (분자) $\to 0$이고 0이 아닌 극한값이 존재하므로 (분모) $\to 0$이어야 한다.

따라서 $f(x)=3\left(x-\dfrac{1}{3}\right)(x+k)$로 놓을 수 있다.

$$\lim_{x\to\frac{1}{3}}\frac{9x^2-1}{f(x)}=\lim_{x\to\frac{1}{3}}\frac{9\left(x-\dfrac{1}{3}\right)\left(x+\dfrac{1}{3}\right)}{3\left(x-\dfrac{1}{3}\right)(x+k)}$$

$$=\lim_{x\to\frac{1}{3}}\frac{3\left(x+\dfrac{1}{3}\right)}{(x+k)}=\frac{2}{k+\dfrac{1}{3}}=\frac{1}{4}$$

따라서 $k=\dfrac{23}{3}$

즉, $f(x)=3\left(x-\dfrac{1}{3}\right)\left(x+\dfrac{23}{3}\right)$이다.

$$\lim_{x\to\frac{1}{3}^-}\frac{\left|x-\dfrac{1}{3}\right|(x^2+ax+5)}{f(x)}$$

$$=\lim_{x\to\frac{1}{3}^-}\frac{-\left(x-\dfrac{1}{3}\right)(x^2+ax+5)}{3\left(x-\dfrac{1}{3}\right)\left(x+\dfrac{23}{3}\right)}=-\frac{\left(\dfrac{1}{9}+\dfrac{a}{3}+5\right)}{24}$$

$$\lim_{x\to\frac{1}{3}^+}\frac{\left|x-\dfrac{1}{3}\right|(x^2+ax+5)}{f(x)}$$

$$=\lim_{x\to\frac{1}{3}^+}\frac{\left(x-\dfrac{1}{3}\right)(x^2+ax+5)}{3\left(x-\dfrac{1}{3}\right)\left(x+\dfrac{23}{3}\right)}=\frac{\left(\dfrac{1}{9}+\dfrac{a}{3}+5\right)}{24}$$

$$\lim_{x\to\frac{1}{3}}\frac{\left|x-\dfrac{1}{3}\right|(x^2+ax+5)}{f(x)}$$의 값이 존재하므로

$$-\frac{\left(\dfrac{1}{9}+\dfrac{a}{3}+5\right)}{24}=\frac{\left(\dfrac{1}{9}+\dfrac{a}{3}+5\right)}{24}=b=0$$이다.

따라서 $a=-\dfrac{46}{3},\ b=0$이다.

12 [모범답안]

답안	배점	예상 소요 시간
$m=11$	4점	
$\dfrac{1}{\|f(\alpha)\|}\sum\limits_{i=1}^{m}f(t_i)=-3$	3점	7분 / 전체 80분
$\dfrac{1}{\|f(\alpha)\|}\sum\limits_{i=1}^{m}f(t_i)=3$	3점	

[바른해설]

조건 (가) $f'(\alpha)=f(\beta)=0$에서 $x=\alpha$와 $x=\beta$에서 극값을 가지며, 조건 (나) $f(\alpha)f(\beta)<0$에서

함숫값의 부호는 다르므로 다음 두 가지 경우로 나눌 수 있다.

(1) 최고차항의 계수가 양수일 때,

즉, $f(\alpha)>0$일 때, 방정식 $|f(x)|=|f(t)|$의 실근의 개수가 홀수가 되도록 하는 실수 t는 $y=|f(x)|$의 그래프가 직선 $y=0$, $y=|f(\alpha)|$, $y=|f(\beta)|$와 만나는 점들의 x좌표이므로 $m=11$이고,

$$\frac{1}{|f(\alpha)|}\sum_{i=1}^{m}f(t_i)=\frac{-|f(\beta)|-|f(\alpha)|}{|f(\alpha)|}=-3$$이다.

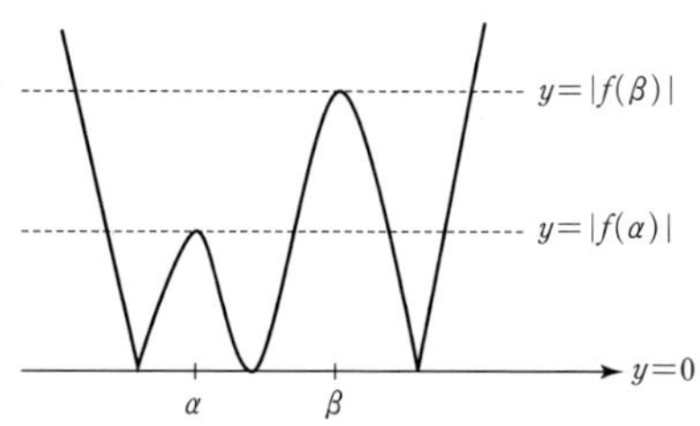

(2) 최고차항의 계수가 음수일 때, 즉, $f(\alpha)<0$일 때, 마찬가지로 방정식 $|f(x)|=|f(t)|$의 실근의 개수가 홀수가 되도록 하는 실수 t는 $y=|f(x)|$의 그래프가 직선 $y=0$, $y=|f(\alpha)|$, $y=|f(\beta)|$와 만나는 점들의 x좌표이므로 $m=11$이고,

$$\frac{1}{|f(\alpha)|}\sum_{i=1}^{m}f(t_i)=\frac{|f(\beta)|+|f(\alpha)|}{|f(\alpha)|}=3$$이다.

따라서 ±3이다.

13 [모범답안]

답안	배점	예상 소요 시간
$a=2$	2점	
$p_1=-\dfrac{13}{48}$	2점	
$p_n=(n-1)+p_1$	2점	6분 / 전체 80분
$\alpha=\dfrac{2363}{48}$	4점	

[바른해설]

$$f(1)=f(0)+1=\frac{a}{16}-\frac{9}{16}+1=\frac{a}{16}+\frac{7}{16}$$이고

$$\lim_{x\to1-}f(x)=\lim_{x\to1-}a\left(x-\frac{1}{4}\right)^2-\frac{9}{16}=\frac{9a-9}{16}$$

f는 $x=1$에서 연속이므로 $a=2$

따라서

$$f(x)=2\left(x-\frac{1}{4}\right)^2-\frac{9}{16},\ f(0)=-\frac{7}{16},\ f(1)=\frac{9}{16}$$

구간 $[0,\ 1]$에서 $y=f(x)$의 그래프와 직선 $y=-\dfrac{9}{16}$ 사이

의 부분의 넓이를 A라 하면

$$A=\int_0^1 f(x)-\left(-\frac{9}{16}\right)dx=\int_0^1 2\left(x-\frac{1}{4}\right)^2 dx=\frac{7}{24}$$

$$p_1=\int_0^1 f(x)dx=A-\frac{9}{16}=-\frac{13}{48}$$이다.

p_2는 조건 (나)로부터 다음과 같이 계산할 수 있다.

$$p_2=\int_0^1 f(x)dx+1$$

따라서 $p_n=\displaystyle\int_{n-1}^{n}f(x)dx=(n-1)+\int_0^1 f(x)dx$이므로

수열 $\{p_n\}$은 첫째 항이 $-\dfrac{13}{48}$이고 공차가 1인 등차수열이다.

$$g(x)=\sum_{i=1}^{100}(x-p_n)^2$$
$$=100x^2-2(p_1+p_2+\cdots+p_{100})x$$
$$+(p_1^2+p_2^2+\cdots+p_{100}^2)$$이므로

$$x=\frac{p_1+p_2+\cdots+p_{100}}{100}$$에서 최솟값을 가진다.

따라서

$$\alpha=\frac{1}{100}\left(\sum_{n=1}^{100}p_n\right)=\frac{1}{2}(2p_1+99)=p_1+\frac{99}{2}=\frac{2363}{48}$$

14 [모범답안]

답안	배점	예상 소요 시간
① $\lim\limits_{x\to0}\dfrac{f(x+2)}{f(x-2)}=\dfrac{f(2)}{f(-2)}$ $=1$ 이 되므로 모순	3점	
$f(2)=f(-2)=0$	1점	5분 / 전체 80분
$f(x)=\dfrac{1}{12}(x+2)(x-2)(x+1)$	4.5점	
② $\displaystyle\int_0^3 f(x)dx=-\dfrac{1}{16}$	1.5점	

[바른해설]

$$\lim_{x\to2}\frac{f(x)-f(-2)}{x-2}=1$$에서 $x\to2$일 때, (분모) $\to0$이고

극한값이 존재하므로 (분자) $\to0$이어야 한다. 따라서
$$\lim_{x\to2}\{f(x)-f(-2)\}=0$$에서 $f(2)=f(-2)$이다.

$f(x)$는 삼차함수이므로,

$f(x)=a(x-2)(x+2)(x-k)+b$라 하자.

(나)에서

$$\lim_{x \to 0}\frac{f(x+2)}{f(x-2)}=\lim_{x \to 0}\frac{ax(x+4)(x+2-k)+b}{a(x-4)x(x-2-k)+b}=2$$에서

$b\neq 0$이면 극한값이 1로 수렴하므로 조건에 모순이다.

이 때, $f(2)=f(-2)\neq 0$이면,

$$\lim_{x \to 0}\frac{f(x+2)}{f(x-2)}=\frac{f(2)}{f(-2)}=1$$이 되므로 모순

따라서, $f(2)=f(-2)=0$이다.

$f(x)=a(x+2)(x-2)(x-k)$ (a는 0이 아닌 상수, k는 상수)

$$\lim_{x \to 0}\frac{f(x+2)}{f(x-2)}=\lim_{x \to 0}\frac{ax(x+4)(x+2-k)}{ax(x-4)(x-2-k)}$$

$$=\lim_{x \to 0}\frac{(x+4)(x+2-k)}{(x-4)(x-2-k)}=\frac{4(2-k)}{-4(-2-k)}=3$$에서

$k=-1$ 즉, $f(x)=a(x+2)(x-2)(x+1)$

$$\lim_{x \to 2}\frac{f(x)-f(-2)}{x-2}=\lim_{x \to 2}\frac{(x+2)(x-2)(x+1)}{x-2}$$

$$=12a=1$$에서 $a=\frac{1}{12}$

따라서 $f(x)=\frac{1}{12}(x+2)(x-2)(x+1)$이다.

즉, $\displaystyle\int_{0}^{3}f(x)dx=-\frac{1}{16}$

15 [모범답안]

답안	배점	예상 소요 시간
$m=24$	3점	
$\overline{OE}=2$	5점	4분 / 전체 80분
$\sin^2 B=\dfrac{9+3\sqrt{5}}{32}$	2점	

[바른해설]

$\dfrac{30}{n}$이 2의 배수가 되어야 하므로, 가능한 n은 1, 3, 5, 15이고 $m=24$이다.

$\overline{OD}:\overline{OE}:\overline{OF}=12:24:6(3\sqrt{5}-1)=2:4:(3\sqrt{5}-1)$이므로, 양수 h에 대하여

$\overline{OD}=2h$, $\overline{OE}=4h$, $\overline{OF}=(3\sqrt{5}-1)h$라 하자.

반지름의 길이가 4이므로 사인법칙에 의하여

$\dfrac{\overline{BC}}{\sin A}=2\times 4$, $\sin A=\dfrac{\overline{BC}}{8}$이다.

같은 방법으로 $\sin B=\dfrac{\overline{AC}}{8}$, $\sin C=\dfrac{\overline{AB}}{8}$이다.

$\sin^2 A=\dfrac{\overline{BC}^2}{64}=\dfrac{4\overline{BE}^2}{64}=\dfrac{16-\overline{OE}^2}{16}=1-h^2$,

$\sin^2 B=\dfrac{16-(3\sqrt{5}-1)^2 h^2}{16}$, $\sin^2 C=\dfrac{4-h^2}{4}$이다.

$5-5h^2=4-h^2$이므로, $h=\dfrac{1}{2}$이고, 따라서 $\overline{OE}=2$,

$\sin^2 B=\dfrac{9+3\sqrt{5}}{32}$이다.

국어[자연D]

01 [모범답안]

답안	배점	예상 소요 시간
① 학생 3	2점	
② 학생 3	4점	4분 / 전체 80분
③ 학생 1	2점	
④ 학생 3	2점	

[바른해설]

① 학생3의 두 번째 발화에서 학생2의 "왜?"라는 질문에 작년 '이인삼각 달리기' 종목에서 일어난 불상사를 언급하며 자신의 앞선 제안에 대한 근거를 제시하고 있다.

② 학생3의 세 번째 발화에서 학생2가 대안으로 제시한 '꼬리잡기' 종목이 학생2가 앞서 '이인삼각 달리기'에 대해 지적한 문제점을 마찬가지로 가지고 있음을 지적하고 있다.

③ 학생2가 자신의 네 번째 발화에서 제안한 '여럿이 한마음' 종목에 대해 학생1은 참여 학생 수의 관점에서 긍정적으로 평가하고 있다.

④ 학생2가 자신의 네 번째 발화에서 제안한 '여럿이 한마음' 종목에 대해 학생3은 안전성의 관점에서 제안의 타당성을 높이고 있다.

02 [모범답안]

답안	배점	예상 소요 시간
① 질적 평가	2점	
② 양적 평가	2점	5분 / 전체 80분
③ 이면적(인)	3점	
④ 편차	3점	

[바른해설]

① "질적 평가에서는 전문가가 주관에 기초하여 글의 수준을 종합적으로 평가한다. 관습적인 글의 구조가 사용되었는지, 문장의 의미는 명료한지, 독자가 글을 읽는 목적은 무엇이며, 글을 이해하는 데 필요한 배경지식은 어느 정도인지를 종합하는 것이다."에서 '질적 평가'가 '전문가가 글의 수준을 주관적으로 판단'하는 것이며 '독자가 글을 읽는 목적이나 글 이해에 필요한 배경지식 등을 종합해서 평가'하는 것임을 확인할 수 있다.

② "양적 평가에서는 글의 표면적 특성인 문장의 길이, 쉬운 단어의 비율만을 특정한 공식에 대입하여 나온 점수로 수준을 평가한다."에서 '양적 평가'가 '문장의 길이와 쉬운 단어의 비율을 기준으로 글의 수준을 수치화하여 평가하는 방법'임을 확인할 수 있다.

③ "단어와 단어가 만나면 개별 단어의 의미를 넘어서는 이

면적인 의미가 만들어지기도 하기 때문"에서 '쉬운 단어의 비율이 높아도 단어들이 조합되면서 이면적인 의미가 생겨 오히려 이해하기 어려운 글이 될 수'있음을 확인할 수 있다.

④ "이 방식은 전문가마다 측정한 결과의 편차가 클 수도 있다는 한계가 있다"에서 '같은 글이라도 평가자마다 기준이 달라서 평가자에 따라 평가 결과에 편차가 크게 생길 수도 있'음을 확인할 수 있다.

03 [모범답안]

답안	배점	예상 소요 시간
① 서술 텍스트	2점	
② '대자성(이) 있다' 등	3점	6분 / 전체 80분
③ '계열성(이) 있다' 등	3점	
④ '균형성(이) 있다' 등	2점	

[바른해설]

① "서술 텍스트는 학습해야 하는 내용을 직접 서술한 글"이라고 하였으므로, 〈보기〉의 학생이 중학교 때 읽은 '화자의 정서와 태도'를 설명하는 글은 '서술 텍스트'에 해당한다.

② "다양하게 해석할 수 있는 글은 대자성이 있다고 하"였으므로, '중학교 교과서에 실린 「진달래꽃」이 마지막 구절이 중의적이라는 점'을 볼 때 「진달래꽃」은 '대자성이 있다.'

③ "계열성이란 학습 순서의 선후 배치와 관련된 것인데, 이를 갖추기 위해서는 학년이 올라갈수록 배우는 내용이 심화되거나 현재 배우는 것과 과거에 배운 것이 서로 관련되어야 한다"하였으므로, '고등학교에서는 「속미인곡」을 읽은 후 정서와 태도가 비슷한 「진달래꽃」과 비교하며 이별의 정한이라는 주제가 계승되는 양상'되었다는 점을 볼 때, 「속미인곡」은 '계열성이 있다'.

④ "균형성이란 다양한 유형의 제재가 수록되어야 한다는 것으로, 이를 갖추기 위해서는 설명문, 논설문, 문학이 모두 수록되어야 한다."하였으므로, '먼저 차례를 보니 이 교과서에는 설명문, 논설문, 문학이 모두 수록되어 있었고'라고 말한 것을 볼 때, 고등학교 교과서는 균형성이 있다.

04 [모범답안]

답안	배점	예상 소요 시간
① (개인의) 효용	5점	5분 / 전체 80분
② 통제 정도	5점	

[바른해설]

① 제시문의 2문단에 의하면 제임스 콜먼은 행위자를 자신의 효용을 최대화하고자 하는 존재로 보았다.

② 제시문의 2문단에 의하면 행위자의 행위에 대한 효용은 행위자가 가지고 있는 자원과 그것에 대한 통제 정도에 의해

좌우된다.

05 [모범답안]

답안	배점	예상 소요 시간
① 너처럼, 너처럼	4점	7분 / 전체 80분
② 기루야, 기루야	6점	

[바른해설]

① "너처럼? 누구나 너처럼?"은 장의 말을 듣고, 자신을 변명하는 기루의 대사에 대해 반박하고 있는 장의 대사에 해당한다.

② "기루야! 기루야!"에는 기루가 극단적 선택을 할 것임을 순간적으로 알아챈 장의 모습이 나타나므로 다급한 목소리로 연기하는 것이 적절한 대사이다.

06 [모범답안]

답안	배점	예상 소요 시간
① 낙화	3점	6분 / 전체 80분
② 6(연)	3점	
③ (슬픈) 눈	4점	

[바른해설]

① 시의 이해와 감상을 묻는 문제이다. 특별히 이 작품에 투영된 유추적 상상력을 이해하고 있는가를 물었다. 〈보기〉에 나와 있듯이 자연사와 인간사의 중첩은 "꽃(핌)-낙화-열매" 대 "사랑-이별-성숙"으로 대응된다. 이형기의 이 시에서는 꽃이 피고 지는 이미지를 이별과 그에 따른 성숙의 과정으로 중첩시키고 있다. 2연에는 "봄 한철/격정을 인내한/나의 사랑은 지고 있다."라고 표현하여 "꽃이 지다"를 "사랑이 지다"로 은유하였다. 그렇다면 꽃은 사랑이라고 은유되었음을 알 수 있다. 따라서 3연에 나오는 "분분한 낙화"는 마침내 그 이별이 이루어지는 순간임을 유추할 수 있다.

② 어쩔 수 없는 이별이 아니라, 그 어쩔 수 없음을 이해하고 수용한 사람의 결심이 선 헤어짐의 모습은 6연에 자세하게 나타난다. "헤어지자"라는 결별의 말, 그리고 "섬세한 손길을 흔들며"에는 이별하는 사람이 할 법한 동작(행동)이 시적으로 묘사되어 있다.

③ 자연사와의 중첩이 이루어지는 마지막 이별을 감내하면서 화자가 얻게 되는 성숙의 과정이 드러난 연은 시의 마지막 연이다. "샘터에 물 고이듯 성숙하는/ 내 영혼의 슬픈 눈"에는 알고 감행한 이별이라고 하더라도 막상 그것을 견디는 일이 또 다른 슬픔과 고통의 과정이라는 것. 그리고 그것을 견디는 사람의 눈물 젖은 눈. 슬픈 눈의 이미지가 제시되어 있다. 따라서 문제의 조건인 3글자 이내로 '눈'이나 '슬픈 눈'을 답안으로 작성할 수 있다.

수학[자연D]

07 [모범답안]

답안	배점	예상 소요 시간
$(\log_a b)^2 - 3\log_a b + 2 = 0$	5점	
$\log_a b = 2$ $\left(또는\ \log_b a = \dfrac{1}{2}\right)$	3점	4분 / 전체 80분
$\log_b a + \log_{\frac{1}{a}} b = -\dfrac{3}{2}$	2점	

[바른해설]

$-\log_a b = -\dfrac{1}{\log_a b}(3\log_a b - 2)$ 이므로

$(\log_a b)^2 = 3\log_a b - 2$

정리하면 $(\log_a b)^2 - 3\log_a b + 2 = 0$

$(\log_a b)^2 - 3\log_a b + 2 = (\log_a b - 2)(\log_a b - 1) = 0$ 이므로

$\log_a b = 2$ 또는 $\log_a b = 1$

$a \neq b$ 이므로 $\log_a b = 2$ 이다.

따라서

$\log_b a + \log_{\frac{1}{a}} b = \dfrac{1}{\log_a b} - \log_a b = \dfrac{1}{2} - 2 = -\dfrac{3}{2}$

08 [모범답안]

답안	배점	예상 소요 시간
$\dfrac{a}{2} + b = 0$ $\left(또는\ a = -2b\ 또는\ b = -\dfrac{a}{2}\right)$	2점	
$f(1) = 3$ (또는 $a + b = 2$)	5점	5분 / 전체 80분
$a = 4,\ b = -2$	2점	
$f(a) + f(b) = 24$	1점	

[바른해설]

조건 (가)로부터 $\dfrac{1}{3} = \displaystyle\int_0^1 f(x)dx = \int_0^1 (x^2 + ax + b)dx$

$= \dfrac{1}{3} + \dfrac{a}{2} + b,\ b = -\dfrac{a}{2}$

함수 $f(x)$의 한 부정적분을 $F(x)$라 하면

$3 = \displaystyle\lim_{x \to 0}\left\{\dfrac{x^2 + x + 1}{x}\int_1^{x+1} f(t)dt\right\}$

$= \displaystyle\lim_{x \to 0}\left\{\dfrac{x^2 + x + 1}{x}[F(t)]_1^{x+1}\right\}$

$= \displaystyle\lim_{x \to 0}\left\{(x^2 + x + 1) \times \dfrac{F(1+x) - F(1)}{x}\right\}$

$= (0 + 0 + 1) \times F'(1) = F'(1)$

$= f(1) = 1 + a + b = 1 + a - \dfrac{a}{2} = 1 + \dfrac{a}{2}$

따라서 $a = 4,\ b = -2$ 이다.

$f(x) = x^2 + 4x - 2$ 이므로

$f(a) + f(b) = f(4) + f(-2) = 30 - 6 = 24$

09 [모범답안]

답안	배점	예상 소요 시간
$\sin C = \dfrac{\sqrt{55}}{28}$	2점	
$R = \dfrac{28}{\sqrt{55}}$	5점	5분 / 전체 80분
$\sqrt{\dfrac{495S}{\pi}} = 84$	3점	

[바른해설]

삼각형 ABC의 외접원의 반지름의 길이를 R이라 하자.

$42 = \overline{BC} \times \overline{CA} = 4R^2 \sin A \sin B$ 이고,

$\sin C = \sqrt{1 - \cos^2 C} = \dfrac{\sqrt{55}}{28}$ 이므로

$\dfrac{27}{28} = \cos C = \dfrac{\overline{BC}^2 + \overline{CA}^2 - \overline{AB}^2}{2 \times \overline{BC} \times \overline{CA}}$

$= \dfrac{4R^2 \sin^2 A + 4R^2 \sin^2 B - 4R^2 \sin^2 C}{8R^2 \sin A \sin B}$

$= \dfrac{(\sin A + \sin B)^2 - 2\sin A \sin B - \sin^2 C}{2\sin A \sin B}$

$= \dfrac{\dfrac{13^2 \times 55}{56^2} - \dfrac{55}{28^2}}{\dfrac{21}{R^2}} - 1 = \dfrac{55 \times 165}{56^2 \times 21}R^2 - 1$ 이다.

그러므로 $R = \dfrac{28}{\sqrt{55}}$ 이다.

따라서 삼각형 ABC의 외접원의 넓이 $S = \dfrac{42 \times 56}{165}\pi$ 이고,

$\sqrt{\dfrac{495S}{\pi}} = 84$ 이다.

10 [모범답안]

답안	배점	예상 소요 시간
$S_n = n^2$	2점	
$l_n = 2n + 2\sqrt{2}n$ (또는 $l_n = 2n(1 + \sqrt{2})$)	2점	
$\displaystyle\sum_{n=1}^{10} S_n = 385$	3점	6분 / 전체 80분
$\displaystyle\sum_{n=1}^{10} l_n = 110(1 + \sqrt{2})$	3점	

[바른해설]

삼각형 $A_n B_n C_n$의 넓이는 $S_n = \dfrac{1}{2} \times 2n \times n = n^2$ 이고,

둘레의 길이는 $l_n = 2n + 2\sqrt{2}n$ 이다.

$\displaystyle\sum_{n=1}^{10} S_n = \sum_{k=1}^{10} k^2 = \dfrac{10 \times 11 \times 21}{6} = 385$

$$\sum_{n=1}^{10} l_n = (2+2\sqrt{2})\sum_{k=1}^{10} k = (2+2\sqrt{2})\times 55$$

$$\sum_{n=1}^{10} S_n = 385$$

$$\sum_{n=1}^{10} l_n = 110(1+\sqrt{2})$$

11 [모범답안]

답안	배점	예상 소요 시간
$f(x)=\dfrac{1}{3}x^3+bx^2+4x$	2점	
(ⅰ) $(b+1)>0$인 경우 만족 (ⅱ) $(b+1)=0$인 경우 만족	3점	6분 / 전체 80분
(ⅲ) $(b+1)<0$인 경우; $-3\leq b<-1$에서 만족	4점	
9	1점	

[바른해설]

$f(x)=ax^3+bx^2+cx+d$ $(a, b, c, d$는 상수, $a\neq 0)$이라 하면 조건 (가)에서 $a=\dfrac{1}{3}$

조건 (나)에서 (분모) $\rightarrow$ 0이고 0이 아닌 극한값이 존재하므로 (분자) $\rightarrow$ 0이어야 한다.

따라서 $d=0$이다. 또한,

$$\lim_{x\to 0}\frac{f(x)}{x}=\lim_{x\to 0}\frac{\frac{1}{3}x^3+bx^2+cx}{x}$$

$$=\lim_{x\to 0}\left(\frac{1}{3}x^2+bx+c\right)=4$$

따라서 $c=4$이다.

그러므로 $f(x)=\dfrac{1}{3}x^3+bx^2+4x$이다.

$f(x)=\dfrac{1}{3}x^3+bx^2+4x=x\left(\dfrac{1}{3}x^2+bx+4\right)$이기 때문에, 방정식 $f(x)=0$의 세 근의 합은 $-3b$이다.

조건 (다)에서 $f(x_1)+x_1^2<f(x_2)+x_2^2$이므로 $g(x)=f(x)+x^2$이라 하면 열린구간 $(0, \infty)$에서 증가함수이다. 함수 $g(x)$가 열린구간 $(0, \infty)$에서 증가하기 위한 필요조건은 $0<x$일 때, $g'(x)\geq 0$이다.

$g'(x)=f'(x)+2x=x^2+2(b+1)x+4$
$=\{x+(b+1)\}^2-b^2-2b+3$이다.

따라서 $x>0$일 때,

$g'(x)=\{x+(b+1)\}^2-b^2-2b+3$의 그래프가 x축과 접하거나 x축보다 위쪽에 있어야 한다.

$g'(x)=\{x+(b+1)\}^2-b^2-2b+3$의 그래프 축의 방정식이 $x=-(b+1)$이므로,

(ⅰ) $(b+1)>0$인 경우;

축의 방정식 $x=-(b+1)<0$이고, $g'(0)=4>0$이므로 $0<x$일 때, $g'(x)>0$이 성립한다.

(ⅱ) $(b+1)=0$인 경우;

$g'(x)=x^2+4$이므로 $0<x$일 때, $g'(x)>0$이 성립한다.

(ⅲ) $(b+1)<0$인 경우;

축의 방정식 $x=-(b+1)>0$이므로 $g'(x)$의 최솟값이 0보다 크거나 같아야 한다.

따라서 $g'(-(b+1))=-b^2-2b+3\geq 0$이 성립해야 하고, 부등식 $-b^2-2b+3\geq 0$의 해는 $-3\leq b\leq 1$이다. $(b+1)<0$와 $-3\leq b\leq 1$을 모두 만족시키는 b의 범위는 $-3\leq b<-1$이다. 즉, $-3\leq b<-1$에서 $g'(x)\geq 0$이다.

(ⅰ), (ⅱ), (ⅲ)에 의하여 $0<x$일 때 함수 $g(x)$가 증가하기 위한 필요충분조건은 $b\geq -3$이다.

$f(x)=0$의 모든 근의 합은 $-3b$이므로 모든 근의 합의 범위는 $-3b\leq 9$이다.

따라서 구하는 최댓값은 9이다.

12 [모범답안]

답안	배점	예상 소요 시간
$(f(x)-1)$ $(f'(t)(x-t)+f(t)-1)=0$	2점	
$f(3)=1$ (또는 $(3, 1)$)	1점	7분 / 전체 80분
$t=\pm 1$	3.5점	
$t=3, -\dfrac{3}{2}$	3.5점	

[바른해설]

집합

$A=\{x\,|\,(f(x)f'(t)-f'(t))(x-t)$
$+f(x)(f(t)-1)-f(t)+1=0\}$에서

조건의 식을 정리하면

$(f(x)-1)(f'(t)(x-t)+f(t)-1)=0$이므로

$f(x)=1$ 또는 $f'(t)(x-t)+f(t)=1$이다.

$f(x)=1$을 만족하는 점은 $(3, 1)$이다.

$f'(x)=-x^2+1$에서 $x=\pm 1$일 때 $f'(x)=0$을 만족하고 $f(-1)>1$이므로 그래프의 개형을 그려보면 점 $(3, 1)$은 $f(x)=1$을 만족하는 유일한 점이다.

$y=f'(t)(x-t)+f(t)$는 $x=t$에서의 접선이므로 $x=t$일 때의 접선과 $y=1$이 만나는 점이 없거나 만나는 점이 오직 $(3, 1)$이어야 $n(A)=1$을 만족한다.

(ⅰ) 접선이 x축에 평행인 경우,

$f'(t)=-t^2+1=0$일 때, $t=\pm 1$이다.

(ⅱ) 접선이 $(3, 1)$을 지나는 경우,

$$y-\left(-\frac{1}{3}t^3+t+7\right)=(-t^2+1)(x-t)$$가 $(2, 1)$

을 지날 때, $(t-3)^2(2t+3)=0$이므로 $t=3, -\dfrac{3}{2}$

이다.

(ⅰ), (ⅱ)에 의하여 답은 $t=\pm 1,\ 3,\ -\dfrac{3}{2}$ 이다.

13 [모범답안]

답안	배점	예상 소요 시간
$f(x)=x+1$	2점	
$g(x)=x^2+x+2$	4.5점	6분 / 전체 80분
$\displaystyle\int_0^{\frac{1}{2}}\dfrac{x^2}{1+x}dx+\int_0^{\frac{1}{2}}\dfrac{f(x)}{1-x}dx$ $\displaystyle+\int_0^{\frac{1}{2}}\dfrac{g(x)}{x^2-1}dx=-\dfrac{3}{8}$	3.5점	

[바른해설]

조건 (가): $F(x)=\dfrac{1}{2}\{f(x)\times f(x)\}$ 의 양변을 미분하면

$$f(x)=\dfrac{1}{2}\{f(x)f'(x)+f'(x)f(x)\}=f(x)f'(x)$$

$f(x)\{f'(x)-1\}=0 \Rightarrow f(x)=0$ 또는 $f'(x)=1$ 이다.

$f(0)=1$ 이므로 $f'(x)=1$ 이다.

따라서 $f(x)=\displaystyle\int 1dx=x+C$ 이고 $f(0)=1$ 이므로

$$f(x)=x+1$$

조건 (나): $\displaystyle\int_0^x \{t+g(t)\}dt=x+g(x)+\dfrac{x^3}{3}+a$ 의 양변을

x 에 대하여 미분하면

$x+g(x)=1+g'(x)+x^2$ 이다.

$g(x)$ 가 상수함수라면 이 등식을 만족할 수 없다.

$g(x)$ 의 최고차항을 ax^n 라 하면 $g'(x)$ 의 최고차항은

anx^{n-1} 이므로 이 등식이 성립하려면 $ax^n=x^2$ 이어야 한다.

조건 (나)의 식에 $x=0$ 을 대입하면 $0=g(0)+a$

따라서 $g(x)=x^2+bx-a$ 로 놓을 수 있다.

$g'(x)=2x+b$ 이므로 $x+g(x)=x+(x^2+bx-a)$

$=1-(2x+b)+x^2=1+g'(x)+x^2$ 이다.

정리하면 $(b-1)x-(a+b+1)=0$ 이다.

따라서 $b=1,\ a=-b-1=-2$ 이다.

$$g(x)=x^2+x+2$$

$$\int_0^{\frac{1}{2}}\dfrac{x^2}{1+x}dx+\int_0^{\frac{1}{2}}\dfrac{f(x)}{1-x}dx+\int_0^{\frac{1}{2}}\dfrac{g(x)}{x^2-1}dx$$

$$=\int_0^{\frac{1}{2}}\dfrac{x^2}{1+x}dx+\int_0^{\frac{1}{2}}\dfrac{x+1}{1-x}dx+\int_0^{\frac{1}{2}}\dfrac{x^2+x+2}{x^2-1}dx$$

$$=\int_0^{\frac{1}{2}}\dfrac{x^2(x-1)+(x+1)(-1-x)+x^2+x+2}{x^2-1}dx$$

$$=\int_0^{\frac{1}{2}}\dfrac{x^3-x^2-x+1}{x^2-1}dx=\int_0^{\frac{1}{2}}\dfrac{x^2(x-1)-(x-1)}{x^2-1}dx$$

$$=\int_0^{\frac{1}{2}}\dfrac{(x^2-1)(x-1)}{x^2-1}dx=\int_0^{\frac{1}{2}}(x-1)dx$$

$$=\left[\dfrac{x^2}{2}-x\right]_0^{\frac{1}{2}}=-\dfrac{3}{8}$$

14 [모범답안]

답안	배점	예상 소요 시간
$\overline{AB}=\sqrt[4]{45}$ (또는 $\overline{AB}=45^{\frac{1}{4}}$)	1.5점	
$\overline{PB}=\dfrac{(\sqrt[4]{20})^2}{\sqrt[4]{45}}$ (또는 $\overline{PB}=\dfrac{\sqrt{20}}{\sqrt[4]{45}}$ 또는 $\overline{PB}=\dfrac{2\sqrt{5}}{45^{\frac{1}{4}}}$)	3점	5분 / 전체 80분
$\overline{QB}=\dfrac{\left(\sqrt[4]{\frac{5}{4}}\right)^2}{\sqrt[4]{45}}$ (또는 $\overline{QB}=\dfrac{\frac{1}{2}\sqrt{5}}{\sqrt[4]{45}}$)	3점	
$\dfrac{\overline{AB}}{\overline{PQ}}=2$	2.5점	

[바른해설]

선분 AB가 원의 지름이므로 $\angle ACB=\angle ADB=90°$

직각삼각형 ABC에서 $\overline{AB}=\sqrt{\overline{CA}^2+\overline{CB}^2}$

$=\sqrt{(\sqrt[4]{5})^2+(\sqrt[4]{20})^2}=\sqrt[4]{45}$

$\triangle ABC$와 $\triangle CBP$는 닮음이므로 $\overline{PB}:\overline{CB}=\overline{CB}:\overline{AB}$

따라서 $\overline{PB}:\sqrt[4]{20}=\sqrt[4]{20}:\sqrt[4]{45}$

$$\overline{PB}=\dfrac{(\sqrt[4]{20})^2}{\sqrt[4]{45}}$$

마찬가지로 $\overline{QB}:\overline{DB}=\overline{DB}:\overline{AB}$

따라서 $\overline{QB}:\sqrt[4]{\dfrac{5}{4}}=\sqrt[4]{\dfrac{5}{4}}:\sqrt[4]{45}$

$$\overline{QB}=\dfrac{\left(\sqrt[4]{\frac{5}{4}}\right)^2}{\sqrt[4]{45}}$$

$$\overline{PQ}=\overline{PB}-\overline{QB}=\dfrac{(\sqrt[4]{20})^2}{\sqrt[4]{45}}-\dfrac{\left(\sqrt[4]{\frac{5}{4}}\right)^2}{\sqrt[4]{45}}$$

$$=\dfrac{2\sqrt{5}-\frac{1}{2}\sqrt{5}}{\sqrt[4]{45}}=\dfrac{\frac{3}{2}\sqrt{5}}{\sqrt[4]{45}}$$

따라서 $\dfrac{\overline{AB}}{\overline{PQ}}=2$

15 [모범답안]

답안	배점	예상 소요 시간
$r=3^{\frac{1}{3}}$	3점	
$a_1=1$	3점	4분 / 전체 80분
$\dfrac{1}{S_{12}}=\dfrac{3^{\frac{1}{3}}-1}{80}$ $\left(또는\ \dfrac{1}{S_{12}}=\dfrac{\sqrt[3]{3}-1}{80}\right)$	4점	

[바른해설]

$a_n a_{n+1} a_{n+2}=3^n$에서

$\dfrac{a_{n+1}a_{n+2}a_{n+3}}{a_n a_{n+1}a_{n+2}}=\dfrac{3^{n+1}}{3^n},\ \dfrac{a_{n+3}}{a_n}=\dfrac{ar^{n+2}}{ar^{n-1}}=r^3=3$

따라서 공비 r는 $r=3^{\frac{1}{3}}$이다.

$n=1$일 때, $a_1 a_2 a_3=a_1 \times a_1 r \times a_1 r^2=a_1^3 r^3=3$이므로

$a_1=1$이다.

$S_{12}=\dfrac{r^{12}-1}{r-1}=\dfrac{81-1}{3^{\frac{1}{3}}-1}$

따라서 $\dfrac{1}{S_{12}}=\dfrac{3^{\frac{1}{3}}-1}{80}$ 또는 $\dfrac{1}{S_{12}}=\dfrac{\sqrt[3]{3}-1}{80}$

01 [모범답안]

답안	배점	예상 소요 시간
① 사실, 없었습니다	5점	4분 / 전체 80분
② 다만, 보았습니다	5점	

[바른해설]

① '사실 이번 나들이 전까지 문화재에 별 관심이 없었고, 문화재는 그저 옛것 또는 낡은 것이라는 생각을 하고 있었기 때문에, 민속 박물관 견학에 별 기대가 없었습니다.'에서 문화재에 관심을 가지기 전에 문화재에 대해 가졌던 편견이 제시되고 있으며, 이는 박물관 견학 후 바뀐 생각과 대조를 이룬다.

② '다만 박물관이 설립된 지 꽤 오래되었고 개인 소장품을 전시한 곳이다 보니 소중한 문화재의 관리가 제대로 이루어지고 있지 않은 것 같았는데, 문화재 관리가 체계적으로 이루어질 필요가 있다는 생각을 해 보았습니다.'에서 박물관 견학에서 개인적으로 아쉬웠던 점과 이때 하게 된 생각이 제시되고 있으며, 이는 문화재에 관심을 가지게 된 계기에 대한 언급과 이어진다.

02 [모범답안]

답안	배점	예상 소요 시간
① 잠재적 무한	4점	5분 / 전체 80분
② '기수' 또는 '크기'	6점	

[바른해설]

① A 호텔의 객실 수는 1씩 무한히 계속 셀 수는 있지만, 가장 큰 수는 알 수 없다. 따라서 아리스토텔레스에 무한의 구분법에 따르면 잠재적 무한에 해당한다.

② 새로운 손님이 오기 전의 A 호텔의 손님의 집합 X와 새로운 손님이 온 후의 A 호텔의 손님의 집합 Y는, 제시문의 2문단에서 칸토어가 자연수의 집합과 짝수의 집합이 일대일대응을 이루는 것과 같은 논리로, 그 기수(크기)가 같다고 할 수 있다.

03 [모범답안]

답안	배점	예상 소요 시간
① 자연수(의) (집합)	5점	6분 / 전체 80분
② '무한 소수' 또는 '실수'	5점	

[바른해설]

① 제시문을 참고하면, ㉠, ㉡ 모두 유리수 혹은 실수와 자연수의 집합과의 일대일 대응 여부를 증명하는 방법이라는 것을 알 수 있다.

② 제시문에 의하면, '대각선 논법'은 0과 1 사이에 나열된 무한소수에 속하지 않는 새로운 무한소수 혹은 실수를 찾아냄으로써 실수가 자연수의 집합보다 크다는 것을 증명하는 것이다.

04 [모범답안]

답안	배점	예상 소요 시간
① 없게	2점	
② 없다 ('-다, -어, -지' 등 평서형 종결어미로 끝날 것)	2점	
③ '없고, 없으니, 없으며, 없지만, 없으나' 등 ('-고, -(으)니, -지만, -(으)나 등 연결어미로 끝날 것. (단, '-지만, -(으)나, -어도'와 같은 '대조/반대'의 의미를 나타내는 연결어미를 사용할 경우, 반드시 ④의 답이 '있다'로 작성되어 있어야 함)	3점	7분 / 전체 80분
④ 있다 ('-다, -어, -지' 등 평서형 종결어미로 끝날 것)	3점	

[바른해설]

제시문의 다섯 번째 단락에 의하면, 단백질에 변성이 일어나도 단백질의 아미노산의 서열에는 변함이 없다. 그러나 2차 및 3차 구조에 손상이 가해져 단백질은 제대로 기능을 하지 못하게 된다. 대부분의 단백질에는 일단 변성이 일어나면 영구적으로 변형된 채로 남는 비가역적인 변화가 일어난다. 그러므로 제시문에 의하면, 흰자에 열을 가해 변성이 일어나면 흰자의 단백질은 본래의 기능을 유지할 수 없게 되고(①), 열을 가하는 것을 멈추어도 원래의 구조로 다시 접힐 수 없다(②). 또한 열을 가하기 전의 흰자와 가한 후의 아미노산의 서열을 나타내는 1차 구조에서는 차이가 없지만, 단백질을 구성하는 폴리펩타이드 사슬의 일부가 꼬이거나 접힌 형태에는 차이가 있다(③).

05 [모범답안]

답안	배점	예상 소요 시간
① 이년, 마라	4점	5분 / 전체 80분
② 사령과, 있으리오	6점	

[바른해설]

① 고전소설의 인물 제시 방법을 묻는 문제이다. 〈보기〉의 해설에서도 언급하고 있듯이 인물의 성격을 제시하는 방법은 말하기 방법과 보여주기 방법이 있고, 보여주기는 인물의 말과 행동을 보여주는 것이다. 제시문에서는 사또가 춘

향을 구슬러 '수청'을 받아내기 위해서 열녀니 정절이니 하고 구슬리다가 춘향이 극구 수청을 거절하자 급기야 화를 내는 장면이 나타난다. 제시문 후반부에 있는 대사 "이년 들어라. 모반과 대역하는 죄는 능지처참하고, 관장을 조롱하는 죄는 율법에 적혀 있고, 관장을 거역하는 죄는 엄한 형벌과 함께 귀양을 보내느니라. 죽는다고 설워마라."가 그것이다. 따라서 문제가 요구하는 대로 이 문장들 전체에서 첫 어절인 "이년"과 마지막 어절인 "마라"를 쓰면 된다.

② 고전 소설의 서술적 특성 중의 하나인 편집자적 논평이 이루어지는 부분을 묻는 문제이다. 제시문에는 사또가 춘향을 찾아오라고 엄명하는 부분이 나오는데, 그 말미에 상황이 자신에게 매우 불리하게 돌아가고 있다는 것을 눈치채지 못한 채 이도령생각만 하고 있는 춘향의 처지를 서술자가 직접 논평하는 문장이 나온다. "사령과 관노가 뒤섞여서 춘향 집 앞에 당도하니, 이때 춘향이는 사령이 오는지 관노가 오는지 모르고 주야로 도련님만 생각하여 우는데, 망측한 환을 당해 놓았으니 소리가 화평할 수 있으리오."가 그 문장이다. 여기에서 편집자적 논평이 이루어지는 부분은 "망측한 환을 당해 놓았으니 소리가 화평할 수 있으리오." 부분이다.

06 [모범답안]

답안	배점	예상 소요 시간
① 중첩 (이미지)	3점	5분 / 전체 80분
② '감각 (이미지)' 또는 '시각 (이미지)'	3점	
③ 비유 (이미지)	4점	

[바른해설]

① "신체 감각에 의해 지각된 감각 이미지가 시인이 드러내고자 한 정서나 관념 등을 비유적으로 표현하여 함축적 의미를 담고 있는 경우에 이미지가 중첩"되었다고 한다는 것을 통해 감각 이미지이면서 동시에 심리적 의미도 환기하는 '푸른 하늘'과 '세월에 불타고'는 '중첩' 이미지의 사례로 볼 수 있다.

② "감각 이미지는 감각 기관 중심의 시각·청각·후각·미각·촉각 이미지" 등으로 나눌 수 있다고 하였으므로 '시각을 통해 파악'된다는 점에서 '세월에 불타고'는 '감각' 이미지임을 알 수 있다.

③ "맥락과 상황에 따라 비유 이미지가 될 수도 있고 안 될 수도 있다. 예를 들어 '가시를 가졌다.'라는 표현은 앞에 '장미'가 붙는다면 사실 진술이지만, '아름다운'과 같은 것이 앞에 붙어 원관념으로 연결되면 사실과는 다른 상황에서 형성되는 비유 이미지가 되어 '아름다움 속에 숨어있는 위험'과 같은 심리적인 의미를 환기하게 된다"고 하였으므로, 감

각 이미지가 활용된 '불타다'가 '세월'과 결합하여 '세월에 고통받고'의 심리적 의미를 환기하기 때문에 '세월에 고통받고'는 '사실적 진술'이 아니라 '비유 이미지'임을 확인할 수 있다.

수학[자연Ⅰ]

07 [모범답안]

답안	배점	예상 소요 시간
$r^3(r^3+1)=\dfrac{9}{64}$	4점	
$r^3=-\dfrac{9}{8}$	4점	4분 / 전체 80분
$r=-\sqrt[3]{\dfrac{9}{8}}$ 또는 $-\dfrac{9^{\frac{1}{3}}}{8^{\frac{1}{3}}}$ 또는 $\dfrac{\sqrt[3]{9}}{2}$ 또는 $-\dfrac{3^{\frac{2}{3}}}{2}$	2점	

[바른해설]

$$\frac{S_4-S_1}{S_{10}-S_4}=\frac{r^3-1}{r^3(r^6-1)}=\frac{1}{r^3(r^3+1)}=\frac{64}{9}$$

$$r^3(r^3+1)=\frac{9}{64},\ \left(r^3+\frac{1}{2}\right)^2-\frac{1}{4}-\frac{9}{64}=0,$$

$$\left(r^3+\frac{1}{2}\right)^2=\frac{25}{64}$$

$$(8r^3-1)(8r^3+9)=0,\ r^3=\frac{1}{8}\ \text{또는}\ r^3=-\frac{9}{8}$$

공비 r가 음수이므로 $r=-\sqrt[3]{\dfrac{9}{8}}=-\left(\dfrac{9}{8}\right)^{\frac{1}{3}}=-\dfrac{\sqrt[3]{9}}{2}$

08 [모범답안]

답안	배점	예상 소요 시간
$f(x)=-x^2+bx+c$ (또는 최고차항의 계수가 -1인 이차함수)	3점	
$2b+c=2$	2점	5분 / 전체 80분
$b=\dfrac{4}{3},\ c=-\dfrac{2}{3}$ 또는 $f(x)=-x^2+\dfrac{4}{3}x-\dfrac{2}{3}$	3점	
$f(3)=-\dfrac{17}{3}$	2점	

[바른해설]

조건 $\displaystyle\lim_{x\to\infty}\dfrac{\sqrt{x^4-5}-f(x)}{6x^2+1}=\dfrac{1}{3}$로부터, $f(x)$는 이차함수이며, $f(x)=ax^2+bx+c$ ($a,\ b,\ c$는 상수)라 하자.

$\dfrac{1-a}{6}=\dfrac{1}{3}$이므로 $a=-1$이고,

$f(x)=-x^2+bx+c$,

$g(x)=\begin{cases}(2-2b)x+b-1 & (x<1)\\ f(x) & (x\geq1)\end{cases}$ 이다.

(1) 함수 $g(x)$가 $x=1$에서 미분가능하므로 $x=1$에서 연속이다.

따라서 $f(0)-f(1)=f(1)$, 즉 $2f(1)=f(0)$을 만족
하므로 $2b+c=2$이다.

(2) 함수 $g(x)$가 $x=1$에서 미분가능하므로

$$\lim_{x\to 1-}\frac{g(x)-g(1)}{x-1}=(2-2b)$$

$$=-2+b=\lim_{x\to 1+}\frac{g(x)-g(1)}{x-1}$$ 이다.

따라서 $b=\dfrac{4}{3}$, $c=-\dfrac{2}{3}$이다.

$f(x)=-x^2+\dfrac{4}{3}x-\dfrac{2}{3}$이므로 $f(3)=-\dfrac{17}{3}$이다.

---

09 [모범답안]

답안	배점	예상 소요 시간
$a=\log_2 k-3$ (또는 $x=\log_2 k-3$)	4점	4분 / 전체 80분
$16\le k\le 64$	4점	
1960	2점	

[바른해설]

$y=5^{3x+3}-5^{2x+\log_2 k}$

$5^{3x+3}=5^{2x+\log_2 k}$

$x=\log_2 k-3$

함수 $y=f(x)$의 그래프가 x축과 만나는 점의 x좌표 a는
$a=\log_2 k-3$이다.

$1\le a\le 3$이므로 $1\le \log_2 k-3\le 3$,

따라서 $16\le k\le 64$이다.

$\therefore 16+17+\cdots+63+64$이므로 모든 k의 값의 합은 1960
이다.

---

10 [모범답안]

답안	배점	예상 소요 시간
$a=0$	2.5점	6분 / 전체 80분
$f(x)=(x-9)(x+5)$	4.5점	
$b=\dfrac{1}{6}$	2점	
$a+b+f(3)=-\dfrac{287}{6}$	1점	

[바른해설]

임의의 실수 x에 대하여 $f(x)>0$이면 $g(x)$는 모든 실수
에서 연속이므로 주어진 조건을 만족시킬 수 없다. 그러므로
$f(x)=(x+\alpha)(x+\beta)$라 하자($\alpha\le\beta$).

$g(x)=\dfrac{x}{f(x^2+9)}=\dfrac{x}{(x^2+9+\alpha)(x^2+9+\beta)}$이므로

$9+\alpha>0$이면 $9+\beta>0$이므로 모든 실수 x에 대하여
$f(x^2+9)>0$이고 함수 $g(x)$는 실수 전체의 집합에서 연속
이 되므로 조건 (가)를 만족시킬 수 없다.

$9+\alpha<0$이면 함수 $g(x)$는 $x=-\sqrt{-\alpha-9}$와
$x=\sqrt{-\alpha+9}$에서 불연속이므로 조건 (가)를 만족시킬 수
없다.

따라서 $9+\alpha=0$

$\alpha=-9$이고 $f(x)=(x-9)(x+\beta)$

$$\lim_{x\to 3}\frac{f(x-2)}{f(x^2)}=\lim_{x\to 3}\frac{(x-2-9)(x-2+\beta)}{(x+3)(x-3)(x^2+\beta)}=b$$

이므로

$\lim_{x\to 3}(x-2+\beta)=-5+\beta=0$이다. 따라서 $\beta=5$이고
$f(x)=(x-9)(x+5)$이다.

따라서 $f(3)=-6\times 8=-48$이고,

$g(x)=\dfrac{x}{f(x^2+9)}=\dfrac{x}{x^2(x^2+14)}$는 $x=0$에서만 불연속

이므로 $a=0$이다.

또한 $b=\lim_{x\to 3}\dfrac{f(x-2)}{f(x^2)}=\lim_{x\to 3}\dfrac{(x-11)(x+3)}{(x+3)(x-3)(x^2+5)}$

$$=\frac{-14}{-6\times 14}=\frac{1}{6}$$이다.

따라서 $a+b+f(3)=0+\dfrac{1}{6}-48=-\dfrac{287}{6}$이다.

---

11 [모범답안]

답안	배점	예상 소요 시간
$\overline{AD}=2\sqrt{3}$ (또는 $\overline{PB}=2\sqrt{3}$)	3점	6분 / 전체 80분
$\overline{AP}=2\sqrt{6}$	3점	
$\sin(\angle PBC)=\dfrac{1}{\sqrt{3}}$	4점	

[바른해설]

$\overline{PD}\perp\overline{BC}$이고 $\overline{PB}=\overline{PC}$, $\overline{OB}=\overline{OC}=3$이므로 $\overline{CD}=\overline{BD}$
이다. 선분 OD가 직각삼각형 ABC의 두 변의 중점을 지나
므로 선분 AC는 선분 OD와 평행이고, $\overline{AC}=2\overline{OD}$이다. 사
각형 ACPD가 평행사변형이므로 $\overline{CP}=\overline{AD}$이다.

$\overline{PB}=\overline{PC}=x$, $\overline{AC}=\overline{PD}=y$라 놓으면 $\dfrac{y}{2}+y=3$이므로

$y=2$

$\angle APB=\dfrac{\pi}{2}$이므로 $\overline{AP}^2=36-x^2$, $\angle ACB=\dfrac{\pi}{2}$이므로

$\overline{BC}^2=32$

즉, $\overline{BC}=4\sqrt{2}$ 또한 ACPD가 평행사변형이므로

$\overline{AD}=\overline{PC}=x$

$\angle PBC=\theta$라 할 때, $\overline{AP}^2=x^2+4+4x\sin\theta$이므로

$2x^2+4x\sin\theta-32=0$

직각삼각형 PBD로부터 $\sin\theta=\dfrac{2}{x}$이므로

$2x^2-24=0$, 즉 $x=2\sqrt{3}$이고 $\sin\theta=\dfrac{1}{\sqrt{3}}$

따라서 $\overline{AD}=2\sqrt{30}$이고 $\overline{AP}=2\sqrt{6}$이다.

12 [모범답안]

답안	배점	예상 소요 시간
$f(x)=x^3-3x^2+2x+\dfrac{1}{2}$	4점	
$a=b$	2점	6분 / 전체 80분
$a=b=\dfrac{5}{2}$	4점	

[바른해설]

$c=\displaystyle\int_0^2 f(x)dx$라 놓으면 $f(x)=x^3-3x^2+2cx+\dfrac{1}{2}c^2$이므로

$c=\displaystyle\int_0^2\left(x^3-3x^2+2cx+\dfrac{1}{2}c^2\right)dx$

$=\left[\dfrac{1}{4}x^4-x^3+cx^2+\dfrac{1}{2}c^2x\right]_0^2=c^2+4c-4$이므로

$c=1$ 또는 $c=-4$이다.

(1) $c=1$일 때, $f(x)=x^3-3x^2+2x+\dfrac{1}{2}$이므로

$f(x)+3x^2=x^3+2x+\dfrac{1}{2}$는 증가함수이다.

따라서 조건 (나)를 만족한다.

(2) $c=-4$일 때, $f(x)=x^3-3x^2-8x+8$이므로

$f(x)+3x^2=x^3-8x+8$인데 모든 실수에서 증가함수인 것이 아니므로 조건 (나)를 만족시키지 않는다.

따라서 모든 조건을 만족시키는 함수

$f(x)=x^3-3x^2+2x+\dfrac{1}{2}$이다.

$g(x)$가 $x=1$에서 연속이므로

$\displaystyle\lim_{x\to1-}g(x)=\lim_{x\to1+}g(x)=\lim_{x\to0+}g(x)+b$

$=\displaystyle\lim_{x\to0+}f(x)+ax^2+b=\dfrac{1}{2}+b$인데

$\displaystyle\lim_{x\to1-}g(x)=f(1)+a=\dfrac{1}{2}+a$이므로 $a=b$이다.

$\displaystyle\int_2^3 g(x)dx=\int_1^2\{g(x)+b\}dx+\int_1^2 g(x)dx+b$

$=\displaystyle\int_0^1 g(x)dx+2b$

$=\displaystyle\int_0^1\left(x^3-3x^2+2x+\dfrac{1}{2}+ax^2\right)dx+2a$

$=\dfrac{28a+9}{12}=\dfrac{79}{12}$이므로

$a=b=\dfrac{5}{2}$이다.

13 [모범답안]

답안	배점	예상 소요 시간
$b=0$	1.5점	
$b=-\dfrac{3}{2}$	1.5점	
$b=-\dfrac{3}{2}$일 때 조건을 만족하지 않는다.	3점	7분 / 전체 80분
$C=\left\{0,\dfrac{27}{16}\right\}$	4점	

[바른해설]

$f'(x)=\begin{cases}-2 & (x>b)\\ -(x+2)(2x+1)^2 & (x\le b)\end{cases}$에서 실수 전체의

집합에서 정의된 두 함수 $f'_1(x)$, $f'_2(x)$를 $f'_1(x)=-2$, $f'_2(x)=-4x^3-12x^2-9x-2$라 하자. $f(x)$가 실수 전체의 집합에서 미분가능하므로 실수 전체의 집합에서 연속이다. $f(x)$가 연속함수가 되도록 하는 $f'_1(x)$의 부정적분 중 하나를 $f_1(x)$라 하고, $f'_2(x)$의 부정적분 중 하나를 $f_2(x)$라 하자.

$f(x)$가 $x=b$에서 미분가능하므로

$\displaystyle\lim_{x\to b-}\dfrac{f(x)-f(b)}{x-b}=\lim_{x\to b+}\dfrac{f(x)-f(b)}{x-b}$이고,

$-4b^3-12b^2-9b-2=-2$이므로 $b=-\dfrac{3}{2}$ 또는 $b=0$

이다.

(1) $b=-\dfrac{3}{2}$일 때,

$g(x)=|f(x)|$

$=\begin{cases}|2x-K_1| & \left(x>-\dfrac{3}{2}\right)\\ \left|x^4+4x^3+\dfrac{9}{2}x^2+2x-K_2\right| & \left(x\le-\dfrac{3}{2}\right)\end{cases}$

에 대해 $n(A)=3$, $n(B)=2$, $n(C)=2$를 만족하는 경우가 없다.

(2) $b=0$일 때

$f(x)=\begin{cases}-2x+D_1 & (x>0)\\ -x^4-4x^3-\dfrac{9}{2}x^2-2x+D_2 & (x\le0)\end{cases}$

이고,

$f(x)$가 연속함수이므로 $D_1=D_2$이다.

$h(x)=\begin{cases}-2x & (x>0)\\ -x^4-4x^3-\dfrac{9}{2}x^2-2x & (x\le0)\end{cases}$라 놓으면

$g(x)=|f(x)|=|h(x)+D_1|$

$=\begin{cases}|2x-D_1| & (x>0)\\ \left|x^4+4x^3+\dfrac{9}{2}x^2+2x-D_1\right| & (x\le0)\end{cases}$이다.

$n(A)=3$, $n(B)=2$, $n(C)=2$를 만족하는 상수 D_1

는 $D_1 = -h\left(-\dfrac{1}{2}\right) = -\dfrac{5}{16}$이다.

따라서 $C = \left\{ g\left(-\dfrac{1}{2}\right),\ g(-2) \right\}$이고, $g\left(-\dfrac{1}{2}\right) = 0$,

$g(-2) = 2 - \dfrac{5}{16} = \dfrac{27}{16}$이다.

그러므로 $C = \left\{ 0,\ \dfrac{27}{16} \right\}$

14 [모범답안]

답안	배점	예상 소요 시간
$k = 2$	2점	
$v_2(t) = t^2 - \dfrac{1}{2}t$	2점	
$\displaystyle\int_0^2 |v_2(t)|\,dt = \dfrac{41}{24}$	4점	5분 / 전체 80분
$\dfrac{47}{24}$	2점	

[바른해설]

시각 t에서 점 P의 가속도는 $a_1(t) = -t + \dfrac{5}{2}$이고, 시각

$t = k$일 때 점 Q의 가속도가 점 P의 가속도의 7배이므로,

$2k - \dfrac{1}{2} = 7\left(-k + \dfrac{5}{2}\right)$, 즉 $k = 2$이다.

점 Q의 속도 $v_2(t) = t^2 - \dfrac{1}{2}t + C$ (단, C는 적분상수)이

고, $t = 2$일 때, 두 점 P, Q의 속도가 같으므로 C $= 0$이고

$v_2(t) = t^2 - \dfrac{1}{2}t$이다.

따라서 $t = 0$에서 $t = 2$까지 점 P가 움직인 거리

$\displaystyle\int_0^2 |v_1(t)|\,dt = \dfrac{11}{3}$이고,

점 Q가 움직인 거리

$\displaystyle\int_0^2 |v_2(t)|\,dt = \int_0^{\frac{1}{2}}\left(-t^2 + \dfrac{1}{2}t\right)dt + \int_{\frac{1}{2}}^2\left(t^2 - \dfrac{1}{2}t\right)dt$

$= \dfrac{41}{24}$이다.

따라서 두 점 P, Q가 움직인 거리의 차는

$\dfrac{11}{3} - \dfrac{41}{24} = \dfrac{47}{24}$이다.

15 [모범답안]

답안	배점	예상 소요 시간
$\sin\theta + \cos\theta = \dfrac{\sqrt{5}}{3}$	1점	
$a = -\dfrac{2}{3}$	4점	
$b = \dfrac{\sqrt{13}}{3}$	4점	5분 / 전체 80분
$a \times b = -\dfrac{2\sqrt{13}}{9}$	1점	

[바른해설]

이차방정식의 근과 계수의 관계에 의해

$\sin\theta + \cos\theta = \dfrac{\sqrt{5}}{3}$ ······ ①

$\sin\theta\cos\theta = \dfrac{a}{3}$ ······ ②

여기서 ①의 양변을 제곱하면

$(\sin\theta + \cos\theta)^2 = \dfrac{5}{9}$

$\sin\theta\cos\theta = -\dfrac{2}{9}$ ······ ③

②와 ③에 의해 $a = -\dfrac{2}{3}$

$(\sin\theta - \cos\theta)^2 = \sin^2\theta + \cos^2\theta - 2\sin\theta\cos\theta$

$\qquad\qquad = 1 + \dfrac{4}{9} = \dfrac{13}{9}$

$\dfrac{\pi}{2} < \theta < \pi$이므로, $\sin\theta > 0$, $\cos\theta < 0$이다.

$\sin\theta - \cos\theta > 0$이므로,

$\sqrt{(\sin\theta - \cos\theta)^2} = \sqrt{\dfrac{13}{9}} = \dfrac{\sqrt{13}}{3} = b$

$\therefore a \times b = -\dfrac{2}{3} \times \dfrac{\sqrt{13}}{3} = -\dfrac{2\sqrt{13}}{9}$

국어[자연F]

01 [모범답안]

답안	배점	예상 소요 시간
① 찬성1	3점	
② 쟁점 2	2점	4분 / 전체 80분
③ 반대 1	3점	
④ 쟁점 1	2점	

[바른해설]

① 찬성1은 입론에서 플리바게닝이 범죄자에게 반성의 기회를 제공한다고 주장한다.

② 플리바게닝이 범죄자에게 반성의 기회를 제공한다는 주장은 쟁점2와 관련된다.

③ 반대1은 입론에서 플리바게닝이 사회적 질서를 훼손할 수 있다고 주장한다.

④ 플리바게닝이 사회적 질서를 훼손할 수 있다는 주장은 쟁점1과 관련된다.

02 [모범답안]

답안	배점	예상 소요 시간
① (주권) 국가	3점	
② 구성주의	3점	5분 / 전체 80분
③ 전문가 (집단)	4점	

[바른해설]

① 제시문의 둘째 문단에 의하면, 현실주의는 주권 국가를 주요 분석 단위이자 행위 주체로 보며 국가와 국가 간의 관계를 분석해 국제 관계를 이해하고자 하는 관점이다. 그러므로 현실주의의 관점에서 〈보기1〉의 사례에서 행위 주체는 국가만 포함된다.

② 제시문의 넷째 문단에 의하면, 구성주의적 시각에서 국가들은 환경 문제에 대한 고정된 이해관계나 시각을 가진다기보다는 국제 사회 속에서 다른 국가를 비롯해 비정부 기구, 전문가 집단, 기업 등 다른 행위 주체들과의 상호 작용을 통해 새로운 가치, 시각이나 이해관계를 발달시킬 수 있다고 했다. 이런 관점에서 〈보기1〉의 회담 과정에서 생물종 다양성 상실 문제가 자연의 문제가 아닌 경제 문제로 바뀌어 인식된 것은 환경 문제에 대한 행위 주체의 이해관계와 시각이 고정되지 않음을 보여주는 사례라고 할 수 있다.

③ ②에서도 언급된 바와 같이 구성주의적 관점에서는 환경 문제 해결에 다양한 행위 주체들이 영향을 미치게 되는데, 〈보기1〉에서 생물종 다양성 상실이 회담의 관심사로 주목받은 데에는 저명한 자연 과학자들의 영향이 컸음을 알 수 있다. 〈보기1〉의 저명한 자연 과학자들은 제시문에서 다양

한 행위 주체로 언급된 것 중, '전문가 집단'에 해당한다.

03 [모범답안]

답안	배점	예상 소요 시간
① '노동' 또는 '인구'	3점	
② (일정한 수준에) 정체(되어)	4점	7분 / 전체 80분
③ 한계 생산물 체감(의 법칙)	3점	

[바른해설]

① 제시문에 따르면, 경제의 생산 요소 가운데 맬서스 모형은 오직 노동만을 고려하고, 솔로 모형은 노동 이외에 자본 등의 요소도 고려한다.

② 제시문의 솔로 모형에 따르면, 노동 투입량이 정체된 상태에서도 자본 투입량에 의해 실질 국민 소득이 증가할 수 있다.

③ 제시문에 따르면, 맬서스 모형과 솔로 모형 모두 한계 생산물 체감의 법칙을 따른다.

04 [모범답안]

답안	배점	예상 소요 시간
① 올라가기/상승하기/높아지기 때문에 등	5점	
② 빨라지면, 증가하면, 상승하면 등	5점	6분 / 전체 80분

[바른해설]

① 〈보기1〉에서 어떤 강이 [상황A]에서 [상황B]로 변한 것은 제시문의 5문단에 언급된 성층 현상이 일어난 것이다. 성층 현상이 일어나면 수심에 따른 물의 밀도 차에 의해 물이 잘 섞이지 않게 되고, 이에 따라 수면의 온도가 더욱 높아지기 때문에 녹조 현상이 발생할 가능성이 커진다.

② 제시문의 5문단에 의하면 유속이 빠르면 물 표면에 떠다니는 남세균이 하류로 쓸려 내려가기 때문에 한곳에서 대량으로 증식하기 어렵다. 따라서 〈보기2〉에서 녹조 현상이 발생한 강에서 다른 조건은 변하지 않고 강물의 유속이 빨라지면 녹조 현상이 다시 줄어들 수 있다.

05 [모범답안]

답안	배점	예상 소요 시간
① 지집한테 찔리운 까시	6점	
② '수칼매나무' 또는 '수그루'	4점	6분 / 전체 80분

[바른해설]

① 문제에서는 "아내와의 이혼으로 인한 두현의 상처와 아픔"을 비유적으로 표현한 할머니의 말을 찾도록 하고 있다. 제시문에는 할머니의 직접 발화가 몇 가지 나오지만 그 중에

이혼 직후에 할머니에게 찾아온 손주 '두현'을 위로한 후 할머니가 한 말은 "지집한테 찔리운 까시는 오래가는 법인디……"가 여기에 해당하는 말이다. '계집한테 찔린 가시'는 여자(아내)에게 받은 상처, 즉 이혼으로 인한 상처가 아무는데 시간이 오래 걸리는 상처임을 비유적으로 나타내는데, 이때 갈매나무라는 소재가 활용되었다. 뿐만 아니라 두현은 어린시절 할머니 집에서 갈매나무 가시에 찔려 상처가 난 적이 있는데, 이 두 사건을 갈매나무라는 소재가 매개하고 있다.

② 두현이 식당 여주인과 대화를 나누는 장면에서 '수칼매나무'가 등장한다. 여기서 수칼매나무는 두현의 꿈 속에 등장하는 모습으로서 "홀로 눈보라와 찬비와 거친 바람을 맞으며 추운 계절을 꿋꿋이 견디는"는 이미지로 작품 속에서 형상화되고 있다. 이때 '수칼매나무'는 심리적 아픔으로 고통받는 두현이 지향하는 모습과 가치를 상징하는 소재로서 암수라는 생물학적 구분에 따라 갈매나무의 이미지가 분화된 것으로 이해할 수 있다.

06 [모범답안]

답안	배점	예상 소요 시간
① 상제	3점	
② '주천' 또는 '주천(酒泉)'	3점	4분 / 전체 80분
(세상의) 공적 물건	4점	

[바른해설]

① 제시문의 '삼가 뜨하는 바를 아뢰오니 상제께서 처분하오소서'에서 청원의 수신인이 '상제'임을 알 수 있다.

② 제시문에서 화자가 '상제'에게 청원하는 내용은 '주천(酒泉)'이 주인 없어 오래도록 황폐하였으니 그 이유 살피신 후에 제가 바라는 일을 처결하여 허락함을 공증문서로 발급하옵소서'에서 드러난다. 이를 통해 화자의 청원 내용은 '주천을 자신에게 내려 달라고 하는 것'임을 알 수 있다.

③ 제시문의 '하물며 세상의 공적 물건이라 제 마음대로 못 할 일이라'이라는 '상제'의 말에서 화자의 청원을 들어줄 수 없는 이유가 '주천'이 '공적 물건'이기 때문임을 알 수 있다.

07 [모범답안]

답안	배점	예상 소요 시간
$\cos\theta+\sin\theta=\dfrac{3}{4}$	3점	
$\sin\theta\cos\theta=-\dfrac{7}{32}$	3점	4분 / 전체 80분
$\tan\theta+\dfrac{1}{\tan\theta}=-\dfrac{32}{7}$	4점	

[바른해설]

$$\sin\left(\pi+\left(\frac{\pi}{2}+\theta\right)\right)-\cos\left(\pi+\left(\frac{\pi}{2}+\theta\right)\right)=-\frac{3}{4}$$

$$-\sin\left(\frac{\pi}{2}+\theta\right)+\cos\left(\frac{\pi}{2}+\theta\right)=-\frac{3}{4}$$

$$-\cos\theta-\sin\theta=-\frac{3}{4}$$

$$\cos\theta+\sin\theta=\frac{3}{4}$$

$$(\sin\theta+\cos\theta)^2=\sin^2\theta+\cos^2\theta+2\sin\theta\cos\theta$$

$$\therefore\ \sin\theta\cos\theta=-\frac{7}{32}$$

$$\tan\theta+\frac{1}{\tan\theta}=\frac{\sin\theta}{\cos\theta}+\frac{\cos\theta}{\sin\theta}=\frac{\sin^2\theta+\cos^2\theta}{\sin\theta\cos\theta}$$

$$=-\frac{32}{7}$$

08 [모범답안]

답안	배점	예상 소요 시간
$2(3n+1)(3n+4)$ (또는 $(3n+1)(3n+4)$ 형태로 인수분해)	3점	
$\dfrac{1}{6}+\dfrac{1}{9}\left(\dfrac{1}{3n+1}-\dfrac{1}{3n+4}\right)$	3점	4분 / 전체 80분
$\dfrac{81}{40}$	4점	

[바른해설]

$$\frac{3n^2+5n+2}{18n^2+30n+8}=\frac{1}{6}\times\frac{9n^2+15n+6}{9n^2+15n+4}$$

$$=\frac{1}{6}\left(1+\frac{2}{9n^2+15n+4}\right)$$

$$=\frac{1}{6}\left\{1+\frac{2}{(3n+1)(3n+4)}\right\}$$

$$=\frac{1}{6}+\frac{1}{9}\left(\frac{1}{3n+1}-\frac{1}{3n+4}\right)$$

$$\sum_{n=1}^{12}\left\{\frac{1}{6}+\frac{1}{9}\left(\frac{1}{3n+1}-\frac{1}{3n+4}\right)\right\}$$

$$=\sum_{n=1}^{12}\frac{1}{6}+\frac{1}{9}\sum_{n=1}^{12}\left(\frac{1}{3n+1}-\frac{1}{3n+4}\right)$$

$$=2+\frac{1}{9}\left(\frac{1}{4}-\frac{1}{7}+\frac{1}{7}-\frac{1}{10}+\cdots+\frac{1}{34}-\frac{1}{37}+\frac{1}{37}\right.$$
$$\left.-\frac{1}{40}\right)$$
$$=2+\frac{1}{9}\left(\frac{1}{4}-\frac{1}{40}\right)$$
$$=2+\frac{1}{9}\times\frac{9}{40}=2+\frac{1}{40}=\frac{81}{40}$$

09 [모범답안]

답안	배점	예상 소요 시간
$\sum\limits_{n=1}^{100}\log_2 a_n=\dfrac{3}{2}$	4점	
$\sum\limits_{n=1}^{100}\log_2 b_n=-\dfrac{1}{2}$	2.5점	
$\sum\limits_{n=1}^{100}\log_2 c_n=50$	2.5점	5분 / 전체 80분
$\sum\limits_{n=1}^{100}\log_2(a_n b_n c_n)=51$	1점	

[바른해설]

$$\sum_{n=1}^{100}\log_2(a_n b_n c_n)=\sum_{n=1}^{100}(\log_2 a_n+\log_2 b_n+\log_2 c_n)$$

$$\sum_{n=1}^{100}\log_2 a_n=\log_2\{(a_1 a_2)(a_3 a_4)\cdots(a_{97}a_{98})(a_{99}a_{100})\}$$

$$=\sin\frac{\pi}{6}+\sin\frac{3}{6}\pi+\cdots+\sin\frac{97}{6}\pi+\sin\frac{99}{6}\pi$$

사인함수의 주기는 2π이므로,

$$\sin\frac{\pi}{6}+\sin\frac{3}{6}\pi+\sin\frac{5}{6}\pi+\sin\frac{7}{6}\pi+\sin\frac{9}{6}\pi+\sin\frac{11}{6}\pi$$

의 값이 8번 반복되며 그 값은 0이다. 따라서

$$\sum_{n=1}^{100}\log_2 a_n=\sin\frac{97}{6}\pi+\sin\frac{99}{6}\pi=\frac{3}{2}$$

$$\sum_{n=1}^{100}\log_2 b_n=\log_2\{(b_1 b_2)(b_3 b_4)\cdots(b_{97}b_{98})(b_{99}b_{100})\}$$

$$=\cos\frac{\pi}{3}+\cos\frac{3}{3}\pi+\cdots+\cos\frac{97}{3}\pi+\cos\frac{99}{3}\pi$$

코사인함수의 주기는 2π이므로,

$$\cos\frac{\pi}{3}+\cos\frac{3}{3}\pi+\cos\frac{5}{3}\pi$$ 의 값이 16번 반복되며,

그 값은 0이다. 따라서

$$\sum_{n=1}^{100}\log_2 b_n=\cos\frac{97}{3}\pi+\cos\frac{99}{3}\pi=-\frac{1}{2}$$

$$\sum_{n=1}^{100}\log_2 c_n=\log_2\{(c_1 c_2)(c_3 c_4)\cdots(c_{97}c_{98})(c_{99}c_{100})\}$$

$$=\tan\frac{\pi}{4}+\tan\frac{5}{4}\pi+\cdots\tan\frac{193}{4}\pi+\tan\frac{197}{4}\pi$$

탄젠트함수의 주기는 π이므로, $\tan\dfrac{\pi}{4}$의 값이 50번 반복되며, 그 값은 50이다.

즉, $\sum\limits_{n=1}^{100}\log_2 c_n=50$

$$\sum_{n=1}^{100}\log_2(a_n b_n c_n)=\sum_{n=1}^{100}(\log_2 a_n+\log_2 b_n+\log_2 c_n)$$

$$=\frac{3}{2}-\frac{1}{2}+50=51$$

10 [모범답안]

답안	배점	예상 소요 시간
$a_1=1,\ a_2=r,\ a_3=r^2$	1점	
$r=-\dfrac{1}{2}+\dfrac{\sqrt{8k+1}}{2}$	3.5점	
$k=3,\ 6,\ 10,\ 15$	4.5점	6분 / 전체 80분
합은 34	1점	

[바른해설]

그림에서 $a_1=1$이고 공비가 r이므로 $a_1=1,\ a_2=r,\ a_3=r^2$이다. $a_1,\ a_2,\ a_3$의 순서로 서로 다른 세 점에서 만나므로 $r>1$이다.

$x=a_3$일 때 y값이 같으므로

$$(r^2-1)(r^2-k)=m(r^2-1),\ r^2-k=m\ \cdots\cdots\ ①$$

$x=a_2$일 때 y값이 같으므로

$$-(r-1)(r-k)=m(r-1),\ -r+k=m\ \cdots\cdots\ ②$$

①, ②를 연립하면 $r^2+r-2k=0$, 이차방정식을 풀면

$$r=-\frac{1}{2}\pm\sqrt{2k+\frac{1}{4}}=-\frac{1}{2}\pm\frac{\sqrt{8k+1}}{2}$$이다.

$r>1$이고, $8k+1$이 자연수의 제곱수가 되면 r가 유리수가 되므로, $1<k<16$인 자연수 k는 3, 6, 10, 15이고 합은 $3+6+10+15=34$이다.

※ 참고 $k=3\to r=2,\ n=1,\ k=6\to r=3,\ m=3$
$k=10\to r=4,\ m=6,\ k=15\to r=5,\ m=10$

11 [모범답안]

답안	배점	예상 소요 시간
$m=\dfrac{4}{5}$	4점	
$a=1$	3점	5분 / 전체 80분
$M=4$	3점	

[바른해설]

$$\log_5(5^x+10)=\frac{x}{2}+\log_5\frac{10}{25}+2$$

$$\log_5(5^x+10)=\frac{x}{2}+2+(\log_5 10-\log_5 25)$$

$$\log_5(5^x+10)=\frac{x}{2}+2+\log_5 10-2$$

$$\log_5\frac{(5^x+10)}{10}=\frac{x}{2}$$

$$\frac{(5^x+10)}{10}=5^{\frac{x}{2}}$$에서 양변을 제곱하면

$$\frac{(5^x+10)^2}{100}=5^x$$

$5^x=k$라 하자. $(k>0)$

$k^2-80k+100=0$

이차방정식의 근과 계수 관계에 의해

$$\begin{cases} 5^\alpha+5^\beta=80 \\ 5^\alpha\times5^\beta=100 \end{cases}$$

$$\therefore \frac{1}{5^\alpha}+\frac{1}{5^\beta}=\frac{5^\beta+5^\alpha}{5^\alpha\times5^\beta}=\frac{80}{100}=\frac{4}{5}=m$$

정의역이 $\left\{x\mid-\sqrt[5]{5}\leq x\leq-\dfrac{1}{125}\right\}$인

함수 $y=-\log_5(-x)+a$는 $x=-\sqrt[5]{5}$일 때 최솟값을 갖

고, 최솟값이 $\dfrac{4}{5}$이므로

$$\frac{4}{5}=-\log_5\sqrt[5]{5}+a \quad \therefore a=1$$

함수 $y=-\log_5(-x)+1$은 $x=-\dfrac{1}{125}$일 때 최댓값

$M=4$를 갖는다.

12 [모범답안]

답안	배점	예상 소요 시간
닫힌구간 $[0,\ k]$에서 $f(x)$는 감소 (또는 $g'(x)$는 감소 또는 열린 구간 $(0,\ k)$에서 $f'(x)<0$)	5점	6분 / 전체 80분
$f(k)=-18<0$	1점	
$k^2+3k-6>0$	2.5점	
$k>\dfrac{-3+\sqrt{33}}{2}$	1.5점	

[바른해설]

열린구간 $(0,\ k)$에서 $g'(x)=f(x)$이다.

$f(x)$의 닫힌구간 $[0,\ k]$에서 $f(x)$를 전개하여 미분하면

$f'(x)=-3x^2+(6k+12)x-3k^2-12k-3$이므로,

$f'(x)$는 $x=k+2$에서 최대이고, $f'(k)=-3<0$이다.

따라서 닫힌구간 $[0,\ k]$에서 $f(x)<0$이므로 $f(x)$는 감소한

다. $f(k)=-18<0$이므로

$f(0)=k^3+6k^2+3k-18=(k+3)(k^2+3k-6)>0$을

만족시키는 양수 k에 대하여 $g(x)$가 열린구간 $(0,\ k)$에서

극값을 가진다. 따라서 $k>\dfrac{-3+\sqrt{33}}{2}$이다.

13 [모범답안]

답안	배점	예상 소요 시간
$f(x)=x^2+bx+c$라 하면 $b=-6$ (또는 $f(x)=x^2-6x+c$)	2점	7분 / 전체 80분
$a=1$	3점	
$c=-1$ (또는 $f(x)=x^2-6x-1$)	4점	
$af(3)=-10$	1점	

[바른해설]

$f(x)=x^2+bx+c$라 하자.

조건 (나): A, B의 x좌표는 $f(x)=f(2)$의 서로 다른 실근

이다.

$x^2+bx+c=4+2b+c \Rightarrow x^2+bx-2b-4=0$이므

로 근과 계수의 관계 (또는 대칭축)에 의해 $-b=6$, 즉

$b=-6$이다. 따라서 $f(x)=x^2-6x+c$이다.

조건 (다):

$$\lim_{x\to5}\frac{1}{x-5}\left\{\int_a^x|f(t)|dt-2\int_a^3|f(t)|dt\right\}=6으로부터$$

$$\int_a^5|f(t)|dt-2\int_a^3|f(t)|dt=0이므로$$

$$\int_a^5|f(t)|dt=2\int_a^3|f(t)|dt이다.$$

따라서 $\displaystyle\int_3^5|f(t)|dt=\int_a^5|f(t)|dt+\int_3^a|f(t)|dt$

$$=\int_a^3|f(t)|dt이다.$$

$|f(x)|\geq0$이고 함수 $y=|f(x)|$는 직선 $x=3$에 대하여

대칭이므로 $a=1$이다.

$g(x)=\displaystyle\int_1^x|f(t)|dt-2\int_1^3|f(t)|dt$라 하면 $g(5)=0$

이고

$$\lim_{x\to5}\frac{\int_1^x|f(t)|dt-2\int_1^3|f(t)|dt}{x-5}=\lim_{x\to5}\frac{g(x)-g(5)}{x-5}$$

$$=g'(5)=|f(5)|=|-5+c|=6$$

$c=11$일 때 $f(x)=x^2-6x+11$이고 $f(x)$의 최솟값

$f(3)=2>0$이므로

조건 (가)를 만족시킬 수 없다.

$c=-1$일 때 $f(x)=x^2-6x-1$이고 $f(x)$의 최솟값은

$f(3)=-10<0$

$af(3)=1\times(-10)=-10$

14 [모범답안]

답안	배점	예상 소요 시간
$B(t, mt)$에 대해 $t=\dfrac{4(m+1)}{m^2+1}$ (t대신 다른 매개변수를 사용 가능)	3점	
$S(m)=\dfrac{1}{2}(mt-t)(4-t)$, $T(m)=\dfrac{t}{2}(mt-t)$ (또는 $\dfrac{S(m)}{T(m)}=\dfrac{m^2-m}{m+1}$	5점	6분 / 전체 80분
$\displaystyle\lim_{m\to 1+}\dfrac{S(m)}{(m-1)T(m)}=\dfrac{1}{2}$	2점	

[바른해설]

어떤 t에 대해 $B(t, mt)$이다.

점 A에서 직선 BC에 내린 수선의 발을 H, 직선 BC가 x축과 만나는 점을 D라 하면, 삼각형 OBD와 삼각형 BAH는 닮은꼴이므로 $t:mt=(mt-4):(4-t)$

따라서 $t=\dfrac{4(m+1)}{m^2+1}$이므로 삼각형 ABC의 넓이는

$$S(m)=\frac{1}{2}(mt-t)(4-t)=\frac{8m(m+1)(m-1)^2}{(m^2+1)^2}$$

이고, 삼각형 OBC의 넓이는

$$T(m)=\frac{t}{2}(mt-t)=\frac{1}{2}(m-1)\left\{\frac{4(m+1)}{m^2+1}\right\}^2$$

$$=\frac{8(m-1)(m+1)^2}{(m^2+1)^2}\text{이다.}$$

따라서 $\displaystyle\lim_{m\to 1+}\dfrac{S(m)}{(m-1)T(m)}=\dfrac{1}{2}$이다.

15 [모범답안]

답안	배점	예상 소요 시간
$a=2$	2점	
$f(2)=\dfrac{59}{3}$ (또는 극댓값 $\dfrac{59}{3}$)	2점	5분 / 전체 80분
$g(x)=x^3-9x^2+24x-\dfrac{1}{3}$	3점	
극솟값 $\dfrac{47}{3}$	3점	

[바른해설]

$f'(x)=x^3-5x^2+2x+8=(x+1)(x-2)(x-4)$이므로, $f(x)$는 $x=2$에서 극댓값 $\dfrac{59}{3}$를 가진다.

$g(x)=x^3+bx^2+cx-\dfrac{1}{3}$이라 하면,

$0=g'(2)=12+4b+c$이고,

$\dfrac{59}{3}=g(2)=8+4b+2c-\dfrac{1}{3}$이므로, $b=-9$, $c=24$ 이다.

$g'(x)=3x^2-18x+24=3(x-2)(x-4)$이므로, 함수 $g(x)$의 극솟값은 $g(4)=\dfrac{47}{3}$이다.

2025학년도 모의고사

국어[A형]

01 [모범답안]

답안	배점	예상 소요 시간
① 특히, 받았습니다	5점	3분 / 전체 80분
② 저는, 올립니다	5점	

[바른해설]

① 제시문의 "특히 박물관과 뒤뜰에는 무인석이 하나 있었는데, 그 생생한 모습 때문인지 마치 시간을 거슬러 과거로 돌아간 듯한 느낌을 받았습니다."에서는 박물관 견학에서 살펴본 구체적인 문화재인 '무인석'을 제시하면서 박물관 견학을 통해 얻은 학생의 인상적인 경험을 전달하고 있다.

② 제시문의 "저는 문화재학과에 진학하여 문화재와 관련된 전문가가 되고 싶지만 문화재학과 졸업 이후 어떤 진로가 있을지 막연한 생각이 들어, 재학생과 졸업생분들의 조언을 듣고자 이렇게 글을 올립니다."에서는 학생의 현재 희망 진로인 '문화재 관련 전문가'를 언급한 후에, 이와 관련하여 게시판 문의를 통해 알고 싶은 내용을 추가적으로 설명하고 있다.

[채점기준]

①, ② 각각 첫 어절과 마지막 어절을 순서대로 정확하게 쓴 경우만 정답으로 인정함.

02 [모범답안]

답안	배점	예상 소요 시간
① 동물	3점	
② 무기물	4점	4분 / 전체 80분
③ 데카르트	3점	

[바른해설]

① 스토아학파는 코나투스를 모든 생명체가 가지는 것이 아니라 동물만이 가지는 특성이라고 하였다.

② 르네상스 철학에서는 코나투스를 유기적 생명체뿐만 아니라 무기물도 가진 속성이라고 하였다.

③ 데카르트는 코나투스에 담긴 생물학적 함축적 의미를 제외했다.

[채점기준]

①~③을 정확하게 쓴 경우만 정답으로 인정함.

03 [모범답안]

답안	배점	예상 소요 시간
① 없다(없습니다 등)	5점	3분 / 전체 80분
② 없다(없습니다 등)	5점	

[바른해설]

① 제시문의 둘째 문단에서 콜먼은 "행위자가 관심 있는 자원, 즉 이해관계를 가지고 있는 자원을 타인이 통제하고 있을 수도 있고 타인이 관심 있는 자원을 자신이 통제하고 있을 수도 있다."라고 언급했다. 이를 통해 콜먼의 합리적 선택 이론에서 행위자는 자신이 원하는 모든 자원을 자유롭게 활용할 수 없다는 견해를 가지고 있음을 확인할 수 있다.

② 제시문의 셋째 문단에서 콜먼은 사회적 균형 상태는 자원의 초기 배분 상태에 절대적으로 의존하며, 완전 경쟁 시장이라는 전제하에 시장을 통한 배분은 자원의 초기 불평등 상태를 유지하게 하는 경향이 있다는 관점을 가지고 있음을 확인할 수 있다. 여기에서 완전 경쟁 시장에서 정부의 적극적 개입이나 사회 구조적 혁명 등이 없이 인간의 행위만으로 자원 배분의 불평등 정도를 해소할 수 없다는 콜먼의 견해를 추론할 수 있다.

[채점기준]

①, ② 모두 문맥상 '있다', '없다'의 의미가 정확하게 드러나는 경우에만 정답으로 인정함.

04 [모범답안]

답안	배점	예상 소요 시간
① 내부	4점	
② 말하기	3점	5분 / 전체 80분
③ 보여주기	3점	

[바른해설]

① 「해산 바가지」는 1인칭 서술자로 서술자는 이야기의 내부에 있다.

② [A]에서는 서술자가 자신의 목소리로 사건, 인물의 성격, 상황을 설명하는 말하기의 방식이 사용되고 있다.

③ [B]에서는 인물 간의 대화로 사건을 제시하거나 심리를 묘사하는 보여주기의 방식이 사용되고 있다.

[채점기준]

①~③을 정확하게 쓴 경우만 정답으로 인정함.

수학[A형]

05 [모범답안]

답안	배점	예상 소요 시간
① $a=\dfrac{1}{9}$	4점	
$a>1$ 조건을 만족시키는 함수가 없음	1점	3분 / 전체 80분
② $a=\dfrac{1}{3}$	4점	
$0<a<1$ 조건을 만족시키는 함수가 있음	1점	

[바른해설]

$a>1$일 때, $y=a^{x-1}+2$는 증가함수이므로, $x=2$에서 최솟값 $\dfrac{19}{9}$를 가져야 한다. 즉, $a+2=\dfrac{19}{9}$에서 $a=\dfrac{1}{9}$이다. 따라서 $a>1$인 조건을 만족시키지 못한다.

$0<a<1$일 때, $y=a^{x-1}+2$는 감소함수이므로, $x=3$에서 최솟값 $\dfrac{19}{9}$를 가져야 한다. 즉, $a^2+2=\dfrac{19}{9}$에서 $a^2=\dfrac{1}{9}$. 따라서 $a=\dfrac{1}{3}$이고 조건을 만족시킨다.

06 [모범답안]

답안	배점	예상 소요 시간
$\cos\theta+\sin\theta=\dfrac{1}{5}$	3점	
$\sin\theta\cos\theta=-\dfrac{12}{25}$	3점	1분 / 전체 80분
$\sin^3\theta+\cos^3\theta=\dfrac{37}{125}$	4점	

[바른해설]

$\sin\left(\dfrac{\pi}{2}+\theta\right)=\cos\theta,\ \cos\left(\dfrac{\pi}{2}+\theta\right)=-\sin\theta$이므로

$\cos\theta+\sin\theta=\dfrac{1}{5}$이다.

양변을 제곱하면 $(\cos^2\theta+\sin^2\theta)+2\sin\theta\cos\theta=\dfrac{1}{25}$

$1+2\sin\theta\cos\theta=\dfrac{1}{25},\ 2\sin\theta\cos\theta=-\dfrac{24}{25},$

$\sin\theta\cos\theta=-\dfrac{12}{25}$

$\therefore\ \sin^3\theta+\cos^3\theta=(\sin\theta+\cos\theta)^3$
$$-3\sin\theta\cos\theta(\sin\theta+\cos\theta)$$

$\left(\dfrac{1}{5}\right)^3-3\left(-\dfrac{12}{25}\right)\left(\dfrac{1}{5}\right)=\dfrac{37}{125}$

07 [모범답안]

답안	배점	예상 소요 시간
$f(x)=bx+c$	3점	
$f(0)=0$ 또는 $f(x)=bx$	3점	3분 / 전체 80분
$b=-1,\ a=-\dfrac{1}{2}$	3점	
$f(a)=f\left(-\dfrac{1}{2}\right)=\dfrac{1}{2}$	1점	

[바른해설]

$f(x)=bx^n+\cdots+$상수로 놓았을 때 n의 값은 1

따라서 $f(x)=bx+c$

$\displaystyle\int_0^x f(t)dt=f(x)+ax^2+x$에서 x에 0을 대입하면

$f(0)=0=b\times0+c$

따라서 $c=0$

$\displaystyle\int_0^x f(t)dt=f(x)+ax^2+x$에서 $\dfrac{1}{2}bx^2=bx+ax^2+x$

$b+1=0,\ a=\dfrac{1}{2}b$

$b=-1,\ a=-\dfrac{1}{2}$

$f(x)=-x,\ f(a)=f\left(-\dfrac{1}{2}\right)=\dfrac{1}{2}$

08 [모범답안]

답안	배점	예상 소요 시간
$a_n=3n-2$	2점	
$\displaystyle\sum_{k=1}^{4}(a_k)^2=166$	3점	3분 / 전체 80분
$S_n=\dfrac{n(3n-1)}{2}$	2점	
$n=11$	3점	

[바른해설]

첫째항이 1이고 공차가 3인 등차수열 $\{a_n\}$은

$a_n=1+(n-1)\times3=3n-2$이므로,

$\displaystyle\sum_{k=1}^{4}(a_k)^2=\sum_{k=1}^{4}(3k-2)^2=1+4^2+7^2+10^2=166$이다.

또한, $S_n=\dfrac{n(2+(n-1)\times3)}{2}=\dfrac{n(3n-1)}{2}$이다.

따라서 $\dfrac{n(3n-1)}{2}>166$이고 $n(3n-1)>332$이므로,

$n=11$일 때, 352이다.

국어[B형]

01 [모범답안]

답안	배점	예상 소요 시간
① 찬성1	3점	
② 쟁점2	2점	4분 / 전체 80분
③ 찬성1	3점	
④ 쟁점1	2점	

[바른해설]

범죄 입증에 투입되는 시간과 인력을 줄임으로써 비용을 절감할 수 있다고 주장하는 것은 '찬성1'이고, 관련된 쟁점은 '쟁점2'이다. 범죄자가 풀려날 가능성이 줄어 사회적 질서 유지에 도움이 된다고 주장하는 것은 '찬성1'이고, 관련된 쟁점은 '쟁점1'이다.

[채점기준]

①, ④를 정확하게 쓴 경우만 정답으로 인정함.

02 [모범답안]

답안	배점	예상 소요 시간
① 실재성	4점	
② 완전성	3점	5분 / 전체 80분
③ 명료성	3점	

[바른해설]

〈보기〉의 ①의 정답은 제시문의 '미의 실재성에 대한 토마스 아퀴나스의 입장은 아리스토텔레스의 질료 형상론에 기반한다.'에서 드러나 있다. 〈보기〉의 '질료에 형상이 결합한다는 아리스토텔레스의 생각'은 '질료 형상론'의 다른 표현이므로 ①의 답은 '실재성'이다.

〈보기〉의 ②의 정답은 제시문의 '어떤 사물이 완전하다는 것은 사물이 자신의 본성에 따라 갖추어야 할 것을 다 갖추고 있다는 것을 의미한다.'에서 찾을 수 있다. 이는 미(美)의 의미 내용 중 '완전성'에 해당한다. 이에 '완전성'이 ②의 정답에 해당한다.

〈보기〉의 ③의 정답은 제시문 '명료성은 인간의 지성에 대해 사물이 자기의 본성을 뚜렷하게 드러내는 것이다.'에서 찾을 수 있다. 이에 '명료성'이 ③의 정답에 해당한다.

[채점기준]

①~③을 정확하게 쓴 경우만 정답으로 인정함.

03 [모범답안]

답안	배점	예상 소요 시간
① 보호 비용을 부담하는 사람, 계약을 체결하는 사람	5점	5분 / 전체 80분
② (일정) 지역 내에 거주하는 모든 사람	5점	

[바른해설]

제시문에 따르면 국가의 보호 서비스를 받는 사람의 범위에서 극소 국가와 최소 국가는 차이가 있다. 극소 국가의 경우, 보호 비용을 부담하는 사람, 혹은 보호 계약을 체결한 사람에게만 보호 서비스가 제공되는데 반해, 최소 국가의 경우에는 일정 지역 내에 거주하는 모든 사람에게 보호 서비스가 제공된다.

[채점기준]

①, ②의 정답을 정확하게 쓴 경우에만 정답으로 인정함.

04 [모범답안]

답안	배점	예상 소요 시간
① 주인년	5점	5분 / 전체 80분
② 야경꾼	5점	

[바른해설]

김수영의 「어느 날 고궁을 나오면서」는 힘 있는 자들의 부정과 부패에 저항할 용기는 내지 못하면서 힘없는 이들을 향해 사소한 일에만 분노를 표출하는 화자가 자신의 옹졸함을 성찰하는 시이다. 제시문은 이 시의 1~2연이다. 1~2연은 심각한 사회 문제에는 침묵하면서 사소한 일에만 분개하는 '나'의 모습을 보여주고 있다. 1연에서 '나'는 '왕궁'과 '왕궁의 음탕' 대신에 설렁탕집의 '주인년'에게 분노를 표출하고, 2연에서는 '야경꾼'에게 분노를 표출한다. '주인년'과 '야경꾼'은 화자보다 약한 대상이고, 갈등의 직접적인 원인인 '왕궁'은 화자보다 강한 대상이기 때문에 화자는 '왕궁'이 아닌 '주인년'과 '야경꾼'에게 분노를 표출한다.

[채점기준]

- ①, ②를 정확하게 쓴 경우만 정답으로 인정함.
- 순서 바뀌어도 상관 없음.

수학[B형]

05 [모범답안]

답안	배점	예상 소요 시간
$2(\log_a b)^2 + \log_a b - 3 = 0$	5점	
$\log_a b = -\dfrac{3}{2}$	3점	2분 / 전체 80분
$\log_a b + \log_b \dfrac{1}{a} = -\dfrac{5}{6}$	2점	

[바른해설]

$\log_a b : \log_b a = \log_a \dfrac{a^3}{b} : 2$ 에서

$\log_a b : \log_b a = (3 - \log_a b) : 2$

따라서 $2\log_a b = \dfrac{1}{\log_a b}(3 - \log_a b)$ 이므로

정리하면 $2(\log_a b)^2 + \log_a b - 3 = 0$

$2(\log_a b)^2 + \log_a b - 3 = 0$

$2(\log_a b) + \log_a b - 3 = (2\log_a b + 3)(\log_a b - 1) = 0$ 이므로

$\log_a b = -\dfrac{3}{2}$ 또는 $\log_a b = 1$

$a \neq b$ 이므로 $\log_a b = -\dfrac{3}{2}$ 이다.

따라서 $\log_a b + \log_b \dfrac{1}{a} = \log_a b - \log_b a = \log_a b - \dfrac{1}{\log_a b}$

$= -\dfrac{3}{2} + \dfrac{2}{3} = -\dfrac{5}{6}$

06 [모범답안]

답안	배점	예상 소요 시간
$f(x) = \dfrac{5}{(x+1)(x+6)}$	3점	
$g(x) = 2x^2 + bx + c$ 라 놓을 수 있다	3점	2분 / 전체 80분
$b = 4, c = -2$	2점	
$g(-1) = -4$	2점	

[바른해설]

$f(x) = \displaystyle\sum_{k=1}^{5} \dfrac{1}{(x+k)(x+k+1)}\ \dfrac{1}{x+1} - \dfrac{1}{x+6}$

$= 5\dfrac{5}{(x+1)(x+6)}$ 이고

$\displaystyle\lim_{x\to\infty} f(x)g(x) = 10$ 이므로 $g(x) = 2x^2 + bx + c$ 라 놓을 수 있다. α, β 가 방정식 $g(x) = 0$ 의 서로 다른 두 실근

이므로 근과 계수와의 관계로부터 $\alpha + \beta = -\dfrac{b}{2} = -2$,

$\alpha\beta = \dfrac{c}{2} = -1$ 이므로 $b = 4, c = -2$

따라서 $g(x) = 2x^2 + 4x - 2 = 2(x+1)^2 - 4$ 이므로, 최솟값은 $g(-1) = -4$

07 [모범답안]

답안	배점	예상 소요 시간
$f(x) = 4x^2 + ax + b$ 로 놓을 수 있다	2점	
연속 조건에서 $a + b = -4$	3점	2분 / 전체 80분
미분가능 조건에서 $a = -8$, $b = 4$	3점	
$f(3) = 16$	2점	

[바른해설]

조건 $\displaystyle\lim_{x\to\infty} \dfrac{f(x)}{2x^2 + 3} = 2$ 로부터 $f(x) = 4x^2 + ax + b$ 라고

하면 $g(x)$ 는 다음과 같다. (a, b 는 상수)

$g(x) = \begin{cases} f(x-1) - f(x) & (x < 1) \\ f(x-1) & (x \geq 1) \end{cases}$

$= \begin{cases} -8x + 4 - a & (x < 1) \\ 4(x-1)^2 + a(x-1) + b & (x \geq 1) \end{cases}$

조건에서 함수 $g(x)$ 가 $x = 1$ 에서 미분가능하므로 $x = 1$ 에서 연속이다.

따라서 $\displaystyle\lim_{x\to 1-} g(x) = -4 - a = b = \lim_{x\to 1+} g(x)$ 이므로

$a + b = -4$ 이다.

함수 $g(x)$ 가 $x = 1$ 에서 미분가능하므로

$\displaystyle\lim_{x\to 1-} \dfrac{g(x) - g(1)}{x - 1} = -8 = a = \lim_{x\to 1+} \dfrac{g(x) - g(1)}{x - 1}$

이므로

$a = -8, b = 4$ 이다.

따라서 $f(x) = 4x^2 - 8x + 4$ 이므로 $f(3) = 16$ 이다.

08 [모범답안]

답안	배점	예상 소요 시간
$S(0) = \dfrac{1}{2}$ 또는 옳다	4점	
$S(\alpha) + S(1+\alpha) = \dfrac{1}{2}$	4점	3분 / 전체 80분
옳은 것은 ㄱ	2점	

[바른해설]

ㄱ. $S(0) = 1 - \displaystyle\int_0^1 x\,dt = \dfrac{1}{2}$ 이므로 $S(0) = \dfrac{1}{2}$ 로 옳다.

ㄴ. $-1 < t < 0$ 일 때 $S(t) = \dfrac{1}{2}(1 - t^2)$ 이고 $0 \leq t < 1$ 일 때

$S(t) = \dfrac{1}{2}(1 - t)^2$

따라서 $-1 < \alpha < 0$ 인 모든 실수 α 에 대하여

$S(\alpha) + S(1+\alpha) = \dfrac{1}{2}$ 이므로

$S(\alpha) + S(1+\alpha) = \dfrac{3}{2}$ 는 옳지 않다.

2024학년도 기출문제

국어[자연C]

01 [모범답안]

답안	배점	예상 소요 시간
① 최근, 있습니다	5점	3분 / 전체 80분
② 분석, 하였습니다	5점	

[바른해설]
① MBTI 검사가 활용되는 구체적인 사례들은 제시문–연설문 초안의 첫문단에 있다. 최근의 MBTI가 활용되는 열풍을 소개하면서 청중의 관심을 유도하고자 한다.
② 사람의 성격을 규정하기 어려움을 강조하기 위해 인용된 관련 분야 권위자의 견해는 두 번째 문단의 두 번째 문장에 있다. 칼 구스타프 융의 성격론이 소개되었다.(분석 심리학자 융은 인간의 성격을 씨앗으로 보고 성격은 생애 발달 주기, 환경 등과 상호 작용하며 변화해 가는 과정이지 처음부터 완전체가 아니라고 하였습니다.)

[채점기준]
①, ② 각각 첫 어절과 마지막 어절을 순서대로 정확하게 쓴 경우만 정답으로 인정함.

02 [모범답안]

답안	배점	예상 소요 시간
① ㉠ 논쟁의 정도	4점	
② ㉡ 정보량	3점	4분 / 전체 80분
③ ㉢ 선정적 표현의 정도	3점	

[바른해설]
〈보기1〉에 나타난 사례에서 제시문에서 언급된 '미디어'에 의한 1차 전달과정에서 위험 정보의 확산이 높아지는 원인 세 가지 중에서 적용되는 사례를 연결할 수 있으면 된다. 제시문에서는 논쟁의 정도나 정보량, 선정적 표현의 정도가 미디어에 의한 위험정보의 전달과정에서 위험 상황에 대한 인식을 키우게 된다고 말하고 있다.
㉠: 지역주민들과 전문가 집단의 지속적인 이의제기는 정부의 발표에 대해 논쟁에 불을 붙여서 위험성을 증폭시켰다.
㉡: 사건의 최초보도부터 추가 보도에 이르기까지 집중된 보도는 각각 4천건과 5천 여건으로 압도적으로 많은 정복의 량이 위험성에 대한 인식을 고조시켰다.
㉢: 미디어에 의한 전달과정에서 주택가의 방사선 보도는 그 방사선량이 인체에 백혈병이나 암과 같은 중대질병을 유발할 수 있다는 공포감을 심어주어 위험상황을 고조시켰다.

[채점기준]
①~③을 정확하게 쓴 경우만 정답으로 인정함.

03 [모범답안]

답안	배점	예상 소요 시간
① 수용	4점	
② (전달된 정보에 대한) 해석 및 반응 (단계)	6점	4분 / 전체 80분

[바른해설]
제시문은 미디어에 의한 위험 상황 관련 정보의 전달이 2단계에 걸쳐서 진행된다고 말하고 전달 단계에서 어떻게 위험 상황에 대한 인식이 고조되며, 다음 단계인 해석과 반응 단계에서 어떻게 정보에 대한 왜곡이 나타나는지를 분석하였다.
첫 번째 문항은 미디어에 의해서 이루어지는 정보 전달에 대해서 '정보 전달 시스템'의 역할을 떠맡게 되는 대중들이 정보를 전달받는다는 것이 우선은 정보 수용의 주체가 된다는 사실을 이해하는지 물었다.
두 번째 단계에서는 수용자들에 의해 정보에 대한 왜곡과 편견이 이루어지게 되는데, 그 과정에 개입하는 '단순화' '비합리적이고 비체계적인'수용과정이 나타나는 것을 설명하고 있다. 이러한 과정은 정보 전달의 두 번째 단계인 해석과 반응의 단계에서 일어난다.

[채점기준]
①, ②를 정확하게 쓴 경우만 정답으로 인정함.

04 [모범답안]

답안	배점	예상 소요 시간
①: 핵 재처리 공정	4점	3분 / 전체 80분
②: 순도	6점	

[바른해설]
두 공법 모두 핵 재처리 공정이지만, 퓨렉스 공법은 플루토늄–239이 다른 핵물질과 분리되어 추출되는 반면, 파이로프로세싱에서는 다른 핵물질과 섞여 추출되기 때문이 두 공정에서 추출되는 플류토늄–239의 순도가 다르다고 할 수 있다. 또한 이러한 이유로 플루토늄–239가 순도가 높게 추출되는 퓨렉스 공법에서 생기는 문제, 즉 플류토늄–239가 핵무기로 사용될 수 있다는 문제를 방지할 수 있다.

[채점기준]
①, ②를 정확하게 쓴 경우만 정답으로 인정함.

05 [모범답안]

답안	배점	예상 소요 시간
① 돌미륵	4점	5분 / 전체 80분
② 적막한 황혼	6점	

[바른해설]

문학 작품에서 사용되는 시간 또는 공간과 관련된 소재는 작품의 주제를 형상화하는 데 중요한 역할을 하는 구성 요소이다. (가)에서 '해현'은 주인공이 인생무상이라는 깨달음을 얻게 되는 공간이다. (가)에서 주인공은 '해현'에서 발견된 돌미륵을 통해 꿈과 현실이 연결되어 있음을 확인하고, 비현실적 공간에서의 경험을 현실적 공간으로 확장하게 된다. (나)에는 죽은 '누이동생'에 대한 그리움과 슬픔이 다양한 소재를 통해 형상화되고 있다. 이러한 소재에는 시간 및 공간과 관련된 것도 있는데, '묘지', '무덤' 등은 화자가 누이에 대한 그리움을 심화시키는 공간적 배경으로 기능한다. 뿐만 아니라 (나)에는 시간을 나타내는 시어도 등장하는데, 그중에서도 화자의 감정이 투영된 수식어와 결합한 시어 '적막한 황혼'은 화자의 그리움과 슬픔을 효과적으로 전달하는 기능을 한다.

[채점기준]

①, ②를 정확하게 쓴 경우만 정답으로 인정함.

06 [모범답안]

답안	배점	예상 소요 시간
① 여인은, 울었다	5점	4분 / 전체 80분
② 산꿩도, 있었다	5점	

[바른해설]

① '여인은 나어린 딸아이를 때리며 가을밤같이 차게 울었다'에서 '울었다'라는 청각적 이미지를 '차게'라는 촉각적 이미지를 통해 표현한 감각의 전이를 통해 '여인'의 마음속에 가득했을 서러움을 인상적으로 드러내고 있다.

② '산(山)꿩도 섧게 울은 슬픈 날이 있었다'는 여인이 출가하면서 느꼈을 고통을 '산꿩'에 이입하여 드러내고 있다.

[채점기준]

①, ② 각각 첫 어절과 마지막 어절을 순서대로 정확하게 쓴 경우만 정답으로 인정함.

② '산(山)꿩도'도 정답으로 인정

수학[자연C]

07 [모범답안]

답안	배점	예상 소요 시간
$2\sin\theta\cos\theta = -\dfrac{3}{4}$ $\left(\text{또는 } \sin\theta = \dfrac{1}{4} \mp \dfrac{\sqrt{7}}{4}\right)$	4점	2분 / 전체 80분
$\lvert \sin\theta - \cos\theta \rvert^2 = \dfrac{7}{4}$ $\left(\text{또는 } \cos\theta = \dfrac{1}{4} \pm \dfrac{\sqrt{7}}{4}\right)$	4점	
$\lvert \sin\theta - \cos\theta \rvert = \dfrac{\sqrt{7}}{2}$	2점	

[바른해설]

$\sin\theta + \cos\theta = \dfrac{1}{2}$의 양변을 제곱하면

$\sin^2\theta + 2\sin\theta\cos\theta + \cos^2\theta = \dfrac{1}{4}$, $1 + 2\sin\theta\cos\theta = \dfrac{1}{4}$이

므로 $2\sin\theta\cos\theta = -\dfrac{3}{4}$

$\lvert \sin\theta - \cos\theta \rvert^2 = (\sin\theta - \cos\theta)^2 = 1 - 2\sin\theta\cos\theta$

$= 1 + \dfrac{3}{4} = \dfrac{7}{4}$

따라서 $\lvert \sin\theta - \cos\theta \rvert = \dfrac{\sqrt{7}}{2}$

08 [모범답안]

답안	배점	예상 소요 시간
① $2a+b+5$	3점	3분 / 전체 80분
② $a-b+1$	3점	
③ $(-2, -1)$ (또는 $a=-2$, $b=-1$)	1점	
④ 1	3점	

[바른해설]

$x \neq -1$, $x \neq 2$일 때, $f(x) = \dfrac{x^3 + ax + b}{x+1}$이다.

함수 $f(x)$는 $x=2$에서 연속이므로 $\lim\limits_{x \to 2} f(x) = f(2)$이다.

즉, $\lim\limits_{x \to 2} \dfrac{x^3 + ax + b}{x+1} = 1$이므로 $2a+b = -5$

또한, 함수 $f(x)$는 $x=-1$에서도 연속이므로

$\lim\limits_{x \to -1} f(x) = f(-1)$이다.

$\lim\limits_{x \to -1} \dfrac{x^3 + ax + b}{x+1} = f(-1)$이고 극한값이 존재하므로

$-1-a+b=0$, 즉 $a-b=-1$이다. 이를 $2a+b=-5$과

연립해서 풀면 $a=-2$, $b=-1$

따라서 $f(-1)=\lim\limits_{x \to -1}\dfrac{x^3-2x-1}{x+1}$

$=\lim\limits_{x \to -1}\dfrac{(x+1)(x^2-x-1)}{x+1}=\lim\limits_{x \to -1}(x^2-x-1)=1$

09 [모범답안]

답안	배점	예상 소요 시간
$G'(x)=2(x+1)f(x)$	3점	
$f'(x)=4(x+1)$	4점	3분 / 전체 80분
$f(x)=2x^2+4x-2$	2점	
$f(1)=4$	1점	

[바른해설]

$2(x+1)f(x)$의 한 부정적분이 $G(x)$이므로,

$G'(x)=2(x+1)f(x)$

$G(x)=(x+1)^2 f(x)-x^4-4x^3-6x^2-4x$의 양변을 x에 대하여 미분하면

$G'(x)=2(x+1)f(x)+(x+1)^2 f'(x)-4x^3-12x^2$
$-12x-4$

따라서, $(x+1)^2 f'(x)=4x^3+12x^2+12x+4$
$=4(x+1)^3$

$f(x)$는 다항함수이므로, $f'(x)=4(x+1)$이고,

$f(x)=2x^2+4x+C$

$G(0)=f(0)=-2$이므로 $f(x)=2x^2+4x-2$,

$f(1)=4$이다.

[참고]
$G(x)=x^4+4x^3+2x^2-4x-2$

10 [모범답안]

답안	배점	예상 소요 시간
$f'(x)=4x^3+8kx^2-12k^2x$ $=4x(x+3k)(x-k)$	2점	
$x=-3k$와 $x=k$에서 극소이고 $x=0$에서 극대	2점	
(a 조건) $a>3$ 또는 $-45k^4+3<a<-\dfrac{7}{3}k^4+3$	3점	4분 / 전체 80분
(b 조건) $b=3$ 또는 $b=-\dfrac{7}{3}k^4+3$	3점	

[바른해설]

$f(x)=x^4+\dfrac{8}{3}kx^3-6k^2x^2+3$에서

$f'(x)=4x^3+8kx^2-12k^2x=4x(x+3k)(x-k)$

$f'(x)=0$에서 $x=-3k$ 또는 $x=0$ 또는 $x=k$

함수 $f(x)$는 $x=-3k$와 $x=k$에서 극소이고 $x=0$에서 극

대이다.

$f(-3k)=81k^4-72k^4-54k^4+3=-45k^4+3$

$f(k)=k^4+\dfrac{8}{3}k^4-6k^4+3=-\dfrac{7}{3}k^4+3$으로

$f(-3k)<f(k)$이므로 곡선 $y=f(x)$와 서로 다른 두 점에서 만나기 위해서는 $a>f(0)=3$ 또는

$f(-3k)<a<f(k)$ 즉, $-45k^4+3<a<-\dfrac{7}{3}k^4+3$

곡선 $y=f(x)$와 서로 다른 세 점에서 만나기 위해서는
$b=3$ 또는 $b=-\dfrac{7}{3}k^4+3$을 만족해야 한다.

11 [모범답안]

답안	배점	예상 소요 시간
① 1	2점	
② 8	2점	5분 / 전체 80분
③ $\dfrac{62}{3}$	3점	
④ $\dfrac{98}{3}$	3점	

[바른해설]

함수 $f(x)$가 실수 전체의 집합에서 연속이므로 $x=0$, $x=1$에서 연속이다.

$\lim\limits_{x \to 0-}f(x)=\lim\limits_{x \to 0+}f(x)=f(0)$,

즉 $\lim\limits_{x \to 0-}(ax^3+8)=\lim\limits_{x \to 0+}(-4x+b)=b$이고 $\therefore b=8$

$\lim\limits_{x \to 1-}f(x)=\lim\limits_{x \to 1+}f(x)=f(1)$,

즉 $\lim\limits_{x \to 1-}(-4x+8)=\lim\limits_{x \to 1+}(x^2-6x+9a)=-5+9a$이고 $4=-5+9a$ $\therefore a=1$ 따라서

$f(x)=\begin{cases} x^3+8 & (-2\leq x<0) \\ -4x+8 & (0\leq x<1) \\ x^2-6x+9 & (1\leq x<3) \end{cases}$ 이다.

$f\left(x-\dfrac{5}{2}\right)=f\left(x+\dfrac{5}{2}\right)$는

$\displaystyle\int_{-2}^{3}f(x)dx=\int_{-2}^{0}f(x)dx+\int_{0}^{1}f(x)dx+\int_{1}^{3}f(x)dx$

$=12+6+\dfrac{8}{3}=\dfrac{62}{3}$

$\displaystyle\int_{-2}^{5}f(x)dx=\int_{-2}^{3}f(x)dx+\int_{3}^{5}f(x)dx$

$f(x)=f(x+5)$이므로 $f(x)$는 주기가 5인 주기함수이다.

$\displaystyle\int_{3}^{5}f(x)dx=\int_{-2}^{0}f(x)dx=12$

$\therefore \displaystyle\int_{-2}^{5}f(x)dx=\int_{-2}^{3}f(x)dx+\int_{3}^{5}f(x)dx=\dfrac{98}{3}$

12 [모범답안]

답안	배점	예상 소요 시간
$q<0$	2점	
$-p-q<0$	3점	6분 / 전체 80분
$p=6$ (또는 $q=-3$)	4점	
15	1점	

[바른해설]

$f(0)>f\left(\dfrac{3\pi}{2}\right)$은 $|-q|>|-p-q|$이고 $p>0$이므로 $q<0$이다. $g(x)=p\sin x-q$라 할 때, $g(x)$의 최솟값은 $-p-q$이다. 만약 $-p-q\geq0$이면 3개의 등차수열이 존재하므로, $-p-q<0$이어야 한다.

이때, $\{a_n\}$는 첫째항이 0이고 공차가 π인 등차수열이고, $\{b_n\}$는 첫째항이 $\dfrac{\pi}{2}$이고 공차가 2π인 등차수열이다.

$\dfrac{f(b_3)}{a_4}=\dfrac{3}{\pi}$에서 $f(b_3)=\beta=\dfrac{3}{\pi}a_4=\dfrac{3}{\pi}\times3\pi=9$이다.

그리고 $\alpha+\beta=12$에서 $\alpha=|p\sin0-q|=|-q|$이므로 $|-q|+9=12$이다. $q=-3(q<0)$,

$f(b_3)=|p-q|=|p+3|=9$에서 $p=6(p>0)$

$\therefore 2p-q=15$

13 [모범답안]

답안	배점	예상 소요 시간
$\displaystyle\lim_{x\to\frac{4}{3}}\dfrac{9x}{2}-2$ $=\displaystyle\lim_{x\to\frac{4}{3}}(3x-2)^2=4$	2점	
$a=\dfrac{4}{3}$	3점	2분 / 전체 80분
$\displaystyle\lim_{x\to\infty}\dfrac{f(x)}{x}=0$	2점	
$\displaystyle\lim_{x\to\infty}\dfrac{ax-f(x)}{2f(x)+3x}=\dfrac{4}{9}$	3점	

[바른해설]

$\dfrac{9}{2x}-\dfrac{2}{x^2}\leq f(x)\leq\left(3-\dfrac{2}{x}\right)^2$으로부터

$\dfrac{9x}{2}-2\leq x^2f(x)\leq(3x-2)^2$

따라서 $\displaystyle\lim_{x\to\frac{4}{3}}\dfrac{9x}{2}-2=\lim_{x\to\frac{4}{3}}(3x-2)^2=4$이므로

$\displaystyle\lim_{x\to\frac{4}{3}}x^2f(x)=4$ 따라서 $a=\dfrac{4}{3}$

또한, $\dfrac{\dfrac{9x}{2}-2}{x^3}\leq\dfrac{f(x)}{x}\leq\dfrac{(3x-2)^2}{x^3}$이고

$\displaystyle\lim_{x\to\infty}\dfrac{\dfrac{9x}{2}-2}{x^3}=0=\lim_{x\to\infty}\dfrac{(3x-2)^2}{x^3}$이므로 $\displaystyle\lim_{x\to\infty}\dfrac{f(x)}{x}=0$

따라서

$$\lim_{x\to\infty}\dfrac{ax-f(x)}{2f(x)+3x}=\lim_{x\to\infty}\dfrac{a-\dfrac{f(x)}{x}}{2\dfrac{f(x)}{x}+3}=\dfrac{4}{9}$$

14 [모범답안]

답안	배점	예상 소요 시간
$p=\dfrac{2}{9}$	4점	
$q=1$	4점	3분 / 전체 80분
$9x\log_{24}2+y\log_{24}12=3$	2점	

[바른해설]

$512^x=144^y=k(k>0)$이라 하자. $512^x=k$에서 $2^{9x}=k$, $2=k^{\frac{1}{9x}}$, $144^y=k$에서 $12^{2y}=k$, $12=k^{\frac{1}{2y}}$

$\dfrac{1}{9x}+\dfrac{1}{2y}=\dfrac{1}{2}$이고 $k^{\frac{1}{9x}+\frac{1}{2y}}=k^{\frac{1}{9x}}\times k^{\frac{1}{2y}}=2\times12=24$,

$k^{\frac{1}{2}}=24$이므로 $k=24^2=576$, $512^x=576$에서

$x=\log_{512}576=\dfrac{2}{9}\dfrac{\log24}{\log2}=\dfrac{2}{9}\log_2 24$ $\therefore p=\dfrac{2}{9}$

$144^y=576$에서 $y=\log_{144}576=\dfrac{2}{2}\dfrac{\log24}{\log12}$

$=\dfrac{\log24}{\log12}=\log_{12}24$, $\therefore q=1$

$9x\log_{24}2+y\log_{24}12=9\times\dfrac{2}{9}\dfrac{\log24}{\log2}\times\dfrac{\log2}{\log24}$

$+\dfrac{\log24}{\log12}\times\dfrac{\log12}{\log24}=2+1=3$

15 [모범답안]

답안	배점	예상 소요 시간
$\theta=\dfrac{5}{4}\pi$	5점	
$\sin2\theta=1$	2점	3분 / 전체 80분
$\tan3\theta=-1$	3점	

[바른해설]

선분 AP를 포함하는 부채꼴 AOP에서 $\angle AOP=\alpha$라 하자. 조건 (가)에서 부채꼴 AOP의 넓이가 $\dfrac{3}{2}\pi$이므로,

$\dfrac{1}{2}4\alpha=\dfrac{3}{2}\pi$, $\alpha=\dfrac{3}{4}\pi$

이때, $\theta=\dfrac{3}{4}\pi$ 또는 $\theta=\dfrac{5}{4}\pi$이다.

$\theta=\dfrac{3}{4}\pi$이라면, $\cos\theta<0$, $\tan\theta<0$이므로 조건 (나)를 만족시키지 않는다.

$\theta=\dfrac{5}{4}\pi$이라면, $\cos\theta<0$, $\tan\theta>0$이므로 조건 (나)를 만족시킨다.

따라서, $\theta=\dfrac{5}{4}\pi$이다.

그러므로 $\sin2\theta=\sin\dfrac{5}{2}\pi=\sin\dfrac{\pi}{2}=1$이고

$\tan3\theta=\tan\dfrac{15}{4}\pi=\tan\left(3\pi+\dfrac{3}{4}\pi\right)=\tan\dfrac{3}{4}\pi$
$=-1$이다.

국어[자연D]

01 [모범답안]

답안	배점	예상 소요 시간
① 현재, 있니(?)	5점	3분 / 전체 80분
② 만약, 어때(?)	5점	

[바른해설]

추가 설명이 필요하다고 생각한 부분을 언급하고, 그 의미가 무엇인지 질문하는 부분은 '유준'의 두 번째 대화이고, 대화 참여자 사이의 의견 차이가 있는 부분에 대해 둘의 의견을 모두 수렴한 새로운 대안을 제안하고 있는 부분은 '유준'의 네 번째 대화이다.

[채점기준]

①, ② 각각 첫 어절과 마지막 어절을 순서대로 정확하게 쓴 경우만 정답으로 인정함.

02 [모범답안]

답안	배점	예상 소요 시간
① '명목 (가치)' 또는 '액면 (가치)'	5점	4분 / 전체 80분
② 대형전	5점	

[바른해설]

상평통보 가운데 초주단자전과 대형전의 발행 당시의 명목 가치를 비교하면 대형전이 더 크기 때문에 상승했다고 할 수 있다. 중형전과 대형전의 발행 당시 필요한 구리의 양은 대형전이 더 많았다고 할 수 있다.

[채점기준]

①, ②를 정확하게 쓴 경우만 정답으로 인정함.

03 [모범답안]

답안	배점	예상 소요 시간
①: (나)	5점	4분 / 전체 80분
②: (가)	5점	

[바른해설]

그래프상 주화의 실질 가치를 높이면 구리와 쌀의 가격이 낮아지므로 (나)로 옮겨간다. 하지만 세종의 정책은 쌀의 가격만 낮추는 결과를 낳았기 때문에 실제로는 (가)로 옮겨가게 된다.

[채점기준]

①, ②를 정확하게 쓴 경우만 정답으로 인정함.
① '(나)'에서 '()' 표시 하지 않아도 정답으로 인정.
② '(가)'에서 '()' 표시 하지 않아도 정답으로 인정.

04 [모범답안]

답안	배점	예상 소요 시간
㉠: 클럽재	2점	
㉡: 사적 재화	3점	4분 / 전체 80분
㉢: 공유 자원	2점	
㉣: 공공재	3점	

[바른해설]

㉠ '한산한 고속도로'는 이용을 하기 위해 비용을 지불해야 하지만 개인의 고속도로 이용이 다른 사람의 고속도로 이용의 기회를 감소시키지는 않는다. 따라서 '한산한 고속도로'는 배제성은 있으나 경합성은 없는 클럽재의 성격을 가진다.

㉡ '꽉 막힌 고속도로'는 이용을 하기 위해 비용을 지불해야 하고, 개인의 고속도로 이용이 다른 사람의 고속도로 이용의 기회를 감소시킨다. 따라서 '한산한 고속도로'는 배제성도 있고 경합성도 있는 사적재화의 성격을 가진다.

㉢ '출퇴근 시간의 일반도로'는 이용을 하기 위해 비용을 지불하지는 않지만, 개인의 일반도로 이용이 다른 사람의 일반도로 이용의 기회를 감소시킨다. 따라서 '출퇴근 시간의 일반도로'는 배제성은 없지만 경합성은 있는 공유자원의 성격을 가진다.

㉣ '심야의 일반도로'는 이용을 하기 위해 비용을 지불하지 않고, 개인의 일반도로 이용이 다른 사람의 일반도로 이용의 기회를 감소시키지도 않는다. 따라서 '심야의 일반도로'는 배제성도 없고 경합성도 없는 공공재의 성격을 가진다.

[채점기준]

㉠~㉣을 정확하게 쓴 경우만 정답으로 인정함.

05 [모범답안]

답안	배점	예상 소요 시간
① 김창호	4점	4분 / 전체 80분
② 그러나, 것이다	6점	

[바른해설]

①: 도식화된 표는 홍 기자가 기사의 소재가 될 때만 김창호에게 관심을 갖고 인터뷰를 하며, 기사의 소재가 되지 않을 때는 관심을 갖지 않음을 정리한 것이다.

②: '그러나 우리는 그 무한한 기능으로 인해 인간 부재의 매스컴에 이르지 않는가를 부단히 경계하고 자각해야 할 것이다.'에는 대중매체를 비판적으로 수용해야할 필요가 있다는 작품의 메시지가 드러나 있다.

[채점기준]

①을 정확하게 쓴 경우만 정답으로 인정함.

②는 첫 어절과 마지막 어절을 순서대로 정확하게 쓴 경우만 정답으로 인정함.

06 [모범답안]

답안	배점	예상 소요 시간
① 내일이나, 했던가	5점	4분 / 전체 80분
② 그러면, 온다	5점	

[바른해설]

윤동주의 「참회록」은 처음부터 끝까지 부끄러움이라는 감정을 중심으로 자기성찰을 밀고나간 작품이다. 이 작품의 특이점은 그 성찰이 시의 화자에 의해서 통시간적으로 이루어짐으로써 생애 전체에 대한 자기 이해를 이루고, 이로써 암울하고 부정적인 현실을 견디고자하는 자기 각성에 이른다는 점이다.

〈보기2〉의 ㉠현재의 부끄러운 고백을 다시 부끄럽게 떠올릴 미래에 대한 성찰은 작품의 3연에, ㉡화자는 고통스러운 현실을 회피하지 않고 담담하게 고독과 비애를 끌어안고 걸어 나가겠다는 삶의 태도는 이 작품의 5연에 잘 나타나고 있다.

[채점기준]

①, ② 각각 첫 어절과 마지막 어절을 순서대로 정확하게 쓴 경우만 정답으로 인정함.

수학[자연D]

07 [모범답안]

답안	배점	예상 소요 시간
$\tan^2\theta-(\sqrt{3}-1)\tan\theta-\sqrt{3}=0$	2점	
$\tan\theta=\sqrt{3}$	2점	3분 / 전체 80분
$\theta=\dfrac{4}{3}\pi$	2점	
$2\cos\theta-4\sin\theta=2\sqrt{3}-1$	4점	

[바른해설]

$\tan\theta-\dfrac{\sqrt{3}}{\tan\theta}=\sqrt{3}-1$을 정리하면

$\tan^2\theta-(\sqrt{3}-1)\tan\theta-\sqrt{3}=0$

따라서 $\tan\theta=-1$ 또는 $\tan\theta=\sqrt{3}$인데,

$\pi<\theta<\dfrac{3}{2}\pi$이므로 $\tan\theta=\sqrt{3}$이다.

따라서 $\theta=\dfrac{4}{3}\pi$이고, $2\cos\theta-4\sin\theta=2\sqrt{3}-1$

08 [모범답안]

답안	배점	예상 소요 시간
$f(2)=3$	3점	
$f'(2)=-2$	3점	3분 / 전체 80분
$y=-2x+7$	2점	
7	2점	

[바른해설]

$y=x^2f(x)-3x$에서 $y'=2xf(x)+x^2f'(x)-3$이고 점 $(2,6)$이 곡선 $y=x^2f(x)-3x$ 위의 점이므로 $f(2)=3$

곡선 $y=x^2f(x)-3x$ 위의 점 $(2,6)$에서의 접선의 기울기가 1이므로

$2\times 2\times f(2)+2^2\times f'(2)-3=9+4f'(2)=1$

즉, $f'(2)=-2$

따라서 곡선 $y=f(x)$ 위의 점 $(2,f(2))$에서의 접선의 방정식은

$y-f(2)=f'(2)\times(x-2)$, $y-3=-2(x-2)$

즉, $y=-2x+7$

따라서 구하는 y절편은 7이다.

09 [모범답안]

답안	배점	예상 소요 시간
① $-2k+2$	3점	
② $2k+1$	3점	4분 / 전체 80분
③ 4	2점	
④ 41	2점	

[바른해설]

$a_1=1$이고 $a_2=a_1+1\times-\sin\left(\dfrac{\pi}{2}\times 1\right)=1+(-1)=0$,

$a_3=a_2+2\times-\sin\left(\dfrac{\pi}{2}\times 2\right)=0+(0)=0$

$a_4=a_3+3\times-\sin\left(\dfrac{\pi}{2}\times 3\right)=0+3=3$,

$a_5=a_4+4\times-\sin\left(\dfrac{\pi}{2}\times 4\right)=3+0=3$이다.

$a_6=-2$, $a_7=-2$, $a_8=5$이고 $a_9=5$, $a_{10}=-4$,

$a_{11}=-4$, $a_{12}=7$이 된다.

위와 같이 $-\sin\left(\dfrac{\pi}{2}\times n\right)$는 $-1, 0, 1, 0$이 반복되므로

$a_{4k-3}=2k-1$, $a_{4k-2}=a_{4k-1}=-2k+2$,

$a_{4k}=2k+1$이 된다.

따라서 $a_k+a_{k+1}+a_{k+2}+a_{k+3}=4$이 반복되므로

$\displaystyle\sum_{k=1}^{40}a_k+a_{41}+a_{42}=4\times 10+(2\times 11-1)$

$+(-2\times 11+2)=41$이다.

10 [모범답안]

답안	배점	예상 소요 시간
$a<0$, $b>0$일 때 모든 조건을 만족한다.	3점	
$b=-a$	2점	5분 / 전체 80분
$a=-\dfrac{9}{10}$	2점	
$f(a)=-\dfrac{281}{180}$	3점	

[바른해설]

$f(x)=\dfrac{ax+2}{x-b}=a+\dfrac{ab+2}{x-b}$이고, $a=0$이면, (가)를 만족하지 않는다. 또한 (가)에 의해 $b>0$이어야 한다.

(1) $a>0$, $b>0$인 경우 조건 (나)를 만족하지 않는다.

(2) $a<0$, $b>0$인 경우 조건 (나)를 만족한다.

조건 (가)로부터 $b=-a$이다.

$f(3)+h(3)=\dfrac{2}{3}$이고 $h(3)=1$이므로

$f(3)=\dfrac{3a+2}{3+a}=-\dfrac{1}{3}$ 즉, $a=-\dfrac{9}{10}$

따라서 $f(x)=\dfrac{-\dfrac{9}{10}x+2}{x-\dfrac{9}{10}}$이므로

$f(a)=f\left(-\dfrac{9}{10}\right)=\dfrac{\left(-\dfrac{9}{10}\right)^2+2}{-\dfrac{9}{10}-\dfrac{9}{10}}=-\dfrac{281}{180}$

11 [모범답안]

답안	배점	예상 소요 시간
$f(x)=-(x-4)^2(x-4-a)$ $(x-4+a)$ (또는 $x-4=t$로 치환하면, $f(x)=f(t+4)$ $=-t^2(t^2-a^2)$	3점	
$x=4\pm\dfrac{a}{\sqrt{2}}$	3점	5분 / 전체 80분
$a^2=6$	2점	
-27	2점	

[바른해설]

조건 (가), (나)에 의하여 방정식 $f(x)=0$의 한 실근을 $4+a$라 하면 다른 한 실근은 $4-a$이므로

$f(x)=-(x-4)^2(x-4-a)(x-4+a)$

(단, a는 양의 상수)

$f'(x)=-2(x-4)(x-4-a)(x-4+a)$

$-(x-4)^2(x-4-a)-(x-4)^2(x-4+a)$

$$= -(x-4)\{2(x-4)^2 - 2a^2 + 2(x-4)^2\}$$
$$= -2(x-4)\{2(x-4)^2 - a^2\}$$

$f'(x)=0$에서 $x=4$ 또는 $x=4\pm\dfrac{a}{\sqrt{2}}$이므로

함수 $f(x)$는 $x=4\pm\dfrac{a}{\sqrt{2}}$에서 극댓값을 갖는다.

이때 함수 $f(x)$의 극댓값이 9이므로

$$f\left(4+\frac{a}{\sqrt{2}}\right) = -\frac{a^2}{2}\left(\frac{a}{\sqrt{2}}-a\right)\left(\frac{a}{\sqrt{2}}+a\right)$$

$$= -\frac{a^2}{2}\left(\frac{a^2}{2}-a^2\right) = \frac{a^4}{4} = 9 \text{ 즉, } a^2 = 6\text{이므로}$$

$$f(1) = -(1-4)^2(1-4-a)(1-4+a)$$
$$= -9\times(9-a^2) = -27$$

12 [모범답안]

답안	배점	예상 소요 시간
$2a$	2점	
$8a$	2점	5분 / 전체 80분
$2a-3$	3점	
3	3점	

[바른해설]

$f(-x)=-f(x)$이므로 원점 대칭이다. 즉, $f(0)=0$,
$f(-x)=-f(x)$와 $f(x)=f(x-2)+4a$에 $x=1$을
대입하면 $f(1)=2a$이다. 곡선 $y=f(x-2)+4a$는 곡선
$y=f(x)$를 x축의 방향으로 2만큼, y축의 방향으로 $4a$만큼
평행이동한 곡선과 일치한다.
따라서 $f(2)=f(0)+4a=4a$, $f(3)=f(1)+4a=6a$,
$f(4)=f(2)+4a=8a$
곡선 $y=f(x)$와 x축 및 직선 $x=1$로 둘러싸인 부분의 넓
이가 3이고 원점 대칭 $(f(-1)=-2a)$과 증가함수인 성질
을 이용하면 또한 곡선 $y=f(x)$와 y축 및 직선 $y=-2a$로
둘러싸인 부분의 넓이는 $2a-3$이다.

$$\int_1^4 f(x)dx = \int_1^2 f(x)dx + \int_2^3 f(x)dx + \int_3^4 f(x)dx$$

이고

$$\int_1^2 f(x)dx + \int_2^3 f(x)dx + \int_3^4 f(x)dx$$
$$= (2a+2a-3)+(4a+3)+(6a+2a-3)\text{이므로}$$
$$(2a+2a-3)+(4a+3)+(6a+2a-3)$$
$$= 16a-3 = 45$$

따라서 a의 값은 3

13 [모범답안]

답안	배점	예상 소요 시간
$0\leq x<2$(또는 $n=1$), $f(x)=\cos(\pi x)$	2점	
$x=\dfrac{1}{3}$	3점	5분 / 전체 80분
$2\leq x<4$(또는 $n=2$), $f(x)=\cos(2\pi x)$	2점	
$x=\dfrac{23}{6}$	3점	

[바른해설]

$0\leq x<2$, 즉 $n=1$일 때, $f(x)=\cos(\pi x)$이다.

$2f(x)-1=0$에서 $\cos(\pi x)=\dfrac{1}{2}$, 이 구간에서 가장 작은

실근이 존재하고 그 값은 $x=\dfrac{1}{3}$이다.

$2\leq x<4$, 즉 $n=2$일 때, $f(x)=\cos(2\pi x)$이다.

$2f(x)-1=0$에서 $\cos(2\pi x)=\dfrac{1}{2}$,

이 구간에서 가장 큰 실근이 존재하고 그 값은 $x=\dfrac{23}{6}$이다.

14 [모범답안]

답안	배점	예상 소요 시간
$\displaystyle\sum_{k=1}^{10} a_k = 15$	4점	
$a_{11}=8$	4점	4분 / 전체 80분
23	2점	

[바른해설]

$a_n+b_n=2$에서 $\displaystyle\sum_{k=1}^{10}(a_k+b_k)=20$ …… ㉠이고,

$$\sum_{k=1}^{9}\{(a_{k+1})^2-(b_{k+1})^2\} = \sum_{k=1}^{10}\{(a_k)^2-(b_k)^2\}$$
$$-(a_1^2-b_1^2)=20\text{이다. 이때 두 수열의 첫째항이 같으므로}$$

$$\sum_{k=1}^{10}\{(a_k-b_k)(a_k+b_k)\}$$

$$= \sum_{k=1}^{10}\{2(a_k-b_k)\}=20 …… ㉡\text{이다.}$$

위의 ㉠, ㉡을 연립하여 풀면 $\displaystyle\sum_{k=1}^{10}a_k=15$이고, $\displaystyle\sum_{k=1}^{10}b_k=5$이다.

$\displaystyle\sum_{k=1}^{10}\{ka_{k+1}-(k+1)a_k\}=50$을 전개하면

$$(a_2-2a_1)+(2a_3-3a_2)+(3a_4-4a_3)+$$
$$\cdots+(10a_{11}-11a_{10})=50\text{이고,}$$
$$-2(a_1+a_2+a_3+\cdots+a_{10})+10a_{11}=50,$$
$$-2\sum_{k=1}^{10}a_k+10a_{11}=50\text{이다.}$$

따라서 $10a_{11}=80$, $a_{11}=8$이고

$\sum_{k=1}^{11} a_k = 15 + 8 = 23$이다.

15 [모범답안]

답안	배점	예상 소요 시간
$-9 < x < -3$ (또는 $\dfrac{x}{3}=t$로 놓으면 $-3 < t < -1$)	3점	
$-6 \leq x \leq 10.5$ (또는 $\dfrac{x}{3}=t$로 놓으면 $-2 \leq t \leq 3.5$)	3점	3분 / 전체 80분
$-6 \leq x < -3$ (또는 x는 -4, -5, -6)	3점	
3개	1점	

[바른해설]

부등식 $\log_3 f\!\left(\dfrac{x}{3}\right) \leq \log_3 g\!\left(\dfrac{x}{3}\right)$에서 $\dfrac{x}{3}=t$로 놓으면

$\log_3 f(t) \leq \log_3 g(t)$

로그의 진수 조건에서 의하여 $f(t) > 0$, $g(t) > 0$이므로

$-3 < t < -1$

부등식 $\log_3 f(t) \leq \log_3 g(t)$에서 밑 3이 1보다 크므로

$f(t) \leq g(t)$에서 $-2 \leq t \leq 3.5$

따라서 $-2 \leq t < -1$, 즉 $-2 \leq \dfrac{x}{3} < -1$

$-6 \leq x < -3$ 따라서 x는 -4, -5, -6이고 그 개수는 3이다.

국어[자연E]

01 [모범답안]

답안	배점	예상 소요 시간
① 중간–1–(1)	5점	4분 / 전체 80분
② 중간–1–(2)–④	5점	

[바른해설]

① 한국의 GDP 대비 혁신 기술 연구 개발 투자 비율이 세계 1, 2위를 다투는 수준임을 보여주는 자료는 우리 나라가 다른 나라에 비해 혁신 기술의 개발을 위해 높은 비율의 국가 예산을 투자하고 있음을 강조하기에 적절한 자료이다.

② 연도별 한국의 혁신 기술 수입액과 수출액을 보여주는 자료는 매년 혁신 기술 수출액이 혁신 기술 도입액보다 적음을 뒷받침하기에 적절한 자료이다.

[채점기준]

①, ②를 정확하게 쓴 경우만 정답으로 인정함.

'1, (1), (2), ④' 등과 같은 기호를 완전히 정확하게 쓰지 않으면 오답으로 처리함.

02 [모범답안]

답안	배점	예상 소요 시간
① '인간' 또는 '사람'	2점	5분 / 전체 80분
② 파스퇴르	4점	
③ '(미생물) 발효균' 또는 '젖산 발효 효모' 또는 '미생물'	4점	

[바른해설]

과학 지식에 대한 구성주의의 입장은 인간 대 비인간이라는 근대주의의 이분법적 사고에 근거한다. 라투르의 관점에서 구성주의는 과학 지식의 형성 과정에 참여하는 번역의 주체를 '인간' 또는 '사람'으로 한정한 것이다. 반면 이질적 구성주의는 근대주의를 벗어나 행위자에 인간 및 비인간 실체를 모두 포함시키고 있다. 이런 점에서 라투르의 관점은 이질적 구성주의와 일맥상통하는 바가 있다. 유명한 파스퇴르의 사례를 통해 생각해 보기로 하자. 파스퇴르는 발효를 촉진하는 미생물 발효균을 발견하여 '젖산 발효 효모'라 명명하고 발효의 과정을 과학적으로 규명한 바 있다. 이 과정에서 파스퇴르는 미생물 발효균이 그 기질과 존재를 드러내는 것을 돕고, 발효균은 파스퇴르가 명성을 획득하는 것을 도운 셈으로 볼 수 있다. 따라서 라투르의 관점에서 파스퇴르의 사례를 살펴보면, 이 사례에서 번역의 주체에 해당하는 것은 '파스퇴르'와 '(미생물) 발효균' 또는 '젖산 발효 효모' 또는 '미생물'이라고 할 수 있다.

[채점기준]
①~③을 정확하게 쓴 경우만 정답으로 인정함.
②와 ③의 제시 순서는 바뀌어 제시되어도 상관 없음.

03 [모범답안]

답안	배점	예상 소요 시간
① 번역	4점	5분 / 전체 80분
② 연결망	6점	

[바른해설]
행위자–연결망 이론에서 〈보기〉의 '총'과 '범인'은 모두 행위 능력을 지닌 행위자로서 이들은 '번역'의 과정을 통해 '총기 사고'라는 하나의 '연결망'으로 포섭된다. '번역'의 과정은 행위자가 서로의 목표를 조율함으로써, 즉 상대방에 맞추어 자신을 변화시킴으로써 이루어지는 것이다. '총기 사고'에 대한 기술 결정론의 입장과 사회 문화 결정론의 입장 모두 행위자–연결망 이론의 입장에서는 범인과 총이 서로에게 변화를 일으킨다는 점을 간과하고 있다는 문제가 있다.

[채점기준]
①, ②를 정확하게 쓴 경우만 정답으로 인정함.

04 [모범답안]

답안	배점	예상 소요 시간
① 신속성	3점	3분 / 전체 80분
② 경제성	3점	
③ 시효 (제도)	4점	

[바른해설]
①, ② 조선 시대의 '취송 기한'과 '정소 기한'은 모두 재판이 신속하고 효율적으로 진행될 수 있도록 하기 위한 제도라 할 수 있다. 현대의 민사 소송 재판이 실현하고자 하는 이상 중, 이와 관련이 있는 것은 '신속성'과 '경제성'이라 할 수 있다.
③ 조선 시대의 '정소 기한'은 사적인 권리를 침해당하였을 때 소장(訴狀)을 제출할 수 있는 법정 기한을 제한해 두는 제도이다. 현대의 민사 소송법 중, 정소 기한과 유사한 성격을 가지는 것은 시효는 일정한 사실 상태가 오래 계속된 경우에 그 상태가 진실한 권리관계와 합치하느냐 여부를 묻지 않고 사실 상태를 그대로 존중하여 그 권리관계로 인정하는 제도인 '시효 제도'이다.

[채점기준]
①~③을 정확하게 쓴 경우만 정답으로 인정함.
①과 ②의 제시 순서는 바뀌어 제시되어도 상관 없음.

05 [모범답안]

답안	배점	예상 소요 시간
① 김생은, 않았다	6점	4분 / 전체 80분
② 이곳이, 어디입니까(?)	2점	
③ 내가, 왔습니까(?)	2점	

[바른해설]
제시문 「상사동기」에 나타난 인물 김생의 성격화의 근거를 찾아 제시하면 된다.
㉠: '김생은 옛 연인이 있을 것으로 추측되는 집으로 들어가기 위해 의도적으로 꾸며낸 행동을 하여 상황을 조성하는 장면은 김생이 유가행차 중 취기가 오른 장면, 제시문의 두 번째 문단에 나온다. "김생은 문득 옛날 일이 생각나 마음속으로 은근히 기뻐하며 짐짓 취한 듯 말에서 떨어져 땅에 눕고는 일어나지 않았다."는 장면은 김생이 술에 취해 말에서 떨어진 것처럼 연기하는 장면이다.
㉡: 다섯 번째 문단에서는 김생이 이미 깨어 있었으면서도 시치미를 떼고 주변 사람들에게 여기가 어디이고, 어떻게 여기에 오게 되었느냐고 묻는 장면이 나온다. 김생의 말은 "이곳이 어디입니까?", "내가 어떻게 해서 이곳에 왔습니까?" 이 두 대화이며, 이 대화의 첫 어절과 마지막 어절을 각각 쓰면 된다. 순서는 상관 없다.

[채점기준]
①~③ 각각 첫 어절과 마지막 어절을 순서대로 정확하게 쓴 경우만 정답으로 인정함.
②와 ③의 제시 순서는 바뀌어도 상관 없음.

06 [모범답안]

답안	배점	예상 소요 시간
① '손(등)' 또는 '손길'	5점	4분 / 전체 80분
② (다) 슬픈 일(들)	5점	

[바른해설]
① 이 작품은 기본적으로 화가 박수근의 작품과 인간 됨됨이를 보여주는 에피소드를 통해 작품의 주제화를 시도하고 있다. 작품의 전체에서 화가 박수근의 면모를 가장 압축적으로 보여주는 이미지는 손이다. 손은 화가에게 그림을 그리는 중요한 신체 부분이면서, 작중에는 외출하기 전에 빨래를 개우는 소탈하고 다정한 모습을 비출 때에도 부각되는 이미지이다. 시의 화자는 이런 손의 이미지를 강조하기 위해서 장엄함, 멋쟁이 등의 형용사 사용하고 있다.
② 작품 전체의 주도적이고 핵심적인 대상–이미지로 '손'을 들 수 있으며, 그러한 대상에 대한 화자의 감정은 '애상감'으로 그 애상감을 가장 압축적으로 보여주는 시어는 "슬픈 일들"이다.

[채점기준]

①, ②를 정확하게 쓴 경우만 정답으로 인정함.

수학[자연T]

07 [모범답안]

답안	배점	예상 소요 시간
$(\log_2 x - 3)(\log_2 x - 6) < 40$	2점	
$(\log_2 x + 2)(\log_2 x - 11) < 0$	3점	3분 / 전체 80분
$-2 < \log_2 x < 11$ (또는 $2^{-2} < x < 2^{11}$)	3점	
2047	2점	

[바른해설]

$\log_2 \dfrac{x}{8} \times \log_2 \dfrac{x}{64} = (\log_2 x - 3)(\log_2 x - 6)$

$(\log_2 x - 3)(\log_2 x - 6) < 40$

$(\log_2 x + 2)(\log_2 x - 11) < 0$이므로

즉, $-2 < \log_2 x < 11$, $2^{-2} < x < 2^{11}$

$2^{-2} < x < 2048$

따라서 부등식을 만족시키는 자연수 x의 최댓값은 2047이다.

08 [모범답안]

답안	배점	예상 소요 시간
① a_5	2점	
② a_5	2점	2분 / 전체 80분
③ 81 (또는 $a_2 a_8 \times a_3 a_7$)	3점	
④ 9	3점	

[바른해설]

등비수열 $\{a_n\}$에 대하여 세 수 a_2, ① a_5 , a_8이 순서대로 등비수열을 이루고, 또한 세 수 a_3, ② a_5 , a_7이 순서대로 등비수열을 이루므로 $a_5^{\ 4} =$ ③ 81 이다. 따라서 $a_5^{\ 2}$의 값은 ④ 9 이다.

09 [모범답안]

답안	배점	예상 소요 시간
$k=1$	3점	
$\alpha = \pi$	3점	5분 / 전체 80분
$\beta + \gamma = 3\pi$	3점	
3	1점	

[바른해설]

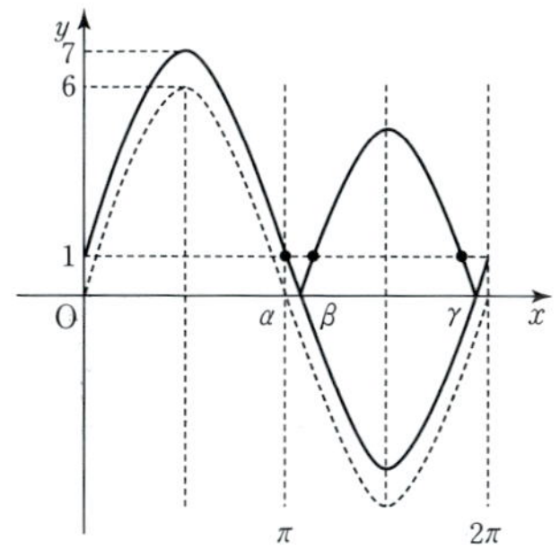

$f(x) = |6\sin x + 1| = k$라 하면 $\pi \leq x < 2\pi$에서 함수 $y = f(x)$의 그래프는 그림의 실선과 같다. 방정식 $|6\sin x + 1| = k$가 서로 다른 세 실근을 가지므로 함수 $y = f(x)$의 그래프와 직선 $y = k$가 서로 다른 세 점에서 만나야 한다. 즉, $k = 1$

$\alpha = \pi$, $\beta + \gamma = 3\pi$이므로 $k\left(\dfrac{\beta + \gamma}{\alpha}\right) = 1 \times \dfrac{3\pi}{\pi} = 3$

10 [모범답안]

답안	배점	예상 소요 시간
① 3	3점	
② -79	2점	4분 / 전체 80분
③ 3, -132	2점	
④ $-79x + 105$	3점	

[바른해설]

곡선 C에 접하는 접선의 접점의 x좌표를 t, 접선의 기울기를 $f(t)$라 하면 $f(t) = 4t^3 - 15t^2 - 18t + 2$

이때 $f'(t) = 12t^2 - 30t - 18 = 0$에서 $t = 3$일 때, $f(t)$는 최솟값 -79를 갖는다.

즉, 기울기가 최소인 접선의 접점은 점 $(3, -132)$이고 기울기는 -79이므로 접선의 방정식은 $y + 132 = -79(x - 3)$

그러므로 $y = -79x + 105$이다.

11 [모범답안]

답안	배점	예상 소요 시간
$x^2-6x+3<0$	2점	
정수 x의 값은 1, 2, 3, 4, 5 (또는 $A=\{1, 2, 3, 4, 5\}$)	3점	4분 / 전체 80분
$3^{5k-25}=3^0$ (또는 $5k-25=0$)	4점	
$k=5$	1점	

[바른해설]

부등식 $\left(\dfrac{1}{4}\right)^{-x^2+5x+3}<4^{x-6}$에서 $4^{x^2-5x-3}<4^{x-6}$,

$x^2-5x-3<x-6$, $x^2-6x+3<0$,

$3-\sqrt{6}<x<3+\sqrt{6}$

따라서 부등식을 만족시키는 정수 x의 값은

1, 2, 3, 4, 5이므로 $A=\{1, 2, 3, 4, 5\}$

$a\in A$에 대하여, $x=3^{-a^2}\times\left(\dfrac{1}{3}\right)^{-2a-k}=3^{-a^2+2a+k}$이므로,

$a=1$일 때, 3^{1+k}

$a=2$일 때, 3^{k}

$a=3$일 때, 3^{-3+k}

$a=4$일 때, 3^{-8+k}

$a=5$일 때, 3^{-15+k}

집합 $B=\{3^{1+k}, 3^{k}, 3^{-3+k}, 3^{-8+k}, 3^{-15+k}\}$이므로 집합 B의 모든 원소의 곱은

$3^{1+k}\times 3^{k}\times 3^{-3+k}\times 3^{-8+k}\times 3^{-15+k}=3^{5k-25}=3^0$

따라서 $k=5$

12 [모범답안]

답안	배점	예상 소요 시간
($f(x)=x(x-1)(x^2+ax+b)$ 로 놓았을 때) $a+b=3$	2점	
$f'(0)=-b$ (또는 $-4\leq f'(0)\leq 4$)	4점	5분 / 전체 80분
$f(2)$의 최솟값은 12	2점	
$f(2)$의 최댓값은 28	2점	

[바른해설]

조건 (가)로부터 $f(1)=0$

조건 (나)에서 $0\leq|f(0)|\leq|0g(0)|=0$이므로 $f(0)=0$

따라서 $f(x)=x(x-1)(x^2+ax+b)$로 놓을 수 있다.

(가)에서 $4=\lim\limits_{x\to 1}\dfrac{f(x)}{x-1}=\lim\limits_{x\to 1}x(x^2+ax+b)=1+a+b$

이므로

$a+b=3$, $x\neq 0$일 때 $\left|\dfrac{f(x)}{x}\right|\leq|g(x)|$이므로

$-|g(x)|\leq\dfrac{f(x)}{x}\leq|g(x)|$으로부터

$-|g(0)|\leq\lim\limits_{x\to 0}\dfrac{f(x)-f(0)}{x}\leq|g(0)|$

즉, $-4\leq f'(0)\leq 4$이다.

$f(x)=(x^2-x)(x^2+ax+b)$를 미분하면

$f'(x)=(2x-1)(x^2+ax+b)+(x^2-x)(2x+a)$이므로

$f'(0)=-b$, $-4\leq -b\leq 4$

즉, $-4\leq a-3\leq 4$이므로 $-1\leq a\leq 7$

따라서 $f(2)=2a+14$이므로,

$f(2)$의 최솟값은 $a=-1$일 때인 12이다.

또한, $f(2)$의 최댓값은 $a=7$일 때인 28이다.

13 [모범답안]

답안	배점	예상 소요 시간
$f(x)=x^3+ax^2$(a는 상수)	3점	
$g(x)=x^3+ax^2+6x^2+4ax$ $=x(x^2+(a+6)x+4a)$	1점	4분 / 전체 80분
$a\geq 1$	4점	
최솟값은 12	2점	

[바른해설]

$g(x)=f(x)+2f'(x)$에서 $f(0)=g(0)=0$이므로 $f'(0)=0$이다.

그러므로 $f(x)=x^3+ax^2$(a는 상수)로 놓을 수 있다.

이때 $g(x)=x^3+ax^2+6x^2+4ax$

$=x(x^2+(a+6)x+4a)$

이차방정식 $x^2+(a+6)x+4a=0$의 판별식

$D=(a+6)^2-16a=(a-2)^2+32>0$이므로

서로 다른 두 실근을 갖는다. $x\geq k$인 모든 실수 x에 대하여

$g(x)\geq 0$을 만족시키는 실수 k의 최솟값이 0인 조건을 만족시키려면 이차방정식의 두 실근을 α, β라 할 때 $\alpha+\beta<0$, $\alpha\beta>0$이어야 한다.

즉, $a+6>0$, $4a>0$이어야 하므로 $a>0$이다.

모든 항의 계수가 정수이므로 $a\geq 1$이어야 한다.

따라서 $f(2)=8+4a\geq 12$이므로 최솟값은 12이다.

14 [모범답안]

답안	배점	예상 소요 시간
$f(0)=-2$ (또는 $f(x)=x^2+ax-2$, 또는 $f(x)=x^2+ax+b$의 상수항 $b=-2$)	3점	3분 / 전체 80분
$f'(0)=1$ (또는 $f(x)=x^2+x-2$, 또는 $a=1$)	4점	
$g(1)3$	3점	

[바른해설]

최고차항의 계수가 1인 이차함수 $f(x)=x^2+ax+b$라 하자.

$g(0)=f(0)+1=-1$

따라서 $f(x)=x^2+ax-2$

$g(x)=\displaystyle\int_0^x f'(t)dt+(x^2+x+1)f(x)+1$의 양변을 x

에 대해 미분하면

$g'(x)=f'(x)+(2x+1)f(x)+(x^2+x+1)f'(x)$

$g'(0)=0$이므로, $f'(0)=1$

따라서 $f(x)=x^2+x-2$

$g(1)=\displaystyle\int_0^1 f'(t)dt+(x^2+x+1)f(x)+1$이고,

$\displaystyle\int_0^1 f'(t)dt=f(1)-f(0)=2$

$g(1)=\displaystyle\int_0^1 f'(t)dt+(x^2+x+1)f(x)+1$

$\quad=2+3f(1)+1=3$

15 [모범답안]

답안	배점	예상 소요 시간
$f(x)=x^2+c$ (c는 상수)	3점	5분 / 전체 80분
$(0,0)$	3점	
$\left(\dfrac{1}{2},0\right)$	2점	
$\left(-\dfrac{1}{2},0\right)$	2점	

[바른해설]

(나)로부터 $f(x)=x^2+bx+c$로 놓을 수 있고,

(가)로부터 $b=0$

따라서 $f(x)=x^2+c$

(1) $a=0$이면, (다)로부터 $\displaystyle\lim_{x\to 0}\left|\dfrac{x^2+c}{x^k}\right|=1$인데 $k=1$

이면 어떤 상수 c에 대해서 (다)를 만족시키지 못한다.

$k=2$일 때 (다)가 성립하려면 $c=0$이어야 하고, $k>2$

이면 (다)가 성립하지 않는다. 따라서 $(0,0)$은 구하는 순

서쌍이다.

(2) $a\neq 0$일 때 극한 $\displaystyle\lim_{x\to a}\left|\dfrac{f(x)}{(x-a)^k}\right|=1$이 존재하려면

$f(a)=a^2+c=0$이므로 $f(x)=x^2-a^2$

$k=1$이면 $\displaystyle\lim_{x\to a}\left|\dfrac{(x-a)(x+a)}{(x-a)}\right|=|2a|=1$

$a=\pm\dfrac{1}{2}$이므로 $\left(\dfrac{1}{2},0\right)$와 $\left(-\dfrac{1}{2},0\right)$는 구하는 순서쌍

이다.

$k\geq 2$이면 극한 $\displaystyle\lim_{x\to a}\left|\dfrac{x^2-a^2}{(x-a)^k}\right|=\lim_{x\to a}\left|\dfrac{x+a}{(x-a)^{k-1}}\right|$

가 존재하지 않는다. 따라서 구하는 순서쌍은 $(0,0)$,

$\left(\dfrac{1}{2},0\right)$, $\left(-\dfrac{1}{2},0\right)$뿐이다.

국어[자연F]

01 [모범답안]

답안	배점	예상 소요 시간
① 1991년에, 있다	5점	4분 / 전체 80분
② 하지만, 수준이다	5점	

[바른해설]

제시문을 읽고 제시문에서 글쓴이의 글쓰기 전략이 드러난 부분을 찾는 문제이다. 보기에는 ① 장애인 고용 의무 제도의 도입 시기와 장애인 의무 고용의 내용이 첫 문단에 나타나 있다. 첫 문단의 두 번째 문장, "1991년에 처음 시행되었으며 현재는 국가 · 지방 자치 단체 및 50명 이상 공공 기관과 민간 기업을 대상으로, 근로자 총수의 5/100 범위 안에서 대통령령으로 정하는 비율 이상의 장애인 근로자를 의무적으로 고용할 것을 규정하고 있다."에 도입시기 1991년과 의무고용의 범위내용이 나타난다.

② 현재의 장애인 고용 현황을 구체적인 수치는 두 번째 문단 시작에 나온다. "하지만 한국 장애인 고용 공단의 조사 결과를 보면, 2022년 국가 및 지방 자치 단체, 공공 기관의 장애인 고용률은 3.6%, 민간 기업의 장애인 고용률은 3.1% 수준인 것으로 나타났는데, 이는 법에서 정한 장애인 의무 고용률을 겨우 충족한 수준이다."에 현재의 장애인 고용률이 나온다.

[채점기준]

①, ② 각각 첫 어절과 마지막 어절을 순서대로 정확하게 쓴 경우만 정답으로 인정함.

02 [모범답안]

답안	배점	예상 소요 시간
① 선점 (방식)	3점	3분 / 전체 80분
② Y	3점	
③ X	4점	

[바른해설]

① RR 방식은 프로그램마다 균일하게 최대 할당 시간을 부여하고, 최대 할당 시간 내에 작업을 완료하지 못하면 해당 프로그램은 종료되지 않은 상태로 대기열의 마지막 순서에 재등록되며, 동시에 대기열의 다음 순서인 프로그램에 CPU를 할당한다. 따라서 RR 방식은 현재 CPU에 할당된 프로그램을 잠시 멈추고 다른 프로그램으로 바꿀 수 있다면 선점 방식에 해당한다.

② 〈보기2〉에서 CPU 작동 5초 후, Y가 실행된다. Y의 실행 시간은 5초이므로 CPU 작동 10초 후에 Y는 종료되고, 대기열에 있던 Z가 실행된다.

③ 〈보기2〉에서 CPU 작동 10초 후 Z가 실행되는데, Z의 실행 시간은 8초이다. 이 CPU는 최대 할당 시간이 5초인 RR 방식을 사용하고 있으므로, CPU 작동 15초 후에는 Y가 종료되지 않은 상태로 대기열의 마지막 순서에 재등록 되며, 대기열에 있던 X가 다시 실행된다. 이때 X는 CPU 작동과 함께 실행되었으나, 실행시간이 10초였기 때문에, CPU 작동 5초 후에 종료되지 않은 상태로 대기열에서 Z의 다음에 재등록된 상태였다.

[채점기준]

①~③을 정확하게 쓴 경우만 정답으로 인정함.

03 [모범답안]

답안	배점	예상 소요 시간
① 70 (초)	3점	2분 / 전체 80분
② 10 (초)	3점	
③ 25 (초)	4점	

[바른해설]

〈보기1〉에 의하면 프로그램 A, B, C, D의 실행 시간은 각각 10초, 15초, 30초, 40초이다.

① [상황1]에서 FCFS 방식을 사용하면 프로그램의 실행 순서는 'D, C, B, A'가 된다. 이때 B의 대기시간은 D의 실행시간인 40초와 C의 실행시간인 30초를 합한 70초가 된다.

② [상황1]에서 SJF 방식을 사용하면 프로그램의 실행 순서는 'A, B, C, D'가 된다. 이때 B의 대기시간은 A의 실행시간인 10초가 된다.

③ [상황2]에서 CPU1과 CPU2에 모두 SJF 방식을 이용할 경우, CPU1의 프로그램 실행 순서는 'A, B'가 되고, CPU2의 프로그램 실행순서는 'C, D'가 된다. A의 실행시간은 10초이고, B의 실행시간은 15초이므로, 프로그램 실행 시작 후 25초가 되면 CPU1에서는 모든 작업이 종료된다. 한편 C의 실행시간은 30초 이므로 프로그램 실행 시작 후 25초가 되었을 때, CPU2에서는 C가 실행되고 있는 중이고, D는 대기열에 있는 상태이다. [상황2]의 컴퓨터에는 이주 기술이 적용되고 있으므로, 프로그램 실행 시작 25초 후에 CPU2의 대기열에 있던 D는 CPU1의 대기열로 옮겨지는 이주가 일어난다.

[채점기준]

①~③을 정확하게 쓴 경우만 정답으로 인정함.

04 [모범답안]

답안	배점	예상 소요 시간
① B	3점	
② B	3점	4분 / 전체 80분
③ A	4점	

[바른해설]

가추법의 '사례'는 '결과'에 포함되지 않은 새로운 사실이면서 동시에 가설적인 규칙인 '규칙'을 매개로 추론된다.

[채점기준]

①~③을 정확하게 쓴 경우만 정답으로 인정함.

05 [모범답안]

답안	배점	예상 소요 시간
① 모순 형용 (아이러니)	5점	5분 / 전체 80분
② 상황 기반 (아이러니)	5점	

[바른해설]

(가)는 일상에서 수없이 접하는 '문'에 대한 인식을 새로운 시각으로 제시하고 있다. (가)에서는 '문'에 대한 새로운 인식을 전하는 표현 기법으로 (나)에서 설명하고 있는 두 종류의 아이러니가 활용됨을 확인할 수 있다. 먼저 (가)의 4연과 5연에서 '문'과 '담, 벽'이 의미적으로 연결될 때, 열림과 닫힘 또는 연결과 단절이라는 이항 대립에 의해 발생하는 '모순 형용 아이러니'를 확인할 수 있다. 그리고 2연에서는 '문'이 '열려 있다고 해서 / 언제나 열려 있지 않'에서는 '문'이 지닌 일반적인 속성과 어긋나는 상황을 제시한 것에서 '상황 기반 (아이러니)'가 나타나는 것으로 볼 수 있다. (가)에서는 이와 같은 두 종류의 아이러니를 통해 '문'에 대한 새로운 시각을 보여 준다.

[채점기준]

①, ②를 정확하게 쓴 경우만 정답으로 인정함.

06 [모범답안]

답안	배점	예상 소요 시간
① 아침, 생활	3점	4분 / 전체 80분
② 역사, 있었다	7점	

[바른해설]

① 제시문의 두 번째 단락에는 할아버지의 가족들이 할아버지의 규칙제일주의에 의해 자유를 박탈당해 살아가는 모습이 나타나며, 여기에는 규칙을 강요하는 할아버지와 그 할아버지의 규칙에 순응하며 살아가는 가족들에 대한 비판적 태도가 드러난다.

② '역사, 서 씨는 역사다, 하고 내가 별수 없이 인정하며 감탄이라기보다는 차라리 그 귀기(鬼氣)에 찬 광경을 본 무서

움에 떨고 있는 동안에 그는 어느새 돌아왔는지 유령처럼 내 앞에서 자랑스러운 웃음을 소리 없이 웃고 있었다.'에서 '서 씨'는 자신의 행동을 보고 놀라는 '나' 앞에서 자랑스럽게 웃고 있다. 이를 통해 '서 씨'가 자기 삶의 방식에 대한 자긍심을 '나'에게 드러내고 있음을 확인할 수 있다.

[채점기준]

①, ② 각각 첫 어절과 마지막 어절을 순서대로 정확하게 쓴 경우만 정답으로 인정함.

수학[자연F]

07 [모범답안]

답안	배점	예상 소요 시간
① 감소	2점	
② 2, 0	2점	
③ $\log_{\frac{1}{a}}(x-1)$ 또는 $-\log_a(x-1)$	3점	2분 / 전체 80분
④ $\log_a(x-4)+2$	3점	

[바른해설]

1) $a>1$일 때, x의 값이 증가하면 y의 값은 증가한다.

   $0<a<1$일 때, x의 값이 증가하면 y의 값은 $\boxed{① 감소}$ 한다.

2) a의 값에 관계없이 그래프는 점($\boxed{② 2, 0}$)을 지난다.

3) 함수 $y=\log_a(x-1)$의 그래프와 함수

   $y=\boxed{③ \log_{\frac{1}{a}}(x-1) \text{ 또는 } -\log_a(x-1)}$ 의 그래프는 x축에 대하여 대칭이다.

4) 함수 $y=\boxed{④ \log_a(x-4)+2}$ 의 그래프는

   함수 $y=\log_a(x-1)$의 그래프를 x축의 방향으로 3만큼, y축의 방향으로 2만큼 평행이동한 것이다.

08 [모범답안]

답안	배점	예상 소요 시간
$a=-3$	3점	
$f(x)=3x^2-3$	4점	3분 / 전체 80분
-18	3점	

[바른해설]

$\lim\limits_{x\to\infty}f\left(\dfrac{1}{x}\right)=-3$이므로 $a=-3$, $\int_0^2 f(t)dt=b$라 놓으면

$f(x)=3x^2-4x+2bx-3$이므로

$b=\int_0^2 (3t^2-4t+2bt-3)dt$

$$=[t^3-2t+bt^2-3t]_0^2=4b-6$$

따라서 $b=2$, 그러므로 $f(x)=3x^2-3$

$f'(x)=6x$이므로, $f'(a)=f'(-3)=6\times(-3)=-18$

09 [모범답안]

답안	배점	예상 소요 시간
$a=3$	4점	
$f(x)=3x^2-2x-6$	3점	2분 / 전체 80분
15	3점	

[바른해설]

$$\int_a^x f(t)dt=x^3-x^2-6x \cdots\cdots \text{㉠}$$

㉠에 $x=a$를 대입하면,

$0=a^3-a^2-6a=a(a-3)(a+2)$이다.

이때 a가 양수이므로, $a=3$이다.

㉠의 양변을 미분하면,

$f(x)=3x^2-2x-6$이므로 $f(a)=f(3)=15$이다.

10 [모범답안]

답안	배점	예상 소요 시간
$f(x)=x^{\frac{3}{14}}$	2점	
$\{f(f(n))\}^{49}=n^{\frac{9}{4}}$	4점	4분 / 전체 80분
$n=3^4$ 또는 $n=81$	4점	

[바른해설]

$$f(x)=\frac{x^{\frac{1}{2}}}{\sqrt[7]{x^2}}=x^{\frac{1}{2}-\frac{2}{7}}=x^{\frac{3}{14}}$$이므로

$$\{f(f(n))\}^{49}=\left\{\left(n^{\frac{3}{14}}\right)^{\frac{3}{14}}\right\}^{49}=\left(n^{\frac{3}{14}\times\frac{3}{14}\times49}\right)=n^{\frac{9}{4}}$$

$n^{\frac{9}{4}}$가 자연수가 되려면 n은 자연수 k에 대하여 $n=k^4$의 꼴

이어야 한다. 즉, 자연수 n은 2^4, 3^4, 4^4, $\cdots$의 자연수가 될 수

있는데 n이 2^4일 경우

$n^{\frac{9}{4}}=2^{4\times\frac{9}{4}}=2^9=512$이므로 1000보다 작다.

따라서 조건을 만족시키는 가장 작은 자연수 n이 $3^4=81$

이다.

11 [모범답안]

답안	배점	예상 소요 시간
공차 $d=3a_1$ 또는 $a_n=(3n-2)a_1$	4점	
$a_1=\frac{1}{2}$	4점	3분 / 전체 80분
$\frac{13}{2}$	2점	

[바른해설]

$a_n=S_n-S_{n-1}$이므로

$$a_n=\frac{3}{2}a_1n^2-\frac{1}{2}a_1n-\left\{\frac{3}{2}a_1(n-1)^2-\frac{1}{2}a_1(n-1)\right\}$$

$$=3a_1n-2a_1$$이다.

따라서 등차수열 $\{a_n\}$의 공차 $d=3a_1$이다.

$$\sum_{k=1}^{4}\frac{7}{a_{2k}a_{2k+2}}=\sum_{k=1}^{4}\frac{7}{a_{2k+2}-a_{2k}}\left(\frac{1}{a_{2k}}-\frac{1}{a_{2k+2}}\right)$$

$$=\frac{7}{2d}\left(\frac{1}{a_2}-\frac{1}{a_4}+\frac{1}{a_4}-\frac{1}{a_6}+\cdots-\frac{1}{a_{10}}\right)$$

$$=\frac{7}{2d}\left(\frac{1}{a_2}-\frac{1}{a_{10}}\right)=\frac{7}{2d}\left(\frac{1}{a_1+d}-\frac{1}{a_1+9d}\right)$$

공차 $d=3a_1$이므로 $\dfrac{7}{6a_1}\left(\dfrac{1}{4a_1}-\dfrac{1}{a_1+27a_1}\right)$

$$=\frac{7}{6a_1}\left(\frac{7}{28a_1}-\frac{1}{28a_1}\right)=\frac{1}{4a_1^2}=1$$

그러므로 $a_1=\dfrac{1}{2}(a_1>0)$

따라서 $a_5=\dfrac{1}{2}+4\dfrac{3}{2}=\dfrac{13}{2}$

12 [모범답안]

답안	배점	예상 소요 시간
$f'(x)=\begin{cases}4x-8 & (0<x<4)\\4x-20 & (4<x<6)\end{cases}$	2점	
$x=4$, $x=6$에서 극값을 갖는다. $(a_2=4, a_3=6)$	2점	
$a_1=\dfrac{7}{2}$ (또는 $a_1=\dfrac{m}{4}+2$, $a_4=\dfrac{m}{4}+8$)	4점	5분 / 전체 80분
$m=6$	2점	

[바른해설]

$$f'(x)=\begin{cases}4x-8 & (0<x<4)\\4x-20 & (4<x<6)\end{cases}$$이고

조건 (나)에 의하여 함수 $f(x)$의 주기는 6이고 열린구간

$(0, 10)$에서 연속인 함수이다.

그런데 $\lim\limits_{x\to4-}f'(x)>0$, $\lim\limits_{x\to4+}f'(x)<0$

$\lim\limits_{x\to6-}f'(x)>0$, $\lim\limits_{x\to6+}f'(x)<0$이므로

함수 $f(x)$는 $x=4$, $x=6$에서 미분가능하지 않지만 극값을

갖는다.

$g'(x)=f'(x)-m$이므로 함수 $g(x)$는 열린구간 $(0, 10)$

에서 연속이고 $x=4$, $x=6$에서 미분가능하지 않지만 극값

을 갖는다. 또한 $a_4<10\le a_5$이므로

$y=f'(x)$의 그래프와 직선 $y=m$이 교점이 2개가 되어야

한다.

즉, α_1, $\alpha_2=4$, $\alpha_3=6$, α_4에서 $\alpha_4=\alpha_1+6$이므로
$$\alpha_1+\alpha_2+\alpha_3+\alpha_4=\alpha_1+4+6+(\alpha_1+6)=2\alpha_1+16=23$$
$$\alpha_1=\frac{7}{2}$$
따라서 $m=4\times\frac{7}{2}-8=6$

13 [모범답안]

답안	배점	예상 소요 시간
① 2	2점	
② 9	2점	
③ 1	3점	5분 / 전체 80분
④ -36	3점	

[바른해설]

다항함수 $f(x)$의 최고차항을 ax^n(n은 자연수, a는 0이 아닌 상수)라 하자.

조건 (가) $\int_{-\frac{3}{2}}^{x} tf'(t)dt=\left(\frac{2}{3}x+1\right)\{f(x)+k\}$의 양변을 x에 대해 미분하면

$$xf'(x)=\frac{2}{3}\{f(x)+k\}+\left(\frac{2}{3}x+1\right)f'(x)$$이고,

$\frac{1}{3}xf'(x)=\frac{2}{3}\{f(x)+k\}+f'(x)$로부터,

좌변의 최고차항은 $\frac{a}{3}nx^n$, 우변의 최고차항은 $\frac{2}{3}ax^n$

따라서 $n=2$
$f(x)=ax^2+bx+c$를

$$\frac{1}{3}xf'(x^2)=\frac{2}{3}\{f(x)+k\}+f'(x)$$

식에 대입하여 정리하면,

$$\frac{b}{3}=\frac{2}{3}b+2a,\ \frac{2}{3}(c+k)+b=0$$

따라서 $b=-6a$, $k=9a-c$
$$f(x)=ax^2+bx+c=a(x-3)^2+c-9a$$
$$=a(x-3)^2-k$$

한편, 조건 (나)로부터 $a>0$, $-k=-9$
즉, k값은 9이다.
따라서 $f(x)=a(x-3)^2-9$이다.
조건 (다)에서 $f(0)\geq0$이므로 $f(0)=0=f(6)$일 때,
$\int_0^6 f(x)dx$의 값이 최소이다. a의 값은 1이다.

따라서 $\int_0^6 f(x)dx$의 최솟값은 -36이다.

14 [모범답안]

답안	배점	예상 소요 시간
$\sin\theta=\frac{12}{13}$ (또는 $\theta=\pi-\alpha$일 때 $\sin\alpha=\frac{12}{13}$)	4점	
$\cos\theta=-\frac{5}{13}$ (또는 $\theta=\pi-\alpha$일 때 $\cos\alpha=\frac{5}{13}$)	4점	3분 / 전체 80분
3	2점	

[바른해설]

삼각형 OAH는 직각삼각형이므로 $\overline{AH}=\sqrt{13^2-5^2}=12$이다. 이 때, $\angle AOH=\alpha$라고 하면, $\sin\alpha=\frac{12}{13}$, $\cos\alpha=\frac{5}{13}$이다. 직선 l과 만나는 x축의 점을 B라 할 때, 삼각형 AOH와 삼각형 AOB는 닮음이고 $\angle AOH=\angle ABO$이다. 따라서 $\theta=\pi-\alpha$이다.
$2\sin(\pi-\alpha)-3\cos(\pi-\alpha)=2\sin\alpha+3\cos\alpha$이다.
$2\sin\alpha+3\cos\alpha=2\frac{12}{13}+3\frac{5}{13}=\frac{39}{13}=3$

15 [모범답안]

답안	배점	예상 소요 시간
$f(x)$의 값은 $2,-2,2x$ 또는 $-2x$	4점	
$\lim\limits_{x\to0-}g(x)=2$ (좌극한)	3점	4분 / 전체 80분
$\lim\limits_{x\to0+}g(x)=-2$ (우극한)	3점	

[바른해설]

$\{f(x)\}^4-4x^2\{f(x)\}^2-4\{f(x)\}^2+16x^2$
$=[\{f(x)\}^2-4][f(x)-2x][f(x)+2x]=0$이므로
모든 실수 x에 대하여 $f(x)$의 값은 $2,-2,2x$ 또는 $-2x$이다. 이 때 실수 전체의 집합에서 연속이면서 $f(x)$의 최댓값이 0, 최솟값이 -2인 함수는

$$f(x)=\begin{cases} -2|x| & (|x|\leq1) \\ -2 & (|x|>1) \end{cases}$$이므로

$$\lim_{x\to0-}g(x)=\lim_{x\to0-}\frac{f(x)}{x}=\lim_{x\to0-}\frac{2x}{x}=2,$$
$$\lim_{x\to0+}g(x)=\lim_{x\to0+}\frac{f(x)}{x}=\lim_{x\to0+}\frac{-2x}{x}=-2$$

국어[자연G]

01 [모범답안]

답안	배점	예상 소요 시간
① 공소, 있습니다	5점	5분 / 전체 80분
② 저희는, 못했습니다	5점	

[바른해설]

① 찬성 측이 제시한 '해결 방안을 채택해도 문제를 해결할 수 없는 경우가 있다.'에 해당하는 것은 "공소 시효가 적용되지 않는다고 하더라도 증거가 끝내 발견되지 않을 경우에는 범죄자가 처벌을 피할 수 있다는 문제가 여전히 있습니다."이다.

② 찬성 측이 제시한 질문에 '내포된 전제가 객관적 근거에 의해 뒷받침되지 않으므로 타당하지 않다.'에 해당하는 것은 "저희는 공소 시효를 적용하지 않는 것이 해당 범죄의 발생을 억제할 수 있다는 주장을 뒷받침하는 과학적 근거가 있는지를 찾아보았으나 끝내 관련 자료를 확인하지 못했습니다."에 나타난다.

[채점기준]

①, ② 각각 첫 어절과 마지막 어절을 순서대로 정확하게 쓴 경우만 정답으로 인정함.

02 [모범답안]

답안	배점	예상 소요 시간
① 단일 (결합)	5점	3분 / 전체 80분
② 이중 (결합)	5점	

[바른해설]

다이아몬드는 4개의 공유 결합 모두가 단일 결합인데 반해, 흑연은 하나의 공유 결합이 파이 결합을 포함하고 있다고 했으니, 이중 결합을 포함하고 있다고 볼 수 있다.

[채점기준]

①, ②를 정확하게 쓴 경우만 정답으로 인정함.

03 [모범답안]

답안	배점	예상 소요 시간
① '소리' 또는 '리듬' 또는 '소리와 리듬'	5점	5분 / 전체 80분
② '침묵' 또는 '휴지'	5점	

[바른해설]

문제의 그림은 브라크의 〈바이올린과 물병이 있는 정물〉이다. 이 그림의 주요 제재는 바이올린이고 석고, 유리, 나무, 종이 등은 공간을 이루고 있다. 만약 브라크의 이 그림을 음악으로 치환해 본다면, 이 그림의 바이올린은 음악의 '소리'와 '리듬'에 해당하고, 석고, 유리, 나무, 종이 등은 음악의 '침묵' 또는 '휴지'에 해당하는 것으로 볼 수 있다. 그런데 이 그림에서 특징적인 것은 바이올린의 목 부분은 나름대로 윤곽이 남아 있지만 몸통은 여러 부분들로 조각나 대상만큼이나 강조되고 있는 공간과 섞여 있다는 점이다. 석고, 유리, 나무, 종이, 공간이 유사한 형태의 흐름 속에 표현되어 있기 때문에 바이올린과 확실히 구별하기가 어려운 것이다.

[채점기준]

①, ②를 정확하게 쓴 경우만 정답으로 인정함.

04 [모범답안]

답안	배점	예상 소요 시간
① 30	2점	4분 / 전체 80분
② 16	5점	
③ 14	3점	

[바른해설]

①: 〈보기1〉 상황에서 소득이 0원인 보조금 대상자 A의 처분 가능 소득은 30만 원이다.

②: A의 소득이 20만 원이 되면 처분 가능 소득은 36만 원이 되므로, 이때 A가 받는 보조금은 30에서 26을 뺀 16만 원이다.

③: 따라서 A의 소득이 20만 원일 때 지급받는 보조금은 0원일 때 받는 보조금보다 14만 원이 줄어든 것이다.

[채점기준]

①~③을 정확하게 쓴 경우만 정답으로 인정함.

① '30만 (원)', '300,000 (원)'도 정답으로 처리함. 이외에는 모두 오답으로 처리함.

② '16만 (원)', '160,000 (원)'도 정답으로 처리함. 이외에는 모두 오답으로 처리함.

③ '14만 (원)', '140,000 (원)'도 정답으로 처리함. 이외에는 모두 오답으로 처리함.

05 [모범답안]

답안	배점	예상 소요 시간
① 바로, 준다	5점	4분 / 전체 80분
② 웅크리고, 대본다	5점	

[바른해설]

문제의 〈보기〉에 나오는 ㉠잠든 가족을 바라보며 화자가 느끼는 가족에 대한 연민과 애정의 이미지는 작품의 8행(바로 뉘고 이불을 다독여 준다)과 15행(웅크리고 잠든 아내의 등에 얼굴을 대본다)에 나타난다. 다른 행들에는 가족을 향한 애틋한 시선을 있지만 문제에서 묻고 있는 화자의 행동은 두 행뿐이다.

[채점기준]

①, ② 각각 첫 어절과 마지막 어절을 순서대로 정확하게 쓴 경우만 정답으로 인정함.

①과 ②의 제시 순서는 바뀌어도 상관 없음.

06 [모범답안]

답안	배점	예상 소요 시간
① '백학선' 또는 '부채'	5점	4분 / 전체 80분
② 대원수가, 돕는지라	5점	

[바른해설]

①: 작품에서 징표를 주고받는 사람들의 인연을 매개하고, 서로의 정체를 확인하게 하는 기능을 가진 소재는 백학선(부채)이다.

②: '대원수가 말에서 내려 하늘에 절하고 주문을 외워 백학선을 사면으로 부치니 천지 아득하고 뇌성벽력이 진동하며, 무수한 신장(神將)이 내려와 돕는지라.'에서 인물은 백학선의 신이한 능력으로 위기를 극복할 수 있었다.

[채점기준]

①을 정확하게 쓴 경우에만 정답으로 처리함

②의 첫 어절과 마지막 어절을 순서대로 정확하게 쓴 경우만 정답으로 인정함.

수학[자연G]

07 [모범답안]

답안	배점	예상 소요 시간
$x<0,\ x\neq-1$	4점	
$(2x-3)(-x-5)>0$ 또는 $(2x-3)(x+5)<0$ 또는 $-5<x<\dfrac{3}{2}$	2점	2분 / 전체 80분
-9	4점	

[바른해설]

$\log_{(-x)}(-2x^2-7x+15)$에서 밑 $-x>0,\ -x\neq1$이므로 $x<0,\ x\neq-1,\ -2x^2-7x+15>0$

$\Rightarrow (2x-3)(-x-5)>0$이므로 $-5<x<\dfrac{3}{2}$

이 두 가지를 모두 만족시키는 $x=-4,\ -3,\ -2$이므로, 모든 정수 x값의 합은 -9이다.

08 [모범답안]

답안	배점	예상 소요 시간
$f(x)=-2\sin^2x+\sin(x)+3$	4점	
$f(x)=-2\left(\sin x-\dfrac{1}{4}\right)^2+\dfrac{25}{8}$ 또는 $t=\sin x$로 치환하여 풀이 가능	2점	3분 / 전체 80분
$m=0$	2점	
$M+m=\dfrac{25}{8}$	2점	

[바른해설]

$\sin\left(\dfrac{3\pi}{2}+x\right)=-\cos x$이고, $\cos(x+\pi)=-\cos x$이다.

$\cos^2x=1-\sin^2x$이므로

주어진 식은 $y=-2\sin^2x+\sin(\pi-x)+3$이다.

$\sin(\pi-x)=\sin x$이고 $t=\sin x$라 하면

$f(t)=-2t^2+t+3=-2\left(t-\dfrac{1}{4}\right)^2+\dfrac{25}{8}$이다.

정의역은 $[-1,\ 1]$이므로 최댓값은 $M=\dfrac{25}{8}$이고

최솟값은 $f(-1)=0,\ f(1)=2$이므로 $m=0$이다.

따라서 $M+m=\dfrac{25}{8}$이다.

09 [모범답안]

답안	배점	예상 소요 시간
① 3	3점	
② 4, 1, 3	2점	4분 / 전체 80분
③ 4, 5, 9	3점	
④ 18	2점	

[바른해설]

수열 $\{a_n\}$는 a_{30} 이하에서 첫째항 이후 3, 1, 4, 5, 9가 5회 반복되며, (3, 1, 4, 5)로 끝난다. 이 때, $a_2=3$보다 큰 수는 4, 5, 9이므로, 총 k의 개수는 첫째항을 포함하여 1(첫째항 4)+3(4, 5, 9)×5+2(마지막 4, 5)=18이다.

10 [모범답안]

답안	배점	예상 소요 시간
$f'(x)=3x^2-4ax+1\geq0$	3점	
$1-\dfrac{4}{3}a^2\geq0$	4점	3분 / 전체 80분
$\dfrac{\sqrt{3}}{2}$	3점	

[바른해설]

< 풀이1 >

도함수 $f'(x)=3x^2-4ax+1$의 값이 0 이상이 되는 실수 a의 최댓값을 구하면 충분하다. 이 함수는

$f''(x)=6x-4a=0$일 때, 즉 $x=\dfrac{2}{3}a$일 때 최솟값을 갖는다.

즉, $f'\left(\dfrac{2}{3}a\right)=-\dfrac{4}{3}a^2+1$이 최솟값이고, 0 이상이 되기 위해서는 $-\dfrac{4}{3}a^2+1\geq0$이 되어야 한다.

$a^2\leq\dfrac{3}{4}$ 따라서 a의 최댓값은 $\dfrac{\sqrt{3}}{2}$이다.

<풀이2>

$f'(x)=3x^2-4ax+1=3\left(x-\dfrac{2}{3}a\right)^2+1-\dfrac{4}{3}a^2\geq0$가 모든 x에 대하여 성립할 때, f는 증가함수이고 일대일 함수이다. 따라서 $1-\dfrac{4}{3}a^2\geq0$일 때(또는 $f'(x)=0$의 판별식 $16a^2-12\leq0$), f는 일대일 함수이므로 a의 최댓값은 $\dfrac{\sqrt{3}}{2}$이다.

11 [모범답안]

답안	배점	예상 소요 시간
① 14	2점	
② 2 (또는 10)	3점	3분 / 전체 80분
③ 10 (또는 2)	3점	
④ 82	2점	

[바른해설]

$6\log_8\left(\dfrac{7}{3n+17}\right)=\log_2\left(\dfrac{7}{3n+17}\right)^2$

이 값이 정수가 되려면

$\left(\dfrac{7}{3n+17}\right)^2=2^m$ (m은 정수) …… ㉠이어야 한다.

이때 $3n+17$은 7의 배수가 되어야 하므로 $n=7k-1$ (k는 $1\leq k\leq14$인 자연수)이어야 한다.

$n=7k-1$을 ㉠에 대입하면 $\left(\dfrac{1}{3k+2}\right)^2=2^m$

$(3k+2)^2=2^{-m}$이므로 $3k+2$는 2의 거듭제곱이어야 한다.

$1\leq k\leq14$일 때, $5\leq3k+2\leq44$에서의 2의 거듭제곱은 8, 16, 32이다.

$3k+2=8$, $3k+2=16$, $3k+2=32$에서 $k=2$ 또는 $k=10$

따라서 $n=13$ 또는 $n=69$이므로 모든 n의 값의 합은 82이다.

12 [모범답안]

답안	배점	예상 소요 시간
$x^2+(ax^3-2x)^2=\dfrac{1}{18}$	1점	
$x^2=\dfrac{5}{3a}$ 또는 $x^2=\dfrac{1}{a}$ (또는 $t=\dfrac{5}{3a}$ 또는 $t=\dfrac{1}{a}$, $t=x^2$)	4점	3분 / 전체 80분
$a=\dfrac{100}{3}$	2점	
$a=36$	3점	

[바른해설]

곡선 $y=ax^3-2x$ $(a>0)$과 원 $x^2+y^2=\dfrac{1}{18}$의 서로 다른 교점의 개수가 4가 되기 위해서는 방정식

$x^2+(ax^3-2x)^2=\dfrac{1}{18}$

즉, $a^2x^6-4ax^4+5x^2-\dfrac{1}{18}=0$이 서로 다른 4개의 실근을 가져야 한다. 이때 $x^2=t$ $(t\geq0)$이라 하면

$a^2t^3-4at^2+5t-\dfrac{1}{18}=0$이고 이 방정식이 서로 다른 두 개의 양의 실근을 가져야 한다.

따라서 $f(t)=a^2t^3-4at^2+5t-\dfrac{1}{18}$이라 하면

$f'(t)=3a^2t^2-8at+5=(3at-5)(at-1)$에서

방정식 $f'(t)=0$의 해는 $t=\dfrac{5}{3a}$ 또는 $t=\dfrac{1}{a}$

$f(t)=0$이 두 개의 양의 실근을 가지려면

$f\left(\dfrac{5}{3a}\right)=\dfrac{50}{27a}-\dfrac{1}{18}=0$ 또는 $f\left(\dfrac{1}{a}\right)=\dfrac{2}{a}-\dfrac{1}{18}=0$이어야 하므로 $a=\dfrac{100}{3}$ 또는 $a=36$

13 [모범답안]

답안	배점	예상 소요 시간
$k=24$	3점	
$\displaystyle\int_0^3|v(t)|dt$ $=\displaystyle\int_0^2(3t^2-18t+24)dt$ $+\displaystyle\int_2^3(-3t^2+18t-24)dt$	3점	3분 / 전체 80분
$\displaystyle\int_0^2(3t^2-18t+24)dt=20$	2점	
$\displaystyle\int_2^3(-3t^2-18t-24)dt=2$	2점	

[바른해설]

시각 $t=0$에서의 점 P의 위치는 1이고, 시각 $t=1$에서의 점 P의 위치는 17이므로

$$1+\int_0^1 v(t)dt=1+[t^3-9t^2+kt]_0^1=k-7=17,$$

$$\therefore k=24$$

시각 $t=0$에서 $t=3$까지 점 P가 움직인 거리는

$$\int_0^4 |v(t)|dt=\int_0^2 (3t^2-18t+24)dt$$

$$+\int_2^3 (-3t^2+18t-24)dt=20+2=22$$

14 [모범답안]

답안	배점	예상 소요 시간
공비 r은 $-1<r<0$	4점	
$a_1=3$	2점	
$r=-\dfrac{2}{3}$	2점	8분 / 전체 80분
$\dfrac{16}{3}$	2점	

[바른해설]

모든 항이 다른 등비 수열에서 공비 r은 0, 1, -1이 되어서는 안 된다.

(가)에서 공비 r의 부호에 관계 없이 $|r|>1$이면 α_1, α_2는 각각 a_{10}^2, a_9^2이고 그렇지 않으면 a_1^2, a_2^2가 된다.

(나)에서는 짝수항에 -1을 곱하는데, 공비 r의 첫째항 부호에 따라 부호가 달라진다.

1) $r>1$와 2) $0<r<1$에 대해서, $\dfrac{\alpha_1}{\alpha_2}=\left(\dfrac{\beta_1}{\beta_2}\right)^2$ 조건을 만족하지 않는다.

3) $-1<r<0$의 경우, 첫째항이 음수이면 모든 항이 음수이므로 β_1, β_2는 $-a_{10}$, a_9가 되어 $\dfrac{a_1^2}{a_2^2}\neq\left(\dfrac{a_{10}}{-a_9}\right)^2$이고, 첫째항이 양수이면 B집합의 모든 항이 양수가 되어 β_1, β_2는 a_1, $-a_2$가 되어 해당 조건을 만족한다.

4) $r<-1$에 대해서 첫째항이 음수이면 B집합의 모든 항이 음수이고 β_1, β_2는 a_1, $-a_2$로 $\dfrac{a_{10}^2}{a_9^2}\neq\left(\dfrac{a_1}{-a_2}\right)^2$, 첫째항이 양수이면 B집합의 모든 항이 양수이고 β_1, β_2는 $-a_{10}$, a_9가 되어 해당 조건을 만족한다.

상기 3)과 4)의 경우에 대해서 $\dfrac{\alpha_1-\alpha_2}{\beta_1-\beta_2}=5$의 식을 풀이해 보면,

3) $\dfrac{a_1^2-a_2^2}{a_1+a_2}=a_1-a_2=5$, $\beta_2=-a_2=2$이므로 $a_1=3$ 첫째항의 양의 정수 조건을 만족하고, $r=-\dfrac{2}{3}(-1<r<0)$이다.

4) $\dfrac{a_{10}^2-a_9^2}{-a_{10}-a_9}=-a_{10}+a_9=5$이고 $\beta_2=a_9=2$이므로

$$\dfrac{a_{10}}{a_9}=\dfrac{-3}{2}=r\ (r<-1)$$

$a_9=a_1\left(\dfrac{-3}{2}\right)^8=2$, $a_1=\dfrac{2^9}{3^8}$ 첫째항의 정수가 아니다.

따라서 3)에서 $a_2\times\beta_3=a_2^2\times a_3=(ar)^2ar^2=a^3r^4$

$$=27\times\dfrac{2^4}{3^4}=\dfrac{16}{3}$$

15 [모범답안]

답안	배점	예상 소요 시간
A의 x좌표는 $x=3-\dfrac{5}{t}$, B의 x좌표는 $x=3+\dfrac{2}{t}$ (또는 $\overline{AB}$의 길이$=\dfrac{7}{t}$)	2점	
C의 x좌표는 $x=\dfrac{1}{t+2}$, D의 x좌표는 $x=\dfrac{-3}{t+2}$ (또는 $\overline{CD}$의 길이$=\dfrac{4}{t+2}$)	2점	5분 / 전체 80분
$f(t)=7+\dfrac{4t}{t+2}$	4점	
11	2점	

[바른해설]

사각형 ABCD의 넓이는 두 삼각형 ABC와 ACD의 합이다. (또는 사다리꼴 ABCD의 넓이로 구할 수도 있다.)

A의 x좌표는 $x=3-\dfrac{5}{t}$, B의 x좌표는 $x=3+\dfrac{2}{t}$

C의 x좌표는 $x=\dfrac{1}{t+2}$, D의 x좌표는 $x=\dfrac{-3}{t+2}$

따라서 $f(t)=\dfrac{1}{2}\times 2t\times\left(3+\dfrac{2}{t}-3+\dfrac{5}{t}\right)+\dfrac{1}{2}\times 2t\times\left(\dfrac{1}{t+2}-\dfrac{-3}{t+2}\right)=7+\dfrac{4t}{t+2}$이므로

$$\lim_{t\to\infty}f(t)=\lim_{t\to\infty}\left(7+\dfrac{4t}{t+2}\right)=11$$

2024학년도 모의고사

국어[A형]

01 [모범답안]

답안	배점	예상 소요 시간
① 나	5점	5분 / 전체 80분
② 그래야. 때문입니다.	5점	

[바른해설]

〈보기〉의 "민수야. 너는 왜 도서관에서 공부하지 않고 떠들기만 하니? 공부를 하지 못해 내일 시험을 망치면 나는 너를 원망하게 될 거야. 그러니 민수야. 친구와 할 얘기가 있으면 도서관에 오지 마."라는 표현은 '나–전달법'에 적절하지 못한 표현이다.

'나–전달법'에 따라 수정한 문장은 "ⓒ내가 공부하고 있는데 떠드는 소리에 공부에 집중이 되지 않아. 내가 공부를 하지 못해 내일 시험을 망칠까 봐 걱정이 돼. 그러니 민수야. 친구와 할 얘기가 있으면 휴게실에 가서 했으면 좋겠어."이다. 이 중, ⓒ으로 바꾸어 표현한 효과는 [A]의 "그래야 상대방이 부정적인 문장의 주어가 되지 않아 상대방의 반발심을 줄일 수 있기 때문입니다."에 나타나 있다.

[채점기준]

①을 정확히 쓴 경우만 정답으로 인정함. ('나'도 정답으로 인정.)

②를 첫 어절과 마지막 어절을 순서대로 정확하게 쓴 경우만 정답으로 인정함.

02 [모범답안]

답안	배점	예상 소요 시간
① 경제성	5점	4분 / 전체 80분
② 정소 기한	5점	

[바른해설]

①: 소송 사건에 대해 소를 제기할 수 있는 제소 기간을 정해 두고 있는, '시효'는 민사 소송이 추구하는 이상 중. 소송 절차가 신속하고 효율적으로 진행되어야 한다는 경제성을 실현하기 위한 장치이다.

②: 현대 민사 소송법의 '시효'와 유사한 조선 시대의 제도는 '정소 기한'이다. '정소 기한'은 토지, 주택, 노비 등에 관한 소송을 분쟁 발생 시기부터 5년 내에 소를 제기해야 한다는 규정을 두고 있다.

[채점기준]

①, ②의 정답을 정확하게 쓴 경우에만 정답으로 인정함.

03 [모범답안]

답안	배점	예상 소요 시간
①: 결합 방식	5점	4분 / 전체 80분
②: 파이	5점	

[바른해설]

①: 결합 방식 ('결합 형식'도 정답으로 인정함.)

②: 파이

[채점기준]

①과 ②의 정답이 순서대로 정확하게 기술된 경우에만 정답으로 처리함.

정답 이외의 다른 답안을 추가로 기술한 경우는 오답으로 처리함.

04 [모범답안]

답안	배점	예상 소요 시간
㉠ 나는 불경(佛經)처럼 서러워졌다 혹은 나는 불경처럼 서러워졌다	5점	5분 / 전체 80분
㉡ 어린 딸은 도라지꽃이 좋아 돌무덤으로 갔다	5점	

[바른해설]

㉠ 백석의 「여승」에 등장하는 여인은 집을 나간 지아비를 기다려야 하는 운명과 일제 식민지 시기 일제의 수탈을 견디며 살아야 했던 1930년대 민중을 대변하는 인물이다. 「여승」에 등장하는 여인은 가난과 생활고에 어린 딸의 죽음까지 감당해야 했던 속세의 삶을 떠나 여승이 되어 절로 들어갔다. '불경'이라는 소재 자체가 여승이 된 여인의 처지를 보여주는 것이며, 이어지는 '서러워졌다'는 표현에 화자의 감정이 직접 드러나고 있다. 따라서 정답은 '나는 불경(佛經)처럼 서러워졌다'이다.

㉡ 사실상 이 시에서 가장 섬세한 상상력으로 시적 대상이 드러난 시구는 현실적인 죽음, 자식의 죽음을 물질적인 시적 대상을 통해 형상화하여 감정을 절제하고 비극적 상황을 심화하고 있는 '어린 딸은 도라지꽃이 좋아 돌무덤으로 갔다'이다. 자식의 죽음을 시적 대상인 도라지꽃과 돌무덤으로 형상화하여 오히려 비극적인 상황을 심화하고 있다. 따라서 정답은 '(어린 딸은) 도라지꽃이 좋아 돌무덤으로 갔

다'이다.

[채점기준]

①, ②의 각 항목이 정확하게 기술된 경우에만 정답으로 처리함.

①, ②의 순서가 바뀐 경우 오답으로 처리함.

정답 이외의 다른 답을 추가로 기술한 경우는 오답으로 처리함.

부정확한 글자나 문장으로 판독이 불가능한 경우 오답으로 처리함.

반드시 제시문의 시행 그대로 써야 하며 오탈자 혹은 시어 나열의 경우에도 오답으로 처리함.

채점자의 판단에 따라 부분 점수 부여 가능함.

수학[A형]

05 [모범답안]

답안	배점	예상 소요 시간
$f'(x)=3x^2+6ax+1$이 0 이상	2점	2분 / 전체 80분
이 함수는 $f''(x)=6x+6a=0$ 또는 $x=-a$일 때 최소	3점	
$f'(-a)=-3a^2+1$이 최솟값이고 이 값이 0 이상이 되어야 한다.	3점	
a의 최댓값은 $\dfrac{1}{\sqrt{3}}$	2점	

[바른해설]

〈풀이1〉

도함수 $f'(x)=3x^2+6ax+1$의 값이 0 이상이 되는 실수 a의 최댓값을 구하면 충분하다. 이 함수는 $f''(x)=6x+6a=0$일 때, 즉 $x=-a$일 때 최솟값을 갖는다. $f'(-a)=-3a^2+1$이 최솟값이고, 0 이상이 되기 위해서는 $-3a^2+1\geq0$이 되어야 한다. $a^2\leq\dfrac{1}{3}$. 따라서 a의 최댓값은 $\dfrac{1}{\sqrt{3}}$이다.

〈풀이2〉

$f'(x)=3x^2+6ax+1=3(x+a)^2+1-3a^2\geq0$가 모든 x에 대하여 성립할 때 f는 순증가함수이고 일대일 함수이다. 따라서 $1-3a^2\geq0$일 때(또는 $f'(x)=0$의 판별식 $9a^2-3\leq0$), f는 일대일 함수이므로 a의 최댓값은 $\dfrac{1}{\sqrt{3}}$

06 [모범답안]

답안	배점	예상 소요 시간
$b=a-1$	3점	2분 / 전체 80분
$\lim\limits_{x\to-1}=\dfrac{x^2+ax+b}{x^2-1}$ $=\lim\limits_{x\to-1}\dfrac{x^2+ax+a-1}{x^2-1}$ $=\dfrac{-2+a}{-2}$	3점	
$a=1$	2점	
$b=0$	2점	

[바른해설]

$\lim\limits_{x\to-1}\dfrac{x^2+ax+b}{x^2-1}=\dfrac{1}{2}$에서 $x\to-1$일 때, 분모 $x^2-1\to0$이고 극한값이 존재하므로 분자도 $x^2+ax+b\to0$이어야 한다.

즉, $\lim\limits_{x\to-1}x^2+ax+b=1-a+b=0$에서 $b=a-1$을 얻는다. 이것을 원래 극한 식에 대입하면,

$$\lim_{x\to-1}\frac{x^2+ax+b}{x^2-1}=\lim_{x\to-1}\frac{x^2+ax+a-1}{x^2-1}$$
$$=\lim_{x\to-1}\frac{(x+1)(x+a-1)}{(x+1)(x-1)}=\lim_{x\to-1}\frac{x+a-1}{x-1}$$
$$=\frac{-2+a}{-2}=\frac{1}{2}$$이고, 따라서 $a=1$이고
$$b=a-1=1-1=0$$

07 [모범답안]

답안	배점	예상 소요 시간
$\sin\theta=-\dfrac{3}{4}$	4점	2분 / 전체 80분
$\cos\theta=-\sqrt{\dfrac{7}{16}}=-\dfrac{\sqrt{7}}{4}$	4점	
$\tan\theta=\dfrac{3}{\sqrt{7}}=\dfrac{3\sqrt{7}}{7}$	2점	

[바른해설]

$$\sin(\pi+\theta)=-\sin\theta=\frac{3}{4}\ \therefore\ \sin\theta=-\frac{3}{4}$$

$$\sin\left(\frac{\pi}{2}+\theta\right)=\cos\theta<0$$

따라서 $\cos\theta=-\sqrt{1-\sin^2\theta}=-\sqrt{1-\dfrac{9}{16}}$

$$=-\sqrt{\frac{7}{16}}=-\frac{\sqrt{7}}{4}$$

$$\tan\theta=\frac{\sin\theta}{\cos\theta}=\frac{-\dfrac{3}{4}}{-\dfrac{\sqrt{7}}{4}}=\frac{3}{\sqrt{7}}=\frac{3\sqrt{7}}{7}$$

08 [모범답안]

답안	배점	예상 소요 시간
$S_7=S_6$ 또는 $S_7-S_6=0$	3점	
$b_7=a_1+6d=0$ 또는 $a_1=-6d$	2점	3분 / 전체 80분
$d=4$	3점	
$a_5=-8$	2점	

[바른해설]

조건 (가)에서 $n=6$이면 $S_6=S_7$이고, $S_7-S_6=b_7=0$이다. 따라서 $b_7=a_7+a_7=0$인데, 등차수열 $\{a_n\}$의 첫째항을 a_1, 공차를 d라 할 때, a_7에 대해 $a_7=a_1+6d=0$가 성립한다.

그러므로 $b_n=a_n=a_1+(n-1)d=-6d-d+nd$ $=-7d+nd$이다.

제 15항까지의 합 $S_{15}=\dfrac{15\{-6d+(-7d+15d)\}}{2}$

$=\dfrac{15\times 2d}{2}=60$이므로, $d=4$이다.

따라서 $a_5=-24+4\times 4=-8$이다.

국어[B형]

01 [모범답안]

답안	배점	예상 소요 시간
하지만	5점	5분 / 전체 40분
수준이다	5점	

[바른해설]

〈보기〉는 제시문의 글을 쓰기 전에 수립한 계획의 일부로 모두 글 속에 반영된 계획들이다. 첫 문단에는 장애인 고용 의무 법안의 목적과 취지, 그리고 두 번째 문단의 첫 문장에는 장애인 고용 현황이 나타나 장애인 고용의무 제도가 아직 현실적인 한계에 직면해 있음을 알려주고 있다. 또한 이어지는 문장에서는 장애인에게 직업이 필요한 이유가 나타나 있다. 따라서 첫 문장 '하지만'부터 '수준이다'까지를 찾고, 문항이 요구하는 첫 어절 '하지만'과 마지막 어절 '수준이다'를 쓰면 된다.

[채점기준]

①, ②를 정확하게 쓴 경우만 정답으로 인정함.

02 [모범답안]

답안	배점	예상 소요 시간
① 부정식 (보도 (유형))	3점	
② 경마식 (보도 (유형))	3점	4분 / 전체 80분
③ 개인화 (보도 (유형))	4점	

[바른해설]

① 부정식 (보도 (유형))

② 경마식 (보도 (유형))

③ 개인화 (보도 (유형))

[채점기준]

①~③의 정답이 순서대로 정확하게 기술된 경우에만 정답으로 처리함.
  정답 이외의 다른 답안을 추가로 기술한 경우는 오답으로 처리함.

03 [모범답안]

답안	배점	예상 소요 시간
① 1.5(kg)	5점	4분 / 전체 40분
② 5(kg)	5점	

[바른해설]

① 대저울에서 '물체의 무게×받침점과 물체 사이의 거리=추의 무게×받침점과 추 사이의 거리'이다. 따라서 대저울에서 '1kg×30cm=㉮×20cm'가 되므로, ㉮의 무게는 1.5kg이 된다.

② 아무런 물체도 올려놓지 않은 전자저울의 금속 탄성체의 길이는 10cm이다. 이 저울에 10kg의 상자 ㉯를 올려놓았을 때, 금속 탄성체의 길이는 12cm가 되었다. 여기에서 전자저울의 금속 탄성체는 5kg의 무게가 늘어날 때 1cm의 길이가 늘어난다. 상자 ㉯ 위에 물체 ㉰를 올려놓았을 때, 금속 탄성체의 길이는 1cm가 늘어난 13cm가 되었으므로 물체 ㉰의 무게는 5kg이 된다.

[채점기준]

①, ②의 정답을 정확하게 쓴 경우에만 정답으로 인정함.

04 [모범답안]

답안	배점	예상 소요 시간
①: (광부) 김창호	3점	
②: 홍 기자(홍성기, 홍성기 기자)	3점	5분 / 전체 80분
③: 인간 부재	4점	

[바른해설]

도식화된 표는 홍 기자가 기사의 소재가 될 때만 김창호에게 관심을 갖고 인터뷰를 하며, 기사의 소재가 되지 않을 때는 관심을 갖지 않음을 정리한 것이다. 이를 통해 알 수 있는 현대 사회 대중매체의 특성은 '인간 부재'이다.

[채점기준]

①~③의 각 항목이 정확하게 포함된 기술만 정답으로 처리함.
①에 대해서는 '광부 김창호', '김창호'에 대해서만 정답으로 처리함.
②에 대해서는 '홍 기자', '홍성기', '홍성기 기자'에 대해서만 정답으로 처리함.
③에 대해서는 '인간 부재'에 대해서만 정답으로 처리함.

05 [모범답안]

답안	배점	예상 소요 시간
$\left(x-\dfrac{1}{2}\right)(x-\log_3 n)\leq 0$	3점	
$0\leq x\leq\dfrac{1}{2}$ 또는 $\dfrac{1}{2}\leq x<2$ (또는 $x=0$ 또는 $x=1$)	3점	5분 / 전체 80분
$n=1,\ 3,\ 4,\ 5,\ 6,\ 7,\ 8$	3점	
7개	1점	

[바른해설]

$$x^2-x\log_3(\sqrt{3}n)+\log_3\sqrt{n}\leq 0$$

$$x^2-x\left(\frac{1}{2}+\log_3 n\right)+\frac{1}{2}\log_3 n\leq 0$$

$$\left(x-\frac{1}{2}\right)(x-\log_3 n)\leq 0$$

x가 1개이려면 $0\leq x\leq\dfrac{1}{2}$ 또는 $\dfrac{1}{2}\leq x<2$

따라서 $n=1,\ 3,\ 4,\ 5,\ 6,\ 7,\ 8$이므로 7개

06 [모범답안]

답안	배점	예상 소요 시간
$f(x)=\dfrac{x^3+ax+b}{x-1}$	2점	
$2a+b=-7$	3점	2분 / 전체 80분
$a+b=-1$	2점	
$f(1)=-3$	3점	

[바른해설]

$x\neq 1,\ x\neq 2$일 때, $f(x)=\dfrac{(x-2)(x^3+ax+b)}{(x-1)(x-2)}$

$=\dfrac{x^3+ax+b}{x-1}$이다.

함수 $f(x)$는 $x=2$에서 연속이므로 $\lim\limits_{x\to 2}f(x)=f(2)$이다.

즉, $\lim\limits_{x\to 2}\dfrac{x^3+ax+b}{x-1}=1$이므로 $\dfrac{8+2a+b}{2-1}=1$이고

$2a+b=-7$이다. 또한, 함수 $f(x)$는 $x=1$에서도 연속이므로 $\lim\limits_{x\to 1}f(x)=f(1)$이다. $\lim\limits_{x\to 1}\dfrac{x^3+ax+b}{x-1}=f(1)$에서

$x\to 1$일 때, 분모 $x-1\to 0$이고 극한값이 존재하므로 분자도 $x^3+ax+b\to 0$이어야 한다.

즉, $\lim\limits_{x\to 1}x^3+ax+b=1+a+b=0$에서 $a+b=-1$이다. 위의 $2a+b=-7$과 연립해서 풀면 $a=-6,\ b=5$를 얻는다. 따라서

$$f(1)=\lim_{x\to 1}\frac{x^3-6x+5}{x-1}$$

$$=\lim_{x\to 1}\frac{(x-1)(x^2+x-5)}{x-1}$$

$$=\lim_{x\to 1}(x^2+x-5)=-3$$

07 [모범답안]

답안	배점	예상 소요 시간
① a_8	3점	
② a_{12}	3점	
③ $a_3a_{13}\times a_4a_{12}=25$ 또는 $a_3a_4a_{12}a_{13}=25$ 또는 25	2점	2분 / 전체 80분
④ 5	2점	

[바른해설]

등비수열 $\{a_n\}$에 대하여 세 수 a_3, ① a_8 , a_{13}이 순서대로 등비수열을 이루므로 $a_8^2=a_3a_{13}$이다. 또한 세 수 a_4, a_8, ② a_{12} 이 순서대로 등비수열을 이루므로 $a_8^2=a_4a_{12}$이다. $a_8^4=$ ③ $a_3a_{13}\times a_4a_{12}=26$ 이다.

따라서 a_8^2의 값은 양수이므로 ④ 5 이다.

08 [모범답안]

답안	배점	예상 소요 시간
$f(x)=3x^2+a$	2점	
$a=-2$	2점	
$b=1$	3점	3분 / 전체 80분
$\displaystyle\int_a^b f(x)dx=3$	3점	

[바른해설]

$$\int_1^x f(t)dt=x^3+ax+b \cdots\cdots\text{㉠}$$

㉠의 양변을 x에 대하여 미분하면 정적분과 미분의 관계로부터 $f(x)=3x^2+a$이다. $1=f(-1)=3+a$이므로 $a=-2$, ㉠의 양변에 $x=1$을 대입하면,

$$0=\int_1^1 f(t)dt=1-2+b$$이므로 $b=1$이다.

따라서

$$\int_a^b f(x)dx=\int_{-2}^1(3x^2-2)dx=[x^3-2x]_{-2}^1=3$$

2023학년도 기출문제

국어[자연C]

01 [모범답안]

예시답안	배점
그런데, 않았네	5점
영상물을, 정하자	5점

[바른해설]

대화 참여자들은 저작권 침해에 해당하는 구체적 행위를 문제 삼아 이와 관련한 영상물을 제작하려 한다. 저작권 침해에 해당하는 구체적 행위는 "그런데 각종 자료를 사용하면서 인용 표시를 하거나 원문의 출처를 밝히지 않았네."에 나타나 있다.

또한 저작권 문제와 관련한 영상물 제작을 위해 여러 가지 사항을 고려한 발화를 하고 있다. 발화의 내용에는 영상물의 제작 목적, 영상물 예상 수용자, 영상물 수용자의 관심 분야, 영상물 제작의 기대 효과 등이 나타난다. 이중, 영상물 예상 수용자에 대한 내용은 "영상물을 볼 사람은 우리 학교 학생으로 정하자."에서 확인할 수 있다.

02 [모범답안]

예시답안	배점
부자유	5점
시민	5점

[바른해설]

제시문은 자유주의라는 사상이 사로 다른 성격의 혁명을 토대로 성립하여 상호 이질적인 내용과 그로 인한 긴장을 담고 있음을 설명하고 있다.

경제적 자유주의는 산업 혁명과 자발적 교환 영역인 시장을 토대로 발전된 사상으로, 침해되거나 간섭받지 않을 개인적 권리의 개념으로 자유를 이해한다. 반면, 정치적 자유주의는 자유, 평등, 박애의 실현을 추구하는 시민 혁명에 의해 출현한 사상으로, 타인에 의한 자의적 지배의 가능성에서 벗어나 자신에게 적용될 법과 제도를 스스로 결정하는 과정으로서의 자유를 이해한다. 이러한 경제적 자유주의를 대표하는 사람이 '밀턴 프리드먼'이고, 정치적 자유주의를 대표하는 사람이 '마이클 샌델'이다.

〈보기〉의 내용 중, 경제적 자유주의는 경제적 부자유가 정치적 부자유로 이어지고, 정치적 자유주의는 시민 혁명에 의해 출현하였다.

03 [모범답안]

예시답안	배점
수용체	5점
부도체	5점

[바른해설]

① 제시문의 셋째 문단에서 외인성 반도체에 수용체를 첨가하면 원자가띠의 전자가 일부 부족하게 되고, 그 결과 원자가띠에는 정공이 생기게 되어 양전하를 옮길 수 있게 된다고 했다. 즉, 수용체의 양이 늘어나게 되면 반도체 내의 정공도 늘어나게 된다고 할 수 있다.

② 제시문의 둘째 문단에서 원자가띠와 전도띠의 간격은 '도체–반도체–부도체'의 순서로 작아진다는 것을 알 수 있다. 따라서 도체, 부도체, 반도체 중 원자가띠와 전도띠의 간격이 가장 큰 것은 부도체이다.

04 [모범답안]

예시답안	배점
npn(형)	3점
C ('콜렉터, 콜렉터(c), C(콜렉터)'도 정답으로 인정함.)	4점
폭	3점

[바른해설]

① 제시문의 마지막 문단에서는 npn형 트랜지스터에서 일어나는 ㉠을 설명하고 있다.

②, ③ 제시문의 마지막 문단에서 npn형 트랜지스터에서 E에서 B로 움직이던 전자들은 손쉽게 C로 건너갈 수 있음을 알 수 있다. 이는 npn형 트랜지스터에서 p형 반도체의 폭이 양쪽에 접합된 n형 반도체보다 좁기 때문이다.

05 [모범답안]

예시답안	배점
① 또	5점
② 대결하여 본다.	5점

※ ①, ②를 정확하게 쓴 경우만 정답으로 인정함

[바른해설]

이 시는 현대문명의 폭력성 비판 및 극복의지를 나타내고 있다. 1연에서는 극한적인 상황에서 방향을 읽은 흰나비의 모습이 나타나고, 2연에서는 작열한 심장과, 투명한 광선에 의해 차단당한 나비의 안막이 나타나고, 3연에서는 억압적인 상황에 억눌려서 말없이 날개를 파닥거리는 흰나비가 나타난다.

4~5연에서는 절망적인 상황을 벗어나고자 하는 흰나비의 의지와 염원이 나타나는데, 구체적으로 "또 한번 스스로의 신화와 더불어 대결하여본다"에서는 적극적인 태도를 통해 현실 극복 의지를 드러내고 있다.

06 [모범답안]

예시답안	배점
① 보은표 ('보은표(報恩瓢), 報恩瓢'도 정답으로 인정함.) – '한글(한자)'의 형식으로 답안을 작성했을 때, 한글은 맞고 한자표기가 틀린 경우 정답으로 인정함. 단, '한자'만으로 답안을 작성했을 때, 한자가 틀렸을 경우 오답으로 처리함	5점
② 보수표 ('보수표(報讐瓢), 報讐瓢'도 정답으로 인정함.) – '한글(한자)'의 형식으로 답안을 작성했을 때, 한글은 맞고 한자표기가 틀린 경우 정답으로 인정함. 단, '한자'만으로 답안을 작성했을 때, 한자가 틀렸을 경우 오답으로 처리함	5점

※ ①, ②를 정확하게 쓴 경우만 정답으로 인정함
※ ①, ②의 순서는 상관없음

[바른해설]

놀부는 흥부의 행동을 모방하여 '박씨'를 받지만, 그 '박씨'가 초래하는 결과는 다르다. 흥부가 받은 박씨에는 '보은표(報恩瓢)'라 새겨있고, 놀부가 받은 박씨에는 '보수표(報讐瓢)'가 새겨져있었다. '보은표(報恩瓢)'는 '은혜를 갚은 박'이란 뜻으로, 제비가 그 박을 통해 흥부가 베푼 은혜에 보답한다는 것을 알 수 있다. 반면, '보수표(報讐瓢)'는 '원수를 갚은 박'이란 뜻으로, 제비가 그 박을 통해 놀부의 악행을 되갚으려 한다는 것을 알 수 있다.

수학[자연C]

07 [바른해설]

$F'(x)=f(x)$이고, $F(x)=f(x)+2x^3-5x^2-5x$의 양변을 미분하면

$f(x)=f'(x)+6x^2-10x-5$(이하 (1)식)이다.

$f(x)=6x^2+ax+b$로 정의하면, $f'(x)=12x+a$이므로 (1)식에 이를 대입하면,

$6x^2+ax+b=6x^2+2x+a-5$, 즉 $a=2, b=-3$이다.

방정식 $f(x)=4x^2+3$에 계산한 $f(x)$를 대입하면, 즉 $x^2+x-3=0$ 방정식의 두 근을 α, β라 할 때

$\alpha^2+\beta^2=(\alpha+\beta)^2-2\alpha\beta=1+6=7$

08 [바른해설]

$f(x)=-x^3+3x^2+9x+k$에서

$f'(x)=-3x^2+6x+9=-3(x+1)(x-3)$

$f'(x)=0$에서 $x=-1$ 또는 $x=3$에서 극값을 갖는다.

함수 $f(x)$의 증가와 감소를 표로 나타내면 다음과 같다.

x	$\cdots$	-1	$\cdots$	3	$\cdots$
$f'(x)$	$-$	0	$+$	0	$-$
$f(x)$	감소	극소	증가	극대	감소

그러므로 $a=3, b=-1$이며 $x=-1$일 때 x축과 접하려면 극솟값이 0이어야 하므로 $f(-1)=1+3-9+k=0$에서 $k=5$이다.

09 [바른해설]

함수 $y=\dfrac{3^x \times a^{\frac{1}{2}x}}{10^x}$의 그래프와 원 $(x-1)^2+y^2=1$이 만나기 위해서는

$y=\dfrac{3^x \times a^{\frac{1}{2}x}}{10^x}=\left[\dfrac{3a^{\frac{1}{2}}}{10}\right]^x$에서 밑 $\left[\dfrac{3a^{\frac{1}{2}}}{10}\right]\leq 1$이어야 한다.

따라서 $a^{\frac{1}{2}}\leq\dfrac{10}{3}$ $\therefore a\leq\dfrac{100}{9}=11.1\cdots$

함수 $y=a^x \times \left(\dfrac{7}{3}\right)^{-x}$의 그래프와 원 $(x-1)^2+y^2=1$이 만나지 않기 위해서는

$a^x \times \left(\dfrac{7}{3}\right)^{-x}=\left(a\dfrac{3}{7}\right)^x$에서 밑 $\left(\dfrac{7}{3}a\right)>1$,

$\therefore a>\dfrac{7}{3}=2.3\cdots$

따라서 $\dfrac{7}{3}<a\leq\dfrac{100}{9}$을 만족하는 a의 개수는 9개이다.

10 [바른해설]

$\displaystyle\lim_{x\to 1}\dfrac{g(x)+1}{f(x)}=1$이므로 $g(1)+1=0$

따라서 $p=-2$

$g(x)$가 ± 1에서 연속이므로

$\displaystyle\lim_{x\to 1}g(x)=a+b+c=g(1)=-1$

$\displaystyle\lim_{x\to -1}g(x)=a-b+c=g(-1)=-3$이므로 $b=1$

$1=\displaystyle\lim_{x\to 1}\dfrac{ax^2+bx+c+1}{(x^2-1)(ax^2+bx+c)}$

$=\displaystyle\lim_{x\to 1}\dfrac{a(x+1)+b}{(x+1)(ax^2+bx+c)}$

$=\dfrac{2a+b}{2(a+b+c)}$이므로 $c=-\dfrac{1}{2}$

$0=\displaystyle\lim_{x\to 1}g(x)+1=a+b+c+1=a+1-\dfrac{1}{2}+1$이므로

$a=-\dfrac{3}{2}$

따라서 $g(-2)=-\dfrac{3}{2}(-2)^2+(-2)-\dfrac{1}{2}=-\dfrac{17}{2}$

11 [바른해설 1]

곡선 $y=4+\log_a(x+2)$와 $y=a^{x+2}+4$는 곡선 $y=\log_a x$와 $y=a^x$을 x축으로 -2만큼, y축으로 4만큼 평행 이동한 곡선이다.

따라서 직선 $x=-1$, $y=5$을 평행 이동한 $x=1$, $y=1$의 두 직선과 곡선 $y=\log_a x$와 $y=a^x$와의 만나는 점 A, B와 교점 $P(1,1)$의 삼각형 넓이와 같다. 따라서 삼각형의 넓이는 $\dfrac{1}{2}(a-1)(a-1)=20$이므로 $a=30$이다.

[바른해설 2]

교점 $P(-1,5)$와 점 A의 x좌표는 $5=4+\log_a(x+2)$, $x=a-2$이므로 $(a-2,5)$이고, 점 B의 y좌표는 $y=a^{-1+2}+4=a+4$이므로 $(-1,a+4)$이다. 따라서 삼각형의 넓이는

$$\frac{1}{2}((a+4)-5)((a-2)-(-1))=\frac{1}{2}(a-1)(a-1)$$

이다.

12 [바른해설]

사인의 식으로 바꾸면

$$-\sin^2 x+4\sin x+1+k=-(\sin x-2)^2+5+k\leq 0$$

따라서 부등식은 $(\sin x-2)^2-5-k\geq 0$이 된다.

제곱항의 최솟값이 1이므로 $1-5-k\geq 0$이 되어야 하므로 $k\leq -4$이다.

즉, k의 최댓값은 -4

13 [바른해설]

$\lim\limits_{x\to 2}(x-2)f(x)=0$이므로 $\lim\limits_{x\to 2}\dfrac{\sqrt{x^2+a}-5}{x^2+4}=0$

따라서 $\lim\limits_{x\to 2}\sqrt{x^2+a}-5=0$이므로 $a=21$

따라서 $x\neq 2$일 때 $f(x)=\dfrac{\sqrt{x^2+21}-5}{(x-2)(x^2+4)}$,

$$f(2)=\lim_{x\to 2}f(x)=\lim_{x\to 2}\frac{\sqrt{x^2+21}-5}{(x-2)(x^2+4)}$$
$$=\lim_{x\to 2}\frac{(\sqrt{x^2+21}-5)(\sqrt{x^2+21}+5)}{(x-2)(x^2+4)(\sqrt{x^2+21}+5)}$$
$$=\lim_{x\to 2}\frac{x+2}{(x^2+4)(\sqrt{x^2+21}+5)}=\frac{1}{20}$$

따라서 $\dfrac{a}{f(2)}=420$

14 [바른해설]

함수 $g(2)=-20$ 그리고 $g'(2)=0$이다.

$$g'(x)=\int_0^x(tf(t)-11)dt-11x,$$

따라서 $\int_0^2(tf(t)-11)dt-22=0$

$f(x)=ax+b$라 하자. $\int_0^2(t(at+b)-11)dt-22=0$

에서 $\dfrac{8}{3}a+2b=44$

$g(2)=-20$에서

$$g(2)=2\int_0^2(tf(t)-11)dt-\int_0^2 t^2 f(t)dt=-20$$

즉, $\int_0^2 t^2 f(t)dt=64$

따라서 $4a+\dfrac{8}{3}b=64$, $a=12$, $b=6$, $f(x)=12x+6$

$g'(x)=4x^3+3x^2-22x=x(4x+11)(x-2)$

따라서 $k=-\dfrac{11}{4}$

15 [바른해설]

직선 l_n의 방정식은 $y=-\dfrac{2}{3}x+\dfrac{1}{3^n}\sqrt{1+\left(-\dfrac{2}{3}\right)^2}$이다.

직선 l_n이 x축 및 y축에 만나는 점은

$\left(0,\dfrac{1}{3^{n+1}}\sqrt{13}\right)$, $\left(\dfrac{1}{3^n 2}\sqrt{13},0\right)$이므로 삼각형의 넓이는

$$a_n=\frac{1}{2}\times\frac{13}{2\times 3^{2n+1}}=\frac{13}{4\times 3}\left(\frac{1}{9}\right)^n=\frac{13}{12\times 9}\left(\frac{1}{9}\right)^{n-1}$$이다.

따라서 등비수열의 합은

$$\sum_{k=1}^{10}a_k=\frac{13}{12\times 9}\cdot\frac{1-\left(\dfrac{1}{9}\right)^{10}}{1-\dfrac{1}{9}}=\frac{13}{12\times 8}\left(1-\left(\frac{1}{3}\right)^{20}\right)$$

이다.

국어[자연D]

01 [모범답안]

예시답안	배점
① 기다려, 괜찮아	5점
② 지금, 뜻이지	5점

※ ①, ② 각각 첫 어절과 마지막 어절을 순서대로 정확하게 쓴 경우만 정답으로 인정함

[바른해설]
'시진'은 '윤지'와의 대화 상황에서 상대방을 이해하며 기다려 주거나, 이야기를 더 할 수 있도록 격려하거나, 동의하는 반응을 보이기도 하는 등의 공감적 듣기를 실천하고 있다. '시진'은 '윤지'에게 재촉하지 않고 '윤지가 자신의 고민을 꺼낼 수 있도록 배려하는 부분은 "기다려 줄 테니 천천히 말하고 싶을 때 해도 괜찮아."이다. 한편, '시진'은 민수에게 먼저 손을 내밀까 생각하는 '윤지'에게 '민수한테 사과를 하고 싶다는 뜻이지?'와 같이 말하고 있다. 이는 민수에게 사과를 하고 싶다는 '윤지'의 의도를 파악한 후 자신이 이해한 내용이 맞는지 물어보고 있다. 따라서 〈보기〉에 나타난 화법의 전략은 "지금 그 말은 민수한테 사과를 하고 싶다는 뜻이지?"에서 확인할 수 있다.

02 [모범답안]

예시답안	배점
① '나는 네 동생이 아니다.' 또는 '나는 네 동생일 수 없다.' 　– '나, 네 동생, 아니다/~을 수 없다'를 키워드로 하여, 모든 키워드가 포함된 '나는 네 동생이 아니다.'라는 의미의 문장을 정확하게 작성한 경우에만 정답으로 인정함 　– '나는 네 동생이 아니다'와 동일한 의미를 가지는 '너는 내 오빠/언니/형/누나가 아니다'류도 정답으로 인정함 　– 띄어쓰기를 제외하고 답안이 11자 이상이면 무조건 오답으로 처리 　– 위 조건을 충족하면, 답안 중 표준어 규정에 어긋난 것도 정답으로 인정함. 예) '니 동생' 등	5점
② 숨은 결론	5점

[바른해설]
① 〈보기〉의 논증에서 숨은 전제는 '나는 네 동생이 아니다.'이다.
② 〈보기〉의 논증에서 숨은 결론은 '와칸다 팀은 결승에 진출하지 못한다.'이다.

03 [모범답안]

예시답안	배점
① 물적(분할)	3점
② 인적(분할)	3점
③ 존속(회사)	4점

※ ①~③을 정확하게 쓴 경우만 정답으로 인정함

[바른해설]
(가)는 분할 전 회사(A)에서 물적 분할한 그림이다. 즉, 회사 A를 존속 회사(B)와 신설 회사(C)로 나눈 후, 신설 회사(C, 자회사)를 존속 회사(B, 모회사)의 지배하에 두고 있다. 이 경우, 분할 전 주주들은 존속 회사만 직접적으로 지배한다.
(나)는 분할 전 회사(A)에서 인적 분할한 그림이다. 즉 회사 A를 존속 회사(B)와 신설 회사(C)로 나눈 후, 두 회사 모두를 직접 지배하고 있다.

04 [모범답안]

예시답안	배점
① 84만 ('팔십사만, 840,000'도 정답으로 인정)	5점
② 70만 ('칠십만, 700,000'도 정답으로 인정)	5점

[바른해설]
[가]에 따르면, 회사가 분할을 결의하려면 두 가지 조건을 충족해야 한다. 출석한 주주의 의결권 중 2/3 이상이 찬성을 하고 그것이 발행 주식 총수 1/3 이상이 되어야 한다.
〈보기〉의 경우, 주주 총회에서 분할을 결의하기 위해서는 다음의 조건이 충족되어야 한다. 먼저 주주 총회에 출석한 주주의 일정 비율 이상의 찬성이 필요하다. 210만주의 60%에 해당하는 주식 수는 126만 주이며, 이의 2/3에 해당하는 주식 수는 84만 주이다. 이때의 84만 주는 전체 발행 주식 총수의 1/3인 70만 주 이상에 해당하므로, '(주)착한맛'의 분할은 결의될 수 있다.

05 [모범답안]

예시답안	배점
① 오늘(과) 내일 　('내일, 오늘'의 순서로 작성된 답안은 오답으로 처리함)	5점
② 아침(과) 저녁 　('저녁, 아침'의 순서로 작성된 답안은 오답으로 처리함)	5점

※ ①, ②를 정확하게 쓴 경우만 정답으로 인정함
※ ①, ②의 순서는 상관없음

[바른해설]
답청(踏靑)일랑 오늘 하고 욕기(浴沂)일랑 내일 하세
아침에 채산(採山)하고 저녁에 조수(釣水)하세

여기에서 '오늘'과 '내일'이 대등한 위상을 가진 채 시간적 순서를 기준으로 병렬되어 있고, 두 번째 행에서는 '아침'과 '저녁'이 시간적 순서를 기준으로 계기적 병렬을 이룬다. 이를 통해 분주하게 봄날을 즐기는 화자의 일상을 파악할 수 있다.

06 [모범답안]

예시답안	배점
① 구보는, 뛰어올랐다	5점
② 일찍이, 일이다	5점

※ ①, ② 각각 첫 어절과 마지막 어절을 순서대로 정확하게 쓴 경우만 정답으로 인정함

[바른해설]

구보는 '저 혼자 그곳에 남아 있는 것에, 외로움과 애달픔을 맛본다.'라고 하였다. 그리고 '전차에 뛰어'오르고 있으므로 이 행동은 사람들로부터 소외되고 있다는 개인의 불안 의식을 해소하려는 시도로 볼 수 있다. 또한 '스스로 자기는 고독을 사랑하고 있는 것이라고 꾸며 왔는지도 모를 일이다' 등 해당 문장이 있는 단락은 전체적으로 과거 고독을 사랑한다고 생각했던 자신의 과거를 되짚어 보고 있다.

수학[자연D]

07 [바른해설]

등차수열 $\{a_n\}$의 첫째항을 a, 공차를 d라 하면,

$a_5+a_6+a_7=30$에서

$(a+4d)+(a+5d)+(a+6d)=3a+15d=30$이고,

$a_9+a_{10}=(a+8d)+(a+9d)=2a+17d=6$이다.

상기 연립 일차방정식을 풀이하면 $\therefore a=20$, $d=-2$

따라서 $a_{20}=20+19(-2)=-18$이므로

$$\therefore S_{20}=\frac{20\times(a_1+a_{20})}{2}=\frac{20\times20+(-18)}{2}=20$$

08 [바른해설]

$\overline{AC}=x$, $\overline{BD}=y$라 하자. 조건 (가)에서 $x+y=11$

조건 (나)에서 $\frac{1}{2}xy\sin30°=6$으로부터 $xy=24$

따라서 x, y는 방정식 $t^2-11t+24=0$의 두 근이다.

$x<y$이므로 $x=3$, $y=8$

따라서 $\frac{y}{x}=\frac{8}{3}$

09 [바른해설]

$y=-x^3+6tx^2+5tx$에서

$y'=-3x^2+12tx+5t$

$\quad=-3(x-2t)^2+12t^2+5t$

곡선 $y=x^3-3tx^2+tx$에 접하는 직선의 기울기는 $x=2t$에서 최댓값 $12t^2+5t$를 갖는다.

이 때 접점의 좌표는 $(2t, 16t^3+10t^2)$이므로

접선의 방정식은

$y=(12t^2+5t)(x-2t)+16t^3+10t^2$

$\quad=(12t^2+5t)x-8t^3$

10 [바른해설]

$\log_2a+\log_3b=3c$,

$(\log_3a)(\log_2b)=\dfrac{\log_2a}{\log_23}\dfrac{\log_3b}{\log_32}=(\log_2a)(\log_3b)$

$\qquad\qquad\qquad=2c^2$

이므로 $A=\log_2a$, $B=\log_3b$라 놓으면, $A+B=3c$, $AB=2c^2$

따라서 A와 B는 이차방정식 $x^2-3cx+2c^2=0$의 두 근이므로 $A=\log_2a=c$, $B=\log_3b=2c$이다.

$A<B$이므로, $A=2c$, $B=c$인 경우는 해당하지 않는다.

따라서 $a=2^c$, $b=3^{2c}=9^c$이므로, $\dfrac{a}{b}=\left(\dfrac{2}{9}\right)^c$

따라서 $k=\dfrac{2}{9}$

11 [바른해설]

$\sin\left(\dfrac{\pi}{2}+x\right)=\cos x$, $\cos^2x=1-\sin^2x$이므로 주어진 식은 $y=-\sin^2x-2k\sin x+3k$, 혹은

$y=-(\sin x+k)^2+k^2+3k$이다.

$\sin x=t$라 하면

$y=f(t)=-t^2-2kt+3k=-(t+k)^2+k^2+3k$이고

정의역은 $[-1, 1]$이다.

따라서 $k<-1$이므로 최댓값은 $x=\dfrac{\pi}{2}$, 혹은 $t=1$에서

$f(1)=k-1$이다.

따라서 $k=-2$이다. 따라서 $x=\dfrac{3\pi}{2}$, 혹은 $t=-1$에서의

최솟값은 $f(-1)=5k-1$

즉 -11이다.

12 [바른해설]

두 점 P, Q의 시각 $t=k$에서의 위치를 각각 $f(k)$, $g(k)$라 하면,

$$f(k)=k^2-3ak,\ g(k)=\frac{1}{2}k^2+ak,$$

즉 $h(k)=f(k)-g(k)-\dfrac{1}{2}k^2-4ak$

따라서 두 점 사이의 거리는 $|h(k)|$이다.

$|h(k)|=72$가 되도록 하는 모든 양수 k의 개수가 2개이려면 $k>0$일 때, $|h(k)|=72$의 서로 다른 실근의 개수가 2이어야 한다.

따라서 $|h(4a)|=72$이어야 한다.

$|h(4a)|=8a^2=72,\ \therefore a=3\ (\because a>0)$

13 [바른해설]

$\sum\limits_{k=1}^{10}(a_k{}^2+4a_k)+40=192,\ \sum\limits_{k=1}^{10}(a_k{}^2+a_k)=\sum\limits_{k=1}^{11}2a_k$을 연립하여 풀면

$\sum\limits_{k=1}^{10}3a_k=152-\sum\limits_{k=1}^{11}2a_k$이다. (식-1)

$\sum\limits_{k=1}^{10}k(a_k-a_{k+1})=(a_1-a_2)+2(a_2-a_3)+\cdots$
$$+10(a_{10}-a_{11})=20$이고$$

$(a_1+a_2+a_3+\cdots+a_{10})-10a_{11}=20,$

$\sum\limits_{k=1}^{10}a_k=20+10a_{11}$이고

$\sum\limits_{k=1}^{10}a_k=20+10\left(\sum\limits_{k=1}^{11}a_k-\sum\limits_{k=1}^{10}a_k\right)$이다. (식-2)

(식-1), (식-2)를 연립하여 풀면

$\sum\limits_{k=1}^{11}a_k=31$이다.

14 [바른해설]

$5^2=25,\ 5^3=125,\ 5^4=625,\ 5^5=31250$이므로

구간 $(0, 2)$에서 $f(x)=1$

구간 $[2, 52)$에서 $f(x)=2,$

구간 $[52, 302)$에서 $f(x)=3,$

구간 $[302, 1552)$에서 $f(x)=4,$

구간 $(0, n)$에서 f의 불연속인 점의 개수는

$n=2$일 때는 1개

$2<n\le52$일 때는 2개

$52<n\le302$일 때는 3개,

$302<n\le2023$일 때는 4개다.

따라서 구간 $(0, 344]$에서 불연속인 점의 개수는 4이므로 구간 $(0, 1720]$에서 $f(x)$의 불연속인 점의 개수는

$4\times5=20$

또한, $x=1722,\ x=1772,\ x=2022$에서 $f(x)$는 불연속이므로 불연속인 점의 개수가 23이 되도록 하는 자연수 n의 최댓값은 344

15 [바른해설]

$P(t, t^2+1)$이라 하면 $y=x^2+1$에서 $y'=2x$이므로 직선 l의 기울기는 $2t$이다.

이때 직선 PQ의 기울기가 $-\dfrac{1}{2t}$이므로

$$\dfrac{(t^2+1)-\dfrac{9}{2}}{t-m}=-\dfrac{1}{2t}$$

에서 $2t^3-6t-m=0$

$f(t)=2t^3-6t-m$라 하면 방정식 $f(t)=0$이 하나의 실근을 가져야 한다.

$f'(t)=6t^2-6$이므로 $f'(t)=0$에서 $t=-1$ 또는 $t=1$

함수 $f(x)$는 $t=-1$에서 극대, $t=1$에서 극소이므로 $f(-1)\times f(1)>0$이 성립해야 한다.

$(-2+6-m)(2-6-m)>0$에서 $m<-4$ 또는 $m>4$

국어[자연T]

01 [모범답안]

예시답안	배점
독서, 이루어집니다.	5점
연필이, 좋겠습니다.	5점

※ ①, ② 각각 첫 어절과 마지막 어절을 순서대로 정확하게 쓴 경우만 정답으로 인정함

[바른해설]

〈보기〉의 ①에서 언급한 사항은 제시문의 '독서 동아리에서 책을 함께 읽고 의견을 나누며 책과 친구가 되는 체험을 하는 것과 달리, 필사 동아리에서는 자신이 좋아하는 글을 가져와 베껴 쓰는 활동이 주로 이루어집니다.'의 문장에서 잘 드러나고 있다. 이에 따라 이 문장의 첫 어절인 '독서'와 마지막 어절인 '이루어집니다'가 ①의 정답에 해당한다.

〈보기〉의 ②에서 언급한 사항은 제시문의 '연필이 선물하는 작은 여유와 성찰을 통해 많은 친구들이 필사를 하며 자신을 살피는 기회를 가졌으면 좋겠습니다.'의 문장에서 잘 드러나고 있다. 이에 따라 이 문장의 첫 어절인 '연필이'와 마지막 어절인 '좋겠습니다.'가 ②의 정답에 해당한다.

02 [모범답안]

예시답안	배점
① 인지주의 (심리학) ('인지 (심리학)'도 정답으로 인정함)	2점
② 조율	3점
③ 행동주의 (심리학) ('행동 (심리학)'도 정답으로 인정함)	2점
④ 부정적 처벌 ('작동적 조건화, 선택적 보상'도 정답으로 인정함, 단, '부정 처벌, 작동 조건화'는 오답으로 처리함)	3점

※ ①~④를 정확하게 쓴 경우만 정답으로 인정함

[바른해설]

〈보기〉의 [가]와 관련한 사항은 제시문의 3번째 문단에 잘 드러나 있다. '조율의 과정에서 소비자의 지식 구조 중 일부가 서로 결합되어 보다 일반화될 수 있다.'라는 제시문의 내용을 참고할 때 [가]는 '인지주의 심리학'의 '조율'과 관련이 있다. 한편, [나]에 대한 내용은 제시문의 마지막 문단에 잘 드러나 있다. '어떤 상점에서 몇 차례 불친절을 경험한 소비자는 그 상점을 다시 찾지 않게 되어, 상점의 매출이 감소한다.'와 관련한 사항은 '행동주의 심리학'의 '부정적 처벌'과 관련이 있다.

03 [모범답안]

예시답안	배점
① 아곤 ('아곤(agon), agon'도 정답으로 인정함) – '한글(영문)'의 형식으로 답안을 작성했을 때, 한글은 맞고 영문 표기가 틀린 경우 정답으로 인정함. 단, '영문'만으로 답안을 작성했을 때, 영문이 틀렸을 경우 오답으로 처리함	5점
② 미미크리 ('미미크리(mimicry), mimicry'도 정답으로 인정함) – '한글(영문)'의 형식으로 답안을 작성했을 때, 한글은 맞고 영문 표기가 틀린 경우 정답으로 인정함. 단, '영문'만으로 답안을 작성했을 때, 영문이 틀렸을 경우 오답으로 처리함	5점

※ ①~②를 정확하게 쓴 경우만 정답으로 인정함

[바른해설]

'아곤'에서 기회의 평등은 능력이 우수한 사람과 그보다 능력이 우수하지 못한 사람이 경쟁을 하게 될 때에는 이를 고려하는 것이다. 〈보기〉의 온라인 게임에서 다른 캐릭터와의 싸움을 할 때 상대방의 레벨 수준에 따라 사용할 수 있는 아이템이 제한된다는 것은 '아곤'의 특성, 즉 최대한 어느 한쪽이 불리하지 않도록 한다는 것에 해당한다.

'미미크리'는 놀이 참가자가 일시적으로 가상 인물이 되고, '미미크리'는 가상의 공간에서 자신의 의지에 따라 역할을 수행하는 놀이이다. 〈보기〉의 게임에서 참가자가 자신만의 캐릭터를 만들어서 게임에 참여하는 것은 일시적으로 가상 인물이 되는 것으로 볼 수 있다. 또한, 〈보기〉의 게임 참가자는 가상의 공간에서 자신의 의지에 따라 아이템을 선택하여 전쟁에 참여한다는 점에서도 이 게임은 '미미크리'적 요소가 있다고 할 수 있다.

04 [모범답안]

예시답안	배점
① 자본재(의) 한계 생산량	5점
② 평균 생산 기간	5점

※ ①~②를 정확하게 쓴 경우에만 정답으로 인정함

[바른해설]

클라크는 이자 성립의 근거를 우회 생산에서 찾고 있다고 하였다. 뵘바베르크도 생산과정에서 우회 생산도가 커지면 커질수록 생산성이 높아지므로, 우회 생산이 이자의 원천이 된다고 하였다. 클라크는 우회 생산도는 '자본재의 한계생산량'을 통해 측정이 가능하다고 보았다. 뵘바베르크도 우회 생산도를 측정하기 위해서 평균 생간 기간이라는 척도를 제시했다고 하였다.

05 [모범답안]

예시답안	배점
① 아니 아니	5점
② 왠지 느닷없이 그렇게	5점

※ ①, ②를 정확하게 쓴 경우만 정답으로 인정함

[바른해설]

5번 문항은 김춘수의 「강우」에 대한 〈보기〉의 설명에 나타난 사항을 작품에서 찾을 수 있는지를 묻는 문제이다. 이 시는 세 개의 의미 단락으로 이루어져있다. 첫 단락은 아내를 찾는 장면, 둘째 단락은 아내가 잠깐 어딜 간 것이 아니라는 것을 깨닫는 장면, 세 번째 단락은 아내가 오지 않는 상태라는 것을 이해하면서도 어쩌지 못하는 화자의 주변에 갑작스러운 비가 쏟아지는 장면이 그것이다. 문제는 이 각각의 장면이 전환점을 묻고 있다. 아니 아니라는 감탄사의 반복은 아내가 더 이상 돌아올 수 없다는 것을 깨닫는 딱한 처지가 잘 반영된 감탄사이다. 또한 왠지 느닷없이 그렇게는 비가오는 상황에 대한 화자의 표현인데, 부사어의 연이은 사용을 통해서 어쩔 수 없는 화자의 마음을 잘 전달하고 있다.

06 [모범답안]

예시답안	배점
① 세, 하네요	5점
② 하느님께서, 것이었어요	5점

※ ①, ② 각각 첫 어절과 마지막 어절을 순서대로 정확하게 쓴 경우만 정답으로 인정함

[바른해설]

6번 문항은 「이생규장전」에 대한 장르적 특성을 이해하고, 이를 바탕으로 하여 주인공이 죽음을 넘어서 사랑을 실현하고 있다는 것을 이해하는지 확인하는 문제이다. 이생과 최씨의 재자가인의 사랑은 그러나 여러 차례 현실의 벽에 가로 막혔지만 이 둘은 이러한 역경을 넘어서 사랑을 이어나간다. 작품에는 이들의 인연이 세 번에 걸쳐서 만나고 끊기는 과정이 최씨의 말을 통해서 제시되었다. 최씨의 대화를 찾아서 그 첫 어절과 마지막 어절을 쓰면 된다. 작품에서 최씨는 관련된 이야기를 두 번에 걸쳐서 한다. 첫 번째가 "세 번이나 좋은 시절을 만났지만 세상일은 뜻대로 되지 않고 어그러지기만 하네요."라고 말하는 부분, 그리고 "하느님께서 저와 당신의 연분이 아직 끝나지 않았고, 또 저희가 아무런 죄악도 저지르지 않았음을 아시고 이 몸을 환생시켜 당신과 지내며 잠시 시름을 잊게 해 주신 것이었어요."부분이다. 그러므로 '세, 하네요', 그리고 '하느님께서, 것이었어요.'가 답이다.

07 [바른해설]

$f(x)=-x^3+3x^2+9x+a$에서,

$f'(x)=-3x^2+6x+9=-3(x-3)(x+1)$이며,

닫힌 구간 $[-1, 6]$에서 최솟값은

$f(-1)=1+3-9+a=-5+a$와

$f(6)=-216+3\times36+54+a=-54+a$ 중에

$f(6)=-54+a=-40$이므로, $a=14$이다.

곡선 $y=f(x)$와 직선 $y=k$가 만나는 점의 개수가 2가 되는

지점은 $f(-1)=-5+a=9$와

$f(3)=-27+3\times9+27+a=41$

상수 k의 합은 50이다.

08 [바른해설]

$\sin\theta\tan\theta=\dfrac{\sin^2\theta}{\cos\theta}=\dfrac{1}{\cos\theta}-\cos\theta=-\dfrac{8}{3}$로부터

$3\cos^2\theta-8\cos\theta-3=0$

$(3\cos\theta+1)(\cos\theta-3)=0$로부터

$\cos\theta=-\dfrac{1}{3}\cdot\sin\left(\dfrac{3\pi}{2}-\theta\right)=-\sin\left(\dfrac{\pi}{2}+\theta\right)$

$=-\cos\theta=\dfrac{1}{3}$

09 [바른해설]

$\displaystyle\sum_{k=1}^{10}\dfrac{3}{a_k a_{k+1}}=\dfrac{5}{7}$에서

$\displaystyle\sum_{k=1}^{10}\dfrac{3}{a_{k+1}-a_k}\left(\dfrac{1}{a_k}-\dfrac{1}{a_{k+1}}\right)$

$=\dfrac{3}{d}\left(\dfrac{1}{a_1}-\dfrac{1}{a_2}+\dfrac{1}{a_2}-\dfrac{1}{a_3}+\cdots-\dfrac{1}{a_{11}}\right)$

$=\dfrac{3}{2a}\left(\dfrac{1}{a_1}-\dfrac{1}{a_{11}}\right)=\dfrac{3}{2a}\left(\dfrac{1}{a}-\dfrac{1}{a+20a}\right)=\dfrac{5}{7}$

$\therefore 3\left(1-\dfrac{1}{21}\right)=\dfrac{20}{7}=\dfrac{5a^2}{7}, a=\sqrt{2}$

$\therefore a_3=\sqrt{2}+2\times2\sqrt{2}=5\sqrt{2}$

10 [바른해설]

$y=f(x)$의 그래프가 $x=b$에서 x축과 접한다고 하면

$f(x)=0$은 중근을 가지며

$f(x)=(x-b)^2(x-c)$ (c는 상수, $b\neq c$)로 놓을 수 있다.

$x\leq a$인 모든 실수 x에 대하여 $f(x)\leq0$이 성립하도록 하는

실수 a의 최댓값이 4일 때 $c=4$이다.

$f(x)=(x-b)^2(x-c)$에 $x=0$을 대입하면

$f(0)=-4b^2$, 즉 $-4b^2=-16$에서 $b=2$ 또는 $b=-2$이

므로 $f(x)=(x-2)^2(x-4)$ 또는

$f(x)=(x+2)^2(x-4)$

따라서 $x=3$을 대입하면 $f(3)=-1$ 또는 $f(x)=-25$
이므로
$f(3)$의 최솟값은 -25이다.

11 [바른해설]

$2a^2-9a+4=0$에서 $(2a-1)(a-4)=0$이므로 $a=\dfrac{1}{2}$
또는 $a=4$이다.

$a=\dfrac{1}{2}$일 때, $a^{3n^2-17n}<a^{n^2-30}$에서 $3n^2-17n>n^2-30$

즉, $2n^2-17n+30>0$

$(2n-5)(n-6)>0$이므로 $\dfrac{5}{2}>n$ 또는 $6<n$

이를 만족하는 6 이하의 자연수 $n=1,\ 2$이다.

$a=4$일 때 $a^{3n^2-17n}<a^{n^2-30}$에서 $3n^2-17n<n^2-30$ 즉,
$2n^2-17n+30<0$

$(2n-5)(n-6)<0$이므로 $\dfrac{5}{2}<x<6$, 이를 만족하는 6
이하의 자연수 $n=3,\ 4,\ 5$이다.

그러므로 가능한 모든 $(a,\ n)$의 순서쌍은 $\left(\dfrac{1}{2},\ 1\right),\ \left(\dfrac{1}{2},\ 2\right),$
$(4,\ 3),\ (4,\ 4),\ (4,\ 5)$으로 5개이다.

12 [바른해설]

판별식에 의해 $b^2=ac$이다. 또는 주어진 식이 $a(x-3)^2=0$
이다.

따라서 $a,\ 5,\ c$ 등차수열을 이룰 때, $5\times2=a+9a$ 등차중항
의 성질에 따라 $a=1$이다.

따라서 $b=3,\ c=9$이다.

13 [바른해설]

$\displaystyle\lim_{x\to a}\dfrac{2(x-a)^2-5f(x)}{(x-a)^2f(x)}$가 존재하므로

$f(x)=(x-a)^2g(x),\ g(x)$는 이차함수

따라서 $\displaystyle\lim_{x\to a}\dfrac{2(x-a)^2-5f(x)}{(x-a)^2f(x)}$가 존재하므로

실수 p에 대해 $2-5g(x)=p(x-a)^2,\ 2-5g(a)=0$

따라서 $g(a)=\dfrac{2}{5}\cdot\displaystyle\lim_{x\to a}\dfrac{2-5g(x)}{(x-a)^2g(x)}$

$=\displaystyle\lim_{x\to a}\dfrac{p(x-a)^2}{(x-a)^2g(x)}=5$이므로 $\dfrac{p}{g(a)}=5$

결국 $p=2$이고 $5g(x)=2-2(x-a)^2$이므로

$f(x)=(x-a)^2\dfrac{2-2(x-a)^2}{5}$

$=\dfrac{2}{5}\left(-(x-a)^4+(x-a)^2\right)$

조건 (가)로부터

$f(1)=\dfrac{2}{5}\left(-(1-a)^4+(1-a)^2\right)=-\dfrac{24}{5}$를 풀면

$a=3$, 결국 $f(x)=\dfrac{2}{5}\left(-(x-3)^4+(x-3)^2\right)$이고,

$f(8)=-240$

14 [바른해설]

삼각형 ABC와 삼각형 ABD가 동일한 원에 외접하므로

사인법칙에 의해 $\dfrac{\overline{BC}}{\sin30°}=\dfrac{\overline{BD}}{\sin60°},\ \overline{BC}=2\sqrt{3}$

$\angle CBD=\angle CAD=30°$이므로

$\angle ABC=45°+30°=75°$이고

$\angle ACB=180°-(30°+75°)=75°$

따라서 삼각형 ABC는 이등변삼각형이다.

$x=\overline{AB}=\overline{AC}$라 하면 삼각형 ABC에서 코사인법칙에 의
해

$(2\sqrt{3})^2=2x^2-2x^2\cos30°,\ x^2=12(2+\sqrt{3})$

따라서 삼각형 ABC의 넓이는 $\dfrac{1}{2}x^2\sin30°=3(2+\sqrt{3})$이
다.

$\angle CBD=\angle CDB=30°$이므로 삼각형 BCD는 이등변삼
각형이고 $\overline{CD}=\overline{BC}$

따라서 삼각형 BCD의 넓이는

$\dfrac{1}{2}\times6\times2\sqrt{3}\times\sin30°=3\sqrt{3}$이다.

두 삼각형은 삼각형 BCE를 공유하므로

$S-T=3(2+\sqrt{3})-3\sqrt{3}=6$이다.

15 [바른해설]

함수 $f(x)$가 $x=1$에서 연속이므로,

$\displaystyle\lim_{x\to1-}f(x)=\lim_{x\to1+}f(x)=f(1)$

$\displaystyle\lim_{x\to1-}f(x)=\lim_{x\to1-}(x^3-3ax^2+2ax+1)=2-a,$

$\displaystyle\lim_{x\to1+}f(x)=\lim_{x\to1+}-4x+3=-1$

$f(1)=2-a$이므로, $a=3$

$\displaystyle\int_{-1}^{9}f(x)dx-\int_{2}^{9}f(x)dx=\int_{-1}^{2}f(x)dx$

$\qquad\qquad=\displaystyle\int_{-1}^{1}f(x)dx+\int_{1}^{2}f(x)dx$

$\displaystyle\int_{-1}^{1}(x^3-9x^2+6x+1)dx+\int_{1}^{2}-(4x+3)dx$

$=-4-3=-7$

국어[자연F]

01 [모범답안]

예시답안	배점
① 갯수, 개수	5점
② 계십시요, 계십시오	5점

※ ①, ②를 정확하게 쓴 경우만 정답으로 인정함
※ ①, ②의 순서는 상관없음

[바른해설]

건의문의 ⓐ～ⓔ 표현 중, 한글 맞춤법에 어긋난 표현이 나타난 부분은 모두 두 곳, ⓑ(갯수), ⓔ(계십시요)이다. 그리고 이들 표현에 대한 정확한 표현은 '개수', '계십시오'(오)이다.

02 [모범답안]

예시답안	배점
① 정신성	5점
② 그리스(예술)(의) 조각	5점

※ ①, ②를 정확하게 쓴 경우만 정답으로 인정함

[바른해설]

개념 미술가들은 헤겔이 말한 예술의 물질성이 아닌 '정신성'을 개념 예술 작품의 핵심 요소라고 생각했다. 헤겔은 르네상스 예술의 회화를 정신과 물질의 균형적 지점에 위치하는 예술 작품이라고 생각하지 않고, 그리스(의) 조각이라고 설명하고 있다.

03 [모범답안]

예시답안	배점
① 명목 (수준)	3점
② 비율 (수준)	3점
③ 서열 (수준)	4점

※ ①～③을 정확하게 쓴 경우만 정답으로 인정함

[바른해설]

제시문의 2번째 문단에서 관련 내용을 확인할 수 있다. ①은 명목 수준에 관한 설명이다. ②는 제시문의 4가지 척도 수준의 유형 가운데 마지막 비율 수준과 관련 설명이다. 한편 제시문의 마지막 문단에 리커트 척도에 관한 설명이 있는데, 제시문을 참고할 때 서열 수준은 대상들 간의 순서를 측정하는 수준을 말하므로, 리커트 척도는 이에 해당한다. 리커트 척도는 각 선택지의 점수 간 간격이 항상 동일하지는 않다는 점에서 등간 수준이 아닌 것이 분명하다.

04 [모범답안]

예시답안	배점
① 명목 (수준)	3점
② 명목 (수준)	4점
③ 등간 (수준)	3점

※ ①～③을 정확하게 쓴 경우만 정답으로 인정함

[바른해설]

제시문을 참고할 때 성별이나 종교 등의 항목에 대해 측정한 데이터는 명목 수준에 해당한다. 〈보기〉의 ①은 성별에 관한 문항이므로 '명목 수준'에 해당한다. ②의 문항도 상호 배타성 및 완전 포괄성의 기준을 충족하므로 '명목 수준'에 해당한다. 한편 ③은 각 선택지에 제시된 값이 '1-2-3-4-5'로 간격이 동일하며 항목에 대한 응대값이 산술적 가치를 갖고 있어 사칙연산 중 덧셈과 뺄셈을 하는 것이 가능하다는 점에서 '등간 수준'에 해당한다.

05 [모범답안]

예시답안	배점
① 의인법 ('의인화'도 정답으로 인정함.)	5점
② 뒤꿈치가 들린 것들 ('뒤꿈치가 들린 것들아'도 정답으로 인정함.)	5점

※ ①, ②를 정확하게 쓴 경우만 정답으로 인정함

[바른해설]

5번 문제는 낯설게 하기와 비유법에 대한 이해를 토대로 황인숙 시인의 시 「조깅」을 분석적으로 읽는 것을 학습하는 문제이다. 문제의 〈보기〉는 황인숙의 「조깅」에서 뛰고 있는 존재는 화자 자신인데, 바라보이는 모든 존재와 대상이 다 뛰고 있다고 표현함으로써 낯선 느낌과 사유를 창안하고 있다. 〈보기〉의 내용을 따라가면서 시 속에서 의인법이 사용된 정황, 그리고 뛴다는 동사의 낯선 사용을 통해서 얻어진 만상의 운동성, 즉 달리는 특성이 만상을 "뒤굼치가 들린 것들아"라고 표현되어 있다.

06 [모범답안]

예시답안	배점
① 독수리	5점
② 같다.	5점

※ ①, ②를 정확하게 쓴 경우만 정답으로 인정함

[바른해설]

6번 문항은 「조깅」에 대한 심층적 이해를 묻는 문제이다. 조깅의 시적 전개는 1연에서 조깅하면서 가빠진 호흡, 2연에서 조깅을 하면서 인식하는 주변정황, 3연에서 조깅을 하면서 바라

본 하늘, 4연에서 조깅을 하는 급박한 호흡 속에서 얻는 의미,
5연에서 조깅을 통한 정신적 고양으로 나타난다. 5연에서의
정신적 고양이 '독수리'라는 이미지로 표현된 것을 묻는 문제
이다. 시행의 첫 어절과 마지막 어절을 물었으므로, 독수리와
같다.를 쓰면 된다.

수학[자연F]

07 [바른해설]

$$f'(x) = 3x^2 - 2mx + \left(m + \frac{4}{3}\right)$$

함수 $f(x)$가 일대일 대응이 되려면 이차방정식 $f'(x) = 0$이
중근 또는 허근을 가져야 한다.

이차방정식 $3x^2 - 2mx + \left(m + \frac{4}{3}\right) = 0$의 판별식을 D라

하면 $\dfrac{D}{4} = m^2 - 3m - 4$이므로

$m^2 - 3m - 4 \leq 0$에서 $(m+1)(m-4) \leq 0$

$-1 \leq m \leq 4$

따라서 정수 m의 값은 $-1, 0, 1, 2, 3, 4$

08 [바른해설]

$a^{-3} \times \sqrt{a^4 b^{-2}} = 3$에서 $a^{-3} \times (a^4 b^{-2})^{\frac{1}{2}} = 3$

$a^{-1} b^{-1} = 3$

$\dfrac{1}{ab} = 3$에서 $ab = \dfrac{1}{3}$

$a^{-1} - b^{-1} = -5$에서 $\dfrac{1}{a} - \dfrac{1}{b} = -5$

$\dfrac{b-a}{ab} = -5$에 $ab = \dfrac{1}{3}$을 대입하면 $a - b = \dfrac{5}{3}$

$a^2 + b^2 = (a-b)^2 + 2ab = \left(\dfrac{5}{3}\right)^2 + 2 \times \left(\dfrac{1}{3}\right) = \dfrac{31}{9}$

09 [바른해설]

$\tan\theta + \dfrac{1}{\tan\theta} = \dfrac{\sin\theta}{\cos\theta} + \dfrac{\cos\theta}{\sin\theta} = \dfrac{1}{\sin\theta\cos\theta} = -2$로

부터 $\sin\theta\cos\theta = -\dfrac{1}{2}$

$(\sin\theta - \cos\theta)^2 = 1 - 2\sin\theta\cos\theta = 2$

$\tan\theta$와 $\dfrac{1}{\tan\theta}$는 부호가 같으므로 θ의 범위는 $\dfrac{\pi}{2} < \theta < \pi$

이고 $\sin\theta > 0$, $\cos\theta < 0$이다.

따라서 $\sin\theta - \cos\theta = \sqrt{2}$이다.

따라서 $\dfrac{1}{\cos\theta} - \dfrac{1}{\sin\theta} = \dfrac{\sin\theta - \cos\theta}{\sin\theta\cos\theta} = -2\sqrt{2}$

10 [바른해설]

$f(x^2) = -x^2 + 2a + 1$,

$f(2x-1) = \begin{cases} 4x - 2 + a^2 & (x \leq 0) \\ -2x + 2 + 2a & (x > 0) \end{cases}$

$g(x) = f(x^2)f(2x-1)$라 하면

$g(x) = \begin{cases} (-x^2 + 2a + 1)(4x - 2 + a^2) & (x \leq 0) \\ (-x^2 + 2a + 1)(-2x + 2 + 2a) & (x > 0) \end{cases}$

$\displaystyle\lim_{x \to 0+} g(x) = (2a+1)(2+2a)$와

$g(0) = (2a+1)(-2+a^2)$가 같을 때 $x = 0$에서 연속이
다. 즉, $(2a+1)(x^2 - 2a - 4) = 0$,

따라서 a의 값의 합은

$-\dfrac{1}{2} + 2 = \dfrac{3}{2}$

11 [바른해설]

$a_1 = 30$, $a_2 = 30 + 3p + q$, $a_3 = 30 + 9p + 2q$,

$a_4 = 30 + 18p + 3q$이다.

$a_3 = 30 + 9p + 2q > 0$이므로, $q > -15 - \dfrac{9}{2}p$이고,

$a_4 = 30 + 18p + 3q < 0$이므로

$q < -10 - 6p$이다. 따라서 $-15 - \dfrac{9}{2}p < q < -10 - 6p$

이므로

$-10 - 6p - \left(-15 - \dfrac{9}{2}p\right) \geq 2$가 되어야 한다. 따라서

$p \leq 2$이므로 가능한 $p = 1, 2$이다.

1) $p = 1$일 때, $-\dfrac{39}{2} < q < -16$이므로 $q = -19, -18,$

    -17이다.

2) $p = 2$일 때, $-24 < q < -22$이므로 $q = -23$이다.

따라서 $(1, -19), (1, -18), (1, -17), (2, -23)$

12 [바른해설]

선분 PQ가 원 C의 지름이므로 PQ는 원의 중심 $\left(\dfrac{5}{3}, 0\right)$를

지난다.

따라서 두 점 P, Q의 x좌표는 각각 $\dfrac{5}{3} - b, \dfrac{5}{3} + b, (b > 0)$

이고 y좌표는 부호가 반대이므로

$\log_a\left(\dfrac{5}{3} + b\right) = -\log_a\left(\dfrac{5}{3} - b\right) = \log_a\left(\dfrac{5}{3} - b\right)^{-1}$이고

$\left(\dfrac{5}{3} - b\right)\left(\dfrac{5}{3} + b\right) = 1$로부터 $b = \dfrac{4}{3}$

따라서 Q의 x좌표는 3이고 이를 원의 방정식에 대입하면 Q

의 y좌표는 $\dfrac{1}{3}$

Q는 교점이므로 $\log_a 3 = \dfrac{1}{3}$

따라서 $a=27$

13 [바른해설]
$\lim\limits_{x \to 2} \dfrac{f(x)-4}{x-2}=2$이므로 $f(x)-4=(x-2)F(x)$이고

$F(2)=2$

$\lim\limits_{x \to 2} \dfrac{g(x)+2}{x-2}=-1$이므로 $g(x)+2=(x-2)G(x)$이

고 $G(2)=-1$

따라서 $f(x)=(x-2)F(x)+4$,

$g(x)=(x-2)G(x)-2$이므로

$f(x)g(x)=(x-2)^2F(x)G(x)-2(x-2)F(x)$
$$+4(x-2)G(x)-8$$

따라서 $\lim\limits_{x \to 2} \dfrac{f(x)g(x)+8}{x^2-4}$

$=\lim\limits_{x \to 2} \dfrac{(x-2)^2F(x)G(x)-2(x-2)F(x)+4(x-2)G(x)}{(x-2)(x+2)}$

$=-\lim\limits_{x \to 2} \dfrac{2F(x)-4G(x)}{(x+2)}=-2$

14 [바른해설]
이차함수의 최고차항이 3이고, $x=3$에서 극값을 갖기 때문에, $f'(x)=6(x-3)$

$g'(x)=(1-x)f'(x)$이므로,

$g'(x)=-6(x-1)(x-3)$

$g(x)=-2x^3+12x^2-18x+C$이고 $g(1)=0$이므로,

$C=8$

곡선 $y=g(x)$ 위의 점 $(t, g(t))(t>0)$에서의 접선의 방정식은 $y-g(t)=g'(t)(x-t)$

원점을 지나므로, $-g(t)=g'(t)(-t)$

즉, $2t^3-12t^2+18t-8=6t^3-24t^2+18t$

이 식은 $4(t-1)(t^2-2t-2)=0$이고, $t=1, 1+\sqrt{3}$를 만족하지만, 세 점을 지나기 위해서는 $t=1+\sqrt{3}$이다.

$t=1+\sqrt{3}$에서의 직선의 기울기는 $g'(1+\sqrt{3})$이므로

$g'(1+\sqrt{3})=-18+12\sqrt{3}$

15 [바른해설]
$f(x)=|x^2-5x|-5x+9$라 하자. $x^2-5x\geq 0$일 때,

$f(x)=x^2-10x+9$

따라서 x축과의 교점은 9

마찬가지로 $x^2-5x<0$일 때, $f(x)=-x^2+9$

따라서 x축과의 교점은 3이다.

둘러싸인 넓이 S는

$S=\displaystyle\int_3^9 |f(x)|\,dx=\int_3^5 (x^2-9)\,dx$
$$+\int_5^9 (-x^2+10x-9)\,dx$$

$=\dfrac{44}{3}+\dfrac{128}{3}=\dfrac{172}{3}$

2023학년도 모의고사

국어[A형]

01

[모범답안]

답안	배점	예상 소요 시간
①: 영상물로, (~)거야	5점	5분 / 전체 80분
②: 이것을, (~)생각해	5점	

[바른해설]

제시문에서 학생들이 만들고자 하는 영상물은 저작권에 관련한 것이다. 영상물 제작에 앞서 학생들은 '영상물의 목적', '영상물 예상 수용자', '영상물 수용자의 관심 분야', '영상물 제작의 기대 효과' 등에 대해 대화를 나누고 있음을 확인할 수 있다.

①의 영상물의 제작 목적은 "영상물로 홍보하면 많은 사람이 저작권에 대해 좀 더 확실히 인식할 수 있을 거야."에서 확인할 수 있다.

②의 영상물 제작의 기대 효과는 "이것을 시발점으로 저작권에 대한 관심을 불러일으키다보면 저작권 문제를 해결할 수 있는 실마리를 마련할 수도 있을 거라고 생각해."에서 확인할 수 있다.

[채점기준]

① '영상물로'와 '거야'가 순서대로 정확하게 기술된 경우에만 정답으로 인정함.
　예 영상물로, (~)거야

② '이것을'과 '생각해'가 순서대로 정확하게 기술된 경우에만 정답으로 인정함.
　예 이것을, (~)생각해
　정답 이외에 다른 내용을 추가로 기술한 경우는 오답으로 처리함.

02

[모범답안]

답안	배점	예상 소요 시간
①: 낙론(낙학)	5점	3분 / 전체 80분
②: 호론(호학)	5점	

[바른해설]

문제는 제시문의 내용을 정확하게 파악하고 있는지를 묻는 문항으로 독서의 기본적인 의미를 묻는다. 호락논쟁은 18세기 노론이 주도한 논쟁이었고, 그 주역은 호서지방을 중심으로 한 호학(호론)과 한양을 기반으로 하는 낙론간의 논쟁이었다. 이들의 논쟁은 사물의 물성이 인간의 인성과 같은가 다른가에 대한 논의로 모아졌는데, 낙론은 물성과 인성은 같다는 입장, 호론은 다르거나 인간만큼 같지는 않다는 입장이었다. (제시문 1문단) 이들의 동론과 이론은 각각 18세기 국제정세나 국내적인 질서의 변화에 대해서도 비슷한 입장의 차이를 보였다. 낙론의 학자들이 변화를 수용하려는 의지를 가졌던 것에 반해 호론의 학자들은 새로이 등장한 타자가 자신들과 동일한 존재로 인정할 수 없다는 관점을 가졌다. 따라서 이상의 내용을 정리하면 ①에는 낙론 혹은 낙학이, ②에는 호론 혹은 호학이 들어갈 수 있다.

[채점기준]

①에 대해서는 정답이 정확하게 기술된 경우에만 정답으로 처리함. 낙론과 낙학 모두 인정됨.
②에 대해서는 정답이 정확하게 기술된 경우에만 정답으로 처리함. 호론과 호학 모두 인정됨.

03

[모범답안]

답안	배점	예상 소요 시간
① ⓒ	3점	5분 / 전체 80분
② ⓒ	3점	
③ ⓗ	4점	

[바른해설]

제시문은 개념 미술의 특징과 의의를 설명하고 이를 기반으로 예술을 바라보는 시각과 관점이 시대에 따라서 어떻게 달라지는가를 잘 보여주고 있다. 특히 기존 전통적인 예술과의 차이점을 완성된 결과물, 즉 작품에 대한 관점, 전시 방법, 관객과의 소통 방법 등 다양한 방식으로 설명하고 있다.

먼저 ㉠의 경우, 개념 미술의 경우에는 전시회에 가지 않고서도 예술 작품을 감상할 수 있다는 부분은 제시문의 "미술가는 작품을 전시회에 출품하지 않고 잡지에 기고하기도 한다"라는 부분을 정확하게 요약한 문장이라고 할 수 있다.

㉡의 경우, 헤겔은 정신성이 물질성을 압도하는 순간 예술은 정점에 이른다고 보았다는 것은 "정신과 물질 어느 쪽에 치우치지 않고 적절히 조화를 이루었기 때문에 예술의 정점에 이르렀다"를 완전히 이해하지 못하고 앞부분에서 헤겔이 강조한 정신성에 초점을 둔 오독이다.

㉢의 경우, 멜 보크너는 관객들에게 작품을 읽게 함으로써 문학을 미술화 한 것이 아니라 오히려 미술을 문학화 한 것이다. 그러므로 내용을 정확하게 파악하지 못해 요약 문장으로 부적합하다.

㉣의 경우, 솔 르윗은 예술의 개념적 형식을 구현하는 방법으로 작품의 실행을 고용한 인부들에게 위탁하였다는 정확한 내용 요약이다.

ⓜ의 경우, 알렉산더 알베로는 미술사적 계보학을 통해 개념 미술이 몇 가지의 예술적 경향을 수렴한 것이라고 보았다는 정확한 내용 요약이다. 개념 미술이 특정한 사조를 계승한 것이 아니라 다양한 예술 경향을 결합, 수렴했다는 것이다. (몇 가지에 해당하는 것은 본문에 "모더니즘 회화의 자기반성적 경향, 반(反)미학 혹은 비(非)미학의 경향, 예술 작품의 전시와 소통을 문제 삼는 경향 등"으로 구체적으로 명시하고 있다.)

ⓑ의 경우, 개념 미술은 비물질성을 실재하는 작품으로 실행하는 것이 중요한 예술적 가치임을 새롭게 인식하게 한 것이 아니라, "언어를 비롯한 비물질성을 지닌 생각이나 관념도 예술이 될 수 있다는 예술에 대한 새로운 인식을 가능하게 하였'으며, 오히려 구체적인 작품으로는 실행은 요식 행위에 불과할 수 있음을 앞 문단에서 설명하고 있다.

따라서 정답은 ⓛ, ⓒ, ⓑ이다.

[채점기준]

①, ②, ③ 각 항목이 정확하게 기술된 경우에만 정답으로 처리함.

①, ②, ③ 각 항목을 기호가 아닌 문장으로 서술한 경우도 정답으로 처리함.

①, ②, ③의 순서가 바뀌어도 정답으로 처리함.

정답 이외의 다른 답을 추가로 기술한 경우는 오답으로 처리함.

부정확한 글자나 문장으로 판독이 불가능한 경우는 오답으로 처리함.

04   [모범답안]

답안	배점	예상 소요 시간
①: 산새	5점	4분 / 전체 80분
②: 미타찰	5점	

[바른해설]

두 작품 모두 가족의 죽음에서 오는 상실감을 표현한다는 점에서 공통점이 있다. 제시문 (가)에서 화자는 누이의 죽음을 식물적 이미지인 '가을바람에 떨어지는 잎'에 비유함(직유)으로써 삶에 대한 무상함과 비애감을 드러낸다. 한편, 제시문 (나)에서 화자는 자식을 잃은 아버지로서 느끼는 애절한 슬픔을 '언 날개', '산새', '별' 등의 시어를 통해 형상화하고 있다. 하지만 (가)에서는 가족의 죽음 때문에 발생한 슬픔에 잠겨 있는 것이 아니라 그 슬픔을 종교적으로 승화하려는 자세가 드러난다는 점에서 (나)와는 차이점이 있다.

문제는 ①과 ②에 해당하는 적절한 시어를 찾아 쓰는 것이다. (나)에서 상실한 대상을 '동물적 이미지'로 비유한 시어는 ① '산새'이다. 그리고 (가)에서 내세에 대한 종교적 믿음으로 가족의 죽음에서 오는 슬픔을 승화하려는 화자의 태도가 드러난 공간은 ② '미타찰'이다.

[채점기준]

①, ②의 각 항목이 순서대로 정확하게 기술된 경우에만 정답으로 처리함.

정답 외에 다른 내용을 추가로 기술한 경우는 오답으로 처리함.

수학[A형]

05   [모범답안]

답안	배점	예상 소요 시간
$6\cos\theta - \dfrac{1}{\cos\theta} = -1$ 따라서 $\cos\theta = -\dfrac{1}{2}$ 또는 $\cos\theta = \dfrac{1}{3}$ $\Rightarrow 6\cos^2\theta + \cos\theta - 1 = 0$	3점	2분 / 전체 80분
주어진 범위에서는 $\cos\theta = \dfrac{1}{3}$	3점	
$\sin\theta = -\dfrac{2\sqrt{2}}{3}$	2점	
$\sin\theta\cos\theta = -\dfrac{2\sqrt{2}}{9}$	2점	

[바른해설]

$6\cos\theta - \dfrac{1}{\cos\theta} = -1$ 따라서 $\cos\theta = -\dfrac{1}{2}$

또는 $\cos\theta = \dfrac{1}{3} \Rightarrow 6\cos^2\theta + \cos\theta - 1 = 0$

주어진 범위를 만족하는 것은 $\cos\theta = \dfrac{1}{3}$이다.

따라서 $\sin\theta = -\dfrac{2\sqrt{2}}{3}$이므로, $\sin\theta\cos\theta = -\dfrac{2\sqrt{2}}{9}$

06   [모범답안]

답안	배점	예상 소요 시간
$f'(x) = -6x^2 + 6x + 12$ $= -6(x-2)(x+1)$	2점	3분 / 전체 80분
$\therefore a = 10$	4점	
k의 합은 33	4점	

[바른해설]

$f(x) = -2x^3 + 3x^2 + 12x + a$에서,

$f'(x) = -6x^2 + 6x + 12 = -6(x-2)(x+1)$이며,

닫힌 구간 $[-1, 5]$에서

최솟값은 $f(-1) = 2 + 3 - 12 + a = -7 + a$와

$f(5) = -2 \times 125 + 3 \times 25 + 60 + a = -115 + a$ 중에

$f(5) = -115 + a = -105$이므로, $a = 10$이다.

곡선 $y=f(x)$와 직선 $y=k$가 만나는 점의 개수가 2가 되는
지점은 $f(-1)=-7+a=3$와
$f(2)=-2\times8+3\times4+24+a=30$이므로,
상수 k의 합은 33이다.

07 [모범답안]

답안	배점	예상 소요 시간
$\int_a^x f(t)dt=x^3+x^2-6x$ …… ①에 $x=a$를 대입하면, $0=a^3+a^2-6a$ $=a(a+3)(a-2)$이다.	3점	
이때 a가 양수이므로, $a=2$이다.	2점	2분 / 전체 80분
$f(x)=3x^2+2x-6$	2점	
$f(a)=f(2)$ $=3\times2^2+2\times2-6=10$	3점	

[바른해설]

$\int_a^x f(t)dt=x^3+x^2-6x$ …… ①

①에 $x=a$를 대입하면,

$0=a^3+a^2-6a=a(a+3)(a-2)$이다.

이때 a가 양수이므로, $a=2$이다.

①의 양변을 미분하면, $f(x)=3x^2+2x-6$이므로,

$f(a)=f(2)=3\times2^2+2\times2-6=10$이다.

08 [모범답안]

답안	배점	예상 소요 시간
$n=1$	1점	
$a_2=-6$	3점	4분 / 전체 80분
$a_{n+2}-a_{n+1}=-3$	3점	
$a_n=-3n$	3점	

[바른해설]

$S_1=a_1=-3$이므로 ㉠에 $n=1$

$3(S_2+S_1)=-(S_2-S_1)^2$을 정리하면

$S_2(S_2+9)=0$, $S_2=-9$, $S_2=a_1+a_2=-3+a_2$이므로

$a_2=-6$, ㉡ $-$ ㉠에서

$3(a_{n+2}+a_{n+1})=-a_{n+2}^2+a_{n+1}^2 \Rightarrow -3=a_{n+2}-a_{n+1}$

따라서 a_n은 첫째항이 -3이고 공차가 -3인 등차수열, 따
라서 $a_n=-3n$

01 [모범답안]

답안	배점	예상 소요 시간
동아리	5점	3분 / 전체 40분
감상합니다.	5점	

[바른해설]

〈보기〉에서 동아리 활동의 '전체 과정'을 '처음부터 끝까지' 소
개하는 전략을 제시하였다. 제시문에서 "동아리 활동 시간이
있을 때마다 ~ 다른 부원들과 돌려 가며 감상합니다."의 세
문장이 이에 해당한다.

[채점기준]

'동아리'와 '감상합니다'가 순서대로 정확하게 기술된 경우에
만 정답으로 인정함.

⑩ 동아리, 감상합니다

　　동아리~감상합니다

정답 이외에 다른 내용을 추가로 기술한 경우는 오답으로 처
리함.

02 [모범답안]

답안	배점	예상 소요 시간
①: 숨은 전제	5점	4분 / 전체 80분
②: 숨은 결론	5점	

[바른해설]

'드래곤스 팀이 우승하면 내가 네 아들이다.'에는 전제의 일부
와 결론이 생략되어 있다. 이 논증에서 표면에 드러난 '드래곤
스 팀이 우승하면 내가 네 아들이다.'는 전제의 일부에 해당한
다. 여기에 숨어 있는 전제 '나는 네 아들이 아니다.'가 더해져
'드래곤스 팀이 우승하지 못한다.'라는 숨은 결론이 도출된다.
따라서 이 논증에서 '나는 네 아들이 아니다'는 숨은 전제에
해당하고, '드래곤스 팀이 우승하지 못한다.'는 숨은 결론이 해
당한다.

[채점기준]

①과 ②의 정답이 순서대로 정확하게 기술된 경우에만 정답
　으로 처리함.

　정답 이외의 다른 답안을 추가로 기술한 경우에는 오답으로
　처리함.

03 [모범답안]

답안	배점	예상 소요 시간
①: 특이성	5점	4분 / 전체 80분
②: 항체	5점	

[바른해설]

①: 특이성

②: 항체

[채점기준]

①에 대해서는 '에피토프', '돌출 부위'도 정답으로 처리함.

04 [모범답안]

답안	배점	예상 소요 시간
문안에	5점	5분 / 전체 80분
듯하였다	5점	

[바른해설]

㉠에 해당하는 문장은 '문안에 들어갔다 늦어서 나오는데 불빛 없는 성북동 길 위에는 달빛이 깁을 깐 듯하였다.'이다. '불빛 없는 성북동 길'에서 전깃불 등 근대적 문물이 아직 도입되지 않은 성북동의 환경을 알 수 있으며, '밝은 달빛'에서 밤이라는 시간적 배경을 알 수 있다. 또한, 그 달빛이 길 위에 '깁(비단)을 깐 듯'하다는 것에서 비유법을 통해 서정적인 분위기를 조성하고 있음을 확인할 수 있다.

[채점기준]

'문안에'와 '듯하였다'가 순서대로 정확하게 기술된 경우에만 정답으로 인정함.

㉠ 문안에, 듯하였다

　　문안에~듯하였다

정답 이외에 다른 내용을 추가로 기술한 경우는 오답으로 처리함.

수학[B형]

05 [모범답안]

답안	배점	예상 소요 시간
$\lim_{x \to 1-} f(x)g(x)$ $= \lim_{x \to 1-} (x^3 + 2x^2 + 3x)$ $(2x^2 + ax) = 6(2+a)$	3점	2분 / 전체 80분
$\lim_{x \to 1+} f(x)g(x)$ $= \lim_{x \to 1+} (2x-1)(2x^2+ax)$ $= 2+a$	3점	
$f(1)g(1) = 6(2+a)$ $= (2+a)$	2점	
$a = -2$	2점	

[바른해설]

함수 $f(x)g(x)$가 $x=1$에서 연속이 되려면
$$\lim_{x \to 1-} f(x)g(x) = \lim_{x \to 1-} f(x)g(x) = f(1)g(1)$$
이어야 한다.
$$\lim_{x \to 1-} f(x)g(x) = \lim_{x \to 1-} (x^3+2x^2+3x)(2x^2+ax)$$
$$= 6(2+a),$$
$$\lim_{x \to 1+} f(x)g(x) = \lim_{x \to 1+} (2x-1)(2x^2+ax) = 2+a,$$
$f(1)g(1) = 6(2+a) = (2+a)$이므로
$6(2+a) = (2+a), 5(2+a) = 0$
따라서 $a = -2$

06 [모범답안]

답안	배점	예상 소요 시간
$F(x) = f(x) + x^3 - 2x^2$ 의 양변을 미분하면 $f(x) = f'(x) + 3x^2 - 4x$이다.	2점	3분 / 전체 80분
구하고자 하는 함수 $f(x) = 3x^2 + 2x + 2$이다.	3점	
$f(x) = 5x^2$는 $x^2 - x - 1 = 0$ 으로 치환되며, 이를 만족하는 실근의 합을 구한다.	2점	
모든 실근의 합은 1이다.	3점	

[바른해설]

$F'(x) = f(x)$이고, $F(x) = f(x) + x^3 - 2x^2$의 양변을 미분하면 $f(x) = f'(x) + 3x^2 - 4x$ …… ①
$f(x) = 3x^2 + ax + b$로 정의하면, $f'(x) = 6x + a$이므로
①에 이를 대입하면 $3x^2 + ax + b = 3x^2 + 2x + a$,
즉 $a = 2, b = 2$이다.
방정식 $f(x) = 5x^2$에 계산한 $f(x)$를 대입하면,
$3x^2 + 2x + 2 = 5x^2$이고, 즉 $x^2 - x - 1 = 0$ …… ②를 만족하는 실근의 합을 구하면 문제가 해결된다.
이차방정식 ②의 판별식은 $\dfrac{D}{4} = \left(-\dfrac{1}{2}\right)^2 + 1 > 0$을 만족하므로, 방정식 ②는 서로 다른 두 실근을 갖는다. 따라서 구하는 모든 실근의 합은 1이다.

07 [모범답안]

답안	배점	예상 소요 시간
$a_8=a+7d$, $a_9=a+8d$, $a_{10}=a+9d$, $a_{21}=a+20d$, $a_{23}=a+21d$	2점	2분 / 전체 80분
$a_8+a_9+a_{10}=3a+24d=30$, $a_{21}+a_{23}=2a+42d=72$	2점	
$3a+24d=30$과 $2a+42d=72$를 풀면 $a=-6$, $d=2$	3점	
$a_{30}=a+29d=-6+29\times2$ $=-6+58=52$	3점	

[바른해설]

수열 $\{a_n\}$의 일반항이 $a+nd$일 때 $a_8=a+7d$,
$a_9=a+8d$, $a_{10}=a+9d$, $a_{21}=a+20d$, $a_{23}=a+21d$
$a_8+a_9+a_{10}=3a+24d=30$,
$a_{21}+a_{23}=2a+42d=72$이므로
$3a+24d=30$과 $2a+42d=72$를 풀면 $a=-6$, $d=2$
따라서 $a_{30}=a+29d=-6+29\times2=-6+58=52$

08 [모범답안]

답안	배점	예상 소요 시간
함수 $y=-3^{-x+2}+1$은 $(0,-8)$과 $(2,0)$을 지난다.	4점	2분 / 전체 80분
$-1<a$	2점	
$a<2^8=256$	2점	
$-1<a<256$	2점	

[바른해설]

함수 $y=-3^{-x+2}+1$은 $(0,-8)$과 $(2,0)$을 지난다. 따라서 $-8=\log_{\frac{1}{2}}(a)$와 $0=\log_{\frac{1}{2}}(2+a)$을 만족하는 a 값의 사이에 있어야 4사분면에서 두 함수는 만난다.
즉, $-1<a$이고 $a<2^8=256$이다.
따라서 $-1<a<256$

2022학년도 기출문제

국어[자연A]

01 [모범답안]

답안	배점	예상 소요 시간
그리고	5점	4분 / 전체 80분
놓았습니다	5점	

[바른해설]

〈보기〉에서 건의자는 건의 내용에 대해 예상 독자가 가질 수 있는 우려를 언급하고, 이에 대한 해결 방안을 제시해야 하는 것이 훌륭한 설득전략이라고 말하고 있다. 이 건의문의 예상 독자는 교장선생님이다. 예상독자인 교장선생님이 우려하는 바는 공연 소음으로 인한 학생들의 휴식이나 학업의 방해다. 글쓴이는 이를 예상하고 이에 대한 우려를 불식시키기 위해 공연 시간을 20분 이내로 한정하고 앰프 볼륨도 크게 높이지 않겠다는 방안을 제안하고 있다. 그러므로 이러한 내용이 들어간 문장은 "그리고 저는 교장 선생님께서 공연 소음으로 인해 학생들의 휴식 및 학업이 방해받는 것을 걱정하실 것이라 생각하여, 공연 시간을 20분 이내로 한정하고 앰프 볼륨도 크게 높이지 않아야겠다는 방안까지 마련해 놓았습니다."이다.

[채점기준]

– '그리고'와 '놓았습니다'가 순서대로 정확하게 기술된 경우에만 정답으로 인정함.

  🖉 그리고, 놓았습니다

    그리고~놓았습니다

– 정답 이외에 다른 내용을 추가로 기술한 경우는 오답으로 처리함.

02 [모범답안]

답안	배점	예상 소요 시간
기온 차이	5점	5분 / 전체 80분
기압 차이	5점	

[바른해설]

제시문의 마지막 부분에서 풍속은 기압의 영향을 받으며 단위 거리당 기압 차가 클수록 빠르다고 설명하고 있다. 그리고 이에 따라 동일 고도에서 고ㆍ저위도 간에 기온 차이가 작아질수록 기압 차이가 작아져서 풍속도 느려진다고 설명하고 있다. 지구 온난화로 인해 지구의 기온 상승은 고위도일수록 빠르게 나타나며 이는 저위도와 고위도 간의 기온 차이를 줄어들게 하고 이는 기압의 차이가 줄어드는 결과로 이어지게 된다. 기압의 차가 줄어들면 풍속도 줄어들게 되고 이는 대기

정체현상을 낳아 미세먼지문제를 악화시킨다.

[채점기준]

– ①, ②의 각 항목이 정확하게 기술된 경우에만 정답으로 처리함.

– 정답 외에 다른 답안을 추가로 기술한 경우는 오답으로 처리함.

03 [모범답안]

답안	배점	예상 소요 시간
①: (더) 얕다 또는 짧다.	3점	4분 / 전체 80분
②: (더) 높다 또는 좋다 또는 효율적이다.	3점	
③: (더) 작다 또는 촘촘하다.	4점	

[바른해설]

① 전자레인지에서 사용하는 마이크로파의 진동수와 침투 깊이는 반비례하므로 ㉠이 ⓐ에 비해 침투 깊이가 더 얕다.

② 전자레인지에서 사용하는 마이크로파의 진동수와 조리 효율은 비례하므로 ㉠이 ⓐ에 비해 조리 효율이 더 높다.

③ 파장은 진동수에 반비례하고, 파장이 작을수록 그물망의 크기는 더 작아져야 한다. 따라서 ㉠이 ⓐ에 비해 전자레인지 구멍의 크기가 더 작다.

[채점기준]

– ①, ②, ③의 의 각 항목이 정확하게 기술된 경우에만 정답으로 처리함.

– 정답 외에 다른 답안을 추가로 기술한 경우는 오답으로 처리함.

– 정답과 다른 어휘를 사용하더라도 의미가 동일하면 정답으로 처리함.

04 [모범답안]

답안	배점	예상 소요 시간
①마이크로파는 유리를 투과하기 때문이다.	5점	3분 / 전체 80분
마이크로파는 ②유리를 투과하기 때문이다.	5점	

[바른해설]

제시문 둘째 문단의 마지막 부분에서 마이크로파가 유리를 투과한다는 사실을 확인할 수 있다. 따라서 유리컵은 전자레인지에서 잘 데워지지 않는다.

[채점기준]

- ①, ②의 핵심 내용이 정확하게 표현된 경우에만 정답으로
  처리함.
- 정답 외에 다른 답안을 추가로 기술한 경우는 오답으로 처
  리함.
- ①에 대해서는 '유리를 투과하지 못한다'의 주어가 '마이크
  로파'로 정확하게 언급된 경우에만 정답으로 처리함. '전자
  기파'를 주어로 쓴 경우에는 반드시 오답으로 처리함.
- ②에 대해서는 '유리를 통과한다. 유리에 흡수되지 않는다'
  와 같이 표현이 다르더라도 ②의 의미가 전달되면 정답으
  로 처리함.

05 [모범답안]

답안	배점	예상 소요 시간
①: 주동 인물	5점	
②: 전짓불 (빛) 또는 전짓불(의) 공포	5점	4분 / 전체 80분

[바른해설]

문제는 제시문을 읽고 주인공들의 관계를 파악하고, 이들 간
에 존재하는 갈등의 양상을 도해한 〈보기〉를 읽고 빈 칸에 들
어갈 말을 서술하도록 유도하고 있다. 제시문의 작품을 읽으
면 실제 세계에는 편집장인 '나'와 편집인 '안 형'이 있고, 실
제 소설가 박준이 등장한다. 그리고 소설 안에는 박준의 소설
에 대한 '나'의 이해를 보여주는 부분이 포함되어 있다. 나는
박준의 인터뷰와 박준의 소설을 읽고 박준이 전쟁 시기에 겪
은 '전짓불'경험을 통해 평생 그 공포를 안고 살아왔으며, 어
떤 의미에서는 이러한 공포가 모든 작가들의 숙명일 수밖에
없다는 취지의 인터뷰를 하고 이를 '나'가 이해하게 되는 부
분이다.

따라서 도해된 〈보기〉에서는 갈등의 양상을 누가 이끌고 가는
가를 인물간의 관계상에서 찾는 문제로 '안 형'과 대비하는 인
물은 '나와 박준'이므로 '나와 박준'은 주동인물이고, 대립된
인물인 '안 형'이 반동인물이다. 빈칸①에는 주동인물이라고
쓰면 된다. 그리고 다음의 빈칸②에서는 작품에 명시된 작가
가 짊어질 수밖에 없는 공포의 상징을 제시문에서 쉽게 찾아
쓸 수 있다. "전짓불"

[채점기준]

- ①, ②, ③의 의 각 항목이 정확하게 기술된 경우에만 정답
  으로 처리함.
- 정답 외에 다른 답안을 추가로 기술한 경우는 오답으로 처
  리함.

06 [모범답안]

답안	배점	예상 소요 시간
허리가 아프니까	10점	4분 / 전체 80분

[바른해설]

문제는 제시문에서 어머니의 입을 통해 발화된 의자의 의미
를 이해하고, 어머니의 발화 속에서 그 지혜가 터득된 계기
를 찾도록 한 문제이다. 작품 속에서 의자의 함의는 여러 다
양하고 재미있는 의미의 망을 형성하고 있는데, 주로는 '기댈
곳'이라는 함의로 이해할 수 있다. 더욱이 한자말 의자(椅子)
의 '의(椅, 의지할 의)'가 '의지하다, 인연하다, 치우치다, 원인하
다'와 같은 뜻을 가진 말이라는 것을 알고 음미하면 더욱 그
비유의 의미가 절묘하게 다가오는 시이다. 어머니의 말은 표
면상으로는 입담 좋은 비유이지만, 심층적으로도 충분히 사실
성을 얻고 있는 말인 것이다. 이러한 어머니의 지혜는 어머니
의 삶의 경험을 통해 더욱 입체화되고 있다. 그것은 "허리가
아프니까/ 세상이 다 의자로 보여야"라는 말에서 입증된다.
스스로의 아픔이 세상을 보는 안목으로 확대되어 기댈 데를
필요로 하는 약자들을 보게 만드는 지혜를 선물한 것이다. 따
라서 문제의 의도에 맞추어 제시문에서 해당 시행을 찾으면
된다. "허리가 아프니까"

[채점기준]

- 정답이 정확하게 기술된 경우에만 정답으로 처리함.
- 정답 외에 다른 답안을 추가로 기술한 경우는 오답으로 처
  리함.

수학[자연A]

07 [모범답안]

답안	배점	예상 소요 시간
① $f(x)=\dfrac{x^2}{1+x}$ 또는 $f(x)=x-\dfrac{x}{1+x}$	2점	
② $f(x)=\dfrac{1}{1+x}$ 또는 $f(x)=1-\dfrac{x}{1+x}$	2점	2분 / 전체 80분
③ $\displaystyle\lim_{x\to1-}\dfrac{f(x)-f(1)}{x-1}=\dfrac{3}{4}$	3점	
④ $\displaystyle\lim_{x\to1+}\dfrac{f(x)-f(1)}{x-1}=-\dfrac{1}{4}$	3점	

[바른해설]

$x<1$일 때, $f(x)=x-\dfrac{x}{1+x}=\dfrac{x^2}{1+x}$

$x>1$일 때, $f(x)=1-\dfrac{x}{1+x}=\dfrac{1}{1+x}$

$f(1)=\dfrac{1}{2}$이므로

$$\lim_{x\to1-}\frac{f(x)-f(1)}{x-1}=\lim_{x\to1-}\frac{\dfrac{x^2}{1+x}-\dfrac{1}{2}}{x-1}$$

$$=\lim_{x\to1-}\frac{(2x+1)(x-1)}{2(1+x)(x-1)}=\frac{3}{4}.$$

$$\lim_{x\to1+}\frac{f(x)-f(1)}{x-1}=\lim_{x\to1+}\frac{\dfrac{1}{1+x}-\dfrac{1}{2}}{x-1}$$

$$=\lim_{x\to1+}\frac{(1-x)}{2(1+x)(x-1)}=-\frac{1}{4}$$

08 [모범답안]

답안	배점	예상 소요 시간
접선의 방정식은 $y-ak^2=2ak(x-k)$ 또는 $y=2akx-ak^2$	4점	
$ak=1$ 또는 $k=\dfrac{1}{a}$	4점	3분 / 전체 80분
접선의 기울기는 2	2점	

[바른해설]

접선의 기울기를 m이라 하면 점 $\left(\dfrac{1}{2a},\,0\right)$을 지나는 접선의

방정식은 $y=m\left(x-\dfrac{1}{2a}\right)$이다. 또한 $x=\alpha$에서 접하므로

$m=2ak$이다. 한편 접선이 점 $(k,\,ak^2)$을 지나므로

$ak^2=2ak\left(k-\dfrac{1}{2a}\right)$이다. 따라서 $k=\dfrac{1}{a}$이다. 결론적으로

접선의 기울기는 $m=2$이다.

09 [모범답안]

답안	배점	예상 소요 시간
$2^{f(x)}=t$, $t^2-10t+24=0$, $t=4,\,6$	3점	
$f(x)=3^{\lvert x\rvert}+a$는 $x=0$에서 최솟값 $1+a$를 갖는다.	2점	
오직 하나의 실근을 갖기 위해 서는 $2^{f(x)}$의 최솟값이 6만 가 능하다. 또는 $2^{f(x)}=4$는 부적 합하다.	3점	3분 / 전체 80분
$2^{1+a}=6$ 즉, a의 값은 $\log_26-1$ 또는 $\log_23$	2점	

[바른해설]

$f(x)=3^{\lvert x\rvert}+a$의 그래프는 $x=0$에서 최솟값 $1+a$를 갖는

다.

$4^{f(x)}-5\times2^{f(x)+1}+24=0$ 방정식은 $2^{f(x)}$를 t라 치환하

면 $t^2-10t+24=0$이 되고, 이 방정식의 해는 $t=4,\,6$이다.

$f(x)$의 최솟값은 $1+a$이므로 $2^{f(x)}\geq2^{1+a}$이다.

오직 하나의 실근을 갖기 위해서는 $2^{f(x)}$의 최솟값이 6이 되

어야 한다.

($\because 2^{f(x)}=4$이면, $2^{f(x)}=6$인 근 x가 존재)

따라서 $2^{1+a}=6$ 즉, a의 값은 $\log_26-1$ 또는 $\log_23$이다.

10 [모범답안]

답안	배점	예상 소요 시간
$3\dfrac{a}{\sqrt{a^2+b^2}}+\dfrac{a}{\sqrt{a^2+b^2}}\times\dfrac{b}{a}$ $=3$ 또는 $3\dfrac{a}{\sqrt{a^2+b^2}}+\dfrac{a}{\sqrt{a^2+b^2}}=3$ 또는 $3\cos\theta+\sin\theta=3$ 또는 $3\left(\dfrac{1}{\tan\theta}-\dfrac{1}{\sin\theta}\right)$ $=-1$	3점	
$(3a+b)^2=9(a^2+b^2)$ 또는 $9a^2+6ab+b^2=9a^2+9b^2$ 또는 $5\cos^2\theta-9\cos\theta+4=0$ 또는 $\dfrac{1}{\tan\theta}+\dfrac{1}{\sin\theta}=3$	2점	2분 / 전체 80분
$\therefore \dfrac{a}{b}=\dfrac{4}{3}$	5점	

[바른해설]

$3\dfrac{a}{\sqrt{a^2+b^2}}+\dfrac{a}{\sqrt{a^2+b^2}}\times\dfrac{b}{a}=3$, $\dfrac{3a+b}{\sqrt{a^2+b^2}}=3$,

$(3a+b)^2=9(a^2+b^2)$

$9a^2+6ab+b^2=9a^2+9b^2$, $6ab=8b^2$, $\therefore\dfrac{a}{b}=\dfrac{4}{3}$

11 [모범답안]

답안	배점	예상 소요 시간
$\therefore a_1=S_1=1$	3점	
$\therefore a_{100}=451111$	6점	3분 / 전체 80분
$\therefore a_1+a_{100}=451112$	1점	

[바른해설]

$$a_n=S_n-S_{n-1}=\frac{1}{9}\{n^2(n+2)^2-(n-1)^2(n+1)^2\}$$

$$=\frac{1}{9}(n^4+4n^3+4n^2-n^4+2n^2-1)$$

$$=\frac{1}{9}(4n^3+6n^2-1)$$

$\therefore a_1 = S_1 = 1$

$\therefore a_{100} = \dfrac{1}{9}(4000000 + 60000 - 1) = 451111$

$\therefore a_1 + a_{100} = 451112$

12 [모범답안]

답안	배점	예상 소요 시간
$f(x) = x^3 - 9x^2 + ax + b$	3점	
$b = 0$, 또는 상수항은 0	2점	
$a = 14$, 또는 일차항의 계수는 14	3점	3분 / 전체 80분
$\lim\limits_{x \to 2} \dfrac{f(x)}{x-2} = -10$	2점	

[바른해설]

$\lim\limits_{x \to \infty} = \dfrac{f(x) - x^3}{x^2} = -9$이므로 $f(x) = x^3 - 9x^2 + ax + b$

이다. 또한 $\lim\limits_{x \to 0} \dfrac{f(x)}{x} = 14$이므로 $f(0) = 0$가 성립해야 하

므로 $b = 0$

따라서 $\lim\limits_{x \to 0} \dfrac{f(x)}{x} = \lim\limits_{x \to 0} \dfrac{x^3 - 9x^2 + ax}{x}$

$\qquad = \lim\limits_{x \to 0}(x^2 - 9x + a) = a = 14$이므로

$f(x) = x^3 - 9x^2 + 14x = x(x-2)(x-7)$이고

결국 $\lim\limits_{x \to 2} \dfrac{f(x)}{x-2} = \lim\limits_{x \to 2} x(x-7) = -10$

13 [모범답안]

답안	배점	예상 소요 시간
$0 < \|a+1\| < 1$일 때, $f(x) = \log_{\|a+1\|} x$는 $x = \dfrac{1}{9}$ 에서 최댓값 2를 갖는다.	2점	
$\therefore \|a+1\| = \dfrac{1}{3}$일 때, $a = -\dfrac{2}{3}, -\dfrac{4}{3}$	3점	
$1 < \|a+1\|$일 때, $f(x) = \log_{\|a+1\|} x$는 $x = 16$ 에서 최댓값 2를 갖는다.	2점	3분 / 전체 80분
$\therefore \|a+1\| = 4$일 때, $a = 3, -5$	3점	

[바른해설]

$0 < \|a+1\| < 1$일 때, 함수 $f(x) = \log_{\|a+1\|} x$는 감소 함수

따라서 $f(x) = \log_{\|a+1\|} x$는 $x = \dfrac{1}{9}$에서 최댓값 2를 갖는다.

$\|a+1\|^2 = \dfrac{1}{9}$, $\therefore \|a+1\| = \dfrac{1}{3}$일 때, $a = -\dfrac{2}{3}, -\dfrac{4}{3}$

$1 < \|a+1\|$일 때, 함수 $f(x) = \log_{\|a+1\|} x$는 증가 함수

따라서, $f(x) = \log_{\|a+1\|} x$는 $x = 16$에서 최댓값 2를 갖는다.

$\|a+1\|^2 = 16$, $\therefore \|a+1\| = 4$일 때, $a = 3, -5$

14 [모범답안]

답안	배점	예상 소요 시간
두 점 A, B의 위치는 각각 $s_1(t) = \int_0^t v_1(t)dt = \dfrac{1}{2}t^4 - 4t^3 + 12t^2$, $s_2(t) = \int_0^t v_2(t)dt = \dfrac{1}{2}t^3 + 9at$이다.	3점	
출발 후 두 점이 만나는 횟수는 $\dfrac{1}{18}t^3 - \dfrac{1}{2}t^2 + \dfrac{4}{3}t = a$의 실근 의 개수와 같다. 또는 $t^3 - 9t^2 + 24t = 18a$	2점	3분 / 전체 80분
$t = 2, 4$에서 직선 $y = a$와의 교점이 2개이다.	3점	
$f(2) = \dfrac{10}{9}$, $f(4) = \dfrac{8}{9}$	2점	

[바른해설]

시각 $t(t \geq 0)$에서의 두 점 A, B의 위치는 각각

$s_1(t) = \int_0^t v_1(t)dt = \int_0^t 2t^3 - 12t^2 + 24t\,dt$

$\qquad = \dfrac{1}{2}t^4 - 4t^3 + 12t^2$

$s_2(t) = \int_0^t v_2(t)dt = \int_0^t \dfrac{3}{2}t^2 + 9a\,dt = \dfrac{1}{2}t^3 + 9at$이다.

두 점이 만나므로 $s_1(t) = s_2(t)$라 놓으면

$\dfrac{1}{18}t^4 - \dfrac{1}{2}t^3 + \dfrac{4}{3}t^2 = at$이고 출발 후 두 점이 만나는 횟수는

$\dfrac{1}{18}t^3 - \dfrac{1}{2}t^2 + \dfrac{4}{3}t = a$의 실근의 개수와 같다.

즉, 함수 $f(t) = \dfrac{1}{18}t^3 - \dfrac{1}{2}t^2 + \dfrac{4}{3}t(t \geq 0)$의 그래프와 직선

$y = a$의 교점의 개수가 2인 a값을 구한다. 즉 극값에서 직선

$y = a$와 교점의 개수가 2이다.

따라서 $f'(t) = \dfrac{1}{6}t^2 - t + \dfrac{4}{3} = \dfrac{1}{6}(t-2)(t-4)$이므로

$t = 2, 4$에서 교점이 2개이다.

$f(2) = \dfrac{10}{9}$, $f(4) = \dfrac{8}{9}$이다.

15 [모범답안]

답안	배점	예상 소요 시간
접선의 방정식은 $y=-2(a-3)(x-a)-(a-3)^2$ 또는 $y=(-2a+6)x+a^2-9$	2점	5분 / 전체 80분
부분의 넓이 $S=\dfrac{1}{4}a^3+\dfrac{3}{4}a^2-\dfrac{9}{4}a+\dfrac{9}{4}$ 이다.	6점	
넓이 S의 $(0<a<3)$에서의 최솟값 $a=1$에서 $S=1$	2점	

[바른해설]

곡선 $y=-x^2+6x-9=-(x-3)^2$ 위의 점 $(a, f(a))$ $(0<a<3)$에서의 접선의 방정식은 $f'(x)=-2x+6$ 이므로 $y=-2(a-3)(x-a)-(a-3)^2$이다.

따라서 접선의 x절편은 $\dfrac{a+3}{2}$이고 y절편은 a^2-9이므로 접선과 x축, y축으로 둘러싸인 삼각형의 넓이는

$\dfrac{1}{2}\times\left(\dfrac{a+3}{2}\right)\times(9-a^2)$이다.

따라서 $y=f(x)$의 그래프와 접선 및 x축 또는 y축으로 둘러싸인 도형의 넓이는 $S=-\displaystyle\int_0^3 f(x)dx-$삼각형 넓이로 계산할 수 있다.

$$S=-\int_0^3 -x^2+6x-9\,dx-\frac{(a+3)(9-a^2)}{4}$$

$$=\left[\frac{1}{3}x^3-3x^2+9x\right]_0^3-\frac{(a+3)(9-a^2)}{4}$$

$$=\frac{1}{4}a^3+\frac{3}{4}a^2-\frac{9}{4}a+\frac{9}{4}$$

따라서 넓이 S의 $(0<a<3)$에서의 최솟값은

$S'=\dfrac{3}{4}a^2+\dfrac{3}{2}a-\dfrac{9}{4}=\dfrac{3}{4}(a-1)(a+3)$이므로 $a=1$에서 극솟값 $S=1$을 가지며 이 값이 최솟값이다.

■ 국어[자연B] ■

01 [모범답안]

답안	배점	예상 소요 시간
비판이	5점	4분 / 전체 80분
것이다	5점	

[바른해설]

설득력이 높은 글이 되기 위해서 〈보기〉는 예상되는 반론을 제기하면서 자신의 논거를 좀더 명확하게 하는 전략을 소개하고 있다. 기사에서 이에 해당하는 부분은 "비판이 언론의 고유한 역할이라고 반박할 수도 있겠지만 문제는 비판 자체가 아니라 비판에 일관성이 없다는 것이다."이다. 필자는 자신의 글에 대해 비판이 언론의 고유한 역할이라는 반박을 예상하였고 이에 대해 문제가 비판 자체가 아니라 비판의 일관성 부족이라며 자신의 논지를 좀더 명확하게 하고 있다.

[채점기준]

– '비판이'와 '것이다'가 순서대로 정확하게 기술된 경우에만 정답으로 인정함.

　예 비판이, 것이다
　　　비판이~것이다

– 정답 이외에 다른 내용을 추가로 기술한 경우는 오답으로 처리함.

02 [모범답안]

답안	배점	예상 소요 시간
①: 핫 미디어	5점	5분 / 전체 80분
②: 쿨 미디어	5점	

[바른해설]

제시문을 참고할 때, '핫 미디어란 고밀도의 정보를 전달하는 매체'이므로 ①은 '핫 미디어'에 해당한다. 한편, '쿨 미디어란 주어진 정보의 양이 적은 매체'로서 '수신자의 인지 능력과 집중력을 통해 부족한 정보를 스스로 채워 나가도록' 한다는 점이 특징이다. 이에 따라 ②는 '쿨 미디어'가 맞다.

[채점기준]

– ①, ②의 각 항목이 정확하게 기술된 경우에만 정답으로 처리함.

– 정답 외에 다른 답안을 추가로 기술한 경우는 오답으로 처리함.

03 [모범답안]

답안	배점	예상 소요 시간
①: 기술 결정론((적) 입장))	5점	4분 / 전체 80분
②: 사회 구성주의((적) 입장))	5점	

[바른해설]

총이 없으면 일어나지 않을 총기 관련 사고가 총이 있어서 발생한다고 한 것은 인간의 필요에 의해 기술이 인간의 필요와 행동을 결정한다는 ①기술 결정론(적) 입장에 해당하는 것이다.

한편 사람을 해치는 것은 총이 아니라 사람이라는 것은 기술이 사회적 필요에 따라서 구성된다는 ②사회 구성주의적 입장에 해당하는 것이다.

[채점기준]

- ①, ②의 각 항목이 정확하게 기술된 경우에만 정답으로 처리함.
- 정답 외에 다른 답안을 추가로 기술한 경우는 오답으로 처리함.

04 [모범답안]

답안	배점	예상 소요 시간
'인간과 인간이 아닌 존재(또는 기계 또는 과학기술적 존재)가 (조화롭게) 연결되어(또는 네트워크를 형성하여) 상호작용한다.	8점	5분 / 전체 80분
'인간과 인간이 아닌 존재(또는 기계 또는 과학기술적 존재)가 (조화롭게) 연결되어(또는 네트워크를 형성하여) 상호작용한다.	2점	

[바른해설]

포스트모더니즘의 관점에서 보면 기술철학은 인간을 도구적 관점에서 보는 것으로 그 한계가 분명하다. 인간은 기술 기계와 조화롭게 연결되어 상호작용하는 것이다. 기술철학이 가진 도구적 관점을 극복하고 인간이 아닌 존재들의 경계를 탐색하고 둘 사이의 관계를 재설정함으로써 '인간', '기계', '생명'을 새롭게 이해하고자 한다.

[채점기준]

- 답안에 정답의 핵심 내용이 드러난 경우에 정답으로 처리함.(① 8점 배점)
- 정답과 다른 표현이 사용되더라도 의미가 동일하면 정답으로 처리함.
- 정답에서의 핵심 내용은 아래와 같다.

- • '인간과 인간이 아닌 존재'의 연결
- • '인간과 인간이 아닌 존재'가 상호 작용한다.
- 정답에서 '인간이 아닌 존재'로는 '기계' 또는 '과학기술적 존재' 등이 있을 수 있다.
- 답안의 형식적 측면에서 올바르지 않은 문장 표현(맞춤법, 오탈자 등)이 사용되지 않은 경우 2점 부여
- 올바르지 않은 문장이 사용되었을 경우 2점 감점함 (②: 2점 배점)

05 [모범답안]

답안	배점	예상 소요 시간
①:3연 또는 어둠~것이냐 또는 어둠 속에 곱게 풍화작용하는 백골을 들여다보며 눈물짓는 것이 내가 우는 것이냐 백골이 우는 것이냐 아름다운 혼이 우는 것이냐	4점	3분 / 전체 80분
②: 백골, 혼	6점	

[바른해설]

윤동주의 「또 다른 고향」은 1인칭의 고백적인 발화가 주로 이루어지는 작품이다. 제목에서부터 화자가 안주할 수 없는 심리적 기반이 엿보인다. 작품의 서술적 얼개를 살펴 보면 화자가 고향에 돌아왔지만 거기엔 죽음의 그림자가 드리워져 있는 암울한 상황이다. 고향과 우주로 확대된 공간의 인식은 3연에 이르면 '풍화작용하는 백골을 들여다 보며' 우는 화자가 제시된다. 화자는 이를 의문의 방식으로 "내가 우는 것이냐/백골이 우는 것이냐/아름다운 혼이 우는 것이냐"고 묻고 있는데, 이 질문이 철저하게 내면에서 이루어지는 것이라는 점에서 화자의 내적 괴로움을 추측할 수 있고, 일반적인 자아가 백골과 아름다운 혼으로 분열되어 있다는 점도 파악할 수 있다. 문제는 분열된 자아가 드러난 연을 찾으라고 했으므로 3연을, 분열된 자아를 표상하는 두 개의 시어를 찾으라고 했으므로 "백골"과 "혼"을 찾을 수 있다.

[채점기준]

- ①, ②의 각 항목이 정확하게 기술된 경우에만 정답으로 처리함.
- ①에 대해서는 표현 방법이 다르더라도 3연 전체를 지시하면 정답으로 처리함.
  (단, 3연의 일부분에 대한 지시는 오답으로 처리함.)
- ②에 대해서는 '백골', '혼'이 모두 정확하게 기술되어야 정답으로 처리함. 단 배열순서는 상관 없음.
- 정답 외에 다른 답안을 추가로 기술한 경우는 오답으로 처리함.

06 [모범답안]

답안	배점	예상 소요 시간
– 첫 어절: 어찌	5점	5분 / 전체 80분
– 마지막 어절: 않으리오 또는 잠가서	5점	

[바른해설]

이 문제는 「수오재기」의 심층적인 이해를 바탕으로 하여 표현상의 특징을 묻는 문제로, 작품 속에서 '나'를 지키는 것의 어려움을 '붙잡을 수 없음'으로, 다시 '나'를 찾는 과정이 멈춤에서 이루어지고 있음을 착안하여 작품의 화자가 말한 "어찌 실과 끈으로 매고 빗장과 자물쇠로 잠가서"라는 비유적인 표현을 찾도록 한 문제이다. 제시문에는 나를 지키기 위한 다른 비유적인 행위는 나타나 있지 않으므로 해당 부분을 쉽게 찾을 수 있다. 문제는 해당 부분을 제시문에서 찾고, 첫 어절과 마지막 어절을 쓰도록 했으므로 "어찌"와 "않으리오"를 쓰면 된다.

[채점기준]

– '어찌'와 '않으리오 또는 잠가서'가 순서대로 정확하게 기술된 경우에만 정답으로 인정함.

　예 어찌, 않으리오/잠가서

　　어찌~않으리오/잠가서

– 정답 이외에 다른 내용을 추가로 기술한 경우는 오답으로 처리함.

수학[자연B]

07 [모범답안]

답안	배점	예상 소요 시간
① $\lim\limits_{x \to a} g(x) = \infty$	2점	2분 / 전체 80분
② $\lim\limits_{x \to a} \dfrac{(3f(x) - g(x))}{f(x)} = 0$	2점	
③ $\lim\limits_{x \to a} \dfrac{g(x)}{f(x)} = 3$	2점	
④ $k = 15$	4점	

[바른해설]

조건에서 $\lim\limits_{x \to a} f(x) = \infty$인데

$\lim\limits_{x \to a} (3f(x) - g(x)) = 2022$이므로 $\lim\limits_{x \to a} g(x) = \infty$

또한 $\lim\limits_{x \to a} (3f(x) - g(x)) = 2022$로부터

$\lim\limits_{x \to a} \dfrac{(3f(x) - g(x))}{f(x)} = \lim\limits_{x \to a}\left(3 - \dfrac{g(x)}{f(x)}\right) = 0$가 성립하

게 되므로 $\lim\limits_{x \to a} \dfrac{g(x)}{f(x)} = 3$이다. 결국,

$$\lim_{x \to a} \frac{kf(x) - 2g(x)}{2f(x) - g(x)} = \lim_{x \to a} \frac{k - \dfrac{2g(x)}{f(x)}}{2 - \dfrac{g(x)}{f(x)}} = \frac{k - 6}{-1}$$

$= -9$이므로 $k = 15$이다.

08 [모범답안]

답안	배점	예상 소요 시간
① $x < 2$일 때 교점은 $x = 0$	2점	2분 / 전체 80분
② $x \geq 2$일 때 교점은 $x = 4$	2점	
③ $S = \int_0^2 (2x+1) - \left(\dfrac{1}{2}x^2 - 2x + 1\right)dx + \int_2^4 (-2x+9) - \left(\dfrac{1}{2}x^2 - 2x + 1\right)dx$ 또는 $S = \int_0^2 4x - \dfrac{1}{2}x^2\,dx + \int_2^4 8 - \dfrac{1}{2}x^2\,dx$ 또는 $S = 2\int_0^2 (2x+1) - \left(\dfrac{1}{2}x^2 - 2x + 1\right)dx$ 또는 $S = 2\int_0^2 4x - \dfrac{1}{2}x^2\,dx$	3점	
④ 넓이 $S = \dfrac{40}{3}$	3점	

[바른해설]

$x < 2$일 때 $g(x) = 2x + 1$이므로

$\dfrac{1}{2}x^2 - 2x + 1 = 2x + 1$에서 교점은 $x = 0$이다.

$x \geq 2$일 때 $g(x) = -2x + 9$이므로

$\dfrac{1}{2}x^2 - 2x + 1 = -2x + 9$에서 교점은 $x = 4$이다.

따라서 넓이는

$$S = \int_0^2 (2x+1) - \left(\frac{1}{2}x^2 - 2x + 1\right)dx$$

$$+ \int_2^4 (-2x+9) - \left(\frac{1}{2}x^2 - 2x + 1\right)dx$$

$$= \left[2x^2 - \frac{1}{6}x^3\right]_0^2 + \left[-\frac{1}{6}x^3 + 8x\right]_2^4 = \frac{40}{3}$$이다.

09 [모범답안]

답안	배점	예상 소요 시간
직선과 원의 중심 사이의 거리는 $\dfrac{\|9+16+10\|}{\sqrt{9+16}}=7$	3점	
$2\leq D_p\leq 12$	3점	2분 / 전체 80분
$\log_2 D_p$가 자연수이려면 $D_p=2,\ 4,\ 8$	2점	
5개	2점	

[바른해설]

원 $(x-3)^2+(y-4)^2=25$의 중심을 C라 하면, $C(3,\ 4)$이고 반지름의 길이는 5이다.

직선과 원의 중심 사이의 거리는 $\dfrac{\|9+16+10\|}{\sqrt{9+16}}=7$

따라서, $7-5\leq D_p\leq 7+5$, $\log_2 D_p$가 자연수이려면, $D_p=2,\ 4,\ 8$이어야 한다.

$D_p=2$가 되는 점 P의 개수는 1이고, $D_p=4$가 되는 점 P의 개수는 2이고

$D_p=8$가 되는 점 P의 개수는 2이다. 따라서 총 5개이다.

10 [모범답안]

답안	배점	예상 소요 시간
$\log_2(x^2-2x)$의 진수 조건 : $x>2$ 또는 $x<0$ (둘 다 기입해야 함)	2점	
$\log_2(6-x)$의 진수 조건 : $x<6$	2점	3분 / 전체 80분
$x^2-2x>6-x$: $x<-2$ 또는 $x>3$ (둘 다 기입해야 함)	3점	
$x<-2$ 또는 $3<x<6$	3점	

[바른해설]

$\log_2(x^2-2x)$의 진수 조건 : $x^2-2x>0$, $x(x-2)>0$, $x>2$ 또는 $x<0$

$\log_2(6-x)$의 진수 조건 : $6-x>0$, $x<6$

따라서, 위 두 조건을 모두 만족하는 x의 범위는 $x<0$ 또는 $2<x<6$

$\log_2(x^2-2x)>\log_2(6-x)$에서 $x^2-2x>6-x$,

$x^2-x-6>0 : x<-2$ 또는 $x>3$

따라서, 모든 조건을 만족하는 범위는 $x<-2$ 또는 $3<x<6$이다.

11 [모범답안]

답안	배점	예상 소요 시간
반지름을 r, 호의 길이를 l이라 하면 $l+2r=80$	3점	
$S=\dfrac{1}{2}r(80-2r)$	3점	2분 / 전체 80분
$S=400$	4점	

[바른해설]

반지름을 r, 호의 길이를 l이라 하면 $l+2r=80$

부채꼴의 중심각을 θ, 면적을 S라 하면

$$S=\frac{1}{2}rl=\frac{1}{2}r(80-2r)=-r^2+40r$$
$$=-(r-20)^2+400$$이므로

$r=20$일 때, 면적은 최댓값 400을 갖는다.

12 [모범답안]

답안	배점	예상 소요 시간
가능한 접점의 x값은 $x=\pm 1$	3점	
접점의 위치에 따라 $a-b=\pm 2$	3점	3분 / 전체 80분
$a-b=-2$이고 접점의 x값은 $x=-1$	2점	
$f(1)-g(1)=-4$	2점	

[바른해설]

$h(x)=f(x)-g(x)=x^3-3x+a-b$라 하자.

접점에서 $h'(x)=0$이므로, 접점에서 $x=\pm 1$이다.

또한 접점에서 $h(x)=0$이므로 $a-b=\pm 2$이다.

한편 조건 $a<b$에 의하여 $a-b=-2$이고

두 그래프는 $x=-1$에서 접한다.

따라서 $f(1)-g(1)=h(1)=-4$이다.

13 [모범답안]

답안	배점	예상 소요 시간
$a_n=4^{n-1}$ 혹은 $a_n=2^{2n-2}$	2점	
$\displaystyle\sum_{k=1}^{n}\log a_k=\sum_{k=1}^{n}(2k-2)\log 2$	2점	
$n(n-1)>\dfrac{90}{\log 2}$ 혹은 $n(n-1)>300$	3점	3분 / 전체 80분
$n=18$	3점	

[바른해설]

$a_n=4^{n-1}=2^{2n-2}$, $\displaystyle\sum_{k=1}^{n}\log a_k=\sum_{k=1}^{n}(2k-2)\log 2,$

$$\sum_{k=1}^{n}(2k-2)\log 2=\log 2\sum_{k=1}^{n}(2k-2)>90,$$

$$\sum_{k=1}^{n}(2k-2)>\frac{90}{\log 2},$$

$$n(n+1)-2n=n(n-1)>\frac{90}{\log 2}=\frac{90}{0.3}=300$$에서

$n=18$일 때 $18\times17=316>300$

14 [모범답안]

답안	배점	예상 소요 시간
$\displaystyle\lim_{x\to1+}\frac{g(x)}{f(x)}=\frac{a}{2}$	2점	
$\displaystyle\lim_{x\to1-}\frac{g(x)}{f(x)}=\frac{3}{2a+4}$	2점	
$a^2+2a-3=0$에서 $a=-3$이면 함수 $\dfrac{2x+1}{x^2+2ax+3}$의 분모가 0 이 되므로 함수 $\dfrac{g(x)}{f(x)}$는 불연속이다.	3점	5분 / 전체 80분
$a^2+2a-3=0$에서 $a=1$이 면 연속	3점	

[바른해설]

$$g(x)f(x)=\begin{cases}\dfrac{ax-a}{x^2-1} & (x>1)\\[2mm]\dfrac{2x+1}{x^2+2ax+3} & (x\le1)\end{cases}$$ 이고

유리함수 $\dfrac{ax-a}{x^2-1}$ 는 열린 구간 $(1,\infty)$에서 연속이다.

또한 유리함수 $\dfrac{2x+1}{x^2+2ax+3}$ 는 분모 $x^2+2ax+3$가 0이 아니면 열린 구간 $(-\infty,1)$에서 연속이다.

$$\lim_{x\to1+}\frac{g(x)}{f(x)}=\lim_{x\to1+}\frac{ax-a}{x^2-1}=\lim_{x\to1+}\frac{a}{x+1}=\frac{a}{2}$$이고

$$\lim_{x\to1-}\frac{g(x)}{f(x)}=\lim_{x\to1-}\frac{2x+1}{x^2+2ax+3}=\frac{3}{2a+4}$$(단, $a\ne-2$)

이므로 $\dfrac{a}{2}=\dfrac{3}{2a+4}$일 때,

즉 $a^2+2a-3=0$이면 $x=1$에서 연속이다.

$a=-3$이면 유리함수 $\dfrac{2x+1}{x^2+2ax+3}$의 분모

$x^2+2ax+3=x^2-6x+3=0$가 0이 되는

$x=3-\sqrt{6}$가 구간 $(-\infty,1)$에 속하므로

함수 $\dfrac{g(x)}{f(x)}$는 $x=3-\sqrt{6}$에서 불연속이다.

$a=1$이면 모든 x에 대해

$x^2+2ax+3=x^2+3x+3\ne0$이므로 연속이다.

결국 $a=1$이면 함수 $\dfrac{g(x)}{f(x)}$가 실수 전체의 집합에서 연속

이다.

15 [모범답안]

답안	배점	예상 소요 시간
$a=-2$	2점	
$a=-2-2\sqrt{2}$	3점	
$a=2$	2점	5분 / 전체 80분
$a=2+2\sqrt{2}$	3점	

[바른해설]

$a<0$일 때

(1) $x<0$인 경우

$$f(x)=\int_a^x -t-2\,dt=\left[-\frac{1}{2}t^2-2t\right]_a^x$$
$$=-\frac{1}{2}(x+2)^2+\left(\frac{1}{2}a^2+2a+2\right)$$이다.

(2) $x\ge0$인 경우

$$f(x)=\int_a^0 -t-2\,dt+\int_a^x t-2\,dt$$
$$=\left[-\frac{1}{2}t^2-2t\right]_a^0+\left[\frac{1}{2}t^2-2t\right]_0^x$$
$$=\frac{1}{2}(x-2)^2+\left(\frac{1}{2}a^2+2a-2\right)$$이다.

함수 $y=f(x)$의 그래프에서 방정식 $f(x)=0$이 서로 다른 두 실근을 갖기 위해서는 극값이어야 한다.

따라서 $f(-2)=0$에서 $a=-2$이고 $f(2)=0$에서 $a=-2-2\sqrt{2}$ $(a<0)$이다.

$a\ge0$일 때

(1) $x\ge0$인 경우

$$f(x)=\int_a^x t-2\,dt=\left[\frac{1}{2}t^2-2t\right]_a^x$$
$$=\frac{1}{2}(x-2)^2+\left(-\frac{1}{2}a^2+2a-2\right)$$이다.

(2) $x<0$인 경우

$$f(x)=\int_a^0 t-2\,dt+\int_a^x -t-2\,dt$$
$$=\left[\frac{1}{2}t^2-2t\right]_a^0+\left[-\frac{1}{2}t^2-2t\right]_0^x$$
$$=-\frac{1}{2}(x+2)^2+\left(-\frac{1}{2}a^2+2a+2\right)$$이다.

함수 $y=f(x)$의 그래프에서 방정식 $f(x)=0$이 서로 다른 두 실근을 갖기 위해서는 극값이어야 한다.

따라서 $f(2)=0$에서 $a=2$이고 $f(-2)=0$에서 $a=2+2\sqrt{2}$ $(a\ge0)$이다.

2022학년도 모의고사

국어

01 [모범답안]

답안	배점	예상 소요 시간
폭력이나 절도	10점	○분 / 전체 80분

[바른해설]

찬성1은 게임에 대한 지나친 몰입이 비정상적인 행동의 원인이라는 논지에서 게임에 대한 지나친 몰입을 일종의 질병으로 간주해야 한다는 주장을 하고 있다. 이를 신문하는 과정에서 반대2는 찬성이 제시하고 있는 게임에 대한 지나친 몰입과 비정상적인 행동 사이의 확고한 인과 관계를 부정하고자 한다. 비정상적인 행동이 (A)에서는 '폭력이나 절도'로 제시되고 있다.

[채점 기준]

– 폭력, 절도 2개 모두 쓰면 10점
– 폭력, 절도 가운데 1개만 쓰면 5점
– 답안의 순서와 무관

02 [모범답안]

답안	배점	예상 소요 시간
'형광등 빛'은 '유체성', '시멘트 가루'는 '정형성'을 갖추지 않았기에 물품으로 인정받을 수 없다.	10점	5분 / 전체 80분

[바른해설]

물품은 원칙적으로 유형적 존재를 갖는 유체물에 한정되고, 빛과 같이 형태가 고정되어 있지 않은 것은 물품에 해당하지 않는다는 내용을 참고할 수 있다. '형광등 빛'은 '유체성'이 부족한 대상이다. 또한 육안으로 식별이 가능하고 일정한 형태를 가져 디자인이 특정될 수 있는 정형성을 갖추어야만 물품으로 인정되기 때문에 가루나 알갱이 형태의 시멘트와 같이 정형화되지 않은 동산은 물품으로 인정받을 수 없다는 내용을 참고할 수 있다. '시멘트 가루'는 '정형성'이 부족한 대상이다.

[채점 기준]

– 총: 20점
– 부분점수: 각 5점

03 [모범답안]

답안	배점	예상 소요 시간
①: 양산성	5점	○분 / 전체 80분
②: 신규성	5점	

[바른해설]

디자인의 성립 요건을 갖추었다고 하더라도 디자인 등록을 위해서는 몇 가지 요건이 필요하다. 양산성은 동일한 제품을 반복적으로 계속 생산해야 하는 것으로, 수석이나 꽃꽂이와 같이 자연물을 사용한 물품으로 다량 생산할 수 없는 것과 미술 작품의 원본은 양산성이 없기 때문에 디자인으로 등록될 수 없다. 신규성은 디자인을 출원하기 전에 그 디자인이 국내외 웹사이트, 전시, 간행물, 카탈로그 등을 통해 일반 대중에게 공개되지 않아야 함을 의미한다.

[채점 기준]

– 총: 10점
– 부분점수: 각 5점

04 [모범답안]

답안	배점	예상 소요 시간
'지치운 불빛'과 '어두운 그림자' (불빛, 그림자)	10점	○분 / 전체 80분

[바른해설]

시적 대상은 '흰 바람벽'과 같이 화자 자신이나 심리를 투영하는 것으로 시의 의미를 이어가는 중심 역할을 한다. '흰 바람벽'은 화자의 과거와 기억과 그의 내면을 비추는 의미의 시적 대상이다. [가]의 경우에 '지치운 불빛'과 '어두운 그림자'는 힘든 삶에 시달린 화자의 모습과 피로감을 반영하고 있는 시적 대상이다.

[채점 기준]

– 지치운 불빛과 어두운 그림자 모두 쓴 경우 10점(단, 불빛, 그림자라고 쓴 경우도 정답으로 인정)
– 지치운 불빛 혹은 어두운 그림자 중 한 가지만 쓴 경우 5점

수학

05

배점(총점)	예상 소요 시간
10점	3분 / 전체 80분

[정답]

$f(x)$의 역함수는 $g(x)=\log_2(x-k)+1$

$g(5)=2$이므로, $k=3$

$g(35)=\log_2(35-3)+1=6$

[채점 기준]

답안	배점	예상 소요 시간
$f(x)$의 역함수는 $g(x)=\log_2(x-k)+1$	4점	
$g(5)=2$이므로, $k=3$	3점	3분 / 전체 80분
$g(35)=\log_2(35-3)+1=6$	3점	

06

배점(총점)	예상 소요 시간
10점	5분 / 전체 80분

[정답]

실근을 갖기 위한 이차방정식의 판별식 $D\geq0$,

따라서 $3\sin^2\theta-4\left(\cos\theta-\dfrac{1}{4}\right)\geq0$

이는 $(3\cos\theta-2)(\cos\theta+2)\leq0$이고,

이를 풀면 $-2\leq\cos\theta\leq\dfrac{2}{3}$이다.

항상 $\cos\theta\geq-1$이므로, $\cos\theta\leq\dfrac{2}{3}$

$\cos\alpha=\cos\beta=\dfrac{2}{3}$, α는 1사분면, β는 4사분면

$\tan\alpha=\dfrac{\sqrt{5}}{2}$, $\tan\beta=-\dfrac{\sqrt{5}}{2}$ $\therefore\sqrt{5}$

[채점 기준]

답안	배점	예상 소요 시간
실근을 갖기 위한 이차방정식의 판별식 $D\geq0$, 따라서 $3\sin^2\theta-4\left(\cos\theta-\dfrac{1}{4}\right)\geq0$	3점	
이는 $(3\cos\theta-2)(\cos\theta+2)\leq0$이고, 이를 풀면 $-2\leq\cos\theta\leq\dfrac{2}{3}$이다.	2점	
항상 $\cos\theta\geq-1$이므로, $\cos\theta\leq\dfrac{2}{3}$ $\cos\alpha=\cos\beta=\dfrac{2}{3}$, α는 1사분면, β는 4사분면	2점	5분 / 전체 80분
$\tan\alpha=\dfrac{\sqrt{5}}{2}$, $\tan\beta=-\dfrac{\sqrt{5}}{2}$ $\therefore\sqrt{5}$	3점	

07

배점(총점)	예상 소요 시간
10점	5분 / 전체 80분

[정답]

근과 계수와의 관계에 의해 $\alpha_n+\beta_n=-25$,

$\alpha_n\beta_n=-(2n-1)(2n+1)$이고,

식에 대입하면 $\displaystyle\sum_{n=1}^{m}\left(\dfrac{1}{\alpha_n}+\dfrac{1}{\beta_n}\right)=\sum_{n=1}^{m}\dfrac{\alpha_n+\beta_n}{\alpha_n\beta_n}$

$=\displaystyle\sum_{n=1}^{m}\dfrac{25}{(2n-1)(2n+1)}$이다.

따라서 $\displaystyle\sum_{n=1}^{m}\dfrac{25}{(2n-1)(2n+1)}$

$=\dfrac{25}{2}\displaystyle\sum_{n=1}^{m}\left(\dfrac{1}{2n-1}-\dfrac{1}{2n+1}\right)$이고

$=\dfrac{25}{2}\left(1-\dfrac{1}{3}+\dfrac{1}{3}-\dfrac{1}{5}+\cdots-\dfrac{1}{2m+1}\right)=\dfrac{25m}{2m+1}$

$25m=12(2m+1)$이므로 $m=120$이다.

[채점 기준]

답안	배점	예상 소요 시간
근과 계수와의 관계에 의해 $\alpha_n+\beta_n=-25$, $\alpha_n\beta_n=-(2n-1)(2n+1)$	2점	
$\displaystyle\sum_{n=1}^{m}\left(\dfrac{1}{\alpha_n}+\dfrac{1}{\beta_n}\right)=\sum_{n=1}^{m}\dfrac{\alpha_n+\beta_n}{\alpha_n\beta_n}$ $=\displaystyle\sum_{n=1}^{m}\dfrac{25}{(2n-1)(2n+1)}$	2점	
$\displaystyle\sum_{n=1}^{m}\dfrac{25}{(2n-1)(2n+1)}$ $=\dfrac{25}{2}\displaystyle\sum_{n=1}^{m}\left(\dfrac{1}{2n-1}-\dfrac{1}{2n+1}\right)$ $=\dfrac{25}{2}\left(1-\dfrac{1}{3}+\dfrac{1}{3}-\dfrac{1}{5}+\cdots-\dfrac{1}{2m+1}\right)=\dfrac{25m}{2m+1}$	4점	5분 / 전체 80분
따라서 $25m=12(2m+1)$ 이므로 $m=120$이다.	2점	

08

배점(총점)	예상 소요 시간
10점	5분 / 전체 80분

[정답]

(가)로부터 $f(x)=\displaystyle\int f'(x)dx=\int(3x^2-2x+1)dx$

$=x^3-x^2+x+c$

$f'(1)=2$이므로 곡선 $y=f(x)$ 위의 점 $(1,f(1))$에서의

접선의 방정식은 $y=2(x-1)+f(1)$이다.

접선의 x절편이 -1이므로

$0=2(-1-1)+(1-1+1+c)$, 따라서 $c=3$

결국, $f(x)=x^3-x^2+x+3$

[채점 기준]

답안	배점	예상 소요 시간
(가)로부터 $$f(x)=\int f'(x)dx$$ $$=\int(3x^2-2x+1)dx$$ $$=x^3-x^2+x+c$$	3점	
$f'(1)=2$이므로 곡선 $y=f(x)$ 위의 점 $(1, f(1))$에서의 접선의 방정식은 $y=2(x-1)+f(1)$이다.	3점	5분 / 전체 80분
접선의 x절편이 -1이므로 $0=2(-1-1)+$ $(1-1+1+c)$, 따라서 $c=3$	2점	
결국, $f(x)=x^3-x^2+x+3$	2점	

제1회 실전모의고사

국어[자연]

01 [모범답안]

① 학생 2

② 학생 1, 학생 3

③ 학생 2, 학생 3

[바른해설]

① 학생 2'는 주술사들의 치료 방법이 발표에서 다뤄지지 않았다는 점에 대해서 아쉬움을 표현하고 있으므로, 발표에서 충분하게 다뤄지지 않은 내용이 있다고 판단했음을 알 수 있다.

② '학생 1'은 히포크라테스의 구체적 업적과 치료법에 대해 인상적이라고 했고, '학생 3'은 근대 해부학으로 인해 근대 의학이 등장했다는 점을 알게 되어 좋았다고 했다. 이를 통해 '학생 1'과 '학생 3'은 모두 발표에서 새롭게 알게 된 내용에 대해 긍정적으로 판단했음을 알 수 있다.

③ '학생 2'는 발표 내용과 관련해 고대 사람들은 질병이 신이나 악귀와 관련이 있다고 생각했다는 사실을 상기했고, '학생 3'은 레오나르도 다빈치의 인체 해부도를 상기했다. 이를 통해 '학생 2'와 '학생 3'은 모두 자신들의 배경지식을 상기하며 발표 내용을 이해했음을 알 수 있다.

[채점기준]

답안	배점	예상 소요 시간
① 학생 2	2점	
② 학생 1, 학생 3	4점	4분 / 전체 80분
③ 학생 2, 학생 3	4점	

02 [모범답안]

① 적다 / ② 있다 / ③ 있다 / ④ 낮다 / ⑤ 높다

[바른해설]

① (나)의 2문단에서 중앙은행 디지털 화폐는 지폐와 같은 현금처럼 국가에서 법적으로 인정한 화폐이므로, 국가 부도와 같은 사회적으로 심각한 사태가 없다면 화폐로서의 가치가 사라질 위험이 적다는 것을 알 수 있다.

② (나)의 1문단에서 중앙은행 디지털 화폐는 기본 법정 화폐인 현금처럼 중앙은행이 발행하며, 국가가 보급한 전자 지갑 시스템을 통해 보관하거나 사용할 수 있다는 것을 알 수 있다.

③ (나)의 2문단에서 중앙은행 디지털 화폐는 전자 시스템을 기반으로 운용되므로, 일반적으로 거래 정보가 남지 않는 현금과 달리, 거래 정보가 전자 시스템에 기록될 수 있다는 것을 알 수 있다.

④ 중앙은행 디지털 화폐는 현금과 달리 실물이 존재하지 않는다. 하지만 보관이나 거래 방식이 다를 뿐 통용되는 법정 화폐이므로 재화의 경제적 가치를 측정하는 기준이 현금과 차이가 날 가능성이 낮다고 볼 수 있다.

⑤ (나)의 2문단에서 중앙은행 디지털 화폐는 현금처럼 국가에서 관리하는 법정 화폐임을 알 수 있으며, (가)의 4문단에서 화폐는 사회적으로 심각한 사태가 없는 한 너무 먼 미래가 아니라면 현재 화폐가 가진 구매력이 유지가 된다는 것을 알 수 있다.

[채점기준]

답안	배점	예상 소요 시간
① 적다	2점	
② 있다	2점	
③ 있다	2점	5분 / 전체 80분
④ 낮다	2점	
⑤ 높다	2점	

03 [모범답안]

① 가치 척도

② 교환의 매개 수단

③ 가치 저장의 수단

[바른해설]

① 가격 변동성이 큰 화폐는 재화의 경제적 가치를 공통된 기준인 화폐로 측정하기가 어려우므로 '가치 척도'라는 화폐의 역할을 구현하기가 어렵다.

② A 코인으로 피자를 구매하였으므로, A 코인은 '교환의 매개 수단'으로 일부 기능하였다는 것을 알 수 있다.

③ A 코인은 가격 변동성이 매우 커 현재 가진 구매력이 가까운 미래에도 유지가 되지 않을 가능성이 크므로, '가치의 저당 수단'이라는 화폐의 역할을 하기는 어렵다.

[채점기준]

답안	배점	예상 소요 시간
① 가치 척도	4점	
② 교환의 매개 수단	3점	4분 / 전체 80분
③ 가치 저장의 수단	3점	

04 [모범답안]

변성이, 된다

[바른해설]

제시문의 5문단에서 '변성이 일어나면 단백질의 아미노산의 서열에는 변함이 없지만 2차 및 3차 구조에 손상이 가해져 단백질은 제대로 기능을 하지 못하게 된다.'라는 문장을 통해 '흰자에 열을 가해 흰자가 새하얗게 변하더라도 흰자의 아미노산의 서열은 변하지 않는다.'는 〈반응〉을 설명할 수 있다.

[채점기준]

답안	배점	예상 소요 시간
변성이	5점	4분 / 전체 80분
된다	5점	

05 [모범답안]

ⓐ 배려

ⓑ 관용

[바른해설]

ⓐ [A]는 설생이 타향 사람으로 서먹하게 느낄 수 있다고 말하면서 설생의 처지를 고려하여 그를 편히 있게 하라고 당부하며 상대에게 '배려'를 요구하고 있다.

ⓑ [B]는 조정을 속이며 자신의 정체를 아뢰지 못한 처지를 고백하며 자신의 이러한 잘못을 용서해 준다면 진정을 아뢰겠다고 말하고 있다. 즉 상대에게 자신의 잘못을 고백하며 '관용'을 요청하고 있음을 알 수 있다.

[채점기준]

답안	배점	예상 소요 시간
ⓐ 배려	5점	4분 / 전체 80분
ⓑ 관용	5점	

06 [모범답안]

(가) 거봐, 너도 북어지 너도 북어지 너도 북어지

(나) 수십 년 견디는 우리는

[바른해설]

(가)의 '거봐, 너도 북어지 너도 북어지 너도 북어지'에서 시상의 초점이 화자 자신을 둘러싼 내부로 이동하며, 화자 역시 북어의 속성을 지니고 있음을 보여 주고 있다.

(나)의 '수십 년 견디는 우리는'에서 시상의 초점이 화자 자신을 둘러싼 내부로 이동하며, '뻘'이 '깨끗하게 썩지도 못하'는 곳이라는 점에서 현대인이 살아가는 암담한 현실을 나타낸다.

[채점기준]

답안	배점	예상 소요 시간
(가) 거봐, 너도 북어지 너도 북어지 너도 북어지	5점	4분 / 전체 80분
(나) 수십 년 견디는 우리는	5점	

수학[자연]

07 [모범답안]

선분 OP와 직선 l은 서로 수직이므로 $\angle POQ = \dfrac{\pi}{2} - \theta$

이때 점 P의 좌표는 $\left(\cos\left(\dfrac{\pi}{2} - \theta \right), \sin\left(\dfrac{\pi}{2} - \theta \right) \right)$,

즉 $(\sin\theta, \cos\theta)$

원 $C : x^2 + y^2 = 1$ 위의 점 $P(\sin\theta, \cos\theta)$에서의 접선 l의 방정식은 $x\sin\theta + y\cos\theta = 1$이다.

직선 l이 x축, y축과 만나는 두 점 Q, R의 좌표는 각각 $\left(\dfrac{1}{\sin\theta}, 0 \right)$, $\left(0, \dfrac{1}{\cos\theta} \right)$이므로 삼각형 ROQ의 넓이는

$$\frac{1}{2} \times \frac{1}{\sin\theta} \times \frac{1}{\cos\theta} = \frac{1}{2 \times \sin\theta \times \cos\theta}$$

따라서 $\dfrac{1}{2 \times \sin\theta \times \cos\theta} = \dfrac{2\sqrt{3}}{3}$에서

$$\frac{1}{\sin\theta \times \cos\theta} = 2 \times \frac{2\sqrt{3}}{3} = \frac{4\sqrt{3}}{3}$$

[채점기준]

답안	배점	예상 소요 시간
$\angle POQ = \dfrac{\pi}{2} - \theta$	2점	
점 $P(\sin\theta, \cos\theta)$ 점 $Q\left(\dfrac{1}{\sin\theta}, 0 \right)$ 점 $R\left(0, \dfrac{1}{\cos\theta} \right)$	3점	4분 / 전체 80분
삼각형 ROQ의 넓이는 $\dfrac{1}{2 \times \sin\theta \times \cos\theta} = \dfrac{2\sqrt{3}}{3}$	3점	
$\dfrac{4\sqrt{3}}{3}$	2점	

08 [모범답안]

$f'(x)=3x^2+a$이므로

$$f(3)-f(1)=\int_1^3 f'(x)dx=\int_1^3 (3x^2+a)dx$$
$$=[x^3+ax]_1^3=(27+3a)-(1+a)$$
$$=26+2a$$

$26+2a=30$에서 $a=2$

따라서 $f(x)=3x^2+2$이므로 $f'(2)=14$

[채점기준]

답안	배점	예상 소요 시간
$f(3)-f(1)=26+2a$	4점	
$a=2$	3점	3분 / 전체 80분
$f'(2)=14$	3점	

09 [모범답안]

$$\int_{-a}^{a}(x^2-k)dx=2\int_0^a (x^2-k)dx$$
$$=2\left[\frac{1}{3}x^3-kx\right]_0^a=2\left(\frac{1}{3}a^3-ka\right)$$이므로

$2\left(\frac{1}{3}a^3-ka\right)=0$에서 $a^3-3ka=a(a^2-3k)=0$

$a>0$이므로 $a=\sqrt{3k}$

따라서 $f(k)=\sqrt{3k}$이므로

$$\frac{1}{3}\sum_{k=1}^{10}\{f(k)\}^2=\frac{1}{3}\sum_{k=1}^{10}(\sqrt{3k})^2=\frac{1}{3}\sum_{k=1}^{10}3k=\sum_{k=1}^{10}k$$
$$=\frac{10\times 11}{2}=55$$

[채점기준]

답안	배점	예상 소요 시간
$2\left(\frac{1}{3}a^3-ka\right)=0$	5점	
$a=\sqrt{3k}$	2점	3분 / 전체 80분
$\frac{1}{3}\sum_{k=1}^{10}\{f(k)\}^2=\sum_{k=1}^{10}k$	2점	
55	1점	

10 [모범답안]

조건 (가)에서 직선 l이 직선 $x-y+1=0$, 즉 $y=x+1$과 평행하므로 직선 l의 기울기는 1이다.

한편, $f(x)=x^3-2x+2$라 하면 $f'(x)=3x^2-2$

이때 조건 (나)에서 직선 l이 곡선 $y=x^3-2x+2$와 만나는 서로 다른 점의 개수가 2이므로

직선 l이 곡선 $y=x^3-2x+2$와 접해야 한다.

$f'(x)=1$에서 $3x^2-2=1$, $x^2=1$

$x=-1$ 또는 $x=1$

$f(-1)=3$이므로 곡선 $f=f(x)$ 위의 점 $(-1,\ 3)$에서의 접선의 방정식은 $y-3=1\times(x+1)$, 즉 $y=x+4$

$f(1)=1$이므로 곡선 $y=f(x)$ 위의 점 $(1,\ 1)$에서의 접선의 방정식은 $y-1=1\times(x-1)$, 즉 $y=x$

조건 (가)에서 직선 l이 제2사분면을 지나므로 직선 l의 방정식은 $y=x+4$, 즉 $x-y+4=0$

따라서 원점과 직선 $l:x-y+4=0$ 사이의 거리는

$$\frac{|4|}{\sqrt{1^2+(-1)^2}}=2\sqrt{2}$$

[채점기준]

답안	배점	예상 소요 시간
① 1	2점	
② $x=-1$ 또는 $x=1$	3점	3분 / 전체 80분
③ $y=x+4$ (또는 $x-y+4=0$)	3점	
④ $2\sqrt{2}$	2점	

11 [모범답안]

$f(x)=x^3-9x^2+24x+6$에서

$f'(x)=3x^2-18x+24=3(x-2)(x-4)$

함수 $f(x)$의 증가와 감소를 표로 나타내면 다음과 같다.

x	$\cdots$	2	$\cdots$	4	$\cdots$
$f'(x)$	+	0	−	0	+
$f(x)$	↗	극대	↘	극소	↗

함수 $f(x)$는 $x=2$에서 극대이므로 $a=2$이고

$f(a)=f(2)=8-36+48+6=26$

따라서 $f(a)-a=26-2=24$

[채점기준]

답안	배점	예상 소요 시간
$f'(x)=3(x-2)(x-4)$	3점	
$a=2$	3점	3분 / 전체 80분
$f(a)=26$	3점	
$f(a)-a=24$	1점	

12 [모범답안]

조건 (가)에서 수열 $\{a_n\}$은 등비수열이고 첫째항이 2이므로 공비를 $r(4\neq 0)$이라 하면 $a_n=2r^{n-1}$

조건 (나)의 $\sum_{k=1}^{n}\frac{a_{k+1}b_k}{4^k}=2^n+n(n+1)$에

$n=1$을 대입하면

$\frac{a_2 b_1}{4}=\frac{2r\times 2}{4}=2+1\times 2=40$이므로 $r=4$

$a_n = 2 \times 4^{n-1}$이므로

$a_3 = 2 \times 4^2 = 2^5 = 32$

한편, $\dfrac{a_{k+1}b_k}{4^k} = \dfrac{2 \times 4^k \times b_k}{4^k} = 2b_k$이므로

$\displaystyle\sum_{k=1}^{n} \dfrac{a_{k+1}b_k}{4^k} = 2\sum_{k=1}^{n} b_k = 2^n + n(n+1)$

즉, $\displaystyle\sum_{k=1}^{n} b_k = 2^{n-1} + \dfrac{n(n+1)}{2}$이므로

$b_5 = \displaystyle\sum_{k=1}^{5} b_k - \sum_{k=1}^{4} b_k = \left(2^4 + \dfrac{5 \times 6}{2}\right) - \left(2^3 + \dfrac{4 \times 5}{2}\right)$

$\quad = 2^3 \times (2-1) + 15 - 10 = 13$

따라서 $a_3 + b_5 = 32 + 13 = 45$

[채점기준]

답안	배점	예상 소요 시간
$r=4$	3점	
$a_3=32$	3점	4분 / 전체 80분
$b_5=13$	3점	
45	1점	

13 [모범답안]

$\displaystyle\lim_{x \to 1} \dfrac{x^3-1}{x^2+ax+b} = \dfrac{1}{2}$에서 $x \to 1$일 때 (분자) $\to 0$이고 0이

아닌 극한값이 존재하므로 (분모) $\to 0$이어야 한다.

즉, $\displaystyle\lim_{x \to 1}(x^2+ax+b) = 1+a+b = 0$에서

$b = -a-1$ …… ㉠

㉠을 주어진 식에 대입하면

$\displaystyle\lim_{x \to 1} \dfrac{x^3-1}{x^2+ax+b} = \lim_{x \to 1} \dfrac{x^3-1}{x^2+ax-a-1}$

$\quad = \displaystyle\lim_{x \to 1} \dfrac{(x-1)(x^2+x+1)}{(x-1)(x+a+1)} = \lim_{x \to 1} \dfrac{x^2+x+1}{x+a+1}$

$\quad = \dfrac{3}{a+2} = \dfrac{1}{2}$에서 $a+2=6$, $a=4$

㉠에서 $b = -4-1 = -5$

따라서 $2a+b = 2 \times 4 + (-5) = 3$

[채점기준]

답안	배점	예상 소요 시간
① $-a-1$	3점	
② 4	3점	3분 / 전체 80분
③ -5	3점	
④ 3	1점	

14 [모범답안]

함수 $f(x) = \sin x \,(0 \le x \le 4\pi)$의 그래프와 직선 $y=k$가

서로 다른 네 점에서만 만나기 위해서는 $-1 < k < 0$ 또는

$0 < k < 1$이다.

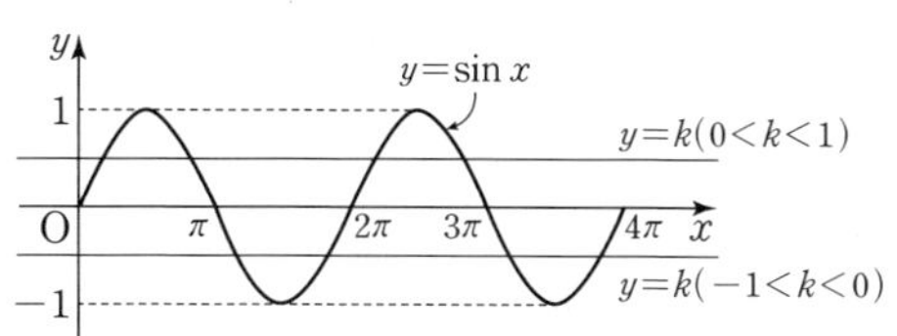

$-1 < k < 0$이면 $\dfrac{x_1+x_2}{2} = \dfrac{3}{2}\pi$, $\dfrac{x_3+x_4}{2} = \dfrac{7}{2}\pi$이므로

$x_1+x_2+x_3+x_4 = 10\pi$이고, 이는 주어진 조건을 만족시키

지 않는다.

$0 < k < 1$이면 $\dfrac{x_1+x_2}{2} = \dfrac{\pi}{2}$, $\dfrac{x_3+x_4}{2} = \dfrac{5}{2}\pi$이므로

$x_1+x_2+x_3+x_4 = 6\pi$이고, 이는 주어진 조건을 만족시킨다.

$0 < k < 1$일 때, $0 < x_1 < \dfrac{\pi}{2}$, $x_4 = 3\pi - x_1$이므로

$\sin(x_4-x_1) = \sin(3\pi-2x_1) = \sin 2x_1 = \dfrac{\sqrt{3}}{2}$

$0 < 2x_1 < \pi$이므로

$2x_1 = \dfrac{\pi}{3}$ 또는 $2x_1 = \dfrac{2}{3}\pi$

즉, $x_1 = \dfrac{\pi}{6}$ 또는 $x_1 = \dfrac{\pi}{3}$

따라서 구하는 모든 x_1의 값의 합은 $\dfrac{\pi}{6} + \dfrac{\pi}{3} = \dfrac{\pi}{2}$

[채점기준]

답안	배점	예상 소요 시간
$-1<k<0$: 불만족 $0<k<1$: 만족	2점	
$0<k<1$일 때, $0<x_1<\dfrac{\pi}{2}$, $x_4=3\pi-x_1$	2점	
$\sin(x_4-x_1)$ $=\sin(3\pi-2x_1)$ $=\sin 2x_1 = \dfrac{\sqrt{3}}{2}$	2점	5분 / 전체 80분
$0<2x_1<\pi$이므로 $x_1=\dfrac{\pi}{6}$ 또는 $x_1=\dfrac{\pi}{3}$	2점	
모든 x_1의 값의 합은 $\dfrac{\pi}{2}$	2점	

15 [모범답안]

$n^2-5n-2 = 4$에서

$n^2-5n-6 = 0$, $(n+1)(n-6) = 0$

n이 2 이상의 자연수이므로 $n=6$

$2 \le n \le 5$일 때, $n^2-5n-2 < 40$이므로

$2^{n^2-5n-2} - 16 < 0$

$n=6$일 때, $n^2-5n-2 = 40$이므로 $2^{n^2-5n-2} - 16 = 0$

$n \geq 7$일 때, $n^2 - 5n - 2 > 4$이므로

$2^{n^2 - 5n - 2} - 16 > 0$

(i) n이 짝수인 경우

$\qquad 2^{n^2 - 5n - 2} - 16 < 0$일 때, $f(n) = 0$

$\qquad 2^{n^2 - 5n - 2} - 16 = 0$일 때, $f(n) = 1$

$\qquad 2^{n^2 - 5n - 2} - 16 > 0$일 때, $f(n) = 2$

(ii) n이 홀수인 경우

$\qquad 2^{n^2 - 5n - 2} - 16$의 값에 관계없이 $f(n) = 1$

(i), (ii)에서

$$f(n) = \begin{cases} 0 & (n = 2 \text{ 또는 } n = 4) \\ 1 & (n = 6 \text{ 또는 } n\text{이 3 이상의 홀수인 경우}) \\ 2 & (n\text{이 8 이상의 짝수인 경우}) \end{cases}$$

$f(4)f(5)f(6) = 0$이고 $n \geq 5$이면

$f(n)f(n+1)f(n+2) > 0$이므로

$f(k)f(k+1)f(k+2) = 0$인 자연수 k의 최댓값은 $M = 4$

$f(8)f(9)f(10) = 4$이고 $2 \leq n \leq 7$이면

$f(n)f(n+1)f(n+2)$의 값은 0 또는 1 또는 2이므로

$f(k)f(k+1)f(k+2) = 4$인 자연수 k의 최솟값은 $m = 8$

따라서 $2M - m = 2 \times 4 - 8 = 0$

[채점기준]

답안	배점	예상 소요 시간
$f(n) = \begin{cases} 0 \ (n=2 \text{ 또는 } n=4) \\ 1 \ (n=6 \text{ 또는 } n\text{이 3 이상의 홀수인 경우}) \\ 2 \ (n\text{이 8 이상의 짝수인 경우}) \end{cases}$	4점	
$f(k)f(k+1)f(k+2) = 0$인 자연수 k의 최댓값은 $M = 4$	2점	4분 / 전체 80분
$f(k)f(k+1)f(k+2) = 4$인 자연수 k의 최솟값은 $m = 8$	2점	
$2M - m = 0$	2점	

제2회 실전모의고사

국어[자연]

01 [모범답안]

ⓐ 〈청공도〉

ⓑ 〈가헌관매〉

ⓒ 〈포의풍류도〉

[바른해설]

ⓐ 사랑채에 진열된 물품에 다양한 개인의 취향과 정서가 반영되어 있음을 알려 주기 위해 김홍도의 그림과 비교하여 제시된 자료는 강세황의 〈청공도〉임을 5문단에서 알 수 있다.

ⓑ 사랑채가 문인들이 아회를 열어 벗들과 친교를 나눈 장소였음을 알려 주기 위해 제시된 자료는 이유신의 〈가헌관매〉임을 4문단에서 알 수 있다.

ⓒ 사랑채가 귀한 물건들이 진열된 장소였음을 알려주기 위해 제시된 자료는 김홍도의 〈포의풍류도〉임을 3문단에서 알 수 있다.

[채점기준]

답안	배점	예상 소요 시간
ⓐ 〈청공도〉	2점	
ⓑ 〈가헌관매〉	4점	3분 / 전체 80분
ⓒ 〈포의풍류도〉	4점	

02 [모범답안]

모든 행성의 궤도는 원형이 아니라 타원형이다.

[바른해설]

제시문에 따르면 모든 행성이 균일한 원형 궤도를 돈다고 주장한 코페르니쿠스의 열렬한 지지자였던 케플러는 브라헤의 화성 관측 자료들을 이용해 행성의 궤도가 원형임을 맞추기 위해서 오랜 시간을 계산으로 소비했으나, 자신의 생각에 오류가 있었음을 인정하고 마침내 모든 행성의 궤도는 원형이 아니라 타원형이라는 사실을 입증해 낸다.

[채점기준]

답안	배점	예상 소요 시간
모든 행성의 궤도는 원형이 아니라 타원형이다.	10점	4분 / 전체 80분

03 [모범답안]

① 유형 I

② 유형 II, 유형 III

③ 유형 III

[바른해설]

① (가)의 3문단에서 유형 I 기능 반응은 처리 시간은 없고 탐색 시간만 있다고 여긴다고 하였으므로, 포식자의 처리 시간을 고려하지 않은 기능 반응 유형은 '유형 I'이다.

② (가)의 4문단에서 유형 II 기능 반응은 어느 시점부터는 개체당 포식률의 증가율이 감소한다고 하였고, 5문단에서 유형 III 기능 반응은 개체당 포식률이 어느 시점부터 급격히 증가하다가 일정한 값으로 수렴한다고 하였다. 즉 '유형 II', '유형 III' 모두 피식자 개체군의 밀도가 높아지더라도 개체당 포식률의 증가율이 감소하는 때가 있다고 할 수 있다.

③ (가)의 2문단에서 총시간은 탐색 시간과 처리 시간의 합이라고 하였다. 5문단에서 유형 III 기능 반응은 피식자 개체군의 밀도가 낮은 초기에는 개체당 포식률이 낮다고 하였는데, 이는 피식자를 발견하는 데 시간이 더 많이 걸리기 때문이다. 따라서 처리 시간은 일정하지만 탐색 시간이 증가하면 총시간이 증가하는 기능 반응 유형은 '유형 III'이다.

[채점기준]

답안	배점	예상 소요 시간
① 유형 I	3점	
② 유형 II, 유형 III	4점	4분 / 전체 80분
③ 유형 III	3점	

04 [모범답안]

[상황 1]: 매미

[상황 2]: 딱정벌

[바른해설]

[상황 1]: (나)의 2문단에서 포식자가 피식자 P1과 P2를 동시에 만난 경우, 각 피식자의 수익성은 피식자를 통해 획득할 수 있는 에너지를 처리 시간으로 나눈 것이라 하였다. 따라서 잠자리는 30kJ/12초=2.5kJ/초, 딱정벌레는 45kJ/15초=3kJ/초, 매미는 80kJ/20초=4kJ/초이다. [상황 1]에서는 세 종류의 먹이를 동시에 만난 상황이므로 수익성이 가장 높은 매미를 고를 것으로 예상된다.

[상황 2]: (나)의 3문단에서 포식자가 P1을 찾는 동안 P2를 먼저 발견한 경우, P1의 수익성은 피식자를 통해 획득할 수 있는 에너지를 처리 시간과 탐색 시간의 합으로 나눈 것이라 하였다. 즉 매미의 수익성은 80kJ/(20초+12초)=2.5kJ/초로 구하며, 이 값은 딱정벌레의 수익성인 3kJ/초보다 작다. 따라서 제비는 딱정벌레를 먹을 것으로 예상된다.

[채점기준]

답안	배점	예상 소요 시간
[상황 1]: 매미	5점	5분 / 전체 80분
[상황 2]: 딱정벌레	5점	

05

갈래	서정 가사, 양반 가사, 정격 가사	특징	• 두 여인의 대화 형식으로 구성되어 공감과 감정 이입을 유도함 • 순우리말을 활용해 정서를 소박하고도 절절하게 표현함 • 설의적 표현을 반복적으로 활용하여 감정을 고조시키고 의미를 강조함
성격	서정적, 여성적, 연모적, 충신연주지사		
운율	3(4)·4조, 4음보 연속체		
제재	임에 대한 그리움		
주제	임(임금)을 향한 사랑과 그리움		

[모범답안]

① 어와, 보오

② 셜워, 타시로다

[바른해설]

① '어와 네여이고 이내 수셜 드러 보오'는 다른 여인(보조 화자)의 질문에 여인(중심 화자)이 상대방을 알아보며 그녀에게 '이내 수셜 드러 보오'라고 말하는 상황이다. 이때 중심 화자인 여인은 작가의 분신에 해당하므로, 해당 시행은 작가가 내면 의식을 드러내기 시작하는 것으로 볼 수 있다.

② '셜워 플터 헤니 조믈(造物)의 타시로다'에서 '조믈(조물주)'은 우주의 만물을 만들고 다스리는 존재이다. 여인이 임과의 이별을 조물주의 탓으로 돌리는 것은, 작가가 자신이 조정을 떠나 임금과 이별하게 된 이유 중에 운명적인 요소도 있다고 인식하는 것으로 볼 수 있다.

[채점기준]

답안	배점	예상 소요 시간
① 어와, 보오	5점	4분 / 전체 80분
② 셜워, 타시로다	5점	

06

갈래	현대 수필	특징	• 일상생활에서 겪은 경험을 통해 문제의식을 이끌어냄 • 비유적 표현을 통해서 환경 파괴의 심각성을 부각함
성격	성찰적, 비판적, 반성적, 체험적		
제재	폭우		
주제	마구잡이 개발과 환경 오염 행위로 인해 발생하는 자연재해와 이에 대한 비판		

[모범답안]

폭우

[바른해설]

글 [B]에서 자연이 혜택을 주는 대신 요구하는 대가는 "상류에서 지목을 변경해 ~ 배수를 원활치 못하게 하고 있었다."에 나타나 있다. 즉, 글쓴이가 이러한 '자연이 주는 대가'에 대해 깨닫게 되는 원인은 글 [A]의 '폭우'이며, 글쓴이는 '폭우'를 겪으면서 마구잡이 개발이나 상류에 사는 이들의 잘못된 행태를 비판하고 있다.

[채점기준]

답안	배점	예상 소요 시간
폭우	10점	5분 / 전체 80분

수학[자연]

07 [모범답안]

$\lim\limits_{x \to n} \dfrac{2<x>}{[x]^2+x}$의 극한값이 존재하므로 좌극한값과 우극한값이 동일하다.

$$\lim_{x \to n+} \frac{2<x>}{[x]^2+x} = \frac{2(n+1)}{n^2+n} = \frac{2}{n}$$

$$\lim_{x \to n-} \frac{2<x>}{[x]^2+x} = \frac{2n}{(n-1)^2+n} = \frac{2n}{n^2-n+1}$$

$$\frac{2}{n} = \frac{2n}{n^2-n+1}, \ n^2 = n^2-n+1, \ n=1$$

한편, $\lim\limits_{x \to n} \dfrac{2<x>}{[x]^2+x} = 2 = m$

따라서 $m+n=3$

[채점기준]

답안	배점	예상 소요 시간
① $\dfrac{2}{n}$	2점	
② $\dfrac{2n}{n^2-n+1}$	3점	3분 / 전체 80분
③ $m=2$	3점	
④ $m+n=3$	2점	

08 [모범답안]

$\tan\theta=\dfrac{\sin\theta}{\cos\theta}$이므로 $3\tan^2\theta+2\tan\theta+3=\dfrac{1}{\cos^2\theta}$에서

$$3\left(\dfrac{\sin\theta}{\cos\theta}\right)^2+2\dfrac{\sin\theta}{\cos\theta}+3=\dfrac{1}{\cos^2\theta}$$

따라서 양변에 $\cos^2\theta$를 곱하면

$$3\sin^2\theta+2\sin\theta\cos\theta+3\cos^2\theta=1,$$
$$3(\sin^2\theta+\cos^2\theta)+2\sin\theta\cos\theta=1$$

이때 $\sin^2\theta+\cos^2\theta=1$이므로

$$3+2\sin\theta\cos\theta=1, \ 2\sin\theta\cos\theta=-2$$
$$\therefore \ \sin\theta\cos\theta=-1$$

[채점기준]

답안	배점	예상 소요 시간
$3\tan^2\theta+2\tan\theta+3$ $=3\left(\dfrac{\sin\theta}{\cos\theta}\right)^2+2\dfrac{\sin\theta}{\cos\theta}+3$	3점	
$3(\sin^2\theta+\cos^2\theta)$ $+2\sin\theta\cos\theta=1$	3점	4분 / 전체 80분
$\therefore \ \sin\theta\cos\theta=-1$	4점	

09 [모범답안]

함수 $f(x)$가 실수 전체의 집합에서 연속이려면 $x=a$에서도 연속이어야 한다.

즉, $\lim\limits_{x\to a-}f(x)=\lim\limits_{x\to a+}f(x)=f(a)$이어야 한다.

$$\lim\limits_{x\to a-}f(x)=\lim\limits_{x\to a-}(2x-3)=2a-3,$$
$$\lim\limits_{x\to a+}f(x)=\lim\limits_{x\to a+}(x^2-3x+a)=a^2-2a,$$
$$f(a)=a^2-2a이므로$$
$$2a-3=a^2-2a에서$$
$$a^2-4a+3=0, \ (a-1)(a-3)=0$$
$$a=1 \ 또는 \ a=3$$

따라서 모든 실수 a의 값의 곱은 $1\times3=3$

[채점기준]

답안	배점	예상 소요 시간
$\lim\limits_{x\to a-}f(x)=2a-3$	2점	
$\lim\limits_{x\to a+}f(x)=a^2-2a$	2점	
$f(a)=a^2-2a$이므로 $a=1$ 또는 $a=3$	4점	3분 / 전체 80분
모든 실수 a의 값의 곱은 3	2점	

10 [모범답안]

함수 $f(x)=x^2-4x+4$ 위의 한 점 $(t,f(t))$에서 그은 접선은 기울기가 $f'(t)=2t-4$이고 점 (t,t^2-4t+4)를 지나므로, 접선의 방정식은

$$\therefore \ y=(2t-4)(x-t)+(t^2-4t+4)$$

이때, 점 P,Q의 좌표를 구하면

$y=0$일 때,

$$0=(2t-4)(x-t)+(t^2-4t+4),$$
$$-(t-2)^2=2(t-2)(x-t),$$
$$-t+2=2x-2t, \ t+2=2x이므로$$
$$x=\dfrac{t+2}{2} \ \therefore \ P\left(\dfrac{t+2}{2},0\right)$$

$x=0$일 때,

$$y=(2t-4)(0-t)+(t^2-4t+4),$$
$$y=-2t^2+4t+(t^2-4t+4)$$
$$y=-t^2+4 \ \therefore \ Q(0,-t^2+4)$$

삼각형 OPQ의 넓이를 $S(t)$라 하면

$$S(t)=\dfrac{1}{2}\times\left(\dfrac{t+2}{2}\right)\times(-t^2+4),$$
$$S(t)=-\dfrac{1}{4}(t+2)^2(t-2), \ S'(t)$$
$$=-\dfrac{1}{4}(t+2)(3t-2)$$

따라서 $S(t)$는 $t=-2, \ t=\dfrac{2}{3}$에서 극값을 갖는다.

이때, $0<t<2$이므로

함수 $S(t)$의 증가와 감소를 표로 나타내면 다음과 같다.

t	0	$\cdots$	$\dfrac{2}{3}$	$\cdots$	2
$S'(t)$		$+$	0	$-$	
$S(t)$		$\nearrow$	$\dfrac{64}{27}$	$\searrow$	

따라서 $S(t)$는 $t=\dfrac{2}{3}$일 때, 극대이면서 최댓값을 갖는다.

삼각형 OPQ의 넓이의 최댓값 $\therefore \ S\left(\dfrac{2}{3}\right)=\dfrac{64}{27}$

[채점기준]

답안	배점	예상 소요 시간
점 $(t,\ f(t))$에서의 접선의 방정식 $y=(2t-4)(x-t)$ $+(t^2-4t+4)$	2점	
$P\left(\dfrac{t+2}{2},\ 0\right),\ Q(0,\ 4-t^2)$	3점	4분 / 전체 80분
삼각형 OPQ의 넓이는 $-\dfrac{1}{4}(t+2)^2(t-2)$	3점	
삼각형 OPQ의 최댓값 $\dfrac{64}{27}$	2점	

11 [모범답안]

$f(0)=-8$이고 $f(x)=f(x+5)$이므로 $f(5)=-8$

$f(5)=\lim\limits_{x\to5^-}(x^2+ax+b)=25+5a+b=-8$

$\therefore 5a+b=-33$

함수 $f(x)$는 연속함수이므로 $x=3$에서도 연속이므로

$\lim\limits_{x\to3^-}f(x)=-2=\lim\limits_{x\to3^+}f(x)=3a+b+9$를 만족한다.

$\therefore 3a+b=-11$

$5a+b=-33,\ 3a+b=-11$에서 두 식을 연립하면

$\therefore a=-11,\ b=22$

$f(x)=\begin{cases}2x-8 & (0\le x<3)\\ x^2-11x+22 & (3\le x<5)\end{cases}$

따라서 $f(9)=f(5+4)=f(4)=16-44+22=-6$

[채점기준]

답안	배점	예상 소요 시간
$f(5)=25+5a+b=-8$ $\therefore 5a+b=-33$	2점	
$-2=3a+b+9$ $\therefore 3a+b=-11$	3점	4분 / 전체 80분
$\therefore a=-11,\ b=22$	3점	
$f(9)=-6$	2점	

12 [모범답안]

등비수열 $\{a_n\}$의 공비를 $r(r\ne0)$이라 하면

일반항은 $a_n=a_1\times r^{n-1}$

$\dfrac{S_2}{a_2}-\dfrac{S_4}{a_4}=\dfrac{a_1+a_2}{a_2}-\dfrac{a_1+a_2+a_3+a_4}{a_4}$

$=\left(\dfrac{1}{r}+1\right)-\left(\dfrac{1}{r^3}+\dfrac{1}{r^2}+\dfrac{1}{r}+1\right)$

$=-\dfrac{1}{r^3}-\dfrac{1}{r^2}$이므로

$-\dfrac{1}{r^3}-\dfrac{1}{r^2}=4$에서

$4+\dfrac{1}{r^2}+\dfrac{1}{r^3}=0,\ \dfrac{4r^3+r+1}{r^3}=0$

$r\ne0$이므로

$4r^3+r+1=0,\ (2r+1)(2r^2-r+1)=0$

이때 $2r^2-r+1=2\left(r-\dfrac{1}{4}\right)^2+\dfrac{7}{8}>0$이므로

$2r+1=0$에서 $r=-\dfrac{1}{2}$

$a_5=a_1\times\left(-\dfrac{1}{2}\right)^4=\dfrac{5}{4}$에서 $a_1=20$

따라서 $a_n=20\times\left(-\dfrac{1}{2}\right)^{n-1}$이므로

$a_1-a_2=20-\left\{20\times\left(-\dfrac{1}{2}\right)\right\}=20-(-10)=30$

[채점기준]

답안	배점	예상 소요 시간
$\dfrac{S_2}{a_2}-\dfrac{S_4}{a_4}$ $=-\dfrac{1}{r^3}-\dfrac{1}{r^2}=4$ $r=-\dfrac{1}{2}$	3점	
$a_5=a_1\times\left(-\dfrac{1}{2}\right)^4=\dfrac{5}{4}$에서 $a_1=20$	3점	4분 / 전체 80분
$a_n=20\times\left(-\dfrac{1}{2}\right)^{n-1}$	2점	
$a_1-a_2=30$	2점	

13 [모범답안]

로그의 진수의 조건에 의하여

$x+4>0,\ 1-x>0$이므로

$-4<x<1$ $\cdots\cdots$ ㉠

$\log_3(x+4)<1+\log_3(1-x)$에서

$\log_3(x+4)<\log_33(1-x)$

밑이 1보다 크므로

$x+4<3(1-x),\ 4x<-1$

$x<-\dfrac{1}{4}$ $\cdots\cdots$ ㉡

㉠, ㉡에서 $-4<x<-\dfrac{1}{4}$

따라서 정수 x의 값은 $-3,\ -2,\ -1$이고

그 합은 $(-3)+(-2)+(-1)=-6$이다.

[채점기준]

답안	배점	예상 소요 시간
$-4 < x < 1$ …… ㉠	3점	
$x < -\dfrac{1}{4}$ …… ㉡	3점	
㉠, ㉡에서 $-4 < x < -\dfrac{1}{4}$	2점	4분 / 전체 80분
모든 정수 x 값의 합은 -6	2점	

14 [모범답안]

다항함수 $f(x)$가 닫힌구간 $[0, 2]$에서 연속이고
열린구간 $(0, 2)$에서 미분가능하므로
평균값 정리에 의하여 $\dfrac{f(2)-f(0)}{2-0} = \dfrac{f(2)}{2}$
$=f'(c)\,(0<c<2)$인
상수 c가 열린구간 $(0, 2)$에 적어도 하나 존재한다.
한편, 모든 실수 x에 대하여 $|f'(x)| \le 3$이므로
$|f'(c)| \le 3$
이때, $f'(c) = \dfrac{f(2)}{2}$이므로 $\left|\dfrac{f(2)}{2}\right| \le 3$, $-6 \le f(2) \le 6$
따라서 $f(2)$의 최댓값은 $M=6$, 최솟값은 $m=-6$
$\therefore M \times m = -36$

[채점기준]

답안	배점	예상 소요 시간
$\dfrac{f(2)-f(0)}{2-0} = \dfrac{f(2)}{2}$ $=f'(c)\,(0<c<2)$	2점	
$|f'(c)| \le 3$	3점	5분 / 전체 80분
$-6 \le f(2) \le 6$이므로 $M=6$, $m=-6$	3점	
$\therefore M \times m = -36$	2점	

15 [모범답안]

$$f(x+3) = 2\sin\dfrac{\pi(x+3)}{6} = 2\sin\left(\dfrac{\pi x}{6} + \dfrac{\pi}{2}\right)$$
$$= 2\cos\dfrac{\pi x}{6}$$
$$f(x-3) = 2\sin\dfrac{\pi(x-3)}{6} = 2\sin\left(\dfrac{\pi x}{6} - \dfrac{\pi}{2}\right)$$
$$= -2\cos\dfrac{\pi x}{6}$$
$$f(x+3)(x-3) = -4\cos^2\dfrac{\pi x}{6} \text{이므로}$$
$$f(x+3)f(x-3) \ge -1 \text{에서}$$
$$-4\cos^2\dfrac{\pi x}{6} \ge -1, \quad \cos^2\dfrac{\pi x}{6} \le \dfrac{1}{4}$$
$$-\dfrac{1}{2} \le \cos\dfrac{\pi x}{6} \le \dfrac{1}{2} \quad \cdots\cdots \text{㉠}$$

$$\cos\dfrac{\pi}{3} = \cos\dfrac{5\pi}{3} = \dfrac{1}{2}, \quad \cos\dfrac{2\pi}{3} = \cos\dfrac{4\pi}{3} = -\dfrac{1}{2}$$

즉, $\cos\dfrac{\pi \times 2}{6} = \cos\dfrac{\pi \times 10}{6} = \dfrac{1}{2}$,

$$\cos\dfrac{\pi \times 4}{6} = \cos\dfrac{\pi \times 8}{6} = -\dfrac{1}{2}$$

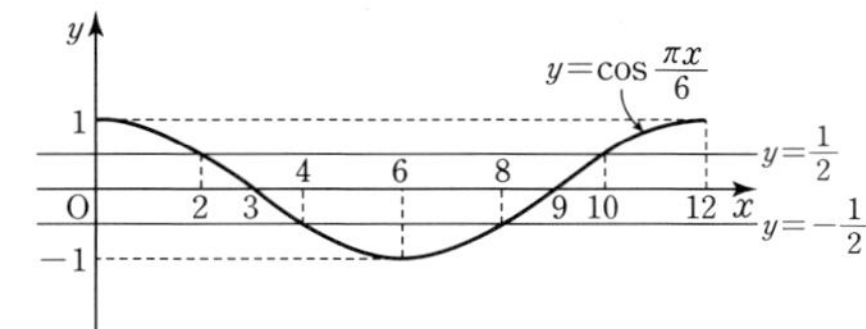

따라서 ㉠을 만족시키는 12 이하의 모든 자연수 x의 값은
$2, 3, 4, 8, 9, 10$이고, 최솟값과 최댓값의 합은 $2+10=12$

[채점기준]

답안	배점	예상 소요 시간
$f(x+3) = 2\cos\dfrac{\pi x}{6}$ $f(x-3) = -2\cos\dfrac{\pi x}{6}$	3점	
$-\dfrac{1}{2} \le \cos\dfrac{\pi x}{6} \le \dfrac{1}{2}$	2점	4분 / 전체 80분
$\cos\dfrac{\pi \times 2}{6}$ $=\cos\dfrac{\pi \times 10}{6} = \dfrac{1}{2}$ $\cos\dfrac{\pi \times 4}{6}$ $=\cos\dfrac{\pi \times 8}{6} = -\dfrac{1}{2}$	3점	
12 이하의 모든 자연수 x의 값은 $2, 3, 4, 8, 9, 10$이고, 따라서 최솟값과 최댓값의 합은 12	2점	

제3회 실전모의고사

국어[자연]

01 [모범답안]
① 학생 1
② 학생 2
③ 학생 1
④ 학생 3

[바른해설]
① '학생 1'은 첫 번째 발화에서 '오늘 모이자고 한 건 다음 주로 예정되어 있는 선택 과목 박람회 행사를 도서관에서 할 수 없게 되어서'라고 말하며 대화를 하게 된 이유를 제시하고 있다. 또한 '박람회 장소를 어디로 옮기면 좋을까?'라고 말하며 다른 학생들의 의견을 구하고 있다.
② '학생 2'는 첫 번째 발화에서 '원래 계획대로라면 과목별로 도서관에 자리를 만들어서 선택 과목 안내 도우미들이 과목에 대해 설명도 해 주고 질문도 받아 주기로 했었잖아.'라고 말하며 기존의 계획을 언급하고 있고, '다른 공간은 도서관만큼 넓지 않아서 장소를 변경하기 어려워.'라고 말하며 공간 변경의 어려움을 언급하고 있다.
③ '학생 1'은 두 번째 발화에서 '강당이 무대를 바라보는 쪽으로 좌석이 배치되어 있는 형태'라는 공간의 특성을 언급하고 있고, '실질적으로는 운영이 어렵지 않을까?'라고 말하며 상대의 제안에 대해 부정적으로 평가하고 있다.
④ '학생 3'은 세 번째 발화에서 '도우미들이 상주하기는 어려운 상황이니까, 영상 제작을 부탁하는 거야. 종합 강의실에 교과서를 전시해 두고 그 영상을 재생하는 거지.'라고 말하며 종합 강의실로 장소를 변경했을 때의 실현 가능성을 고려하여 진행 방식에 대한 대안을 제시하고 있다.

[채점기준]

답안	배점	예상 소요 시간
① 학생 1	2점	
② 학생 2	3점	4분 / 전체 80분
③ 학생 1	2점	
④ 학생 3	3점	

02 [모범답안]
지속 가능성

[바른해설]
제시문의 [A]에서 적정 기술은 기본적으로 지속 가능한 시스템을 배경으로 하여 작동한다고 설명하고 있다. 그러므로 이와 대조되는 최첨단 기술의 취약성으로 빈칸 ⓐ에 들어갈 말은 '지속 가능성'이다.

[채점기준]

답안	배점	예상 소요 시간
지속 가능성	10점	3분 / 전체 80분

03 [모범답안]
① 진폭 / ② 관성 / ③ 질량 / ④ 파동

[바른해설]
① 1문단에서 감쇠기 요소는 진동계의 에너지 손실을 대변하는 항으로 이것이 크고 작음에 따라 진동의 세기를 나타내는 　진폭　 이 감소하는 비율이 달라진다고 하였다.
② 1문단에서 평형점을 벗어난 물체가 복원력에 의해 평형점으로 되돌아오면 　관성　 에 의해 다시 평형점에서 벗어나게 된다고 하였다.
③ 1문단에서 운동 에너지를 저장하는 기능을 하는 진동계의 요소는 　질량　 요소라고 하였다. 그리고 질량 요소는 진동계의 관성 척도를 나타낸다고 하였다.
④ 2문단에서 파동은 물질의 이동 없이 진동을 통해 만들어진 에너지를 다른 곳으로 전달한다고 하였다. 즉, 특정 지점에서 발생한 진동이 다른 곳으로 전파되는 현상인 　파동　 에 의해 물질의 이동 없이도 진동을 통해 만들어진 에너지가 다른 곳으로 전파된다.

[채점기준]

답안	배점	예상 소요 시간
① 진폭	3점	
② 관성	2점	4분 / 전체 80분
③ 질량	2점	
④ 파동	3점	

04 [모범답안]
① ㉠, ㉡
② ㉢, ㉣
③ ㉠

[바른해설]
① 당겼다가 놓아진 ㉠이 ㉡과 충돌할 때, (㉠)의 퍼텐셜 에너지가 운동 에너지로 전환되어 ㉡에 전달되고 이에 따라 (㉡)은 진동하게 된다.

② ㉣이 ㉢과 충돌하면 ㉣의 퍼텐셜 에너지가 운동 에너지로 전환되어 ㉢을 진동시키고 이로 인해 만들어진 에너지가 ㉠으로 전달된다. 그런데 ㉣과 ㉢이 충돌한 후 ㉠이 처음 당긴 위치만큼 튀어 오른다고 하였으므로 ㉠의 충돌로 인해 ㉡이 진동하여 만들어진 에너지와 (㉣)의 충돌로 인해 (㉢)이 진동하여 만들어진 에너지의 크기는 같다.

③ ㉣을 평형점에서 벗어나도록 하는 것은 (㉠)의 퍼텐셜 에너지가 운동 에너지로 전환되어 전파되었기 때문이다.

[채점기준]

답안	배점	예상 소요 시간
① ㉠, ㉡	2점	
② ㉣, ㉢	4점	4분 / 전체 80분
③ ㉠	4점	

05

갈래	현대 소설, 장편 소설, 콩트	특징	• 처가 선산의 벌초를 둘러싼 주인공의 일화를 소재로 하여 짧고 위트 있게 구성함 • 인물의 상황과 속담을 결부 지어 웃음을 유발함 • 사건의 전개와 반전에 따른 인물의 심리 변화가 나타남
성격	희극적, 해학적		
시점	전지적 작가 시점		
배경	• 시간: 현대 • 공간: 농촌		
주제	처가 선산의 벌초를 하게 된 인물을 통해 보는 삶의 한 단면		

[모범답안]

허탈감

[바른해설]

동순은 처가 어른들이 찾아온다는 말에 고생을 해가며 산소의 벌초를 마쳤지만 처가의 문중 사람들은 언제 올지 기약이 없다. 마찬가지로 루아젤 부인은 포레스티에 부인에게서 빌린 다이아몬드 목걸이를 잃어버려서 대신 사준 목걸이의 비용을 갚기 위해 10년 동안 고생하지만 결국 그 목걸이가 가짜임을 알게 된다. 그러므로 동순과 루아젤 부인이 공통으로 느끼는 감정은 '허탈감'이다.

[채점기준]

답안	배점	예상 소요 시간
허탈감	10점	5분 / 전체 80분

06

갈래	민요, 부요	특징	• 잠을 의인화하여 구체적인 대상으로 취급함 • 잠을 참으며 일해야 하는 삶의 고달픔을 해학을 통해 풀어냄 • 부녀자들이 밤을 새워 일할 때 잠을 쫓으며 부른 부요(婦謠)이자 노동요임
성격	해학적, 서민적		
제재	잠		
주제	밤낮으로 일해야 하는 부녀자의 고달픈 삶		

[모범답안]

주야에, 듣난고니

[바른해설]

> 주야에 한가하여 월명 동창 혼자 앉아
> 삼사경 깊은 밤을 허도(虛度)이 보내면서
> 잠 못 들어 한하는데 그런 사람 있건마는
> 무상불청(無常不請)* 원망 소래 온 때마다 듣난고니

해당 작품에서 위의 구절은 한가하게 지내면서 잠이 오지 않는다고 불평하는 사람을 떠올리면서 화자가 잠을 참으며 일해야 하는 자신의 처지를 한탄하는 내용이다. 그러므로 첫 어절은 '주야에'이고 마지막 어절은 '듣난고니'이다.

[채점기준]

답안	배점	예상 소요 시간
주야에	5점	5분 / 전체 80분
듣난고니	5점	

수학[자연]

07 [모범답안]

$$\lim_{x \to 1} f(x)g(x) = \lim_{x \to 1}(x^2 - 4x + 5)(5x - k) = 2(5 - k)$$

$$f(1)g(1) = k(5 - k)$$

이때, 함수 $f(x)g(x)$가 $x=1$에서 연속이므로

$\lim_{x \to 1} f(x)g(x) = f(1)g(1)$가 성립한다.

$$\therefore 2(5 - k) = k(5 - k), \ (5 - k)(2 - k) = 0$$

따라서 $k=2$ 또는 $k=5$

모든 실수 k값의 합은 $2+5=7$

[채점기준]

답안	배점	예상 소요 시간
① $2(5-k)$	3점	
② $k(5-k)$	3점	4분 / 전체 80분
③ $k=2$, $k=5$이므로 모든 실수 k의 합은 7	4점	

08 [모범답안]

$\log_c a = 2\log_b a$에서

$$\frac{1}{\log_a c} = \frac{2}{\log_a b}$$

$\log_a b = 2\log_a c$ ⸱⸱⸱⸱⸱⸱ ㉠

$\log_a b + \log_a c = 2$에서 ㉠에 의하여

$2\log_a c + \log_a c = 2, \ 3\log_a c = 2$

$$\log_a c = \frac{2}{3}$$

㉠에서 $\log_a b = 2 \times \dfrac{2}{3} = \dfrac{3}{4}$

따라서 $\log_a b - \dfrac{1}{2}\log_a c = \dfrac{3}{4} - \dfrac{1}{2} \times \dfrac{2}{3} = \dfrac{3}{3} = 1$

[채점기준]

답안	배점	예상 소요 시간
$\dfrac{1}{\log_a c} = \dfrac{2}{\log_a b}$	3점	
$\log_a b = 2\log_a c$ ⸱⸱⸱⸱⸱⸱ ㉠	2점	
$\log_a c = \dfrac{2}{3}, \ \log_a b = \dfrac{4}{3}$	3점	3분 / 전체 80분
$\log_a b - \dfrac{1}{2}\log_a c = 1$	2점	

09 [모범답안]

$f(x) = \log_2(x+1)$에서 역함수 $g(x)$를 구하면

$x = \log_2(y+1), \ 2^x = y+1, \ y = 2^x - 1$

$$\therefore g(x) = 2^x - 1$$

따라서 방정식 $\{g(x) - 2\} \times \{g(x) + 4\} = 7$에서

$\{g(k) - 2\} \times \{g(k) + 4\} = (2^k - 3)(2^k + 3) = 7$이므로

$4^k - 9 = 7, \ 4^k = 16$

$$\therefore k = 2$$

따라서 $f(k+5) = f(7) = \log_2 8 = 3$

[채점기준]

답안	배점	예상 소요 시간
$g(x) = 2^x - 1$	2점	
$\{g(k)-2\} \times \{g(k)+4\}$ $= (2^k - 3)(2^k + 3)$	2점	3분 / 전체 80분
$k = 2$	3점	
$f(k+5) = 3$	3점	

10 [모범답안]

$\cos\dfrac{\pi}{2}x$의 주기는 $\dfrac{2\pi}{\left|\dfrac{\pi}{2}\right|} = 4$이므로 $y = \left|\cos\dfrac{\pi}{2}x\right|$의 그래프는 다음과 같다.

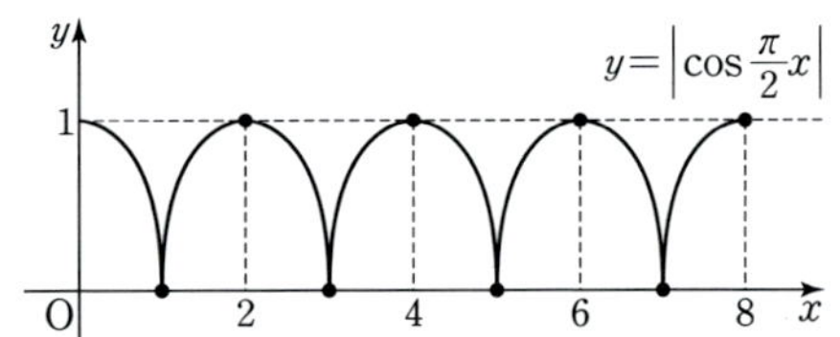

위의 그래프에서 방정식 $\left|\cos\dfrac{\pi}{2}x\right| = k$의 해는

함수 $y = \left|\cos\dfrac{\pi}{2}x\right|$

의 그래프와 함수 $y=k$의 그래프가 만나는 점의 x좌표이므로, x좌표가 정수인 해를 갖도록 하는 k의 값은 $k=0$ 또는 1, 이때 $k>0$ 조건에 의해

$$\therefore k = 1$$

따라서 $\left|\cos\dfrac{\pi}{2}x\right| = 1$에서 8 이하의 모든 자연수의 해는 2, 4, 6, 8이므로 해의 개수는 총 4개

[채점기준]

답안	배점	예상 소요 시간
$\cos\dfrac{\pi}{2}$의 주기는 4	1점	
$y = \left|\cos\dfrac{\pi}{2}x\right|$의 그래프	3점	
$\left|\cos\dfrac{\pi}{2}x\right| = k$가 정수인 해를 갖도록 하는 k 값 $k=1$	3점	5분 / 전체 80분
모든 자연수의 해는 2, 4, 6, 8 이므로 해의 개수는 총 4개	3점	

11 [모범답안]

최고차항의 계수가 1인 삼차함수 $f(x)$에 대하여 조건(가)에서 함수 $f'(x)$는 $x=-1$일 때 최솟값을 가지므로 $f'(x)=3(x+1)^2+k\,(k$는 상수)로 놓을 수 있다.

조건 (나)에서 함수 $f(x)$는 열린구간 $(-2,2)$에서 감소하므로 열린구간 $(-2,2)$에서 $f'(x)\le0$이 성립해야 한다.

함수 $y=f'(x)$의 그래프의 대칭축이 직선 $x=-1$이고 이차항의 계수가 양수이므로 열린구간 $(-2,2)$에 속하는 모든 실수 x에 대하여 $f'(x)<f'(2)$이다.

$f'(2)\le0$이면 열린구간 $(-2,2)$에서 항상 $f'(x)<0$이 성립한다.

$f'(2)=27+k\le0$에서 $k\le-27$

따라서

$$f(1)-f(-1)=\int_{-1}^{1}f'(x)dx$$

$$=\int_{-1}^{1}(3x^2+6x+3+k)dx$$

$$=2\int_{0}^{1}(3x^2+3+k)dx=2[x^3+(3+k)x]_0^1$$

$$=2(1+3+k)=8+2k\le-46$$이므로

$f(1)-f(-1)$의 최댓값은 -46이다.

[채점기준]

답안	배점	예상 소요 시간
$f'(x)=3(x+1)^2+k$ (k는 상수)	2점	
$f'(2)=27+k\le0$에서 $k\le-27$	3점	3분 / 전체 80분
$f(1)-f(-1)$ $=\int_{-1}^{1}f'(x)dx$	3점	
$f(1)-f(-1)$의 최댓값은 -46	2점	

12 [모범답안]

$$\frac{4k-4}{k^3+2k^2-k-2}=\frac{4(k-1)}{(k^2+3k+2)(k-1)}$$

$$=\frac{4}{(k^2+3k+2)}$$

$$=\frac{4}{(k+1)(k+2)}$$

따라서

$$\sum_{k=1}^{20}\frac{4k-4}{k^3+2k^2-k-2}=4\sum_{k=1}^{20}\frac{1}{(k+1)(k+2)}$$

$$=4\sum_{k=1}^{20}\left(\frac{1}{k+1}-\frac{1}{k+2}\right)$$

$$=4\left\{\left(\frac{1}{2}-\frac{1}{3}\right)+\left(\frac{1}{3}-\frac{1}{4}\right)+\cdots\right.$$

$$\left.+\left(\frac{1}{21}-\frac{1}{22}\right)\right\}$$

$$=4\left(\frac{1}{2}-\frac{1}{22}\right)=4\times\frac{10}{22}=\frac{20}{11}$$

$\therefore m=20$

[채점기준]

답안	배점	예상 소요 시간
$\displaystyle\sum_{k=1}^{20}\frac{4k-4}{k^3+2k^2-k-2}$ $=4\displaystyle\sum_{k=1}^{20}\frac{1}{(k+1)(k+2)}$	3점	
$4\displaystyle\sum_{k=1}^{20}\frac{1}{(k+1)(k+2)}$ $=4\displaystyle\sum_{k=1}^{20}\left(\frac{1}{k+1}-\frac{1}{k+2}\right)$	3점	3분 / 전체 80분
$4\displaystyle\sum_{k=1}^{20}\left(\frac{1}{k+1}-\frac{1}{k+2}\right)$ $=\frac{20}{11}$	2점	
$a_3=9$	2점	

13 [모범답안]

로그의 진수 조건에 의하여

$x+1>0,\ 2x+7>0$이므로

$x>-1$ …… ㉠

$2\log_3(x+1)=\log_3(2x+7)-1$에서

$2\log_3(x+1)+1=\log_3(2x+7)$

$\log_3(x+1)^2+\log_33=\log_3(2x+7)$

$\log_33(x+1)^2=\log_3(2x+7)$

$3x^2+6x+3=2x+7$

$3x^2+4x-4=0,\ (x+2)(3x-2)=0$

$x=-2$ 또는 $x=\dfrac{2}{3}$

㉠에서 $x>-1$이므로 $x=\dfrac{2}{3}$

따라서 $a=\dfrac{2}{3}$이므로 $30a=30\times\dfrac{2}{3}=20$

[채점기준]

답안	배점	예상 소요 시간
$x>-1$ …… ㉠	2점	
$2\log_3(x+1)$ $=\log_3(2x+7)-1$에서 $x=-2$ 또는 $x=\dfrac{2}{3}$	4점	4분 / 전체 80분
㉠에서 $x>-1$이므로 $x=\dfrac{2}{3}$	2점	
$a=\dfrac{2}{3}$이므로 $30a=20$	2점	

14 [모범답안]

$f(x)=(x+3)(x-3)^2$의 양변을 미분하면,

$f'(x)=3(x+1)(x-3)$

$f'(x)=0$에서 $x=-1$ 또는 $x=3$이므로

함수 $f(x)$의 증가와 감소를 표로 나타내면 다음과 같다.

x	$\cdots$	-1	$\cdots$	3	$\cdots$
$f'(x)$	$+$	0	$-$	0	$+$
$f(x)$	$\nearrow$	32	$\searrow$	0	$\nearrow$

따라서 함수 $f(x)$는 $x=-1$에서 극댓값 32, $x=3$에서 극솟값 0을 가지므로, $f(x)$의 그래프는 다음과 같다.

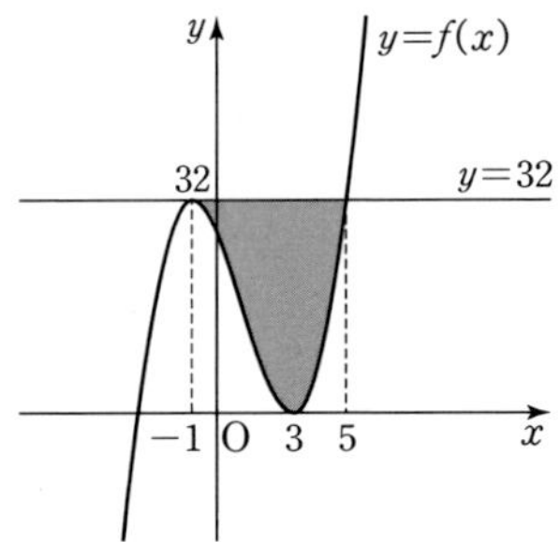

이때, 함수 $f(x)=(x+3)(x-3)^2$의 그래프와 직선 $y=a(a>0)$이 서로 다른 두 점에서 만나므로 $\therefore a=32$

따라서 함수 $f(x)$와 직선 $y=32$의 교점은 $(x+3)(x-3)^2=32$

$\therefore (x+1)^2(x-5)=0$이므로 $x=-1$, $x=5$

따라서 함수 $y=f(x)$와 직선 $y=a$로 둘러싸인 부분의 넓이는

$$\int_{-1}^{5}\{32-f(x)\}dx=-\int_{-1}^{5}(x+1)^2(x-5)dx$$

$$=-\int_{-1}^{5}(x^3-3x^2-9x-5)dx$$

$$=-\left[\frac{1}{4}x^4-x^3-\frac{9}{2}x^2-5x\right]_{-1}^{5}$$

$$=-\left\{\frac{1}{4}(5^4-(-1)^4)\right.$$

$$-(5^3-(-1)^3)-\frac{9}{2}(5^2-(-1)^2)$$

$$\left.-5(5-(-1))\right\}$$

$$=108$$

[채점기준]

답안	배점	예상 소요 시간
함수 $f(x)$는 $x=-1$에서 극댓값 32, $x=3$에서 극솟값 0	2점	
$\therefore a=32$	3점	
함수 $f(x)$와 직선 $y=32$의 교점 $x=-1$, $x=5$	3점	6분 / 전체 80분
함수 $y=f(x)$와 직선 $y=a$로 둘러싸인 부분의 넓이는 108	2점	

15 [모범답안]

$\lim_{x\to\infty}(a\sqrt{2x^2+x+1}-bx)=1$에서

$a=0$이면 $\lim_{x\to\infty}(-bx)\neq1$이므로 $a\neq0$이다.

$b=0$이면 $\lim_{x\to\infty}a\sqrt{2x^2+x+1}\neq1$이므로 $b\neq0$이다.

만약 a와 b의 부호가 서로 다르면

$\lim_{x\to\infty}(a\sqrt{2x^2+x+1}-bx)=\infty$ 또는 $-\infty$이다.

그러므로 a와 b의 부호는 서로 같다.

$\lim_{x\to\infty}(a\sqrt{2x^2+x+1}-bx)$

$=\lim_{x\to\infty}\dfrac{(2a^2-b^2)x^2+a^2x+a^2}{a\sqrt{2x^2+x+1}+bx}=1$에서

$2a^2-b^2=0$,

즉, $b^2=2a^2$이고 a와 b의 부호가 서로 같으므로 $b=\sqrt{2}a$

$\lim_{x\to\infty}\dfrac{a^2x+a^2}{a\sqrt{2x^2+x+1}+bx}$

$=\lim_{x\to\infty}\dfrac{a^2+\dfrac{a^2}{x}}{a\sqrt{2+\dfrac{1}{x}+\dfrac{1}{x^2}}+\sqrt{2}a}=\dfrac{a^2}{2\sqrt{2}a}=1$

$a^2=2\sqrt{2}a$에서 $a=2\sqrt{2}$

$b=\sqrt{2}a=\sqrt{2}\times2\sqrt{2}=4$

따라서 $b^2-a^2=16-8=8$

[채점기준]

답안	배점	예상 소요 시간
$\lim_{x\to\infty}(a\sqrt{2x^2+x+1}-bx)=1$에서 $2a^2-b^2=0$.	2점	
$b^2=2a^2$이고 a와 b의 부호가 서로 같으므로 $b=\sqrt{2}a$	3점	
$\lim_{x\to\infty}\dfrac{a^2x+a^2}{a\sqrt{2x^2+x+1}+bx}=\dfrac{a^2}{2\sqrt{2}a}=1$	3점	4분 / 전체 80분
$a=2\sqrt{2}$, $b=4$ $b^2-a^2=8$	2점	

제4회 실전모의고사

국어[자연]

01 [모범답안]

상대방의 의견에 동조하기

[바른해설]

위의 면담 내용에서 ⓐ는 책거리가 보통의 그림과 달라 낯선 그림이라고 설명한 전문가의 발화에 대해 학생이 동조하는 의도를 보인 질문 내용이다. 그러므로 ⓐ에 표현된 학생의 말하기 방식은 '상대방의 의견에 동조하기'이다.

[채점기준]

답안	배점	예상 소요 시간
상대방의 의견에 동조하기	10점	3분 / 전체 80분

02 [모범답안]

알파고가 경험을 쌓아 스스로 진화하는 학습 능력을 갖추고 있기 때문이다.

[바른해설]

딥마인드 개발자들도 알파고가 어느 단계까지 진화할 수 있을지는 의문이라고 한 이유는 알파고가 경기를 진행하면서 경험을 쌓아 스스로 진화하는 학습 능력을 갖추었기 때문이다.

[채점기준]

답안	배점	예상 소요 시간
알파고가 경험을 쌓아 스스로 진화하는 학습 능력을 갖추고 있기 때문이다.	10점	5분 / 전체 80분

03 [모범답안]

① 중성자
② 제어봉
③ 냉각재

[바른해설]

① 1문단에서 우라늄과 같이 무거운 원자핵이 중성자를 흡수하면 원자핵이 쪼개진다고 하였다. 이로 보아 우라늄 원자핵의 분열이 일어나기 위해서는 '중성자'가 필요하다는 것을 알 수 있다.

② 1문단에서 원자로 내에 중성자 수를 조절하지 않으면 핵분열 반응이 기하급수적으로 늘어나 핵연료의 소진을 가속화 할 수 있으므로 '제어봉'을 통해 핵분열 반응 속도를 조

절한다고 하였다.

③ 2문단에서 냉각재로 물을 사용하는 제3 세대 원자로와 달리 다양한 물질을 '냉각재'로 사용하는 제4 세대 원자로에 대한 연구가 활발하다고 하였다.

[채점기준]

답안	배점	예상 소요 시간
① 중성자	3점	
② 제어봉	4점	5분 / 전체 80분
③ 냉각재	3점	

04 [모범답안]

① ㉠ > ㉡
② ㉠ < ㉡
③ ㉠ > ㉡
④ ㉠ < ㉡
⑤ ㉠ = ㉡

[바른해설]

① 3문단에서 ㉠은 고체 핵연료를 사용한다고 하였고, ㉡은 핵연료를 냉각재인 용융염에 녹여 활용한다고 하였다.

② 2문단에서 ㉡은 냉각재와 핵연료를 일체화된 용융염 형태로 활용하기 때문에 ㉠에 비해 원자로를 소형화하는 것이 용이하다고 하였다.

③ 3문단에서 ㉡은 용융염이 외부로 누설되더라도 상온에서 고체화되어 방사능의 외부 누출을 억제할 수 있다고 한 반면, ㉠은 노심이 녹아내리는 용융 사고가 발생하면 원자로가 파손되어 대량의 방사성 물질들이 외부로 유출될 수 있다고 하였다.

④ 4문단에서 ㉡의 출력 변화는 냉각재 온도를 통해서 조절이 가능하기 때문에 핵분열 반응 속도를 제어하는 제어봉이 필요 없다고 하였다.

⑤ 2문단에서 ㉠은 냉각재로 물을 사용하며, ㉡은 냉각재와 핵연료를 일체화된 형태로 활용한다고 하였다.

[채점기준]

답안	배점	예상 소요 시간
① ㉠ > ㉡	2점	
② ㉠ < ㉡	2점	
③ ㉠ > ㉡	2점	5분 / 전체 80분
④ ㉠ < ㉡	2점	
⑤ ㉠ = ㉡	2점	

05

갈래	현대 소설, 사회 소설, 분단 소설	특징	• 상징적인 소재로 인물의 삶과 지향점을 암시함 • 전체적으로 주인공이 과거를 회상하는 방식으로 내용이 전개됨 • 관념적이고 철학적인 용어가 많이 나타나며, 부분적으로 의식의 흐름 기법을 활용함
성격	관념적, 철학적		
제재	• 시간: 해방 직후부터 6·25 전쟁 직후까지 • 공간: 남한과 북한, 타고르호(號) 안		
주제	이데올로기의 갈등 속에서 진정한 삶의 방식을 추구하는 인간의 바람직한 모습		

[모범답안]
대일 언덕 없는 난파꾼

[바른해설]
남한과 북한의 이념 갈등 속에 주인공 명준은 남한이나 북한 어느 곳에도 갈 수 없어 중립국인 인도로 가게 되나, 결국 마카오 근해에서 투신자살한다. 이렇게 이념의 갈등 속에 희생된 주인공 명준을 작품 속 서술자는 '대일 언덕 없는 난파꾼'에 비유하였다.

[채점기준]

답안	배점	예상 소요 시간
대일 언덕 없는 난파꾼	10점	5분 / 전체 80분

06 (가) 이용악, 「오랑캐꽃」

갈래	자유시, 서정시	특징	• 서두 형식에서 청자인 '너'를 설정하여 오랑캐꽃의 유래를 서술함 • 고려 군사에 쫓겨 가는 오랑캐들의 모습을 제시하여 슬픈 우리의 역사와 대응시킴 • 화자와 대상의 감정이 일체화되는 표현을 사용하여 동병상련을 자극함
성격	상징적, 회상적		
제재	오랑캐꽃		
주제	유랑민들의 비참한 삶과 이에 대한 연민		

(나) 문태준, 「산수유나무의 농사」

갈래	자유시, 서정시	특징	• 시각적 심상을 활용하여 생동감 있고 구체적인 이미지를 형상화함 • 비유적 표현을 활용하여 산수유나무의 모습을 구체화하고 의미를 부여함 • 산수유나무와 인간의 모습을 대조하여 배려와 미덕을 강조함 • 동일한 시어와 시구, 종결 어미를 반복하여 운율을 형성함
성격	교훈적, 비판적		
제재	산수유나무, 그늘		
주제	산수유나무의 그늘이 주는 배려와 평안함		

[모범답안]
① 너는, 오랑캐꽃
② 그늘 농사

[바른해설]
① (가)의 3연에서 '너는 오랑캐의 피 한 방울 받지 않았건만'을 통해 오랑캐와 아무 관련이 없다는 점을 드러내며, '울어 보렴 목 놓아 울어나 보렴 오랑캐꽃'을 통해 오랑캐와 관련이 없지만 그렇게 불리우는 '오랑캐꽃'을 안타깝게 여기고 마음껏 울 수 있도록 햇빛을 막아 주는 것에서 연민의 정서가 나타난다.
② (나)에서 '그늘 농사'는 산수유나무가 꽃을 피우면서 그 꽃이 만들어내는 그늘을 의미하는 것이다. 꽃은 열매를 맺지만 그늘은 사람들에게 휴식의 공간을 준다. 이러한 나무가 주는 혜택을 '농부처럼 농사를 짓고 있다'고 하였으므로, '그늘 농사'는 나무가 주는 혜택을 인간의 행위에 빗대어 표현하고 있다고 볼 수 있다.

[채점기준]

답안	배점	예상 소요 시간
① 너는, 오랑캐꽃	5점	3분 / 전체 80분
② 그늘 농사	5점	

수학[자연]

07 [모범답안]

등비수열 $\{a_n\}$의 첫째항부터 제n항까지의 합은

$$S_n=\frac{3^n-1}{3-1}\text{이므로}$$

$$\therefore 4S_n+2=4\times\frac{3^n-1}{2}+2=2\times3^n$$

이때 $\dfrac{4S_k+2}{6^k}+\left(\dfrac{1}{2}\right)^k=\dfrac{2\times3^k}{6^k}+\left(\dfrac{1}{2}\right)^k$

$$=2\times\left(\frac{1}{2}\right)^k+\left(\frac{1}{2}\right)^k$$

$$=3\times\left(\frac{1}{2}\right)^k$$

이므로

따라서 $\displaystyle\sum_{k=1}^{15}\left\{\left(\frac{4S_k+2}{6^k}\right)+\left(\frac{1}{2}\right)^k\right\}$

$$=3\sum_{k=1}^{15}\left(\frac{1}{2}\right)^k=\frac{3}{2}\times\frac{1-\left(\frac{1}{2}\right)^{15}}{1-\frac{1}{2}}$$

$$=3\left\{1-\left(\frac{1}{2}\right)^{15}\right\}=t\left\{1-\left(\frac{1}{2}\right)^{15}\right\}$$

$$\therefore t=3$$

[채점기준]

답안	배점	예상 소요 시간
① 2×3^n	3점	
② $\dfrac{4S_k+2}{6^k}+\left(\dfrac{1}{2}\right)^k$ $=3\times\left(\dfrac{1}{2}\right)^k$	3점	3분 / 전체 80분
③ $\therefore t=3$	4점	

08 [모범답안]

$$\sum_{k=1}^{10}b_k=\sum_{k=1}^{5}b_{2k-1}+\sum_{k=1}^{5}b_{2k}=5+5=100\text{이므로}$$

$$\sum_{k=1}^{10}(a_k+b_k+3)=\sum_{k=1}^{10}a_k+\sum_{k=1}^{10}b_k+\sum_{k=1}^{10}3$$

$$=\sum_{k=1}^{10}a_k+10+30=55\text{에서}$$

$$\sum_{k=1}^{10}a_k=15$$

[채점기준]

답안	배점	예상 소요 시간
$\displaystyle\sum_{k=1}^{10}b_k=\sum_{k=1}^{5}b_{2k-1}+\sum_{k=1}^{5}b_{2k}$ $=10$	2점	
$\displaystyle\sum_{k=1}^{10}(a_k+b_k+3)$ $=\sum_{k=1}^{10}a_k+\sum_{k=1}^{10}b_k+\sum_{k=1}^{10}3$	3점	3분 / 전체 80분
$\displaystyle\sum_{k=1}^{10}a_k+10+30=55$	3점	
$\displaystyle\sum_{k=1}^{10}a_k=15$	2점	

09 [모범답안]

$f(x)=x^2-8x+k=(x-4)^2+k-16$에서

$2^{f(t)}$의 세제곱근 중 실수인 값은 $2^{\frac{(t-4)^2+k-16}{3}}$이고,

$1\le t\le10$이므로

$$A=\left\{x\,\middle|\,2^{\frac{k-16}{3}}\le x\le2^{\frac{k+20}{3}}\right\}\text{이다.}$$

$8\in A$에서 $2^{\frac{k-16}{3}}\le2^3\le2^{\frac{k+20}{3}}$이므로

$$\frac{k-16}{3}\le3\le\frac{k+20}{3}$$

즉, $-11\le k\le25$

따라서 모든 정수 k의 값의 합은

$$-\sum_{k=1}^{11}k+\sum_{k=1}^{25}k=-\left(\frac{11\times12}{2}\right)+\left(\frac{25\times26}{2}\right)$$

$$=-(66)+325=259$$

[채점기준]

답안	배점	예상 소요 시간
$2^{f(t)}$의 세제곱근 중 실수인 값은 $2^{\frac{(t-4)^2+k-16}{3}}$	2점	
$1\le t\le10$이므로 $A=\left\{x\,\middle|\,2^{\frac{k-16}{3}}\le x\le2^{\frac{k+20}{3}}\right\}$	3점	4분 / 전체 80분
$8\in A$에서 $2^{\frac{k-16}{3}}\le2^3\le2^{\frac{k+20}{3}}$이므로 $-11\le k\le25$	3점	
모든 정수 k의 값의 합은 $-\sum_{k=1}^{11}k+\sum_{k=1}^{25}k=259$	2점	

10 [모범답안]

$(2a+b)^2=3a^2+c^2+(\sqrt{3}+4)ab$에서 식을 변형하면,

$4a^2+4ab+b^2=3a^2+c^2+(\sqrt{3}+4)ab$,

$a^2+b^2-c^2=\sqrt{3}ab$

이때, 코사인 법칙을 이용하면

$$\cos C=\frac{a^2+b^2-c^2}{2ab}=\frac{\sqrt{3}ab}{2ab}=\frac{\sqrt{3}}{2}$$

따라서 $C=\frac{\pi}{6}$이므로

$$\therefore \sin C=\sin\frac{\pi}{6}=\frac{1}{2}$$

[채점기준]

답안	배점	예상 소요 시간
$a^2+b^2-c^2=\sqrt{3}ab$	4점	
$C=\frac{\pi}{6}$	3점	3분 / 전체 80분
$\therefore \sin\frac{\pi}{6}=\frac{1}{2}$	3점	

11 [모범답안]

$h(x)=\frac{1}{f(x)}-x$라고 하면, 함수 $h(x)$는 닫힌구간 $[0,3]$에서 연속이다.

따라서

$h(1)=-k-1=-(k+1)$

$h(3)=(6-k)-3=-(k-3)$

이때, $h(x)=0$의 실근이 $(1,3)$에서 적어도 하나 존재하므로

$h(1)h(3)<0$

$h(1)h(3)=(k-3)(k+1)<0$

$\therefore -1<k<3$

따라서 $k=0,1,2$이므로 3개

[채점기준]

답안	배점	예상 소요 시간
$h(x)=\frac{1}{f(x)}-x$ (단 $h(x)$ 이외의 다른 함수로 치환하는 경우에도 인정함)	2점	
$h(1)=-(k+1)$, $h(3)=-(k-3)$	2점	4분 / 전체 80분
$h(1)h(3)<0$이므로 $\therefore -1<k<3$	3점	
$k=0,1,2$이므로 개수는 3개	3점	

12 [모범답안]

조건 (가)에서 모든 실수 t에 대하여

$\lim\limits_{x\to t}\dfrac{f(x)-f(-x)}{x-t}$의 값이 존재하고, $x\to t$일 때 (분모) $\to$ 0이므로 (분자) $\to$ 0이어야 한다.

즉, $\lim\limits_{x\to t}\{f(x)-f(-x)\}=f(t)-f(-t)=0$이므로 사차함수 $f(x)$는 모든 실수 t에 대하여 $f(t)=f(-t)$를 만족시킨다.

따라서 사차함수 $y=f(x)$의 그래프는 y축에 대하여 대칭이므로

$f(x)=x^4+px^2+q$ (p,q는 상수)로 놓으면

$f'(x)=4x^3+2px$

조건 (나)에서 곡선 $y=f(x)$ 위의 점 $(1,7)$에서의 접선이 점 $(0,-1)$을 지나므로 이 접선의 기울기는

$$\frac{7-(-1)}{1-0}=8$$이다.

그러므로 $f(1)=1+p+q=7$에서 $p+q=6$ …… ㉠

$f'(1)=4+2p=8$에서 $p=2$

$p=2$를 ㉠에 대입하면 $q=4$

따라서 $f(x)=x^4+2x^2+4$이므로

$f(3)=81+18+4=103$

[채점기준]

답안	배점	예상 소요 시간
$f(t)=f(-t)$	3점	
$f(x)=x^4+px^2+q$ (p,q는 상수)	3점	
$p=2,q=4$	2점	4분 / 전체 80분
$f(x)=x^4+2x^2+4$이므로 $f(3)=103$	2점	

13 [모범답안]

함수 $y=3^{2(x-k)}+4$의 그래프를 x축의 방향으로 1만큼, y축의 방향으로 3만큼 평행이동 시키면 함수 $y=3^{2(x-k-1)}+4+3$이므로,

$$\therefore y=3^{2(x-k-1)}+7$$

이때, 위의 함수가 $(4,8)$을 지나므로

$8=3^{2(4-k-1)}+7$, $3^{-2k+6}=1$

따라서 $k=3$

[채점기준]

답안	배점	예상 소요 시간
조건에 따라 평행이동한 함수는 $y=3^{2(x-k-1)}+7$	4점	2분 / 전체 80분
평행이동한 함수가 $(4, 8)$을 지나므로 $8=3^{2(4-k-1)}+7$	3점	
$3^{-2k+6}=1$에서 $k=3$	3점	

14 [모범답안]

로그의 진수의 조건에 의하여 $x>0$

$x\log_2 x-2\log_2 x-3x+6\leq0$에서

$(x-2)(\log_2 x-3)\leq0$

즉, $x-2\leq0,\ \log_2 x\geq3$ 또는 $x-2\geq0,\ \log_2 x\leq3$

(i) $x-2\leq0,\ \log_2 x\geq3$일 때

$x\leq2,\ x\geq8$이므로 이를 만족시키는 x의 값은 존재하지 않는다.

(ii) $x-2\geq0,\ \log_2 x\leq3$일 때

$2\leq x\leq8$이므로 이를 만족시키는 정수 x의 값은 2, 3, 4, 5, 6, 7, 8이다.

(i), (ii)에서 구하는 모든 정수 x의 최댓값과 최솟값의 차는

$8-2=6$

[채점기준]

답안	배점	예상 소요 시간
$x-2\leq0,\ \log_2 x\geq3$ 또는 $x-2\geq0,\ \log_2 x\leq3$	3점	4분 / 전체 80분
(i) $x-2\leq0,\ \log_2 x\geq3$일 때 $x\leq2,\ x\geq8$: 불만족	3점	
(ii) $x-2\geq0,\ \log_2 x\leq3$일 때 $2\leq x\leq8$: 만족	3점	
모든 정수 x의 최댓값과 최솟값의 차는 6	1점	

15 [모범답안]

점 P의 시각에서의 위치를 $s(t)$라 하면

$$s(t)=\frac{2}{3}t^3-\frac{3}{2}t^2+C \ (\text{단, } C\text{는 적분상수})$$

이때, 점 P가 원점에서 출발하므로 $s(0)=C=0$

$$\therefore s(t)=\frac{2}{3}t^3-\frac{3}{2}t^2$$

한편, 점 P의 속도가 9이므로

$v(t)=2t^2-3t=9$

$2t^2-3t-9=(2t+3)(t-3)=0$

이때 $t\geq0$이므로 $t=3$

그러므로 점 P의 위치는

$$s(3)=\frac{2}{3}\times3^3-\frac{3}{2}\times3^2=18-\frac{27}{2}=\frac{9}{2}$$

$$\therefore a=\frac{9}{2}\text{이므로 } 2a=9$$

[채점기준]

답안	배점	예상 소요 시간
점 P의 시각에서의 위치는 $s(t)=\frac{2}{3}t^3-\frac{3}{2}t^2+C$	2점	4분 / 전체 80분
점 P가 원점에서 출발하므로 $s(0)=C=0$ $s(t)=\frac{2}{3}t^3-\frac{3}{2}t^2$	3점	
$v(t)=2t^2-3t=9,\ t\geq0$이므로 $t=3$	3점	
$s(3)=\frac{9}{2}\ \therefore 2a=9$	2점	

제5회 실전모의고사

국어[자연]

01 [모범답안]

ⓐ 최저 임금이 오르면 저임금 해소로 임금 격차가 완화되어 소득 분배 개선에 기여한다.

ⓑ 사용자가 인건비 부담을 느껴 고용이 줄어드는 문제가 발생할 수 있다.

[바른해설]

[초고]의 마지막 문단에서 '최저 임금이 오르면 저임금 해소로 임금 격차가 완화되어 소득 분배 개선에 기여한다'고 최저 임금제의 긍정적인 측면에 대해 설명하고 있다. 또한 '사용자가 인건비 부담을 느껴 고용이 줄어드는 문제가 발생할 수 있다'고 최저 임금제의 부정적 측면에 대해서도 함께 설명하고 있다.

[채점기준]

답안	배점	예상 소요 시간
ⓐ 최저 임금이 오르면 저임금 해소로 임금 격차가 완화되어 소득 분배 개선에 기여한다.	5점	2분 / 전체 80분
ⓑ 사용자가 인건비 부담을 느껴 고용이 줄어드는 문제가 발생할 수 있다.	5점	

02 [모범답안]

전파의 파장이 짧기 때문이다.

[바른해설]

제시문의 마지막 문단에서 밀리미터파는 주파수가 매우 높아 전파의 파장이 짧은데, 파장이 짧을수록 전파의 직진성이 커진다고 설명하고 있다. 그러므로 밀리미터파가 직진성이 강한 이유는 전파의 파장이 짧기 때문이다.

[채점기준]

답안	배점	예상 소요 시간
전파의 파장이 짧기 때문이다.	10점	3분 / 전체 80분

03 [모범답안]

① 크다

② 다르다

③ 작다

[바른해설]

① (가)의 3문단에서 혼합조의 고조 중에서 조위가 더 높은 것을 고고조, 낮은 것을 저고조라 하고, 저조 중에서 더 높은 것을 고저조, 낮은 것을 저저조라고 한다고 하였다. 따라서 고고조는 고조 중에서도 조위가 더 높은 것이고, 저저조는 저조 중에서도 조위가 낮은 것이므로 이 둘의 조위의 차는 저고조와 고저조가 이루는 조위의 차보다 크다.

② (가)의 3문단에서 반일주조에서는 일주조의 조석 주기의 절반, 즉 12시간 25분의 주기로 조석이 나타난다고 하였으므로, 두 번의 고조는 12시간 25분의 간격을 가진다. 따라서 연속된 두 날의 각각 같은 순서의 고조 시각은 50분씩 뒤로 밀리게 된다.

③ (가)의 3문단에서 같은 날 조차가 같지 않고 조석 주기도 다른 일조부동 현상은 달이 지구의 적도 부근에 가까이 위치할수록 줄어든다고 하였다. 따라서 달이 고위도에 있을 때보다 적도 부근에 있을 때 하루 중 두 번의 조차의 차가 더 작다.

[채점기준]

답안	배점	예상 소요 시간
① 크다	3점	4분 / 전체 80분
② 다르다	4점	
③ 작다	3점	

04 [모범답안]

① 2단계, 3단계

② 3단계

③ 1단계, 4단계

[바른해설]

① (나)의 3문단을 〈보기 1〉의 작동 주기를 바탕으로 이해한다면, 창조식 방식은 저조 때 수문을 개방하여(1단계) 저조 수위에 내해를 맞춘 후 수문을 닫고(2단계) 대기하다가, 고조 때에 발전(3단계)을 한다고 하였다. 따라서 2단계에서 3단계 사이일 때는 고조 때에 발전을 하기 위해 내해는 낮고 외해는 높은 상태로 만들므로 외해의 수위가 점차 높아진다.

② (나)의 2문단에서 전기를 생산할 때는 터빈을 지나는 유속을 높이기 위해 발전 수문만 개방한다고 하였고, 이는 〈보기 1〉에서 3단계에 해당한다.

③ (나)의 3문단을 〈보기 1〉의 작동 주기를 바탕으로 이해한다면, 낙조식 방식은 고조 때 수문을 개방하여(1단계) 고조 수위에 내해를 맞춘 후 수문을 닫고 기다렸다가(2단계), 저조

때에 발전을 하고(3단계) 낙차가 줄어들면 수문을 닫고(4단계) 고조를 기다리는 작동 주기를 가진다. 따라서 1단계에서 2단계 사이일 때는 고조인 외해의 해수가 내해로 이동한다. 반면에 3단계에서 4단계 사이일 때는 외해가 저조이므로 열린 수문을 따라 해수는 내해에서 외해로 이동한다.

[채점기준]

답안	배점	예상 소요 시간
① 2단계, 3단계	4점	
② 3단계	2점	5분 / 전체 80분
③ 1단계, 4단계	4점	

05

갈래	연시조, 서정시, 정형시	특징	• 계절의 흐름에 따른 시상 전개
성격	전원적, 향토적, 경험적		• 대구법과 설의법의 빈번한 사용
제재	농촌 생활		• 고유어로 된 일상적인 어휘를 사용하여 농부의 삶을 사실적으로 형상화 함
주제	농촌 생활에 대한 만족감		

[모범답안]

두어라 내 집 부디 ᄒ랴
닙립신고 어늬 분이 알ᄋ실고
이 밧긔 천사만종을 부러 무슴 ᄒ리오
이 중의 즐거운 뜻을 닐너 무슴 ᄒ리오

[바른해설]

설의법은 쉽게 판단할 수 있는 사실을 의문문의 형식으로 표현하여 상대방이 스스로 판단하게 하는 수사법이다. 위의 작품에서 설의법이 사용된 시구(詩句)는 다음과 같다.

〈제2수〉 두어라 내 집 부디 ᄒ랴 (두어라 내 집부터 하랴)
〈제3수〉 닙립신고 어늬 분이 알ᄋ실고 (낟알 하나하나마다 배어 있는 농부의 수고를 어느 누가 알 것인가)
〈제4수〉 이 밧긔 천사만종을 부러 무슴 ᄒ리오 (이 밖에 높은 버슬아치들을 부러워해 무엇 하겠는가)
〈제8수〉 이 중의 즐거운 뜻을 닐너 무슴 ᄒ리오 (이 중 즐거운 뜻을 말해 무엇하리오)

[채점기준]

답안	배점	예상 소요 시간
두어라 내 집 부디 ᄒ랴	3점	
닙립신고 어늬 분이 알ᄋ실고	3점	
이 밧긔 천사만종을 부러 무슴 ᄒ리오	2점	5분 / 전체 80분
이 중의 즐거운 뜻을 닐너 무슴 ᄒ리오	2점	

06 [모범답안]

① 모래 / ② 트럭

[바른해설]

① '나'는 돈의 위력을 깨달은 뒤 돈을 벌기 위해 일상을 살아가지만, 다른 무엇이 될 가능성을 잃게 된 자신의 처지를 자각한다. 몸 안에 '모래'가 가득 차서 숨이 막힌 상태였던 '나'는 다섯 시간을 걸으면서 그 '모래'가 빠져나가 숨통이 트이고 몸이 가벼워졌다고 했다. 즉 '모래'는 일상에서 느끼는 현실의 무게를 상징하는 것이다.

② '트럭'은 그러한 현실의 무게로 가득 차서 숨이 막힌 상태의 '나'를 빗댄 것이므로, 현실의 무게를 감당하기에 벅찬 상태에 직면한 '나'의 한계 상황을 형상화하는 것이다.

[채점기준]

답안	배점	예상 소요 시간
① 모래	5점	
② 트럭	5점	2분 / 전체 80분

수학[자연]

07 [모범답안]

$S_{2n+1}=S_{2n}+2^n$에서 $S_{2n+1}-S_{2n}=a_{2n+1}=2^n$

$S_{2n+2}=S_{2n+1}+n$에서 $S_{2n+2}-S_{2n+1}=a_{2n+2}=n$

따라서

$S_{10}=\sum_{k=1}^{4}(a_{2n+1})+\sum_{k=1}^{4}(a_{2n+2})+(a_1+a_2)$이므로

$S_{10}=\sum_{k=1}^{4}2^k+\sum_{k=1}^{4}k+1=\dfrac{2(2^4-1)}{2-1}+\dfrac{4\times5}{2}+1$

$\qquad=30+10+1$

$\qquad=41$

[채점기준]

답안	배점	예상 소요 시간
① 2^n	2점	
② n	2점	3분 / 전체 80분
③ a_1+a_2	3점	
④ $S_{10}=41$	3점	

08 [모범답안]

주어진 조건 $a=4$, $c=5$, $\angle B=60°$에서 코사인법칙을 이용하면,

$$b^2=a^2+c^2-2ca\cos B=4^2+5^2-2\times 5\times 4\times\frac{1}{2}=21$$

$$\therefore b=\sqrt{21}$$

이 삼각형의 외접원의 반지름의 길이를 R이라 할 때, 사인법칙을 이용하면

$$2R=\frac{\sqrt{21}}{\sin 60°}=\frac{\sqrt{21}}{\frac{\sqrt{3}}{2}}=2\sqrt{7}$$

$$\therefore R=\sqrt{7}$$

[채점기준]

답안	배점	예상 소요 시간
$b^2=4^2+5^2-2\times 5\times 4\times\frac{1}{2}$	3점	
$\therefore b=\sqrt{21}$	2점	
외접원의 반지름의 길이를 R이라 하면 $2R=\dfrac{b}{\sin B}=2\sqrt{7}$	3점	3분 / 전체 80분
$R=\sqrt{7}$	2점	

09 [모범답안]

$$\cos\theta-\frac{1}{\cos\theta}=\frac{\tan\theta}{3}\text{에서}$$

$$\cos\theta-\frac{1}{\cos\theta}=\frac{\sin\theta}{3\cos\theta},$$

$$3(\cos^2\theta-1)=\sin\theta-3\sin^2\theta=\sin\theta,$$

$$\sin\theta(3\sin\theta+1)=0$$

$\pi<\theta<\dfrac{3}{2}\pi$에서 $\sin\theta<0$이므로

$$\sin\theta=-\frac{1}{3}$$

$\pi<\theta<\dfrac{3}{2}\pi$에서 $\cos\theta<0$이므로

$$\cos\theta=-\sqrt{1-\sin^2\theta}=-\sqrt{1-\left(\frac{1}{3}\right)^2}=-\frac{2\sqrt{2}}{3}$$

따라서 $\cos(\pi-\theta)=-\cos\theta=\dfrac{2\sqrt{2}}{3}$

[채점기준]

답안	배점	예상 소요 시간
$\cos\theta-\dfrac{1}{\cos\theta}=\dfrac{\tan\theta}{\cos\theta}$에서 $\sin\theta(3\sin\theta+1)=0$	2점	
$\pi<\theta<\dfrac{3}{2}\pi$에서 $\sin\theta<0$이므로 $\sin\theta=-\dfrac{1}{3}$	3점	3분 / 전체 80분
$\pi<\theta<\dfrac{3}{2}\pi$에서 $\cos\theta<0$이므로 $\cos\theta=-\dfrac{2\sqrt{2}}{3}$	3점	
$\cos(\pi-\theta)=\dfrac{2\sqrt{2}}{3}$	2점	

10 [모범답안]

$$\int_{-1}^{x}f(t)dt=2x^3+ax^2+bx+2 \cdots\cdots\ \text{㉠}$$

㉠의 양변에 $x=-1$을 대입하면

$$0=-2+a-b+2$$

$$a-b=0 \cdots\cdots\ \text{㉡}$$

㉠의 양변을 x에 대하여 미분하면

$$f(x)=6x^2+2ax+b$$

$f(1)=0$이므로 $6+2a+b=0$

$$2a+b=-6 \cdots\cdots\ \text{㉢}$$

㉡, ㉢을 연립하여 풀면 $a=-2$, $b=-2$

따라서 $a-b=-2-(-2)=0$

[채점기준]

답안	배점	예상 소요 시간
$\displaystyle\int_{-1}^{x}f(t)dt=2x^3+ax^2+bx+2 \cdots\cdots\ \text{㉠}$	3점	
$a-b=0 \cdots\cdots\ \text{㉡}$	3점	3분 / 전체 80분
$2a+b=-6 \cdots\cdots\ \text{㉢}$	3점	
$a-b=0$	1점	

11 [모범답안]

시각 t에서의 두 점 P, Q의 속도를 각각 $v_1(t)$, $v_2(t)$라 하면

$$v_1(t)=f'(t)=t^2-8,\ v_2(t)=g'(t)=4t+4$$

두 점 P, Q의 속도가 같아지는 순간은 $v_1(t)=v_2(t)$이므로

$$t^2-8=4t+4,\ t^2-4t-12=0,\ (t-6)(t+2)=0$$

$t\geq 0$이므로 $\therefore t=6$

한편, 시각 t에서의 두 점 P, Q의 가속도를 각각 $a_1(t)$,

$a_2(t)$라 하면

$a_1(t)=v_1{}'(t)=f''(t)=2t,\ a_2(t)=v_2{}'(t)=g''(t)=4$

시각 $t=6$에서의 두 점 $P,\ Q$의 가속도는 각각

$a_1(6)=12,\ a_2(6)=4$

따라서 $m=12,\ n=4$이므로

$\therefore m+n=16$

[채점기준]

답안	배점	예상 소요 시간
시각 t에서의 두 점 $P,\ Q$의 속도는 $f'(t)=t^2-8,\ g'(t)=4t+4$	2점	
두 점 $P,\ Q$의 속도가 같아지는 시각은 $\therefore t=6$	3점	4분 / 전체 80분
시각 t에서의 두 점 $P,\ Q$의 가속도는 $f''(t)=2t,\ g''(t)=4$	3점	
$\therefore m+n=16$	2점	

12 [모범답안]

등비수열 $\{a_n\}$의 첫째항을 a, 공비를 r이라 하면 $r>0$이고

$a_3+a_4=ar^2+ar^3=ar(r+r^2)=\dfrac{3}{4},\ a_2=ar=\dfrac{1}{16}$이므로

$\dfrac{1}{16}(r+r^2)=\dfrac{3}{4},\ r^2+r-12=0$

$(r-3)(r+4)=0$이므로 $r>0$의 조건에 의해

$\therefore r=3$

따라서 $3a=\dfrac{1}{16}$이므로 $\therefore a=\dfrac{1}{48}$

$a_n=\dfrac{1}{48}\times 3^{n-1}$이므로 $a_5=\dfrac{27}{16}$

[채점기준]

답안	배점	예상 소요 시간
$a_3+a_4=ar(r+r^2)=\dfrac{3}{4}$	2점	
$a_2=ar=\dfrac{1}{16}$	2점	
$r=3,\ a=\dfrac{1}{48}$	3점	3분 / 전체 80분
$\therefore a_5=\dfrac{27}{16}$	3점	

13 [모범답안]

$\log_2 a-\log_4 b=\dfrac{1}{2}$에서

$\log_2 a-\log_4 b=\log_4 a^2-\log_4 b=\log_4 \dfrac{a^2}{b}$이므로

$\log_4 \dfrac{a^2}{b}=\dfrac{1}{2},\ \dfrac{a^2}{b}=4^{\frac{1}{2}}=2$

$a^2=2b$ …… ㉠

$a+b=6\log_3 2\times\log_2 9=6\log_3 2\times\dfrac{\log_3 9}{\log_3 2}$

$=6\log_3 3^2=6\times\log_3 3=12$에서

$b=12-a$ …… ㉡

㉡을 ㉠에 대입하면

$a^2=2(12-a),\ a^2+2a-24=0$

$(a+6)(a-4)=0$

$a>0$이므로 $a=4$

$a=4$를 ㉡에 대입하면

$b=12-a=12-4=8$

따라서 $\dfrac{b-a}{2}=\dfrac{8-4}{2}=2$

[채점기준]

답안	배점	예상 소요 시간
$\log_2 a-\log_4 b=\dfrac{1}{2}$에서 $a^2=2b$ …… ㉠	3점	
$a+b=6\log_3 2\times\log_2 9$에서 $b=12-a$ …… ㉡	3점	3분 / 전체 80분
$a>0$이므로 $a=4,\ b=8$	2점	
$\dfrac{b-a}{2}=2$	2점	

14 [모범답안]

$\displaystyle\lim_{x\to 0}\dfrac{g(x)}{x}=3$에서 $x\to 0$일 때, (분모) $\to 0$이고 극한값이 존재하므로 (분자) $\to 0$이다.

즉, $\displaystyle\lim_{x\to 0}g(x)=0$이므로 $g(0)=0$

$g(0)=|-1|\times f(0)=0$에서 이차함수 $f(x)=x(ax+b)$의 형태이므로(단, $a,\ b$는 상수)

$\displaystyle\lim_{x\to 0}\dfrac{g(x)}{x}=\lim_{x\to 0}\dfrac{|x-1|\times x(ax+b)}{x}$

$=\displaystyle\lim_{x\to 0}|x-1|\times(ax+b)$

$=b$

$\therefore b=3$

따라서 함수 $g(x)=\begin{cases}-x(x-1)(ax+3) & (x<1)\\ x(x-1)(ax+3) & (x\geq 1)\end{cases}$ 은

$x=1$에서 미분가능하므로

$\displaystyle\lim_{x\to 1-}\dfrac{g(x)-g(1)}{x-1}=\lim_{x\to 1-}\dfrac{-x(x-1)(ax+3)}{x-1}$

$=\displaystyle\lim_{x\to 1-}-x(ax+3)$

$=-(a+3)=-a-3$

$$\lim_{x\to 1+}\frac{g(x)-g(1)}{x-1}=\lim_{x\to 1+}\frac{x(x-1)(ax+3)}{x-1}$$
$$=\lim_{x\to 1+}x(ax+3)=a+3$$

$-a-3=a+3$이므로 $a=-3$

따라서 함수 $g(x)=\begin{cases}3x(x-1)^2 & (x<1)\\ -3x(x-1)^2 & (x\geq 1)\end{cases}$ 이므로

$g(-1)=-3(-1-1)^2=-12$

[채점기준]

답안	배점	예상 소요 시간
$\lim_{x\to 0}g(x)=0,\ g(0)=0$	2점	
$f(x)=x(ax+b)$의 형태 (단, $a,\ b$를 다른 미지수로 치환하는 경우에도 인정함)	2점	5분 / 전체 80분
$\therefore b=3,\ \therefore a=-3$	3점	
$\therefore g(-1)=-12$	3점	

15 [모범답안]

시각 $t=0$일 때 동시에 원점을 출발한 후, 시각 $t=a(a>0)$에서 두 점 P, Q의 위치가 서로 같으므로

$$\int_0^a v_1(t)dt=\int_0^a v_2(t)dt,$$

즉 $\int_0^a \{v_1(t)-v_2(t)\}dt=0$이어야 한다.

$$\int_0^a \{v_1(t)-v_2(t)\}dt=\int_0^a \{(3t^2-2t)-2t\}dt$$
$$=\int_0^a (3t^2-4t)dt=[t^3-2t^2]_0^a=a^3-2a^2$$이므로

$a^3-2a^2=0$에서 $a^2(a-2)=0$

$a>0$이므로 $a=2$

따라서 점 P가 시각 $t=0$에서 시각 $t=a$까지 움직인 거리는

$$\int_0^a |v_t|dt=\int_0^2 |v_1(t)|dt=\int_0^2 |3t^2-2t|dt$$
$$=\int_0^{\frac{2}{3}}(-3t^2+2t)dt+\int_{\frac{2}{3}}^2 (3t^2-2t)dt$$
$$=[-t^3+t^2]_0^{\frac{2}{3}}+[t^3-t^2]_{\frac{2}{3}}^2$$
$$=\left(-\frac{8}{27}+\frac{4}{9}\right)+\left\{(8-4)-\left(\frac{8}{27}-\frac{4}{9}\right)\right\}=\frac{116}{27}$$

[채점기준]

답안	배점	예상 소요 시간
$\int_0^a v_1(t)dt=\int_0^a v_2(t)dt,$ 즉 $\int_0^a \{v_1(t)-v_2(t)\}dt=0$	2점	
$\int_0^a \{v_1(t)-v_2(t)\}dt$ $=a^3-2a^2$	3점	4분 / 전체 80분
$a>0$이므로 $a=2$	2점	
점 P가 시각 $t=0$에서 시각 $t=a$까지 움직인 거리는 $\int_0^2 |3t^2-2t|dt=\frac{116}{27}$	3점	

Liberty without learning is always in peril;
learning without liberty is always in vain.

배움이 없는 자유는 언제나 위험하며
자유가 없는 배움은 언제나 헛된 일이다.

– 존F. 케네디 –